U0127614

大清新法令

(1901—1911)

点校本

第三卷

光绪新法令·民政 教育 军政

上海商务印书馆编译所 编纂
韩君玲 王 健 闫晓君 点校

商務印書館
2011年·北京

图书在版编目(CIP)数据

大清新法令　1901—1911　点校本. 第3卷/上海商务印书馆编译所编纂. —北京:商务印书馆,2011
ISBN 978-7-100-07437-7

Ⅰ.大…　Ⅱ.①上…　②韩…　Ⅲ.①法律-汇编-中国-清末　Ⅳ.①D929.49

中国版本图书馆CIP数据核字(2010)第200898号

大清新法令(1901—1911)
点　校　本
第三卷
光绪新法令·民政　教育　军政
上海商务印书馆编译所　编纂
韩君玲　王　健　闫晓君　点校

商　务　印　书　馆　出　版
(北京王府井大街36号　邮政编码100710)
商　务　印　书　馆　发　行
北京市白帆印务有限公司印刷
ISBN 978-7-100-07437-7

2011年7月第1版　　开本880×1230　1/32
2011年7月北京第1次印刷　　印张26¼

定价:64.00元

华东政法大学法律史研究中心
点校整理
主持人　何勤华

国家重点学科华东政法大学法律史
学科建设项目资助

商务印书馆图书馆提供版本

序　一

19 世纪末 20 世纪初，我们的国家正面临亘古未曾有的大变，甲午战败、辛丑条约，到日俄战争竟让外国人在我们的国土上开战，自己倒成了坐上观的看客！“两宫西狩”回銮后，清末的宪政改革便拉开了帷幕。对这场宪政改革的诚意，当今压倒性的舆论是批评和嘲讽甚多，但不可回避的事实是：中国封建社会由此呈现出历史转型的端倪，如果联系中国封建社会的高稳定态问题来思考，就很难再把这场宪政改制完全归结为一场历史闹剧。

在清末凝重的历史环境中，以张元济先生（1867—1959）为核心的商务人秉承“昌明教育、开启民智”的宗旨，全身心地投入到了推动中国社会历史转型的潮流之中。“昌明教育平生愿，故向书林努力来”[①]，那一代商务人既是角斗士，也是建设者；他们角斗用的剑是书刊，他们建设用的铲也是书刊。

在端方（1861—1911）、盛宣怀（1844—1916）、沈家本（1840—1913）等有识之士的鼎力襄助下，在张元济先生的倾力主持下，商务印书馆推出两部大型法律汇纂书籍：在预备立宪前夕的 1907 年，以准确的译文、规整的版式、高雅的函装出版了《新译日本法规大全》

---

① 张元济：《七绝》前两句。全诗：昌明教育平生愿，故向书林努力来，此是良田好耕植，有秋收获仗群才。自《商务印书馆馆歌》。

(81 册),其后由编译所的专家收集、梳理、编纂,出版了《大清新法令》(《大清光绪新法令》20 册、《大清宣统新法令》35 册)。

《大清新法令》将"新政"十年生效的法律法规按照类别汇编,使得湮没于浩繁奏章中的成文法公之于众,这包含近代法精神的举措竟出自一民间出版机构,它无疑独领了那个时代的政治风骚,至 1911 年已连续五次再版,所引起的轰动是可想而知的;同时,全部 55 册 300 余万字的图书规模,在今天激光照排、胶版印刷、装订联动的时代的确不算什么大的工程,而考虑到一百年前铅与火的出版条件,其工程的系统庞杂和操作难度是我们今天难以想见的。这皇皇巨著一经问世,就成为我们这个民族长久拥有的一笔精神财富,它给我们的启示在于,一百多年来中华民族艰难复兴的鲜明历史基点就是:始终需要保有一份对外开放,向先进学习的心态。与清政府那半推半就的改制形成鲜明对比,那一代商务人表现出的社会责任和文化担当,是中国社会一百多年来虽多经磨难但终能於汝于成的真正原因所在。

尽管,时光已流过百年,中国社会正在经历前所未有的历史转型,内外部条件与清末比之都发生了翻天覆地的变化,而唯有对法制文明的不懈追求依然如故亦一脉相袭。如果说,百年前出版《大清新法令》是近代中国法律改革、历史转型的需要,那么,商务印书馆的前辈先贤堪称那个时代的弄潮儿,他们敢于站在时代的风口浪尖上,以文化旗帜引领了一个时代。在《大清新法令》(点校本)出版之际,我们缅怀这些仁人志士、我们的前辈们,并且,清楚地知道,他们留下的历史文化遗产需要后人精心守护,并发扬光大。这是商务印书馆历史之使然,也是中国近代文化传承之必然,更是商务印书馆在一百年后又重新启动点校本工程的真正原因。

最后，对我们的合作方、珍贵版本的提供方：华东政法大学校长何勤华先生、中国政法大学图书馆馆长曾尔恕先生均致以诚挚的谢意。*

王　涛

2009年12月18日

* 本文原刊于《中国社会科学报》2009年9月1日，录入本书时略做增删。

序　二

光绪二十四年(戊戌年),即 1898 年 6 月 11 日至 9 月 21 日,中国发生了一件惊天动地的大事:以康有为、梁启超、谭嗣同等为首的资产阶级改良派,在光绪皇帝的支持下,进行了一场声势浩大的变法维新运动,史称"戊戌变法"。在光绪皇帝"明定国是"诏书的指示下,短短 103 天之内,维新派人士颁布了上百个"新政"法令,内容涉及政治、经济、军事、文教等各个方面,[①]开启了中国近代法制转型的先端。

"戊戌变法"最后虽然在以慈禧太后为首的保守派的镇压之下失败了,谭嗣同等"六君子"也壮烈地血洒刑场,但"戊戌变法"百日维新的立法成果却被后人继承了下来。1901 年,在八国联军攻占北京、迫使清政府签订丧权辱国的《辛丑条约》、全国民众奋起反抗、统治阶级内部日趋分化、清王朝的统治岌岌可危的形势下,清政府不得不任命沈家本为修订法律大臣,宣布进行修律变法。统治阶级嘴上虽然没有承认,但实际上修律变法的基础,就是"戊戌变法"的立法成果。这说明,以西方先进资本主义国家为模范,修律变法,已经成为中国

---

① 如改革行政机构、裁汰冗员、提倡官民上书言事;设立农工商总局、保护工商业、奖励发明创造,设立矿务铁路总局、修筑铁路、开采矿产,举办邮政、裁撤驿站,改革财政、编制国家预算;裁减旧式军队、训练海陆军、推行保甲制度;改革科举制度、废除八股文,设立学堂、学习西学,设立译书局、翻译外国新书,准许自由创立报馆和学会,派留学生出国等。参见中国史学会主编:《戊戌变法》(四),上海人民出版社 1957 年版,第 557—572 页(段昌同执笔)。龚书铎主编:《中国通史》(19),上海人民出版社 1999 年版,第 254—255 页。

近代社会的发展趋势，无法抗拒。是年，光绪二十七年是也。

在此之前的1897年，中国第一家出版社商务印书馆宣告成立。在张元济、刘崇杰、陶保霖等一批法政精英的带领下，商务印书馆紧密结合中国的宪政改革和修律变法实践，在推出《新译日本法规大全》（全81册，1907年）的同时，将光绪二十七年以后（1901—1908年）和宣统朝（1909—1911年）的法令汇编成册。前者于1910年出版，取名《大清光绪新法令》，共有20册；后者于1910—1911年出版，即《大清宣统新法令》，共35册。两者基本上涵盖了开始"清末修律"至"辛亥革命"这十年间清政府推行"新政"所颁布实施的几乎所有的法令、法规，不仅成为民国时期法律改革和法律发展的重要历史资源，也成为学术界研究中国近代法制变革的珍贵文献。

《大清光绪新法令》和《大清宣统新法令》（以下合并简称"法令汇编"），作为中国近代出版的规模最为宏大的法规汇编，具有如下四个鲜明的特征。

第一，内容丰富、规模庞大。"法令汇编"涉及领域广泛，有宪政、官制、任用、外交、民政、财政、教育、军政、司法、实业、交通、典礼、藩务、旗务、统计、官报、会议等十几个门类，在每一个门类里面，又有若干个种类，如在"任用"里，还有升转、截取分发、选补、调用、保奖、荫袭、举贡生员出路、毕业学生任用、捐例、俸给、考核惩戒、京察、守制、议衅等，总计成文立法的数量已达2000余件，其规模是空前的。原编辑者强调：之所以这么"不厌其详"地收录所有已经制定的法令包括立法说明，就是因为试图让举国上下"永远遵守"这些"新政"的立法成果。

第二，贴近社会、体现变革。"法令汇编"收录的法令，一方面反映了当时社会发展的要求。比如，在分类上，它将宪政列入首位，体现了清末统治阶级高唱立宪主义、迎合全国民众要求民主、制宪的呼声的社会现实。又如，在财政领域，它强调的是赋税、盐课、土膏捐、印花税、货币、银行、公债、拨款、清理财政办法等规范，反映了清末社会转型期政府干预经济生活的法律政策。另一方面，它也体现了当时社会变革的宏伟历史场景，如在教育方面，它突出了对旧式教育的改造和新式教育的推崇，用了大量篇幅强调学堂章程的规范，并首次规范教科书、劝学所、教育会以及留学生等事项，体现了追随世界潮流、着力新式教育的理念。又如，在实业方面，它所收录的注册、商会、农会、劝业、度量权衡、赛会、陈列所、矿务等法规，以及商律和破产律等，不仅在当时属于变革旧事物、建设新制度的成果，就是在当前也仍然是我们所要追求、完善的法律制度。

第三，模范列强、重点仿日。中国近代的法律体系，是在模范西方列强的基础上建成的，并且主要以法国、德国和日本等大陆法系为主，尤其是大量地照抄、照搬了日本的立法成果。如果我们把"法令汇编"和《新译日本法规大全》[①]对照一下，就可以很清楚地看到，除了一些日本特有的名称和规定，如天皇、大藏省、永代借地、神社、华族和士族、(作为行政单位的)道和府等之外，其他大部分内容都与日本的名称和制度相同或相近、相似，如宪政、宪法大纲、选举、议院、内阁、章程、条约、各国使馆、领事、照会、商标、违警律，民政部、外务部、陆军部、法部等(日本称"部"为"省")，大学、高等小学、初等小学、教员、师范、教科书、留学生，警察、审判，等等。"法令汇编"与《新译日本法规大全》的相似性，可以说是它的一个最大特色。而此特色背后所蕴含的中国近代大量移植日本法律文明成果之现实，则是中国法

① 该书已有新的点校本面世，共11卷，由商务印书馆于2008—2009年间出版。

制近代化的重要特征。

第四,继承传统、开启未来。“法令汇编”在彰显中国近代模范列强、变法图强的法制建设实况的同时,也继承了中国古代历次变法运动的传统和成果,如以制定颁布成文法令来推进各项改革(宋代王安石、明代张居正等的改革均是如此),在保留旧制度主干的基础上建立“新政”,以及通过渐进式的路径来达到改革的总体目标(如宣统皇帝即位后在预备立宪的时间安排上就有至宣统八年〔1916 年〕的初见成效的阶段性目标,因而民政部、吏部、法部、学部、农工商部等纷纷将各部从宣统元年至宣统八年的逐年拟筹备事宜“按年开列缮具清单,恭呈御览”),等等。在这一继承传统的过程中,不乏对旧制度的内容和形式的“温情”传承,如仅就名称而言,中国封建制度中的吏部、礼部、户部、兵部、刑部、度支部(即财政部)、军机处、宗人府、京官、外官、大理寺、都察院、御史、给事中、秋审、知县、县丞、京察、举人、贡生,等等。但就总体而言,清末光绪、宣统时期的“新政”立法改革,追随了世界法律发展的潮流,它对中国传统政制、官制的变革,对中国司法体制的改革,以及在宪政、军政、财政、教育、实业、外交等各个领域的法制追求,都既传承了中国传统的法律文明传统,也开启了中国近现代法律发展的道路。虽然,由于 1911 年“辛亥革命”的爆发,中断了光绪、宣统两朝修律变法的进程,但其基本方向是进步的,是符合中国乃至世界法律发展之潮流的。

正因为“法令汇编”具有如上特征,因而它也具有了相当的学术价值和重要的现实意义。一方面,对学术界而言,它不仅是我们研究中国近代转型期法制变革的珍贵史料,也是我们研究中国近代社会、经济、政治、军事、教育、工矿产业、交通、人事、外交等一系列领域的重要参考文献。另一方面,上世纪 80 年代以来,中国实行了改革开放的国策，强调依法治国、建设社会主义法治国家，我们的立法事业以前所未有的速度向前推进。但是在此过程中，立法落后、偏离乃至违背社会发展的问题也随处可见。如何解决这些问题，完善我们的立法活动，就不仅要直面当前社会现实，注重调查研究，也要加强对历史上好的、至今仍然有生命力的立法经验的吸收和借鉴。"法令汇编"中所收录的数千法令及相关文献，因社会变迁而兴、处社会发展而变，在适应、引领社会发展方面还是有相当之现实意义的。

鉴于上述认识，商务印书馆的领导高瞻远瞩，决定将"法令汇编"委托华东政法大学等高校的专家学者重新点校出版。点校本将原来的《大清光绪新法令》和《大清宣统新法令》合并，统称《大清新法令》，共11卷，约300万字。在本书策划、点校的过程中，我们得到了原商务印书馆总经理（现中国出版集团公司党组书记、副总裁）王涛先生的全力支持，王兰萍、李秀清等教授为此书的面世贡献了诸多智慧和心血。本点校本的出版，也得到了上海市人文社科建设基地华东政法大学外国法与比较法研究院、国家重点学科华东政法大学法律史研究中心的经费资助。在此，一并表示我们诚挚的谢意。当然，本书包含了众多的奏折、说明等文献，点校难度要远远高于《新译日本法规大全》，虽然我们都尽力了，但限于我们的水平和功力，书中仍可能会出现一些错误，此点，恳望得到同行及广大读者的批评、指正。

何勤华

于华东政法大学

外国法与比较法研究院

2010年5月1日（上海世博会开园日）

总卷数目录

---

① 光绪新法令,原书按照分类排序,本次再版时保持不变。

② 宣统新法令,原书按照年月日排序,每卷分类目录附加于后,本次再版时保持不变。

编辑说明

书名

《大清新法令》始编辑于1908年，收辑1901年“新政”以来，钦定颁行、通行全国，具有“永远遵守之效力”的各项章程，后以1908年为断，迄更名为《大清光绪新法令》20册。《大清宣统新法令》35册，起于1909年，断至1911年。现使用《大清新法令》(1901—1911)为书名，含《大清光绪新法令》(1901—1908)和《大清宣统新法令》(1909—1911)两部分。

版本

《大清光绪新法令》点校整理，依据版本为宣统二年(1910年)七月上海商务印书馆第五版铅印本，由商务印书馆图书馆提供。《大清宣统新法令》点校整理，依据版本主要为上海商务印书馆己酉年(1909年)孟秋第三版和宣统二年(1910年)五月第四版铅印本(接续编纂至宣统三年)，由中国政法大学图书馆提供。

目录

《大清新法令》(1901—1911)，按照现行出版习惯合并原书册、类，组成十一卷，含《大清光绪新法令》一至四卷、《大清宣统新法令》五至十一卷。原书目录有二种，一为按册编目录，二为按法规类别，如宪政、司法、官制、任用、外交、财政、民政、实业、教育、军政、典礼等编分类目录。现除保留原书目录外增加每卷目录，并以合并原书册目录为原则汇编卷目录。如果原书册目录编制不统一时，那么就仿原书已有目录的编制意图增补齐全，并就此项增补以注释说明。

目录缺项

《大清光绪新法令》，原书分法规为十三类：即宪政，官制，任用，外交，民政，财政，教育，军政，司法，实业，交通，典礼，旗务、藩务、调查统计、官报、会议，并依此类目依次排序，十分明晰；《大清宣统新法令》，原书册目录未按照分类排序，一册之中混合类别编排，现在每卷末统一调整或增补本卷的分类目录，以求全书目录完整一致，亦便于索查。鉴此，《大清新法令》(1901—1911)点校本，既保留《大清光绪新法令》目录和《大清宣统新法令》原书目录上的差异，又做到点校本目录编排的相对统一。

校勘技术要求

《大清新法令》(1901—1911)点校本，以简化字、横排版形式出版，为遵循古籍整理原则，保持史料的客观、真实性，仅对正文做技术性点校与勘正，具体要求如下：

一、为帮助现代读者阅读，《大清新法令》(1901—1911)点校本正文前增加总序言，光绪新法令部分，在其所辑的每类正文前增加类序言，宣统新法令部分按照卷帙增加点校前言，以帮助读者阅读。

二、凡原书使用年号纪元或天干地支纪元的，一律在其后加括号注明公元纪元，用阿拉伯数字与括号表示，如宣统元年(1909年)、戊申(1908年)等。

三、原书行文用空格或回行表示尊敬、小号字表示谦卑称谓时，一律改行现代行文方式，不再空格、回行或小字。

四、对于难懂术语、词汇、古字、通假字等酌加注释说明，著名人物酌加生卒年代。原书有印刷错误时，即行改正，并以注释说明。

五、原书有的法规体系比较完整，除条目外还有章、节、款、项，现在正文之前增加要目，列明章、节、款的标题，以示提纲挈领。

六、宣统新法令部分，原书对法律规范的分类有宪政类、官制类、任用类、官规类、外交类、民政类、财政类、教育类、军政类、刑律类、司法类、农工商类、实业类、交通类、礼制类、典礼类、藩务类、统计类等，现对缺少分类项目的卷册，一律按照上述类别逐一填补缺项，亦不得另行他种分类，以保证史料的客观性。

七、原书《大清光绪新法令》与《光绪新法令》、《大清新法令》混用，《大清宣统新法令》与《宣统新法令》混用，为了保持史料的原始性，现保留原名称，不做任何期求统一的更动。*

* 本编辑说明由王兰萍执笔。

目　录[①]

民政[②]

① 本卷，包括光绪新法令原书第十册，第十一至十三册，第十四册。

② 民政，光绪新法令原书第五类，第十册。

教育[1]

一

① 教育，原书第七类，第十一至十三册。

二

三

军政[1]

[1] 军政，光绪新法令原书第八类，第十四册。

民　政

点校前言

《大清新法令》点校本第三卷涵盖了光绪新法令中的民政、教育及军政三方面的内容，笔者点校了民政部分，其中包括考核、工程、巡警、报律、集会结社律、习艺所、禁烟方面重要的奏折及法规等。由于民政部分内容纷繁复杂，笔者仅以本卷所收录的1906年《京师习艺所试办章程》为中心进行较为深入细致的说明。

1840年鸦片战争后，国门洞开，中国的社会形势发生了急剧变化，传统自给自足的自然经济逐渐解体，开始步入半殖民地半封建社会。20世纪初期清朝统治者为了维护其摇摇欲坠的统治，开始推行政治、经济、社会、教育等诸方面的全面改革活动，史称“清末新政”。清末修律是中国法律史上的一项重要活动，其主要成果是开始仿照大陆法系的架构建立中国近代的法律体系，制定了一系列新法。就社会救助领域而言，1905年即光绪三十一年《巡警部①奏京师开办习艺所酌拟试办章程折》中提出了创办京师习艺所的具体立法建议和内容，1906年清政府颁布了《京师习艺所试办章程》，以期解决当时日益严重的失业和流民问题，维护社会稳定。需要说明的是，笔者还

---

① 光绪三十一年（1905年）九月成立的巡警部是民政部前身，管理所有内外工巡事务。

查阅了《大清新法令》(点校本 1901—1911)第 6—11 卷即宣统新法令中收入法规的目录,发现其中还收录了与贫民习艺救助直接有关的 1910 年《民政部咨各省创设贫民大工厂文》,其内容主要是为了应对当时数百万的饥民问题,要求"各省创建贫民大工厂,广收极贫子弟入厂肄习","以宏教养而遏乱萌"。不过,从法的规范性角度看,《京师习艺所试办章程》堪称是清末唯一一部关于贫民习艺的法规。以下,从法学角度对《京师习艺所试办章程》的立法背景、内容特征进行深入细致的分析,以期客观地评价其在我国近代社会救助法制史上的重要地位,并从中获得对今日我国社会救助立法有益的借鉴和启示。

一、立法的背景

(一) 贫民问题日益严重

清末以来,自然灾害发生频繁,1876 年,我国北方发生了"丁戊奇荒",灾区面积遍及鲁、冀、陕、晋、豫等省,饥馑连年,持续时间长达四年之久。1883 年,黄河在山东境内数次溃决,造成严重水灾,饥民达数十万之多。1887 年,黄河在郑州决口,决口之水淹及豫、皖、苏三省。[①] 1905 年,"畿辅旱灾,秦晋豫皆大灾,民之流亡以亿万计,其中十之一奔赴京师"。[②] 除天灾之外,19 世纪 90 年代战争灾祸不断,日俄战争、甲午战争等使许多无辜百姓流离失所,无家可归,难民骤增。此外,随着封建自给自足经济的解体,民族资本主义经济在夹缝中发展,步履维艰,因失业而产生的贫民日渐增加。

① 周秋光、曾桂林:《中国慈善简史》,人民出版社 2006 年版, 第 239 页。

② 王娟:《近代北京慈善事业研究》,人民出版社 2010 年版,第 126 页。

(二) 西方教养并重社会救助思想的影响

1840年鸦片战争后,西方社会的诸种思想、学说开始传入中国,"模范列强"、西学东渐之风日盛。随着大量贫困现象的出现,晚清中国有识之士开始认识到原有施养型救灾济贫制度之不足,对西方社会救助思想及模式予以介绍和倡导。近代以来,西方国家在社会救助主体方面,开始强调政府责任,并予以法制化;在社会救助的模式上,重视教养并重与兼施,强调实行院内救助,即贫民必须在教养院或习艺所内学习劳动技能,接受劳动。1601年英国颁布了济贫法,首次将政府救助贫民的责任在法律中予以确立,并规定对贫民通过院外救助和院内救助两种方式进行救助,这部法律标志着西方近代社会救助制度的初步形成。此后,1834年英国的新济贫法又进一步强化了中央政府的济贫责任,废除了院外救助的方式,对贫民坚持实行济贫院检验原则,即一切救助活动均在政府管理之下的济贫院内进行。继英国之后,瑞典、荷兰等国也仿效英国颁布了济贫法。19世纪60年代,我国著名思想家冯桂芬在《收贫民议》一文中介绍了荷兰收养贫民的做法,"荷兰国有养贫、教贫二局,途有乞人,官若绅辄收之,老幼残废入养局,禀之而已。少壮入教局,有严师,又绝有力,量其所能为而日与之程,不中程者痛责之,中程而后已。国人子弟有不率者,辄曰逐汝,汝且入教贫局,子弟辄耆为之改行,以是国无游民,无饥民。"并认为,中国应"普建善堂",仿照西方社会救助的模式,注意教养并重,对于收养的游民,应"教之耕田治圃及凡技艺"。① 这种思想是对传统慈善思想的突破与发展,洋务运动期间及以后,改良

---

① 黄鸿山、王卫平:《论冯桂芬的慈善思想与实践》,载中国社会科学院近代史研究所政治史研究室、河北师范大学历史文化学院编:《晚清改革与社会变迁(下)》,社会科学文献出版社2009年版,第647页。

派思想家如郑观应、经元善等人,亦纷纷提倡这种思想,主张学习西方的"良法美意",形成一股强大的社会思潮,产生了积极的社会影响,使得当时的社会救助制度开始发生显著变化。

(三)各种工艺厂局的设立实践

在近代之前,清政府为救助贫民,已经设立了诸如免费散发食物的饭粥厂和收容流民的栖流所等社会救助机构。1648年即顺治五年十一月,顺治帝即诏告各处设立养济院,"收养鳏寡孤独及残疾无告之人"。[①] 官办机构除养济院外,还有栖流所和漏泽园。顺治十年,朝廷议准"五城建造栖流所,交司坊官管理,俾穷民得所",专门收养"无依流民及街衢病人"。于是京师五城先后设立栖流所六处,以后上海、苏州等地也仿照京师建立栖流所。[②] 清末时期,由于流民数量日益增加,京城对流民主要以设厂施粥的方式进行救助。然而,这些救助方式都是比较消极的慈善救济,不过使受助穷人得以苟活性命而已。

在新的社会思潮的影响下,在有识之士的呼吁下,为了提高救助效率,晚清政府也开始学习西方的做法,设立工艺局,以贫民为救助对象,其不仅收养贫民,而且也教给贫民生产技能,为贫民提供谋生之路,使之可自食其力。1901年,江西巡抚李兴锐奏请在南昌设立一所习艺局,"院内分粗工、细工、学工三厂,""粗工如蒲鞋麦扇草帽麻绳诸事,教愚贱粗蠢之辈。细工则刷书、刻字、织带缝衣制履结网之属,凡质稍好者,使入习之"。学工则是那些良家不肖子弟入厂习艺,使之悔过自新。"所习工艺制成发售,除酌量提还料本外,仍酌给

---

① 王娟:《近代北京慈善事业研究》,人民出版社2010年版,第45页。

② 徐道稳:《清代社会救济制度初探》,载《长沙民政职业技术学院学报》2004年第2期,第14页。

本人”。[1] 自1904年后，南昌、丰城、义宁、抚州、临川、宜黄等州县均设有工艺院、劝工所、习艺所之类的机构。此外，湘、苏、浙等省也建立了数量不等、规模不一的工艺厂等。这些工艺厂所，均以“教导养民”为宗旨，让贫民入所学习，待一、二年技艺有成即可出局自谋职业。[2] 1905年，大学士那桐奏议于神机营胜字队操场旧基设京师习艺所，收取轻罪人犯和贫民使作工艺。“由于时代的局限，清末工艺厂局的规模普遍较小，晚清直隶共设立工艺局80余所，其中不足10人的就占了23所，而且教授的内容基本上属于最粗浅的手工工艺，所以对解决当时的失业流民问题的作用十分有限，尽管如此，其所采取的教养兼施、着重从根本上解决贫困问题的做法仍具备不容小觑的进步意义，标志着我国传统的社会救助制度已出现向现代转型的趋势。”[3]

二、立法的内容特征

《京师习艺所试办章程》共分五个部分，即：一、设所纲要，下分第一章总则、第二章犯人出所入所、第三章贫民入所出所、第四章房舍建设。二、员司职任，下分第一章设官权限、第二章授职资格、第三章分设五处二科、第四章选取医官、第五章选取教员、第六章选用技师。三、经费筹计，下分第一章经费出入、第二章养廉薪饷、第三章口粮支领。四、看守规则，下分第一章勤务条规、第二章点检看守、第三章看守勤务、第四章教练看守、第五章看守之赏罚、第六章犯人贫民规则及休息。五、工艺制作，下分第一章工艺品类、第二章物品销售、第三

① 彭泽益：《中国近代手工业史资料》(第2卷)，三联书店1957年版，第359页。
② 转引自周秋光、曾桂林：《中国慈善简史》，人民出版社2006年版，第311页。
③ 王卫平等：《社会救助学》，群言出版社2007年版，第110页—113页。

章工钱储给、第四章犯人贫民衣食及赏罚。

（一）立法的宗旨

制定《京师习艺所试办章程》固然是为了维护社会稳定，但是，在清末实行新政时期，与以往的施养型救灾济贫活动相比，由于受西方社会救助思想的影响，该章程所体现的立法宗旨也有了较大的发展，在《巡警部奏京师开办习艺所酌拟试办章程折》中开宗明义地指出，"查设立习艺所，本意重在惩罪囚以工作，教贫匄以技能，俾生悔过迁善之心，皆有执业谋生之路。"在该章程第一部分"设所纲要"之第一章总则中规定，"京师设立习艺所以惩戒犯人，令习工艺使之改过自新，藉收劳则思善之效，并分别酌收贫民，教以谋生之技能，使不至于为非。"概言之，该章程首次明确了以传授谋生技能为救助贫民的立法宗旨。

（二）立法的对象

在《京师习艺所试办章程》第一部分"设所纲要"中规定，立法的对象为犯人与贫民。犯人为轻罪人犯，即"判罚工作三月以上者"，"俟款项充裕，推广房舍，再将轻重罪犯一律收入"。贫民分为两种，一为自请入所者，一为强迫入所者。前者实为自愿入所，需要"其本身、父兄呈请或有图片铺保"，后者则为收容入所，并细分为两类：一类是"沿街乞食有伤风俗者"，一类是"游手好闲形同匪类者"。在此，有几个问题需要说明。第一，立法的对象总体上说是有劳动能力者，至于传统的救助对象即老弱鳏寡孤独残疾者，则仍按原有的救助方式救助。第二，关于将犯人与贫民同等列入立法所规范的对象问题。笔者认为，这种将对贫民的"救助"与对犯人的"惩罚"混为一体的规定，实际上表明了清政府对于贫民救助的性质认识并不清晰，其背后或多或少地隐含着对贫民实施惩罚的思想。第三，将沿街乞食者与游手好闲者列为强制收容的对象问题。笔者认为，这反映出清政府根据贫困的原因不同而对贫民有所区别对待，即对由于自身道德的原因如“好逸恶劳”、“懒惰”、“素行不良”等而成为贫民者采取强制收容的办法使其习艺，这本质上无异于强迫劳动，与现代意义的社会救助仍有相当差异。不过，值得肯定的是，传统慈善救助活动对受助者的道德操守要求较高，往往将有道德缺陷的贫困者排除在救助范围之外，而该章程将有道德缺陷的贫困者也纳入到其调整规范的对象范围之内，这本身表明传统封建的慈善救助思想开始朝着不问贫困原因而对贫民实施救助的现代社会救助思想转变。

（三）京师习艺所的组织体系

《京师习艺所试办章程》第二部分“员司职任”、第四部分“看守规则”中，对京师习艺所的组织体系进行了详细的规定，体现了政府救助主义的原则。

1. 京师习艺所的人员配备及任职资格等

《京师习艺所试办章程》对习艺所人员的配备人数及任职资格所进行的详细规定，表明其机构人员配置明确，且呈现出专业化的特征。具体地，设监督一员，负责习艺所事务，“派员兼理，不设专官”。其下设提调兼典狱官一员，受监督节制、指挥、考核，承办一切事务，并配备分判所官二员辅助之。所属五处二科事务所官七员，分任各处科事务。设医官一员，“诊验犯人、贫民身体，执行一切卫生事宜”，其任职资格是“必兼通内、外两科，并晓西法者，方为合格。非素经考试及得有卒业文凭者，不得充选”。设总教习官一员，“约束技师，管理所中教务”。其从“巡警部书记官内选拔，由学堂毕业、品行端粹、宅心仁厚之员充补”。设看守长六名，看守四十名，看守长由看守及巡警中通晓看守规则及善书算者充补，其若异常勤奋、才具出众者，应准推升为警官,以资鼓励。设分教习官一员,"以教年幼之犯人、贫民,分读书、写字、习算、修身四科"。设教诲师一员,任职资格"须事理通达,长于言语,能耐烦劳"。其以言语"专诱劝犯人,使知改悔,化导贫民,使能自立"。设书记二名,"缮写文件,登记册簿,制作图表"。设技师八名,教授犯人、贫民工艺,其必须经过所习工艺考试,成绩优秀者方可充选。实际中,时任习艺所监督的朱启钤奏调的习艺所各员,均具有派日本东京警示厅留学之经历。① 此外,还对习艺所监督以下各员的养廉薪饷等也进行了规定,以保证其安心从事相关工作。

2. 京师习艺所的组织机构

京师习艺所设五处二科,五处是文案处、会计处、考工处、庶务处、稽巡处,二科即诊治科和教授科。"文案处掌往来文牍,制作图表,保存案卷;会计处掌收支款项、预算及报销;考工处掌考察工艺及技师勤惰并出纳物品;庶务处掌置办、保存各项杂件,约束所中夫役人等;稽巡处掌配置看守勤务收发犯人,稽查看守长以下一切应行事宜。""诊治科掌试验身体、诊治疾病、炮制药料;教授科掌宣讲、教诲等事。"从上述规定可以看出,各机构分工明确,各司其职。

3. 看守职责及奖惩

《京师习艺所试办章程》第四部分"看守规则"中,对看守的工作分类、职责、赏罚等进行了较为细致的规定。看守工作分为监守、巡逻、检查、瞭望四项,监守又分为大门监守、监舍监守、二场监守、宿舍监守四项,看守各员"应勉行职务,如或旷误,由稽巡处所官分别予罚,以示警戒"。看守分甲、乙、丙、丁四班执行各项职务,除归家休息

① 杨宇振:《朱启钤(桂辛)先生初步研究及其他——一份近代城市史视野中的历史人物研究简报》,载《建筑师》2007 年第 6 期,第 90 页。

看守外，其在所看守均须轮流执行，每一点钟休息一次。看守长须随时稽查，“如遇不敷分布，看守长亦宜兼行各项勤务”。六名看守长每六天轮流休息一人，看守四十人，每六日轮流休息四人，其不休息之看守，除有一定勤务，均须在所听候差遣。对于看守的赏罚，分为一般与特别两种，一般赏罚以平时品行工作定之，特别赏罚以每年两次甄别定之。赏分为升级、加饷、赏恤、记功四等，罚分为斥革、降级、罚饷、记过、停休、申饬六等，“各因功过之轻重而施行之”。赏罚分明的奖惩规定，既便于调动习艺所管理人员的工作积极性，又可以有效监督其工作，提高工作效率。

（四）贫民习艺费用之负担

在《京师习艺所试办章程》第三部分“经费筹计”之第一章“经费出入”中，对救贫所需经费作出了明确规定，即：“习艺所应支款项，按年月先立豫算表，呈报巡警部。除各员养廉外，一切经费均以各省协济银两及医学堂经费并各厅犯人罚金充之，并由步军统领衙门、内务府慎刑司拨款资助。如再不敷，由臣部筹拨接济每月用出。若干月终据实造报，年终又须统计汇报一次，均应造册列表以清眉目。”习艺所内犯人、贫民的口粮，“均由户部支领，先期呈报巡警部，由巡警部知照户部发给，每次以六十石为度，用完随时呈领”。上述规定的意义在于，体现了贫民习艺费用政府负担的原则，实现了贫民习艺费用负担的法定化，这是履行政府救助责任的关键保障要素之一。

（五）贫民习艺之内容及生活待遇等

《京师习艺所试办章程》第五部分“工艺制作”中，对工艺制作的种类、犯人和贫民的待遇及赏罚等进行了规定。

1. 贫民习艺之内容

贫民习艺的主要内容是工艺制作。习艺的种类有五种，即织布、织带、织巾、铁工、搓绳五种，其木工、缝纫等科及各项工作应随时陆续添设。其中，织布、织带、织巾、铁工为正艺，搓绳为副艺，“犯人、贫民入所各就其性之所近分别学习。其性质愚鲁、不堪造就及犯人罪期过短者，则使搓绳并执扫洒、灌溉、操作等事”。“犯人期限非九十日以上者，不得使习正艺，其习正艺而限满未熟者，酌量拨入贫民类中续习。每年自九月至二月，每日工作六点钟；三月至八月，每日工作七点钟。”

在工钱的给付上，犯人制作的工艺品所售获利之额，七成归公，三成归其本人所有，贫民则按四六成计算。“犯人、贫民应得之工钱分别折存，限满如数发给，以为出所谋生之用。如贫民有欲将工钱寄回家属者，由本所传其家属具结领回。”

2. 生活待遇

习艺所贫民的生活待遇主要体现在衣、食、住及休息等方面。在《京师习艺所试办章程》第五部分“工艺制作”之第四章“犯人贫民衣食及赏罚”以及第三部分“经费筹计”之第三章“口粮支领”中，对犯人、贫民的衣、食待遇进行了规定。习艺所内犯人、贫民的口粮，“均由户部支领，先期呈报巡警部，由巡警部知照户部发给，每次以六十石为度，用完随时呈领。”“日给饭食两餐，佐以熟菜”。此外，“由本所发给一定制服。犯人衣用浅赭色，贫民衣用深蓝色，每年冬衣人各一身，夏衣人各两身。鞋袜人各两双，以备更换”。毋庸讳言，这种衣食标准应该说是极其低下的，但其重要意义在于，对贫民的最低生活标准作出了具体量化的规定。关于贫民的住居条件，《京师习艺所试办章程》在第一部分“设所纲要”之第四章“房舍建设”中有所涉及，即“习艺所房屋分为办公室、讲堂、监舍、工厂、贫民宿舍、接待室、探晤室、陈列场、看守宿室、守卫室、瞭望亭、诊察室、检身室、病室、传染病室、工师宿室、储物室、仓房、寝室、食堂、浴室、暗室等,各有定所,不相混杂,其有未备之处,均应次第建设,以求完全。"虽然有关习艺所房舍的规定并非直接针对犯人与贫民,但却从一个侧面间接反映了犯人与贫民的住居待遇,也体现了立法的周详和细致。关于休息待遇,在《京师习艺所试办章程》第四部分"看守规则"之第六章"犯人贫民规则及休息"中进行了专门规定。犯人、贫民在所内终日工作,为节劳苦,规定"恭逢皇太后万寿圣节、皇上万寿圣节,各休息一日;岁除、元旦、端午、中秋,各休息一日,贫民每朔望休息一日;父母大故,犯人休息三日,贫民临时酌定。"总体而言,贫民的生活待遇略高于犯人。

3. 赏罚

在《京师习艺所试办章程》第五部分"工艺制作"之第四章"犯人贫民衣食及赏罚"中,按犯人、贫民工作之勤惰、品行之良否,分别规定劝惩。赏分三项,犯人与贫民没有区别:一奖词;二奖肩章;三奖赏牌。奖赏牌者,并予以副技师名目酌加工钱。至于罚,犯人较重于贫民,犯人分四项:一苦工;二减食,减食约三分之一,但不得过一星期;三闇室,押入闇室者,照前减食,不与卧具,但不得过三昼夜;四锁镣。贫民分三项:一直立,按工作时刻之半使之直立;二停休,即将应行休息日期扣除;三屏禁,即使独居工作。

三、立法评析

于宏观而言,清末新政时期即清政府垮台前的最后十年,封建的法律制度和体系开始发生根本性的变革,中国的法制建设逐渐走上"模范列强"的近代化道路,而属于社会救助立法性质的《京师习艺所试办章程》也正是在这种历史大背景下应运而生的。作为专门性的贫民习艺立法,《京师习艺所试办章程》对西方当时的社会救助思想及立法内容有所借鉴,堪称是西法东渐之产物,开创了近代中国社会救助立法的先河,对于近代以后社会救助乃至社会保障部门法的形成具有重要的奠基作用。[①] 就微观而论,笔者发现,从法学的视角出发,客观地评价《京师习艺所试办章程》,对今日我国的社会救助立法仍有不少的启发和借鉴。

(一)政府责任的立法明确化

自古以来,我国封建统治阶级很早就介入了救助灾民的活动中,但是其对待贫困的态度是救急不救穷,缺乏常时的、制度化的政府救助活动,其行为充其量乃不过是官方的慈善、恩惠救助活动,具有随意性和不受立法约束性,至于以立法的形式将救助贫民的政府责任规定下来的做法则肇始于西法东渐的近代清末社会。从这个意义上说,清末新政时期颁布的《京师习艺所试办章程》,拉开了近代中国社会救助立法之帷幕,并带来了全新的法制观念,其虽未在立法中明言政府责任原则,但却彰显了关于救助贫民的政府责任思想,即:对政府责任的具体规定不仅体现在政府实施贫民习艺救助的严密组织体系方面,最为重要的是,规定主要由地方和中央政府承担实施贫民习艺的费用。这在中国社会救助历史上具有划时代的进步意义,是基于慈善、恩惠思想的传统社会救助与基于政府责任思想的近代社会

① 对于这个问题,有学者精辟地指出:“通过清末立法运动,中国并没有建立部门法体系。近代的部门法体系是在民国时期确立的,但是,清末已经开始的部门法起草制订工作,成为部门法必要的准备与积蓄学养的过程。所以,清末只产生了近代部门法体系的雏形。”参见王兰萍:《近代中国著作权法的成长(1903—1910 年)》,北京大学出版社 2006 年版,第 130 页。

救助的分水岭。当然，由于受时代和认识的局限，这种政府责任思想并非对应于公民的生存权理念而产生，其和基于公民生存权理念而产生的现代社会救助政府责任思想仍存差距，换言之，近代社会救助思想并不承认贫民享有获得社会救助的权利，贫民获得救助只是政府承担救助责任所带来的反射性利益而已。目下，我国已确立了保障公民生存权的社会救助政府责任思想，但是，如何在相关的立法中贯彻政府责任原则或思想，切实使政府责任落到实处仍是一个亟待解决的重要立法课题，或许《京师习艺所试办章程》中有关政府实施贫民习艺救助的严密组织体系方面的规定能为今日的立法提供若干有益的启示。

（二）帮助贫民自立之法目的的确立

在《京师习艺所试办章程》第一部分“设所纲要”之第三章“贫民入所出所”中规定，贫民“须所学有成，可以自谋生计，然后准其出所”。换言之，让贫民入所的目的在于帮助其学习和掌握生产技能，实现生活自立，这是该章程所要实现的立法目的。在当时清末社会，帮助贫民自立的规定本身是有其积极意义的，因为，随着中国社会的转型，因失业等产生的贫困问题日益深刻化，贫民中除了鳏寡孤独残疾者等传统意义上的贫民之外，还涌现出了大量的因失业或受灾等而陷入生活窘境的贫民，这些人具有劳动的能力，但无劳动的机会或技能，因此，帮助其实现生活自立实乃为一种积极的、先进的救助贫民观念，其对现今最低生活保障立法目的之设定仍有一定的影响。因为，即使在大力强调保障公民生存权的今日，无论是出于防懒汉、避免贫困者依赖最低生活保障的消极想法抑或是帮助贫困者摆脱最低限度生活而过上更美好生活的良好初衷，各国政府都试图通过立法或相关行政实践等来实现帮助贫困者生活自立的最终目的。①

（三）一定程度上对贫民的尊重

《京师习艺所试办章程》虽然并未承认贫民获得救助的权利，但受西方政府救助责任法制化思想的影响，首次将贫民救助以法律的形式规定下来，这的确可谓是中国社会救助制度的飞跃性进步，该章程关于贫民习艺的若干规定以立法的形式体现了对贫民在一定程度上的尊重。最典型的是，该章程在第一部分"设所纲要"之第三章"贫民入所出所"中规定，收纳贫民分为"自请入所"和"强迫入所"两种，自请入所在今日意为申请入所，而申请入所的行为背后隐含着权利意识，因为权利行使的通例一般是基于申请而开始的，即当事人具有可为或不为一定行为的资格或可能性。当然，这种贫民救助的权利思想即使在当时社会救助思想发达的欧洲也并未形成，更何况对处于半殖民地、半封建社会的中国而言更是天方夜谭。不过，由于西方资产阶级平等、自由、保护人的尊严等观念的传播以及民主革命思潮的兴起，当时清政府的立法者也或多或少地受到这种先进政治思想的启迪和影响，因此，在制定具有近代法律性质的《京师习艺所试办章程》中，一定程度上也体现了对贫民的尊重。并且，这或许还表明，清末新政时期，清政府的立法者在吸收西方教养并重思想的同时，并未将英国1834年新济贫法所体现的强制贫民进入习艺所进行劳动的所谓济贫院检验原则囫囵吞枣地予以继受。此外，该章程在第四部分"看守规则"之第六章"犯人贫民规则及休息"中规定，对于习艺所内犯人、贫民，"至于亲丁探晤、寄信，家属得典狱官许可皆准行之。

① 时至今日，帮助贫困者自立仍是一些发达国家如日本等实行最低生活保障的主要法目的之一，并随着时代的发展对其赋予了更加积极的内涵。参见韩君玲：《日本最低生活保障法研究》，商务印书馆2007年版，第118—第122页。

但均有一定时刻、程式，不得任意自由。如遇疾病，由医官诊验，分别送入病室或传染病室为之调治，另派看守看护。若因病身死，经地方官相验后，传本人家属领埋。如无家属或道途遥远者，则暂行掩埋树标待识。其在所内终日工作，应酌定休息日期以节劳苦”，并具体规定了休息日期。上述有关入所贫民与家属的探视通信、入所贫民患病时的医治、尸体的掩埋以及入所贫民工作休息时间的明定等立法内容，体现了人道主义的思想，在当时转型期的中国社会实属难能可贵。当然，需要指出的是，在向入所贫民传授劳动生产技能的名义下，贫民习艺所实际上严重限制了入所贫民的人身自由，行政管理本位色彩相当浓重，反映出近代社会救助思想的局限性。

（四）较高的立法水平

在立法指导思想方面，《京师习艺所试办章程》的制定体现了立法要结合本国、本地方情况，与时势相适应的思想。在清末为了“模范列强”而进行的法律改革中，在全面学习西方社会救助思想之时，清政府仍不忘强调立法要因地制宜，在《巡警部奏京师开办习艺所酌拟试办章程折》的立法理由说明中明确指出：“当此创办方始，并无前绪可寻，举凡厘定章程酌核办法，固贵参各国之成式，尤必度时势之所宜。”此外，在该章程第一部分“设所纲要”之第一章“总则”中规定，“章程为办事准绳，谨参考各国制度，斟酌地方情形，总期规制完全以仰副朝廷弼教明刑之至意”。由此可见，该章程是参考各国制度并斟酌地方情形的产物。

在立法技术方面，《京师习艺所试办章程》所呈现出的特色是，立法内容不仅具有原则性，而且具有规范性和可操作性，立法内容严谨且细致，逻辑性较强，用语简明易懂。例如，对贫民习艺实施机构的组织体系进行了严密的设置，对官员的选任及任职资格提出了具体细致的要求，对习艺所应支费用的负担主体有明确的规定，对贫民习艺的内容与待遇等作出了明确详细的规定，等等。笔者认为，这种立法技术的特色在很大程度上是受到了日本法的影响。因为考察当时清末修律的历史情况可以发现，1895年甲午战争失败后清政府决定向蕞尔小国日本学习，效法日本建立西方式法律制度，开始全面译介和移植日本的法律制度。由上海南洋公学译书院翻译、上海商务印书馆1907年出版的《新译日本法规大全》①即是最有力的佐证。该书共10函，81册，达400万字，对日本的法律制度进行了系统翻译和介绍，通观全书，单就立法技术而论，日本当时立法技术的缜密与细致足以令今人叹服，更遑论对当时的清政府是何等之触动。基于这样的历史事实，可以大胆推断，制定《京师习艺所试办章程》时也受到了日本立法技术潜移默化的影响。然而，综观我国目前社会救助方面的法规、规章等内容，总体而言，立法内容原则性强，条文过于简略，可操作性较差。由于我国各地发展程度与情况等有较大差异，这种"大手笔"式的立法规定，在实际执行中往往大打折扣，其后果是不利于法律的统一适用，进而有损于法律的权威。为此，从借鉴的角度来说，百余年前的《京师习艺所试办章程》所反映出的立法技术的缜密与细致性，对于我国今日的相关立法仍具有不容小觑的参考价值。

韩君玲

2010年8月

① 2008年商务印书馆出版了《新译日本法规大全》一书的点校本。

教　育

点校前言

《大清光绪新法令》是清宣统元年(1909 年)由上海商务印书馆编译所编纂出版的清光绪末年推行新政期间,即光绪辛丑年(1901 年)迄至戊申年(1908 年)间发布的谕旨和各项法令的汇编。原书大致按政府各部次序分宪政、官制、任用、外交、民政、财政、教育、军政、司法、实业、交通、典礼以及旗务、藩务、调查统计、官报、会议十三类,并附法典草案和厘定官制草案,凡 20 册。据原书凡例,该书初名《大清新法令》,因光宣交替,宣统建元创制,故别为起迄,乃更名为《大清光绪新法令》,以别于《大清宣统新法令》,后者赓续前书,采辑自己酉年(1909 年)正月始,断至辛亥年(1911 年)。《大清光绪新法令》第七类为教育,编为第十一、十二、十三共三册。教育类以宣统二年(1910 年)七月原书第 5 版为底本,按商务馆新订凡例校勘而成,合为第三卷之部分。

《大清光绪新法令》教育分学堂章程、教科书、劝学所、教育会、留学生以及杂类和补遗等类目,专门汇集谕旨及各种法令、规章共 86 件。从法规形式渊源上看,这些文件分为两类,一是由管学大臣或学务大臣、修律大臣、政务处、学部、礼部、外务部等衙门专折奏准通行的谕旨,“谕旨为法令源泉”(凡例);再就是由各衙门颁发的有关规程,这些规程“虽非专折奏准,而商民须共同遵守”(凡例),亦为官方命令之一种。这些谕旨和法令规章均为光绪辛丑年(1901 年)三月设立“政务处”后颁发,是清末废科举、兴学堂,举办“新教育”的一项重要内容,所谓《光绪新法令》,即本此意。不过,由于编者选录范围仅限各种官报和时任两江总督端方署中通行存案,并非学部等朝廷衙门,“采辑未能完备,仍须陆续收辑”(凡例),所以该书“教育”部分,还远不是清末关乎教育新法令的全部。这一局限,可由《大清教育新法令》①及相关文献汇编,如朱有瓛主编《中国近代学制史料》予以弥补。尽管如此,读者仍能从中窥见晚清“变法”和实施“新政”背景下教育立法之规模。

我国官办新式教育,草创于 1862 年京师设立同文馆,正式推行于光绪二十七年(1901 年)新政谕旨发布之后。光绪二十九年(1903 年)清政府派张之洞会同张百熙、荣庆在废止《钦定学堂章程》(1902 年)之后重订学堂章程,拟出《学务纲要》、《大学堂章程》附《通儒院章程》、《高等学堂章程》、《中学堂章程》、《高等小学堂章程》、《初等小学堂章程》、《蒙养院及家庭教育法章程》、《优级师范学堂章程》、《初级师范学堂章程》、《实业教员讲习所章程》、《高等农工商实业学堂章程》、《中等农工商实业学堂章程》、《初等农商实业学堂章程》附《实业补习普通学堂章程》及《艺徒学堂章程》、《译学馆章程》、《进士馆章程》、《各学堂管理通则》、《实业学堂通则》、《任用教员章程》、《各学堂考试章程》、《各学堂奖励章程》共 20 件,于光绪二十九年(1904 年)十一月二十六日颁布,统称《奏定学堂章程》,因是年为癸卯年,亦称“癸卯学制”,这是中国近代史上取代传统的科举制而创建全国新式

① 政学社编纂:《大清教育新法令》,1910 年北京政学社版。同名书还有上海商务印书馆编译所编纂本。

教育的第一个学制。以后清政府又陆续颁布了大量有关学堂教育、劝学所和教育会、留学方面的法令、规章，进一步完善和细化了各级各类的教育程式。

清末新政背景下的教育立法，内容和种类相当的系统、完备和细致，其来源主要以日本教育模式，以其为蓝本，并酌取旧学内容。学部作为统筹全国学务的核心机构，以命令或法令的方式，通过确定教育宗旨、统一规划和调整布局、审定规范各类教材、加强对师生思想行为的控制来实施对全国教育的管理，推动了中国社会由传统导入近现代。这批立法文件，不仅是帮助我们了解和观察当时教育立法状况的重要文献史料，在一定意义上，也是为我们深入理解当今教育体制与制度改革中所以存在诸多问题的有益参考。

王　健

2011年3月7日于西安

军　　政

点校前言

《大清新法令》点校本第三卷，包括原《大清光绪新法令》第十四册，主要是清朝编练新式军队以后由练兵处、兵部、陆军部等衙门请旨颁布的军政法律制度，内容包括军事教育、营制饷章、校阅、军礼军服、军器旗式、惩罚、退伍、测绘、海军等方面的内容。

众所周知，清朝以武功取天下。清初定八旗兵制，终于定鼎中原。清末编练新军，辛亥革命时新军成为推翻清朝统治的主力。正所谓"以兵兴者，终以兵败。"不仅如此，清末编练的北洋新军在清亡以后又左右中国政局几十年，对近代中国历史发生了重大影响。从八旗之制演变到编练新军，就是整个一部清代军事史，其中清末新军是不可或缺的重要内容。

清初，努尔哈赤以十三副甲起兵，归附者日益增加，于是设正黄、正白、正红、正蓝四旗以统部众，后又增加镶黄、镶白、镶红、镶蓝四旗。《清史稿·兵志》："每旗三百人为一牛录，以牛录额真领之。五牛录，领以札兰额真。五札兰，领以固山额真。每固山设左右梅勒额真。"满人靠这支八旗铁骑征藩部，定中原。其时，"八旗子弟人尽为兵，不啻举国皆兵焉。"直到"圣祖平南服，世宗征青海，高宗定西疆"，都是以八旗为主力，辅之以绿营。但发展到道光咸丰时期（1821—1861），八旗、绿营这些军队外不足以御侮，内不足以平发捻，正如曾国藩(1811—1872)所指出的,“八旗劲旅,以强半翊卫京师,以少半驻防天下,而山海要隘,往往布满,其额数常不过三十五万。绿营兵名为六十余万,其实缺额常六、七万人。”[1]为了讨平太平天国起义和捻军,清朝又开始编练乡兵,于是有了湘军、淮军的兴起。《清史稿·兵志》:“道光之季,粤西寇起,各省举办团练,有驻守地方者,有随营征剿者。侍郎曾国藩以衡、湘团练讨寇,练乡兵为勇营,以兵制部勒之,卒平巨憝,其始皆乡兵也。”

甲午之战,淮军大败,清朝开始裁减乡兵。“至宣统年,非特绿营尽汰,即湘、淮营勇驻防南北洋者,所存亦无几矣。”在裁撤乡兵的同时,清朝开始编练新式陆军。《清史稿·兵志》记载:“陆军新制,始于甲午战后,步军统领荣禄(1843—1903)疏保温处道[2]袁世凯(1859—1916)练新军,是曰新建陆军。复练兵小站,名曰定武军。两江总督张之洞(1837—1909)聘德人教练新军,名曰江南自强军。其后荣禄以兵部尚书协办大学士节制北洋海陆各军,益练新军,是为武卫军。庚子乱后,各省皆起练新军,或就防军改编,或用新式招练。至光绪三十年(1904年),画定军制,京师设练兵处,各省设督练公所,改定新军区为三十六镇,新军制始画一。”

本书所载为1904年以后清朝在京师设练兵处,在各省设督练公所编练新军队的有关资料,是研究这一时期军史、军法的第一手史料,其内容有以下特点及史料价值:

首先,历代封建王朝虽有武举等军事人才的选拔制度,但都没有正式的军事人才培养机构。19世纪末,清政府处在列强环伺的国际

---

① 《清史稿·兵志》。
② 浙江温州、处州道道台。

环境里,自鸦片战争以来又迭受割地赔款之欺侮,因此决定编练新军。而编练新军,首在军事人才的培养。清政府除派遣留学生学习外国先进军事技术知识外,还在全国设立了陆军小学、陆军中学、军官学堂等机构来培养军事人才,拉开了近代正规军事教育的序幕。

毕业于保定陆军速成学堂的张钫在《辛亥以前成立陆军速成学堂的经过》一文中回忆说:清政府"除在各省设立陆军小学外,并在全国设立四个陆军中学。这些学校的学生须学习两年后毕业,才能升入军官学堂。从小学到军官学堂毕业,需要九年那么长的时间,才能训练出一个排级军官。那时外患日迫,当局感觉不能等待,乃由陆军部直接领导,成立陆军速成学堂,招学生两班,由陆军小学及文学堂挑选具有中学程度并且身体健壮的学生入学,两年半毕业,毕业后即可与军官学堂毕业班次相衔接,军官人才就可以源源产生。"①

清代军官学堂开设的军事科目比较齐全,有步、马、炮、工、辎等专科,除课程讲授修身、国文、外国文(日、英、俄、德、法之一)、历史、地理、算学、格致、图画等科学文化课外,还设有训诫、操练、兵学等训练课目。

尤其值得称道的是教师对教学方法的讲究,如"教授之道,功课虽分,实则互相维系,本科功课须与各科功课融会贯通,彼此联络,竞求进步,如修身、国文、历史三科一气相承,倘教授各执门户,学说纷歧,反阻学生进步。至如学图画者必通图绘、应用之算学,学地理者先明图上之地形,以此类推。凡各科学皆以互相联属为主,不得专己自是。"

---

① 见中国人民政治协商会议陕西省委员会文史和学习委员会编:《陕西文史资料精编》第一卷《社会政治》上,陕西人民出版社 2010 年版,第 65 页。

又如,“于每期开学之初,凡有关教育各员悉心会议,作本期课程大纲表,于每星期第六日由各科正教员会同本科副助教员议定下星期课程细目表,再由监督汇总考核列为一表。各教员阅表即知各科教授范围及其程度,互相参照,旁推交通。如博物学内值有卫生功课,国文及外国文教员随选有关卫生文题以资讲习;又如图画功课须用算法,算学教员随选图画应用算法命题试课,准此类推,则脉注绮交,各科学方轨并进,获益更多。”

其次,注重对军人素质的培养,尤是对其爱国尚武精神的养成。近代以来,外侮渐深,救亡图求也呼唤着国人尚武精神的复活。梁启超(1873—1929)流亡日本期间写作了《中国之武士道》一书,他说:“泰西日本人常言,中国之历史,不武之历史也;中国之民族,不武之民族也。”他认为中国民族最初是尚武的民族,其后的专制政体阉割了中国人的尚武精神。清政府从自身统治的需要出发,在军事教育中培殖忠君爱国的观念,也培养尚武精神。如开办陆军学堂的宗旨明确提出:“一切教育以忠君爱国为本原,智育、体育为作用,振尚武之精神,植军人之资格。”为了达到这一目的,特设修身一课。“修身学为尽人立身之桢干,亦为全国立国之精神,教授宗旨必使知有国乃能有家,有家乃能有身,必能修身乃能卫国,而卫国即以卫家,知是则忠孝之心油然自生,而军纪、军秩及军人之职分、志趣皆得其本原,而言之易入矣。修身非可空言,自以经义为主。四书皆圣贤微言大义,尤为伦理之宗,故陆军小学堂修身一科从讲解四书始。特经义渊深,恐非幼生所能领会,是在教员善以浅语演深理,以近事证圣言,令其罕譬而喻其性理。政治精微博大之处,幼生猝难领会,如《大学》、《中庸》、《孟子》第六、第七两卷,余类推,不妨暂行提出,俟入陆军中学堂再行补讲,高等小学堂普设后此条再另拟订。《春秋》、《左传》中多兵家言，晋之杜预、宋之狄青皆通习《左传》而立大功，择要选授，须按当时国情、地理、兵机、邦交详尽指授，将来所用甚远。说经主讲解，不主背诵，讲解之时，教员务为诸生设身处地，知其识解所及，迎机以导，毋得模糊艰涩，令幼生无从了解，尤不得偏重背诵徒伤脑力，国文科准此。说经之时，须将经传中圣贤列为小传，将其时代、邑里、氏族、言行撮要编入并绘像，俾便瞻仰，以动其向慕之心，是条宜与历史教员参酌。古今名将行谊、道德有与经传中相合者，于解授经文时，尤宜反复引证，或绘像以俾瞻仰，尤为精神教育，是条宜与历史教员参酌。"

其中一些科目的教学方法规定得具体生动，在今天仍有一定的借鉴意义。如"历史、地理两科讲授得宜，最动幼年生之情感。讲授历史时，指授本国古今圣贤豪杰，志士仁人开物成务之功乃有今日，则该生必生爱同国种类之思。讲授地理时，指示本国幅员之广大，山河之雄伟，出产之丰腴，人民之栖托，当日开辟之艰难，今日保存之不易，则该生必生爱本国土地之思。此全赖教员于授课时淋漓痛切，慷慨发明，非笔墨所能及，是谓精神教育之第一义。次则将四千余年来历朝统绪分出段落，使知时代递嬗及治乱兴衰之大概，务期简括明了。本国地理则以山岭枝干，江河流域为经；城邑方向，户口物产，关津阨塞，省界、府界为纬，间说沿革以资读史，旁及轮船、铁道、商埠、侵地以明时局。其外国历史，各国舆地亦准此指授。历史、舆地自非博文强记不明，然究须于大节目处着意，其过涉繁琐无当实用者，不得苛责记诵，致伤该生等脑力。"

最后需要说明的是，本书的点校无其他异本可供参考。凡属明显错讹漏误之处，断以己臆，擅改之处，还望作者见谅，幸而删改之处留有标注，读者当不难窥见底本原貌。最初点校稿，由我的研究生段俊杰、唐丽纬两位同学参与，最后由我校阅修订完成。在此对他们两位的辛勤劳动表示感谢。

闫晓君

2010年12月11日

民　　政

考　　核

民政部奏实行考核各省民政通饬造册送部折

窃臣部前于光绪三十二年(1906年)十二月十七日，会同军机大臣具奏民政部官制章程内，开臣部管理地方行政等事，凡直省民政等官臣部皆有统属考核之权各等语，钦奉谕旨允准在案。良以臣部职掌略与各国内部相当，凡地方行政之得失，有司之贤否，均应详加甄察，严定考成，以收统一内治之功而免彼此隔阂之弊。惟现行制度地方官吏铨选除授之事属于吏部，而激扬举劾主权又分属于各省督抚臣部，虽有统属之名，曾无考核之实。夫亲民之官莫要于州县，今部以民政为名而于州县事，实无所闻，知甚非设部之初意。伏思光绪三十年(1904年)五月十四日曾经钦奉懿旨，著各省督抚将各州县分别优劣，开列简明事实奏到后交政务处详核具奏请旨劝惩等因钦此，旋经政务处奏定通行划一章程遵照办理。嗣后，政务处归併考察政治馆，又改为宪政编查馆，因归该馆核办查此项，事实表册于各地方政绩之良窳[①]，进步之多寡，分类胪陈，逐年比较以之考求吏治。虽不敢谓事无遁形、词无虚饰而循文责实亦庶几有所凭依，实于整饬地方推行民政不无裨益。臣部职司所在自应黾勉从事以企成功，拟请饬下各省督抚将州县事实表册除照章咨送宪政馆外，另造一分咨送臣

① 窳，即不坚实、败坏、虚弱、懒惰、低下。

部详细考核。俟核定优劣、分别等第后，仍行咨请宪政编查馆王大臣复核主稿，会同臣部具奏请旨劝惩。其章程表式，如有应行增修改订之处，为臣部所见及者，亦拟随时酌定会同具奏，庶使内外相维名实相副用，收监督地方行政之效而餍朝廷实事求是之心。如蒙俞允，即由臣部通咨各省并咨行宪政编查馆，钦遵办理。谨奏。光绪三十四年(1908 年)三月十三日奉旨依议。钦此。

工 程

●●民政部奏各省兴修马路请饬造册报部折

窃查臣部官制章程，营缮司掌稽核京外官办土木工程及经费报销事宜，而工程之繁、经费之巨尤以修筑马路为最。夫平治道涂王政所重京师内外城各处官路，业经分段兴修，而沿江沿海省分风气已开，莫不修路，以便交通。惟至今册报到部者，尚属寥寥，臣部既有考核之责，马路工料用款虽不能以定价相绳，而款项所关似不可漫无稽核，臣等公同商酌，拟请饬下各省督抚转饬承办之员，嗣后凡有马路工程，均将段落、丈尺、做法、钱粮、绘图贴说报部立案，工竣后造具册结送部核销。虽系不动正款之路工经费取给于地方者，亦应一律报部查核。庶使民间输入之财与库储并重而动用不至或轻于工款，两有裨益。至以前所修马路未经报部者，仍饬属查明补报，并拟定岁修章程及翻修年限，随册咨部备案。其仍前延不造报者，由臣部咨行吏部议处，以定考成而资整顿。谨奏。光绪三十四年(1908 年)八月十八日奉旨依议。钦此。

巡 警

●●政务处议覆鸿胪寺少卿毓朗奏办理警察先用旗丁试办片

再本月二十日准军机处钞交鸿胪事少卿毓朗(1864—1922)奏青城驻防兵丁办理警察折,又密云县警察先用旗丁试办片奉旨政务处议奏钦此。窃维警察乃内治要政,且是专门之学,自钦奉谕旨饬令举办,叠据各省先后奏到,创办章程备极详密,并请先设学堂,挑选年轻质敏者认真教练,其经费多由裁减制兵撙节,筹备缔造颇为艰难。原以保卫地方必须具有学识方能得力,未便拘于一格。至该少卿所陈,系为驻防生计起见,查调署两广总督岑春煊(1861—1933)在四川署督任内,会同署成都将军苏噜岱奏办,满城警察亦系就旗人挑选,专管满城地方。此外,各省驻防处所自可仿照办理。其有外府州县驻防旗丁较少之处,亦可挑选合格者,令入警察学堂教习,学成后即归入各处备用,于旗丁多一出路不为无益。谨奏。光绪三十年(1904年)八月二十八日奉旨依议。钦此。

●●政务处兵部会奏议覆裁撤绿营一律改为巡警折

本年正月二十五日准军机处钞交巡警部尚书徐世昌等奏绿营疲弱请一律改为巡警以收实用一折,奉旨政务处会同兵部议奏钦此。

原奏内称，光绪二十七年(1901年)钦奉谕旨饬练巡警军各省多就绿营设法。比年以来，办法既有参差，名称复不画一，且有虽经具奏并未实行者，于警政之规制、饷章，均有窒碍。请饬各省督抚将现存马步战守各兵，挑选年力富强、体量合格、粗识文字、别无嗜好者，改编巡警，慎选廉明武职暨粗通警察人员督率教练。不得以原有制兵改易巡警名目，空文塞责，每年腾出饷项尽数拨作巡警要需，先于省会及商埠设巡警学堂，征募士民肄业，一面将由绿营挑选之警兵更番派入学堂，教以浅近警法，再逐渐分别去留徐臻美备，实于警政大有裨益等语。查绿营久称窳败巡警亟应振兴，现在朝廷特设专部整理京外警务，以为保民要政，各省兴办巡警应需经费颇巨，自应将绿营挑改巡警化无用为有用。该尚书等所请挑选制兵改编巡警以饷项充警费及设立学堂教练各办法，均尚妥协拟请饬下各督抚查照该部原奏认真办理，以重警政而节虚縻。至绿营旧设官缺并准俟该部拟定各省巡警官制及一切行政详细章程，再行奏明请旨，分别办理。谨奏。光绪三十二年(1906年)　月　日奉旨依议。钦此。

民政部奏请通饬各省酌裁民壮募练巡警折

窃维内治之整饬，首以安民去蠹为先。警政之推行贵有因时制宜之计，臣等前于光绪三十二年(1906年)正月二十五日片奏请饬各省将办理巡警情形部汇核等因前经钦奉谕旨允准咨行各省。在案一年以来，迭据各省先后奏报咨覆到部，臣等参阅章程旁征舆论，如直隶之天津、保定、奉天、四川、广东省城警察办法尚称完备，渐有可观，其余各省或形式已成而精神未具，或初基甫立而规制尚疏。若边瘠地方风气未开，因陋就简者有之，暂议缓办者有之。大抵地方情形不同，故办法暂难画一。方今民政百端待举，通筹缓急，警察为保民要图，自应推广实行，力求普及。现在各省府厅州县及乡镇地方举办警察，有循保甲之规制而变其名者；有以团营、巡勇、乡勇改者；有以绿兵改者；有以乡镇原有之巡夫人等改者；有专用巡警者。力求实际固不乏人，而粉饰因循亦在所不免。盖事属创办得人非易，而就地筹款愈觉为难。查州县原有民壮、捕役等项，每县额设不过百名，工食至微而白役之数多且逾千，平日于缉捕盗贼，递送公文，全无实际，惟日以生事扰民为业。小民一讼之扰累，一票之诛求，虽有循良，亦为蒙蔽荼毒靡穷，实民生之蠡贼。又查冲繁州县间有招募团练勇丁者，其饷项或借资公款，或出于捐廉，或摊之商捐、地捐，虽捕盗较为得力而控驭亦多有失宜，自非一以警察齐之深足滋流弊而糜饷款。总之，各省民壮、捕役、乡勇等，果能顾名思义克尽厥职，则诘奸禁暴何一非巡警应服之职务。只以习惯沉痼时至今日，势不得不议更张。前山西抚臣赵尔巽(1844—1927)筹办晋省巡警，奏准裁汰捕役等项，改募朴实壮丁作为巡警在案。臣等维警察为治安根本，必须先去民蠹迺能保安民生。该抚臣因时制宜，不但为目前讲求民治之要端，抑且于警察藉资挹注，各省仿照推行自无窒碍。请饬下各省督抚将军通饬所属府厅州县，查明民壮、捕役等项额设若干，工食若干，旧有练勇数若干，筹给饷项若干，详报臣部。一面严饬酌量裁汰改设巡警，增给饷薪，各设警务传习所一所，更番训练以应急需。自此次裁汰改练之后，各该地方官不得徒饰虚交，藉词搪塞。至地方之繁简，形势之险易，民俗之驯悍，经费之赢绌，各处情形不同，应如何增减变通之处，由地方官酌量办法，禀明督抚将军核酌，分别奏咨以期逐渐扩充，庶可卫闾阎[①]而课

① 闾阎，即住宅、民间。

成绩。臣等明知民壮各役工食无多，原不敷改设巡警之用，惟此项人等恶习过深，久为民患，与其仍留各役为害地方，何如改用巡警可裨治本，又各省巡勇、乡勇等向有捐费颇巨，如以移办巡警，自可化无用为有用，是全在地方官之办理得法而已。谨奏。光绪三十三年(1907年) 月 日奏旨依议。钦此。

●●宪政编查馆奏考核违警律折并单

光绪三十三年(1907年)八月十八日准民政部咨称本日具奏酌定违警律草案请饬下宪政编查馆核定颁行一折奉旨依议钦此。钦遵钞录原奏并清单知照前来，臣等伏查，原奏内称，唐虞薄眚惟画衣冠，周汉司隶亦先罚赎。近来东西各国均有违警之科，皆所以息祸患于未萌，期秩序之共守京外。警政推暨日广，各省亦多有拟行违警办法藉示惩儆者，自应酌定章程以资遵守等语，自系防渐杜微纳民轨物之意。考违警之惩，盖始于周礼司救及野庐氏等官罚严三让未因过失稍宽，令肃四畿，本为防奸，益厉牏挞之诛，厥源已古，逮汉以还，互见刑律，其事理有未尽者，则设不应为条以概，一切良由犯系轻微未注重也。现在民政既设专官，凡属警政正待扩充，则违警律亟宜析出单行。近今泰西各国立法例于违警罪之说约举有三，一融会于刑法中不设违警名目者，如纽约、芬兰等刑法是。二因刑之重轻而为违警罪之分类者，如法兰西、墨西哥、德意志等刑法是。三因罪之性质而为违警罪之分类者，如奥大利、匈牙利、荷兰、意大利、白尔加利亚、那威等刑法是。综核其说，第一说于理论虽当，今既定议单行，则宗旨不符，毋庸深论。第二说易记刑之重轻，而不能知其罪之性质。第三说易知罪之性质，而不能记其刑之重轻，二者互有短长，然各国最新法典及草案采用第三说者为多，盖因违警罪之预防搜查及逮捕当其冲者实为警察。警察之法学知识未能完备，使其易于记忆，不如由性质而为之区分也。检阅该律草案刑之种类，厘为七等，并分总则、国安政务、公共危害、交通、邮电、秩序、风俗、身体、卫生、财产为十章共四十四条，又附则二条，实本第二、第三之说而折衷一是，体例完密，可冀推行无阻，其间范围广狭实兼采东西制度，增警吏之权限，即所以保闾阎之乂安况刑律，虽经告成颁布尚须时日，而违警律单简易行，于时势亦甚切合，惟原案总则内条文次序尚宜酌改，如第三条至第六条系不论罪，在律中为例外，而叙次转在正面办法之先，似嫌倒置。其余类此颇多，今稍加更易，大率先叙正面办法及罚例等，次加重例，次减轻例，次不论例，次释语义，庶于体例较合，又第二章所列关于国安之违警事项，如情节较重则宜归入刑律；情节较轻则不至关及国安，今略为删减，并入政务违警罪内，通为第二章。以下各章即按次递进，至各章内所举事项有应入官吏渎职处分者，列入违警亦有未合。今酌量删节以清界限，其余辞义未妥及字句歧出文词生涩之处，亦皆一律修改，务令吻合国情，俾官民易于通晓。臣等公同核订，拟将该草案厘定为十章四十五条，敬谨分别缮具清单恭呈御览，伏乞钦定，拟请明降谕旨，颁行京外，一体遵守。谨奏。光绪三十四年(1908年)四月初十日奉旨依议。钦此。

谨将核定违警律缮具清单恭呈御览

要　目①

第一章　总例

① 要目，原书无。为方便阅读，本次再版时酌加。

第一章 总例

第一条 凡犯本律各款,在本律施行以后者,均按本律处罚。

第二条 凡本律所未载者,不得比附援引。

第三条 本律所定罚例,分为七种如下:

一 十五日以下十日以上之拘留,或十五元以下十元以上之罚金。

二 十日以下五日以上之拘留,或十元以下五元以上之罚金。

三 五日以下一日以上之拘留,或五元以下一角以上之罚金。

四 十五元以下十元以上之罚金。

五 十元以下五元以上之罚金。

六 五元以下一角以上之罚金。

七 各本条所指充公停业及勒令歇业等处分。

第四条 凡拘留者,拘留于巡警官署。

第五条 凡按本律处罚金者,限五日内完纳。若逾限无力完纳,每一元折拘留一日,其不满一元者,亦以一日计算。

第六条 凡现犯本律各款者,巡警人员虽不持传票亦可径行传案。

现犯者若系职官而确有公事在身者，不在此限。

第七条　因犯本律之嫌疑经官传讯者，须于三日以内到案，若逾期不到可径行判断。如有应得之罪，按律处罚。

第八条　凡犯本律各款者，其呈诉告发期限以六个月为断。按本律定罪逾六个月未办者，作为豁免。

第九条　凡同时犯本律二款以上者，各按应得之罪分别处罚。其拘留期限长至三十日为止，罚金数目多至三十元为止。

第十条　唆使人犯本律各款者，以正犯论。

第十一条　凡曾犯本律各款，于罚办完结后六个月以内，在同一管辖地方再犯者，加重一等。

第十二条　犯本律各款者，若情有可原，得酌量减轻一、二等。

第十三条　犯本律各款而于未发觉以前向巡警官署或被害人自首者，得减轻一、二等或代以申饬，其各本条有专例者不在此限。受申饬者于六个月以内，在同一管辖地方再犯时，加重二等。

第十四条　凡按本律拘留者，若确有悔悟情状，于拘留期限过半后，不俟限满，亦可释放。

第十五条　有心疾人犯本律各款者，不论。

第十六条　未满十五岁人犯本律各款者，由巡警官署申饬后告其父兄或抚养人自行管束。若未满十五岁人经前项处分后六个月以内，在同一管辖地方有再犯者，科其父兄或抚养人以五元以下一角以上之罚金。若无从查悉其父兄或抚养人者，八岁以上之幼童，由巡警官署送入教养局；未满八岁者，则送入育婴堂。

第十七条　凡为人所迫无力抗拒致犯本律各款者，不论。

第十八条　犯本律各款未成者，不论。

第十九条　凡本律所称一等者，指各本条所定拘留期限、罚金数目四分之一，而言加重与减轻准其相抵。因加减之故拘留，有不满一日罚金不满一角者，准其豁免。

第二十条 本律所称以下以上或以内者，俱连本数计算。

第二章 关于政务之违警罪

第二十一条 凡犯下列各款者，处十五日以下十日以上之拘留，或十五元以下十元以上之罚金。

一 无故布散谣言者。

二 于官吏办公处所聚众喧哗不听禁止者。

第二十二条 凡犯下列各款者，处十日以下五日以上之拘留，或十元以下五元以上之罚金。

一 因曲庇犯本律之人故意藏匿或湮灭其证据或捏造伪证者。若于该案未判定前自首或系犯人亲属，免其处罚。

二 诬告他人犯本律各款或伪为见证者。若于该案未判定前自首者，免其处罚。

三 毁损或除去官发告示者。

第二十三条 凡犯下列各款者，处五日以下一日以上之拘留，或五元以下一角以上之罚金。

一 违背章程营商工之业者。

二 违背章程开设戏园及各项游览处所者。

三 凡死出非命未经呈官相验私行葬埋者。

第二十四条 凡犯下列各款者，处五元以下一角以上之罚金。

一 迁移、婚娶、生死不遵章程呈报者。

二 未经官准擅兴建筑或修缮或违背官定图样者。

三 旅店不将投宿人姓名、住址及其职业呈报者。于六个月以内犯本款至三次以上者，应令停业至十日为止。若屡犯不改，则勒令歇业。

第三章 关于公众危害之违警罪

第二十五条 凡犯下列各款者，处十五日以下十日以上之拘留，或十五元以下十元以上之罚金。

一 违背章程搬运火药及一切能炸裂之物者。

二 违背章程储藏火药及一切能炸裂之物者。

三 未经官准制造烟火或贩卖者。

四 于人家稠密之处点放烟火及一切火器者。

五 知有前三款之犯人而不告知巡警人员者。若系犯人之亲属，免其处罚。

六 发见①火药及一切能炸裂之物而不告知巡警人员者。

七 于人家近傍或山林田野滥行焚火者。

八 当水火及一切灾变之际，由官署令其防护而抗不遵行者。

九 房屋势将倾圮，由官署督促修理而延宕不遵者。

第二十六条 凡疏纵疯人或狂犬及一切危险之兽类奔突道路或入人第宅者，处五日以下一日以上之拘留，或五元以下一角以上之罚金。

第四章 关于交通之违警罪

第二十七条 凡犯下列各款者，处五日以下一日以上之拘留，或五元以下一角以上之罚金。

一 于私有地界内当通行之处有沟井及坎穴等不设覆盖及防围者。

① 发见，即发现。

二 于多人聚集之处及湾曲小巷驰骤车马或争道开车不听阻止者。

三 乘自行车不设铃号者。

四 夜中无灯火疾驱车马者。

五 以木石堆积道路不设防围或疏于标识点灯者。

六 以瓦砾或秽物及禽兽骸骨投掷道路或投入人家者。

七 未经官准于路傍、河岸等处开设店棚者。

八 毁损道路、桥梁之题志及一切禁止通行或指引道路之标识等类者。

九 渡船、桥梁等曾经官署定有通行费之处而于定数以上私行加索或故阻通行者。其浮收之款概行充公,不得援第十三条减轻之例。

第二十八条 凡犯下列各款者,处五元以下一角以上之罚金。

一 于渡船、桥梁等应给通行费之处不给定价而通行者。

二 于路傍罗列玩具及食物等类不听禁止者。

三 滥系舟筏致损毁桥梁、堤防者。

四 将骡马诸车横于道路或堆积木石、薪炭等类妨碍行人者。

五 并牵车马妨碍行人者。

六 并舟水路妨碍通船者。

七 将冰雪尘芥投弃道路者。

八 受官署之督促不洒扫道路者。

九 于道路游戏不听禁止者。

十 疏于牵系牛马等类妨碍行人者。

十一 于谕示禁止通行之处而通行者。

十二 消灭路灯者。

第五章 关于通信之违警罪

第二十九条 凡犯下列各款者，处十五日以下十日以上之拘留，或十五元以下十元以上之罚金。

一 妨碍邮件或电报之递送情节较轻者。

二 损坏邮政专用物件情节较轻者。

三 妨碍电报、电话之交通情节较轻者。

第六章 关于秩序之违警罪

第三十条 凡犯下列各款者，处五日以下一日以上之拘留，或五元以下一角以上之罚金。

一 于私有地界外建设房屋、墙壁及轩楹者。

二 毁损路上植木或路灯者。

三 由官署定价之物而加价贩卖者。其浮收之款概行充公，不得援第十三条减轻之例。于六个月以内犯本款至三次以上者，应令停业至十日为止。若屡犯不改，则勒令歇业。

四 于官地牧放牲畜不听禁止者。

五 于禁止出入处所滥行出入者。

六 潜伏无人之屋内者。

第七章 关于风俗之违警罪

第三十一条 凡犯下列各款者，处十五日以下十日以上之拘留，或十五元以下十元以上之罚金。

一 游荡不事正业者。

二 僧道恶化及江湖流丐强索钱物者。

三　于私有地界内发见尸体不报官署或潜移他所者。

四　无故携带凶器者。

五　暗娼卖奸或代媒合及容止[①]者。

六　唱演淫词、淫戏者。

第三十二条　凡犯下列各款者，处十日以下五日以上之拘留，或十元以下五元以上之罚金。

一　污损祠宇及一切公众营造物者。

二　毁损墓碑者。

第三十三条　凡犯下列各款者，处五日以下一日以上之拘留，或五元以下一角以上之罚金。

一　于路傍为类似赌博之商业者。

二　于道路高声放歌不听禁止者。

三　于道路酗酒喧噪或醉卧者。

四　于道路口角纷争不听禁止者。

第三十四条　凡茶馆、酒肆及各项游戏处所，主人或经理人于巡警官署所定时限外听客逗留者，处十五元以下十元以上之罚金。于六个月以内犯本款至三次以上者，应令停业至十日为止。若屡犯不改，则勒令歇业。

第三十五条　凡犯下列各款者，处十元以下五元以上之罚金。

一　于巡警官署所定时限外逗留茶馆、酒肆及各项游戏处所者。

二　当众骂詈嘲弄人者。犯本款者，非经被害人呈诉，不论。

第三十六条　凡犯下列各款者，处五元以下一角以上之罚金。

一　于道路裸体者。

---

① 容止，即收留。

二　奇装异服有碍风化者。

三　于厕所外便溺者。

四　未经本主允许辄于人家墙壁贴纸或涂抹者。

五　深夜无故喧嚷者。

六　凡车夫、马夫、轿夫、船夫及一切佣工人等，豫定佣值而事后强索加给或虽未豫定而事后讹索者。犯本款者若屡犯不改，应勒令歇业。

第八章　关于身体及卫生之违警罪

第三十七条　凡犯下列各款者，处十五日以下十日以上之拘留，或十五元以下十元以上之罚金。

一　加暴行于人未至成伤者。

二　未经官准售卖含有毒质之药剂者。于六个月以内犯本款至三次以上者，应令停业至十日为止。若屡犯不改，则勒令歇业。

三　于城市及人烟稠密之处开设粪厂者。

第三十八条　凡犯下列各款者，处十日以下五日以上之拘留，或十元以下五元以上之罚金。

一　偶因过失污秽供人饮用之净水致不能饮用者。

二　违背一切官定卫生章程者。

第三十九条　凡业经悬牌行术之医生或稳婆无故不应招请者，处十元以下五元以上之罚金。

第四十条　凡犯下列各款者，处五元以下一角以上之罚金。

一　毁损明暗各沟渠或受官署督促不行浚治者。

二　装置粪土秽物经过街市不施覆盖者。

第四十一条　凡犯第三十八条各款、第四十条第二款六个月以内至三次以上者，如系营业之人，应令停业至十日为止。若屡犯不改，则勒令歇业。

第九章 关于财产之违警罪

第四十二条 凡犯下列各款者，处十日以下五日以上之拘留，或十元以下五元以上之罚金。

一 违背章程损伤森林树木者。

二 解放他人所系牛马及一切兽类未至走失者。

三 解放他人所系舟筏未至漂失者。

第四十三条 凡犯下列各款者，处五元以下一角以上之罚金。

一 无故毁损第宅题志、店铺招牌及一切合理告白者。

二 在官地或他人私地内私掘土块、石块情节较轻者。

三 采食他人田野园圃之菜果或采折花卉者。

四 践踏他人田园或牵入牛马者。

第十章 附条

第四十四条 本律自钦定颁行文到之日起，限三个月，所有各直省一律施行。其各地方有巡警制度未经设立完备者，得由各该省督抚酌量情形，另定限期奏明办理。

第四十五条 本律所载之外，各直省督抚得因地方情形酌定违警章程变通办理，惟不得与本律相抵触。

●●民政部通咨违警律施行办法文附办法光绪三十四年(1908年) 月

查本年四月初十日宪政编查馆核定本部违警律具奏,奉旨依议钦此,钦遵通行在案。查本律条理细密,解释稍歧即滋贻误,现经本部提议各条,拟定施行办法,咨行各省以备参考。此后各省如于本律遇有疑义,须随时咨明本部,以本部解释所定者为准,庶免纷歧。除札饬两厅暨分别咨行外,相应钞单咨行贵督查照办理可也。

附违警律施行办法

一 不服违警之判断,应否准其呈控于审判衙门或其它地方官衙门?查此项尚待详细核议。在未经议定办法以前,应暂时作为行政处分,不准再向审判衙门或其它地方官衙门呈控。

一 第二条不得比附援引应否准用类推解释?查比附援引与类推解释名异实同,故凡本律所不载者,不得率以类推解释定罪,即如本律第二十五条第九款所载房屋势将倾圮由官督催延宕不修一节房屋字样,界限极明,不能类推之于将倒树木。然此等情形巡警人员固有谕告本主命其防止或除去之权,惟无科以违警罪之权而已。至类推解释与当然解释又自有别,例如第十七条仅载为人所迫,则用当然解释,为天灾所迫自包其内,此则法理上所许者也。

一 第三条所定罚例应否俱从以上本数起科?查违警律通行伊始,人民固未周知,官吏亦尚未习练,自应以从轻处断为宜。各项罚例俱从以上本数起科,系以情节轻者为标准,而以情节较重者依次加重，未始非防止滥用之意，嗣后违警定罚，除从前业有成案，其轻重可以比较而得之各项外，若系照此次定律始行处罚者，应俱从本数以上起科庶有标准。

一 第六条现犯本律各款者，巡警人员虽不持传票可径行传案，此项巡警应否以着有制服或携有执照为限？查此项有传案权之巡警应以执务中为限，不必限定制服。盖亦有着服而并非在执务中者，例如每日赴厅上值及退值时之类，则只可有普通告发之权，而不能径行将人传案。至执务中应否均着制服或携有执照，视定章程如何可也。

一 第八条按本律定罪逾六个月未办者，作为豁免是否期满免除之义？查本条系规定期满免除之例，凡逾期不到经该管官署径行判断及定罪后逃逸不能执行者之类，均得适用本条。

一 第十条唆使人犯本律各款者，以正犯论可否分唆与使为二事？查唆使二字于法理上毫无分别，本条所谓唆使，均指造意犯而言，不问被唆使者之知其意与否也。至因过失而致迫人犯本律各款者，是为过失共犯，不能以唆使犯论。过失共犯一层本律虽无明文，然由法理上言之，则此说颇为得当也。

一 第十一条所载同一管辖地方是否以各该原办之区为界限？查本条所以示再犯加重，同一管辖地方，若范围过大固难调查，然若仅以各区为界限，则范围又嫌过小，宜以各该分厅为界限。盖各区办结之案，无不随时申报分厅，则调查尚不甚难也。

一 第十七条仅载为人所迫，若为水火灾变所迫，应否论罪？查本条载为人所迫，不论由于人力者尚且无罪，则由天灾者更不待言。律文从略者乃举轻省重之意，此节所谓当然解释也。

一 第十九条所载加重减轻应以何数起算？查加减之法应就以上、

以下、最高或最低之数起算加减，例如罚金十元以下五元以上者，十元加一等则为十二元五角，五元加一等则六元二角五分是也。又十元减一等，则为七元五角，五元减一等则为三元七角五分是也，其余以此类推。凡各项律文均应如此解释，非独刑律草案为然，至因加减而致奇零者，则按本条第三项所定，准其豁免可也。

一 第二十三条第一、二款所载违背章程，此项章程其实行期限应否以公布之日为始？查本条第一、二款及其余各条所载违背章程，若尚无章程自属不能施行。其犯在未定章程以前者，可照第一条规定办理。

一 第二十九条第一款至第三款所载情节较轻应以何者为标准？查本条所载各项与刑律草案相表里。现在刑律草案尚未实行，自不能适用该草案以行审判。然值解释本条以定情节较轻范围之际，以该草案所定事宜为解释本律之参考尚非不合。如用此种解释方法，则于本条之实行亦不致大不便也。

一 第三十一条第一款所载游荡不正事业应否以有害风俗并事不正之业者为标准？查本条第一款所载原非根本办法，根本办法在设立工厂收容浮浪之人，须令作工。今中国此项工厂尚无设立，故有时只能科以拘留、罚金，亦为不得已之制裁。至实行之际，宜有适当之限制，此论极是。嗣后遇有此项游荡之人，宜查明确系游荡而有妨害风俗之行为，或并无相当资产而有不事正业之确据。其不正之业，除赌博等项应按照各该本律办理外，其余均入本款范围。至虽系游荡不事正业而有相当之资产及并无妨害风俗行为与一切危险情形者，均不在本款范围之内。

一 第三十六条第二款奇装异服有碍风化者应以何者为标准？查本

款所载奇装异服在视本国现在之风俗以为适当之标准，男用女装、女用男装固属有碍风俗即男用男装女用女装，有时亦不能为无害风俗。总之与常用服饰相反而足以惊骇耳目者，皆是。不能悉举，在随时认定而已。

一 第三十六条第三款厕所外便溺是否包屋内厕所而言？查本款专指屋外厕所而言，至屋内厕所，虽在外便溺，不在本律范围之内。

一 第三十七条第三款城市及人烟稠密之处是否两项？查本款所载城市系不分人烟稠密与否。至城市以外，乃以人烟稠密为准。

一 本律各款有规定于现行大清律例者可否暂照大清律例办理？查此项须与法律馆法部会商妥定。在未经定议以前，仍由各该衙门按照向有专律专例办理。

●●民政部奏参照陆军成案酌拟巡警服章折

窃维巡警有保安之责服章为容止所关，非有整齐严肃之风不能启人民信服之意。东西各国内治日修警政大备，国家之视巡警实与陆军并重，盖一则为捍御外侮之资；一则为绥卫地方之具，相为表裹责任维均。故陆军有一定服章品式等差，秩然不紊，巡警亦然。伏查光绪三十一年（1905 年）正月二十四日练兵处王大臣奏拟陆军官弁服帽章记一折，奉旨允准钦遵在案，诚以陆军秩序精严必章服详明而后号令以齐等威以判。仰见朝廷经武振军因时通变之至意，现在各省办理巡警逐渐推行，而服章杂糅，各为风气，阶秩互异，形式参差，殊不足以壮观瞻而资表率，亟宜分按等级拟定巡警服章，以收画一整肃之效。臣等参酌陆军服章成案，并旁采东西警制甄辨异同，量为损益，拟订巡警服章。除朝觐公谒礼服仍遵旧制外，余分礼服、常服各项，区以三等，析为九级，谨分别绘具图表清单进呈御览。如蒙俞允，即由臣部颁行，各直省一体遵照办理。嗣后非办理巡警人员不准仿用，以杜冒滥而隆体制，谨奏。光绪三十四年（1908 年）六月二十四日奉旨，依议。钦此。

●●巡警总厅甄别巡官长警规则 光绪三十四年（1908 年） 月

升级

一 拔升

一 试署已逾一年，平日当差勤奋著有特别劳绩者。

一 甄别期内拿获上官指名之巨匪及要犯，或破获要案在四次以上者。

二 试署

一 记名或加饷已逾半年，平日当差勤奋著有特别劳绩者。

一 甄别期内破获要案三次者。

三 记名

一 甄别期内破获要案逾二次者。

一 甄别期内记有大功三次而当差益加勤奋者。

奖励

一 加饷

一 甄别期内记有大功四次，平日当差勤奋著有劳绩者。

一 甄别期内曾破获要案三次者。

一 甄别期内有功无过而记功在十次以上者。

二 记大功

一 甄别期内功过相衡，功多于过在十次以上者。

一 甄别期内有功无过而记功逾五次者。

三 记功

一 甄别期内无功无过,平日当差勤奋确有成绩可验者。

一 甄别期内功过相抵,平日当差勤奋著有劳绩者。

四 奖银

一 甄别期内无功有过而能深知改悔奋勉当差,经本管长官出具切实考语者。

降级

一 降等

一 平日当差疏懈确有劣迹可指者。

一 甄别期内记有大过三次无功可抵者。

一 甄别期内记过至十次无功可抵者。

二 撤试署

一 甄别期内记过五次者。

一 甄别期内记有大过二次者。

一 才具平庸不胜督率之任者。

三 销记名

一 甄别期内记过三次者。

一 甄别期内记有大过一次者。

惩罚

一 减饷

一 甄别期内记大过三次有功不足相抵者。

一 甄别期内记有小过十次,有功不足相抵者。

一 甄别期内曾记大过三次,虽有功可抵而仍不知改悔者。

一 甄别期内记大过二次以下、小过九次以下,无功可抵者。

二　记大过

一　无功无过屡旷职务者。

一　甄别期内记大过一次，有功不足相抵而所犯情节可原者。

一　甄别期内功过相衡记过逾五次者。

三　记过

一　甄别期内功过相衡记小过逾五次以下而所犯情节尚属可原者。

一　甄别期内功过相衡记过逾三次者。

四　停升

一　甄别期内记小过在十次以下，有功不足相抵者。

一　甄别期内记大过二次以下，有功不足相抵者。

开革

一　记革

一　甄别期内非有婚丧要故，统计请假逾三十日者。

一　休息逾期历二次者。

二　开差

一　身有疾病不能当差者。

一　平日当差不甚得力者。

三　斥革

一　甄别期内记大过四次以上者。

一　甄别期内记小过十次以上者。

一　甄别期内并无婚丧要故，统计请假四十日者。

一　身有嗜好当差不勤者。

一　性情粗暴屡犯规则者。

一　休息愈限不归历三次者。

留差

一 甄别期内无大过失而当差尚属勤奋者。

总则

一 加饷、减饷数目，巡官以三元为限，巡长以二元为限，巡警以一元为限。

一 巡警三等、署二等、备补署三等，如犯撤试署规则者，援停升例办理。

一 备补巡警如犯降等规则者，分别所犯情节轻重及平日差务，酌量照减饷斥革例办理。

一 功过相抵办法仍照旧章，以三小功抵一大过，三小过抵一大功，三小功并一大功，三小过并一大过。

一 本规则自颁发后一体实行。嗣后如有应行变通之处，随时酌量增易。

●●民政部奏拟各省巡警学堂章程折并清单

窃维警政推行日广人材造就宜先，臣部于上年奏办京师高等巡警学堂，迭经奏明令各省省城及府厅州县设立巡警学堂，本年四月间宪政编查馆具奏直省巡警道官制细则内，开各省巡警用人较多应各先从办理巡警学堂入手等语，诚以巡警之职，凡盗贼、疾疫之未萌，争讼、斗殴之将发及一切养民保民诸政，均与闾阎休戚息息相关，且值预备立宪之初，旧章新律次第施行，从事警务人员非学有专门难期胜任愉快。欲使裕于临事，自当储于平时。查各省举办巡警学堂直隶首设，四川继之。据报如奉天、山西等省设立学堂者，计有二十余处之多。查阅所拟章程、编制课程，多未一律，若不亟为厘订，恐已设者难昭划一之规。未设者，亦无以立率由之准。自应拟定巡警学堂章程，通行各省，俾资遵守，惟是教之者密，则待之宜优。前此各省奏设学堂亦多谓巡警宜设专官兼筹出路，现京师既设有巡警总分各厅，外省亦于省城设巡警道缺，府厅州县佐治员内亦拟设有警务长，是京外巡警既有专官则登用之途亦宜预定，臣等悉心酌度，当就京师现办高等巡警学堂办法参之各省奏明章程详为核拟，谨缮具清单恭呈御览。所有各省会未经设立巡警学堂者统限三个月内设立，已有者应按照此次奏明章程更定其有。仍名警务学堂、警察学堂者，亦令一律更名高等巡警学堂。至各府厅州县应设教练所，当由各督抚督同地方官按章设立，以宏造就而臻完密。总之教法不可不备，而阶级必宜分明，登用不可不宽，而考校必须严谨。庶几人才日出警学，日兴上副朝廷，振兴民政之至意如蒙俞允，拟由臣部通咨各省遵照办理，谨奏。光绪三十四年(1908 年)九月初九日奉旨依议。钦此。

谨将各省巡警学堂章程缮具清单恭呈御览

要　目

第一章　总则

第二章　学科

第三章　职员

第四章　附则

第一章　总则

第一条　巡警学堂，以造就巡警官吏为宗旨。

第二条　巡警学堂分为两种：一高等巡警学堂；一巡警教练所。

第三条 高等巡警学堂，各省城须设一处；巡警教练所，府厅州县须设一处。

第四条 高等巡警学堂学生，以本省举贡生员及曾在中学堂以上毕业者考选。其巡警教练所学生，以本地方人民、年在二十岁以上、身体健全、粗通文理者考选。

第五条 高等巡警学堂学生额数，由各督抚按照本省情形酌定，但至少须满五十名。巡警教练所学生额数，由各地方官按照本地方情形申报本省督抚核定，但每处至少须满一百名。

第六条 高等巡警学堂以三年为毕业期，巡警教练所以一年为毕业期。

第七条 高等巡警学堂为目前警官需人计得附设简易科，以一年为毕业期。其学生额数，由各省酌定。

第八条 高等巡警学堂及教练所学生，无论在讲堂、操场，均须服本学制服，其制服由本部酌定通行各省。但未经部颁式样以前，暂用各省原有制服。

第九条 高等巡警学堂及附设简易科学生名籍，每届开学由各省巡警道册报督抚咨部备案。巡警教练所学生名籍，每届年终由地方官册报本省巡警道汇齐申送督抚咨部备案。

第二章 学科

第十条 高等巡警学堂应习学科如下：

第一学年

一 中国现行法制大要

二 大清违警律

三 大清律

四 法学通论

五　警察学

六　各种警察章程

七　各国刑法大意

八　行政法

九　算学

十　操法

十一　英文或东文

第二学年

一　宪法纲要

二　大清律

三　各种警察章程

四　各国民法大意

五　各国民刑诉讼法大意

六　国法学

七　地理详政治地理兼及本处

八　算学

九　操法

十　英文或东文

第三学年

一　地方自治章程

二　各省咨议局章程

三　各种选举章程

四　国际公法

五　国际私法

六　监狱学

七 各国户籍法大意

八 统计学

九 操法

十 英文或东文

第十一条 高等巡警学堂附设简易科应习学科如下：

一 中国现行法制大意

二 大清违警律

三 法学通论

四 警察学

五 各种警察章程

六 地方自治章程

七 各国户籍法大意

八 统计学

九 地理

十 算学

十一 操法

第十二条 巡警教练所应习学科如下：

一 国文

二 大清违警律

三 警察要旨

四 政法浅义

五 地方自治大意

六 本处地理

七 操法

第十三条 高等巡警学堂及附设简易科授业时刻，每星期以三十六小时为限。

第三章 职员

第十四条 高等巡警学堂设监督一员，承本省督抚之命，总理全堂事宜。教务提调、庶务提调各一员，协同监督办理主管事宜。教习无定员，按照第十条、第十一条所定科目担任教授。

第十五条 巡警教练所设所长一员，承本管地方官之命，总理全所事宜。教务委员、庶务委员各一员，协同所长办理主管事宜。教习无定员，按照第十二条所定科目担任教授。

第十六条 高等巡警学堂毕业考试，由本省督抚亲临举行。其附设简易科毕业考试，由本省督抚派员会同该学堂监督举行。

第十七条 巡警教练所毕业考试，由巡警道派员会同各该地方官举行。

第十八条 高等巡警学堂及附设简易科毕业考试及格者，由本省督抚分别给予文凭造册，咨部备案。巡警教练所毕业考试及格者，由地方官给予文凭造册，呈报本省巡警道汇齐申送督抚咨部备案。

第十九条 高等巡警学堂及简易科毕业生准充各省巡警道属官，各地方警务长及各区区官按照另定任用章程办理。

第二十条 巡警教练所毕业生专作为地方巡警之用，其成绩最优者得派充巡长。

第四章 附则

第二十一条 高等巡警学堂一切建造法式管理规则，凡本章所未备载之处，悉遵照学部奏定学堂章程及本部奏定高等巡警学堂章程办理。其详细规则由各省督抚斟酌情形，随时厘定咨部查核。

第二十二条 本章程奏定之后自文到日为始，高等巡警学堂限三个月内一体设立,由各督抚具奏咨部。巡警教练所限六个月一体设立,由各省督抚汇总造册咨部。其各省已设有巡警学堂者,均按照此次奏定章程办理。

报 律

●●宪政编查馆奏考核报律折并清单

光绪三十三年(1907年)十二月十五日准民政部咨称本部会同法部具奏订拟报律草案请旨饬下宪政编查馆[①]考核奏定施行以资遵守一折,光绪三十三年(1907年)十二月十三日奉旨依议钦此,钦遵钞录原奏并清单前来。臣等查阅原奏示谠论之准绳,杜诋諆之隐患,用意至为美善。窃维环球各国莫不注重报纸,凡政府之命令、议院之裁决,往往经报纸之赞成始得实行无阻。英且与贵族、牧师、平民列入四大阶级之一,良以报纸之启迪新机,策励社会,俨握文明进步之枢纽也。然利之所在,弊亦随之,激扬清浊不无代表舆论之功,颠倒是非实滋淆惑民听之惧。以故各国俱特设专例为之防闲[②],如俄罗斯、瑞士、挪威并明定之于刑法或违警罪中,而俄之钤[③]束为尤烈。中国报界知识甫经萌蘖际,兹豫备立宪之时,固宜广为提倡以符言论自由之通例。而横言汜滥如川溃,防亦宜严,申厉禁以正人心而昭

---

① 宪政编查馆(1907—1911),清末立法运动中出现的专门法律馆之一,另一为修订法律馆。由考察政治馆(1905年设立)改造而设。是清末立法草案的复核机关,其地位较高。原来由军机大臣督饬,1910年10月新官制裁撤军机处,1911年4月改由内阁总理大臣、协理大臣兼充宪政编查馆大臣。6月被新的内阁官职裁撤。继宪政编查馆之后,法律复核机构变成内阁法制院。

② 防闲,即防范。

③ 钤,即印章。

公。是检阅原案四十二条，盖折衷于日本新闻[①]条例，酌加损益尚属周密。惟第十四条第十四款之诋毁宫廷，第二款之淆乱政体，第三款之扰害公安，皆侵入刑律范围。现在逆党会匪窜伏东南洋一带，潜图窃发，方且藉报纸之风行，逞狂言之鼓吹，此等情形久已上烦宸廑，如照原案第二十一条、二十二条之例，仅处二十日至二年之监禁，附加二十圆至百圆之罚金，殊嫌轻纵，似仍应分别情节轻重办理。臣等公同商酌拟请将原案第二十二条改为违第十四条第一款与第三款者，该发行人、编辑人、印刷人科六月以上二年以下之监禁，附加二十圆以上二百圆以下之罚金。其情节较重者，仍照刑律治罪。其余各条亦多详加修补，悉心改正，共厘订四十五条，敬谨缮具清单恭呈御览。如蒙俞允，拟请饬下民政部通饬各省一体遵行，谨奏。光绪三十四年(1908年)二月十二日奉旨依议。钦此。

谨将核订报律缮具清单恭呈御览

第一条 凡开设报馆、发行报纸者，应开具下列各款，于发行二十日以前呈由该管地方官衙门申报本省督抚，咨明民政部存案。

一 名称

二 体例

三 发行人、编辑人及印刷人之姓名、履历及住址

四 发行所及印刷所之名称、地址

第二条 凡充发行人、编辑人及印刷人者，须具备下列要件：

一 年满二十岁以上之本国人

二 无精神病者

---

① 新闻，即报纸。

三 未经处监禁以上之刑者

第三条 发行、编辑得以一人兼任，但印刷人不得充发行人或编辑人。

第四条 发行人应于呈报时分别附缴保押费如下：

每月发行四回以上者，银五百元。

每月发行三回以下者，银二百五十元。

其专载学术、艺事、章程、图表及物价报告等项之汇报，免缴保押费。其宣讲及白话等报，确系开通民智，由官鉴定，认为无庸豫缴者亦同。

第五条 第一条所列各款，发行后如有更易，应于二十日以内重行呈报。发行人有更易时，在未经呈报更易以前，以代理人之名义发行。

第六条 每号报纸均应载明发行人、编辑人及印刷人之姓名、住址。

第七条 每日发行之报纸，应于发行前一日晚十二点钟以前，其月报、旬报、星期报、间日报等类，均应于发行前一日午十二点钟以前送由该管巡警官署或地方官署随时查核，按律办理。

第八条 报纸记载失实，经本人或关系人声请更正，或送登辨误书函，应即于次号照登。如辨误字数过原文二倍以上者，准照该报普通告白例计字收费。更正及辨误书函，如措词有背法律或未书姓名、住址者，毋庸照登。

第九条 记载失实事项，由他报转钞而来者，如见该报自行更正或登有辨误书函时，应于本报次号照登，不得收费。

第十条 诉讼事件，经审判衙门禁止傍听者，报纸不得揭载。

第十一条 豫审事件，于未经公判以前，报纸不得揭载。

第十二条 外交、海陆军事件，凡经该管衙门传谕禁止登载者，报纸不得揭载。

第十三条 凡谕旨章奏未经阁钞官报公布者，报纸不得揭载。

第十四条 下列各款，报纸不得揭载：

诋毁宫廷之语。

淆乱政体之语。

扰害公安之语。

败坏风俗之语。

第十五条 发行人或编辑人不得受人贿嘱，颠倒是非，发行人或编辑人亦不得挟嫌诬蔑，损人名誉。

第十六条 凡未照第一条呈报逾行登报者，该发行人处十元以上一百元以下之罚金。

第十七条 凡违第二、三条及第五条之第一项与第六、七条者，该发行人处三元以上三十元以下之罚金。

第十八条 呈报不实者，该发行人处五元以上五十元以下之罚金。

第十九条 第四条末项所指各报，其记载有出于范围以外者，该编辑人处五元以上五十元以下之罚金。

第二十条 违第八条第一项及第九条者，该编辑人经被害人呈诉讯实，处三元以上三十元以下之罚金。

第二十一条 违第十条、第十一条者，该编辑人处十元以上一百元以下之罚金。

第二十二条 违第十二、第十三条及第十四条第四款者，该发行人、编辑人处二十日以上六月以下之监禁，或二十元以上二百元以下之罚金。

第二十三条 违第十四条第一、二、三款者，该发行人、编辑人、印刷人处六月以上二年以下之监禁，附加二十元以上二百元以下之罚金。其情节较重者，仍照刑律治罪。但印刷人实不知情者，免其处罚。

第二十四条 违第十五条第一项者，该发行人、编辑人经被害人呈诉讯实，照所受贿之数加十倍处以罚金，仍究其致贿人与受同罪。

第二十五条 违第十五条第二项者，该发行人、编辑人经被害人呈诉讯实，处二十元以上二百元以下之罚金。

第二十六条 违第十五条者，除按照前两条处罚外，其被害人得视情节之轻重，由发行人、编辑人赔偿损害。

第二十七条 违第十二、十三条及第十四条第四款者，得暂禁发行。

第二十八条 暂禁发行者，日报以七日为度。其余各报，每月发行四回以上者，以四期为度；三回以下者，以三期为度。

第二十九条 违第十四条第一、二、三款者，永远禁止发行。

第三十条 违第十二条致酿生事端者，得照上条办理。

第三十一条 呈报后延不发行，或发行后中止逾两月者，如不声明原委，即作为自行停办。

第三十二条 违犯本律所有应科罚金及讼费逾十日不缴者，得将保押费扣充，不足再行追缴，仍令补足保押费原数。

第三十三条 禁止发行及自行停办者，准将保押费领还，注销存案。

第三十四条 凡于报纸内撰发论说、纪事填注名号者，不问何人，其责任与编辑人同。

第三十五条 报纸以代理人之名义发行时，即由代理人担其责任。

第三十六条 除第一条第三款及前两条所指各人外，所有报馆出资人及雇用人等应均无涉。

第三十七条 凡照本律呈报之报纸，由该管衙门知照者，所有邮费、电费准其照章减收，即予邮送、递发。其未经按律呈报接有知照者,邮政局概不递送,轮船、火车亦不得运寄。

第三十八条　凡论说、纪事确系该报创有者,得注明不许转登字样,他报即不得互相钞袭。

第三十九条　凡报中附刊之作,他日足以成书者,得享有版权之保护。

第四十条　凡在外国发行报纸犯本律应禁发行各条者,禁止其在中国传布,并由海关查禁入境。如有私行运销者,即入官销毁。

第四十一条　凡违犯本律者,不得用自首减轻。再犯加重,数罪俱发,从重之例。

第四十二条　凡违犯本律者,其呈诉告发期限以六个月为断。

附　　则

第四十三条　本律自奏准奉旨文到之日起,限两个月各直省一律通行。

第四十四条　本律施行前发行之报,均应于三个月内还照补报,并按数补缴保押费。

第四十五条　本律施行以后,所有前订报馆暂行条规即行作废。

结社集会律

●●宪政编查馆民政部会奏结社集会律折附片并清单

光绪三十三年(1907年)十一月二十日钦奉懿旨。著宪政编查馆会同民政部将关于政事结社条规斟酌中外妥拟限制,迅速奏请颁行等因,钦此。嗣经御史赵炳麟[①]片奏,开会结社未可一概禁止等语奉旨。宪政编查馆知道钦此。臣等窃维结社集会种类甚夥,除秘密结社潜谋不法者应行严禁外,其讨论政学、研究事理、联合羣策以成一体者,虽用意不同、所务各异,而但令宗旨无悖于治安,即法令可不加以禁遏。其在欧西立宪各国,国愈进步,人民羣治之力愈强,而结社集会之风亦因之日盛。良以宇宙之事理无穷,一人之才智有限,独营者常绌而众谋者易工。故自学术、艺事、宗教、实业、公益、善举推而至于政治,无不可以稽合众长,研求至理,经久设立则为结社,临时讲演则为集会,论其功用实足以增进文化,裨益治理。然使漫无限制则又不能无言哤[②]事杂之虞。是以各国既以人民结社集会之自由明定之于宪法,而又特设各种律令以范围之,其中政治社会关系尤重。故国家之防范亦弥严,先事则有呈报,以杜患于未萌,临事则有稽查,以应变于俄顷,上收兼听并观之益,而下勘嚣张凌乱之风,立宪精义

① 赵炳麟(1877—1932),广西全县人。前清进士,历任翰林院编修、京畿道监察御史。1913年当选为众议院议员,1917年任山西省实业厅长,1926年任河东盐运使。

② 哤,即语言杂乱。

实存于此。中国古昔虽无政治结社集会之名，而往往有政治结社集会之实，周末百家竞胜，各聚朋徒，儒兵名法诸家，虽有道德功利之异，而同声相应，隐与政治结社无殊。其后寓论政于讲学，善则为河汾之辨，治闽洛之谈经，足以培养人才，扶持国是；不善则为南宋之三学，晚明之诸社，驯至激发横议，牵制朝廷。是以经训不禁乡校之游而王制惟严莠言之辟，臣等仰体圣谟。参酌中外，谨拟成结社集会律三十五条，除各省会党显干例禁，均属秘密结社，仍照刑律严行惩办外，其余各种结社集会，凡与政治及公事无关者，皆可照常设立，毋庸呈报。其关系政治者，非呈报有案不得设立。关系公事者，虽不必一一呈报，而官吏谕令呈报者，亦当遵照办理。如果恪守本律，办理合法，即不在禁止之列。若其宗旨不正，违犯规则或有滋生事端妨害风俗之虞者，均责成该管衙门认真稽察。轻则解散，重则罚惩，庶于提倡舆论之中，不失纳民轨物之意，国家豫备立宪必以是为基础矣。惟各直省情形不同，其稽查约束之方如有应行酌量变通之处，由各该省督抚等体察情形，随时奏明，请旨办理。谨奏。光绪三十四年(1908年)二月初九日奉旨，依议。钦此。

再上年八月二十三日钦奉懿旨。君主立宪为吾国政体所最宜，著在京各部院，在外各督抚，督率所属各员，分别切实研究，务期宗旨纯正，事理明通，傥或误入歧途，倡为谬说，淆乱国是，必须严查禁止，以杜流弊，而端治源等因，钦此。近来京外庶僚，从政之余，多有合羣讲习之事，此次修订结社集会律，拟请嗣后现任职官于其职务外，有亲莅各社会、研究政治学术者，亦为律之所许，惟必须向本管长官陈明，方可列入。其未经呈准及不守定律者，该管长官应即酌量情节分别惩儆参处，以期仰副前次谕旨，督率董戒之意，藉防弊端而昭慎重。谨奏。同日奉旨依议。钦此。

谨将结社集会律缮具清单恭呈御览

第一条　本律称结社者，凡以一定之宗旨，合众联结公会，经久存立者皆是。结社关于政治者，称政事结社。

第二条　本律称集会者，凡以一定之宗旨，临时集众公开讲演者皆是。集会关于政治者，称政论集会。

第三条　政事结社，应由首事人于该社成立前开具下列各款，呈报该管巡警官署或地方官署。在京申呈民政部核准，在外由巡警道局申呈本省督抚核准，咨部存案。

一　宗旨

二　名称

三　社章

四　办事处

五　设立之年月日

六　首事人、佐理人姓名、履历、住址

七　办事人姓名、履历、住址

八　现有入社人数

第四条　政事结社有于他处设立分社者，应由分社首事人遵照前条办理。

第五条　第三条所列各款如于呈报后有所更易，应随时重行呈报。

第六条　政论集会须先定倡始人，于开会前一日开具下列各款，呈报会场所在地方该管巡警或地方官署。

一　宗旨或事由

二　会场

三　开会之年月日时

四　倡始人姓名、履历、住址

五　现有入会人数

若距呈内所定时刻逾六小时不行开会，或中止逾三小时者，其呈报作废。

第七条　凡关系公事之结社集会，虽与政治无涉，若巡警或地方官署为维持公安起见，谕令呈报，应即遵照办理。

第八条　凡于室外道旁集众开会或整列游行者，除祭葬、迎神、赛会、学堂体育运动及一切习俗所常见者外，应由倡始人于开会前一日开具第六条所列各款及应经路线，呈报该管巡警或地方官署。

第九条　下列人等，不得列入政事结社及政论集会：

一　常备军人及征调期间之续备、后备军人

二　巡警官吏

三　僧道及其它宗教师

四　各项学堂教习、学生

五　男子未满二十岁者

六　妇女

七　曾处监禁以上之刑者

八　不识文义者

第十条　凡政事结社人数，以一百人为限；政论集会人数，以二百人为限。

第十一条　政事结社，非本国人民不得列入。

第十二条　政论集会，非本国人民不得充倡始人。

第十三条　凡结社集会或整列游行，若遇巡警人员有所查询，该首事人、倡始人或警员所指名之社员、会员，应即答覆①。

① 覆，通“复”。

第十四条　政论集会，巡警或地方官署得派遣人员临场监察。所派人员若向该会请列坐位，该倡始人或监察员所指名之会员应即照设。

第十五条　凡集会或整列游行之际，如有任意喧扰或迹涉狂暴者，巡警或地方官署得量加阻止，有不遵者，得勒令退出。

第十六条　集会讲演之际，如有语言悖谬或有滋生事端、妨害风俗之虞者，巡警或地方官署得饬令其中止。

第十七条　凡于公众交通往来之地揭示书画、演唱诗曲或为他项举动，若有滋生事端、妨害风俗之虞者，应由巡警或地方官署一律禁止。

第十八条　凡集会或整列游行之际，不得携带军械、凶器。

第十九条　无论何种结社，若民政部或本省督抚及巡警道局地方官为维持公安起见，饬令解散或令暂时停办，应即遵照办理。

第二十条　无论何种集会或整列游行，巡警或地方官署为维持公安起见，得量加限禁或饬令解散。

第二十一条　凡秘密结社，一律禁止。

第二十二条　凡按照法律准许之教育会、商会、农会、议事董事等会及经官批准立案之结社集会，不在此限，但须照第十九第二十条办理。

第二十三条　违第三、第四、第五条者，处三元以上三十元以下之罚金。呈报不实者，处五元以上五十元以下之罚金。

第二十四条　违第六条第一项及第七、第八条者，处二元以上二十元以下之罚金。呈报不实者，处三元以上三十元以下之罚金。

第二十五条　违第九、第十条者，处三元以上三十元以下之罚金。教令他人违第九条者，亦同。

第二十六条 违第十一、第十二条者，处二元以上二十元以下之罚金。

第二十七条 违第十三、第十四条者，处五元以上五十元以下之罚金，答覆不实者同。

第二十八条 照第十五条经勒令退出与照第十六条经饬令中止，而抗不遵远行者，处三日以上一月以下之拘留。

第二十九条 违第十七条禁止之命者，处三日以上一月以下之拘留。

第三十条 违第十八条者，处一月以上三月以下之监禁。

第三十一条 违第十九、第二十条者，处一月以上三月以下之监禁。

第三十二条 违第二十一条而纠集秘密结社或列入者，均照刑律惩办。

第三十三条 本律公诉之期限，以六个月为断。

附 则

第三十四条 本律自钦定颁行文到之日始，限三个月一律施行。

第三十五条 本律施行前已设之政事结社，应于一个月内一律补行呈报。

习 艺 所

●●巡警部奏京师开办习艺所酌拟试办章程折并清单

窃查接管卷内光绪三十一年(1905年)七月前管理工巡局事务大学士那桐(1856—1925)奏创设京师习艺所于神机营胜字队操场,旧基修筑监舍工厂,收取轻罪人犯,并酌收贫民使作工艺,派臣毓朗(1864—1922)兼监督该所事务。嗣后奏明开办,并刊给木质关防[①]。自奉命设立巡警部,臣等复于奏定章程折内,声明习艺所归臣部管辖各等因,均经钦奉谕旨允准在案。查设立习艺所,本意重在惩罪囚以工作,教贫匄以技能,俾生悔过迁善之心,皆有执业谋生之路。当此创办方始,并无前绪可寻,举凡厘定章程酌核办法固贵参各国之成式,尤必度时势之所宜。臣等当于二月间委派候选道前署内城厅丞朱启钤(1871—1964)为习艺所监督,饬令体察情形,悉心核议,兹据开具试办章程呈请具奏前来。伏维周之圜土,[②]在聚罪民,汉之弛刑,[③]兼隶将作,皆分职任用,严责成。我朝定制徒流,皆有应配役作,贫苦小民亦有以工代赈之法,管理则例及官员处分,均极详明。良以恤囚养民关系至重,京师习艺所自奏设以来业经修建房舍,粗具规模,现于四月间开办,已经收养贫民、犯人入所习艺。该所外系列

---

① 关防,即印信。
② 圜土,即监狱。
③ 弛刑,即不加枷锁的刑徒。

邦之瞻听，内示各省之标准，尤应明定章程以资循守。虽限于经费将来尚待扩充，而事属创行立法必宜详审。现拟试办章程约分数端，一曰设所纲要，而迁入罪犯、贫民及建设房舍之类隶之。二曰员司职任，而权限选用人员各办法隶之。三曰筹给经费，而支给养廉粮饷等类隶之。四曰看守规则，而检查、教练、休息等类隶之。五曰工艺制作，而制艺销售及犯人、贫民衣食赏罚之类隶之。务期职业攸分而支用不滥，钤束有法而技艺日良，以仰副朝廷明刑弼教、正德厚生之至意。一俟经费略充，再当设法推广，及试办后如有应行变通之处，随时奏明办理。再该所现既经隶臣部酌设员缺，拟请饬下礼部铸造巡警部习艺所关防颁发钤用以昭信守，谨奏。光绪三十二年（1906 年）五月初九日奉旨依议。钦此。

谨将京师习艺所试办章程清单恭呈御览

要　目

一　设所纲要

　第一章　总则

　第二章　犯人入所出所

　第三章　贫民入所出所

　第四章　房舍建设

二　员司职任

　第一章　设官权限

　第二章　授职资格

　第三章　分设五处二科

　第四章　选取医官

一　设所纲要

第一章　总则

京师设立习艺所以惩戒犯人，令习工艺使之改过自新，藉收劳则思善之效，并分别酌收贫民，教以谋生之技能，使不至于为非。现就西城皮库胡同神机营旧基建设习艺所先收内外城巡警厅、步军统领衙门、内务府慎刑司轻罪人犯入所学习，俟款项充裕，推广房舍再将轻重罪犯一律收入。章程为办事准绳，谨参考各国制度，斟酌地方情形，总期规制完全以仰副朝廷弼教明刑之至意。

第二章 犯人入所出所

所内收入犯人，凡内外城巡警厅遇有判罚工作三月以上者，由各该厅移送本所收入习艺。步军统领衙门及内务府慎刑司遇有轻罪犯人判罚工作三月以上者，由各该衙门咨送巡警部，由部发所习艺。每年三月至八月，早以八点钟始，晚以五点钟止；九月至二月，早以九点钟始，晚以四点钟止。未及时或过时，皆不收入。释放时刻，与收入同。

第三章 贫民入所出所

收纳贫民分二种：一自请入所；一强迫入所。自请入所者，须其本身、父兄呈请或有图片铺保。强迫入所者，分二类，一沿街乞食有伤风俗者，二游手好闲形同匪类者。均须所学有成可以自谋生计，然后准其出所。

第四章 房舍建设

习艺所房屋区分办公室、讲堂、监舍、工厂、贫民宿舍、接待室、探晤室、陈列场、看守宿室、守卫室、瞭望亭、诊察室、检身室、病室、传染病室、工师宿室、储物室、仓房、寝室、食堂、浴室、圊室，各有定所不相混杂，其有未备之处，均应次第建设，以求完全。

二 员司职任

第一章 设官权限

京师习艺所设监督一员，总理该所事务，受臣部节制、指挥、考核并管理全所官员人等，派员兼理，不设专官。照学部奏准设编译督学、各局长成案位视参议、设提调兼典狱官一员，受监督节制、指挥、考核，承办一切事务。分判所官二员，辅助典狱官。监察所属分稽五处二科事务所官七员，分任各处科事务。医官一员，诊验犯人、贫民身体，执行一切卫生事宜。总教习官一员，约束技师，管理所中教务。看守长六名，辅助所官稽察所属看守、执行各项勤务。看守四十名，稽察犯人、贫民，执行各项勤务。分教习官一员，掌教授年幼犯人、贫民各项学科。教诲师一员，掌以言语教诫犯人，化导贫民。书记二名，缮写文件、登记册簿、制作图表。技师八名，教授犯人、贫民工艺。将来监舍扩充，收人众多，所内人员不敷照料，再行酌量加派，以重职守。

第二章 授职资格

提调兼典狱官一缺，应设专官作为添设巡警部警法司员外郎，拟遴选警务学生深明监狱学者奏补。分判所官二员，作为添设巡警部警法司主事，亦归奏补。所官、教习官员缺，以巡警部书记官、警官分别补充。看守长，以看守及巡警中能通晓看守规则及善书算者充补。看守长如有异常勤奋、才具出众者，应准推升警官，以资鼓励。

第三章 分设五处二科

习艺所设文案、会计、考工、庶务、稽巡等五处。文案处掌往来文牍、制作图表、保存案卷；会计处掌收支款项及豫算、报销；考工处掌考察工艺及技师勤惰并出纳物品；庶务处掌置办、保存各项杂件，约束所中夫役人等；稽巡处掌配置、看守、勤务、收发、犯人稽查。看守长以下一切应行事宜，又设诊治、教授两科，诊治科掌试验身体、诊治疾病、炮制药料；教授科掌宣讲、教诲等事。各员分定处所，各专责任，以资办公而免纷乱。

第四章 选取医官

习艺所选取医官，必兼通内、外两科并晓西法者，方为合格。非素经试验及得有卒业文凭者，不得充选。

第五章 选取教员

习艺所总教习官，由巡警部书记官内择，由学堂毕业、品行端粹、宅心仁厚之员充补；分教习官，以教年幼之犯人、贫民，分读书、写字、习算、修身四科；教诲师，专诱劝犯人使知改悔，化导贫民使能自立，均须事理通达、长于言语能耐烦劳者，方能充选。

第六章 选用技师

招募技师分为两种：一由保荐，一由招募。均须按照所习工艺试验，果优方能充选。

三 经费筹计

第一章 经费出入

习艺所应支款项，按年月先立豫算表，呈报巡警部。除各员养廉外，一切经费均以各省协济银两及医学堂经费并各厅犯人罚金充之，并由步军统领衙门、内务府慎刑司拨款资助。如再不敷，由臣部筹拨接济每月用出。若干月终据实造报，年终又须统计汇报一次，均应造册列表以清眉目。

第二章 养廉薪饷

习艺所监督以下各员升转廉俸，均按巡警部奏定章程一律办理。现在款项支绌暂难发给养廉，亦按照巡警部暂行办法酌给薪水，俾资办公。俟部中照章发给养廉时，再行一律照发。看守长等月饷，均照巡长等分别开支。

第三章 口粮支领

习艺所犯人、贫民口粮，均由户部支领，先期呈报巡警部，由巡警部知照户部发给，每次以六十石为度，用完随时呈领。

四 看守规则

第一章 勤务条规

习艺所看守各员应守规则，另订细目务须恪遵。看守勤务分监守、巡逻、检查、瞭望四项，监守又分大门监守、监舍监守、二场监守、宿舍监守四项，各应勉行职务。如或旷误，由稽巡处所官分别予罚，以示警戒。

第二章 点检看守

习艺所每日休息之各看守，由稽巡处所官于所定时刻内召集，点检其服装有无损污及精神举止是否疏懈。临时点检则不拘时刻，听长官号令于五分钟内齐集指定处所，以备点检。所中遇有逃犯及火警等事，则有非常召集特鸣警笛俾众周知，休息各员闻警宜急赴捕救。

第三章 看守勤务

看守分甲、乙、丙、丁四班执行监守、巡逻、检查、瞭望各项勤务，每日除归家休息看守外，其在所看守均须轮流执行，每一点钟休息一次，看守长须随时稽查，如遇不敷分布，看守长亦宜兼行各项勤务。其看守长六名，休息日期每届六日轮流休息一人，看守四十人，每届六日轮流休息四人，其不休息之看守，除有一定勤务，均须在所听候差遣。

第四章 教练看守

习艺所内看守缺出，可以临时选取，但必须合格。凡新选之人，由稽巡处所官指挥教练，首以看守规则为之训解，次须教以步法、枪法，使之进止整齐，精于击射，能防犯人逃逸。

第五章 看守之赏罚

习艺所看守之赏罚分寻常、特别二种。寻常赏罚，以平时品行勤务定之。特别赏罚，以每年两次甄别定之。赏分四等：一升级；二加饷；三赏恤；四记功。罚分六等：一斥革；二降级；三罚饷；四记过；五停休；六申饬。各因功过之轻重，而施行之。

第六章　犯人贫民规则及休息

习艺所内犯人、贫民在工厂、寝室、食堂、浴室，均须遵守规则。其规则另订细目，由典狱官分别悬示各处。看守长、看守随时稽查，至于亲丁探晤、寄信，家属得典狱官许可皆准行之。但均有一定时刻、程式，不得任意自由。如遇疾病，由医官诊验，分别送入病室或传染病室为之调治，另派看守看护。若因病身死，经地方官相验后，传本人家属领埋。如无家属或道途遥远者，则暂行掩埋树标待识。其在所内终日工作，应酌定休息日期以节劳苦。但休息亦止能在所中运动，并派看守监视。今拟定休息日期如下：

一　恭逢皇太后万寿圣节、皇上万寿圣节，各休息一日。

一　岁除、元旦、端午、中秋，各休息一日，贫民每朔望[①]休息一日。

一　有父母大故，犯人休息三日，贫民临时酌定。

五　工艺制作

第一章　工艺品类

习艺所内工艺，先设织布、织带、织巾、铁工、搓绳五种，其木工、缝纫等科及各项工作应随时陆续添设。织布、织带、织巾、铁工为正艺，犯人、贫民入所各就其性之所近分别学习。其性质愚鲁、不堪造就及犯人罪期过短者，则使搓绳并执扫洒、灌溉、操作等事，为副艺。犯人期限非九十日以上者，不得使习正艺，其习正艺而限满未熟者，酌量拨入贫民类中续习。每年自九月至二月，每日工作六点钟；三月

① 朔望，即农历每月的初一日和十五日。

至八月，每日工作七点钟。

第二章 物品销售

习艺所内犯人及贫民所作物品，宜分别精粗定价、销售。销售之法，由本所印刷广告或招商包买。商人有愿在本所定制各物者，准具禀呈明酌核办理。所内技师亦可代为销售，惟物价必须随时缴清，不得拖欠。

第三章 工钱储给

习艺所内犯人学习一艺，售出获利以所得之七成归公，三成归本犯自得。贫民则按四六成计算，以示区别。其犯人、贫民应得之工钱分别折存，限满如数发给，以为出所谋生之用。如贫民有欲将工钱寄回家属者，由本所传其家属具结领回。技师教授得力，亦由归公款中酌提一、二成给予，以示鼓励。

第四章 犯人贫民衣食及赏罚

习艺所内犯人、贫民日给饭食两餐，佐以熟菜，并由本所发给一定制服。犯人衣用浅赭色，贫民衣用深蓝色，每年冬衣人各一身，夏衣人各两身。鞋袜人各两双，以备更换。其赏罚各按其工作之勤惰、品行之良否，分别劝惩。赏分三项：一奖词；二奖肩章；三奖赏牌。奖赏牌者，并予以副技师名目酌加工钱。罚犯人分四项：一苦工；二减食，减食约三分之一，但不得过一星期；三闇室，押入闇室者，照前减食，不与卧具，但不得过三昼夜；四锁镣，贫民分三项：一直立，按工作时刻之半使之直立；二停休，即将应行休息日期扣除；三屏禁，即使独居工作。

禁 烟

●●会议政务处大臣奏筹拟禁烟章程折并清单

光绪三十二年(1906 年)八月初三日内阁奉上谕。自鸦片烟弛禁以来,流毒几徧[1],中国吸食之人废时、失业、病身、败家。数十年来日形贫弱,实由于此,言之可为痛恨。今朝廷锐意图强,亟应申儆国人,咸知振拔,俾祛沈痼而蹈康和。著定限十年以内,将洋土药之害一律革除净尽,其应如何分别,严禁吸食,并禁种罂粟之处。著政务处妥议章程具奏,钦此。臣等窃维时至今日,鸦片之害尽人皆知,徒以习俗移人濡染已久,遂不惮,宴安[2]沈溺罔冀自新。今我皇太后、皇上轸念痌瘝,特降谕旨,申明禁止而又恐操之过蹙,复定限以十年为期,于力除旧染之中,寓曲体下情之意,恩威并示薄海同钦,凡在吸食鸦片之人应无不感荷纶音[3],顿深改悔。臣等仰体圣意,并参酌现时情形,窃以为禁止之方不外遏绝来源,限制销路,先劝导而后惩儆,宽既往而严将来。谨拟订章程十条恭呈御览,如蒙俞允,应请旨严饬京外臣民一体钦遵,力祛痼习,以仰副朝廷作新民气锐意图强之至意,谨奏。光绪三十二年(1906 年) 月 日奉旨依议。钦此。

---

① 徧,通“遍”。
② 宴安,即安逸、闲适。
③ 纶音,即帝命、诏书。

谨将筹拟禁烟办法十条清单恭呈御览

第一条 限种罂粟以净根株也。罂粟妨农为害最烈，中国如四川、陕、甘、云、贵、山西、江淮等处皆为产土最盛之区，其余诸省亦几无地蔑有。现定以十年禁绝吸食，自当先限栽种，庶吸食可期禁绝，应由各督抚分饬州县确查境内向种罂粟之地共若干亩，造册详报。凡向种罂粟之田地嗣后永远不准再种，其业经栽种者，给予凭照令业户递年减种九成之一，视其土性所宜，一律改植他项粮食。尤在州县官不时周巡，其凭照一年一换，统限九年内尽绝根株，违者即将原地充公，如未满十年之限，能将辖境内种烟地亩勒禁全行改种他粮，查明属实，准将地方官分别奏奖。

第二条 分给牌照以杜新吸也。鸦片流毒已久，民间吸食几于十居三四。申明禁令宜宽既往而严将来，应令各省在籍官绅、举贡生监先行戒断，以为平民之倡。凡业经吸烟者，无论绅民及其眷属、婢女，均须在本籍或寄寓处所各赴地方官公廨呈报。如所居村落距衙署或巡警局稍远者，则由该处绅耆汇齐转报，先期由地方官出示晓谕发给格式，令吸烟者将姓名、年岁、所住地方、作何营业、每日吸食若干逐一照式开报，并量度地之远近，限明呈报截止日期。报齐后造成清册，并另缮一分，呈报上司衙门存案备查。一面刊印牌照，盖用印信，令吸烟者各领一纸，其牌照分为甲号、乙号二种，凡年在六十以外者，给与甲号牌照；年在六十以内者，给与乙号牌照。惟原领乙号牌照者，不得于年届六十时改领甲号牌照。牌照内均注写本人姓名、年岁、籍贯、每日吸烟数目及发给之年月，以为吸烟、购烟之据。其不领牌照而私吸烟、购烟者，一经发觉或被指告，分别惩罚，自第一次查清后按册稽查，嗣后不准再有吸烟之人续请发给牌照，以严限制。

第三条　勒限减瘾以苏痼疾也。分给牌照以后，除年逾六十精力渐衰者，其戒食与否可从宽免议外，凡年在六十以内领执乙号牌照之人，其吸烟数目应限令每年递减二、三成，几年内一律戒断。戒断者取具族邻保结在地方官署呈明覆验属实，即于册内将姓名注销，原领牌照亦即呈缴并按季申报上司衙门存案。惟此次所定年分期限本宽侻限满后，仍未悛改，是自甘暴弃，不得不示之惩戒。嗣后旧领乙号牌照之家，如逾限有未戒断缴销者，官员休致①，举贡生监斥革，平民均注名烟籍，由该州县分别各另立一册，仍申报上司衙门存案，并将姓名、年岁榜示通衢及此项吸户人等所居之城乡市镇，俾众周知。凡该处绅耆岁时会集暨一切名誉之事，均不准与，以示不齿于齐民之列。

第四条　禁止烟馆以清渊薮也。此时未届禁绝年限，则卖烟之店自难遽行禁止。惟有一种开灯之烟馆，往往引诱少年子弟、无业游民麕②聚其间，最为蠹害，应由地方官陆续禁止，勒限六个月内一律停歇改业，逾限概行封禁。又饭庄酒楼不准备烟供客，亦不准来客携带烟具自吸，违者重罚。其有售卖烟枪、烟斗、烟灯、烟具各店，亦限六个月停卖，违者议罚。至各处所收烟灯，捐限三个月内一律停收。

第五条　清查烟店以资稽察也。烟店虽未能一时禁止，以后须渐令收歇，但不准再有新开。凡城镇乡村售卖烟土、烟膏之店，应由地方官逐一查明共若干家，注册存案，由官给予凭照以为营业之据，

① 休致，即官吏年老去职。

② 麕，即成群。

自查明后不准再有增开之店。凡该店遇有往购土膏者，均须验明所持牌照，方准出售。否则，不得擅卖。每届岁底，将是年售出土膏数目据实开报该地方官注册总核。一县各店销数逐年递减若干，以凭比较，限十年内一律停歇。违者届限封禁货物充公，加倍重罚。其有随时闭歇者，即将原领凭照缴销，不准留存，违者重罚。

第六条 官制方药以便医治也。戒烟良方流传甚多，应由各省选派精通医学之医生研究戒烟药品。期于各该处水土相宜者，酌定数方制备丸药，药内以不掺入鸦片烟灰与吗啡为要，制成后由各府厅州县备价领取，发交该处善堂或药铺，照原价经售。其无力贫民准其免缴药资，并准绅商照原方配制施送，以广流传。其有能独力劝导、施送药物戒烟有效者，准地方官给予旌奖。

第七条 准设戒烟会以宏善举也。近来有志之士往往纠合同志创立戒烟善会，互相劝深堪嘉。尚应由将军、督抚饬令地方官督率该处公正绅商广为设立，以期多一善会即多一劝导之处，转移习俗较为迅速。但此会只许专办戒烟一事，不准议论时政、地方治权及他项无关戒烟事务。

第八条 责成地方官督率绅董以期实行也。此次所定办法全赖地方官督率绅董认真经理，实事求是，方有成效。应由各省将军、督抚等按年详核各属原报吸烟及戒烟人数，并曾否制备戒烟丸、劝设戒烟会，逐一比较，明定功过，以资劝惩，并于每年年终造具清册咨送政务处以凭考核。京城以内则责成巡警厅区各官步军统领顺天府实力奉行，如未及十年某处境内已无一吸烟主人，准将该地方官奏请奖励。至清厘地亩，稽察烟馆、土店，发给各项照据以及吸户呈报等事，均应严禁吏胥、差役人等不准丝毫需索，违者准人告发，即严治索费者以讹诈之罪。

第九条　严禁官员吸食以端表率也。十年禁绝系为通国齐民而言，至官为民之表率，一有嗜好何以率属正民。今须令出惟行自不得不从，官员严其期限，重其惩罚，以为风声之树。嗣后凡京外文武大小官员，年在六十以上有患瘾已深不能戒者，应与齐民一律从宽免议。至年未及六十之王公、世爵、各衙门堂官、各省将军、督抚、都统、副都统、现任提镇，均受恩深重，位望俱崇，自不容稍有隐饰，凡曾经吸食者，准其自行陈奏请限时戒断。戒烟期内暂不开去各项差缺，派员署理。迨戒断后，覆验属实，仍准供旧职。惟不得借口因病期满不戒，致蹈欺罔自干咎戾。其余京外文武实缺候补大小各官，凡吸食者，由各该管上司派员确查，饬令自行据实呈明，毋论瘾之轻重，限六个月一律戒断。届限仍呈请派员覆验，具结存案。如因多病畏难逾限未能戒断者，亦准据实陈明，系世爵世职照例另袭，系官员以原品休致。傥阳奉阴违隐匿不报，一经发觉或被参劾即请旨立予褫革，以为玩怠欺饰者戒，如该管上司失察，亦分别奏请议处。再各学堂教习、学生、水陆各军员弁，凡有吸烟者，限六个月一律戒断。

第十条　商禁洋药进口以遏来源也。禁止栽种，禁止吸食，此皆内政应行之策，无待游移。至洋药来自外洋事关交涉，应请饬外务部与英国使臣妥商办法，总期数年内洋药与土药逐年递减，届期同时禁绝。又印度洋药而外尚有由波斯、安南①、南洋荷属输入中国者，亦属不少。如系有约之国，可商诸该国使臣一体严禁；如系无约之国，可施行我国自治法权，严禁进口，并由各将军、都统、督抚等督饬所属暨税务司于各该省水陆边界设法稽查，以杜走漏闯越。又

① 安南，即越南古称。

查有吗啡一名莫啡鸦及刺入肌肤之吗啡针，其损体伤生较之鸦片尤甚，应查照中英续议通商行船条约第十一款、中美续议通商行船条约第十六款，切实申明分饬各税关。如查有不因医治使用贩运来华者，一概不准进口，并严禁中国铺户无论华人、洋人均不准制炼吗啡及制造此项之针，以期弊计绝风清。以上各条应由各省将军、督抚严饬文武各地方官，在城市乡庄张贴告示，俾众遵守。

外务部奏覆陈筹议禁烟与各国商定办法折

光绪三十二年（1906 年）十月初六日准军机处抄交本日会议政务处奏筹拟禁烟章程折单一件奉旨依议钦此，钦遵到部。查原奏清单第十条内开洋药来自外洋，事关交涉应由外务部与英国使臣妥商办法，总期洋药与土药逐年递减，届期同时禁绝。又印度洋药而外，尚有由波斯、安南、南洋荷[1]属输入中国者亦属不少，如系有约之国，可商诸该国使臣一体严禁；如系无约之国，可施行我国自治法权，严禁进口，并由各将军、都统、督抚等督饬所属暨税务司于各该省水陆边界设法稽查，以杜走漏闯越。又查有吗啡一名莫啡鸦及刺入肌肤之吗啡针，其损体伤生较之鸦片尤甚，应查照中英续议通商行船条约第十一款、中美续议通商行船条约第十六款切实申明分饬各税关。如查有不因医治使用贩运来华者，一概不准进口，并严禁中国铺户无论华人、洋人均不准制炼吗啡及制造此项之针，以期弊绝风清等语，当由臣部商拟办法六条：一洋药分年递减，以五年内进口总数折中定额，自一千九百七年以后年减一成，十年净尽；一印度之戛里古达为

① 原书为“和”，应系排版之误。

洋药总汇之地，由中国派员前往监视拍卖、打包，得知发运洋药实数；一土药税每担现已加抽至一百十五两，洋药力量倍于土药而原有之厘税并征只一百十两，应照原定之税数加倍征收，以征为禁；一香港为洋药熬膏之地，应由港督协助严禁烟膏不得运入中国境内；一租界内烟店、烟馆及各吸烟之所并各行店售卖烟具，其清查筹禁之法照中国地方官办法一律办理；一吗啡及吗啡针之害设法禁止已载在中英、中美新约，惟须有约各国应允照行方可举办，现拟即时举办，切实施行，缮具节略面交英国驻京使臣请其转达。英国政府上年该使臣迭与臣等晤商往来文牍议定：第一节，印度洋药以运往各国之全数为限制，以印度出口五万一千箱之数为定额，按年递减五千一百箱，自一千九百零八年为实行之始，十年减尽；第二节，派员前往印度之戛里古达监视拍卖、打包，申明该员祇查发运洋药实数并不干预他权；第三节，洋药税厘征收加倍，以土药统捐及土药价值非一时所能调查明确，所有加征税厘之议稍缓续商；第四节，香港所熬之烟膏禁止运入中国境内，两国各行设法自防在本境私入之弊，声明港膏禁止出口入华，并禁止烟膏由华入港之贸易；第五节，各口岸租界内禁止烟馆及吸烟处所，并不得售卖烟具。如华官在各项租界外实行照办，各该处工部局不俟华官之请，自行设法办理；第六节，禁止任便运入吗啡及吗啡针，一俟有约各国全允，即应照行，经英国政府应允由该使臣照复臣部在案。至洋药有从越南及南洋各岛运入者，经臣部照会法国、荷[①]国驻京使臣协助严禁。查澳门亦为洋药转运之地，又为洋药熬膏之区，并经臣部照会葡国驻京使臣，分行申禁各在案。惟波斯为无约之国，仅可自行设法限制洋药进口，已由臣部咨行税务处转饬总税

① 原书为“和”，应系排版之误。

务司筹拟办法。其吗啡及吗啡针禁止任便运华，本先于光绪三十二年(1906 年)三月间通行照会各国陆续准，各该使臣照复多已应允，衹有日本尚未照复。计此事关系善举，谅亦无不赞成此臣部与各国商议禁烟办法之情形也。窃维禁烟一事原属美举，各国本有同情，而印度为洋药所从出之区，经臣部与英国驻京使臣筹商报告政府即允，为竭力相助决议，印度出口之洋药，自一千九百零八年正月起为实行递减运数之期，是英国之有意协助禁烟足征睦谊。惟曾经声明试行三年，视中国于栽种及吸食实行减少，限满再行递减等语，是于减种土药，一端必须自行切实办理，并如何严禁烟馆之开设与烟具之售卖。务须认真查办，使吸食者日形减少方可以对待外人。查西历一千九百八年之正月为中历三十三年之十二月，自彼时起在印度之洋药业已减运来华，转瞬三年即为限满，所有英国声明各节全视中国之能否切实施行，机不可失而事无可缓，臣等公同商酌拟请饬下民政部度支部速行会订稽核章程通颁直省，责成各该督抚实力奉行，其府厅州县即以此为考成，不得玩误。因循空言搪塞，庶几沈痼可去。而大害以除足鼓国人振拔之新机，并足副各国赞成之美意。谨奏。光绪三十四年(1908 年)二月二十日奉旨已录卷首。

●●民政部会奏酌拟禁烟稽核章程严定考成办法折并清单

二月二十日内阁钞奉上谕据外务部奏筹议禁烟与各国商定办法暨另筹抵补药税各折片。鸦片烟盛行以来，流毒异常惨烈，染斯疾者，破其财产，夭其寿命，习为偷情，职业全废。即各直省吞烟自尽之案，岁计不知凡几，盗贼讼狱因此滋繁，伤天地好生之心，殊堪悲悯。且令神州古国种类日弱，志气日颓，自强更复何望。近来官绅士庶多知悔悟，争相结社劝戒，即素嗜鸦片者亦未尝不痛心疾首，自怨自艾。各国善士尚多倡设公会劝禁栽买，广施药方，每以中国鸦片不除引为深憾，则身受其害者应如何淬励奋发力拔根株。前经降旨颁布禁烟章程期以十年，使洋药与土药同时禁绝，现在英国政府允许分年减运，各友国亦多乐为协助，文明之举嘉慰良深。英国现已实行递减，相约试行三年，视中国栽种、吸食实行减少限满再为推减。我若不如期禁查，转瞬三年，何以答友邦政府之美意，何以慰各国善士之苦心。此机一失，时不再来。若永远困于沉痼，势必无以为国，我君臣上下一念及此，能无愧悚难安引为疚责。著民政部度支部迅即会订稽核章程，严定考成，请旨颁行，一面责成各督抚按照政务处奏定成案督饬所属切实举行，并体察该省情形，将减种、减食实在办法先行奏闻，所有按年减少数目，每届年终汇奏一次，其药税指抵各款由度支部另行筹补以备应付。事关国势强弱民命寿夭，著内外臣工协力通筹，认真办理，无论如何为难，必期依限断绝，毋得稍涉因循致干重咎。余依议钦此，窃维禁烟之举所以扫除沈痼振起疲羸为自强第一要政，迭经严旨申明克期减尽，颁行禁令至再至三，实已洪纤备举，兹复。钦奉谕旨饬令臣部会订稽核章程，严定考成，仰见轸念民生实事求是之至意。臣等遵即往复会商悉心酌夺，窃以为禁烟之有无成效，视稽查之疎密为衡，奉行之是否实力，视功令之宽严为断。欲使杜绝弊端，力戒粉饰，自非详订禁烟稽核章程、严定考成办法不可。惟是禁烟头绪至为繁琐，举凡稽核栽种、吸食、贩卖等事在在均关紧要，而入手办法尤以清查种烟亩数、分期减种为正本清源之策，其它如调查吸食人数、封禁烟馆、限制贩卖办法亦当亟为筹措，次第施行。以上诸端，或关于地亩课税事项，或属于警察卫生范围，臣等职司所在自应切实筹画，拟订禁烟稽核章程请旨饬下各省督抚按照臣部奏定章程详细分别咨报臣部，以资查核其能否缩短期限。力图进步或酌量变通之处，应由各该督抚查看情形办理，至严定考成一节，即以稽核之是否严密、奉行之是否切实定其考成之高下，惟所请议叙议处各条事关吏部，本章所定不过大纲，其详细专条自应由吏部查例酌拟奏定遵行，以昭画一。其有身为表率沾染嗜好者，应由禁烟大臣核议查办施行。除抵补药税应由度支部另筹奏明办理外，谨将会订稽核章程二十三条缮具清单恭呈御览。如蒙俞允，即由臣部咨送禁烟王大臣查照，并咨行吏部及各省钦遵办理。谨奏。光绪三十四年（1908 年）四月二十四日奉旨依议。钦此。

谨将会订稽核禁烟章程清单恭呈御览

要 目

第一章 减种

第一条 各省应饬地方官将境内现种罂粟地亩确切调查亩数，地主姓名及收获多寡于六个月内分造清册，申由各该督抚汇报度支部并分报民政部各一分存查。

第二条 禁烟定限十年，系自光绪三十二年(1906 年)起，此次各省减种办法应遵照政务处奏定章程。除向非种罂粟之田永远不准再种外，其向种罂粟地亩按照三十四年册报数目每年减少八分之一以上，统限于光绪四十一年尽绝根株，并随时将某处某姓田亩改种何项植物详细报部。

第三条 各省应印制鸦片栽种凭照，由各地方官发给各种户收执，每年更换一次。其未领凭照私行栽种者，一律查禁，种烟各户于呈领栽种凭照时，应按每亩纳费制钱十五文，此外不得分毫需索。

第二章 公行

第四条 自开办土药统税后，安徽、河南、山西等省皆设有土市公行，由统税分局会同地方官填给执照，承充不收照费。公行有担任查土报税之责，种户须凭行卖土，店商须凭行买土。凡土不经公行买卖，均以私论。至囤户收土，亦须一律凭行，不准私自下乡收买。由该公行将某囤户收买土数登注循环簿内，随时送局卡备查。俟有客买运，再行照章报税，稽核至为精密。嗣后各省应次第设立公行，由局卡发给循环印簿，逐日登载买卖土药斤两及客人姓名，呈送该局卡核明造册，于年终申报督办土药统税大臣。按年比较该行经理土药减少数目，开列简明总表，分咨送部备查。其四川、云南、贵州、新疆及东三省等处土药，不在统税之列，即由各该督抚一律仿照办理。囤土各户,应由统税分局会同地方官一并填给执照,以为到行收土凭据,不收照费。其未领执照者不得向公行买土,亦不得私自下乡自向种户收买,违者查出议罚。

第三章 烟店

第五条 各省应通饬地方官将境内现开膏土各店调查确数,详记字号、地址、成本及店主姓名,于六个月内造具清册,申由各该督抚分咨报部备查。除现开各店外,如有续行增设者,一律禁止。

第六条 各省应印制鸦片营业凭照,由各地方官发给膏土各店,收执每年更换一次。其未领凭照私行开设者,一律查禁。膏土各店于呈领营业凭照时,应按照成本分上、中、下三则,成本一万元以上者为上则,每年缴照费六元;成本不及万元及五千元以上者为中则,每年缴照费四元;成本不及五千元者为下则,每年缴照费二元。此外不得分毫需索。

第七条 膏土各店应将每月销售实数按月向该管衙门呈报一次,不得隐漏或售与未领牌照之人。该管衙门于年终汇计造册,申由各该督抚分咨报部备查。

第八条 膏土各店应设立期限于膏土营业以外兼为他项营业,逐渐替换,务于定限以内将膏土贸易一律停止。

第四章 烟馆

第九条 各省烟馆业于光绪三十二年(1906 年)经政务处奏定,将开灯之烟馆由地方官禁止,勒限六个月内一律停歇改业,逾限概行封禁等。因通行在案,现在各省境内如有已禁未尽各烟馆及茶肆、酒馆、娼寮等处附设烟铺者,迅即严饬一律查禁,违者重罚。

第五章　烟具

第十条　售卖烟具各店于光绪三十二年（1906年）经政务处奏定，统限六个月停止，现在早已限满，应由各该省督抚通饬地方官严查境内制造或贩卖烟具各店是否一律停止，如尚有营业者，即行封禁议罚。

第六章　吸食

第十一条　各省应设立期限通饬各地方官，将境内吸烟人数确切调查，详记姓名、籍贯、年岁，造具清册，于年终申由各该省督抚分咨报部备查。

第十二条　各省应印制购烟牌照，由各地方官发给吸烟者，收执每年更换一次。其未领牌照私行购买吸食者，一律查禁。吸烟者于呈领牌照时，应将一日间吸用分量确实报明，填注牌内，按照定量购买吸食，只准减少不准加多，务须按期减尽。

第七章　戒烟

第十三条　各省应通饬各地方官设立戒烟官局，按照民政部颁发戒烟中西药方制备药品，发交各处药铺善堂，按照原价发售。无力贫民准其免缴药费，如有精通医学之人于部颁戒烟药方外，发明戒烟良药者，应将其方药申由该省督抚咨送民政部查验。

第十四条　各地方官应通饬境内公正绅商设立戒烟会，社刊布戒烟白话书报广为劝导。但不得议论时政及干涉禁烟以外之事。

第十五条　各地方官应检查境内药铺及寄售戒烟药品处所，如药品内含有吗啡性质或私售吗啡等药，一律查禁。

第八章 考成

第十六条 各省地方官于本章程内应行册报各条，依限造报无误者，每届三年准由各该省督抚奏请交部议叙。

第十七条 各省地方官于本章程内应行查禁各条，依限禁绝者，查明属实，准由各该督抚随时奏请交部议叙。

第十八条 各省地方官能将境内栽种罂粟地亩、膏土各店及吸烟人数于一年以内减至十分之三以上，且并无骚扰情事者，查明属实，准由各该督抚奏请交部从优议叙。

第十九条 各省地方官于应行册报各条限满不报者，交部议处。册报不实者，交部严加议处。

第二十条 各省地方官于应行查禁各条限满未经禁绝者，交部议处。若未经查禁捏称禁绝者，交部严加议处。该管上司知情不行，参揭者同。

第二十一条 各省地方官于境内栽种罂粟地亩、膏土各店及吸烟人数统计一年内递减数目不及八分之一者，交部严加议处。

第九章 附则

第二十二条 本章程应参照政务处奏定章程办理，其施行细则准由各该省督抚酌量地方情形拟定奏明办理。

第二十三条 本章程所定栽种营业各项照费，应将收数若干随时报部以便拨为禁烟费等项之用。至各项照费既经分别奏定数目以外，不得另有需索。傥将来察看情形，可将照费酌量加收，应由度支部会同民政部奏明办理。

●●禁烟大臣奏禁烟查验章程折并章程

光绪三十四年(1908 年)三月初七日奉上谕,鸦片流毒为害甚深,若不认真查禁,恐禁烟之令难望依限实行。该大臣即设立戒烟所专司查验,限于三个月内妥定章程奏明开办等因钦此。前者臣等曾将租借房屋为公所以便迅速开办等情陈明在案,兹臣传霖差竣回京,臣等复将禁烟查验章程会同妥定,期于切实施行。窃维罂粟贻害中国既深且久,流毒至于今日,此诚剥极必复之秋也。现奉明谕特派臣等设立公所,切实查禁。京师为天下之表率,则断绝来源固应以禁种为当务之急,而查验戒吸必先以官场示齐民之准。臣等受恩深重,惟有不避嫌怨认真查验,务期流毒逐渐廓清,痼疾早日净尽,藉以仰慰宸廑。兹酌拟禁烟查验各章程十条,另缮清单并拟具表式一并恭呈御览。谨奏。光绪三十四年(1908 年)五月初十日奉旨依议。钦此。

谨将拟定禁烟查验章程十条恭呈御览

一 拟请分别查验也。在京师各堂官大臣、在外监司以上大员受恩深重表率下僚,如有嗜好早应遵谕戒断。此次复奉严旨,其是否戒除净尽,更宜据实自陈,何致自欺以欺朝廷。傥仍有讳饰不实陈者,臣所当切实访查,指名奏恭请旨惩处。此外,应行查验各员,在京各衙门限文到一月内,在外各省限文到两月内,由各该堂官督抚确切查明沾染嗜好者若干人,分别已否戒断,即责成各堂官督抚认真查验,出具切考册开咨复。其迹涉疑似者,即由臣所指名调验。

一 查验宜切实办理也。凡有嗜好之果否戒断,非医士诊视所能得实，惟有将调验之员令其到所住宿，供其饮食，由臣所拣派妥员监其食宿，少则三五日，多则六七日，其曾否戒净或仍服药及服药之多少均能确得实情，无可遁饰。其实已戒净者，发给执照，仍旧供职，查其服药情形。未能戒断者，则照章休致，如所派查验之员敢于扶同徇隐，查出一并严参究治该员等。果能切实查验，毫不瞻徇，由臣等查核奏请奖励，庶几惩劝兼施，不致畏事顾忌，以收实效。

一 各直省应一律设所查验也。查禁烟事宜必须京外通力合作，办理划一，以期切实推行而收实效。拟即咨行各省督抚均按照臣所详定章程颁发一体建立禁烟公所，遴派公正监司大员总司其事，择委妥员切实经理专办一切禁烟各事宜，并一面奏咨立案，其民间自办者，亦照此次定章查禁。至各省文武官员无论现任、候补，由该长官随时察看，有可疑者，发所认真查验，如有逾限不能戒断及隐饰者，照章分别撤参，不得瞻徇，仍咨臣核。傥各省有逾限不开办查禁调验者，经臣所访闻，即行纠参。

一 查验宜定限也。在京各衙门、在外各直省，凡经长官咨送到所之情形可疑，应行查验人员在京限于十日内来所查验，在外分别省分、程途远近酌定到所期限。若迟延不到，应由各衙门、各省先行开去差缺，听候催调，分别参办。

一 颁发表式，分别填注，以昭核实也。现由公所拟定表式分咨各衙门、各省一体照实填注，毋稍隐饰。先由臣等率同公所各员据实填注，以为准则，咨呈军机处转行内，而各衙门堂司各官外而司道以上大员查照一体填注，统限文到一月内咨复到所存查。傥逾限延不填送照章指参。如有隐饰讳匿者，查明照例按官阶大小，分别奏参咨革。

一　拟请并申儆严禁种烟也。既奉明旨特派重臣设立公所，则禁种尤为禁吸之先，务必一律查禁，方为完备。除由臣等认真查验内外各员务饬戒断外，并拟请旨再行申儆各直省督抚，按照政务处奏定章程十条分别次第举行。严禁种烟以绝来源，并体察所属种植之多寡，或分年减种，或全行禁种，均责成地方官遴选公正绅士分投劝禁，不准假手胥吏，以期害除而民不扰。除改种禾稼外，并饬熟察土性所宜推广种植如茶、桑、桐、漆等之类，以抵种烟之利，责成各省督抚随时督催地方官切实筹办，勿稍粉饰，因循以收实效。

一　戒烟医药拟商同民政部筹办也。此次奉旨设立公所注重查验各官是否戒断，非专恃医生所能得实。至选配戒烟药料发给有嗜好者，服食戒断。民政部内外城均设有医局，招致良医精制药料，广为施发戒断。臣所即可随时商同添制药料以备发给，毋庸另行延医以省琐屑而节糜费。

一　分别官民以清界限也。凡京外官员禁戒吸食，自当由臣所查验，认真办理其京城地面及各省禁烟事务，前已由民政部奏请饬行在案。凡绅商士民之戒断，应仍由民政部及各省督抚随时随地考察办理，以清界限。

一　差委宜取结也。在京额外行走在外候补人员此后遇有差委，应责成各堂官督抚饬令各该员出具并不吸食鸦片，亲供取具，同寅切结存案，方准派委。惟出结之员不得随意彼此互结，以杜通同徇隐之弊。

一　各处戒烟局拟请奖劝也。凡京外各直省公立、民立戒烟局所创办员绅及各处医士，列表填注备案，其诊施有效断烟人数最多者，年终由各督抚查明，分别奏奖，以虚衔封典奖札匾额功牌一面，奏咨立案，惟不得有逾吏部定章，以期画一。

●●民政部咨各将军督抚饬造减种土药表册限期报部文光绪三十四年(1908年)

民治司案呈前准外务部咨称本部准汪大臣函复称，禁烟一事印度欲以一千九百八年为施禁之始，倘于土药减种确能实行，一切自易就范等语，咨请通饬各省遵办，等因前来本部业经钞录原文咨行贵督抚将军转饬各属，将境内向种土药地亩暨出产数目先行造册，报部备核在案。惟阅时弥久未据咨报到部，查实行减种自以清查向种土药地亩为入手办法，其次酌定成数限制栽种，并一面出示晓谕，使众周知。应于本年土药尚未成熟以前，饬该管地方官亲自查勘、注册、申报，以期实行。今外务部来文，印度洋药减成进口既以本年为始，倘我国于减种土药一层不能按照政务处禁烟章程与洋药同时切实举办，将来有碍邦交，谁能执此重咎。为此，再行严催。自此次文到之日，希即严饬所属，限六个月以内将境内向种土药地亩若干、实产土药若干先行造册报部存案，并将各该地方承种土户发给凭照，注明亩数，以后逐年递减，于年终另立比较表报部一次。庶减种可期实行自不至贻人口实，除由本部颁发表式饬属照填外，相应咨行贵督抚、将军查照前文所指各节转饬各属迅速遵办可也。

●●度支部奏查明洋药进口土药出产及行销数目酌拟办法折

光绪三十三年(1907年)九月初五日军机处交出军机大臣面奉谕旨。官膏专卖自是禁烟扼要办法，惟须调查详晰，方有把握。所有洋药进口、土药出产及行销数目,均应考求详确,著度支部遴派明干得力司员,逐项分别确切调查此事,期在速行。著予限六个月,至迟亦不得逾一年,务须依限查明妥拟办法,请旨施行。钦此钦遵到部,臣等遵即遴员,分赴各省确切调查。兹查得各省光绪三十一年(1905年)分出产土药十四万二千六百九十八担,三十二年分出产土药十四万八千一百三担,三十三年分出产土药十一万九千九百八十三担。互相比较,计三十三年分出产土药比三十一、二两年均减二成之谱。又各省光绪三十一年(1905年)分行销土药十四万一千五百二十五担,三十二年分行销土药十三万五千六百九十三担,三十三年分行销土药九万七千七百三十八担。互相比较,计三十三年分行销土药比三十一、二两年约减二、三成之谱。又各省关光绪三十一年(1905年)分运销洋药五万一千九百二十担,三十二年分运销洋药五万四千一百十七担,三十三年分运销洋药五万四千五百八十四担。互相比较,此三年中运销之数并未递减,至本年各省栽种土药有报已减十之三、四者,有报已减十之六、七者,其洋药进口甫经英国政府折中定额,自上年十二月起照五万一千箱之数按年递减一成,是洋药减运之数不及土药产销各数之尤为锐减。此调查近年洋药进口、土药出产及行销之各数也。窃维禁烟收效之迟速,视奉行之是否实力为断。欲使整齐而画一之官膏专卖,诚为禁烟扼要之法。今臣等谨就调查土药产销递减数目及参以洋药交涉情形,实有未易轻为举办者,谨为皇太后、皇上详晰陈之禁烟之举,英国政府允为竭力相助,并声称严禁港膏,不得运入中国境内,其上海租界烟馆岁捐亦甚丰,限两年禁净。而中国反设官膏专卖局,迹近争利,此不可行者。一、禁烟分作十年递减本属仁政,但吸烟者不论瘾之大小、深浅,苟立志戒烟,需时不过数月即可戒绝。现在内外大小臣工多已遵限戒除,小民闻风而起必能痛自湔祓[1]。现计三十三年销土之数较之三十二年已减二、三成之谱,是吸烟之人业经锐减,以目前情形计之,数年之内当可尽祛沈痼。设令为官膏专卖,势必先按照现定洋药之数尽数包买,每年余剩之药将何所用之,此不可行者。二、官膏专卖首重稽查台湾一隅之地,日人经营专卖,前后数年耗去警察经费无数。现在中国各省举办警察尚未完备,且自限年禁吸之令出,殷实之户多广购烟土暗备后来吸食之资。设于此时官膏专卖,将贫者重受其困而富者仍行所能事,倘必严为稽察,则凡储有烟土之家皆得准人告讦,且即深夜密室一闻烟味司巡者皆得入而搜寻,是又使不肖吏役得假以鱼肉乡民,择肥而噬,势必至大滋纷扰,此不可行者。三、为今之计为民除害而不为民累,惟有隐师专卖之意,按照政务处奏定章程,凡贩烟之店、吸烟之人分给凭照、牌照,其不领照而私贩私吸者,从重惩罚,并将凭照、牌照各费按照臣部会同民政部奏定之数酌量加重。一面分年、分省全行禁种,以期缩短禁烟年限;一面由各直省将军、督抚重申禁烟定章,徧行出示晓谕。凡逾限未戒有功名者斥革,平民均注名烟籍并将姓名、年岁、住址榜示通衢,一切名誉之事均不准与,以示不齿。齐民功令所在必多悔改,是国家第严其禁烟之令,并不于禁烟一事稍存筹款之意,则外人亦输心折服。于洋药进口当可再为推减,且禁烟一事亦有应因地制宜者。西北各省以禁栽种为先,东南各省以禁吸食为先,洋药之转输多在沿江、沿海各处,苏、粤、闽、浙诸省行销土药之数不及洋药之数为尤多,即使土药禁种净尽,而洋药入口仍未大减,且可畅销,故禁吸尤急于禁种。至云、贵、川、陕、晋、豫诸省,所吸全系土药,能多减种一成即多减吸一成,但供求贵乎相需,东南各省贩运

---

[1] 湔祓,即消除旧恶。

之土多由云、贵诸省而来，揆度目前情形，骤难概行禁种，应由各该省体察所属种烟之多寡及禁种之难易，或分县禁种，或全行禁种，以收令行禁止之效。统计十二行省岁产土药十余万担，前据督办土药统税事宜，臣柯逢时函商，分年、分省禁种之法当经臣等电商江苏、安徽、山东、河南各督抚，惟山东巡抚袁树勋(1847—1915)覆称，骤时全行禁绝，恐私犯必多转虑过严而法穷。其余三省则均称可以通禁。此外，云南、福建、黑龙江亦已据各该督抚奏报禁种，是江苏、安徽、河南、云南、福建、黑龙江等六省业自本年下半年起全行禁种，按照光绪三十三年(1907 年)全国产数约可减去十分之三。又奉天、吉林、直隶、山东、江西、浙江、湖北、湖南、新疆、广东、广西等十一省产土均属无多，拟令自光绪三十五年(1909 年)下半年起全行禁种，按照三十三年全国产数又可减去十分之一以上。又山西一省本系著名产土，但所产土药全系营销境内，并无出口，应由山西巡抚察看情形，勒限禁绝。又陕西、甘肃、四川、贵州四省均系著名产土之区，各省所销土药多由该处采运，应令分年、分县禁种，总期按照三十三年产数递年减种十分之二以上。如未届限能将全省种烟地亩勒禁，全行改种粮食，准将该管官分别奏奖，其贩土药省分亦须按照三十三年运销之数递年减运十分之二以上。倘查有运销省分不克遵章按年递减，专图多拨税项，所有部局应拨该省之款即按统税章程照蓝执照所填担数减拨一半，以为禁烟不力者戒。似此认真严禁土药不患其不尽绝，吸食之人不患其不骤减。至洋药虽有十年递减之限，但能吸食无人，彼既无利可图自然不禁而绝。若一经专卖，转滋轇轕[①]，且十年之限亦不能缩短，于禁烟本旨反形松懈，似不如乘此业经见效之时，力为扫

---

① 轇轕，即参差纵横、杂乱交错之态，广阔深远的样子。

除,其成功自必较速。兹谨将光绪三十一、二、三等年各省出产土药及行销土药、洋药各数目,分列清单恭呈御览。应请旨饬下各直省将军、督抚严饬所属遵照政务处及禁烟大臣奏定章程,切实奉行,倘或因循粉饰,阳奉阴违,即由各该管官指名严参,以期及早革除净尽,俾得祛沈痼而蹈康和。谨奏。光绪三十四年(1908年)九月初十日奉旨依议。钦此。

●●民政部发给购烟执照章程光绪三十四年(1908年)九月 日

第一条 本章程遵奏定禁烟成案,刊印购烟执照,凡吸鸦片烟者,无论男女何项人等,均发给执照,以为购买膏土之据。

第二条 购烟执照分购土、购膏两种,每三个月为一张,满三个月更换一次。

第三条 凡吸鸦片烟之人,限于 月 日以前自赴该管区呈领购烟执照,过期概不发给。

第四条 自发照之日起,购买膏土者,均须持此执照。未领照者,不准购买。

第五条 赴该管区呈报时,应开明姓名、年岁、籍贯、住址、门牌号数及每日吸烟之分量,如不将以上各项报明者,不给执照。

第六条 呈领执照时,无论购土、购膏,均须按照每日吸烟分量缴纳照费,凡每日吸烟五分者,每张须纳领照费铜元五枚;吸烟一钱者,每张须纳铜元十枚,一钱以上递加。

第七条 凡未有瘾者,不得朦混领取执照购买膏土,以供他人之用。

第八条 领购烟执照者须遵下列细则:

一 购烟时须持执照,未持执照者不能购买。

二 每次购烟时,应将执照交膏土店,注明所购分量,并盖印该店字号戳记。

三　自发照之日起，吸烟者每年至少须减其所吸八成之一。

四　所领执照满期，则不能再以此照购买膏土，应将原照呈由该管区更换。如未将上次执照缴还者，不能领下次之执照。

五　持照购烟时，欲预购数日或一月分者听便，惟不得过三个月所吸之总数。

六　持照购烟时，不准补买前数日未购膏土，如初十日购烟时，不准补买前九日之膏土。

七　凡领购膏执照者，不准购土；领购土执照者，不准购膏。换照时，亦不得更改。

八　如以烟灰作价抵买烟膏，仍须持有执照，其抵买烟膏分量，按每日吸食之数，分日注明。

第九条　凡禁设烟具之所如酒楼、妓馆等处，不得以领有购烟执照陈设烟具。持照购烟之人，亦不准在以上禁设烟具之处吸烟。

第十条　他处来京寄居之人并非暂驻旅店者，准其随时呈报该管区，查明发给执照。

第十一条　旅店来往之客如有吸烟者，应报明该管区，领取旅行购烟执照，方准购烟。

第十二条　旅客初来京师未知定章及不谙道路者，该旅店须预行告知，代为呈领执照。

第十三条　旅行购烟执照，每一个月为一张，照费与前同。

第十四条　旅行购烟执照，只准购膏，不准购土。

第十五条　旅客领照购烟者，须遵下列细则：

一　呈领旅行购烟执照者，须将姓名、年岁、籍贯及吸烟分量详细注明，其呈纸须盖印该旅店水印，无旅店水印者概不发给。

二 旅客至店如为时已晚，不及呈领执照，准其暂时设具吸烟，至第二日尚不呈报者，查出罚办。

三 旅客出京时，该旅店应将执照收取，赴该管区缴销。

四 旅客出京时，如欲购烟以备途中吸食者，至多不得过三日所吸之数。

第十六条 执照如有遗失，应向该管区呈明，查实后即行补给，原领之照注销作废。

第十七条 领购烟执照人病故，应由其亲属或同居人等将执照缴呈该管区注销。

第十八条 违犯第八条第二项、第五项、第六项、第七项、第十五条第二项、第三项者，处以五日以下一日以上之拘留，或五元以下一元以上之罚金；违犯第七条、第十四条、第十七条者，处以十日以下五日以上之拘留，或十元以下五元以上之罚金；违犯第九条者，该店主及吸烟之人均处以三十元之罚金。

●●又管理售卖膏土章程 光绪三十四年(1908 年)九月 日

第一条 本章程依奏定禁烟成案，为实行限制售卖膏土而设。

第二条 售卖膏土各店应到厅领取营业执照，每年更换一次。其未领执照者，不准开设。领取营业执照时，须将字号、地址、成本及店主姓名、卖土或膏土并卖并店中现存各种土药实数，详细报明。

第三条 膏土各店领营业执照时，应按照成本缴纳照费。其成本一万元以上者，每年缴照费六元；五千元以上者，每年缴照费四元；不及五千元者，每年缴照费二元。

第四条 凡为他项营业而带卖膏土者，应各营本业，不准带卖膏土。

第五条 凡膏土各店业已兼营别业者，予限三个月将所存膏土售罄，缴销执照专营别业。

第六条　开设膏土店成本不及一千两者，一律停止改营别业。

第七条　膏土各店，嗣后不准添设及更换字号、挪移地址，如有歇业者，即将营业执照缴销，不得顶替再开。

第八条　膏土各店运洋、土药到京，须将数目赴厅呈报。

第九条　凡同业批买洋、土药，无论零趸，均须按照本厅发给联单填发买户收执，该店按月将联单存根送厅查核。如运送洋、土药未持联单者，即系私土查出销毁。

第十条　吸烟之人购买膏土，本厅均发给执照为据。执照上另印购买膏土记数表，应将所购分量注明记数表内本日行下。

第十一条　持执照购买膏土时，除将所购分量注明执照记数表外，须自行用簿登记，以便查核。

第十二条　膏土各店应备字号戳记一小方，将卖给膏土数目注明执照记数表后，即盖小戳以凭查核。

第十三条　如将膏土卖与未持执照之人，或虽持执照不依所定分量或卖给膏土不将分量注明记数表者，一经察出，即行罚办。

第十四条　购烟人所持执照如已逾所用之时，或已满应用之数者，不得再售给膏土。

第十五条　以烟灰作价抵买膏土，其分量仍须注明于执照后。未持执照者，不准抵给膏土。

第十六条　膏土各店应将卖买膏土实数按月造册，送厅查核，不得隐漏。

第十七条　各种膏土每两售钱若干，应按照市价于柜上悬牌书明，俾众周知。

第十八条　膏土店内不准存放烟枪，掌柜、伙计等实有烟瘾已领执照者，亦不准在店吸食。

教　　育

一

学堂章程

管学大臣张、荣鄂督张遵旨重订学堂章程折并片

奏为遵旨重订学堂章程，妥筹办法，恭折仰祈圣鉴事。窃臣百熙、臣荣庆前因学务重要、奏请特旨添派臣之洞会同商办。光绪二十九年（1903 年）闰五月初三日奉上谕：京师大学堂为学术人才根本，关系重要，著即派张之洞会同张百熙、荣庆，将现办大学堂章程一切事宜，再行切实商订，并将各省学堂章程一律厘定，详悉具奏，务期推行无弊，造就通才，俾朝廷收得人之效，是为至要。钦此。仰见圣朝兴学育才，务求实际，防微杜渐，不厌推详之至意，臣等曷胜钦服。

臣之洞伏查上年大学堂奏定章程，宗旨办法，实已深得要领。惟草创之际，规程课目，不得不稍从简略，以徐待考求增补。至各省初办学堂管理学务者，既难得深通教育理法之人，而学生率皆取诸原业科举之士，未尝经小学堂陶镕而来，不自知学生之本分，故其言论行为，不免有轶于范围之外者。此次钦奉谕旨，命臣等将一切章程会商厘订，期于推行无弊，自应详细推求，倍加审慎。数月以来，臣等互相

讨论，虚衷商榷，并博考外国各项学堂课程门目，参酌变通，择其宜者用之。其于中国不相宜者缺之，科目名称之不可解者改之，其有过涉繁重者减之。每日讲堂功课，少或四五点钟，多亦不过六点钟。所授之学，排日轮讲，少或四五门，多亦不过六门，皆计日量时以定之，绝不苦人以所难。中人之资，但能循序以求，断无兼顾不及之虑。至于立学宗旨，无论何等学堂，均以忠孝为本，以中国经史之学为基，俾学生心术壹归于纯正，而后以西学瀹其智识，练其艺能，务期他日成材，各适实用，以仰副国家造就通才，慎防流弊之意。

计拟成《初等小学堂章程》一册、《高等小学堂章程》一册、《中学堂章程》一册、《高等学堂章程》一册、《大学堂章程》附《通儒院章程》一册。原章有蒙学堂名目，但章程内所列，实即外国初等小学之事。查外国蒙养院，一名“幼稚园”。兹参酌其意，订为《蒙养院章程》及《家庭教育法》一册。此就原订章程所有而增补其缺略者也。办理学堂，首重师范。原订《师范馆章程》，系仅就京城情形试办，尚属简略。兹另拟《初级师范学堂章程》一册，《优级师范学堂章程》一册，并拟《任用教员章程》一册，将来京城师范馆应即改照《优级师范学堂章程》办理。此外如京师仕学馆，系属暂设，皆系有职人员，不在各学堂统系之内。原订章程，应暂仍其旧，将来体察情形，再为酌定经久章程。至译学馆，即方言学堂，前经奏明开办，兹将章程课目一并拟呈，其进士馆，系奉特旨令新进士概入学堂肄业，此与仕学馆用意相近，课程与各学堂不同。而仕学馆地狭无可展拓，不得不别设一馆以教之，兹亦酌订章程课目，别为一册。将来仕学馆或归并进士馆，或照进士馆现订课程改同一律，容随时察酌情形办理。又国民生计，莫要于农工商实业。兴办实业学堂，有百益而无一弊，最宜注重。兹另拟《初等农工商实业学堂章程》一册，附实业补习普通学堂及艺徒学堂各章程。《中等农工商实业学堂章程》一册、《高等农工商实业学堂章程》一册、《实业教员讲习所章程》一册、《实业学堂通则》一册，此皆原订章程所未及而别加编订者也。又以中国礼教政俗，本与各国不同，而少年初学之士，胸无定识，庞杂浮嚣，在所不免。此时学堂办法，规范不容不肃，稽察不容不严。兹特订立规条，申明禁令，编为《各学堂管理通则》一册，并将此时开办各项学堂设教之宗旨，立法之要义，总括发明，订为《学务纲要》一册。各省果能慎选教员学职，按照现订章程认真举办，则民智可开，国力可富，人才可成，决不致别生流弊。

至学生毕业考试，升级入学考试，亦经详订专章。中学堂以下及收入高等学堂者，由督抚学政会同考核，高等学堂应升级者，奏请简放主考，会同督抚学政考验。京城高等学堂，比例办理。京师大学堂奏请简放总裁，会同管学大臣考验，以昭慎重而免冒滥。其奖励录用之法，比照奏准鼓励出洋游学生，于奖给出身之外，复请分别录用章程，亦经详加斟酌拟有专章，伏候圣明裁定，将来应即分别照章奏明办理。

所有一切章程，将来如有应行变通增损之处，其大者仍当奏明办理，小者由管学大臣审定后通行各省照改。

谨将学务纲要、各学堂管理通则、毕业学生考试专章、奖励专章暨各项学堂章程，分别缮写成册，并开列章程名目次序清单，恭呈御览。如蒙俞允，应由管学大臣通行各省一体遵照开办。所有臣等遵旨会商厘订学堂章程各缘由，遵旨与政务处王大臣会商，意见均属相同。谨合词恭折具陈。伏祈皇太后、皇上圣鉴训示。谨奏。光绪二十九年(1903 年)十一月二十六日奉旨已恭录卷首。

再查 近年自备资斧出洋游学学生，多年少未学、不明事理之人，于时局实在情形办事艰难之故毫无阅历，故嚣然不靖，流弊甚多。

若已入仕途之人，类多读书明理，循分守法，如内而京堂翰林科道部属，外而候补道府以下等官，无论满汉，择其素行端谨、志趣远大者，使之出洋游历，分门考察，遇事咨询，师人之长，补己之短，用以开广见闻，增长学识，则实属有益无弊，其能亲入外国学堂留学者尤善。职官出洋游历游学者众，不独将来回国后任使之才日多。而在洋时与本国游学生渐相稔习，灼知其品谊才识，何人为学行兼修之士？何人为乖张不逞之徒？异时以类相求，黑白确有明证，且力持正论之人日多，则邪说诐词，势自孤而不敌；学生嚣张之气，亦必可默为转移。若高爵显秩，亦令出洋游历，则其凭藉既崇，展布愈广，为效尤，为宏巨。

惟出洋游历游学，与奉命出使不同。虽一品大员，亦止可酌带翻译一二员，随从二三人。此外游历职官，止可酌带翻译一人，随从尤须简少。游学者无庸随带翻译。查外国太子、亲王游历来华者，从未见其多带从人，盖游历所以资历练，非以壮观瞻，省事节费，犹其余事。

日前臣之洞面奉皇太后懿旨，“已为职官者，皆读书明理深知法度之人，令其出洋游历，最为有益无弊，翰林尤宜多派出洋，满汉皆应选派等因，钦此。”慈训殷殷，仰见圣虑渊深，无微不烛，亟应钦遵办理。拟请明降谕旨：无论京外大小官员，凡能自备资斧出洋游历、游学者，分别从优奖励，以劝之谨。拟其等差如下：

一　游历以遍涉东西洋各国，往返在三年以外者为上；择游欧美两洲之一二国或二三国，往返在二年以外者次之；专游欧美各国中之一国，往返在一年以外者又次之；仅至东洋游历，往返在一年以外者又次之；无论东西洋，其游愿在一年以内者无奖。

一　游历之宗旨，以能考察其内政外交、海陆军备、农工商各项实业及其章程办法为要义。除一二品大员，兼综博览，以多接见其文武大臣及其贤士大夫，采听其议论，参观其政俗，务其远者大者外，其庶司百职，或各因性学之所近，或各就职业之所司，以分门考察能得其实际为要义。凡游历考察所及，均宜详晰记载，笔之于书，回国后，或应缮呈御览，或应呈送政务处及各部院督抚衙门考核，当视其官秩，分别酌定。凡应奖者，仍必须有札记、著作实有所得者，方准给奖；年限虽多毫无记录者，仍不给奖。

一 游学较游历为尤有实际，最为成就人才之要端，且岁月较久，劳费尤多，如宗室勋戚以及王公之子弟暨内外职官，无论实缺候补，能自备资斧出洋游学，由普通而达专门，考求实在有用之学，得有彼国学堂毕业凭照者，回国后尤宜破格奖励，立予擢用。拟请宗室勋戚以及王公之子弟暨内外职官出洋游学毕业者，回国后分别学业等差，其最优者翰林，或比照大考一二等例，优予升擢。阁部院寺司官实缺者，或比照方略会典等馆差例，优予升擢，或准列入京察。一等候补者，照特旨班遇缺即补，次优者略减，外官亦照异常劳绩最优班次，分别予以升迁补缺。其游学西洋者，道远费重，应格外加优。至游历奖励，比游学应减一等。凡出洋游历游学人员，并准一概免扣资俸。窃谓照此办法，则不烦国家丝毫经费，而内外职官愿出洋游历游学者，必接踵而起矣。臣等为广励人才讲求时务起见，遵旨与政务处王大臣会商，意见均属相同。谨合词附片具陈，伏祈圣鉴训示，谨奏。

再学务一事，实为今日自强要图，必须全国一律举行，方有大效，关系至为重要，条理又极精详，各国均设有文部大臣，专司其事。凡厘定条章、审察学术、考核功过，皆归其综理。现在整顿京外大小学堂，必须特设专员，方能专心致志筹办妥协。查现在管学大臣，既管京城大学堂，又管外省各学堂事务。目前正当振兴学务之际，经营创始，条绪万端，即大学堂一处，已属繁重异常，专任犹虞，不给兼综，更恐难周。况京城大学堂，不过学堂之一，其所办是否全行合法，师生是否一律均有成效，亦宜别有专司考核之大员，方无窒碍。臣之洞与诸臣商酌，拟请于京师专设总理学务大臣，以统辖全国学务，其京师大学堂拟请另设总监督一员。请旨简派三四品京堂充选，俾专管大学堂事务，不令兼别项要差，免致分其精力，仍受总理学务大臣节制考核。如是，则全国之学务与首善之大学，皆各有专责而成效可期矣。臣之洞与政务处王大臣暨管学大臣商酌，意见均属相同。谨附片具陈，伏祈圣鉴训示，臣之洞谨奏。

再六月初八日，承准军机大臣交片。本日，御史张元奇奏各省学堂宜严师范，又奏本科进士入堂肄业可否酌为变通各折片，均奉旨张之洞会同管学大臣妥议具奏，钦此等因，并将原折片抄交前来。查原奏请严选师范，振兴实业，洵为知本之论。现已拟有初级师范、优级师范学堂章程，各省不难照办。京师现设师范馆，亦拟即改照优级师范学堂章程办理。原奏又称蒙学但课中文，俟考入中学堂后再习西国语言文字等语。该御史所谓“蒙学”，意即指初等小学而言。臣等现拟小学堂章程，即严申此禁。凡初等小学堂，概不令兼习洋文，高等小学堂，亦须斟酌地方情形办理，其可兼习者，亦不准占读经时刻，与该御史所见正同。至另片称本科修撰，庶吉士、中书主事，悉入学堂肄业，博采众论，倘有不便，拟请酌为变通，或择年岁合格，其年长者听之；或考定额数，其额外者听之等语。查此次钦奉特旨，凡新进士之授京职者，一概令入学堂，原欲使向业科举之士增益普通学识，讲求政法、方言，以期皆能通事务而应世变，用意至为深远，自未便限以额数，转开趋避之门。惟其中年齿较长，有不能强就学堂程度者，亦属实在情形。臣等公同商酌拟定一格，凡新进士年在三十五岁以下者，无论翰林、部属、中书，均令一体入进士馆肄业，并酌给津贴银两，由各该进士本籍省份筹款，解交大学堂，按月转给，俾资旅费而示体恤，不准托词规避。其年在三十五岁以上、自审精力实已不能就学者，准其赴部呈明，改就知县分发各省，与本科即用知县一律较资叙补，其自愿留学者听，似此量为变通，自可免迁就入学有名无实之弊矣。所有臣等遵旨核议缘由，谨合词附片复陈，伏祈圣鉴，谨奏。

谨拟学堂各种章程二十册，开具名目次序清单，恭呈御览。

计　开

《学务纲要》一册

《大学堂章程》附《通儒院章程》一册

《高等学堂章程》一册

《中学堂章程》一册

《高等小学堂章程》一册

《初等小学堂章程》一册

《蒙养院及家庭教育法章程》一册

《优级师范学堂章程》一册

《初级师范学堂章程》一册

《实业教员讲习所章程》一册

《高等农工商实业学堂章程》一册

《中等农工商实业学堂章程》一册

《初等农商实业学堂章程》附《实业补习普通学堂章程》及《艺徒学堂章程》一册

《译学馆章程》一册

《进士馆章程》一册

《各学堂管理通则》一册

《实业学堂通则》一册

《任用教员章程》一册

《各学堂考试章程》一册

《各学堂奖励章程》一册

学务纲要总目

全国学堂总要

大小各学堂各有取义

京外各学堂俱照新章以归划一

宜首先急办师范学堂

中小学堂宜注重读经以存圣教

经学课程简要并不妨碍西学

学堂不得废弃中国文辞以便读古来经籍

各学堂科学并不繁难皆可按年毕业

科学相间讲授乃各国成法具有深意

各学堂科目年限与各国学堂有酌改处

各省办理学堂员绅宜先派出洋考察

小学堂应劝谕绅富广设

各省宜速设实业学堂

各学堂尤重在考核学生品行

各学堂学生冠服宜归划一

各学堂皆学官音

小学堂日课止五点钟六点钟并不为劳

戒袭用外国无谓名词以存国文端士风

小学堂勿庸兼习洋文

中学堂以上各学堂必勤习洋文

中小学堂酌改年限统计仍与原章相合

理学宜讲明惟贵实践而忌空谈

各学堂兼习兵学

教科书应颁发目录令京外官局私家合力编辑书成后编定详细节目讲授

采用各学堂讲义及私家所纂教科书

选外国教科书实无流弊者暂应急用

外国教员宜定权限

外国教员不得讲宗教

学务人员援案保奖

各学堂应令学生贴补学费

各省初办之学堂学额暂不限数

学堂未毕业学生不准应乡会试及岁科考

海陆军大学堂宜筹建设

外省取中举人送京复试不符分别惩罚

京师应专设总理学务大臣

学务大臣应设属官

学务大臣选用属官之途

学堂章程应准随时修改

参考西国政治法律宜看全文

私学堂禁专习政治法律

私学堂禁私习兵操

学生不准妄干国政暨抗改本堂规条

师生员役均禁嗜好

学堂教员宜列作职官以便节制并定年限

教员宜多看参考书

毕业升等奖给出身均由试官考定

学堂兼有科举所长

各省学堂建造须合规制

各省宜讲求警察监狱之学

邮电铁路矿务等学堂宜添课普通学

各省武学堂宜归一律

各学堂斥退学生不准投考他学堂

学生未毕业不准另就他事

京师大学堂宜先设预备科

进士馆宜加津贴

大学堂规模宜求完备合法

一 全国学堂总要

京外大小文武各学堂均应钦遵谕旨,以端正趋向,造就通才为宗旨,正合三代学校选举德行道艺四者并重之意。各省兴办学堂,宜深体此意。从幼童入初等小学堂始,为教员者,于讲授功课时务须随时指导,晓之以尊亲之义,纳之于规矩之中。一切邪说诐词,严拒力斥;使学生他日成就,无论为士为农为工为商,均上知爱国,下足立身,始不负朝廷兴学之意。外国学堂于智育体育外,尤重德育,中外固无二理也。

一 大小各学堂各有取义

大小学堂理原一贯,惟各学堂各有取义:家庭教育、蒙养院、初等小学堂,意在使全国之民,无论贫富贵贱,皆能淑性知礼,化为良善。高等小学堂、普通中学堂,意在使入此学者通晓四民皆应必知之要端,仕进者有进学之阶梯,改业者有谋生之智能。高等学堂、大学堂,意在讲求国政民事各种专门之学,为国家储养任用之人才。通儒院,意在研究专门精深之义蕴,俾能自悟新理,自创新法,为全国学业力求进步之方;并设立中国旧学,专门为保存古学、古书之地。实业学堂,意在使全国人民具有各种谋生之才智技艺,以为富民富国之本。译学馆,意在通晓各国语文,俾能自读外国之书,一以储交涉之才;一以备各学校教习各国语文之选,免致永远仰给外国教师。进士馆,意在使已经得第入官者,通知各种实学大要,以应济时急需。师范学堂,意在使全国中小学堂各有师资,此为各项学堂之本源,兴学入手之第一义。

一 京外各学堂俱照新章以归划一

此次遵旨修改各学堂章程,以忠孝为敷教之本,以礼法为训俗之方,以练习艺能为致用治生之具。其宗旨,与上年大学堂原定章程本无歧异。惟学堂本系创办,前章尚有未备之处。兹更体察近日情形,斟酌修改。条目更加详密,课程更加完备,禁戒更加谨严。即湖北等省学堂章程前经奏定者,一并会通酌改,令归划一。所有原定章程之应共遵守者,均已归并本章程内。此后京外官绅兴办各种学堂,无论官设公设私设,俱应按照现定各项学堂章程课目切实奉行,不得私改课程,自为风气。

一 宜首先急办师范学堂

学堂必须有师。此时大学堂、高等学堂、省城之普通学堂,犹可聘东西各国教员为师。若各州县小学堂及外府中学堂,安能聘许多之外国教员乎？此时惟有急设各师范学堂,初级师范以教初等小学及高等小学之学生;优级师范以教中学堂之学生及初级师范学堂之师范生。省城师范学堂,或聘外国人为教员,或辅以曾学外国师范毕业之师范生。外府师范学堂,则只可聘在中国学成之师范生为教员。查开通国民知识,普施教育,以小学堂为最要,则是初级师范学堂,造就教小学之师范生,尤为办学堂者入手第一义。特是各省城多有已设中学堂、高等学堂者,势不能听其自出心裁,致误将来成材之学生,则优级师范学堂在中国今日情形亦为最要,并宜接续速办。各省城应即按照现定初级师范学堂、优级师范学堂及简易师范科、师范传习所各章程办法,迅速举行。其已设有师范学堂者,教科务改合程度。其尚未设师范学堂者,亟宜延聘师范教员早为开办。若无师范教员可请者，即速派人到外国学师范教授管理各法，分别学速成科师范若干人，学完全师范科若干人，现有师范章程刊布通行。若有速成师范生回国，即可依仿开办，以应急需而立规模，俟完全师范生回国，再行转相传授，分派各府县陆续更换，庶不致教法茫然，无从措手，务期首先迅速举行，渐次推广，不可稍涉迟缓。

一　各省办理学堂员绅宜先派出洋考察

学堂所重，不仅在教员，尤在有管理学堂之人。必须有明于教授法、管理法者实心从事其间。未办者方易开办，已办者方能得法；否则成效难期，且滋流弊。各直省亟宜于官绅中推择品学兼优、性情肫挚而平日又能留心教育者，陆续资派出洋，员数以多为贵，久或一年，少或数月，使之考察外国各学堂规模制度，及一切管理教授之法，详加询访体验。目睹外国教习如何教，生徒如何习，管理学堂官员如何办理。回国后，分别派入学务处暨各学堂办事，方能有实效而无糜费。欧美各国道远费重，即不能多往，而日本则断不可不到。此事为办学堂入门之法，费用万不可省。即边瘠省份，至少亦必派两员。若仅至日本考校半年，所费尚不甚巨。傥不从此举入手，恐开办三四年，耗费数万金，仍是紊杂无章，毫无实得也。其边省不能多派官绅出洋考察学务者，亟宜广购江楚等省已经译刊之教育学、学校管理法、教育行政法、学校卫生学、师范讲义、学务报、教育丛书等类，颁发各属，俾从事学务之人考究研求，则所办学堂不致凌杂无序，亦不致枉费师生功力，庶较胜于冥行歧误者。

一　小学堂应劝谕绅富广设

初等小学堂为养正始基，各国均任为国家之义务教育。东西各国政令凡小儿及就学之年而不入小学者，罪其父母，名为“强迫教育”。盖深知立国之本全在于此。此时各省经费支绌，在官势不能多设。一俟师范生传习日多，即当督饬地方官，剀切劝谕绅富，集资广设。至蒙养院及家庭教育，尤为预教之原。惟中西礼俗不同，不便设立女学及女师范学堂。现拟有蒙养院及家庭教育合一办法，详具专章。

一 各省宜速设实业学堂

农工商各项实业学堂，以学成后各得治生之计为主，最有益于邦本。其程度亦有高等、中等、初等之分，宜饬各就地方情形审择所宜，亟谋广设。如通商繁盛之区，宜设商业学堂；富于出产之区，宜设工业学堂；富于海错之区，宜设水产学堂，余可类推。但此时各省筹款不易，教员亦难得其人，宜于各项实业中，择本省所急须讲求者，先行选派学生出洋学习。此项实业分作两班，一班习中等学以期速成，一班习高等学以期完备。俟中等实业学生毕业回省，即行开办学堂，先教简易之艺术。俟高等实业学生毕业回国，再行增高等学堂程度，以教精深之理法，为渐次推广扩充地步。所费不多，而办法较有把握。各省务于一年内，将实在筹办情形先行陈奏。

一 各学堂尤重在考核学生品行

造士必以品行为先。各学堂考核学生，均宜于各科学外另立品行一门，亦用积分法，与各门科学一体同记分数。其考核之法，分言语、容止、行礼、作事、交际、出游六项，随处稽察，第其等差。在讲堂由教员定之，在斋舍由监学及检察官定之。但学生既重品行，则凡选派教员学职，均须推择品行端正之员，以资表率。

一　中小学堂宜注重读经以存圣教

外国学堂有宗教一门。中国之经书，即是中国之宗教。若学堂不读经书，则是尧舜禹汤文武周公孔子之道，所谓三纲五常者尽行废绝，中国必不能立国矣。学失其本则无学；政失其本则无政。其本既失，则爱国爱类之心，亦随之改易矣，安有富强之望乎？故无论学生将来所执何业，在学堂时经书必宜诵读讲解，各学堂所读有多少，所讲有浅深，并非强归一致。极之由小学改业者，亦必须曾诵经书之要言，略闻圣教之要义，方足以定其心性，正其本源。惟经学奥博，春秋汉唐以来，学者本尚专经，或兼习一两经。本朝乾隆以前乡会试房官，仍是分经取士，即经学诸大师，亦罕有兼精群经者。至于士林中才，能读《十三经》者本少，大率只读《五经》、《四书》。即《礼记》、《左传》，亦读节本者居多。现办中小学堂，科学较繁，晷刻有限。若概令全读《十三经》，则精力日力断断不给，必致读而不能记，记不而能解，有何益处？且泛滥无实，亦非治经家法。兹为择切要各经，分配中小学堂内。若卷帙繁重之《礼记》、《周礼》，则止选读通儒节本，《仪礼》则止选读最要一篇。自初等小学堂第一年，日读约四十字起，至中学堂，日读约二百字为止。大率小学堂每日以一点钟读经，以一点钟挑背浅解挑背者，随意择资质较钝数人，每人指令背诵数语，以省日力。浅解者，止讲浅显切用大义，共合为两点钟，计每星期治经十二点钟。中学堂每星期以六点钟读经，以三点钟挑背讲解，计每日读经一点钟，间日挑背讲解一点钟，每星期治经九点钟。至温经一项，小学、中学皆每日半点钟，归入自习时督课，不占讲堂时刻。兹酌加每日治经钟点，学生并不过劳，而读经讲经温经，绰有余裕，亦无碍讲习西学之日力。若其博考古今之疏解，研究精深之义蕴，及自愿兼通群经者，统归大学堂经学专科治之，于群经古学仍可保存不废。计中学堂毕业，皆已读过《孝经》、《四书》、《易书》、《诗》、《左传》及《礼记》、《周礼》、《仪礼》节本，共计读过十经（四书内有《论语》、《孟子》两经），并通大义。较之向来书塾、书院所读所解者，已为加多。总之，只在功课有恒，则每日并不多费时刻，而经书已不至荒废。盖数十年来科目中人曾读《九经》而能讲解者，不过十分之二三。若照此章程办理，则学堂中决无一荒经之人，不惟圣经不至废坠，且经学从此更可昌明矣。其读经之法，另见专章。

一 经学课程简要并不妨碍西学

小学、中学皆有读经讲经之课。高等学有讲经之课。然岁计有余，而日课无多，专讲要义而不务奥博。大学堂、通儒院则以精深经学列为专科，听人自择，并非以此督责众人。西国最重保存古学，亦系归专门者自行研究。古学之最可宝者，无过经书，无识之徒，喜新蔑古，乐放纵而恶闲检，惟恐经书一日不废，真乃不知西学西法者也。

一 学堂不得废弃中国文辞以读古来经籍

中国各体文辞，各有所用。古文所以阐理纪事，述德达情，最为可贵。骈文则遇国家典礼制诰，需用之处甚多，亦不可废。古今体诗辞赋，所以涵养性情，发抒怀抱。中国乐学久微，藉此亦可稍存古人乐教遗意。中国各种文体，历代相承，实为五大洲文化之精华。且必能为中国各体文辞，然后能通解经史古书，传述圣贤精理。文学既废，则经籍无人能读矣。外国学堂最重保存国粹，此即保存国粹之一大端。假使学堂中人全不能操笔为文，则将来入官以后，所有奏议、公牍、书札、记事、将令，何人为之乎？行文既不能通畅，焉能畀以要职重任乎？惟近代文人，往往专习文藻，不讲实学，以致辞章之外，于时势经济，茫无所知，宋儒所谓一为文人，便无足观，诚痛乎其言之也！盖黜华崇实则可，因噎废食则不可。今拟除大学堂设有文学专科，听好此者研究外，至各学堂中国文学一科，则明定日课时刻，并不妨碍他项科学，兼令诵读有益德性风化之古诗歌，以代外国学堂之唱歌音乐。各省学堂均不得抛荒此事。凡教员科学讲义，学生科学问答，于文辞之间不得涉于鄙俚粗率。其中国文学一科，并宜随时试课论说文字，及教以浅显书信、记事、文法，以资官私实用。但取理明词达而止，以能多引经史为贵，不以雕琢藻丽为工，篇幅亦不取繁冗，教法宜由浅入深，由短而长，勿令学生苦其艰难。中小学堂于中国文辞，止贵明通。高等学堂以上于中国文辞，渐求敷畅，然仍以清真雅正为宗，不可过求奇古，尤不可徒尚浮华。

一　戒袭用外国无谓名词以存国文端士风

古人云：文以载道。今日时势，更兼有文以载政之用。故外国论治论学，率以言语文字所行之远近，验权力教化所及之广狭。除化学家、制造家及一切专门之学，考有新物、新法，因创为新字，自应各从其本字外，凡通用名词，自不宜剿袭搀杂。日本各种名词，其古雅确当者固多，然其与中国文辞不相宜者，亦复不少。近日少年习气，每喜于文字间袭用外国名词、谚语，如团体、国魂、膨胀、舞台、代表等字，固欠雅驯，即牺牲、社会、影响、机关、组织、冲突、运动等字，虽皆中国所习见，而取义与中国旧解迥然不同，迂曲难晓。又如报告、困难、配当、观念等字，意虽可解，然并非必需此字。而舍熟求生，徒令阅者解脱参差，于办事亦多窒碍。此等字样，不胜枚举，可以类推。其实此类名词，在外国不过习俗沿用，并未尝自以为精理要言。今日日本通人，所有著述文辞，凡用汉文者，皆极雅驯，仍系取材于中国经史子集之内，从未阑入此等字样。可见外国文体，界限本自分明，何得昧昧剿袭？大凡文字务求怪异之人，必系邪僻之士。文体既坏，士风因之。夫叙事述理，中国自有通用名词，何必拾人牙慧？又若外国文法，或虚实字义倒装，或叙说繁复曲折，令人费解，亦所当戒。傥中外文法参用杂糅，久之必渐将中国文法字义尽行改变，恐中国之学术风教，亦将随以俱亡矣。此后官私文牍、一切著述，均宜留心检点，切勿任意效颦，有乖文体，且徒贻外人姗笑。如课本、日记、考试、文卷内有此等字样，定从摈斥。

一　小学堂毋庸兼习洋文

初等、高等小学堂，以养成国民忠国家、尊圣教之心为主。各学科均以汉文讲授，一概毋庸另习洋文，以免抛荒中学根柢。必俟中国文义通顺，理解明白，考取入中学堂后，始准兼习洋文。计学生入中学堂时，年不过十六七岁，不患口齿不灵。各省官私所设初等、高等小学堂，均应一体遵办，均不编洋文功课。惟高等小学堂，如设在通商口岸附近之处，或学生中亦有资敏家寒，将来意在改习农工商实业，不拟入中学堂以上各学堂者，其人系为急于谋生起见，在高等小学时，自可于学堂课程时刻之外兼教洋文，应就各处地方情形斟酌办理。惟童子正在幼年，仍以圣经根柢为主，万不准减少读经讲经，及中国文字功课钟点。至于在初等小学时，断不宜兼习洋文。

一　中学堂以上各学堂必勤习洋文

今日时势，不通洋文者，于交涉、游历、游学无不窒碍。而粗通洋文者，往往以洋文居奇。其猾黠悖谬者，则专采外国书报之大异乎中国礼法，不合乎中国政体者，截头去尾而翻译之。更或附会以一己之私意，故为增损，以求自圆其说。譬如日本福泽谕吉，维新之志士也，其著述数十百种，精理名言，不可胜纪。而中国译者，则专取其男女平权等篇译之，而其谈教育之本，谈政治之原者则略之。如此之类，不胜枚举。其故有二：一则翻译之日少，印刷之资轻，可以易售而罔利；一则因中国通洋文者少，故摘取其单词片语，以冀欺世而惑人，鄙险甚矣。假令中国通洋文者多，则此种荒谬悖诞之翻译，决无所施其伎俩。故中学堂以上各学堂，必全勤习洋文，而大学堂经学、理学、中国文学、史学各科，尤必深通洋文，而后其用乃为最大，斯实通中外、消乱贼、息邪说、距诐行之窾要也。

一 参考西国政治法律宜看全文

外国之所以富强者，良由于事事皆有政治法律也。而中国今日之剽窃西学者，辄以民权、自由等字实之。变本加厉，流荡忘返，殊不知民权、自由四字，乃外国政治法律学术中半面之词，而非政治法律之全体也。若不看其全文，而但举其一二字样、一二名词，依托附会，簧鼓天下之耳目，势不至去人伦、无君子不止。而谓富强即在于是，有是理乎？即西人亦岂受其诬乎？

外国所谓民权者，与义务对待之名词也。所谓自由者，与法律对待之名词也。法律义务者，臣民当尽之职；权利自由者，臣民应享之福。不有法律义务，安得有权利自由？所以《日本宪法》第二章题曰：臣民权利义务，而其第一条即曰：凡为日本臣民之要件，当依从法律。伊藤博文解之曰：日本臣民各享有法律中之公权及私权，所以臣民要件，必以法律为定。夫言公权、私权，而必本乎法律，可见悖乎法律者，即不得享有公权、私权也。所以第二条即曰：日本臣民凡合乎法律命令所定之资格者,可任为文武官。此盖谓能尽法律之义务,即有服官之权利矣。其义务之最重大而显著者,莫如当兵纳税。故第三条曰:日本臣民依从法律有服兵役之义务。第四条曰:日本臣民依从法律有纳税之义务。义务尽矣,则必有自由之权利。然使自由而不本乎法律,则人人皆处于化外而天下乱矣。所以第五条即曰:日本臣民于法律之范围内,有居住、迁徙之自由。第十一条曰:日本臣民苟不害治安、不紊秩序、不背为臣民之义务者,有信教之自由。第十二条曰:日本臣民于法律之范围内,有言论、著作、印行及集会、结社之自由。此三自由,即今日妄人腾诸众口、播诸报章、视为任性妄为之世界者也。然试问有出乎法律之范围外者否乎?总而言之,权利必本于义务,能尽应尽之义务,即能享应得之权利。自由必本乎法律,能守分内之法律,即受分内之自由。日本伊藤博文所谓法律中之自由,为臣民应有之权利,故自由于分定之内者,可勿庸多加箝制。此生计与智识发达之本原,必使凡人于法律所许之区域内,享受自由,绰有余裕,而不得迫蹙之等语,此之谓也。然此犹立宪君主政体之日本为然也。

试更征之共和民主政体之美国,更可见全球万国无殊理无异政矣。美国于千七百九十一年续定宪法,第五章云:凡讯案,除按照法律惩治外,不得阻其自由。此语最为扼要。其余条例甚多,有云除法律规定外者,有云除依寻常法律判决外者,有云除罪犯照例审定外者,如此之类,不一而足。今日憸人乱党,盛称民主政体有各种之自主,试问亦有出乎法律之外者否乎?夫既守法律范围,则所谓自由者,不过使安分守法之人得享其应有之乐利而已,岂任性妄为之谓乎?假使外国政法皆如乱党所说,恐不能一日立国矣,安论富强?

乃近来更有创为蜚语者,谓学堂设政法一科,恐启自由民权之渐，此乃不睹西书之言，实为大谬。夫西国政法之书，固绝无破坏纲纪，教人犯上作乱之事，前文已详。至学堂内讲习政法之课程，乃是中西兼考、择善而从，于中国有益者采之，于中国不相宜者置之，此乃博学无方，因时制宜之道。迭次谕旨已极详明，此次章程亦甚明晰，且政法一科，惟大学堂有之，高等学堂预备入大学政法科者习之。此乃成材入仕之人，岂可不知政法？果使全国人民皆知有政治、知有法律，决不至荒谬悖诞，拾外国一二字样、一二名词以摇惑人心矣。

一 私学堂禁专习政治法律

近来少年躁妄之徒，凡有妄谈民权自由种种悖谬者，皆由并不知西学西政为何事，亦并未多见西书。耳食臆揣，腾为谬说。其病由不讲西国科学而好谈西国政治法律起。盖科学皆有实艺，政法易涉空谈，崇实戒虚，最为防患正俗要领。日本教育名家，持论亦是如此。此次章程，除京师大学堂、各省城官设之高等学堂外，余均宜注重普通、实业两途。其私设学堂，概不准讲习政治法律专科，以防空谈妄论之流弊。应由学务大臣咨行各省，切实考察禁止。

一 私学堂禁私习兵操

凡民间私设学堂，非经禀准，不得教授兵式体操。其准习兵操者，亦止准用木枪，不得用真枪，以示限制。应由学务大臣咨行各省，晓谕民间，一律遵照。

一 学生不准妄干国政暨抗改本堂规条

孔子曰：不在其位，不谋其政。又曰：君子思不出其位。位者，本分之位也。恪守学规，专精学业，此学生之本分也。果具爱国之心，存报国之志，但富厚自期待，发愤用功，俟将来学业有成，出为世用，以图自强，孰不敬之重之。乃近来士习浮嚣，或腾为谬说，妄行干预国政或纠众出头，抗改本堂规条。此等躁妄生事之徒，断不能有所成就。现于《各学堂管理通则》内列有学堂禁令一章，如有犯此者，各学堂应即照章惩儆，不可稍涉姑容，致滋流弊。

一 师生员役均禁嗜好

学务繁重细密。凡从事学堂之员绅及各科学教员，必审择精力强健、办事切实耐烦、不染嗜好者，方于教育有裨。查洋药为鸩毒之尤，各省学堂均应悬为厉禁。无论官师学生及服役之人，有犯此者，立行斥退，万不可稍从宽假。

一 学堂教员宜列作职官以便节制并定年限

外国学堂教习，皆系职官。日本即称为教授、训导，亦称教官。此后京外各学堂教习，均应列作职官，名为教员，受本学堂监督、堂长统辖节制，以时考核其功过而进退之，不得援从前书院山长之例，以宾师自居，致多窒碍。惟监督于教员，亦宜以礼相待。

学堂教习既列为职官，当有任期，或三年一任，或二年一任，或视该学堂毕业之期为一任。除不得力者随时辞退，优者任满再留，中平者如期更换，未满时不得自行告退，另就别差。学堂办事人员亦同，有事故者不在此例。

一 外国教员宜定权限

各省中学堂以上有聘外国教员者，均应于合同内订明“须受本学堂总办监督节制”。除所教讲堂本科功课外，其全学事务，概由总办监督主持，该教员勿庸越俎干预。

一 外国教员不得讲宗教

此时开办学堂，教员乏人。初办之师范学堂及普通中学堂以上，势不能不聘用西师。如所聘西师系教士出身，须于合同内订明“凡讲授科学，不得借词宣讲涉及宗教”之语，违者，应即辞退。

一 各学堂学生冠服宜归画一

学生衣冠靴带被褥，俱宜由学堂制备发给，以归画一而昭整肃，且免学生多带行李，以致斋舍杂乱。即或游行各处，令人一望而知，自可束身规矩，令人敬重。至各等学堂宜加区别以示递加优异，尤须严禁奇衺服饰，并宜严禁学外之人仿造冒混。惟所制各件应否令学生缴费，可听各学堂核计常年经费，酌量行之。

一 各学堂皆学官音

各国言语，全国皆归一致，故同国之人，其情易洽，实由小学堂教字母拼音始。中国民间各操土音，致一省之人彼此不能通语，办事动多扞格。兹拟以官音统一天下之语言，故自师范以及高等小学堂，均于中国文一科内附入官话一门。其练习官话，各学堂皆应用《圣谕广训直解》一书为准。将来各省学堂教员，凡授科学，均以官音讲解，虽不能遽如生长京师者之圆熟，但必须读字清真，音韵朗畅。

一 小学堂日课止五点钟六点钟并不为劳

外国高等小学不过五点钟，初等小学不过四点钟，所以养息幼童精力，用意本善。兹因中国学堂须读经书，不得不酌增数刻，初等小学五点钟，高等小学六点钟。然初等小学每日功课共止两个半时辰，在中国书塾时刻并不为久，且所讲各科学时常更易，并非专执一卷，令其埋头讽诵，自已足活泼精神。至初等小学，每日止读经书数十字，递增至一百字而止。高等小学，递增至一百六十字而止。在学童断不以此为苦，而学生可无荒经之弊。此实培养本源之要义，不得以课多借口。

日本小学堂亦有高声诵读期于纯熟者，亦常有资质较钝、迟至日暮始散者。陆军学生，每二点钟讲授一二千字，必以全能记忆者，始给足分。谓外国读书，必不责其记忆，无是理也。

一 各学堂科学并不繁难皆可按年毕业

现定各学堂课程科学，皆量学生之年齿精力而定，实可无竭蹶之虞。至高等学堂以上各科学，门类似乎繁多，然其中有名随意科者，则以余力为之，愿习与否，听学生自审才力，可不相强，亦系外国通例。中国初办学堂，学生程度未敢遽求全备，故将各随意科目，量为减缓，留待第一期毕业，或第二三期毕业后，体察学生程度，渐次增加。查日本初办学堂之前十余年，科目并不全备。乃历年陆续增加，此为改章创法者之一定步骤。此次课程，既仿照外国办法，亦体察中国情形，较诸外国学堂课程，减省已多。查每一科学教授之书，不过一两本，合计三四年之中，每日所占时刻有限，实不得谓为繁难。盖外国学问最精计算，最重卫生。其所定学堂课程，大率中人之资力所优为者。今每日功课，少者四五点钟，至多者不过六点钟，藏修息游，各有其时。每星期又歇息一日，较之向来学塾穷年不息、夜分不休者，宽舒多矣。

一 科学相间讲授乃各国成法具有深意

各科学相间讲授，东西各国学堂通例，无不如此。每日此门数刻，他门又数刻，一日内讲习至五六种，看似繁难，其实具有深意。为其功课难易相配，不至过劳生厌，而各种科学同时并讲，亦有互相补助之益。

一 各学堂科目年限与各国学堂有酌改处

中国礼教政俗与各国不能尽同。现在学堂讲求实用，一切科学取资于各国者居多，然亦有中国向有之学为各国所无应加习者；有各国所重而与中国不宜应暂从缺者。科学既有变通，年限自须酌改。将来仍视学生程度何如，随时更定。至于移风易俗，莫善于乐，秦汉以前，庠序之中人无不习。今外国中小学堂、师范学堂，均设有唱歌音乐一门，并另设专门音乐学堂，深合古意。惟中国古乐雅音，失传已久。此时学堂音乐一门，只可暂从缓设，俟将来设法考求，再行增补。

一 中小学堂酌改年限统计仍与原章相合

查原定章程，小学分三级：蒙学课程四年，初等小学、高等小学课程各三年，中学课程四年，合计中小学堂共十四年毕业。兹以原定蒙学堂课程，实即外国小学堂课程，因即并入初等小学，改为五年毕业。此项学堂，国家不收学费，以示国民教育国家任为义务之本意。而另订蒙养院及家教合一章程，以明保育幼儿之要义，不归入学堂统系就学年龄之内。其高等小学则展为四年，中学则展为五年，俾学生于所受经书，得以从容诵习。日力有余，而于应习之普通各学科时刻仍无妨碍，统计小学学期，较原章减短一年，而于中学学期，加展一年，前后仍合为十四年，并无出入。

一 理学宜讲明惟贵实践而忌空谈

理学为中国儒家最精之言，惟宗旨仍归于躬行实践，足为名教干城。此次章程，既专设品行一门，严定分数，又于修身读经著重，是处处皆以理学为本。但性与天道，子贡未闻，浅学高谈性命，亦是大病，故于大学堂设有研究理学专科，又于高等学堂及优级师范学堂设人伦道德一科，专讲宋元明国朝诸儒学案，及汉唐诸儒解经论理之言，与理学家相合者，令其择要讲习。惟止可阐发切于身心日用之实理，不可流为高远虚渺之空谈，以防躐等蹈空之弊，果能行检笃谨，即是理学真儒。

一 各学堂兼习兵学

中国素习，士不知兵，积弱之由，良非无故。揆诸三代学校兼习射御之义，实有不合。除京师应设海陆军大学堂，各省应设高等普通专门各武学堂外，惟海陆军大学堂暂难举办。兹于各学堂一体练习兵式体操，以肄武事，并于文高等学堂中讲授军制、战史、战术等要义。大学堂政治学门添讲各国海陆军政学，俾文科学生稍娴戎略。此等学生入仕后，既能通晓武备大要，即可为开办武备学堂之员，兼可为考察营务将卒之员。

一 教科书应颁发目录令京外官局私家合力编辑书成后编定详细节目讲授

外国中小学堂，于各科学均有教授详细节目。详细节目者，谓某门某科用某书教授，此书或一年讲毕，或几月几日讲毕，一星期讲若干，自何处起至何处止，所以齐一各处同等学堂之程度，而使任教员者有所据依，以定教授科学之次序，立法最善。查京师现设编译局，专司编辑教科书。惟应编各书，浩博繁难，断非数年所能蒇事，亦断非一局所能独任。应令京外各学堂择各科学教员之学望素著者，中学用中教员西学用外国教员。查照现定各学堂年限钟点，此书共应若干日讲毕，卷叶应须若干，所讲之事孰详孰略、孰先孰后，编成目录一册，限三月内编成，由学务大臣审定，颁发各省，令京外编译局分认何门何种，按照目录迅速编辑。书成后，咨送学务大臣审定，颁行各省，重出无妨，择其尤精善者用之。盖视此学堂之程度，以为教科书之浅深。又视此学堂之年限，以为教科书之多少，其书自然恰适于用，然后将此书分成详细节目，每年讲若干，每星期讲若干，自何处起至何处止，共若干日讲毕。其初则各局按颁发之目录以编书，其后则各教员按颁发之书以分节目，则各学堂皆无歧出，亦无参差矣。然官局分编，亦需时日，尤要在使私家各勤编纂，以待裁择，尤为广博而得要。如有各省文士能遵照官发目录编成合用者，亦准呈送学务大臣鉴定，一体行用，予以版权，准著书人自行印售，以资鼓励。

一　采用各学堂讲义及私家所纂教科书

官编教科书未经出版以前，各省中小学堂亟需应用，应准各学堂各科学教员，按照教授详细节目，自编讲义。每一学级终，即将所编讲义汇订成册，由各省咨送学务大臣审定，择其宗旨纯正、说理明显、繁简合法、善于措词、合于讲授之用者，即准作为暂时通行之本。其私家编纂学堂课本，呈由学务大臣鉴定，确合教科程度者，学堂暂时亦可采用，准著书人自行刊印售卖，予以版权。

一 选外国教科书实无流弊者暂应急用

各种科学书,中国尚无自纂之本。间有中国旧籍可资取用者,亦有外国人所编,华人所译,颇合中国教法者。但此类之书无几,目前不得不借用外国成书以资讲习。现订各学堂教科门目,其中有暂用外国科学书者,或名目间有难解,则酌为改易,仍注明本书名于下,俾便于依类采购,俟将来各科学书中国均自编有定本,撰有定名,再行更正。至现所选录之外国各种科学书,及华人所译科学书,均由各教员临时斟酌采用。其与中国不相宜之字句,则节去之,务期讲习毫无流弊,仍拟另撰科学门目释义用资考察。

上海小书贾所译东文各书,并不注明著者、译者姓名,多有摘取原书一段与一书已私意相合者,译出流布,并不顾本书宗旨,阅者务宜慎择博考,免为所误。又有京城刊印华人张某所编《皇朝掌故》一书,其于近年时政并不深知原委,往往讹传臆造,谬误甚多,学堂亦不宜读。

一 教员宜多看参考书

章程内指出各书,不过示以准绳,俾办学堂者有可下手。为教员者,除讲授时须按照章程内所列各书及将来审定颁发各书外,仍须博览旁搜,以备参考。高等学堂以上学生,亦许带书,以备自习时参考,但其书须经监督及管斋务之员查验,不悖教法者,方准带入。

一 毕业升等奖给出身均由试官考定

高等小学毕业给凭,归地方官考试核办。升入中学堂者,归学政考试给奖。中学堂毕业给凭,归道府大员考试核办。升入高等学堂者，归督抚会同学政考试给奖。高等学堂毕业奏请简放，主考会同督抚、学政考试。大学堂毕业奏请简放，总裁会同学务大臣考试。凡考试，应各视所学程度分门详加考验为外场，并须另行扃试论说文字为内场。俟内外场考毕，合计内外场分数暨平日品行分数合格者，照另订专章分别奏请赐予各项出身，分别录用。照此考试奖励之法，优劣能否，众目共睹。其学业既非凭一日之短长，又可考平日之品行，试官既不致臆为高下，教员亦无所用其偏徇，庶足以兼考学行，杜侥幸而得真才，较之向来科举之去取，似为核实。

一 学堂兼有科举所长

凡诟病学堂者，盖误以为学堂专讲西学不讲中学故也。现定各学堂课程，于中国向有之经学、史学、理学及词章之学并不偏废，且讲读研求之法，皆有定程，较向业科举者尤加详备。查向来应举诸生，平日师无定程，不免泛骛，人事纷杂，亦多作辍，风檐试卷，取办临时。即以中学论，亦远不如学堂之有序而又有恒，是科举所尚之旧学，皆学堂诸生之所优为，学堂所增之新学，皆科举诸生之所未备。则学堂所出之人才，必远胜于科举之所得无疑矣！

一 学务人员援案保奖

各省学堂所派之员绅教员，除办理不能合法及多滋流弊者应随时撤惩外，其有确能实心任事，不辞劳怨，学生均能循理守法，安分用功毫无流弊者，每届五年，准援照从前同文馆成案，择尤保奖。其无成效者不给奖。似此分别奖劝，劝惩兼施，庶办理学堂者皆知奋勉。

一 各学堂应令学生贴补学费

各省公款皆甚支绌，除初等小学堂及优级、初级师范学堂均不收学费外，此外各项学堂，若不令学生贴补学费，则学堂经费必难筹措，断无多设之望，是本欲优待而转致阻碍兴学矣。且学生以学费不需自出，不免怠惰旷废，不肯切实用功，更兼不守规矩，视退学为无关轻重。查日本各学堂学生，于月出束修外，凡膳费、寄宿舍费、书籍衣服等费，皆须学生自备，具有深意。盖博施济众，从古所难。中国此时初办学堂，一切费用甚巨，自亦应令学生贴补学费，不致全仰给于官款，庶可期持久而冀扩充。其学费每人每月应缴若干，听各省斟酌本省筹款情形，核计该学堂所需常年经费，随时酌定，毋庸限数，但须量学生力之所能及。

一 各省初办之学堂学额暂不限数

现定各学堂学生额数，初办之际，准各省各就地方情形、财力通融酌办，不必拘于定额，然教育总以普及为贵，仍宜随时随地力图扩充。

一 学堂未毕业学生不准应乡会试岁科考

各学堂毕业学生已定有出身，与科举无异，在学堂受业期内，概不准另应乡会试、岁科考及各项考试，以免旷日分心，延误学期。其毕业生领有凭照，离堂后而升级学堂未经考取收入者，谓小学升中学，中学升高等学，高等学升大学之类，如在科举未停以前，其愿应乡会试及各项考试者，各听其便。应由学务大臣咨行各省，通饬各学堂遵照。

一 各学堂斥退学生不准投考他学堂

各学堂犯规斥退学生,概不准更名改籍,另投别处学堂。情节轻者,如一年内查其真能改悔,取具保人本人各甘结,仍可另行考选,收入本省学堂,以观自新之效;情节重者,永远不准再入学堂,以示古人移郊移遂之罚。应由学务大臣通咨各省,凡以后各学堂遇有斥退学生,应将该学生姓名、籍贯、事由,呈报本省学务处,详请督抚咨行本省、外省各学堂存案。如有斥退后改名混入他省学堂者,应严定惩罚条例,查出后,应将保结人议处。学生非有大过,仅止记过儆戒;其不得不斥退者,必确系犯有重情,及屡戒不悛之败类,断不宜令混入他学堂。若此例不严,学生断不能受约束也。

一 学生未毕业不准另就他事

各学堂未经毕业学生,概不准无故自行退学,及由他处调充别项差使。如有故犯禁令,希图退学,及于放假期内潜往他省就事者,查出后,除咨照该省立即撤退押送回籍外,并应追缴在学堂时一切费用,惟保人是问。

一 京师大学堂宜先设预备科

京师大学堂分科大学,现尚无合格学生,暂可从缓。宜先设大学预备科,其教科课目程度,应按照现定高等学堂章程办理。

一 进士馆宜加津贴

新进士既奉旨令入学堂,必使其心无牵累,而后可责其笃志用功。若旅费不充,忧增内顾,欲其安心从事学问难矣兹。拟凡入馆就学之进士、翰林、中书,每年给津贴银二百四十两,部属每年给津贴银一百六十两,以示体恤。此项津贴,由新进士本籍省份筹款,交学务大臣转发进士馆,按月支给。

一 大学堂规模宜求完备合法

京师大学堂本系以故宅改造,未能一一合法适用,且大学堂当备各分科大学及通儒院暨附属各馆所场院之用,需用实地甚广,必须同在相近之区,则照料考察既便,而各教员亦可通融兼顾,且于经费所省实多。亟应另择宽广高爽之地,参照外国大学堂规制,分别先后,以次建造,务合于学堂法式,便于实用,俾稽查管理及卫生等事,便于施行,事事捷速简易,则师生均无阻隔徒劳之弊,管理稽察者亦无疏略难周之虞。应责成学务大臣暨大学堂总监督及时兴建。

一 各省学堂建造须合规制

外省大小各学堂建造屋宇,均宜求合规式,方能有益。查各国学堂,其布置之格局、讲堂斋舍、员役之室、化验之所、体操之院、实验之场、诵读之几凳、容积之尺寸、光线之明暗、坐次之远近、屋舍联属之次序,皆有规制。一为益于卫生,二为便于讲习,三为便于稽察约束,皆系考验阅历多年而后审定者。凡游学外国者,固已亲见其规模式样。近来日本专绘印有学堂图,尤可取资模仿。若限于地势经费者,原可酌量变通,但其有关系处,万不可失其本意。虽不师其形,要必师其法。

一 各省宜讲求警察监狱之学

警察监狱之学,最为吏治要图。凡为地方官者,必须通晓其意,明习其法。应由学务大臣咨行各省,专设警察恤狱学堂,或于仕学馆、课吏馆增设警察恤狱课程亦可。

一　邮电铁路矿务等学堂宜添课普通学

电报、铁路、邮政、矿务等类学堂，亦实业之一端。此等学堂，均宜添课普通学科。其涉及学堂者，亦应归学务大臣考核，止考其课目、章程、年限、师生人数，该管衙门宜随时咨报学务大臣。至其所办电报、铁路、邮政、矿务等无关学务之事，仍各归该管衙门自行办理。

一　各省武学堂宜归一律

各省武备学堂，亟宜分别等级，考定名称，或为普通武学，或为高等武学，或为陆军、马步、炮工、水师、管轮、驾驶等各专门学堂，均应参酌东西各国武学，详订学科及其程度，使各省有所据依，归于画一。将来毕业学生出身，亦应分别等差，酌定奖励之阶，奏明办理。

一　海陆军大学堂宜筹建设

各国海陆军大学堂，另隶海军大臣、陆军大臣管辖。中国尚未设有海陆军大臣，所有海陆军大学堂，为造就将材之地，必不可少。应由学务大臣随时察酌情形，分别缓急，奏请于京师地方，筹款建设。

一　外省取中举人送京复试不符分别惩罚

凡各省由主考会同督抚学政取中举人，即由督抚先行发给凭照，比照乡试录造送分数册奏咨送京，由学务大臣复试，如分数不符过半者，革去举人，不符在三分之一以上者，或停其升入大学之期一年，或停其引见录用之期，或一年，或二年，发回原省，补习分数不足之学科，再行引见录用，临时酌量分别办理。

一 京师应专设总理学务大臣

各省遍设学堂，其事至为重要，必须于京师专设总理学务大臣统辖全国学务。凡整饬各省学堂，编订规制，考察学务，审定专门普通实业教科书，任用教员，选录毕业学生，综核各学堂经费，及一切有关教育之事均属焉，应请旨简派大臣管理。其大学堂应请另派专员管理。至各省府厅州县遍设学堂，亦须有一总汇之处，以资管辖。宜于省城各设学务处一所，由督抚选派通晓教育之员总理全省学务，并派讲求教育之正绅参议学务。

一 学务大臣应设属官

学务大臣应设属官，分为六处，各掌一门：一曰专门处，管理专门学科学务；二曰普通处，管理普通学科学务；三曰实业处，管理实业学科学务；四曰审订处，审定各学堂教科书及各种图书仪器，检察私家撰述，刊布有关学务之书籍报章；五曰游学处，管理出洋游学生一切事务；六曰会计处，管理各学堂经费。每处置总办一员，帮办数员，量事之繁简酌定。学务大臣即于所属各员中，随时派赴各省，考察所设学堂规制及课程教法是否合度，禀报学务大臣。如各省学堂学科有未完备，教法有未妥善之处，随时咨会该省督抚转饬学务处迅速增改，务使各省学科程度一律完备妥善，且免彼此参差。

一 学务大臣选用属官之途

学务大臣所用属员，均须选择深通教育事理之员，将来以京师大学堂、各省高等学堂毕业学生，及游学外洋大学堂、高等学堂毕业回国学生考选充补。其各学堂尚无合格学生可资选用时，应准参用仕学馆、进士馆毕业学员,目前暂行选取通晓学务之京外职官充之。

一　学堂章程应准随时修改

现定各项章程,将来如有应再变通增损之处,其关系重大者,应由学务大臣博采众议,复加审定,再行奏明办理。其规程课目小有修改,学务大臣可随时酌定,咨明各省照办。

●●大学堂章程

要　目

立学总义章第一

第一节 设大学堂，令高等学堂毕业者入焉；并于此学堂内设通儒院，外国名大学院，即设在大学堂内，令大学堂毕业者入焉，以谨遵谕旨，端正趋向，造就通才为宗旨。大学堂以各项学术艺能之人才足供任用为成效；通儒院以中国学术日有进步，能发明新理以著成书，能制造新器以利民用为成效。大学堂讲堂功课，每日时刻无一定，至少两点钟，至多四点钟。通儒院生不上堂，不计时刻。大学堂视所习之科，分别或三年毕业，或四年毕业，通儒院五年毕业。

第二节 大学堂内设分科大学堂，为教授各科学理法，俾将来可施诸实用之所。通儒院为研究各科学精深义蕴，以备著书制器之所。通儒院生但在斋舍研究，随时请业请益，无讲堂功课。

第三节 各分科大学之学习年数，均以三年为限，惟政法科及医科中之医学门，以四年为限，通儒院以五年为限。

第四节 大学堂分为八科：一、经学科大学，分十一门，各专一门，理学列为经学之一门；二、政法科大学，分二门，各专一门；三、文科大学，分九门，各专一门；四、医科大学，分二门，各专一门；五、格致科大学，分六门，各专一门；六、农科大学，分四门，各专一门；七、工科大学，分九门，各专一门；八、商科大学，分三门，各专一门。

日本国大学止文、法、医、格致、农、工六门，其商学即以政法学科内之商法统之，不立专门。又文科大学内有汉学科，分经学专修、史学专修、文学专修三类，又有宗教学，附入文科大学之哲学科、国文学科、汉学科、史学科内。今中国特立经学一门，又特立商科一门，故为八门，其学术统系图附后。日本高等师范学堂讲授参考者亦参用学海堂经解，陆军中央幼年学校以《资治通鉴》为参考之书。近日妄人乃谓中国经学、史学为陈腐不必讲习者，谬也。

以上八科大学,在京师大学务须全设,若将来外省有设立大学者,可不必限定全设,惟至少须置三科,以符学制。

第五节　各分科大学应令贴补学费,由本学堂核计常年经费,临时酌定。

第六节　各分科大学,每学年可特选学生中之学术优深、品行端正者称之为优待学生,免其学费以示鼓励。其选取优待学生,系凭每学年终考试之成绩,由大学总监督及分科大学监督定之。

优待学生若于其受优待之学年内有品行不良、学业懈怠,或身罹疾病无成业之望者,即除其名。

第七节　泰西各国国内大学甚多,日本亦有东京、西京二大学,现尚欲增设东北、西南二大学,筹议未定。此外尚有以一人之力设立大学者,故人才众多国势强盛。中国地大民殷,照东西各国例,非各省设立大学不可。今先就京师设立大学一所,以为之倡,俟将来各学大兴,即择繁盛重要省份增设,并以渐推及于各省。

各分科大学科目章第二

第一节　经学科大学理学附

经学分十一门:一、周易学门,二、尚书学门,三、毛诗学门,四、春秋左传学门,五、春秋三传学门,六、周礼学门,七、仪礼学门,八、礼记学门,九、论语学门,十、孟子学门。愿兼习一两经者听。十一、理学门。今依次列各门科目如下:

周易学门科目

主课	第一年每星期钟点	第二年每星期钟点	第三年每星期钟点
周易学研究法	六	六	六

补助课			
尔雅	二	一	○
说文学	二	一	○
钦定四库全书提要			
经部易类	一	○	○
御批历代通鉴辑览	四	四	四
中国古今历代法制考	一	二	三
中外教育史	○	一	一
外国科学史	一	一	二
中外地理学	○	一	一
世界史	一	一	一
外国语文 英法俄德	六	六	六
日选习其一			
合计	二十四	二十四	二十四

第三年末毕业时，呈出毕业课艺及自著论说。

凡表中作圈者，皆本年无教授点钟者也。

经学研究法略解如下：

通经所以致用，故经学贵乎有用。求经学之有用，贵乎通，不可墨守一家之说，尤不可专务考古。研究经学者，务宜将经义推之于实用，此乃群经总义。

周易学

研究周易学之要义：一、传经渊源，一、文字异同，一、音训，一、全经纲领，一、每卦每爻精义，一、十翼每篇精义，一、全经通义 通义如取象，得数时义当位不当位、阴阳、刚柔、内外、往来、上下、消息、错综、变化、动静、行止、进退、敌应、乘承、远近、始终、顺逆、吉凶、悔吝、利害、得失、旁通、反复、典礼、性命、言辞、制器、重卦互卦之卦、方位、卦气、大衍、图书卜筮之类，一、群经证《易》，一、诸子引《易》者证《易》，一、诸史解《易》引《易》者证《易》，一、秦汉至今易学家流派，一、易纬，一、《易经》支流若火珠林、易林、太元潜虚之类，一、外国科学证《易》，一、历代政治人事用易道见诸施行之实事，一、经义与后世事迹不相同而理相同之处。

此不过举其大略，余可类推，务当于今日实在事理有关系处，加意考究。

诸经皆同 每一经皆有通义数十百条，《春秋·左传》、《周礼》、《礼记》尤多，各就本经摘出考之。

经学以国朝为最精，讲专门经学者，宜以注疏及国朝诸家之书为要，而历朝诸儒之说解，亦当参考，其应用各书，学堂中皆当储备。

诸经皆同。

所注研究各法，为教员者不过举示数条以为义例，听学生酌量日力，自行研究。

尚书学门科目

主课	**第一年每星期钟点**	**第二年每星期钟点**	**第三年每星期钟点**
尚书学研究法	六	六	六

补助课　与周易学门同

毛诗学门科目

主课	**第一年每星期钟点**	**第二年每星期钟点**	**第三年每星期钟点**
毛诗学研究法	六	六	六

补助课　与上同

春秋左传学门科目

主课	**第一年每星期钟点**	**第二年每星期钟点**	**第三年每星期钟点**
春秋左传学研究法	六	六	六

补助课　与上同

春秋三传学门科目

主课	第一年每星期钟点	第二年每星期钟点	第三年每星期钟点
春秋左氏公羊穀梁学研究法	六	六	六

补助课 与上同

公羊家后世经师之说，多有非常可怪不合圣经本义之论。如新周王鲁以春秋当新王之类，流弊无穷，适为乱臣贼子所借口，关系世教甚巨。近来，康梁逆党即是依托后世公羊家谬说，以逞其乱逆之谋，故讲《公羊春秋》者，必须三传兼讲，始免藉经术以祸天下之害。

周礼学门科目

主课	第一年每星期钟点	第二年每星期钟点	第三年每星期钟点
周礼学研究法	六	六	六

补助课 与上同

仪礼学门科目

主课	第一年每星期钟点	第二年每星期钟点	第三年每星期钟点
仪礼学研究法	六	六	六

补助课 与上同

礼记学门科目

主课	第一年每星期钟点	第二年每星期钟点	第三年每星期钟点
礼记学研究法	六	六	六

补助课 与上同

论语学门科目

主课	第一年每星期钟点	第二年每星期钟点	第三年每星期钟点

论语学研究法	六	六	六

补助课 与上同

孟子学门科目

主课	**第一年每星期钟点**	**第二年每星期钟点**	**第三年每星期钟点**
孟子学研究法	六	六	六

补助课 与上同

《孝经》卷帙甚简，前已讲诵，其义已散见于各经内，不必另立专门。

理学门科目

主课	**第一年每星期钟点**	**第二年每星期钟点**	**第三年每星期钟点**
理学研究法	一	一	三
程朱学派	二	二	○
陆王学派	二	二	○
汉唐至北宋周子以前理学诸儒学派周秦诸子学派	○	○	二

补助课 与经学同

理学研究法 理学源流，以群经证理学，以诸子证理学，理学盛衰，周程张朱五子各不相同之处，朱陆不同之处，陆王不同之处，理学与二氏异同之处，朱子语类，朱子晚年定论之确否，朱学王学传派之人才，理学与经学之关系，理学与政事之关系，理学与世道之关系，理学诸儒言行政事之实验，以外国学术证理学。

凡治经及理学者，无论何门，每日讲堂钟点甚少，应于以上各科目外兼习随意科目如下：

第一年，应以中国文学、西国史、西国法制史、心理学、辨学日本名"论理学"，中国古名"辨学"、公益学日本名"社会学"，近人译作"群学"，专讲公共利益之理法，戒人不可自私自利等为随意科目。

第二年，应以中国文学、比较法制史、辨学、公益学等为随意科目。

第三年，应以中国文学、西国文学史、心理学、公益学等为随意科目。

以上各随意科目，此时初办，碍难全设，应俟第一期毕业后体察情形，酌量渐次添设。各分科大学之随意科皆同。

各补助科学书讲习法略解如下：

尔雅学

《尔雅》专为解古经而设《释诂》一篇，于转注之义尤多发明，以郝懿行《尔雅义疏》为主，以王念孙《广雅疏证》、《经传释词》为辅，即已足用。若《小尔雅》、《方言》、《释名》、《广雅》，皆《尔雅》之支流。《小尔雅》、《广雅》两书用处较多，必宜参考。

说文学

传说文统系，六书之名义区别，六书之次第，古籀篆之变，引经异同之故，说文例，汗简证说文，钟鼎款识证说文，外国古碑证说文，字林证说文，玉篇证说文，广韵证说文，集韵证说文，唐以后各家音义书证说文，说文有逸漏字，大小徐说文之学，唐以前说文之学，宋元明说文之学，近人严可均、孙星衍、段玉裁、王筠、朱骏声诸家说文之学。

四库经部提要看《四库提要·经部·本经》一类，能参考他经尤善。

御批历代通鉴辑览愿兼参考各种正史通鉴者听。

中国古今历代法制考此时暂行摘讲近人所编《三通考辑要》，日本有中国法制史，可仿其义例自行编纂教授，较为简易。

中外教育史上海近有《中国教育史》刻本，宜斟酌采用；外国教育史日本有书，可译用。

中外地理学译本甚多，宜斟酌采用，仍应自行编纂。

世界史近人有译本，宜斟酌采用，仍应自行编纂。

现定科目之中学各书，应自行编纂。西学各书，外国皆有教人课本，卷帙甚为简略，每种仅止一两本，宜择译善本讲授。三年之久，其日力实不仅能习此十余种科目，讲师所教不过略示途径。若欲求精求博，听该学生自为之可也。他门皆仿此。

第二节　政法科大学

政法科大学分二门：一、政治门，二、法律门。今依次列各门科目如下：

政治学门科目

主课	第一年每星期点钟	第二年每星期点钟	第三年每星期点钟	第四年每星期点钟
政治总义	二	一	一	〇
大清会典要义	二	二	二	二
中国古今历代法制考	四	四	四	四
东西各国法制比较	一	一	一	一
全国人民财用学	一	一	〇	〇
国家财政学	一	一	〇	〇
各国理财史	一	一	一	〇
各国理财学术史	〇	〇	〇	一
全国土地民物统计	〇	〇	一	一
各国行政机关学	〇	〇	一	一
警察监狱学	二	二	二	二
教育学	一	一	一	一
交涉法	二	二	三	三

各国近世外交史	○	一	一	一
各国海陆军政学	三	三	三	三
补助课				
各国政治史	一	一	一	一
法律原理学	一	一	○	○
各国宪法民法				
商法刑法	二	二	二	二
各国刑法总论	○	○	○	一
合计	二十四	二十四	二十四	二十四

第四年末毕业时，呈出毕业课艺及自著论说。

以上各科目外，如有欲听他学科或听他分科大学之讲义者，均作为随意科目。

各科学名目讲习法略解如下：

政治总义 日本名为“政治学”，可暂行斟酌采用，仍应自行编纂。

大清会典要义 全书浩博，宜用现在坊间通行之《大清会典》节本及《吾学录》，摘其精义编为成书讲授。两书如有缺漏之要义，教员可由会典原书考取补入，令学生先知纲要。

各国政治史 日本名为“政治史”，可斟酌采用，仍应自行编纂。

中国古今历代法制考 注见前

全国人民财用学 日本名“理财学”及“经济学”，可暂行采用，仍应自行编纂。

国家财政学 日本名为“财政学”，可暂行采用，仍应自行编纂。

各国理财史 日本名为“经济史”，可暂行采用，仍应自行编纂。

各国理财学术史 日本名为“经济学史”，可暂行采用，仍应自行编纂。

全国土地民物统计学 日本名为“统计学”，可暂行采用，仍应自行编纂。

各国行政机关学 日本名为“行政法学”，可斟酌采用，仍应自行编纂。

警察监狱学 暂用日本原书，仍应斟酌中国情形自行编纂。

交涉法 分国事交涉、民事交涉二种。国事交涉，日本名"国际公法"；民事交涉，日本名"国际私法"，可暂行采用，仍应自行编纂。

各国近世外交史 日本有原书，可斟酌采用，仍应自行编纂。

各国海陆军政学 日本有译本，可暂行采用。

法律原理学 日本名"法理学"，可暂行斟酌采用，仍应自行编纂。

各国宪法、民法、民事诉讼法、商法、刑法、刑事诉讼法 宜择译外国善本讲习。

其余西学各名目，外国均有成书，宜择译外国善本讲授。

法律学门科目

主课	第一年每星期点钟	第二年每星期点钟	第三年每星期点钟	第四年每星期点钟
法律原理学	二	一	一	〇
大清律例要义	四	四	三	二
中国历代刑律考	一	一	〇	〇
中国古今历代法制考	三	三	三	二
东西各国法制比较	二	二	二	二
各国宪法	一	一	一	二
各国民法及民事诉讼法	二	二	二	二
各国刑法及刑事诉讼法	二	二	二	二
各国商法	三	三	三	三
交涉法	二	二	三	三
泰西各国法	一	一	二	二
补助课				

各国行政机关学	一	○	○	○
全国人民财用学	○	一	一	二
国家财政学	○	一	一	二
合计	二十四	二十四	二十四	二十四

第四年末毕业时,呈出毕业课艺及自著论说。

以上各科目外,如有欲听他学科或他分科大学之讲义者,均作为随意科目。

各科学名目讲习法略解如下:

大清律例要义 原书浩繁,讲授者以律为主,但须兼讲律注。

中国历代刑律考 取汉律辑本、唐律疏义、明律及各史刑法志撮要自行编纂。

泰西各国法 罗马法、英吉利法、法兰西法、德意志法。

其余西学各名目注均见前,外国皆有其书,宜择译善本讲授。

第三节 文学科大学

文学科大学分九门:一、中国史学门,二、万国史学门,三、中外地理学门,四、中国文学门,五、英国文学门,六、法国文学门,七、俄国文学门,八、德国文学门,九、日本国文学门。今依次列各门科目如下:

中国史学门科目

主课	第一年每星期钟点	第二年每星期钟点	第三年每星期钟点
史学研究法	三	三	三
御批历代通鉴辑览	二	二	二
各种纪事本末	五	五	五
中国历代地理沿革略	一	○	○
国朝事实	二	二	一

中国古今外交史	〇	一	二
中国古今历代法制考	一	二	三
补助课			
四库史部提要	一	〇	〇
世界史	一	一	〇
中外今地理	一	一	一
西国科学史	一	一	一
外国语文 英法俄德日			
选习其一	六	六	六
合计	二十四	二十四	二十四

第三年末毕业时,呈出毕业课艺及自著论说。

中国史学研究法略解如下:

研究史学之要义:

一 历代统系疆域 止举大略,其详归地理学科考之;

一 政化创始因革之大端;

一 历代国政善否、国力强弱之比较;

一 古今地方盛衰、地势轻重之变迁;

一 历代人民多少与国家之关系;

一 人民性质智愚强弱之变迁;

一 物产盛衰之原因;

一 历代建置都会重镇之用意;

一 官制之得失;

一 内外轻重之变迁;

一 历代人民贫富不同之故;

一 国用足不足之故;

一 学校之盛衰；

一 文人学术于国势民风强弱有关系之处；

一 民间习俗嗜好于国家有关系之处；

一 历代选举之得失；

一 历代人才多少之比较；

一 兵制之变迁；

一 兵力强弱之故；

一 农业盛衰之故；

一 工作日趋精巧之渐；

一 工艺有益无益之区别 切于民用者为有益，不切于民用而可以销售外国者亦为有益，不切民用而又不能销流外国者为无益；

一 商业开通之渐；

一 水陆道路于民生国势之关系；

一 物价贵贱之变迁；

一 历代钱币之得失；

一 度量衡之变迁；

一 赋税利弊之比较；

一 历代朝廷用财之法式；

一 历代理财家之宗派；

一 刑法之得失；

一 历代吏权轻重之故；

一 历代工役用民力不用民力之别；

一 沿海利害之变迁；

一 历代治河之得失；

一 游民游士之所由来；

一 各种教派之消长；

一 外国渐通中国之原委；

一 历代交邻驭外之得失；

一 详考《左传》、《国语》、《战国策》、《三国志》之政术；

一 各种利源之创始；

一 各种政事积弊之所以然；

一 礼乐仪文丧服之改变；

一 古今历法之变迁；

一 历代典祀私祀盛衰与政俗之关系；

一 历代政事之门户派别；

一 历代学术之门户派别；

一 每一朝政事风俗偏重之处；

一 奏议公牍体式之变迁；

一 外国史可证中国史之处；

一 历代变法得失不同之故；

一 历代史法之长短，史学家之盛衰。

以上专为鉴古知今有裨实用而言，与通鉴学为近，讲正史学者与此纵横各异。正史学精熟一朝之事，而于古今不能贯串；通鉴学贯通古今之大势，而于一朝之事实典章不能精详。若不立正史学一门，则正史无人考究，于讲通史者亦有妨碍，故正史学与通鉴学亦有相资补助之处。

正史学 治正史者，可择治数朝之史，不必兼治二十四史，亦不得专治一史；亦须参考各种通鉴及别史、杂史，并须参考外国史。

通鉴学 治通鉴者，必须自上古至明首尾贯彻，方合体裁；亦取参考正史及通考会要，并须参考外国史。

考史事者，分考治乱、考法制两门；考治乱，若通鉴及各种纪事本末之类;考法制,若通典通考及历代会要之类。两义必宜兼综,方有实用。研究史学者,务当于今日中国实事有关系之处,加意考求。

讲史学者,有史法一门,若史通之类,知其梗概可也。

以上各科目外,尚有随意科目如下:

第一年,应以辨学、各国法制史、中国文学为随意科目。

第二年,应以人类学、公益学、教育学、中国文学为随意科目。

第三年,应以金石文字学 日本名"古文字学"、古生物学 即考究发掘地中所得之物品,如人骨、兽骨、刀剑、砖瓷以及化石之类,可以为史家考证之资者、全国人民财用学、国家财政学、法律原理学、交涉学为随意科目。

各科学书讲习法略解如下:

各种纪事本末 宜自《通鉴》讲起,《左传》、《纪事本末》不必讲,全鉴及正史听其自行研究。

国朝事实 摘讲正续《东华录》及《圣武记》诸书,兼酌采近人所刻《皇朝政典讲习》。

历史地理沿革略 宜择善本讲习。

中国古今历代法制考 摘讲《三通考辑要》。

中国古今外交史 日本有支那外交史,可采取自行编篡改定。

中外今地理 曰今地理者,所以别于沿革地理及历史地理也。现在中国今地理、外国今地理,外国人皆著有成书,名目不一,中国人亦有新译本,宜择译合于教法者讲授。

其余各西学,外国均有其书,宜择译善本讲授。

史学学生参考书如下:自习时随己意观之。大学堂讲堂功课至多不过四点钟,余暇尚多,故将后开各书归自习时参考之用,与他学堂不同。

年代学 历代帝王年表、纪元编、通鉴目录、四裔编年表之类,宜常置案上。

钦定二十四史 取认习之数种于自习时考览,《史记》、前后《汉书》、《三国志》为一类,晋至隋为一类,唐五代至宋为一类,辽金元为一类,明为一类。治正史者,每人须习一类,不得仅治一朝之史。若治明史者，须兼详考国朝事实，合为一类，不得仅治明史。

各种通鉴 各种须全备，于自习时考览。

中国地图 小本宜常置案上，大幅宜挂堂壁上。

各种别史、杂史

各种西史

万国史学门科目

主课	第一年每星期钟点	第二年每星期钟点	第三年每星期钟点
史学研究法	二	三	四
泰西各国史	六	六	六
亚洲各国史	三	二	二
西国外交史	二	二	〇
年代学	一	〇	〇
补助课			
御批历代通鉴辑览	二	二	二
中国古今历代法制史	〇	一	二
万国地理	二	二	二
外国语文 英法俄德日选习其一	六	六	六
合计	二十四	二十四	二十四

第三年末毕业时，呈出毕业课艺及自著论说。

以上各科目外，应以中国文学、辨学、教育学、公益学、人类学、金石文字学、国家财政学、人民财用学、交涉学、法律原理学、外国法制史、外国科学史等为随意科目。

各科学名目讲习法略解如下：

史学研究法 注见前。

泰西各国史及亚洲各国史 译本甚多,宜择其精者。

西国外交史 择译善本讲授。

年代学 外国有世界大年契,与中国四裔编年表相仿。

其余各西学名目,外国均有专书,宜择译善本讲授。

中外地理学门科目

主课	第一年每星期钟点	第二年每星期钟点	第三年每星期钟点
地理学研究法	二	二	四
中国今地理	五	四	三
外国今地理	五	四	三
政治地理	○	○	一
商业地理	○	○	一
交涉地理	○	一	一
历史地理	二	一	○
海陆交通学	一	一	○
殖民学及殖民史	○	一	○
人种及人类学	一	○	○
补助课			
地质学	○	一	○
地文学	○	一	○
地图学	○	一	一
气象学	○	○	一
博物学	○	○	一
海洋学	○	○	一
外国语 英法俄德日选习其一	六	六	六

中国方言 满蒙藏回			
选习其一	二	一	一
合计	二十四	二十四	二十四

第三年末毕业时,呈出毕业课艺及自著论说。

以上各科目外,应以政治总义、全国土地民物统计学、各国国力比较、各国产业史、外交史、交涉学等为随意科目。

各科学名目讲习法略解如下:

地理学研究法 中国与外国之关系,气候与地理之关系,财政与地理之关系,海陆交通与地理之关系,历史与地理之关系,动植物与地理之关系,文化与地理之关系,军政与地理之关系,风俗与地理之关系,工业与地理之关系。

交涉地理 日本名"国际地理",可斟酌采用,仍应自行编纂。

其余西学各科目,外国均有其书,应择译善本讲授。

中国文学门科目

主课	第一年每星期钟点	第二年每星期钟点	第三年每星期钟点
文学研究法	二	三	三
说文学	二	一	○
音韵学	二	一	○
历代文章流别	一	一	○
古人论文要言	一	一	○
周秦至今文章名家	二	三	三
周秦传记杂史周秦诸子	○	一	一
补助课			
四库集部提要	一	○	○
汉书艺文志 补注隋书			
经籍志考证	一	○	○

御批历代通鉴辑览	二	二	二
各种纪事本末	一	二	三
世界史	一	○	○
西国文学史	○	一	二
中国古今历代法制考	一	一	二
外国科学史	一	一	二
外国语文 英法俄德日选习其一	六	六	六
合计	二十四	二十四	二十四

第三年末毕业时,呈出毕业课艺及自著论说。

中国文学研究法略解如下:

研究文学之要义:

一 古文籀文、小篆、八分、草书、隶书、北朝书、唐以后正书之变迁;

一 古今音韵之变迁;

一 古今名义训诂之变迁;

一 古以治化为文,今以词章为文,关于世运之升降;

一 修辞立诚,辞达而已二语为文章之本;

一 古经言有物、言有序、言有章三语为作文之法;

一 群经文体;

一 周秦传记、杂史文体;

一 周秦诸子文体;

一 史汉三国四史文体;

一 诸史文体;

一 汉魏文体;

一 南北朝至隋文体；

一 唐宋至今文体；

一 骈散古合今分之渐；

一 骈文又分汉魏六朝唐宋四体之别；

一 秦以前文皆有用，汉以后文半有用半无用之变迁；

一 文章出于今传古子四史者能名家、文章出于文集者不能名家之区别；

一 骈散各体文之名义施用；

一 古今各家论文之异同；

一 读专集、读总集不可偏废之故；

一 辞赋文体、制举文体、公牍文体、语录文体、释道藏文体、小说文体皆与古文不同之处；

一 记事、记行、记地、记山水、记草木、记器物、记礼仪文体，表谱文体、目录文体、图说文体、专门艺术文体皆文章家所需用；

一 东文文法；

一 泰西各国文法；

一 西人专门之学皆有专门之文字，与汉艺文志学出于官同意；

一 文学与人事世道之关系；

一 文学与国家之关系；

一 文学与地理之关系；

一 文学与世界考古之关系；

一 文学与外交之关系；

一 文学与学习新理、新法、制造新器之关系 通汉学者笔述较易；

一 文章名家必先通晓世事之关系；

一 开国与末造之文有别 如隋胜陈、唐胜隋、北宋胜晚唐、元初胜宋末之类，宜多读盛世之文以正体格；

一 有德与无德之文有别 忠厚正直者为有德，宜多读有德之文以养德性；

一 有实与无实之有别 经济有效者为有实，宜多读有实之文以增才识；

一 有学之文与无学之文有别 根柢经史，博识多闻者为有学，宜多读有学之文以厚气力；

一 文章险怪者、纤佻者、虚诞者、狂放者、驳杂者，皆有妨世运人心之故；

一 文章习为空疏，必致人才不振之害；

一 六朝南宋溺于好文之害；

一 翻译外国书籍、函牍文字中文不深之害。

集部日多，必归湮灭，研究文学者，务当于有关今日实用之文学，加意考求。

以上各科目外，尚有随意科目如下：

第一年，应以心理学、辨学、交涉学为随意科目。

第二年，应以西国法制史、公益学、教育学等为随意科目。

第三年，应以腊丁语、希腊语为随意科目。

各科学书讲习法略解如下：

说文学 与经学门同。

音韵学 群经音韵，周秦诸子音韵，汉魏音韵，六朝音韵，经典释文音韵，广韵，唐韵，集韵，宋礼部韵，平水韵，翻切，字母，双声，六朝反语，三合音，东西各国字母，宋元明诸家音韵之学，国朝顾炎武、江永、戴震、段玉裁、王引之诸家音韵之学。

历代文章流别 日本有中国文学史，可仿其意自行编纂讲授。

历代名家论文要言 如文心雕龙之类，凡散见子史集部者由教员搜集编为讲义。

周秦至今文章名家 文集浩如烟海，古来最著名者大约一百余家，有专集者览其专集，无专集者取诸总集。为教员者，就此名家百余人，每家标举其文之专长及其人有关文章之事实，编成讲义，为学生说之，则文章之流别利病已足了然。其如何致力之处，听之学者可也。近年来，历朝总集之详博而大雅者、如《文纪》、《汉魏百三名家集》、《唐文粹》、《宋文鉴》、《南宋文范》、《金文雅》、《元文类》、《明文衡》、《皇清文颖》，姚椿所编《国朝文录》之类 精粹者，如昭明《文选》、御选《唐宋文醇》、《诗醇》、《古文苑》、《续古文苑》、《古文辞类纂》、《骈体文钞》、《湖海文传》之类 皆有刻本。名家专集有单行本者居多，欲以文章名家者，除多看总集外，其专集尤须多读。

凡习文学专科者，除研究讲读外，须时常练习自作，教员斟酌行之，犹工医之实习也，但不宜太数。愿习散体、骈体，可听其便。

博学而知文章源流者，必能工诗赋，听学者自为之，学堂勿庸课习。

周秦传记杂史 若《逸周书》、《左传》、《国语》、《战国策》之类；汉以后史部除四史必应研究外，汉以后有名杂史若《吴越春秋》、《东观汉记》、《水经注》、《洛阳伽蓝记》之类，亦当博综。周秦诸子 文学家于周秦诸子当论其文，非宗其学术也，汉魏诸子亦可流览

其余各注均见前。

英国文学门科目

主课	第一年每星期钟点	第二年每星期钟点	第三年每星期钟点
英语英文	九	九	九
补助课			
英国近世文学史	三	二	二
英国史	二	二	一
腊丁语	三	三	二
声音学	二	三	二
教育学	二	二	三

中国文学	三	三	五
合计	二十四	二十四	二十四

第三年末毕业时,呈出毕业课艺及自著论说。

以上各科目外,应以中国史、外国古代文学史、辨学、心理学、公益学、人种及人类学、希腊语、意大利语、荷兰语、德语、法语、俄语、日本语等为随意科目。

法国文学门科目

主课	第一年每星期钟点	第二年每星期钟点	第三年每星期钟点
法语法文	九	九	九

补助课 与上同 随意科除所习语文外,并与上同

俄国文学门科目

主课	第一年每星期钟点	第二年每星期钟点	第三年每星期钟点
俄语俄文	九	九	九

补助课 与上同 随意科亦与上同

德国文学门科目

主课	第一年每星期钟点	第二年每星期钟点	第三年每星期钟点
德语德文	九	九	九

补助课 与上同 随意科亦与上同

日本国文学门科目

主课	第一年每星期钟点	第二年每星期钟点	第三年每星期钟点
日语日文	九	九	九

补助课 与上同 随意科亦与上同

以上各科目所用外国书籍,宜择译善本讲授。

第四节 医科大学

医科大学分二门：一、医学门，二、药学门。今依次列各门科目如下：

医学门科目

主课	第一年每星期钟点	第二年每星期钟点	第三年每星期钟点	第四年每星期钟点
中国医学	六	二	〇	〇
生理学	六	〇	〇	〇
病理总论	六	一	〇	〇
胎生学	〇	一	〇	〇
外科总论	二	二	〇	〇
外科各论	〇	〇	二	〇
内科总论	二	二	〇	〇
内科各论	〇	〇	二	〇
妇科学	〇	五	〇	〇
产科学	〇	〇	三	二
产科模型演习	〇	〇	四	〇
眼科学	〇	一	二	一
捆扎学实习	〇	〇	一	〇
卫生学	〇	〇	一	〇
检验医学 日本名				
法医学	〇	〇	一	一
外科手术实习	〇	〇	〇	一
检眼镜实习	〇	〇	〇	二
皮肤病及霉毒学	〇	〇	〇	二
精神病学	〇	〇	〇	二
霉菌学	〇	〇	〇	一

补助课				
药物学	○	三	○	○
药物学实习	○	二	○	○
医化学实习	○	二	○	○
处方学	○	二	○	○
诊断学	○	二	○	○
外科临床讲义	○	○	四	四
内科临床讲义	○	○	四	四
妇科临床讲义	○	○	○	二
儿科临床讲义	○	○	○	二
合计	二十二	二十五	二十四	二十四

第四年末毕业时，呈出毕业课艺及自著论说。

以上各科目外，在外国尚有解剖学、组织学；中国风俗礼教不同，不能相强，但以模型解剖之可也。

中国人饮食起居衣服，皆与外国不同，若内科、外科、妇科、儿科，皆宜参考中国至精之本，其余各科当择译外国善本讲授。

药物学门科目

主课	第一年每星期钟点	第二年每星期钟点	第三年每星期钟点
中国药材	三	○	○
制药化学	三	○	○
药用植物学	一	○	○
分析术实习	十	○	○
制药化学实习	六	二	○
植物学实习及显微镜用法	一	○	○
生药学	○	四	○

检验化学 日本名裁判化学	〇	二	〇
卫生化学	〇	二	〇
植物分析法实习	〇	四	〇
生药学实习	〇	十	〇
有机体考究法	〇	〇	二
调剂学	〇	〇	一
检验化学实习	〇	〇	六
卫生化学实习	〇	〇	六
调剂学实习	〇	〇	五
药方使用法实习	〇	〇	四
合计	二十四	二十四	二十四

第三年末毕业时,呈出毕业课艺及自著论说。

以上各科书籍,应择译外国善本讲授。

第五节 格致科大学

格致科大学分六门:一、算学门,二、星学门,三、物理学门,四、化学门,五、动植物学门,六、地质学门。今依次列各门科目如下:

算学门科目

主课	第一年每星期钟点	第二年每星期钟点	第三年每星期钟点
微分积分	六	〇	〇
几何学	四	二	二
代数学	二	〇	〇
算学演习	不定	不定	不定
力学	〇	三	三
函数论	〇	三	三

部分微分方程式论	〇	四	〇
代数学及整数学	二	四	四
补助课			
理论物理学初步	三	〇	〇
理论物理学演习	不定	〇	〇
物理学实验	〇	不定	〇
合计	十七	十六	十二

第三年末毕业时,呈出毕业课艺及自著论说。

以上各科目,讲堂钟点最少,惟实验及演习钟点不能预定,以实有所得而止。以外应以球函数、高等数学杂论、数学研究为随意科目。

以上各科书籍,外国皆月异而岁不同;大概算学之书愈新出者愈简明,宜择译善本讲授。

星学门科目

主课	**第一年每星期钟点**	**第二年每星期钟点**	**第三年每星期钟点**
微分积分	六	〇	〇
几何学	四	〇	〇
算学演习	不定	〇	〇
星学及最小二乘法	三	〇	〇
球面星学	〇	一	〇
实地星学	〇	二	〇
星学实验	〇	不定	不定
力学	〇	三	三
部分微分方程式论	〇	二	〇
函数论	〇	三	三

光学	○	三	○
天体力学	○	○	三
补助课			
理论物理学初步	四	○	○
理论物理学演习	不定	○	○
天体物理学	○	○	一
物理学实验	不定	不定	○
合计	十七	十四	十

第三年末毕业时,呈出毕业课艺及自著论说。

以上各科目,讲堂钟点最少,惟实验及演习钟点不定,以实有所得而止。以外应以球函数论、应用力学为随意科目。

以上各科所用书籍与算学门同。

物理学门科目

主课	第一年每星期钟点	第二年每星期钟点	第三年每星期钟点
物理学	○	五	五
力学	四	三	三
天文学	三	○	○
物理学实验	不定	不定	不定
数理结晶学	○	一	○
物理化学	○	三	○
应用力学	○	三	○
物理实验法最小二乘法	○	二	○
化学实验	○	○	不定
气体论	○	○	二
毛管作用论	○	○	一

音论	〇	〇	一
电磁光学论	〇	〇	一
理论物理学演习	〇	〇	不定
应用电气学	〇	〇	三
星学实验	〇	〇	不定
物理星学	〇	〇	一
补助课			
微分积分	五	〇	〇
几何学	四	〇	〇
微分方程式论及椭圆			
函数论	〇	三	〇
球函数	〇	一	〇
函数论	〇	〇	三
合计	十六	二十一	二十

第三年末毕业时,呈出毕业课艺及自著论说。

以上各科目,讲堂钟点最少,惟实验及演习不能限定时刻,以实有所得而止。以外应以地震学及测地学为随意科目。

以上各科所用书籍与前同。

化学门科目

主课	**第一年每星期钟点**	**第二年每星期钟点**	**第三年每星期钟点**
无机化学	三	三	〇
有机化学	〇	五	〇
分析化学	二	〇	〇
化学实验	不定	不定	不定
应用化学	〇	二	二

理论及物理化学	〇	〇	三
化学平衡论	〇	〇	二
补助课			
微分积分	六	〇	〇
算学演习	不定	〇	〇
物理学	〇	三	〇
物理学实验	〇	不定	〇
合计	十一	十三	七

第三年末毕业时,呈出毕业课艺及自著论说。

以上各科目,讲堂钟点最少,惟实验及演习钟点则不能预定,以实有所得而止。

以上各科所用书籍与前同。

动植物学门科目

主课	**第一年每星期钟点**	**第二年每星期钟点**	**第三年每星期钟点**
普通动物学	三	〇	〇
骨骼学	一	〇	〇
动物学实验	十	〇	〇
普通植物学	三	〇	〇
植物识别及解剖实验	十	〇	〇
植物分类学	〇	四	〇
植物学实验	〇	〇	二十
有脊动物比较解剖	〇	三	〇
植物解剖及生理实验	〇	十	二
组织学及发生学实验	〇	十二	〇
人类学	〇	〇	二
寄生动物学	〇	〇	二

霉菌学实验	○	○	不定
初助课			
地质学	三	○	○
生理化学及实验	一	○	○
矿物及岩石实验	一	○	○
生理学	○	三	○
古生物学 注见前	○	二	○
实地研究	○	○	不定
合计	三十二	三十四	二十六

第三年末毕业时,呈出毕业课艺及自著论说。

以上各科目钟点较多者,因实验时刻均预定在内也。

以上各科目所用书籍与前同。

以外尚有临海实验,不限钟点,外国另有临海实验所,以便春夏之交就实地讲授。

地质学门科目

主课	第一年每星期钟点	第二年每星期钟点	第三年每星期钟点
地质学	三	○	○
矿物学	二	○	○
岩石学	二	○	○
岩石学实验	不定	○	○
化学实验	不定	不定	不定
矿物学实验	不定	○	○
古生物学	○	二	○
古生物学实验	○	三	○
晶像学	○	二	○

晶像学实验	○	二	○
地质学实验	○	不定	○
矿床学	○	○	三
地质学及矿物学研究	○	○	不定
补助课			
普通动物学	三	○	○
骨骼学	一	○	○
动物学实验	四	○	○
植物学	○	四	○
植物学实验	○	三	○
合计	十五	十六	三

第三年末毕业时,呈出毕业课艺及自著论说。

以上各科目钟点最少,惟实验及研究钟点不能预定,以实有所得而止。

以上各科目外,尚有地质巡验,外国往往于行路修学时课之 行路修学者,为考究学问而游历者也,日本谓为修学旅行。

以上各科目外,第二年应以物理学为随意科目,第三年应以地震学及人类学为随意科目。

以上各科目所用书籍与前同。

第六节 农科大学

农科大学分四门:一、农学门,二、农艺化学门,三、林学门,四、兽医学门。今依次分列各门科目如下:

农学门科目

主课	**第一年每星期钟点**	**第二年每星期钟点**	**第三年每星期钟点**
地质学	二	○	○

土壤学	一	○	○
气象学	一	○	○
植物生理学	四	○	○
植物病理学	二	○	○
动物生理学	三	○	○
昆虫药	三	○	○
肥料学	二	○	○
农艺物理学	二	○	○
植物学实验	不定	不定	○
动物学实验	不定	不定	○
农艺化学实验	不定	○	○
农学实验及农场实习	不定	不定	不定
作物	○	五	三
土地改良论	○	一	○
园艺学	○	三	○
畜产学	○	三	○
家畜饲养论	○	二	○
酪农学	○	一	○
养蚕学	○	二	○
农产制造学	○	○	三
补助课			
理财学 日本名经济学	二	○	○
法学通论	○	二	○
农业理财学 日本名			
农业经济学	○	三	二
兽医学大意	○	○	二

农政学	〇	〇	三
国家财政学	〇	〇	二
合计	二十二	二十二	十五

第三年末毕业时,呈出毕业课艺及自著论说。

以上各科目外,应以林学大意及养鱼论为随意科目。

以上各科目所用书籍与前同。

凡农学,皆以实验为主,故讲堂钟点不能加多。

农艺化学门科目

主课	**第一年每星期钟点**	**第二年每星期钟点**	**第三年每星期钟点**
有机化学	二	〇	〇
分析化学	一	〇	〇
地质学	二	〇	〇
土壤学	一	〇	〇
肥料学	二	〇	〇
农艺化学实验	不定	不定	不定
作物	〇	五	一
土地改良论	〇	一	〇
生理化学	〇	二	〇
发酵化学	〇	一	〇
化学原论	〇	二	二
补助课			
气象学	一	〇	〇
植物生理学	四	〇	〇
动物生理学	三	〇	〇
农艺物理学	二	〇	〇

家畜饲养论	〇	一	〇
酪农论	〇	一	〇
农业理财学	〇	一	二
农产制造学	〇	〇	三
食物及嗜好品	〇	〇	一
合计	十八	十四	九

第三年末毕业时,呈出毕业课艺及自著论说。

以上各科目外,应以理财学、养蚕论、农政学为随意科目。

凡农学,皆以实验为主,故讲堂点钟不能加多。

以上各科目所用书籍与前同。

林学门科目

主课	第一年每星期钟点	第二年每星期钟点	第三年每星期钟点
森林算学	二	一	〇
地质学及土壤学	三	〇	〇
气象学	一	〇	〇
森林物理学	二	〇	〇
最小二乘法及力学	一	〇	〇
森林植物学	二	〇	〇
植物生理学	二	〇	〇
森林动物学	二	〇	〇
林学通论	二	一	〇
森林测量	二	〇	〇
造林学	一	二	二
植物学实验	不定	〇	〇

动物学实验	不定	○	○
造林学实习	不定	不定	○
森林测量实习	不定	不定	○
实事演习	不定	不定	不定
树病学	○	一	○
森林化学	○	二	○
森林利用学	○	二	二
森林道路	○	一	○
森林保护学	○	一	○
森林经理学	○	一	一
森林管理法	○	一	○
森林理水及砂防工	○	三	○
森林化学实验	○	不定	○
森林道路实验	○	不定	○
补助课			
理财学	二	○	○
法学通论	○	二	○
森林法律学	○	一	二
林政学	○	一	二
国家财政学	○	二	○
合计	二十二	二十二	九

第三年末毕业时，呈出毕业课艺及自著论说。

以上各科目外，应以农学大意、畋猎术、养鱼论等为随意科目。

林学亦以实验及演习为主，故钟点不能加多。

以上各科目所用书籍与前同。

兽医学门科目

主课	第一年每星期钟点	第二年每星期钟点	第三年每星期钟点
兽体解剖学	六	三	○
兽体组织学	三	○	○
病理通论	二	一	○
外科手术实习	不定	不定	○
蹄铁法	二	○	○
兽体解剖学实习	不定	不定	○
兽体组织学实习	不定	不定	○
蹄铁法实习	一	二	○
家畜饲养论	○	二	○
酪农论	○	一	○
外科学	○	四	○
内科学	○	四	○
病兽解剖学及实习	○	不定	不定
病兽组织学及实习	○	不定	不定
蹄病论	○	一	○
家畜病院实习及内外科诊断法	不定	不定	不定
畜产学	○	○	三
皮肤病学	○	○	一
寄生动物学	○	一	一
马学	○	○	三
动物疫论	○	○	二
产科学	○	○	二
眼科学	○	○	一

胎生学	〇	〇	二
补助课			
生理学	六	一	〇
卫生学	〇	〇	四
霉菌学	〇	〇	二
检验医学	〇	〇	一
兽医警察法	〇	〇	一
乳肉检查法	〇	一	一
药物学	〇	三	〇
调剂法实习	〇	八	〇
合计	二十	三十二	二十四

第三年毕业时，呈出毕业课及自著论说。

兽医学实验及演习钟点不能预定。

以上各科目所用书籍与前同。

第七节　工科大学

工科大学分九门：一、土木工学门，二、机器工学门，三、造船学门，四、造兵器学门，五、电气工学门，六、建筑学门，七、应用化学门，八、火药学门，九、采矿及冶金学门。今依次列各门科目如下：

土木工学门科目

主课	第一年每星期钟点	第二年每星期钟点	第三年每星期钟点
算学	二	〇	〇
应用力学	三	〇	〇
热机关	一	〇	〇

机器制造法	一	〇	〇
建筑材料	一	〇	〇
冶金制器学 日本名制造冶金学	二	〇	〇
地质学	一	〇	〇
石工学	二	〇	〇
桥梁	二	〇	〇
道路	一	〇	〇
测量	二	〇	〇
计画制图及实习	十八	二十二	二十二
河海工学	〇	四	一
铁路	〇	三	〇
卫生工学	〇	三	〇
水力学	〇	一	〇
水力机	〇	〇	一
实事演习	〇	不定	不定
市街铁路	〇	〇	一
地震学	〇	〇	一
房屋构造	〇	〇	一
测地学	〇	〇	一
补助课			
工艺理财学 日本名工艺经济学	〇	一	〇
土木行政法	〇	〇	一
电气工学大意	〇	〇	一
合计	三十六	三十四	三十

第三年末毕业时，呈出毕业课艺及自著论说、图稿。

土木工学，以计画制图实习为最要，故计画、制图、实习钟点较他课为最多。

以上各科目所用书籍与前同。

机器工学门科目

主课	第一年每星期钟点	第二年每星期钟点	第三年每星期钟点
算学	三	○	○
力学	一	○	○
应用力学	二	○	○
热机关	二	○	○
机器学	一	○	○
水力学	一	○	○
水力机	○	○	○
机器制造学	一	○	○
应用力学制图及演习	二	○	○
计画制图及实验	二十三	二十	○
蒸气及热力学	○	二	○
机气几何学及机气力学	○	一	○
船用机关	○	一	○
纺织	○	一	○
机关车	○	一	○
实事演习	○	不定	不定
特别讲义	○	○	一

补助课			
电气工学大意	○	一	○
电气工学实验	○	一	○
冶金制器学	○	二	○
火器及火药	○	一	○
房屋构造	○	一	○
工艺理财学	○	一	○
合计	三十六	三十四	一

第三年末毕业时,呈出毕业课艺及自著论说、图稿。

机气工学、计画制图实习为最要,故钟点较为最多。第三年专重实习,故讲堂每星期仅一点钟。

以上各科目所用书籍与前同。

造船学门科目

主课	第一年每星期钟点	第二年每星期钟点	第三年每星期钟点
算学	二	○	○
力学	一	○	○
应用力学	二	○	○
热机关	二	○	○
机气学	一	○	○
机气制造学	一	○	○
冶金制器学	二	○	○
水力学	一	○	○
水力机	○	一	○
造船学	五	十	五

应用力学制图及演习	二	○	○
计画及制图	十	十六	三十
船用机关计画及制图	六	○	○
蒸气	○	一	○
实事演习	○	不定	不定
船用机关	○	二	○
补助课			
电气工学大意	○	一	○
火器及火药	○	一	○
工艺理财学	○	一	○
合计	三十五	三十三	三十五

第三年末毕业时,呈出毕业课艺及自著论说、计画图稿。

造船学以计画、制图实习为最要,故钟点较多。

以上各科目所用书籍与前同。

造兵器学门科目

主课	**第一年每星期钟点**	**第二年每星期钟点**	**第三年每星期钟点**
算学	二	○	○
力学	一	○	○
应用力学	二	○	○
热机关	二	○	○
机器学	一	○	○
水力学	一	○	○
水力机	○	一	○
冶金学	二	○	○

机器制造法	一	○	○
应用力学制图及演习	二	○	○
机器制图	十	○	○
炮外弹路学	○	一	○
小枪及大炮	二	○	○
弹丸	○	一	○
炮架及车辆	○	二	○
水雷	○	一	二
蒸气	○	一	○
铸铁学 日本名铁冶金学	○	三	○
化学实验	六	八	○
计画及制图	○	十二	二十七
实事演习	○	不定	不定
冶金制器学	○	○	一
特别讲义	○	○	二
补助课			
火药学	○	二	○
电气工学大意	○	一	○
造船学大意	○	一	○
射击表编设	○	○	二
合计	三十二	三十四	三十四

第三年末毕业时，呈出毕业课艺及自著论说、图稿。

造兵器科亦以计画制图及实习为最要，故钟点加多。

以上各科目所用书籍与前同。

电气工学门科目

主课	第一年每星期钟点	第二年每星期钟点	第三年每星期钟点
算学	二	○	○
力学	一	○	○
应用力学	二	○	○
热机关	二	○	○
水力学	一	○	○
水力机	○	一	○
机器学	一	○	○
电气及磁气	三	○	○
电气及磁气测定法	一	一	○
机器制圆	四	○	○
化学实验	四	○	○
电气及磁气实验	十五	○	○
电信及电话	○	二	○
电灯及电力	○	二	○
发电机及电动机	○	二	○
电气化学	○	一	○
蒸气	○	一	○
冶金制器学	○	三	○
电气工学实验	○	十五	○
计画及制图	○	八	○
实事演习	○	不定	不定
特别讲义	○	○	一
补助课			
工艺理财学	○	一	○
合计	三十六	三十七	一

第三年末毕业时,呈出毕业课艺及自著论说图稿。

电气工学以实习为要,故第三年讲堂每星期仅一点钟。

以上各科目所用书籍与前同。

建筑学门科目

主课	第一年每星期钟点	第二年每星期钟点	第三年每星期钟点
算学	二	○	○
热机关	一	○	○
应用力学	二	○	○
测量	一	○	○
地质学	一	○	○
应用规矩	一	○	○
建筑材料	一	○	○
房屋构造	一	○	○
建筑意匠	一	二	○
应用力学制图及演习	二	○	○
测量实习	一	○	○
制图及配景法	三	○	○
计画及制图	十五	十五	二十四
卫生工学	○	二	○
水力学	○	一	○
施工法	○	一	○
实地演习	○	不定	不定
冶金制器学	○	一	○
补助課			
建筑历史	一	○	○
配景法及装饰法	一	一	○

自在画	二	三	三
美学	〇	一	〇
装饰画	〇	四	三
地震学	〇	〇	二
合计	三十六	三十一	三十二

第三年末毕业时，呈出毕业课艺及自著论说、图稿。

建筑学亦以计画制图为最要，故钟点较多。

以上各科目所用书籍与前同。

应用化学门科目

主课	第一年每星期钟点	第二年每星期钟点	第三年每星期钟点
无机化学	二	〇	〇
有机化学	二	〇	〇
化学史	一	〇	〇
制造化学	二	九	九
冶金学	二	二	〇
冶金制器学	〇	〇	二
矿物学及矿物识别	一	〇	〇
化学分析实验	十八	七	〇
计画及制图	八	六	六
电气化学	〇	一	〇
工业分析实验	〇	六	〇
制造化学实验	〇	三	十三
试金术及试金实习	〇	〇	二
实事演习	〇	不定	不定
补助课			

热机关	一	〇	〇
机器学	一	〇	〇
水力学	一	〇	〇
应用力学	一	〇	〇
房屋构造	一	〇	〇
电气工学大意	〇	一	〇
火药学大意	〇	一	〇
合计	四十一	三十六	三十二

第三年末毕业时,呈出毕业课艺及自著论说、图稿。

应用化学亦以计画制图实验为要,故钟点较多。

以上各科目所用书籍与前同。

火药学门科目

主课	**第一年每星期钟点**	**第二年每星期钟点**	**第三年每星期钟点**
算学	二	〇	〇
力学	一	〇	〇
应用力学	一	〇	〇
火药学	二	二	〇
小枪及大炮	二	〇	〇
无机化学	二	〇	〇
有机化学	二	〇	〇
制造化学	二	三	〇
化学分析实验	十六	五	〇
炮外弹路学	〇	一	〇
弹丸	〇	一	〇
炮架及车辆	〇	二	〇

水雷	〇	一	一
工业分析实验	〇	五	〇
制造化学实验	〇	五	六
计画及制图	〇	六	三
实事演习	〇	不定	不定
特别讲义	〇	〇	一
补助课			
机器学	一	〇	〇
热机关	一	〇	〇
水力学	一	〇	〇
电气工学大意	〇	一	〇
冶金制器学	〇	二	〇
房屋构造	〇	一	〇
机器制图	二	〇	〇
合计	三十五	三十五	十一

第三年末毕业时，呈出毕业课艺及自著论说、图稿。

火药学以演习为最要，故第三年每星期讲堂钟点仅十一点钟。

以上各科目所用书籍与前同。

采矿冶金学门科目

主课	**第一年每星期钟点**	**第二年每星期钟点**	**第三年每星期钟点**
矿物学	一	〇	〇
地质学	一	〇	〇
采矿学	四	二	〇
冶金学	二	四	〇
测量及矿山测量	二	〇	〇

矿物及岩石识别	一	二	〇
化学分析实验	九	十四	〇
矿山测量实习	四	〇	〇
计画及制图	七	〇	〇
铸铁学	〇	二	〇
选矿学	〇	二	〇
试金术	〇	一	〇
试金实习	〇	四	〇
吹管分析	〇	二	〇
实事演习	〇	不定	不定
矿床学	〇	〇	二
冶金实验	〇	〇	二
工学实验	〇	〇	一
采矿计画	〇	〇	五
冶金计画	〇	〇	五
铸铁计画	〇	〇	五
补助课			
房屋构造	二	〇	〇
热机关	一	〇	〇
机器学	一	〇	〇
应用力学	一	〇	〇
水力学	〇	一	〇
机器制造法	〇	一	〇
电气工学大意	〇	一	〇
冶金制器学	〇	〇	一
外国矿山法律	〇	〇	一
合计	三十六	三十六	二十二

第三年末毕业时,呈出毕业课艺及自著论说、图稿。

采矿冶金以实习实验计画为主,故第三年钟点独重于此。

以上各科学所用书籍与前同。

第八节　商科大学

商科大学分三门:一、银行及保险学门,二、贸易及贩运学门,三、关税学门。今依次列各门科目如下:

银行及保险学门科目

主课	第一年每星期钟点	第二年每星期钟点	第三年每星期钟点
商业地理	二	二	三
商业历史	○	一	三
各国商法及比较	○	二	二
各国度量衡制度考	一	○	○
商业学	二	○	○
商业理财学	二	○	○
商业政策	○	○	一
银行业要义	三	四	二
保险业要义	三	四	二
银行论	二	○	○
货币论	一	○	○
欧洲货币考	○	○	二
外国语 英语必习兼习			
俄德法日之一	六	六	六
商业实事演习	不定	不定	不定

补助课			
国家财政学	一	一	〇
全国土地民物统计学	一	一	〇
各国产业史	〇	三	三
合计	二十四	二十四	二十四

第三年末毕业时，呈出毕业课艺及自著论说。

以上各科目外，应以各国宪法、各国民法、各国刑法大意、行政机关、交涉学等为随意科目。

以上各科目所用书籍，外国均有专书，宜择译善本讲授。

贸易及贩运学门科目

主课	第一年每星期钟点	第二年每星期钟点	第三年每星期钟点
商业地理	二	二	三
商业历史	〇	一	三
各国商法及比较	〇	二	二
各国度量衡制度考	一	〇	〇
商品学	二	〇	〇
商业学	二	〇	〇
商业理财学	二	〇	〇
商业政策	〇	〇	一
关税论	一	〇	〇
贸易业要义	二	三	一
铁路贩运业要义	二	三	一
船舶贩运业要义	二	三	一
铁路章程	〇	〇	一
船舶章程	〇	〇	一

邮政电信章程	○	○	一
外国语 英语必习兼习			
俄法德日之一	六	六	六
商业实事演习	不定	不定	不定
补助课			
国家财政学	一	一	○
全国土地民物统计学	一	一	○
各国产业史	○	二	三
合计	二十四	二十四	二十四

第三年末毕业时,呈出毕业课艺及自著论说。

以上各科目外,应以各国宪法、各国民法、各国刑法大意、行政机关、交涉学为随意科目。

以上各科目所用书籍与前同。

关税学门科目

主课	**第一年每星期钟点**	**第二年每星期钟点**	**第三年每星期钟点**
大清律例要义 注见前	五	四	三
各国商法	三	一	○
全国人民财用学	一	○	○
中外各国通商条约	三	二	一
各国度量衡制度考	一	○	○
各国金银价比较	一	○	○
中国各项税章	一	一	一
各国税章	一	二	○
关税论	二	○	○
外国语 英语必习兼习	六	六	六
俄法德日之一			

补助课			
商业地理	○	二	三
商业历史	○	二	三
商业政策	○	○	一
商业学	○	二	二
商品学	○	一	二
商业理财学	○	一	二
合计	二十四	二十四	二十四

第三年末毕业时，呈出毕业课艺及自著论说。

以上各科目外，应以铁路章程、船舶章程、邮政电信章程、各国宪法、各国民法、各国刑法大意、交涉学等为随意科目。

以上各科目所用书籍与前同。

第九节 以上各专门科学，均参酌外国大学堂分科大学之科目，酌量删减，而后编定。子目虽繁，然外国俱有简要课本，卷帙并不为多，况在大学，又皆以教师之讲义为主，并非寻章摘句者比，且功课名目虽多，而每日讲堂钟点，除实习实验外，至多不过四点钟，仍以自行研究为主。三年之久，实不得诿为繁难。此时中国初办，暂为变通，俟第一期学生毕业后，所减科目有应增补之处，应由总监督会商各分科监督教员临时酌定。

第十节 各科中分年程度，并其细目及教授时刻，俟开办之时斟酌补订。

第十一节 高等学堂毕业生升入分科大学时，有呈明愿就各分科大学课程中选习一门科目，能成家数者，如政法科政治门内，或选习理财，或选习行政；法律门内，或选习商法，或选习民法；文学科中国史学门内，或选习某几代史；医学门内，或选习内科，或选习外科之类，均谓之选科。其补习课目，仍须全习。至所选科目不能成家数者，不得以选科论，概不核准。

英法俄德日语，应于高等学堂中习其一二种，不能待至大学堂始习。故选科生不准专习英法德俄日语科，以致成就太小，不合大学堂程度。如该生所选专修之科目与语学有切要关系，必不可不学习，而又未经学过者，应仍令其兼。修选科生必经专管选科之教员面为试问，审定其程度，确实能习所选之科目者，始准入学。

第十二节 农工商医四大学，尚可酌置实科，以练习实业为主，以中学毕业生入学，三年毕业，其学科程度宜仿高等学堂。

第十三节 农科大学，可别置蹄铁术传习生、农业传习生、蚕业传习生、林业传习生各若干名。凡乡村人民如有年十七岁以上、品行谨慎、略知书算且身体强健、实堪劳役而欲入农科大学实地学习蹄铁术或农业、蚕业、林业者，可许于蹄铁工场或农场或养蚕室及桑园或演习林实习之。其实习年数，蹄铁传习生以一年为限，农业传习生以三年为限，蚕业传习生、林业传习生以二年为限，不给奖励。

考升入学章第三

第一节 各分科大学，应以高等学堂大学预科毕业生升入肄业，但其应升入学人数若逾于各分科大学预定之额数时，则须统加考试，择尤取入大学。

已经考取而限于额数不得入学者，至下次入学期，可不须再考，按其名次先后依次令入大学。

第二节 各分科大学入学人数，若不满预定之额数时，各项高等学堂与大学预科程度相等之毕业生，经学务大臣察实，亦准其入大学肄业。

第三节 分科大学毕业生，因欲学习他学科更请入学者，可不须考验，即准其入学。

第四节 曾因有不得已事故暂行请假出学，兹复欲再修学科呈请入学者，亦可不用考验，准其入学，但其学级须编列于前次在学原级之下。

第五节 凡已准入学之学生，须觅同乡京官为保人，出具确实具保印结。京堂、翰林、御史、部属皆可，不必拘定部属，但京城学堂须常有保人，在京外省学堂须有保人在省。缘学生行止一切，常有责成保人之事，如其保人或病故、或他适、或现不居官不能出结者，当另请他人具保，外省出结仿此。

屋场图书器具章第四

第一节 建设大学堂，当择地气清旷、面积宏敞适合学堂规模之地。各分科大学宜设置于一处，惟农科大学可别择原野、林麓、河渠附近之地设之。

第二节 各分科大学当择学科种类，设置通用讲堂及专用讲堂，以便教授。各种实验室、列品室及其它必须诸室，各分科大学均宜全备。

第三节 学堂应用各种器具、机器、标本、模型，各分科大学均宜全备。

第四节 大学堂当置附属图书馆一所，广罗中外古今各种图书，以资考证。

第五节 格致科大学当置附属天文台，以备观测，并置附属植物园、附属动物园，一以资学生实地研究，一以听外人观览，使宏多识。

第六节 农科大学当置农场、苗圃、果园及附属演习林，使得练习实业,并置家畜病院,使实究兽医学术。

第七节 商科大学当置商业实践所,使得实习商业。

第八节 医科大学当置附属医院,诊治外来病人,即以供学生之实事研究。

第九节 当置学生斋舍,以为学生自习寝息之地,惟入大学之学生皆系成材,久谙礼法,且须携带参考书籍,较为繁重,每学生一人应占宽大斋舍一间,令其宽舒;自习室及寝室可合为一处。

教员管理员章第五

第一节 大学堂应设各项人员如下:

大学总监督,分科大学监督,教务提调,正教员,副教员,庶务提调,文案官,会计官,杂务官,斋务提调,监学官,检察官,卫生官,天文台经理官,植物园经理官,动物园经理官,演习林经理官,医院经理官,图书馆经理官。

第二节 大学总监督受总理学务大臣之节制,总管全堂各分科大学事务,统率全学人员。

第三节 分科大学监督,每科一人,共八人,受总监督之节制,掌本科之教务、庶务、斋务一切事宜。凡本科中应兴应革之事,得以博采本科人员意见,陈明总监督办理。每科设教务提调一人、庶务提调一人、斋务提调一人以佐之。提调分任一门,监督统管三门。

第四节 教务提调每科一人,共八人,以曾充正教员之最有学望者充之,受总监督节制,为分科大学监督之副,诸事与本科监督商办,总管该门功课及师生一切事务,正教员、副教员属之。

第五节 正教员分主各分科大学所设之专门讲席,教授学艺,指导研究,听分科监督及教务提调考察。

第六节　副教员助正教员教授学生，并指导实验，听本科监督及教务提调考察。

第七节　庶务提调每科一人，共八人，以明学堂规矩之职官充之，受总监督节制，为分科大学监督之副，诸事与本科监督商办，管理该科文案、收支、厨务及一切庶务；文案官、会计官、杂务官属之。

第八节　文案官主本科中文牍，除奏稿应由总监督酌派人员拟办外；凡堂中本科咨移批札函件皆司之，禀承于庶务提调。

第九节　会计官专司银钱出入事务，禀承于庶务提调。

第十节　杂务官专司本科中厨务、人役、房屋、器具一切杂事，禀承于庶务提调。

第十一节　斋务提调每科一人，共八人，以曾充教员又有学望者充之，受总监督节制，为分科大学监督之副，诸事与本监督商办，管理该科整饬斋舍、监察起居一切事务；监学官、检察官、卫生官属之。

第十二节　监学官掌考验本科学生行检及学生斋舍、功课勤惰、出入起居一切事务，以教员兼充禀承于斋务提调。监学官必须以教员兼充，与学生情意方能相洽，易受劝戒。

第十三节　检察官掌本科斋舍规矩，并照料食宿、检视被服一切事务，凡教员学生有出乎定章之外者，皆得而纠之，禀承于斋务提调。

第十四节　卫生官以格致农工医各科正教员各一人及监学兼任，掌学堂卫生事务，并由各员中举一人为首领总司其事，名曰总卫生官，禀承于斋务提调。

第十五节　天文台经理官以格致科大学正教员兼任，掌格致科大学附属天文台事务，禀承于总监督。

第十六节　植物园经理官以格致科大学正教员或副教员兼任，掌格致科大学附属植物园事务，禀承于总监督。

第十七节　动物园经理官以格致科大学正教员或副教员兼任，掌格致科大学附属动物园事务，禀承于总监督。

第十八节　演习林经理官以农科大学正教员或副教员兼任，掌农科大学附属演习林事务，禀承于总监督。

第十九节　医院经理官以医科大学正教员兼任，掌医科大学附属医院事务，禀承于总监督。

第二十节　图书馆经理官以各分科大学中正教员或副教员兼任，掌大学堂附属图书馆事务，禀承于总监督。

第二十一节　堂内设会议所，凡大学各学科有增减更改之事，各教员次序及增减之事，通儒院毕业奖励等差之事，或学务大臣及总监督有咨询之事，由总监督邀集分科监督、教务提调、正副教员、监学公同核议，由总监督定议。

第二十二节　各分科大学亦设教员监学会议所，凡分科课程之事，考试学生之事，审察通儒院学生毕业应否照章给奖之事，由分科大学监督邀集教务提调、正副教员、各监学公同核议，由分科监督议定。

第二十三节　事关更改定章必应具奏之事，有牵涉进士馆、译学馆、师范馆及他学堂之事，及学务大臣总监督咨询之事，应由总监督邀集各监督、各教务提调、正教员、监学会议，并请学务大臣临堂监议，仍以总监督主持定议。

第二十四节　凡涉高等教育之事，与议各员，如分科监督、各教务提调、各科正教员、总监学官、总卫生官意见，如有与总监督不同者，可抒其所见，径达于学务大臣。

通儒院章第六外国名为大学院，兹改定名目，免致与大学堂相混

第一节　凡某分科大学之毕业生欲入通儒院研究学术者，当具呈所

欲攻究之学艺，经该分科大学教员会议呈由总监督核定。

第二节 非分科大学毕业生而欲入通儒院研究某科之学术者，当经该分科大学教员会议所选定，复由总监督考验，视其实能合格者，方准令升入通儒院。

第三节 凡通儒院学员，视其研究之学术系属某分科大学之某学科，即归某分科大学监督管理，并由某学科教员指导之。所研究之学术，有与他分科大学之某学科实有关系、必应兼修者，可由本分科大学监督申请大学总监督，命分科大学之某学科教员指导之。

第四节 通儒院学员之研究学期，以五年为限，以能发明新理、著有成书、能制造新器，足资利用为毕业。

第五节 通儒院学员无须请人保结，并不征收学费。

第六节 通儒院学员有为研究学术必欲亲至某地方实地考察者，经大学会议所议准，可酌量支给旅费。

第七节 通儒院学员每一年终，当将其研究情形及成绩具呈本分科大学监督，复由本科大学监督交教员会议所审察。

第八节 通儒院学员如有研究成绩不能显著或品行不端者，经各教员会议，可禀请总监督饬其退学。

第九节 通儒院学员在院研究二年后，如有欲兼理他事务，或迁居学堂所在都会以外之地者，经本分科大学监督察其于研究学术无所妨碍，亦可准行。

第十节 通儒院学员至第五年之末，可呈出论著，由本分科大学监督交教员会议所审察；其审察合格者，即作为毕业，报明总监督，咨呈学务大臣会同奏明，将其论著之书籍、图器进呈御览，请旨给以应得之奖励。

京师大学堂现在办法章第七

第一节　京师大学堂为各省学堂弁冕，现暂借地试办，当一面新营学舍，于规模建置力求完善，以树首善风声，早收实效。

第二节　分科大学应选各省高等学堂毕业生入堂肄业，此时各省高等学堂方议创办，未出有合入大学之学生，应变通先立大学预备科，与外省高等学堂同时兴办；其科目程度一如高等学堂，俟预备科毕业，再按照分科大学办法。

第三节　现在京师大学既系先教预备科，其学堂执事人员自当按照高等学堂章程设置，俟将来升教分科大学，即按照分科大学规制办理。

第四节　原定大学堂章程有附设之仕学馆、师范馆，现在大学预备科及分科大学尚未兴办，暂可由大学堂兼辖。将来大学堂开办预备科及分科大学，事务至为繁重，仕学、师范两馆均应另派监督自为一学堂，径隶于学务大臣。其仕学馆课程，应照进士馆章程办理。师范馆可作为优级师范学堂，照《优级师范学堂章程》办理。

附条　凡一切施行法、管理法，均另详专章。开办之时，应即查照办理。其有未应备事宜，应随时体察考验，奏请通行。

大学堂学科统系总图

大学堂
- 经学科大学
- 政法科大学
- 文学科大学
- 医科大学
- 格致科大学
- 农科大学
- 工科大学
- 商科大学

分科大学统系图一

- 一　经学科大学
  - 周易学门
  - 尚书学门
  - 毛诗学门
  - 春秋左传学门
  - 春秋三传学门
  - 周礼学门
  - 仪礼学门
  - 礼记学门
  - 论语学门
  - 孟子学门
  - 理学门

分科大学统系图二

- 二　政法科大学
  - 政治学门
  - 法律学门

分科大学统系图三

- 三　文学科大学
  - 中国史学门
  - 万国史学门
  - 中外地理学门
  - 中国文学门
  - 英国文学门
  - 法国文学门
  - 德国文学门
  - 俄国文学门
  - 日本国文学门

分科大学统系图四

四　医科大学
- 医学门
- 药学门

分科大学统系图五

五　格致学门
- 算学门
- 星学门
- 物理学门
- 化学门
- 动植物学门
- 地质学门

分科大学统系图六

六　农科大学
- 农学门
- 农艺化学门
- 林学门
- 兽医学门

分科大学统系图七

七　工科大学
- 土木工学门
- 机器工学门
- 造船学门
- 造兵器学门
- 电气学门
- 建筑学门
- 应用化学门
- 火药学门
- 采矿及冶金学门

分科大学统系图八

八　商科大学
- 银行及保险学门
- 贸易及贩运学门
- 关税学门

高等学堂章程

要　目

立学总义章第一

学科程度章第二

考录入学章第三

屋场图书器具章第四

教员管理员章第五

立学总义章第一

第一节　设高等学堂，令普通中学堂毕业愿求深造者入焉，以教大学预备科为宗旨，以各学皆有专长为成效，每日功课六点钟，三年毕业。

第二节　高等学堂定各省城设置一所。

第三节　高等学堂之规制，本应容学生五百人以上方为合宜，但此时初办，规模略小亦可，然总期能容二百人以上，以备人才日盛，容纳多人。

第四节　高等学堂应令贴补学费，听各省核计本省款项能否筹措，暨本学堂常年经费，随时酌定。

第五节　高等学堂应将每岁所教功课、所办事务、及教员员数、办事人数、学生入学及毕业人数，于年终散学后禀报本省学务处转禀督抚察核，并择其要略咨明学务大臣查考。

学科程度章第二

第一节　高等学堂学科分为三类：第一类学科为预备入经学科、政法科、文学科、商科等大学者治之；第二类学科为预备入格致科大学、工科大学、农科大学者治之；第三类学科为预备入医科大学者治之。

第二节　第一类之学科凡十科：一、人伦道德，二、经学大义，三、中国文学，四、外国语，五、历史，六、地理，七、辨学，八、法学，九、理财学，十、体操。其有志入大学之经学、理学科者，可于第三年缺心理及辨学而课算学、物理。外国语惟英语必通习，德语或法语选一种习之。其有志入法科大学者，可加课腊丁语，此为随意科目。

第三节 第二类之学科凡十一科:一、人伦道德,二、经学大义,三、中国文学,四、外国语,五、算学,六、物理,七、化学,八、地质,九、矿物,十、图画,十一、体操。其有志入格致科大学之动物学门、植物学门、地质学门,并农科大学之各学门者,可加课动物及植物。其有志入工科大学之土木工学门、机器工学门、电气工学门、采矿及冶金学门、造船学门、建筑学门,格致科大学之算学门、物理学门、星学门,农科大学之农学门、农艺化学门、林学门者,可加课测量。外国语于英语外,听其选德语或法语习之,惟有志入格致科大学之化学门,工科大学之电气工学门、采矿及冶金学门,农科大学之各学门者,必专选德语习之。又其有志入格致科大学之动物学门、植物学门、地质学门,农科大学之兽医学门者,可加课腊丁语,但此加课之腊丁语为随意科目。

第四节 第三类之学科凡十一科:一、人伦道德,二、经学大义,三、中国文学,四、外国语,五、腊丁语,六、算学,七、物理,八、化学,九、动物,十、植物,十一、体操。外国语于德语外选英语或法语习之。

第五节 各类学科学习年数,以三年为限。

第六节 各学科程度及每星期授业时刻表如下:

第一类学科

第一年

学科	程度	每星期钟点
人伦道德	摘讲宋元明国朝诸儒学案, 择其切于身心日用而明显简要者	一
经学大义	讲《钦定诗义折中》、《书经传说汇纂》、《周易折中》	二
中国文学	练习各体文字	五
兵学	外国军制学	一

体操	普通体操　兵式体操	三
以上通习		
英语	讲读、文法、翻译、作文	九
德语或法语	讲读、文法、翻译、作文	九
历史	中国史	三
地理	政治地理	三
以上主课		
合计		三十六

第二年

学科	程度	每星期钟点
人伦道德	同前学年	一
经学大义	讲《钦定春秋传说汇纂》	二
中国文学	同前学年	四
心理及辨学	心理学大意、辨学大意	二
兵学	战术学大意	一
体操	普通体操、兵式体操	三
以上通习		
英语	讲读、文法、翻译、作文	九
德语或法语	讲读、文法、翻译、作文	九
历史	亚洲各国史	三
地理	政治地理	二
以上主课		
合计		三十六

第三年

学科	程度	每星期钟点
人伦道德	同前学年	一

经学大义	讲《钦定周礼义疏》、《仪礼义疏》、《礼记义疏》	二
中国文学	同前学年，兼考究历代文章流派	四
兵学	各国战史大要	三
体操	普通体操、兵式体操	三
以上通习		
英语	讲读、文法、翻译、作文	八
德语或法语	讲读、文法、翻译、作文	八
历史	西洋各国史	三
法学	法学通论	二
理财学	理财学通论	二
以上主课		
合计		三十六

上表中英语外，德语、法语二科，听学生选习一科。

有志入中国经学门者，其第二年缺心理及辨学，第三年缺中国文学而加课物理、算学，其时刻表如下：

学科	第一年每星期钟点	第二年每星期钟点	第三年每星期钟点
算学	〇	二	〇
物理	〇	〇	四

以英语入学，而有志选习政法科大学法律门之德国法、法国法，文科大学之德国文学门、法国文学门者，其外国语之授业时刻表，应变更如下：

学科	第一年每星期钟点	第二年每星期钟点	第三年每星期钟点
英语	四	四	四
德语或法语	十四	十四	十二

有志入政法科大学者，可加课随意科目之腊丁语，其授业时刻表如下：

学科	第一年每星期钟点	第二年每星期钟点	第三年每星期钟点
腊丁语	○	○	二

第二类学科

第一年

学科	程度	每星期钟点
人伦道德	摘讲宋元明国朝诸儒学案	一
经学大义	讲《钦定诗义折中》、《书经传说汇纂》、《周易折中》	二
中国文学	练习各体文字	三
兵学	外国军制学	二
体操	普通体操、兵式体操	三
以上通习		
英语	讲读、文法、翻译、作文	八
德语或法语	讲读、文法、翻译、作文	八
算学	代数、解析几何	五
图画	用器画、射影图画	四
以上主课		
合计		三十六

第二年

学科	程度	每星期钟点
人伦道德	同前学年	一
经学大义	讲《钦定春秋传说汇纂》	二
中国文学	同前学年	二
兵学	战术学大意	一
体操	普通体操、兵式体操	三
以上通习		

英语	讲读、文法、翻译、作文	七
德语或法语	讲读、文法、翻译、作文	七
算学	解析几何、三角	四
物理	力学、物性学、声学、热学	三
化学	化学总论、无机化学	三
图画	用器画　射影图法　阴影法　远近法	三
以上主课		
合计		三十六

第三年

学科	程度	每星期钟点
人伦道德	同前学年	一
经学大义	讲《钦定周礼义疏》、《仪礼义疏》、《礼记义疏》	二
中国文学	同前学年，兼考究历代文章名家流派	三
兵学	各国战史大要	二
体操	普通体操、兵式体操	二
以上通习		
英语	讲读、文法、翻译、作文	四
德语或法语	讲读、文法、翻译、作文	四
算学	微分积分	六
物理	光学、电气学、磁气学	三
化学	有机化学	五 讲义三、实验二
地质及矿物	地质学大意　矿物种类形状及化验	二
画图	用器画　阴影法　远近法　机器图	二
以上主课		

合计 三十六

上表第三年之课程，其有志入格致大学之动物学门、植物学门、地质学门，农科大学之农学门、农艺化学门、兽医学门者，缺算学；有志入工科大学之土木工学门、机器工学门、造船学门、建筑学门，格致科大学之算学门、物理学门、星学门者，缺化学之实验；有志入格致科大学之各学门、农科大学之各学门者，缺图画；有志入农科大学之林学门者，缺英语。

又有志入格致科大学之动物学门、植物学门、地质学门，农科大学之各学门者，可加动物及植物。其授业时刻表如下：

学科	第一年每星期钟点	第二年每星期钟点	第三年每星期钟点
动物及植物	〇	〇	四 动植物之种类及构造

又有志入工科大学之土木工学门、机器工学门、电气工学门、采矿及冶金学门、造船学门、建筑学门，格致科大学之算学门、物理学门、星学门，农科大学之农学门、农艺化学门、林学门者，可加课测量。其授业时刻表如下：

学科	第一年每星期钟点	第二年每星期钟点	第三年每星期钟点
测量	〇	〇	三 平地测量高低测量制图

又有志入格致科大学之动物学门、植物学门、地质学门，农科大学之兽医学门者，可加课随意科目之腊丁文。其授业时刻表如下：

学科	第一年每星期钟点	第二年每星期钟点	第三年每星期钟点
腊丁语	〇	〇	二

第三类学科

第一年

学科	程度	每星期钟点
人伦道德	摘讲宋元明国朝诸儒学案	一
经学大义	讲《钦定诗义折中》、《书经传说汇纂》、《周易折中》	二
中国文学	练习各体文字	四
兵学	外国军制学	二
体操	普通体操、兵式体操	三
以上通习		
德语	讲读、文法、翻译、作文	十三
英语或法语	讲读、文法、翻译、作文	三
算学	代数、解析几何	四
动物及植物	动物学、实验	四
以上主课		
合计		三十六

第二年

学科	程度	每星期钟点
人伦道德	同前学年	一
经学大义	讲《钦定春秋传说汇纂》	二
中国文学	同前学年	二
兵学	战术学大意	一
体操	普通体操、兵式体操	三
以上通习		
德语	讲读、文法、翻译、作文	十三
英语或法语	讲读、文法、翻译、作文	三
算学	解析几何、微分积分	二
物理	力学、物性学、声学、热学	三
化学	化学总论、无机化学	三

动物及植物	植物学、实验	三
以上主课		
合计		三十六

第三年

学科	程度	每星期钟点
人伦道德	同前学年	一
经学大义	讲《钦定周礼义疏》、《仪礼义疏》、《礼记义疏》	二
中国文学	同前学年，兼考究历代文章名家流派	二
兵学	各国战史大要	二
体操	普通体操、兵式体操	三
以上通习		
德语	讲读　文法　翻译　作文	九
英语或法语	讲读　文法　翻译　作文	三
腊丁语		二
物理	光学、电学、磁气学	六 讲义三、实验三
化学	有机化学	六 讲义三、实验三
以上主课		
合计		三十六

以德语入学者，其外国语之授业时刻表应变更如下：

学科	第一年每星期钟点	第二年每星期钟点	第三年每星期钟点
德语	九	九	七
英语或法语	七	七	五

外国高等学堂均有伦理一科，其讲授之书名《伦理学》，其书内亦有实践人伦道德字样，其宗旨亦是勉人为善，而其解说伦理与中国不尽相同。中国学堂讲此科者，必须指定一书，阐发此理，不能无所附

丽,以致泛滥无归。查列朝学案等书,乃理学诸儒之言论行实,皆是宗法孔孟,纯粹谨严。讲人伦道德者,自以此书为最善。惟止宜择其切于身心日用,而其说理又明显简要、中正和平者为学生解说,兼讲本书中诸儒本传之躬行实事,以资模楷。若其中精深微渺者,可从缓讲。俟入大学堂后,其愿习理学专门者自行研究。又或有议论过高,于古人动加訾议,以及各分门户互相驳攻者,可置不讲。讲授者,尤当发明人伦道德为各种学科根本,须臾不可离之故。

经学大义有二:一、全经之纲领,一、全经之会通。讲说以简明为主,勿令学生苦其繁难。此堂所讲诸经大义,应即用钦定八经讲授,其说解皆正大精核,不流偏倚,讲授者务择其最要之大义,谨遵阐发每经大义不过数十事,不必每篇全讲,断不可好新务奇,致启驳杂支离之弊。惟经义奥博无涯,学堂晷刻有限,若欲博综精研,可俟入大学专门后为之。

第七节　各类预备学科之程度,总以学生毕业后足入分科大学,领解各学科之理法为准。

第八节　各类学科之外国语,备将来进习专门学科之用,在各科中最为紧要,故教授时刻较各学科增多。但徒增多时刻尚不足收语学之实效,要在凡教各种科学,取合宜之西文参考书使之熟习,并责成语学教员考究最合用之教授法,使学生语言之学力易于增进。

考录入学章第三

第一节　高等学堂应考选中学堂毕业生升入肄业,其有未得过中学堂毕业凭照而其学力实合中学堂程度者,如考验合格,亦准入学。

第二节　高等学堂学生,虽例由中学堂毕业生及有同等之学力者考选入堂,但此时学堂初开,尚未有此等合格学生,可酌量变通,选品行端谨、中国经史文学确有根柢者,先补习历史、地理、算学、格致、图画、东语、英语、体操各种普通学一年,然后升入高等学堂正科学习。此例于学堂开办合法五年后即不行用。

屋场图书器具章第四

第一节 高等学堂当择面积适合学堂规模,爽皑而宜于卫生之地设置之。

第二节 高等学堂当设各种堂室如下:

一 通用讲堂;

二 物理、化学、博物、图画等专用讲堂;

三 各种实验室;

四 图书室、器具室、药品室、标本室;

五 礼堂;

六 职员事务室及其余必需诸室。

第三节 学堂体操场,宜分屋内、屋外二式。

第四节 除以上堂室外,必应于学堂内或学堂附近设学生斋舍,舍中分自习室、寝室二式。其他监学室、会食堂、盥所、浴所、养病所、厕所、应接所,均宜完备。

第五节 凡教授用及参考用图书、器具、机器、标本、模型、体操用器具,均宜全备。

第六节 斟酌地方情形,可设置监督、监学及教员之住宅。

教员管理员章第五

第一节 高等学堂应置各项教员管理员如下:

监督、教务长、正教员、副教员、掌书官、庶务长、文案官、会计官、杂务官、斋务长、监学官、检察官。

各员门类职守，须照此分任，则条理分明，不相淆紊，方于教授管理有益，尤以专任学堂事不兼外差为要。至各处情形不同，开办之初人才未必敷用，或暂兼不甚繁要之差，或多派一员协助，或一员兼任两事，或以董事司事代委员，均由各省酌办。

第二节 监督统辖各员，主持全学教育事务。

第三节 教务长以教员中有品望、明教科理法者兼充，专稽核各学科课程、各教员教法及各学生学业勤惰优劣。

第四节 正教员掌分教各种科学，副教员、助教员教授，掌书官掌一切图书仪器等项，均听命于教务长。

第五节 庶务长当以通晓学务官员派充，专理堂中一切庶务。

第六节 文案官掌理一切文报公牍，会计官专司银钱出入，杂务官管理雇用人役堂室器物并各种杂务，均听命于庶务长。

第七节 斋务长以深通管理法人员派充，亦可用教员兼充，专考验学生品行及学生斋舍一切事务。

第八节 监学官以教员兼充，掌稽察学生出入，考察学生功课勤惰，及学生一切起居动作等事；检察官掌照料食宿、检视被服、注意一切卫生等事，均听命于斋务长。

附条 凡一切施行法、管理法，均另详专章，开办之时应即查照办理。其有未备事宜，应随时体察考验，呈请本省学务处改订通行。

中学堂章程

要 目

立学总义章第一

第一节 设普通中学堂，令高等小学毕业者入焉，以施较深之普通教育，俾毕业后不仕者从事于各项实业、进取者升入各高等专门学堂均有根柢为宗旨，以实业日多，国力增长，即不习专门者，亦不至暗陋偏谬为成效。

第二节 中学堂定章各府必设一所，如能州县皆设一所最善。惟此初办不易，须先就府治或直隶州治由官筹费设一中学堂，以为模范，名为官立中学。其余各州县治可量力酌办，如能设立者听。

第三节 中学堂之学生额数，应以四百人以下三百人以上为合格。其或经费充裕、学舍宏敞，可增至六百人。又若就地方情形，能于本学堂外分设一所，可禀明本省督抚核定增置，并咨明学务大臣查考。此时初办，学生额数暂不拘定。

第四节 地方绅富捐集款项，得按照《中学堂章程》自设中学；集自公款名为公立中学，一人出资名为私立中学。若禀准设立及一切章程均遵照官章办理，考其程度与官立中学相等者，毕业出身应与官立者一律办理，平时并由地方官严加监督，妥为保护，并准借用地方公所寺观等处。

第五节 中学堂应令学生贴补学费，听各省斟酌本省筹款难易，并核计该学堂常年经费，随时酌定。

第六节 中学堂遇有增置更改等事，应禀由本省学务处详请督抚核准，并咨明学务大臣查考。其每岁办事人数、教员名数、并学生入学及毕业人数，应于年终散学后，禀报该管省份之学务处，详请督抚察核，并择其要略咨明学务大臣查照。其民立者一律遵办。

学科程度章第二

第一节 中学堂学科目凡分十二：一、修身，二、读经讲经，三、中国文学，四、外国语 东语、英语、或德语、法语、俄语，五、历史，六、地理，七、算学，八、博物，九、物理及化学，十、法制及理财，十一、图画，十二、体操。但法制理财缺之亦可。

中学堂程度与初级师范入学学生学力相等，故学科程度亦大略相同。惟中学堂着重在外国语，其钟点除经学外此为最多，以为将来应世办事之资，兼讲法制理财，皆初级师范所无。初级师范重在教幼童，故以习字列为专科，中学则以习字统于中国文学内，已足应用。

第二节 中学堂学习年数以五年为限。

第三节 中学堂之学级，当以同学年之学生编制之，其每一学堂之级数，至多不得过五级。

第四节 中学堂各学科分科教法如下：

一 修身 摘讲陈宏谋五种遗规：一、《养正遗规》，二、《训俗遗规》,三、《教女遗规》,四、《从政遗规》,五、《在官法戒录》以教为吏胥者,理极纯正,语极平实。入此学堂者年已渐长,教法宜稍恢广。所讲修身之要义,一在坚其敦尚伦常之心,一在鼓其奋发有为之气,尤当示以一身与家族朋类国家世界之关系,务须勉以实践躬行,不可言行不符。

二 读经讲经 学生年岁已长,故讲读《春秋左传》、《周礼》两经,以备将来学成经世之用。讲读《左传》,应用武英殿读本;讲读《周礼》,应用通行之《周官精义》其注解系就钦定《周礼义疏》摘要节录,最便初学寒士。此两书既本古注,又不繁冗,最于学者相宜;讲《左传》,宜解说其大事与今日世界情形相合者;讲《周礼》,宜阐发先王制度之善,养民教民诸政之详备,与今日情形相类可效法者。但解说须简要。

讲经者,先明章指,次释文义,务须平正明显,切于实用,勿令学童苦其繁难。其详略深浅,视学生之年岁程度而定,尤不可务新好奇,创为异说,致启驳杂支离之弊。至于经义奥博无涯,学堂晷刻有限,止能讲其大义。若欲博综精研,可俟入大学堂后为之。此乃中小学堂讲经通例。

现在所定读经钟点,计每星期读经六点钟,挑背及讲解三点钟间日背讲一次,合共九点钟。另有温经钟点,每日半点钟,在自习时督课,不在表内。

因学生皆系高等小学毕业者,故应读《春秋左传》及《周礼》两部,每日读二百字,每年除各假期外,以二百四十日计算,应读四万八千字,五年应共读二十四万字。计《春秋左传》十九万八千九百四十五字《周礼全本》四万九千五百一十六字,合共二十四万八千四百六十一字。若用黄叔琳《周礼节训本》约二万五千字,则合计不过二十一万三千余字,尚有余力温习。

三 中国文学 入中学堂者年已渐长,文理略已明通,作文自不可缓。凡学为文之次第:一曰文义。文者,积字而成,用字必有来历 经史子集及近人文集皆可,下字必求的解,虽本乎古,亦不骇乎今。此语似浅实深,自幼学以至名家皆为要事。二曰文法。文法备于古人之文,故求文法者,必自讲读始先使读经史子集中平易雅驯之文,《御选古文渊鉴》最为善本,可量学生之日力择读之 如乡曲无此书,可择较为大雅之本读之,并为讲解其义法。次则近代有关系之文亦可流览,不必熟读。三曰作文,以清真雅正为主:一忌用僻怪字,二忌用涩口句,三忌发狂妄议论,四忌袭用报馆陈言,五忌以空言敷衍成篇。次讲中国古今文章流别、文风盛衰之要略,及文章于政事身世关系处。其作文之题目,当就各学科所授各项事理及日用必需各项事理出题,务取与各学科贯通发明,既可易于成篇,且能适于实用。

四 外国语 外国语为中学堂必需而最重之功课,各国学堂皆同。习外国语之要义,在娴习普通之东语、英语及俄法德语,而英语、东语为尤要;使得临事应用,增进智能。其教法应由语学教员临时酌定,要当以精熟为主。盖中学教育,以人人知国家、知世界为主,上之则入高等专门各学堂,必使之能读西书;下之则从事各种实业,虽远适异域,不假翻译。方今世界舟车交通,履欧美若户庭;假令不能读其书,不能与之对语,即不能知其情状,故外国中学堂语学钟点,较为最多。中国情形不同,故除经学外,语学钟点亦不能不增加。当先审发音、习缀字,再进则习简易文章之读法、译解、书法,再进则讲普通之文章及文法之大要,兼使会话、习字、作文。

五 历史 先讲中国史，当专举历代帝王之大事，陈述本朝列圣之善政德泽，暨中国百年以内之大事；次则讲古今忠良贤哲之事迹，以及学术技艺之隆替，武备之弛张，政治之沿革，农工商业之进境，风俗之变迁等事。

次讲亚洲各国史。先就日本、朝鲜、安南、暹罗、缅甸、印度、波斯、中亚细亚诸小国，讲其事实沿革之大略，宜详于日本及朝鲜、安南、暹罗、缅甸而略于余国；详于近代而略于远年。五十年以内之事尤宜加详，说近世事者十之九，说古事者十之一，并示以今日西方东侵东方诸国之危局。

次讲欧洲美洲史，宜就欧美诸国讲其古今历史中之重要事宜上古不必多讲，详于大国而略于小国；详于近代而略于远年，五十年以内之事尤宜加详，说近世事者十之九；说古事者十之一。

凡教历史者，注意在发明实事之关系，辨文化之由来，使得省悟强弱兴亡之故，以振发国民之志气。

六 地理 先讲地理总论，次及中国地理，使知地球外面形状、气候、人种及人民生计等事之大概，及中国地理之大要，使描地图。

次讲外国地理，使知亚洲、欧洲、美洲、非洲、大洋洲 指澳大利亚及太平洋各岛诸国地势。

次讲地文学，使知地球与天体之关系，并地球结构及水陆气象之要略 外国谓风云霜雪雷电等物为气象。

凡教地理者，在使知大地与人类之关系，其讲外国地理尤须详于与中国有重要关系之地理，且务须发明中国与列国相较之分际，养成其爱国心性志气。其讲地文，须就中国之事实教之。

七 算学 先讲算术外国以数学为各种算法总称，亦犹中国御制《数理精蕴》定名为数之意，而其中以实数计算者为算术，其余则为代数、几何、三角，几何又谓之形学，三角又谓之八线，其笔算讲加减乘除、分数小数、比例百分算，至开平方、开立方而止；珠算讲加减乘除而止。兼讲簿记之学，使知诸帐簿之用法，及各种计算表之制式；次讲平面几何及立体几何初步，兼讲代数。

凡教算学者，其讲算术，解说务须详明，立法务须简捷，兼详运算之理，并使习熟于速算。其讲代数，贵能简明解释数理之问题；其讲几何，须详于论理，使得应用于测量、求积等法。

八 博物 其植物，当讲形体、构造、生理、分类、功用；其动物，当讲形体、构造、生理、习性、特质、分类、功用；其人身生理，当讲身体内外之部位、知觉、运动之机关及卫生之重要事宜；其矿物，当讲重要矿物之形象、性质、功用、现出法、监识法之要略。

凡教博物者，在据实物标本得真确之知识，使适于日用生计及各项实业之用，尤当细审植物、动物相互之关系，及植物、动物与人生之关系。

九 物理及化学 讲理化之义，在使知物质自然之形象，并其运用变化之法则，及与人生之关系，以备他日讲求农工商实业及理财之源。其物理，当先讲物理总纲，次及力学、音学、热学、光学、电磁气；其化学，当先讲无机化学中重要之诸元质及其化合物，再进则讲有机化学之初步及有关实用重要之有机物。

凡教理化者，在本诸实验，得真确之知识，使适于日用生计及实业之用。

十 法制及理财 讲法制理财者，当就法制及理财所关之事宜，教以国民生活所必需之知识，据现在之法律制度讲明其大概，及国家财政、民间财用之要略。

十一 图画 习图画者，当就实物模型图谱，教自在画，俾得练习意匠，兼讲用器画之大要，以备他日绘画地图、机器图及讲求各项实业之初基。

凡教图画者，以位置、形状、浓淡得宜为主，时使学生以自己之意匠为图稿，并应便宜授以渲染采色之法。

十二 体操 中学堂体操宜讲实用。其普通体操，先教以准备法、矫正法、徒手哑铃等体操，再进则教以球竿、棍棒等体操。其兵式体操，先教单人教练、柔软体操、小队教练及器械体操，再进则更教中队教练、枪剑术、野外演习及兵学大意。

凡教体操者，务使规律肃静、体势整齐、意气充实、运动灵活，并可视地方之情形。若系水乡，应使练习水泳。

在中学堂，宜以兵式体操为主。

第五节 各学科程度及每星期教授时刻表如下：

第一年

学科	程度	每星期钟点
修身	摘讲陈宏谋五种遗规，读有益风化之古诗歌	一
读经讲经	《春秋·左传》每日约读二百字	九 读六、讲三
中国文学	读文、作文，相间习楷书、行书	四
外国语	读法、译解、会话、文法、作文、习字	八
历史	中国史	三
地理	地理总论及亚洲总论 中国地理	二
算学	算术	四
博物	植物、动物	二

图画	自在画　用器画	一
体操	普通体操、兵式体操	二
合计		三十六

第二年

学科	程度	每星期钟点
修身	同前学年	一
读经讲经	《春秋·左传》同前学年	九
中国文学	同前学年	四
外国语	同前学年	八
历史	中国史及亚洲各国史	二
地理	中国地理	三
算学	算术、代数、几何、簿记	四
博物	同前学年	二
图画	同前学年	一
体操	同前学年	二
合计		三十六

第三年

学科	程度	每星期钟点
修身	同前学年	一
读经讲经	《春秋·左传》同前学年	九 读六、讲三
中国文学	同前学年兼习小篆	五
外国语	同前学年	八
历史	中国本朝史及亚洲各国史	二
地理	外国地理	二
算学	代数、几何	四

博物	生理、卫生、矿物	二
图画	同前学年	一
体操	同前学年	二
合计		三十六

第四年

学科	程度	每星期钟点
修身	同前学年	一
读经讲经	《春秋·左传》同前学年	九 读六、讲三
中国文学	同前学年	三
外国语	同前学年	六
历史	东西洋各国史	二
地理	外国地理	二
算学	同前学年	四
博物	同前学年	二
理化	物理	四
图画	自在画、用器画	一
体操	同前学年	二
合计		三十六

第五年

学科	程度	每星期钟点
修身	同前学年	一
读经讲经	《周礼节训本》每日约二百字	九 读六、讲三
中国文学	读文、作文兼讲中国历代文章名家大略	三
外国语	同前学年	六
历史	同前学年	二

地理	地文学	二
算学	几何、三角	四
理化	化学	四
法制及理财	法制大意、理财大意	三
体操	同前学年	二
合计		三十六

上所列各种科目，系于一星期内轮次讲习，并非一日内遍习诸门。其第五年如有缺法制理财不授者，其每星期之钟点可加入于外国语、历史、地理科中。

中小学堂读古诗歌法 与《小学堂章程》互见。

外国中小学堂皆有唱歌音乐一门功课，本古人弦歌学道之意，惟中国雅乐久微，势难仿照。然考王文成《训蒙教约》，以诗歌为涵养之方，学中每日轮班歌诗。吕新吾《社学要略》，每日遇童子倦怠之时，歌诗一章，择浅近能感发者令歌之。今师其意，以读有益风化之古诗歌列入功课。

初等小学堂读古诗歌，须择古歌谣及古人五言绝句之理正词婉能感发人者，惟只可读三四五言，句法万不可长，每首字数尤不可多。遇闲暇放学时，即令其吟诵，以养其性情，且舒其肺气，但万不可读律诗。

高等小学堂、中学堂，读古诗歌五七言均可。高等小学仍宜短篇，中学篇幅长短不拘，亦须择其词旨雅正而音节谐和者，其有益于学生与小学同，但万不可读律诗。

学堂内万不宜作诗，以免多占时刻。诵读既多，必然能作，遏之不可，不待教也。

小学、中学所读之诗歌，可相学生之年齿选取通行之《古诗源》、《古谣谚》两书，并郭茂倩《乐府诗集》中之雅正铿锵者 其轻佻不庄者勿读，及李白、孟郊、白居易、张籍、杨维桢、李东阳、尤侗诸人之乐府，暨其它名家集中之乐府有益风化者读之。又如唐宋人之七言绝句词义兼美者，皆协律可歌，亦可授读，皆有合于古人诗言志、律和声之旨，即可通于外国学堂唱歌作乐和性忘劳之用。

第六节 修身、读经、体操三科目，可合不同学级之学生同时教授。

第七节 中学堂教员，本应各就所长认定一科目，分教若干班学生。惟各省学堂初办，断无许多之教员，应选有兼长之教员，使认教二三科目。

第八节 凡各科课本，须用官设编译局编纂、经学务大臣奏定之本。其有自编课本者，须呈经学务大臣审定，始准通用。官设编译局未经出书之前，准由教员按照上列科目，择程度相当而语无流弊之书暂时应用，出书之后即行停止。

计年入学章第三

第一节 中学堂学生，应以高等小学堂毕业者升入肄业。

第二节 高等小学堂毕业之学生，如人数不满考升中学堂应入学之额数，则可不须考选。即使入学，若逾于考升中学堂应入学之额数，则须经考试而后选取入学。其考试科目，须按高等小学堂功课之程度。

第三节 中学堂学生，虽定例由高等小学堂各学年课程毕业者方准收入，但亦可并行招考之法。如学生有未得过高等小学毕业之文凭，而其应考所试验之功课实足副高等小学毕业之程度堪以收取者，亦准入学。

第四节 中学常学生，虽应以高等小学毕业生升入肄业，但此时创办应予变通，准十五岁以上十八岁以下文理明顺、略知初级普通学者，亦得入学。此例于学堂开办合法五年以后即不行用，年岁过长者即不许入中学。

屋场图书器具章第四

第一节 设置中学堂，当择地方面积适合学堂规模，且无碍于品行及无妨于卫生之地。

第二节 学堂内当按学科之门类设诸堂室如下：

一 通用讲堂；

二 物理、化学、博物、图画等专用讲堂；

三 图书室、器具室、药品室、标本室；四、礼堂；五、管理员室及其余必需之诸室。

礼堂与通用讲堂，可便宜兼用；博物、物理、化学专用讲堂，可便宜兼用；图书室、器具室、标本室与管理员室，或可便宜兼用，然物品较多较精，断不宜并为一室。

第三节 学堂体操场必宜分屋内、屋外二处。

第四节 除以上堂室外，必应于学堂内或学堂附近设学生斋舍。舍中分自习室、寝室二式。其它监学室、会食堂、盥所、浴所、养病所、厕所、应接所，均宜备之。自习室、寝室可便宜兼用。

第五节 各种堂室及学生斋舍，均以适于教授管理及卫生为主，惟取质朴坚固，不必华美，惟万不可涉于狭隘黑阁卑湿。

第六节 学堂中应备几案、椅凳、黑板，须取深合法度者。

第七节 凡教授物理、化学、图画、算学、地理、体操等所用器具、标本、模型、图画等物，均宜全备，且须合教授中学堂程度者。

第八节 图书当备可供教科用及参考用者。

第九节 中学堂应备之簿籍,大要区分为十二种:

一 关于中学堂之法令章程;

二 各科目功课时刻表;

三 教员、管理员名簿履历;

四 学生名簿履历;

五 教员督课之登记簿;

六 管理员任事之登记簿;

七 学生受学之登记簿;

八 学生学业成绩之登记簿;

九 学生考试之登记簿;

十 学堂款项之出入登记簿;

十一 学堂医师视察簿;

十二 图书器具标本模型目录簿。

第十节 监督、监学必应住于堂内,教员住堂内堂外均可,此须就该处地方情形物力酌办。

教员管理员章第五

第一节 中学堂应设监督一员,统辖全学员董司事人役,主管一切教育事宜。

第二节 设教员若干员,分教各种学科。

第三节 设掌书一员,以教员兼充。

第四节 设文案一员,专管全学往来文牍。

第五节 设会计一员,总司全学款项出入。

第六节 设庶务一员,管理堂中各项杂务。

第七节 有学生斋舍者，设监学二员，以教员兼充，余人酌设。

附条 凡一切施行诸法、管理诸法，均另详专章，开办之时应即查照办理。其有未备事宜，应随时体察考验，呈请本省学务处改订通行。

高等小学堂章程

要 目

立学总义章第一

第一节 设高等小学，令凡已习初等小学毕业者入焉，以培养国民之善性，扩充国民之知识，强壮国民之气体为宗旨；以童年皆知作人之正理，皆有谋生之计虑为成效；每星期三十六点钟，四年毕业。

第二节 高等小学堂为初等小学毕业生升入肄业之阶，但其愿升入与否，应由该学生自审志向，执业应归何途，可听其便。

高等小学堂之教科，与初等小学堂之教科并置于一所者，名为两等小学堂。

第三节 城镇乡村均可建设高等小学堂，虽僻小州县，至少必应由官设立高等小学堂一所，以为模范，名为高等官小学堂。

第四节 各省府厅州县，如向有义塾善举等事经费，皆可酌量改为高等小学堂经费，如有赛会、演戏等一切无益之费积有公款者，皆可酌提充用。凡一城一镇一乡一村各以公款设立之高等小学堂，及数镇数乡数村联合设立之高等小学堂，均为高等公小学，其建设停止，均应禀经地方官核准。

第五节　凡有一人出资独力设一高等小学堂者，名为高等私小学，其建设时须禀请地方官核准。若遇停止时，应将其停止之缘由报明地方官查考。

设立高等公小学、高等私小学者，应予奖劝，详见《初等小学堂章程》内。

第六节　官立高等小学堂为地方官当尽之义务，此时事当创办，务须督同地方绅董细考地方情形，妥筹切实办法。如有经费已敷，教员已得，而地方官故意延宕不办，或虽办而敷衍塞责者，皆应由本省学务处查明，禀请督抚，将该地方官惩处。如绅士有从中阻挠者，准地方官禀请将该绅惩处。其有官绅办理合宜、推设日广者，亦由本省学务处禀请督抚，将官绅奏请分别奖励。

第七节　地方官可选派本处绅士予以襄办学务之责任，惟选派绅士，应择公正明达、乡望素孚者充之，万不可令刁生地棍混入其中，因而舞弊营私，阻碍教育之进步。如或委任非人，致生弊端，经本省学务处查出，即将该刁生地棍从严惩办，并记该地方官失察之过。

第八节　官设高等小学堂，应令贴补学费，由各该学堂斟酌本地情形，核计常年经费，随时酌定。

第九节　各地高等小学堂，每年须将学堂所办事务、教科课程、教员名数、学生入学人数、毕业人数及出入费用，呈报本州县官，由州县官禀报本省学务处汇呈督抚察核；督抚择其要略咨明学务大臣察考，每半年汇咨一次。

学科程度及编制章第二

第一节 高等小学堂学习年数,以四年为限。

第二节 高等小学堂之教授科目凡九:一、修身;二、读经讲经;三、中国文学;四、算术;五、中国历史;六、地理;七、格致;八、图画;九、体操。

视地方之情形,尚可加授手工、农业、商业等科目,但于预备入中学堂之学生,可毋庸加授。

加授之科目,均作为随意科目。

第三节 高等小学各科目教育要义如下:

一 修身。其要义在随时约束,以和平之规矩,不令过苦,指示古人之嘉言懿行,动其羡慕效法之念,养成学童德性,使之不流于匪僻,不习于放纵,尤须趁幼年时教以平情公道,不可但存私吝,以求合于爱众亲仁、恕以及物之旨。此时具有爱同类之知识,将来成人后,即为爱国家之根基。

以上皆与初等小学同,惟修身本贵实践,而学堂则除规矩之外,无从考其实践,止有讲说一法。外国学堂讲修身,亦是纳入讲书之内。修身之道,备在《四书》,故此次课程即以讲《四书》之要义为修身之课初等小学虽于读《四书》时随时讲解,止讲其浅近文义,高等小学可讲略深者。讲授时不必每篇训讲,须就身心切近及日用实事讲之,令其实力奉行,不可所行与所讲相违;兼令诵读有益风化之古诗歌,以涵养其性情舒畅其肺气,则所听讲授经书之理,不视为迂板矣。

二 读经讲经。其要义亦宜少读浅解。《诗》、《书》、《易》三经,文义虽多有古奥之处,亦甚有明显易解之处,可讲其明显切用者，缓其深奥者，以待将来入高等学堂再习。若少年不读此数经，以后更不愿读，则此最古数经必将废绝矣。十二岁以后为知识渐开、外诱纷至之时，尤宜令圣贤之道时常浸灌于心，以免流于恶习，开离经叛道之渐。每日所授之经，亦必使之成诵。

凡讲经者，先明章指，次释文义，务须平正明显，切于实用，勿令学生苦其繁难。其详略深浅，视学生之年岁程度而定，尤不可好新务奇，创为异说，致启驳杂支离之弊。至于经义奥博无涯，学堂晷刻有限，止能讲其大义。若欲博综精研，可俟入大学堂后为之。此乃中小学堂讲经通例。

现在定以《诗经》、《书经》、《易经》及《仪礼》之一篇，为高等小学必读之经，总共四年，每年除假期外以二百四十日计算，每日约读一百二十字，每年应读二万八千八百字，四年应共读十一万五千二百字，除《诗》四万零八百四十八字，《书》二万七千一百三十四字，《易》二万四千四百三十七字全读外共九万二千四百十七字，《仪礼》可止读"丧服经传"并"记"一篇，计四千四百三十七字，合《诗》、《书》、《易》共九万六千八百五十四字，余暇甚多，易于毕业读毕后可令多温数次，更可纯熟。讲《诗经》，即用朱子集传；讲《书经》，即用蔡沈集传；讲《易经》，即用程传。因此三经宋元之注，自明及今功令皆已通行，儒士多习此本，且《易》之程传、《书》之蔡传，实远胜于注疏中之王弼《易注》、孔安国《书传》，先儒久有定评。《诗经》为教授幼童计，亦只可暂用朱注为便湖北局刻朱子《诗传》，附刻小序于简端，并可兼通古义，此本尤善。《仪礼》即用《仪礼郑注句读》，俟升入高等大学后，再行研究钦定诸经及注疏等书可也。

现在所定读经讲经时刻，计每星期读经六点钟，挑背及讲解六点钟，合共十二点钟；另有温经钟点，每日半点钟，在自习时督课，不在表内。若学堂无自习室，则即在讲堂督课。

三 中国文学。其要义在使通四民常用之文理，解四民常用之词句，以备应世达意之用。读古文每日字数不宜多，止可百余字，篇幅长者分数日读之，即教以作文之法 详见《初级师范学堂章程》；兼使学作日用浅近文字，篇幅宜短，总令学生胸中见解言语郁勃欲发，但以篇短不能尽意为憾，不以搜索枯窘为苦，蕴蓄日久，其颖敏者若遇不限以字数时，每一下笔，必至数百言矣；并使习通行之官话，期于全国语言统一，民志因以团结。

四 算术。其要义在使习四民皆所必需之算法，为将来自谋生计之基本。教授之时，宜稍加以复杂之算术，兼使习熟运算之法。

五 中国历史。其要义在陈述黄帝尧舜以来历朝治乱兴衰大略，俾知古今世界之变迁；邻国日多、新器日广，尤宜多讲本朝仁政，俾知列圣德泽之深厚，以养成国民自强之志气，忠爱之性情。

六 地理。其要义在使知地球表面及人类生计之情状，并知晓中国疆域之大概，养成其爱国奋发之心，更宜发明地文、地质之名类功用，大洋五洲五带之区别，人种竞争与国家形势利害之要端。

七 格致。其要义在使知动物、植物、矿物等类之形象质性，并使知物与物之关系，及物与人相对之关系，可适于日用生计及各项实业之用，尤当于农业、工业所关重要动植矿等物详为解说，以精密其观物察理之念。

八 图画。其要义在使知观察实物形体及临本，由教员指授画之，练成可应实用之技能，并令其心思习于精细，助其愉悦。

九 体操。其要义在使身体各部均齐发育，四肢动作敏捷，精神畅快，志气勇壮，兼养成其乐群和众、动遵纪律之习，宜以兵式体操为主。

十 手工。其要义在使能制作简易之物品，养成其用心思、耐劳烦之习。此可酌量地方情形加课。

十一 农业。其要义在授以农事中之浅近普通知识，使知农业之乐趣，兼养其习勤动、好发生之性情。此可酌量地方情形加课。

十二 商业。其要义在授以商业中之浅近普通知识，俾知人己交利之理，且养成其好博览、乐远游之志气。此可酌量地方情形加课。

第四节 高等小学堂科目程度及每星期教授时刻表如下：

第一年

学科	程度	每星期钟点
修身	讲《四书》之要义以朱注为主，以切于身心日用为要，读有益风化之古诗歌。	二
读经讲经	《诗经》每日约读一百二十字并讲解	十二
中国文学	读浅显古文，即授以命意遣词之法，兼使以俗话翻文话，写于纸上约十句内外，习楷书，习官话。	八
算术	加减乘除，度量衡货币及时刻之计算，简易之小数。	三
中国历史	中国历史之大要	二
地理	中国地理之大要	二
格致	植物、动物、矿物及自然物之形象。	二
图画	简易之形体	二
体操	普通体操、有益之运动、兵式体操	三

合计		三十六

授经学者每日读经一点钟，挑背及讲解一点钟，后各年同。习官话者，即以读《圣谕广训》直解习之，其文皆系京师语，每星期一次即可。

以上各科目外，尚宜兼授农业、商业、手工等随意科目。手工授简易细工，农业授农业及水产之大要，商业授商业之大要。各省初办时，如无能娴手工及通农业、商业之教员，可暂从缺，俟有师范完全科毕业生派充教员，再行加课，第二、三、四年同此。

第二年

学科	程度	每星期钟点
修身	同前学年	二
读经讲经	《诗经》、《书经》每日约读一百二十字，兼讲解。	十二
中国文学	读古文，使以俗话翻文话写于纸上，约二十句内外，习楷书，习官话。	八
算术	分数、比例、百分数、珠算之加减乘除。	三
中国历史	读前学年	二
地理	外国地理之大要	二
格致	授寻常物理、化学之形象	二
图画	各种形体	二
体操	普通体操、有益之运动、兵式体操	三
合计		三十六

第三年

学科	程度	每星期钟点
修身	同前学年	二
读经讲经	《书经》、《易经》每日约读一百二十字，兼讲解	十二
中国文学	读古文，作极短篇记事文约在百字以内，习行书，习官话。	八

算术	小数、分数、简易之比例、珠算之加减乘除	三
中国历史	读前学年	二
地理	读前学年	二
格致	原质及化合物、简易器具之构造作用	二
图画	简易之形体	二
体操	普通体操、有益之运动、兵式体操	三
合计		三十六

第四年

学科	程度	每星期钟点
修身	同前学年	二
读经讲经	《易经》及《仪礼》节本,每日约读一百二十字,兼讲解。	十二
中国文学	读古文,作短篇记事文、说理文,约在二百字以内,习行书,习官话。	八
算术	比例、百分数、求积、日用簿记、珠算之加减乘除。	三
中国历史	补习中国历史,前三年所未及讲授者。	二
地理	补习中外地理,前三年所未及讲授者。	二
格致	植物、动物之互相关系及对人生之关系,人身生理、卫生之大要	二
图画	各种形体、简易之几何画	二
体操	普通体操、有益之运动、兵式体操	三
合计		三十六

中小学堂读古诗歌法 与中学堂互见

外国中小学堂皆有唱歌音乐一门功课,本古人弦歌学道之意,惟中国雅乐久微,势难仿照。然考王文成《训蒙教约》,以歌诗为涵养之方,学中每日轮班歌诗。吕新吾《社学要略》,每日遇童子倦怠之时歌诗一章,择浅近能感发者令歌之。今师其意,以读有益风化之古诗歌，列入功课。

初等小学堂读古诗歌，须择古歌谣及古人五言绝句之理正词婉能感发人者，惟只可读三四五言，句法万不可长，每首字数尤不可多。遇闲暇放学时，即令其吟诵，以养其性情，且舒其肺气，但万不可读律诗。

高等小学堂、中学堂读古诗歌，五七言均可。高等小学仍宜短篇，中学篇幅长短不拘，亦须择其词旨雅正而音节谐和者，其有益于学生与小学同，但万不可读律诗。

学堂内万不宜作诗，以免多占时刻，诵读既多，必然能作，遏之不可，不待教也。

小学、中学所读之诗歌，可相学生之年齿，选取通行之《古诗源》、《古谣谚》两书，并郭茂倩《乐府诗集》中之雅正铿锵者 其轻佻不庄者勿读，及李白、孟郊、白居易、张籍、杨维桢、李东阳、尤侗诸人之乐府，暨其它名家集中之乐府有益风化者读之。又如唐宋人之七言绝句词义兼美者，皆协律可歌，亦可授读，皆有合于古人诗言志、律和声之旨，即可通于外国学堂唱歌作乐、和性忘劳之用。

第五节 高等小学堂若缺格致科目不教者，其每星期教授时刻，学堂校长得移配于他科目中。高等小学堂若加授手工、农业、商业之一科目或数科目时，其每星期教授时刻，学堂校长得由他科目教授时刻中减二点钟充之。如尚不足，可于所定每星期之教授时刻，更加二点钟充之。

第六节 该学堂校长，可于夏季、冬季放假之前后各二十日以内，察看气候之热度、寒度，酌减每日之教授时刻。

第七节 高等小学堂若合数学年长幼不一之儿童，视其功夫深浅，同一学级，应共编为一班者，可不拘各学年常行之程度，但依同一之程度教之。

第八节 各教科教授详细节目,该学堂校长宜斟酌审定。

第九节 各教科详细节目,讲授之时不可紊其次序、误其指挥,尤贵使互相贯通印证以为补益。

第十节 凡教授学童,须尽其循循善诱之法,不宜操切以伤其身体,尤须晓以知耻之义。学童至十三岁以上,夏楚万不可用。有过只可罚以直立,禁假、禁出游、罚去体面诸事,亦足示儆。

第十一节 凡教授之法,以讲解为最要,讲解明则领悟易。所诵经书,本应成诵,万一有记性过钝实不能背诵者,宜于试验时择紧要处令其讲解。常有记性甚劣而悟性尚可者,长大后或渐能领会,亦自有益。若强责背诵,必伤脑力,不可不慎。

第十二节 高等小学堂学生修毕各学年课程者,应由本学堂校长呈请地方官会同举行毕业考试,分别给以毕业凭单。

第十三节 高等小学堂校长,于每学年之末,察实儿童修毕各学年之课程者,可发给修业凭单。

第十四节 堂内人数之多寡,以学级数之多寡为定;一高等小学堂之学级数至多勿得过八学级 高等小学堂每半年收新学生一次,四年毕业其内共应收新学生八次,入学既有久近,学业因有浅深。一堂中学生高下之等,必多参差不齐,则教法亦不同等级,故名为学级。同一学级者,讲授时同为一班,即学堂中学生分头班、二班、三班之说也。

第十五节 高等小学堂每一讲堂止可容六十人以下,不宜再多。

第十六节 修身、体操,可合数学级之学童同时教之。

第十七节 高等小学堂所用图书,当就官设编书局所编纂及学务大臣所审定者采用,且须按学堂所在之情形选定。

计年就学章第三

第一节 高等小学堂入学之龄，应俟初等小学毕业后升入肄业。但此时创办，应暂行酌量从宽。凡十五岁以下、略能读经而性质尚敏者，经考验合格，亦可入高等小学堂。但此例系暂时通融，俟学堂开办合法五年后即不行用，应仍由初等小学毕业后升入。

第二节 凡初等小学堂毕业生，如有愿入高等小学堂肄业者，无庸考验，一概准其入学，以宏教育之途。

教员管理员章第四 此章与初等小学全同

第一节 高等小学堂宜设校长一人，主管全学教育，督率堂内教员及董事、司事。

第二节 小学以多为贵，而经费多则难筹，教师多则难觅，故外国小学多以管理之人兼充教授之人，高等小学堂亦然。今日中国师范难求，宜仿其意，校长即兼充教员。惟学级若在四班以上者一人断难兼顾，方可置正教员或副教员，各司其事。其或绅董中能募设学堂而无教授之学，或曾学师范而非可充首事之人，则校长与教员亦可分设，均听其便。

第三节 正教员任教授学生之功课，且掌所属之职务。

第四节 副教员助本科教员之职务。

第五节 高等小学堂笔墨收支等项，均可由校长兼理，无须另派董事。惟登记帐目、照料杂务，得由校长自置司事一二人。

第六节 高等小学堂之校长，须用在初级师范学堂毕业、实通晓管理法者，此时初办，暂可酌量，以素能留心学务者充之。

第七节 高等小学堂校长及教员，非禀经本地方官核准，不得擅离其职务或离其职务所应居住之地。

第八节　高等小学堂校长及教员，非禀经本地方官核准，不得兼任其它事务并兼营私利之事业。

屋场图书器具章第五

第一节　高等小学堂建设之地，以爽垲而适于卫生，其面积适合学堂规模为准。学堂附近之处，倘有害于学童之习染及喧闹而有妨教授者，均宜避之。

第二节　小学堂学生夜间须各归其家，无须造学生寝室。惟高等小学堂初办之时，每州县不过在城设立一二处，而不能不分取四乡之儿童，或大乡、大镇设立一处，亦不能不分取各村之儿童。假令不备寄宿之处，则学生无从自习安寝，自应酌量变通，暂行筹备自习室寝室。俟将来各乡齐设后，则此学舍或改作中学堂，或改作初级师范学堂。

第三节　高等小学堂应有礼堂一处，以为学生聚集并行礼庆祝之用。若课修身读经时，须合各班学生而并授者，准其借用。

第四节　高等小学堂讲堂当敷各学级教授一切学科之用。

第五节　高等小学堂应备有储藏室、器具室、标本室，或即兼用一两室，视经费之多寡，陈列之繁简定之。

第六节　高等小学堂之教员室、董事、司事室，此外一切应用诸室，皆宜备置。

第七节　高等小学堂之体操场，应分室内、室外两式，以备风雨。除室外一式必备外，室内或另设，或即借学生聚集处用之。

第八节　高等小学堂房屋，以平地建造为合宜，非限于地势则不可建造楼房，但必须多设数梯以防意外危险。

第九节 以上各堂室，高等程度较优，应用宜求全备，而工程务取质朴，断不可务为观美，致物力难于筹措，反有碍教育之推行。总之，或建造，或借用，择地惟以避陋俗、便卫生为要；讲堂惟以取光明、容多人为要，其余求备而不求精。

第十节 高等小学堂创办之始，可借公所、寺观等处为之，但须增改修葺，少求合格，讲堂、体操场尤宜注意。

第十一节 高等小学堂内，应备教科必用之书籍、图式、度量衡、时辰表、黑板、几案、椅凳，以及体操、图画、格致、算术所用之器具、标本、模型，务须全备。

第十二节 高等小学堂中若设学生寝室及自习室者，则会食堂、盥漱室、浴室、调养室、厕所、学生应接所、憩息所，均宜全备。

第十三节 高等小学堂应备之簿籍，大要区分为十一种：

一 关于本学堂之法令、章程；

二 各科目功课时刻表；

三 教员、管理员名簿履历；

四 学生名簿履历；

五 教员督课之登记簿；

六 管理员任事之登记簿；

七 学生受学之登记簿；

八 学生学业成绩之登记簿；

九 学堂经费之出入登记簿；

十 学堂医师视察簿；

十一 图书器具标本模型目录簿。

附条 凡一切施行法、管理法，均另详专章。但小学堂学生既幼、规模亦简、有未便一律绳之者，开办之时，其校长、教员应查照师范学科内之管理诸法随时推行，体察考验，如有特别事宜应呈请本省学务处，改订通行。

二

学堂章程

●●初等小学堂章程

要　　目

立学总义第一

第一节　设初等小学堂，令凡国民七岁以上者入焉，以启其人生应有之知识，立其明伦理爱国家之根基，并调护儿童身体，令其发育为宗旨；以识字之民日多为成效；每星期不得过三十点钟，五年毕业。

第二节　古人八岁入小学，今西人满六岁入小学，即古之七岁也。古人性朴学简，就学自可从容。今人知识早开，且近世新理、新学较多，不得不早为牖迪，故七岁必须入初等小学。

外国通例，初等小学堂，全国人民均应入学，名为“强迫教育”。除废疾、有事故外，不入学者罪其家长。中国创办伊始，各地方官绅务当竭力劝勉，以入学者日益加多，方不负朝廷化民成俗之至意。

第三节 论教育之正理，自宜每百家以上之村即应设初等小学堂一所，令附近半里以内之儿童附入读书。惟僻乡贫户、儿童数少、不能设一初等小学堂者，地方官当体察情形，设法劝谕，命数乡村联合资力，公设一所，或多级或单级均可。初办五年之内，大率每四百家必设初等小学一所，完全科与简易科听其量力举办。惟通县合计，完全科不得少于一半。五年以后、十年之内，每二百家必设初等小学一所，通县合计，完全科亦不得少于一半，总以办成为度。

第四节 国民之智愚贤否，关国家之强弱盛衰。初等小学堂为教成全国人民之所，本应随地广设，使邑无不学之户，家无不学之童，始无负国民教育之实义。今学堂开办伊始，虽未能一律齐设，所有府厅州县之各城镇，应令酌筹官费，速设初等小学以为模范。其能多设者固佳，至少小县城内，亦必设初等小学二所；大县城内，必设初等小学三所；各县著名大镇，亦必设初等小学一所。此皆名为初等官小学，以后再竭力督劝，渐次推广。

第五节 各省府厅州县，如向有义垫善举等事经费，皆可酌量改为初等小学堂经费。如有赛会、演戏等一切无益之费积有公款者，皆可酌提充用。此学堂或一城、一镇、一乡、一村，各以公款设立，或各以捐款设立者，及数镇、数乡、数村等联合设立者，均名为初等公小学。

第六节 凡有一人出资独力设一小学堂者，或家塾招集邻近儿童附就课读，人数在三十人以外者，及塾师设馆招集儿童在馆授业在三十人以外者，名为初等私小学，均遵官定章程办理。

第七节 初等小学堂之教科，与高等小学堂之教科并置于一所者，名为两等小学堂。

第八节 凡初等公小学，其建设停止，均应禀经地方官核准。

第九节 凡初等私小学，其建设时须禀请地方官核准，若遇停止时，应将其停止之缘由报明地方官查考。

第十节 绅董能捐设或劝设公立小学堂及私立小学堂者，地方官奖之，或花红，或匾额。其学堂规模较大者，禀请督抚奖给匾额；一人捐资较巨者，禀请督抚奏明给奖。

第十一节 地方官有承办本地小学堂之责任。此时事当创办，务须亲历乡里，细考地方情形，督同绅董妥筹切实办法。如有经费已敷、教员已得、而地方官故意延宕不办，或虽办而敷衍塞责者，应由本省学务处查明，禀请督抚将该地方官惩处。如绅士有从中阻挠者，准地方官禀请，将该绅惩处。其有官绅办理合宜、推设日广者，亦由本省学务处禀请督抚，将官绅分别奏请奖励。

第十二节 城镇乡村应由地方官选派本处绅士，予以襄办学务之责任。惟选派绅士，应择公正明达、乡望素孚者充之，万不可令刁生地棍混入其中，因而舞弊、营私阻碍教育之进步。如或委任非人，致生弊端，经本省学务处查出，即将该刁生地棍从严惩办，并记该地方官失察之过。

第十三节 官设初等小学堂，永不令学生贴补学费，以便贫民庶可期教育之广及。公立、私立者不在此限。

第十四节 各地初等小学堂，每年须将学堂所办事务、教科课程、教员名数、学生入学人数、毕业人数及出入费用呈报本州县官，由州县禀报本省学务处汇呈督抚察核；督抚择其要略，咨明学务大臣察考，每半年汇咨一次。

学科程度及编制章第二

第一节 初等小学堂学习年数，以五年为限。

第二节 初等小学堂之教授科目凡八：

一 修身；

二 读经讲经；

三 中国文字；

四 算术；

五 历史；

六 地理；

七 格致；

八 体操。

此为完全学科。

视地方之情形，尚可加图画手工之一科目或二科目。凡加授之科目，均作为随意科目。

第三节 初等小学科目以照前所列八科为正办。惟有乡民贫瘠、师儒稀少地方，不能不量从简略以期多设，应另定简易科，其科目凡五：一、修身、读经合为一科 即于讲经时带讲修身；二、中国文字科；三、历史、地理、格致合为一科，视其师能讲何门，即专讲此一门；四、算术；五、体操。此名为简易科，专为便于贫家儿童不能谋上等生业者而设，使将来毕业后，或有聪颖有志者，尽可于高等小学内补习所缺，仍可进于高等小学堂。

第四节 初等小学各科目教育要义如下：

一 修身。其要义在随时约束以和平之规矩，不令过苦，并指示古人之嘉言懿行，动其欣慕效法之念，养成儿童德性，使之不流于匪僻，不习于放纵，尤须趁幼年时教以平情公道，不可但存私吝，以求合于爱众亲仁、恕以及物之旨。此时具有爱同类之知识，将来成人后即为爱国家之根基。尤当以俗语解说，启发儿童之良心，就其浅近易能之事使之实践。为教员者，尤当以身作则，示以模范，使儿童变化气质于不自觉。兼令诵读有益风化之古诗歌，以涵养其性情，舒畅其肺气，则所听讲授经书之理，不视为迂板矣。

二 读经讲经。其要义在授读经文，字数宜少，使儿童易记。讲解经文宜从浅显，使儿童易解，令圣贤正理深入其心，以端儿童知识初开之本。每日所授之经，必使成诵乃已。

凡讲经者，先明章指，次释文义，务须平正明显切于实用，勿令学童苦其繁难；其详略深浅，视学生之年岁程度而定，尤不可务新好奇，创为异说，致启驳杂支离之弊。至于经义奥博无涯，学堂晷刻有限，止能讲其大义，若欲博综精研，可俟入大学堂后为之，此乃中小学堂讲经通例。

现在定以《孝经》、《四书》、《礼记》节本为初等小学必读之经，总共五年，每年除假期外以二百四十日计算。

第一年，每日约读四十字，共读九千六百字；第二年，每日约读六十字，共读一万四千四百字；第三、四两年，每日约读一百字，共读四万八千字；第五年，每日约读一百二十字，共读二万八千八百字，总共五年，应读十万零一千八百字。除《孝经》二千零十三字、《四书》五万九千六百十七字全读外共六万一千六百字，《礼记》最切于伦常日用，亟宜先读。惟全经过于繁重，天资聪颖学生可读江永《礼记约编》约七万八千余字，其或资性平常，或以谋生为急，将来仅志于农工商各项实业，无仕宦科名之望者，宜就《礼记约编》择初学易解而人道所必应知者，节存四万字以内，俾得粗通礼意而仍易于毕业。其讲解用近人《礼记训纂》最好，如不能得，或用相台本郑注，或暂用通行之陈澔集说均可。缘所读所讲，止系切于人生日用之事，无甚精深典礼，则古注与元人注无大异同。

上表所列读经讲经时刻，计每星期读经六点钟，挑背及讲解六点钟，合共十二点钟。另有温经钟点每日半点钟，在自习时督课，不在表内。若学堂无自习室，则即在讲堂督课。

三 中国文字。其要义在使识日用常见之字，解日用浅近之文理，以为听讲能领悟、读书能自解之助，并当使之以俗语叙事，及日用简短书信，以开他日自己作文之先路，供谋生应世之要需。

四 算术。其要义在使知日用之计算，与以自谋生计必需之知识，兼使精细其心思。当先就十以内之数示以加减乘除之方，使之纯熟无误，然后渐加其数至万位而止，兼及小数，并宜授以珠算，以便将来寻常实业之用。

五 历史。其要义在略举古来圣主贤君重大美善之事，俾知中国文化所由来及本朝列圣德政，以养国民忠爱之本源。尤当先讲乡土历史，采本境内乡贤名宦流寓诸名人之事迹、令人敬仰叹慕、增长志气者为之解说，以动其希贤慕善之心。历史宜悬历代帝王统系图一幅于壁上，则不劳详说而自能记忆。

六 地理。其要义在使知今日中国疆域之大略，五洲之简图，以养成其爱国之心，兼破其乡曲僻陋之见。尤当先讲乡土有关系之地理，以养成其爱乡土之心，先自学校附近指示其方向子午、步数多少、道里远近，次及于附近之先贤祠墓、近处山水，间亦带领小学生寻访古迹，为之解说，俾其因故事而记地理，兼及居民之职业、贫富之原因、舟车之交通、物产之生殖，并使认识地图，渐次由近及远，令其凑合木版分合地图尤善。地理宜悬本县图、本省图、中国图、东西半球图、五洲图于壁上，每学生各与折叠善图一张，则不烦细讲而自了然。

七　格致。其要义在使知动物、植物、矿物等类之大略形象质性，并各物与人之关系，以备有益日用生计之用。惟幼龄儿童，宜由近而远，当先以乡土格致。先就教室中器具、学校用品，及庭园中动物、植物、矿物金石煤炭等物为矿物，渐次及于附近山林川泽之动物、植物、矿物，为之解说其生活变化作用，以动其博识多闻之慕念。

八　体操。其要义在使儿童身体活动，发育均齐，矫正其恶习，流动其气血，鼓舞其精神，兼养成其群居不乱、行立有礼之习，并当遵以有益之游戏及运动，以舒展其心思。

九　图书。其要义在练习手眼，以养成其见物留心、记其实象之性情；但当示以简易之形体，不可涉于复杂，此可酌量地方情形加课。

十　手工。其要义在使练习手眼，使能制作简易之物品，以养成好勤耐劳之习。而在初等小学，则但当教以纸制、丝制、泥土制之手工，以能成器物为主，不可涉于繁费，此可酌量地方情形加课。

第五节　初等小学堂科目程度及每星期教授时刻表如下：

第一年

学科	程度	每星期钟点
修身	摘讲朱子《小学》、刘忠介《人谱》、各种养蒙图说、读有益风化之极短古诗歌	二
读经讲经	读《孝经》、《论语》每日约四十字,兼讲其浅近之义	十二
中国文字	讲动字、静字、虚字、实字之区别,兼授以虚字与实字联缀之法,习字即以所授之字告以写法	四
算术	数目之名、实物计数、二十以下之算数、书法、记数法、加减	六
历史	讲乡土之大端故事及本地古先名人之事实	一
地理	讲乡土之道里建置,附近之山水以及本地先贤之祠庙遗迹等类	一
格致	讲乡土之动物、植物、矿物,凡关于日用所必需者,使知其作用及名称	一
体操	有益之运动及游戏	三
合计		三十

授浅近之义者,于读某经时略为解说其字义章指,按诸实事,譬以物理,晓以俗情,期于童子能解,万不必涉于高深,是为浅近之义,后各年同。

授经者每日读经一点钟,挑背及讲解一点钟,共两点钟,后各年同。

以上各科目外,尚可兼授图画及手工等随意科目,图画授单形,手工授简易细工。各省初办时,如无能娴图画、手工之教员,可暂从缺,且俟师范完全科毕业生派充教员后,再行加课,第二、三、四、五年同此。

第二年

学科	程度	每星期钟点
修身	同前学年	二

读经讲经	《论语》、《学》、《庸》每日约六十字，兼讲其浅近之义	十二
中国文字	讲积字成句之法，并随举寻常实事一件，令以俗话二三句，联贯一气，写于纸上，习字同前。	四
算术	百以下之算数、书法、记数法、加减乘除	六
历史	同前学年	一
地理	同前学年	一
格致	同前学年	一
体操	有益运动及游戏，兼普通体操	三
合计		三十

以上各科目外，尚有图画、手工，为随意科目，同上学年。

第三年

学科	程度	每星期钟点
修身	同前学年	二
读经讲经	《孟子》每日约读一百字，兼讲其浅近之义。	十二
中国文字	讲积句成章之法，或随指日用一事，或假设一事，令以俗话七八句联成一气，写于纸上，习字同前。	四
算术	常用之加减乘除	六
历史	讲历朝年代国号及圣主贤君之大事	一
地理	讲本县、本府、本省之地理山水，中国地理之大概	一
格致	讲重要动物、植物、矿物之形象，使观察其生活发育之情状	一
体操	有益之运动及游戏，兼普通体操	三
合计		三十

以上各科目外，尚可兼授图画及手工，为随意科目，图画授简易之形体，手工授简易之细工。

第四年

学科	程度	每星期钟点
修身	同前学年	二
读经讲经	《孟子》及《礼记》节本，每日约读一百字，兼讲其浅近之义	十二
中国文字	同前学年	四
算术	通用之加减乘除，小数之书法，记数法，珠算之加减	六
历史	同前学年	一
地理	讲中国地理幅员大势及名山大川之梗概	一
格致	同前学年	一
体操	有益之运动及游戏，兼普通体操	三
合计		三十

以上各科目外，尚可兼授图画及手工，为随意科目，同前学年。

第五年

学科	程度	每星期钟点
修身	同前学年	二
读经讲经	《礼记》节本，每日约读一百二十字，兼讲其浅近之义	十二
中国文字	教以俗话作日用书信，习字同前。	四
算术	通用之加减乘除，简易之小数，珠算之加减乘除	六
历史	讲本朝开国大略及列圣仁政	一
地理	讲中国地理幅员与外国毗连之大概名山大川都会之位置	一
格致	讲人身生理及卫生之大略	一
体操	有益运动及游戏，兼普通体操	三
合计		三十

以上各科目外，尚可兼授图画及手工，为随意科目，同前学年。

中小学堂读古诗歌法 与中学堂互见

外国中小学堂皆有唱歌音乐一门功课，本古人弦歌学道之意。惟中国雅乐久微，势难仿照。然考王文成《训蒙教约》，以歌诗为涵养之方，学中每日轮班歌诗。吕新吾《社学要略》，每日遇童子倦怠之时，歌诗一章，择浅近能感发者令歌之。今师其意，以读有益风化之古诗歌列入功课。

初等小学堂读古诗歌，须择古歌谣及古人五言绝句之理正词婉、能感发人者，惟只可读三四五言，句法万不可长，每首字数尤不可多。遇闲暇放学时，即令其吟诵，以养其性情，且舒其肺气，但万不可读律诗。

高等小学堂、中学堂读古诗歌，五七言均可。高等小学仍宜短篇，中学篇幅长短不拘，亦须择其词旨雅正而音节谐和者，其有益于学生与小学同，但万不可读律诗。

学堂内万不宜作诗，以免多占时刻，诵读既多，必然能作，遏之不可，不待教也。

小学、中学所读之诗歌，可相学生之年齿，选取通行之《古诗源》、《古谣谚》两书，并郭茂倩《乐府诗集》中之雅正铿锵者 其轻佻不庄者勿读，及李白、孟郊、白居易、张籍、杨维桢、李东阳、尤侗诸人之乐府，暨其他名家集中之乐府有益风化者读之。又如唐宋人之七言绝句、词义兼美者，皆协律可歌，亦可授读，皆有合于古人诗言志、律和声之旨，即可通于外国学堂唱歌作乐、和性忘劳之用。

第六节 初等小学堂每星期教授体操时刻，该学堂校长得视地方之情形酌减一点钟。初等小学堂若加授图画、手工之一科目或二科目时，其每星期教授时刻，学堂校长得于他科目之每星期教授时刻中减四点钟以下以供用。

半日小学堂之科目，及每星期教授时刻，由管理人或创立人酌定，惟须禀经本省学务处核准。

第七节　学堂校长可于夏季、冬季放假之前后各二十日以内，察看气候之热度寒度，酌减每日之教授时刻。

第八节　初等小学堂若合数学年长幼不一之儿童，视其功夫深浅、同一学级应共编为一班者，则不拘各学生之年岁，但依同一之程度教之。

第九节　各教科教授详细节目，该学堂校长宜斟酌审定。

第十节　各教科详细节目，讲授之时不可紊其次序、误其指挥，尤贵使互相贯通印证，以为补益。

第十一节　凡教授儿童，须尽其循循善诱之法，不宜操切以伤其身体，尤须晓以知耻之义。夏楚只可示威，不可轻施，尤以不用为最善。

第十二节　凡教授之法，以讲解为最要，讲解明则领悟易。所诵经书本应成诵，万一有记性过钝实不能背诵者，宜于试验时择紧要处令其讲解。常有记性甚劣而悟性尚可者，长大后或渐能领会，亦自有益。若强责背诵，必伤脑力，不可不慎。

第十三节　凡修毕初等小学堂五年课程者，其合格与否，可无须别用试验，但由校长、教员会同考察儿童平素之成绩定之，给以毕业凭单。

第十四节　初等小学校长于每学年之末，察实儿童修毕各学年之课程者，可给与修业凭单。

第十五节　堂内人数之多寡，以学级数之多寡为定：一、初等小学堂之学级数，至多勿得过十学级 初等小学堂每半年收新学生一次，五年毕业期内共应收新学生十次；入学既有久近，学业因有深浅。一堂中学生高下之等，必多参差不齐，则教法亦不同等级，故名为学级。同一学级者，讲授时同为一班，即学堂中学生分头班、二班、三班之说也。

第十六节 初等小学堂，每一学级止可在六十人以下，不宜再多。

第十七节 修身、体操，可合数学级之儿童同时教之。

第十八节 凡初等小学堂儿童之数，六十人以上百二十人以下，例置本科正教员一人；其力足添置副教员一人者听。又或学舍狭隘，不能容儿童同时教授时，可分儿童为两起，俟前一起教授毕，再教授后一起。

第十九节 凡初等小学堂各学级，置本科正教员一人。

小学堂遇本科正教员乏人，不能按各学级置一本科正教员时，可于每二学级置本科正教员一人及副教员一人；其副教员当受正教员之指示教授儿童。

第二十节 初等小学堂可随宜置专科正教员。

第二十一节 本科正教员系通教各科目，专科正教员系专教图画、体操、手工、农业、商业中之一科目。

第二十二节 全堂儿童，其功夫深浅同等、教授同班、编为一学级之学堂，名为单级小学堂；其功夫深浅不同等、教授不同班、编为二学级以上之学堂，名为多级小学堂；其功夫深浅虽同、教授虽可同班而限于屋舍窄狭，只可将儿童分为两起教授，各占半日，名为半日小学堂。

第二十三节 初等小学堂教科所用图书，当就官设编书局所编纂及学务大臣所审定者采用，且须按学堂所在之情形选定。

计年就学章第三

第一节 初等小学堂限定七岁入学 即外国之满六岁入学。兹当创办之初，暂行从宽变通，年至九岁、十岁者 即是满八岁、满九岁，亦准入初等小学。但此例系暂时通融，俟学堂开办合法五年后即不行用，至七岁，必须入学。

第二节　毕业初等小学堂者，如愿入高等小学堂时，可不用考验，一律升入学习，以宏教育之途。

第三节　东西各国法律，以小学教育与国家有重要关系，定例：儿童有不就学者，即罚其父母，或任保护儿童之亲族人。此时初办，固遽难一概执法以绳，而地方官绅及各乡村绅耆，要当认定此旨，坚确不移，实力维持，家劝户勉，总期民皆知学，人能自存，足以保固邦基，消弭外侮，无负朝廷振兴教育之至意。

附：摘录外国就学年限规则以备参考

凡儿童以满六岁起至满十四岁止，凡八年，谓之学龄。在此八年内之儿童，称之为学龄儿童。

学龄之前四年，系入初等小学修业，后四年系入高等小学修业；但前四年为义务教育，无论何色人等之儿童，均应按期入学，后四年入学与否，可各听其便。

儿童就学之义务，责之养育儿童之父母；无父母者，责之任保护儿童之亲族人。

学龄儿童，如有患疯癫痼疾，或五官不具不能就学者，本乡村绅董可禀明地方官，经其察实，准免其就学。

学龄儿童，如有届应使就学之期，或病弱，或发育较迟不能就学者，本乡村绅耆可禀明地方官，经其察实，准暂缓就学。

学龄儿童，如有因其父母或任保护儿童之亲族人家实贫穷，不能就学者，本乡村绅耆可禀明地方官审察酌量，或免除，或暂缓其就学。

学龄儿童，如有因家实贫穷，未修毕初等小学之教科而受人雇佣者，该雇佣主人当设法通融，令儿童仍得就学，不得因其雇佣致妨碍儿童之就学 外国大工场及商场主人，往往自行设学以教其受佣之人，或夜间，或半日，或一切假日。

凡儿童年龄未到就学之始期，断不可强使入学。

学龄儿童，如有患传染病症，或性行不良，有妨儿童之教育者，小学堂校长可命其停止上学。

各乡村绅董，每年届就学第一期之前一二月，当查考本乡村之内有若干已届学龄之儿童，编造学龄簿。其学龄簿宜备三分：以一呈地方官，一存本处小学堂校长，一本乡村绅董自行存查。届时即按簿通知学龄儿童之父兄，或任保护儿童之亲族人，切劝其送儿童就学。除有痼疾及极贫不能就学各情经地方官察准外，有故意违延不送儿童就学者，本乡村绅董务速禀明地方官，由地方官督促就学。

以上外国学年规则十条，皆系督促儿童就学之意；立法详密，用意深厚。中国此时学堂创办，师范无多，未能责令及岁之童一律入学，然其任为义务教育之意不可不知，将来总以能办到为是。至其中第七、第八、第九、第十共四条，目前即可仿办。如该乡已有学堂而家长无故不令入学者罚之，令其捐助该乡学堂经费。

教员管理员章第四

第一节 初等小学堂设校长一人，主持全学教育，督率堂内教员及董事、司事，若与高等小学堂合办者，即无庸另设。

第二节 小学以多为贵，而经费多则难筹，教师多则难觅，故外国小学多以管理员兼充教员。今日中国师范难求，宜仿其意，校长即兼充教员。惟学级若在四班以上，一人断难兼顾，方可置正教员或副教员以补助之。若与高等小学合办者，可多置副教员。其或绅董中能募设学堂而无教授之学，或曾学师范而非可充首事之人，则校长与教员亦可分设，均听其便。

第三节 正教员任教授学生之功课，且掌所属之职务若与高等小学合办者，即无庸另设。

第四节 副教员助本科正教员之职务。

第五节 初等小学堂笔墨收支等项,亦可由校长兼理,无须另设董事。惟登记帐目、照料杂务,得由校长自置司事一人。若与高等小学合办者,勿庸另派。

第六节 初等小学堂之校长,本应用在初级师范学堂毕业、实通晓管理法者。此时初办,暂可酌量以素能留心学务者充之。

第七节 初等小学堂校长及教员,非经本地方官核准,不得擅离其职务,或离其职务所当居住之地。

第八节 初等小学堂校长及教员,非经本地方官核准,不得兼任其他事务,并兼营私利之事业。

屋场图书器具章第五

第一节 初等小学堂建设之地,以爽垲而宜于卫生,其面积适合学堂规模为准。学堂附近之处,倘有害于学童之习染及喧闹而有妨教授者,均宜避之。若在有高等小学堂之处,则可合设。

第二节 初等小学堂所教,乃十一岁以下之幼童,父母既难远离,照料亦多不便,可无须造学生寝室。惟其学堂位置,宜取往来适中之处,以便学生入学。

第三节 初等小学堂应有礼堂一处,以为学生聚集并行礼庆祝之用。但课修身读经时,须合各班学生而并授者,得借用之。若与高等小学合设者,勿庸另备。

第四节 初等小学堂讲堂,当敷各学级教授一切学科之用。

第五节 初等小学堂应备有储藏室,以备储藏书籍、图器、标本、模型等类,共为一室即可,能分数室者听。

第六节 初等小学堂惟教员室、管堂绅董室必须全备。此外一切应用诸室，视经费酌定，不必求备。

第七节 初等小学堂之体操场，应分室内、室外两式，以备风雨，除室外一式必备外，室内即借学生聚集处用之。

第八节 礼堂面积及讲堂面积，均详管理通则内。若乡村贫狭、学生数少者，讲堂尺寸可稍小，以足敷用为度，礼堂亦可酌减；若甚贫狭者，即不设礼堂，于院内聚集行礼亦可。

第九节 初等小学堂房屋，以平地建造为合宜，以便学生升降不致危险。但有限于地势者，万不得已，亦可建造楼房，但必须多设数梯，以防意外危险。

第十节 以上各学堂室，其建造务取质朴，断不可务为观美，致物力难于筹措，反有碍教育之推行。外国乡村小学，大率皆简朴迁就，故能村塾林立。总之，或建造，或借用，择地惟以避陋俗、便卫生为要；讲堂惟以取光明、容多人为要，其余皆可迁就。

第十一节 初等小学堂现甫创办，可借公所、寺观等处为之，但须增改修葺，少求合格，讲堂、体操场尤宜注意。

第十二节 初等小学堂内应备教科必用之书籍、图式、度量衡、时辰表、黑板、几案、椅凳，以及体操、图画、格致、算术所用之器具、标本、模型，务须全备。若与高等小学合设，则可借用，勿庸另备。

第十三节 初等小学堂应备之簿籍，大要区分为十一种：

一 关于小学堂之法令、章程；

二 各科目功课时刻表；

三 教员、管理员名簿履历；

四 学生名簿履历；

五 教员督课之登记簿；

六 管理员任事之登记簿；

七　学生受学之登记簿；

八　学生学业成绩之登记簿；

九　学堂经费之出入登记簿；

十　学堂医师视察簿；

十一　图书、器具、标本、模型目录簿。

附录　凡一切施行法、管理法，均另详专章；但小学堂学生既幼，规模亦简，有未便一律绳之者，开办之时，其校长、教员应查照师范学科内之管理诸法随时推行，体察考验。如有特别事宜，应呈请本省学务处改订通行。

蒙养院章程及家庭教育法章程

要　目

蒙养家教合一章第一

第一节　蒙养、家教合一之宗旨，在于以蒙养院辅助家庭教育，以家庭教育包括女学。

第二节　蒙养院专为保育教导三岁以上至七岁之儿童，每日不得过四点钟。

按各国皆有幼稚园，其义即此章所设之蒙养院，为保育三岁以上至七岁幼儿之所，令女师范生为保姆以教之。中国此时情形，若设女学,其间流弊甚多,断不相宜;既不能多设女学,即不能多设幼稚园,惟有酌采外国幼稚园法式,定为《蒙养院章程》。

第三节 凡各省府厅州县以及极大市镇,现在均有育婴堂及敬节堂即恤嫠堂,兹即于育婴、敬节两堂内附设蒙养院。

第四节 各处育婴堂规模大小不一,现均筹有常年经费,其规模过狭者,应设法扩充屋舍,增加额数。乳媪必宜多设,以期广拯穷婴。每堂乳媪之数,省城至少须在五十人以外,各府县城至少须在三十人以外,即于堂内划出一院为蒙养院,令其讲习为乳媪及保姆者保育教导幼儿之事;由官将后开保育要旨条目,并将后开之官编女教科书、家庭教育书刊印多本,发给该堂,令其自相传习。乳媪既多,其中必有识字者,即令此识字之乳媪为堂内诸人讲授。此讲授之人,每月格外优给工资,由该堂员董察其是否得力酌办。日久效著者,可随时酌加。若堂内乳媪全无识字者,即专雇一识字之老妇人入堂,按本讲授。凡本地拟充乳媪保姆谋生之贫妇,愿入堂随众讲习者听。人数限三十人以内,严禁拥挤杂乱,责成该堂员董稽 乳媪即须作保姆之事,惟年壮有夫者可兼充乳媪耳,其为保姆则一也。

第五节 各处敬节堂本是极要善举,亦应设法扩充屋舍,增加额数,以惠穷嫠。每堂养赡节妇之数,省城至少须在五十名以外,各府县城至少须在三十名以外,即于堂内划出一院为蒙养院,令其讲习为保姆者保育教遵幼儿之事 盖各处贫苦嫠妇,多系为人作活计、当女佣保姆之属,必其无生计可图者乃肯入敬节堂耳。若教以为保姆之技能,固穷嫠之所愿也。由官将后开保育要旨条目,并将后开之官编女教科书、家庭教育书刊印多本,发给该堂。其中节妇亦必有识字者,即令其为堂内诸人讲授,每月格外优给赡银,由该堂员董察其是否得力酌办。日久效著者,可随时酌加。若堂内节妇全无识字者,即专雇一识字之节妇人堂为之讲授。其堂内节妇有癃老已甚，或志在清静寂处，不拟自谋生计，不愿来听讲授者，亦听其便。凡本地拟受人雇充保姆之贫妇，愿入堂随众讲习者听。人数限三十人以内，严禁拥挤杂乱，责成该堂员董稽察。

第六节　两堂开办一年以后，由各该堂员董考察其讲授之乳媪节妇，讲习认真，保育教导合法者 此事甚浅近易晓，众目共见，不患其不公，禀明地方官分别给予奖赏，并发给保姆教习凭单。其在育婴、敬节两堂学保姆者，无论院内、院外，均发给蒙养院学过保姆凭单，听其自营生业；讲习无成效者，不给凭单。

第七节　外国女师范学堂，例置保姆讲习科以教成之。中国因无女师范生，故于育婴、敬节两堂内附设蒙养院。所学虽然较浅，然其中紧要理法已得大要，已远胜于寻常之女佣各。省贫家妇人，愿为乳媪及抱儿之保姆、女佣资以餬口者甚多，此事学成不过一年，领有凭单，辗转传授，雇值必可加丰，实为补益贫民生计之一大端。

第八节　凡两种蒙养院中，本地附近幼儿，其父母愿送入其中受院内之教育者听，以便院中学保姆者练习实地保育之法。其每院人数之多少，由地方官及绅董体察情形酌办，如贵族绅富自愿延请女师在家教授者听。

第九节　保姆学堂既不能骤设，蒙养院所教无多，则蒙养所急者仍赖家庭教育，惟有刊布女教科书之一法。应令各省学堂将《孝经》、《四书》、《列女传》、《女诫》、《女训》及《教女遗规》等书，择其最切要而极明显者，分别次序浅深，明白解说，编成一书并附以图，至多不过两卷，每家散给一本，并选取外国家庭教育之书，择其平正简易、与中国妇道、妇职不相悖者 若日本下田歌子所著《家政学》之类，广为译出刊布，其书卷帙甚少，亦宜家置一编。此外如初等小学字课本及小学前两年之各种教科书,语甚浅显,地方官宜广为刊布。妇人之识字者,即可自看自解,以供自教其子女之用。其不识字不能自行观览者,或由其夫,或请旁人为之讲说。有子者,母自教其子,以为入初等小学之基;有女者,母自教其女,以知将来为人妇、为人母之道,是为人母者,皆自行其教育于家庭之中,母不能教者,或雇保姆以教之,是家家皆自有一蒙养院矣。

第十节 三代以来,女子亦皆有教,备见经典。所谓教者,教以为女、为妇、为母之道也。惟中国男女之辨甚谨,少年女子断不宜令其结队入学,游行街市,且不宜多读西书,误学外国习俗,致开自行择配之渐,长蔑视父母夫婿之风。故女子只可于家庭教之,或受母教,或受保姆之教,令其能识应用之文字,通解家庭应用之书算、物理及妇职应尽之道,女工应为之事,足以持家教子而已。其无益文词,概不必教;其干预外事,妄发关系重大之议论,更不可教。故女学之无弊者,惟有家庭教育。女学原不仅保育幼儿一事,而此一事为尤要,使全国女子无学,则母教必不能善,幼儿身体断不能强,气质习染断不能美,蒙养通乎圣功,实为国民教育之第一基址。

保育教导要旨及条目章第二

第一节 保育教导要旨如下 外国所谓保育,即系教导之义,非仅长养爱护之谓也。兹故并加"教导"二字以明之。

一 保育教导儿童,专在发育其身体,渐启其心知,使之远于浇薄之恶风,习于善良之轨范。

二 保育教导儿童,当体察幼儿身体气力之所能为,心力知觉之所能及,断不可强授以难记难解之事,或使为疲乏过度之业。

三 保育教导儿童,务留意儿童之性情及行止仪容,使趋端正。

四　儿童性情极好模仿，务专意示以善良之事物，使则仿之，孟母三迁，即此意也。

第二节　蒙养院保育之法，在就儿童最易通晓之事情、最所喜好之事物，渐次启发涵养之，与初等小学之授以学科者迥然有别，其保育教导之条目如下：

一　游戏。游戏分为随意游戏及同人游戏两种。随意游戏者，使幼儿各自运动；同人游戏者，合众幼儿为诸种之运动，且使合唱歌谣，以节其进退，要在使其心情愉快活泼、身体健适安全，且养成儿童爱众乐群之气习。

二　歌谣。歌谣俟幼儿在五六岁时渐有心喜歌唱之际，可使歌平和浅易之小诗，如古人短歌谣及古人五言绝句皆可，并可使幼儿之耳目喉舌，运用舒畅，以助其发育，且使心情和悦，为德性涵养之资。

三　谈话。谈话须择幼儿易解及有益处、有兴味之事实，或比喻之寓言，以期养其性情兴致。与小儿对话时，且就常见之天然物及人工物等指点言之，并可启发其见物留心之思路。其所谈之话，儿童已通晓时，保姆当使儿童演述其要领。演说之际，务使声音高朗，语无滞塞，尤不许儿童将说话之次序淆乱错误。

四　手技。手技授以盛长短大小各木片之匣，使儿童将此木片作房屋门户等各种形状，又授以小竹签数茎及豆若干，使儿童作各种形状，又使用纸作各种物体之形状，更进则使用黏土作碗壶等形，又使于蒙养院附近之庭院内，播草木花卉之种于地，浸润以水与肥料，使观察其自发生以至开花结实等各形象。诸如此类，要在使引导幼儿手眼，使之习用于有用之处，为心知意兴开发之资。

第三节 保育教导幼儿之时刻，每一日不得过四点钟合饮食之时刻在内，此外余时，可听其自便，惟伤生之事，须随时防范。

屋场图书器具章第三

第一节 蒙养院房舍，以平地建造为宜，断不可建造楼房，致幼儿登降有危险之虞。

第二节 蒙养院当备保育室、游戏室及其他需之诸室。

第三节 保育室面积之大，当合每幼儿五人占地六平方尺。

第四节 庭园面积之大，至小者当合幼儿一人占地六平方尺。

第五节 凡手技用之器物、图画、游戏物具、乐器、几案、椅凳、时辰表、寒暑表、暖房器及其他必需之器具，视其经费酌量置备，但只可简朴，不可全缺。若各器俱无，即从指点引导矣。

第六节 院地内外一切卫生等件，均按照小学堂之例。

管理人事务章第四

第一节 蒙养院置院董一人，管理院中一切事务，司事酌设，但董、司均须择老成端谨而又和平耐烦者。

第二节 蒙养院中董事、司事人等，若系官立者，由官选派；若系乡村公立者，由绅董公议，禀请本地方官核定；若私立之蒙养院，则由创设者自主之，亦须禀报本地方官批准立案。无论公立、私立，均须禀明本省学务处，以备查考。

●●优级师范学堂章程

要 目

立学总义章第一

第一节 设优级师范学堂,令初级师范学堂毕业生及普通中学毕业生均入焉,以造就初级师范学堂及中学堂之教员、管理员为宗旨;以上项两种学堂师不外求为成效;每日功课六点钟,三年毕业。

第二节 优级师范学堂,京师及各省城宜各设一所。

第三节 省城优级师范学堂初办时,可与省城之初级师范学堂并置一处,俟以后首县及外州县全设有初级师范学堂,即将省城初级师范学堂增高其程度,并入于优级师范学堂。

第四节 优级师范学堂之学科分为三节:一、公共科;二、分类科;三、加习科。公共科者,因入分类科后四类学业各有专重之处,钟点不能兼及,而其中有紧要数事各类皆所必需,故于第一年未分类以前公同习之 英文、东文及辨学、算学,以后用处甚多,而现有学力尚不足用;至次年分类以后,则有习有不习,故须于第一年公共科内习之。加习科者,因分类科举业后,自觉于管理法教授法其学力尚不足用,故自愿留学一年,择有关教育之要端加习数门，更考求其精深之理法。公共科，凡初入此堂之学生均须学习。至加习科，可听学生之便。

第五节 外国高等师范学堂，于公共科、分类科、加习科外，另设专修科及选科。专修科系审察各地中等学堂最缺乏某种学科之教员，因特置某种学科，召学生使专修之，以补充其缺乏。选科系为其人愿充中等学堂教员，欲选习分类科中之一科目或数科目者，如于本学堂教授时刻别无妨碍，亦许其学习此等学科，应俟将来酌量情形再为推设。

第六节 优级师范学堂学额，暂定最少数为二百四十八人 日本高等师范五百人，以后可渐次扩充。

学科程度章第二

第一节 公共科学科凡为八科：

一 人伦道德；

二 群经源流；

三 中国文学；

四 东语；

五 英语；

六 辨学 外国名为论理学，亦名辨学，系发明立言著论之理、措词驳辨之法；

七 算学；

八 体操。

第二节 公共科课程，限一年毕业。

第三节 公共科学科程度及每星期授业时刻表如下：

学科	程度	每星期钟点
人伦道德	讲《学记》、《大戴礼·保傅篇》及《荀子·劝学篇》	一
群经源流	即于《钦定四库全书提要》经部内择其紧要数种之提要，讲其大要，不必全讲。	二
中国文学	讲历代文章源流义法，间亦练习各体文	三
东语	讲读、文法、作文	六
英语	讲读　文法　作文	十二
辨学	总论、演绎法、归纳法、方法学	三
算学	算学、几何、代数、三角法	六
体操	体操及有益之运动、兵式训练	三
合计		三十六

第四节　分类科学科分为四类。分类编科之主义如下：

第一类系以中国文学、外国语为主；第二类系以地理、历史为主；第三类系以算学、物理学、化学为主；第四类系以植物、动物、矿物、生理学为主。其人伦道德、经学大义、教育、心理、体操，则一概通习无异致。凡入学学生须审定其性习所近，学力所长，宜入何一类学科，即令专习此一类学科，俾将来即专充此门学问教员。

第一类学科凡十三科：

一　人伦道德；

二　经学大义；

三　中国文学；

四　历史；

五　教育学；

六　心理学；

七　周秦诸子学；

八　英语；

九 德语或法语；

十 辨学；

十一 生物学；

十二 生理学；

十三 体操。

又随意科目二：

一 法制；

二 理财。

第二类学科凡十二科：

一 人伦道德；

二 经学大义；

三 中国文学；

四 教育学；

五 心理学；

六 地理；

七 历史；

八 法制；

九 理财；

十 英语；

十一 生物学；

十二 体操。

又随意科目一，曰德语。

第三类学科凡十二科：

一 人伦道德；

二　经学大义；

三　中国文学；

四　教育学；

五　心理学；

六　算学；

七　物理学；

八　化学；

九　英语；

十　图画；

十一　手工；

十二　体操。

又随意科目二：

一　德语；

二　生物学。

第四类学科凡十四科：

一　人伦道德；

二　经学大义；

三　中国文学；

四　教育学；

五　心理学；

六　植物学；

七　动物学；

八　生理学；

九　矿物学；

十　地理；

十一 农学；

十二 英语；

十三 图画；

十四 体操。

又随意科目二：

一 化学；

二 德语。

第五节 分类科课程限三年毕业。

第六节 分类科各类学科程度及每星期授业时刻表如下：

第一类学科

第一年

学科	程度	每星期钟点
人伦道德	摘讲宋元明国朝诸儒学案	二
经学大义	《钦定诗义折中》、《书经传说汇纂》、《周易折中》	六
历史	中国史	二
周秦诸子学	择其有独见而不悖圣道者参考之	一
生物学	生物通论、生物进化论	二
心理学	普通心理学	二
体操	体操及有益之运动、兵式训练	三
以上通习		
中国文学	练习各体文字	六
英语	讲读、文法、作文	十二
以上主课		
合计		三十六

第二年

学科	程度	每星期钟点
人伦道德	同前学年	二
经学大义	《钦定春秋传说汇纂》	五
周秦诸子学	同前学年	一
教育学	教育理论及应用教育史	四
生理学	人身生理	二
心理学	应用心理学	二
体操	体操及有益之运动　兵式训练	三
以上通习		
中国文学	练习各体文字	五
英语	讲读、作文、文学史	八
德语或法语	讲读、文法、作文	四
以上主课		
合计		三十六

第三年

学科	程度	每星期钟点
人伦道德	同前学年	二
经学大义	《钦定周礼义疏》、《仪礼义疏》、《礼记义疏》	四
教育学	教育史、各科教授法、学校卫生、教授实事练习、教育法令	八
辨学	声音学大义、博言学大义	三
体操	体操及有益之运动、兵式训练	三
以上通习		
中国文学	练习各体文字	五
英语	讲读、作文、英文学	八

德语或法语	德文学或法文学	三
以上主课		
合计		三十六

以上各科目外，尚有随意科目二：曰法制，曰理财，可酌量加一科目或二科目。

第二类学科

第一年

学科	程度	每星期钟点
人伦道德	摘讲宋元明国朝诸儒学案	二
经学大义	《钦定诗义折中》、《书经传说汇纂》、《周易折中》	六
中国文学	练习各体文字	一
心理学	普通心理学	一
英语	讲读	四
生物学	生物通论、生物进化论	二
体操	体操及有益之运动、兵式训练	三
以上通习		
地理	亚细亚洲、大洋洲	五
历史	中国史、亚洲各国史、西洋史	十二
以上主课		
合计		三十六

第二年

学科	程度	每星期钟点
人伦道德	同前学年	二
经学大义	《钦定春秋传说汇纂》	五
教育学	教育理论及应用教育史	四

中国文学	同前学年	一
心理学	应用心理学	一
法制及理财	法制总论	三
英语	讲读	二
体操	体操及有益之运动、兵式训练	三
以上通习		
地理	欧罗巴洲、阿非利加洲	五
历史	中国史、亚洲各国史、西洋史	十
以上主课		
合计		三十六

第三年

学科	程度	每星期钟点
人伦道德	同前学年	二
经学大义	《钦定周礼义疏》、《仪礼义疏》、《礼记义疏》	四
教育学	教育史、各科教授法、学校卫生、教育法令、教授事实练习	八
中国文学	同前学年	一
法制及理财	民法、理财总论、生产、分配、流通、消费	三
体操	体操及有益之运动、兵式训练	三
以上通习		
地理	亚米利加洲	五
历史	中国史、亚洲各国史、西洋史	十
以上主课		
合计		三十六

以上各科目外，尚有德语为随意科目。

第三类学科

第一年

学科	程度	每星期钟点
人伦道德	摘讲宋元明国朝诸儒学案	二
经学大义	《钦定诗义折中》、《书经传说汇纂》、《周易折中》	六
中国文学	练习各体文字	一
心理学	普通心理学	一
英语	讲读	三
图画	临画、用器画、写生画	二
手工	木工	三
体操	体操及有益之运动、兵式训练	三
以上通习		
算学	代数学、几何学、三角法、微分积分初步	六
物理学	力学、物性学、实验	五
化学	化学总论、无机化学实验	四
以上主课		
合计		三十六

第二年

学科	程度	每星期钟点
人伦道德	同前学年	二
经学大义	《钦定春秋传说汇纂》	五
教育学	教育理论及应用教育史	四
中国文学	同前学年	一
心理学	应用心理学	一
手工	木工、金工	三
体操	体操及有益之运动、兵式训练	三

学科	程度	每星期钟点
以上通习		
算学	代数学、解析几何学、微分	六
物理	音学、热学、光学、气象学、实验	六
化学	无机化学、有机化学,实验	五
以上主课		
合计		三十六

第三年

学科	程度	每星期钟点
人伦道德	同前学年	二
经学大义	《钦定周礼义疏》、《仪礼义疏》、《礼记义疏》	四
教育学	教育史、各科教授法、学校卫生、教育法令、教授事实练习	八
中国文学	同前学年	一
体操	体操及有益之运动、兵式训练	三
以上通习		
算学	微分、积分	六
物理学	光学、电气学、磁气学、气象学、天文学、实验	七
化学	理论及物理化学、实验	五
以上主课		
合计		三十六

以上各科目外,尚有随意科目二:曰德语,曰生物学,可酌量加一科目或二科目。

第四类学科

第一年

学科	程度	每星期钟点
人伦道德	摘讲宋元明国朝诸儒学案	二

经学大义	《钦定诗义折中》、《书经传说汇纂》、《周易折中》	六
中国文学	练习各体文字	一
心理学	普通心理学	一
英语	讲读	三
图画	临画、用器画	二
体操	体操及有益之运动、兵式训练	三
以上通习		
植物学	外部形体学、内部形态学、实验	六
动物学	动物学各论、脊髓动物分类及比较解剖、实验	三
生理学	人身生理、哺乳类解剖、实验	六
矿物学	矿物通论、矿物物理学、矿物化学、矿物特论	三
以上主课		
合计		三十六

第二年

学科	程度	每星期钟点
人伦道德	同前学年	二
经学大义	《钦定春秋传说汇纂》	五
教育学	教育理论及应用教育史	四
中国文学	同前学年	一
心理学	应用心理学	一
图画	写生画	二
体操	体操及有益之运动、兵式训练	三
以上通习		
植物学	植物生理学、实验	五
动物学	节足动物、软身动物、蠕形动物、棘皮动物、腔肠动物、原始动物、实验	七

地学	岩石通论、岩石论	三
农学	农业泛论、实验	三
以上主课		
合计		三十六

第三年

学科	程度	每星期钟点
人伦道德	同前学年	二
经学大义	《钦定周礼义疏》、《仪礼义疏》、《礼记义疏》	四
教育学	教育史、各科教授法、学校卫生、教育法令、教授事实练习	八
中国文学	同前学年	一
体操	体操及有益之运动、兵式训练	三
以上通习		
植物学	分类学、实验	四
动物学	发生学、人类及其他脊髓动物、动物学通论、动物与外界之关系、动物学史、进化论、实验	七
地学	动力论、地史论、地文学	四
农学	重要作物论、实验、重要家畜论	三
以上主课		
合计		三十六

以上各科目外,尚有随意科目二:曰化学,曰德语,可酌量加一科目或二科目。

外国高等学堂皆有伦理一科,其讲授之书名《伦理学》,其书内亦有"实践人伦道德"字样,其宗旨亦是勉人为善;而其解说伦理,与中国不尽相同。中国学堂讲此科者,必须指定一书,阐发此理,不能无所附丽,以致泛滥无归。

查列朝学案等书，乃理学诸儒之言论行实，皆宗法孔孟，纯粹谨严，讲人伦道德者，自以此书为最善。惟止宜择其切于身心日用而其说理又明显简要中正和平者，为学生讲说，兼讲本书中诸儒本传之躬行实事，以资模楷。若其中过于精深微渺者，可从缓讲，俟入大学堂后，其愿习理学专门者，自行研究。又或有议论过，高于古人动加訾议，以及各分门户、互相攻驳者，可置不讲。讲授者，尤当发明人伦道德为各学科根本，须臾不可离之故。

经学大义有二：一 全经之纲领，一 全经之会通。讲说以简明为主，勿令学生苦其繁难。此堂所讲诸经大义，应即用《钦定八经》讲授，其说解皆正大精核，不流偏倚。讲授者务当择其最要之大义，谨遵阐发 每经大义不过数十事，不必每篇全讲，断不可好新务奇，致启驳杂支离之弊。惟经义奥博无涯，学堂晷刻有限，若欲博综精研，可俟入大学堂专门后为之。

周秦诸子皆有偏胜独到之处，亦各有驳杂害理之处。若读者胸有权衡，分别去取，则亦可以证明经义，博通学术，且文章家尤不能废。此堂第一类以中国文学为主，故列入文学课程内。至九流之外，如《素问》、《周髀》之类，皆有实学可征。西汉诸子如《孔丛子》、《淮南子》、《贾谊新书》、《刘向新序》、《说苑》之类，皆多述古义古事，文学家亦当考览。

第七节 加习科学科凡为十科：

一 人伦道德；

二 教育学；

三 教育制度；

四 教育政令机关；

五 美学；

六　实验心理学；

七　学校卫生；

八　专科教育；

九　儿童研究；

十　教育演习。

但教育演习缺之亦可。修加习科者，于此诸科目所选修，须在五科目以上，不得过少；毕业时须使呈出著述论说，以考验其研究所得如何。

第八节　加习科课程，定以一年毕业。授业时刻，俟将来增设时由本学堂酌定。

第九节　专修科选科之学科程度及授业时刻，俟将来增设时由本学堂酌定。

考录入学章第三

第一节　选录入学公共科之学生，以在初级师范学堂及官立中学堂受有毕业凭照者为合格。其私立中学堂之毕业学生，必其所学学堂之学科程度，经本省学务处验明与官立中学堂相等者，始准考录入学，但有时或须变通办理，亦可招集学业与初级师范及中学相当者详加考验，准其一体入学。此时初办，尚无初级师范学堂及中学堂之毕业生可备选录，应酌选旧有学堂之优等生入公共科学习，其公共科科目则略为变通，视旧有学堂学生最缺某种学科之学为，即增置某种学科使之补习。其旧无学堂之省份，可精选本省举贡生员之中学确有根柢、年在十八岁以上二十五岁以下者，展长其公共科年限为三年，增加其学科为完备之中等普通使之补习。

第二节　公共科学生须由本地府州县官荐举，复经本学堂考验后始行选取入学。其荐举之地方官，须出具荐举凭单、学生履历凭单、身体检查凭单、学业成绩凭单及人品考定凭单，以备考核。

第三节 公共科入学考验之科目凡六科：

一 中国文学；

二 英语；

三 算学；

四 地理；

五 历史；

六 格致。

但此时所招学生，未尝由初级师范及中学毕业，其学力多未合格，断难按此六科考验，应酌照学业成绩凭单所陈素习何学，即就所长命题考试，考毕后仍面试问答，以觇其学识气概。

第四节 已经考验准其入学之学生，须由本生邀请确实正副保人为学堂所信重者，出具保结备案。如正副保人非学堂所信重者，不准作保。又正副保人中途若有事故不能出结者，应令本生另取保人，仍出具连名保结。

第五节 已准入学之学生，须自行出具亲供甘结，言明毕业后必勉力从事教职，确尽报效国家之义务。

第六节 加习科学生，由学堂监督在分类科毕业生中选取，且须禀明本省学务处，经其核准为定。

第七节 加习科学生若有不由分类科毕业，而经本学堂监督之特许者，亦可入学，但其学力须曾在本国或外国高等学堂毕业，或多年从事教职，有相当之学识经验者。

第八节 公共科及分类科学生在学费用，均以官费支给。惟加习科学生，其由分类科毕业生选取者，仍由官给费用；其不由分类科毕业生选取者，应令本生自备学费。

毕业效力义务章第四

第一节 优级师范学堂分类科毕业生，有效力本省及全国教育职事之义务。其义务年限暂定为六年。又此六年中之前二年，经学务大臣及本省督抚指派职事，不论何地、何事，均为当尽之义务，不得规避。

第二节 毕业生有不得已事故，实不能尽教育职事之义务者，可具禀声明实在情形，经本省督抚及学务大臣核准，得豁免其效力年限。

第三节 毕业生有不尽教育职事之义务，或因事撤销教员凭照者，当酌令缴还在学时所给学费，以示惩罚。

第四节 优级师范生义务年限既毕后，如有愿入大学堂肄习专门者听。

附属学堂章第五

第一节 附属学堂之设，所以备研究普通教育之成法，以图教育进步，为各普通学堂之模范，且以资本学堂学生之实事练习。

第二节 附属学堂分为二种：一、中学，二、小学。

第三节 附属中学之年限学科，应与中学堂章程一律。附属小学应分为二类：第一类用多级编制法，第二类用单级编制法，并置初等、高等两科，使可接续中学堂学科。其入学年限及学科程度，应与初等、高等两小学一律办理；亦可斟酌时宜，附设半日小学科及小学补习科，以资研究练习。

第四节 优级师范学堂于附属中小学堂外，应附设教育博物馆，广为搜罗中国及外国之学堂建筑模型图式、学校备品、教授用具、学生成绩品、学事统计规则、教育图书等类陈列馆中，供本学堂学生考校，并任外来人观览，以期教育之普及修改。

教员管理员章第六

第一节 优级师范学堂应置各项教员、管理员如下：监督、教务长、教员、副教员、管书、庶务长、文案官、会计官、杂务官、斋务长、监学官、检察官、中学办事官、中学教员、小学办事官、小学教员。

各员门类职守，须照此分任，则条理分明，不相淆紊，方于教授管理有益。至各处情形不同，或多派一员协助，或一员兼任两事，或以董事、司事代委员，均由各省酌办。

第二节 监督统辖学内各员，主管全学教育事务。

第三节 教务长以教员中有品望、明教科理法者兼充，专稽核各学科课程、各教员教法及各学生学业。

第四节 教员掌分教各种科学，副教员、助教员教授，管书掌理一切图书仪器等项，均听命于教务长。

第五节 庶务长以通晓学务官员委充，专理堂中一切庶务。

第六节 文案掌理一切文报公牍；会计专司银钱出入；杂务管理雇用人役、堂室器物并各种杂务，均听命于庶务长。

第七节 斋务长以深通管理法人员委充，如用教员兼充尤善；专考察学生行检及学生斋舍一切事务。

第八节 监学官以教员兼充，掌稽察学生出入，考察学生勤惰及学生一切起居动作等事。检察官掌照料食宿、检视被服、注意一切卫生等事，均听命于斋务长。

第九节 中学办事官以优级师范教员兼充，承监督之命，管理附属中学堂各员一切教育事务。

第十节 中学教员掌教授附属中学堂学生，研究中学教育理法，并指导优级师范生实事练习。

第十一节 小学办事官以优级师范教员兼充，承监督之命，管理附属小学堂各员一切教育事务。

第十二节 小学堂教员掌教授附属小学堂学生，研究小学教育理法，并指导优级师范生实事练习。

第十三节 以上各管理员人数，除监督、教务长、庶务长、斋务长、中学办事官、小学办事官各定为一员，及监学须多置数员更番值宿外，余均视学生之多少，事务之繁简随时酌定。

第十四节 教务长、庶务长、斋务长遇有互相关涉之事，仍会同商酌办理。

附条 凡一切施行法、管理法，均另详专章。开办之时，应即查照办理；其有未备事宜，应随时体察考验，呈请本省学务处改订通行。

●●初级师范学堂章程

要 目

立学总义章第一

第一节 设初级师范学堂，令拟派充高等小学堂及初等小学堂两项教员者入焉；以习普通学外并讲明教授、管理之法为宗旨；以全国人民识字日多为成效；每日功课六点钟，五年毕业。

第二节 初级师范学堂为小学教员普及之基，须限定每州县必设一所。惟此时初办，可先于省城暂设一所，俟各省城优级师范学堂毕业有人，再于各州县以次添设。

第三节 初级师范学堂经费，当就各地筹款备用，师范学生无庸纳费。

第四节 各省城初级师范学堂当初办时，宜于教授完全学科外别教简易科，以应急需，俟完全学科毕业有人，简易科即酌量裁撤。

第五节 各州县于初级师范学堂尚未齐设之时，宜急设师范传习所，择省城初级师范学堂简易科毕业生之优等者，分往传习。其讲舍可借旧有书院、公所或寺院等类；其学生凡向在乡村市镇以教授蒙馆为生业而品行端谨、文理平通、年在三十以上五十以下者，无论生童，均可招集入学传习，限定十个月为期，毕业后给以准充副教员之凭照，即令在各乡村市镇开设小学，照此办法，可以速设小学，广开风气，多获教员，成就寒士，实为要举。各省学务处宜督饬地方官实力举行。俟各省城及各州县初级师范学堂毕业有人，传习所可渐次裁撤。惟传习所毕业生所教授之小学堂，未必能一一合法，将来必酌派初级师范学堂毕业生为正教员，以董率之，且改正其教授管理诸法。

第六节 初级师范学堂除完全科及简易科外，并应添设预备科及小学师范讲习所。预备科以教欲入师范学堂而普通学力未足者，使补习之；小学师范讲习科以教由传习所毕业，已出为小学堂教员、复愿入初级师范学堂学习，以求补足其学力者，及向充蒙馆塾师而并未学过普通科，亦未至传习所听受过教法者。至若蒙养院、保姆学堂，须酌量地方情形再议设置，详见专章。

第七节 初级师范学堂应设置旁听生，以便乡间老生寒儒有欲从事教育者，来学堂观听，即可便宜多开小学，而寒士亦可藉资馆地；不限额、不定功课、不给奖励，久暂来去，听其自便，惟须肃静，不得扰乱堂规，每日来堂随班听讲，本学堂宜以礼相待。

第八节 外国初级师范学堂，除男子初级师范学堂外，有女子初级师范学堂；有一师范学堂而学生分男女并教者，但中外礼俗不同，未便于公所地方设立女学，止可申明教女关系紧要之义于家庭教育之中。

第九节 初级师范学堂师范生之数，本应视本管内应入小学堂之儿童有若干班数酌定 幼童每六十人为一班，但如此则一省应需师范生之数太多，如此时户口未清，物力艰绌，可暂定省城初级师范学堂师范生以三百人为足额 学师范生可分六班，能多者更善；各州县初级师范学堂师范生以一百五十人 可分三班 为足额 如僻小州县力实不及者，尚可酌减，俟以后详细审量，渐为扩充。

学科程度章第二

第一节 初级师范完全科科目分十二科：

一 修身；

二 读经讲经；

三 中国文学；

四 教育学；

五　历史；

六　地理；

七　算学；

八　博物；

九　物理及化学；

十　习字；

十一　图画；

十二　体操。

视地方情形，尚可加外国语、农业、商业、手工之一科目或数科目。其加数科目者，系就各学生所长，各专课一科目，并非令一学生兼习数科目。

初级师范学堂，与中学堂入学学生学力相等，故学科程度亦大略相同。惟初级师范学堂着重在教育学，故特增此科，其钟点除经学外为最多，乃中学堂所无，且教幼童亦重习字，故习字列为专科。

第二节　学班视学生之人数而定，每班最多以六十人为限。

第三节　入学年限为五年，教授日数每年四十五星期，教授时刻每星期三十六点钟。

第四节　初级师范教育总要如下：

一　一切教育事宜，必应适合小学堂教员应用之教法分际。

二　变化学生气质，激发学生精神，砥砺学生志操，在充教员者最为重要之务。故教师范者，务当化导各生，养成其良善高明之性情，使不萌邪妄卑鄙之念。

三　尊君亲亲，人伦之首，立国之纲，必须常以忠孝大义训勉各生，使其趣向端正，心性纯良。

四　孔孟为中国立教之宗，师范教育务须恪遵经训，阐发要义，万不可稍悖其旨,创为异说。

五 国民之智愚贤否,实关国家之强弱盛衰。师范生将来有教育国民之重任,当激发其爱国志气,使知学成以后,必当勤学诲人,以尽报效国家之义务。

六 膺师范之任者,必当敦品养德,循礼奉法,言动威仪,足为模楷。故教师范者,宜勉各生以谨言慎行,贵庄重而戒轻佻,尚和平而忌暴戾,且须听受长上之命令训诲,以身作则,方能使学生服从。

七 身体强健,成业之基;须使学生常留意卫生,勉习体操,以强固其精力。

八 教授学科,当体认各学科教育之用意所在,且着眼今日国势民风,讲求实益。

九 讲堂教授,固贵解本题之事理,尤贵使学生于受业之际,领会教授之有法。

十 教师善于语言者,则其讲解学理,醒豁确实,启悟必多。故当教授之际,宜时使学生演述所学,以练习言语。

十一 学生造诣,不可仅以教员所授为足,尤当勖勉学生,使自行深造学识,研精技艺,勿得偷安自画,致阻学业进境。

十二 各种学科,务以官定之教科书为讲授之本。

第五节 初级师范学堂分科教法如下:

一 修身。摘讲陈宏谋五种遗规:一、《养正遗规》,二、《训俗遗规》,三、《教女遗规》,四、《从政遗规》,五、《在官法戒录》以教为吏胥者,理极纯正,语极平实。入此学堂者,年已渐长,教法宜稍恢广。所讲修身之要义,一在坚其敦尚伦常之心,一在鼓其奋发有为之气,尤当示以一身与家族、朋类、国家、世界之关系以上与中学堂同。教为师范者，须并讲教修身之次序法则，尤须勉以实践躬行，使养成为师范之品望。

二 读经讲经。学生年岁已长，故识读《春秋·左传》、《周礼》两经，以备将来学成经世之用。讲读《左传》，应用英武殿读本；讲读《周礼》，应用通行之《周官精义》其注解系就钦定《周礼义疏》择要节录，最便初学寒士。此两书既本古注，又不繁冗，最于学者相宜。讲《左传》，宜解说其大事与今日世界情形相合者；讲《周礼》，宜阐发先王制度之善，养民教民诸政之详备，与今日情形相类可效法者，但解说须简要。

讲经者，先明章指，次释文义，务须平正明显，切于实用，勿令学童苦其繁难。其详略深浅，视学生之年岁程度而定，尤不可好新务奇，创为异说，致启驳杂支离之弊。至于经义奥博无涯，学堂晷刻有限，止能讲其大义。若欲博综精研，可俟入大学堂后为之，此乃中小学堂讲经通例。

现在所定读经讲经钟点，悉用中学堂例，每星期读经六点钟，讲经三点钟，间日一讲，另有每星期温经三点钟，在自习时督课，不在表内。专读《左传》、《周礼》者，因初级师范学生系自高等小学毕业后始行入学，其经学之程度正与中学等，故应授以《左传》、《周礼》也。每日约二百字者，因每年除假期以二百四十日计算，五年应共读二十四万字：《春秋·左传》十九万八千九百四十五字，《周礼》全本四万九千五百十六字，合共二十四万八千四百六十一字。若用黄叔琳《周礼节训》读本约二万五千字，学生读用《周礼节训》本，教习讲用《周官精义》本，则不过二十一万三千余字，尚有余力温习。

三 中国文学。入初级师范学堂者，乃年已长而文理已经明通之人。然师范为教幼童而设，故须合深浅以教之。其学为文之次第：

一曰文义。文者，积字而成，用字必有来历经史子集及近人文集皆可，下字必求的解，虽本乎古，亦不骇乎今。此语似浅实深，自幼学以至名家，皆为要事。

二曰文法。文法备于古人之文，故求文法，必自讲读始；先使读经史子集中平易雅训之文，御选《古文渊鉴》最为善本，可量学堂之日力择读之如乡曲无此书，可择较为大雅之本读之，并为讲解其义法。次则近代有关系之文亦可流览，但不必熟读。

三曰作文。师范生作文，题目大小、篇幅长短，皆可不拘。惟当以清真雅正为主，一忌用僻怪字，二忌用涩口句，三忌发狂妄议论，四忌袭用报馆陈言，五忌以空言敷衍成篇。次讲中国古今文章流别、文风盛衰之要略，及文章于政事身世关系处。次讲为师范者教学童作文之次序法则。

凡教学童作文者，教字法句法入门之法有三：

一　随举一二俗字，使以文字换此俗字虚实皆可；

二　使以俗话翻成文话；

三　使以文话翻成俗话。

教篇法入门之法有三：

一　文气联贯；

二　划分段落；

三　反正分明。

引导用心之法有四：

一　空字令补实字虚字皆可；

二　谬字令改实字虚字皆可；

三 同字异用者令分析 实字虚字皆可；

四 题目相类者令用古人文调。

扩充篇幅之法有四：

一 不止说正面，兼说反面、旁面、题前、题后；

二 多分条理 谓篇中平列事理数项，句法相同，条目愈多，文气愈厚，经传诸子之文皆如此，但须有实在意义；

三 多设譬喻；

四 引证经史群书。

自然进功之法有二：

一 熟读；

二 拟古 文章乃虚灵之物，其佳否半由自悟，不能尽教；惟诵读极熟，兼常令拟古，则自能领悟进益。拟古谓古有此题此文而拟作之，或古有题无文而代补之，如《代秦报吕相书》之类。

其作文之题目，当就各学科所授各项事理及日用必需之事理出题，务取与各科学贯通发明，既可易于成篇，且能适于实用。练习官话，即用《圣谕广训》直解，以便教授学童，使全国人民语言合一。

四 教育。先讲教育史，当讲明中国、外国教育之源流，及中国教育家之绪论，外国著名纯正教育家之传记，使识其取义立法之要略。但外国历代教育家立说，亦颇不同，如有持论偏谬易滋流弊者，万万不可涉及。

次讲教育原理，当讲明心理学之大要，及中国现在教育之宗旨及德育智育之要义，并讲辨学 日本名论理学 及教授法之大要。

次讲教育法令及学校管理法，当据现定之教育法令、规则，讲学校建置、编制、管理、卫生、筹计经费等事宜，兼讲关系地方治理之大要。

次则实事授业,当使该师范学生于附属小学堂练习教育幼童之法则。盖初级师范学堂,在解说小学教育之理法不可过驰高远,以实能应用为主。其在附属小学堂实事授业,则以次使师范学生教授幼童;而师范各科教员及附属小学堂之堂长与教员,务须会同督率师范生监视其授业,品评其当否,且时自教授之以示模范。

五 历史。先讲中国史,当专举历代帝王之大事,陈述本朝列圣之善政德泽暨中国百年以内之大事。次则讲古今忠良贤哲之事迹,以及学术技艺之隆替,武备之张弛,政治之沿革,农工商业之进境,风俗之变迁等事。次讲亚洲各国史,先就日本、朝鲜、安南、暹罗、缅甸、印度、波斯、中亚细亚诸小国,讲其事实沿革之大略。宜详于日本及朝鲜、安南、暹罗、缅甸而略于余国;详于近代而略于远年;五十年以内之事,尤宜加详;说近世事者十之九,说古事者十之一,并示以今日西力东侵、东方诸国之危局。次讲欧洲、美洲史,宜就欧美诸国讲其古今历史中重要事宜 上古不必多讲;详于大国而略于小国;详于近代而略于远年;五十年以内之事尤当加详,说近世事者十之九;说古事者十之一。次讲为师范者教历史之次序法则。

凡教历史者,注意在发明实事之关系,辨文化之由来,使得省悟强弱兴亡之故,以振发国民之志气。

六 地理。先讲地理总论,次及中国地理,使知地球外面形状、气候、人种及人民生计等事之大概,及中国地理之大要,兼使描地图。次讲外国地理,使知亚洲、欧洲、美洲、非洲、大洋洲 指澳大利亚及太平洋各岛 诸国地势。次讲地文学,使知地球与天体之关系,并地球结构及水陆气象之要略 外国谓风云霜雪雷电等物为气象。次讲为师范者教地理之次序法则。

凡教地理者，在使知大地与人类之关系；其讲外国地理，须尤详于与中国有重要关系之地理，且务须发明中国与列国相较之分际，养成其爱国心性志气；其讲地文，须就中国之事实教之。

七 算学。先讲算术 外国以数学为各种算法总称，亦犹中国御制数理精蕴定名为数之意，而其中以实数计算者谓之算术，其余则为代数、几何、三角。几何又谓之形学；三角又谓之八线。其笔算讲加减乘除、分数、小数、比例、百分算，以至开平方、开立方而止，其珠算则但讲加减乘除而止。次讲簿记之学，使知诸帐簿之用法及各种计算表之制式。次讲平面几何及立体几何初步，兼讲代数。次讲为师范者教算术及几何代数之次序方法。

凡教算学者，其讲算术，解说务须详明，立法务须简捷，兼详运算之理，并使习熟于速算；其讲代数，贵能简明解释数理之问题；其讲几何，须详于论理，使得应用于测量求积等法之实际。

八 博物。其植物，当讲形体构造、生理、分类、功用；其动物，当讲形体构造、生理、习性、特质、分类、功用；其人身生理，当讲身体内外之部位、知觉运动之机关及卫生之重要事宜；其矿物，当讲重要矿物之形象、性质、功用、现出法、鉴识法之要略。次讲为师范者教博物之次序法则。

凡教博物者，在据实物标本得真确之知识，使适于日用生计及各项实业之用；尤当细审植物、动物相互之关系，及植物、动物与人生之关系。

九 物理及化学。讲理化之义，在知物质自然之形象，并其运用变化之法则及与人生之关系，以备他日讲求农工商实业及理财之源。其物理，先讲物理学总纲，次及力学、音学、热学、光学、电气、磁气；化学先讲无机化学中重要之诸元质及其化合物，再进则讲有机化学之初步及有关实用重要之有机物。次讲为师范者教物理学、化学之次序法则。

凡教理化者，在本诸实验得真确之知识，使适于日用生计及实业之用。

十　习字。先教楷书，次教行书，次教小篆。师范本为教幼童，故习字列为专科。此堂学生乃年长而小学毕业之人，楷书自必能作，故学行书、小篆为急。次讲为师范者，教习字之次序法则。

凡教初学写字者有六忌：一、忌草率；二、忌软弱 运笔迅速则无软弱之弊；三、忌欹斜；四、忌不洁；五、忌松散；六、忌奇怪。但以字形端正、笔画洁净为主，楷书、行书均以敏速为贵，方于应事有益。篆书亦不宜迟，迟则不佳，兼使练习速写细字，且习熟书写讲堂黑板，此皆为有裨实用计。

后三年兼学小篆书者，欲令师范生粗识篆字，以为解六书通经训之初基，免致教授学童经书时多写俗别之字，妄造讹谬之解，与外国学堂习拉丁文同意。欲习行书、篆书，取石刻本四体《千字文》学之即可 元人学书即写赵书四体《千字文》，即将赵书四体《千字文》照出，石印成本，或令时人写四体《千字文》一卷石印均可，事甚易为，而篆与行皆备矣，不必秦汉古碑也。并可于写篆字时就便讲说文提要，每次讲部首数字，使略知作字之义 此书止有部首五百四十字，甚为简明，不过十余叶，湖北官局有刻本，此皆为实用计。至于书法，乃专门之艺。无论真草隶篆，秘诀妙旨，罄牍难穷，听有志书家者自为之，非学堂教习之事也。

十一 图画。先就实物模型图谱教自在画,俾得练习意匠,兼讲用器画之大要,以备他日绘画地图、机器及讲求各项实业之初基。次讲为师范者教图画之次序法则。

凡教图画者,以位置形状浓淡得宜为主,时使学生以自己之意匠为图稿,并应便宜授以渲染彩色之法。

十二 体操。中学堂以上体操宜讲实用。其普通体操,先教准备法、矫正术、徒手哑铃等体操,再进则教以球竿棍棒等体操。其兵式体操,先教单人,教练柔软体操、小队教练及器械体操,再进则更教中队教练、枪剑术、野外演习及兵学大意。次讲为师范者教体操之次序法则。

凡教体操者,务使规律肃静,体势整齐,意气充实,运动灵活,并可视地方之情形,若系水乡,并应使练习水泳。师范生之体操以兵式体操为主。

十三 外国语。外国语一门,当就地方情形酌加,须在原列各课钟点之外,不占原课时刻乃可。习外国语之要义,在娴习普通之东语、英语及俄法德语。英语为尤要,使得临事应用,增进智能。当先讲习读法、译解、文法、会话及习字,再进而兼及修辞作文。次讲为师范者教外国语之次序法则。

凡教外国语者,务须正发音、审读法,使学生以中国语译解回讲,又时使翻译书文。

十四 农业。以下农工商三门,皆当就地方情形酌加。习农业者,先讲土壤、水利、肥料、农具、耕耘、栽培等事;次讲养蚕、养畜兼及农家经济之大要;次讲为师范者教农业之次序法则。

教农业者,以其地方合用为主,使于农业练习场实习之,必须发明农事之关系,鼓舞实业之兴趣,并应相土地之情形,斟酌农业之程度，授以有关山林水产等项事宜。

十五　商业。先讲商业理财之大要，次则据一切商业之习用法令，讲凡关于商店、公司、买卖、银根、运送、保险等事，再进则讲重要之商品及商用之文字、商用之簿记。次讲为师范者教商业之次序法则。

凡教商业者，必须令其考中外之商情，察远近之市价，专在切于当时、宜于当地之商业留意，并应便宜使实习营业之规法。

十六　手工。先教竹木细工，次及普通金属细工，更教纸制细工、黏土细工之大要。次讲为师范者教手工之次序法则。

凡教手工者，贵精致而戒粗率，必须发明手工之关系利益，鼓舞学艺之兴趣，所用模本，须取其切合该地方者，兼使知材料之品类等差，保存用具之方法。

第六节　各科目程度及每星期时刻表如下：

第一年

学科	程度	每星期点钟
修身	摘讲陈宏谋《五种遗规》、读古诗歌	一
教育	教育史	四
读经讲经	《春秋·左传》每日约二百字	九
中国文学	读文、作文、习官话	三
历史	中国史	三
地理	地理总论、亚洲总论、中国地理	二
算学	算术	三
理化	物理	二
博物	植物、动物	二
习字	楷书	三

图画	自在画、用器画	二
体操	普通体操、兵式体操	二
合计		三十六

以上各科目外，酌量地方情形，尚可授外国语、农业、商业、手工之一二科目。

第二年

学科	程度	每星期点钟
修身	同前学年	一
教育	教育原理	六
读经讲经	同前学年	九
中国文学	同前学年	二
历史	中国史、亚洲各国史	三
地理	中国地理	二
算学	算术、几何、簿记	三
理化	物理、化学	二
博物	同前学年	二
习字	行书	二
图画	同前学年	二
体操	同前学年	二
合计		三十六

第三年

学科	程度	每星期点钟
修身	同前学年	一
教育	教授法	八
读经讲经	同前学年	九
中国文学	同前学年	二

历史	中国本朝史、亚洲各国史	三
地理	外国地理	二
算学	几何、代数	三
理化	续前学年,兼讲教授理化之次序法则	二
博物	人身生理,矿物,兼讲教授博物之次序法则	二
习字	行书及小篆	一
图画	自在画,兼讲教授图画之次序法则	一
体操	同前学年	二
合计		三十六

第四年

学科	程度	每星期点钟
修身	同前学年	一
教育	教育法令、学校管理法、实事授业	十四
读经讲经	同前学年	九
中国文学	同前学年	一
历史	东西洋各国史、兼讲教授历史之次序方法	一
地理	同前学年	二
算学	同年前学	三
理化	化学,兼讲教授理化之次序法则	一
习字	同前学年	一
图画	同前学年	一
体操	同前学年	二
合计		三十六

第五年

学科	程度	每星期点钟
修身	同前学年,兼讲教授修身之次序法则	一

教育	同前学年	十五
读经讲经	《周礼节训本》每日约二百字	九
中国文学	中国历代文章名家大略，兼讲教授作文、读书之次序法则，习官话	二
历史	同前学年	一
地理	地文学，兼讲教授地理之次序法则	一
算学	代数，兼讲教授算学之次序法则	三
习字	同前学年，兼讲教授习字之次序法则	一
图画	同前学年	一
体操	同前学年，兼讲教授体操之次序法则	二
合计		三十六

初级师范学堂读古诗歌法 与中小学同

外国中小学堂皆有唱歌音乐一门功课，本古人弦歌学道之意。惟中国雅乐久微，势难仿照。然考王文成《训蒙教约》，以歌诗为涵养之方，学中每日轮班歌诗；吕新吾《社学要略》，每日遇童子倦怠之时，歌诗一章，择浅近能感发者令歌之。今师其意，以读有益风化之古诗歌列入功课。

初等小学堂读古诗歌，须择古歌谣及古人五言绝句之理正词婉能感发人者，惟只可读三四五言，句法万不可长，每首字数尤不可多。遇闲暇放学时，即令其吟诵，以养其性情，且舒其肺气，但万不可读律诗。

高等小学堂读古诗歌七五言均可。

高等小学仍宜短篇，中学篇幅长短不拘，亦须择其词旨雅正而音节谐和者，其有益于学生与小学同，但万不可读律诗。

学堂内万不宜作诗，以免多占时刻。诵读既多，必然能作，遏之不可，不待教也。

小学、中学所读之诗歌,可相学生之年齿,选取通行之《古诗源》、《古谣谚》两书,并郭茂倩《乐府诗集》中之雅正铿锵者 其轻佻不庄者勿读 及李白、孟郊、白居易、张籍、杨维桢、李东阳、尤侗诸人之乐府,暨其它名家集中之乐府,有益风化者读之。又如唐宋人之七言绝句、词义兼美者,皆协律可歌,亦可授读,皆有合于古人诗言志律和声之旨,即可通于外国学堂唱歌作乐、和性忘劳之用。

第七节 简易科之学科程度如下:

学科	程度	每星期点钟
修身	摘讲陈宏谋《五种遗规》	二
教育	讲教育原理、教授法、管理法、教育制度,其教授管理须加详授且使于附属小学堂实事授业以练习之	十二
中国文学	读平易雅驯古文,作日用书牍记事文论说文,兼习官话	二
历史	讲中外历史之大略	三
地理	讲中外地理之大略	二
算学	讲加减乘除、分数、小数、比例、开方	六
格致	讲理化示教,博物示教	三
图画	讲自在画及用器画之大要	二
体操	讲普通体操、兵式体操	四
合计		三十六

简易科即外国之速成科。

考录入学章第三

第一节 外国选录师范学生,大致为高等小学四年毕业者。此时初创,各学未齐,暂时应就现有之贡廪增附生及文理优长之监生内考取。

第二节 省城初级师范学堂学生,须选本省内各州县之贡廪增附监生;州县初级师范学堂学生,须选本州县内之贡廪增附监生。

第三节 选初级师范学生入学之定格,须取品行端谨、文理优通、身体健全者。

第四节 考取初级师范学生,专以中国文理优通为主。文理为百事之根,他项学问即使全然不解,自可于入堂后按课学之,不在乎粗通算学、西文一知半解也。若文理未通,此堂所讲中国文,皆止浅近功夫,该生入堂后必无暇自行研求深造,则永远不能读中国之书,又焉能教人乎?初基既坏,谬种流传,将使此等师范生所教各学堂无一人能通中国文理者,为害不可救药矣!故考选初级师范学生者,尤宜深知此意。

第五节 初级师范学生入学年龄,完全科生须年在十八岁以上、二十五岁以下者;简易科生须年在二十五岁以上、三十岁以下者。

第六节 初级师范学生初入学之四月以内,谓之试学。须在此四月以内,细察其资性品行,实在相宜者,始准留学。惟已经于师范学堂预备科毕业者,不在此例。

第七节 初级师范学堂许设私费生 谓自备资斧入学者,惟其额数,须视本学堂情形酌定,且须经地方官长允准方可。

毕业效力义务章第四

第一节 省城初级师范学堂毕业生,应有从事本省各州县小学堂教员之义务;州县初级师范学堂毕业生,应有从事本州县各小学堂教员之义务。

第二节 从事教员之义务年限,由官费毕业者,本科生六年,简易科生三年;由私费毕业者,本科生三年,简易科生二年。此年限内,不准私自应聘他往并营谋他事。义务限满,视其尽心无过者奖给官职。如满年限后仍愿充当教员者尤善;除奖叙外,自应准其续充。如更充当年久,积有资劳者,从优奖励 教员奖励规则另详。

按日本教员义务年限,凡官费生毕业,本科生十年,简易科生六年,期限颇长。上所定年限,系暂时,酌拟将来如科举停罢,各学齐设,当再酌增。

第三节 省城初级师范学堂毕业生,在义务年限内,苟因教育之事别有变通,由本省督抚派往外省;州县初级师范学堂毕业生,在义务年限内,由本省督抚派往外省,或派往本省他州县,均仍以克尽教职之义务论。

第四节 初级师范学堂毕业生,如有不得已事故,实不能尽效力义务者,由州县官查明,禀奉本省督抚允准,可豁免其效力年限。

第五节 初级师范学堂毕业后,如有不肯尽教职之义务,或因事撤销教员凭照者,当勒缴在学时所给学费,其数多少,临时酌定。

第六节 初级师范生义务年限既毕后,如有愿入优级师范及高等学堂者听。

屋场图书器具章第五

第一节 学堂建设之地,其面积必须与学堂规模相称,且须择其所坐落地方之水土、邻近人家之风俗,于道德卫生均无妨害者。

第二节 学堂内当按学科之门类,备设诸堂室如下:一、通用讲堂;二、物理、化学、博物、图画等专用讲堂;三、商业实习室、手工实习场;四、图书室、器具室;五、礼堂;六、管理员室及其余必需诸室。

第三节 学堂设农业科者,当别择便宜之地设农业练习场。

第四节 学堂内应设体操场,分为屋内、屋外二式。

第五节 学堂内应分设学生自习室、寝室,以便于管理稽察为准。其他监学室、会食堂、盥所、浴所、养病所、厕所、应接所,均宜全备。

第六节 学堂应备几案、椅凳、黑板,必须深合法度者。

第七节 凡教授物理学、化学、地理学、算学、图画、体操、农业、商业、手工等所用器具、标本、模型、图画等,均宜全备,且须取合于教授初级师范生学科之程度者。

第八节 图画当备可供教科用者,兼须备可供参考用者。

第九节 初级师范学堂当设附属小学堂,以便初级师范生为实事授业。

教员管理员章第六

第一节 初级师范学堂应置各项教员、管理员如下:监督,教员,副教员,监学,附属小学办事官,小学教员,庶务员。

第二节 监督统辖各员主持全学事务。

第三节 教员掌教育学生,副教员助教员之职务。

第四节 监学以教员或副教员兼充,掌学生斋舍事务,仍禀承于监督。

第五节 小学办事官以教员兼充,管理附属小学堂教育事务,仍禀承于监督。

第六节 小学教员掌教授附属小学堂之学生,并指导初级师范生实事练习。

第七节 庶务员管理收支及一切庶务,仍禀承于监督。

第八节 以上各管理员,除监督及小学办事官各定为一员外,其监学须多置数员,以便更番值宿。余均视该堂学生之多少、事务之繁简,随时酌定。

附条:此外一切施行法及管理法,均另详专章。开办之时,自宜查照办理。其有未备事宜,应随时考验体察,呈明本省学务处改订通行。

●●实业教员讲习所章程

要 目

立学总义章第一

第一节 设实业教员讲习所，令中学堂或初级师范学堂毕业生入焉；以教成各实业学堂及实业补习普通学堂、艺徒学堂之教员为宗旨；以各种实业师不外求为成效；每星期钟点临时酌定，毕业年限视学科为差。

第二节 实业教员讲习所分为农业教员讲习所、商业教员讲习所、工业教员讲习所三种。

第三节 实业教员讲习所应附设于农工商大学或高等农工商业学堂之内。但此时甫经创办，农工商大学及高等农工商业学堂势尚有待；各行省应暂特设一所，养成实业教员，以为扩张实业学堂之基。

第四节 讲习所学生额数，每年由各省学务处体察本地情形酌定。

学科程度章第二

第一节 农业教员讲习所、商业教员讲习所之学习年数，以二年为限；工业教员讲习所之完全科学习年数，以三年为限；简易科学习年数，以一年为限。

第二节 各教员讲习所学科如下：

农业教员讲习所科目凡二十三：

一 人伦道德，

二 算学及测量术，

三 气象学，

四 农业泛论，

五 农业化学，

六 农具学，

七 土壤学，

八 肥料学，

九 耕种学，

十 畜产学，

十一 园艺学，

十二 昆虫学，

十三 养蚕学，

十四 兽医学，

十五 水产学，

十六 森林学，

十七 农产制造学，

十八 农业理财学，

十九 实习，

二十 英语，

二十一 教育学，

二十二 教授法，

二十三 体操。

商业教员讲习所科目凡十五：

一 人伦道德，

二 应用化学，

三 应用物理学，

四 商业作文，

五 商业算术，

六 商业地理，

七 商业历史，

八 簿记，

九 商品学，

十 商业理财学，

十一 商业实践，

十二 英语，

十三 教育学，

十四 教授法，

十五 体操。

工业教员讲习所置完全科及简易科。完全科分为六科：一、金工科，二、木工科，三、染织科，四、窑业科，五、应用化学科，六、工业图样科；简易科亦分为六科：一、金工科，二、木工科，三、染色科，四、机织科，五、陶器科，六、漆工科。

完全科之科目如下：

金工科之科目凡十七：

一 人伦道德，

二 算学，

三 物理，

四　图画，

五　无机化学，

六　应用力学，

七　工场用具及制造法，

八　工业理财学，

九　工业卫生学，

十　电气工学大意，

十一　发动机，

十二　机器制图，

十三　实习，

十四　英语，

十五　教育学，

十六　教授法，

十七　体操。

木工科之科目凡十九：

一　人伦道德，

二　算学，

三　物理，

四　图画，

五　无机化学，

六　应用力学，

七　工场用具及制作法，

八　工业理财学，

九　工业卫生学，

十　构造用材料，

十一　家具及建筑流派，

十二　房屋构造，

十三　卫生建筑，

十四　制图及意匠，

十五　实习，

十六　英语，

十七　教育学，

十八　教授法，

十九　体操。

染织科之科目凡十八：

一　人伦道德，

二　算学，

三　物理，

四　化学，

五　图画，

六　一切应用化学，

七　应用机器学，

八　定性分析，

九　工业分析，

十　机器制图，

十一　工业理财学，

十二　工业卫生学，

十三　染色配色机织及意匠，

十四　实习，

十五　英语，

十六 教育学，

十七 教授法，

十八 体操。

窑业科之科目凡十八：

一 人伦道德，

二 算学，

三 物理学，

四 化学，

五 图画，

六 一切应用化学，

七 应用机器学，

八 定性分析，

九 工业分析，

十 机器制图，

十一 工业理财学，

十二 工业卫生学，

十三 窑业品制造，

十四 实习，

十五 英语，

十六 教育学，

十七 教授法，

十八 体操。

应用化学科之科目凡十八：

一 人伦道德，

二 算学，

三 物理，

四 化学，

五 图画，

六 一切应用化学、机器学，

七 定性分析，

八 定量分析，

九 机器制图，

十 工业理财学，

十一 工业卫生学，

十二 特别应用化学，

十三 电铸及电镀，

十四 实习，

十五 英语，

十六 教育学，

十七 教授法，

十八 体操。

工业图样科之科目凡十四：

一 人伦道德，

二 算学，

三 物理，

四 化学，

五 图画，

六 工业理财学，

七 工业卫生学，

八 图样材料，

九 机器制图，

十 实习，

十一 英语，

十二 教育学，

十三 教授法，

十四 体操。

简易科之科目如下

金工科之科目凡九：

一 人伦道德，

二 算术，

三 格致，

四 图画，

五 工场用具及制作法，

六 机器大意，

七 实习，

八 教授法，

九 体操。

木工科之科目凡十：

一 人伦道德，

二 算术，

三 格致，

四 图画，

五 工场用具及制作法，

六 房屋构造大意，

七 构造用材料，

八 实习，

九 教授法，

十 体操。

染色科之科目凡八：

一 人伦道德，

二 算术，

三 格致，

四 图画，

五 染色大意，

六 实习，

七 教授法，

八 体操。

机器科之科目凡八：

一 人伦道德，

二 算术，

三 格致，

四 图画，

五 机器大意，

六 实习，

七 教授法，

八 体操。

陶器科之科目凡八：

一 人伦道德，

二 算术，

三 格致，

四 图画，

五 陶器制造大意，

六 实习，

七 教授法，

八 体操。

漆工科之科目凡八：

一 人伦道德，

二 算术，

三 格致，

四 图画，

五 漆器制造大意，

六 实习，

七 教授法，

八 体操。

入学资序章第三

第一节 各讲习所入学之讲习生，须在十七岁以上，在初级师范学堂、中学堂或与同等以上之实业学堂毕业者，始为合格。此时初办，难得此等合格学生，应酌量变通，选学生年十七岁以上、二十五岁以下文理明通者，先补习一年普通学科，再入正科学习。其工业教员讲习所简易科学生，例应取毕业艺徒学堂及高等小学堂，或有以上同等之学力者。但若有年龄在二十岁以上、三十岁以下、粗通文理书算、果于其所志科目之工业已从事三年者，亦可选录入学。

第二节 学生有已在师范学堂毕业者，其教育学无庸重课。

第三节 各学生在学一切费用，均由官为筹给。

毕业效力义务章第四

第一节 讲习所学生毕业后，其当尽效力义务，应听学务大臣及本省督抚之指派，实力从事教育；其义务年数以六年为限。

第二节 各讲习所内宜附设实业补习普通学堂，使讲习所学生练习实地授业之法。

第三节 学生或无故半途退学，及毕业后任意规避效力之义务，应由官将前给学费勒令一律缴还。

第四节 凡讲习所附设在某学堂者，即由某学堂监督兼管之；若系特设者，当别派管理员管理之。

●●高等农工商实业学堂章程

要 目

屋场图书器具章第十二

高等农业学堂立学总义章第一

第一节 设高等农业学堂,令已习普通中学之毕业学生入焉;以授高等农业学艺,使将来能经理公私农务产业,并可充各农业学堂之教员、管理员为宗旨;以国无惰农、地少弃材、虽有水旱不为大害为成效;每星期三十六点钟,预科一年毕业,农学四年毕业,森林学、兽医学、土木工学三年毕业。

第二节 下章所载各种学科,系就农业中应备之科目分门罗列,听各省因地制宜,择其合于本地方情形者酌量设置,不必全备。

高等农业学堂学科程度章第二

第一节 高等农业学堂分为预科、本科。

第二节 预科之科目凡十:

一 人伦道德,

二 中国文学,

三 外国语 英语,愿入农学科者兼习德语,

四 算学 代数、几何、三角,

五 动物学,

六 植物学,

七 物理学,

八 化学,

九 图画,

十 体操。

第三节 本科分为三科:

一 农学科，

二 森林学科，

三 兽医学科。

若在殖民垦荒之地，更可设土木工学科。

农学科之科目凡二十一：

一 农学，

二 园艺学，

三 化学及农艺化学，

四 植物病理学，

五 昆虫学及养蚕学，

六 畜产学，

七 兽医学大意，

八 水产学大意，

九 地质学及岩石学，

十 土壤学，

十一 肥料学，

十二 算学，

十三 测量学，

十四 农业工学，

十五 物理学，

十六 气象学，

十七 理财原论，

十八 农业理财学，

十九 农政学，

二十 殖民学，

二十一 体操。

以上各科目外,尚有实习农业之科目,凡二十有五:

一 耕牛马使役法,

二 农具使用法,

三 家畜饲养法,

四 肥料制造法,

五 干草法,

六 农用手工,

七 农具构造,

八 养蚕法,

九 排水及开垦法,

十 制麻法,

十一 制丝法,

十二 制茶法,

十三 榨乳法,

十四 牛酪制造法,

十五 养蜂法,

十六 各种制糖法 如萝卜、蜀秫等类,

十七 炼乳制造法,

十八 干酪制造法,

十九 粉乳制造法,

二十 蔬菜果实干燥法,

二十一 罐藏法,

二十二 制靛法,

二十三 淀粉制造法,

二十四　酱油制造法，

二十五　酿造法。

森林学科之科目凡三十：

一　物理学，

二　化学，

三　气象学，

四　地质学，

五　土壤学，

六　动物学，

七　植物学，

八　森林测量术，

九　图画，

十　森林数学，

十一　造林学，

十二　森林利用学，

十三　林产制造学，

十四　森林经理学，

十五　森林保护学，

十六　森林管理，

十七　森林道路，

十八　理财学，

十九　法律大意，

二十　森林法，

二十一　林政学，

二十二　农学大意，

二十三　财政学，

二十四　畋猎学，

二十五　殖民学，

二十六　森林测量实习，

二十七　造林实习，

二十八　林产制造实习，

二十九　森林经理实习，

三十　体操。

兽医学之科目凡三十二：

一　化学，

二　生理学，

三　药物学，

四　蹄铁法，

五　蹄病论，

六　病理通论，

七　内科学，

八　外科学，

九　外科手术学，

十　寄生动物学，

十一　病体解剖学，

十二　动物疫论，

十三　兽医警察法，

十四　胎生学，

十五　产科学，

十六　眼科学，

十七　马学，

十八　卫生学，

十九　霉菌学，

二十　畜产学，

二十一　家畜饲养论，

二十二　乳肉检查法，

二十三　农学大意，

二十四　蹄铁法实习，

二十五　家畜管理实习，

二十六　外科手术实习，

二十七　家畜病院实习，

二十八　内外诊察实习，

二十九　调剂法实习，

三十　乳肉检查实习，

三十一　牧场实习及植物采集，

三十二　体操。

土木工学科之科目凡二十一：

一　测量法，

二　微分积分大意，

三　物理学，

四　化学，

五　制图及建筑材料，

六　应用重学，

七　道路修造法，

八　桥梁建造法，

九　铁路建造法，

十　石工造屋法，

十一　水利工学，

十二　农业工学，

十三　卫生工学，

十四　器械运用法，

十五　工业理财学，

十六　农业理财学，

十七　殖民学，

十八　土木法规及农事法规，

十九　测量实习，

二十　工事设计实习，

二十一　体操。

以上各种学科，并非限定一学堂内全设，可斟酌地方情形，由各学科中选择合宜之数科设之。

第四节　讲学课目、分年学级及每日教授时刻表，由该学堂监督、教员临时酌定。

第五节　凡边境屯田省份所设置之高等农业学堂，其学生有愿为管领屯田兵之将弁者，毕业后可入将弁学堂学习一年。

第六节　本地乡村农民，有欲入高等农业学堂之农场学习农事者，准其入场学习，称为传习农夫；须选年十八岁以上、确系品行端正、身体强健、略知书算如不能笔算，通珠算亦可、而又能六个月间无事故牵累、能终其业、并延村邻有产业者为之具保，始准入学。

传习农夫学习之科目，为农科种艺、畜牧、农产制造，但亦可择习其一科目或数科目。

高等工业学堂立学总义章第三

第一节 设高等工业学堂，令已习普通中学之毕业学生入焉；以授高等工业之学理技术，使将来可经理公私工业事务及各局厂工师，并可充各工业学堂之管理员、教员为宗旨；以全国工业振兴、器物精良、出口外销货品日益增多为成效；每星期三十六点钟，三年毕业。

第二节 下章所载各种学科，系就工业中应备之科目分门罗列，听各省因地制宜，择其合于本地方情形者酌量设置，不必全备。

高等工业学堂学科程度章第四

第一节 高等工业学堂分为十三科：

一 应用化学科，

二 染色科，

三 机织科，

四 建筑科，

五 窑业科，

六 机器科，

七 电器科，

八 电气化学科，

九 土木科，

十 矿业科，

十一 造船科，

十二 漆工科，

十三 图稿绘画科。

第二节　各学科之科目如下：

应用化学科之科目凡五：

一、制造用机器学，二、冶金学，三、特别应用化学，四、电气化学，五、工场实习及实验。

染色科之科目凡四：一、染色学，二、机织及组织，三、织物整理，四、工场实习及实验。

机织科之科目凡六：一、应用力学，二、机织及组织 如织丝、织棉、织麻、织草、织毛羽等法，应择土地所宜者先学，三、染色学，四、织物整理，五、纺绩，六、工场实习及实验。

建筑科之科目凡七：一、应用力学，二、房屋构造法，三、工场用具及制作法，四、建筑沿革，五、施工法，六、配景法，七、制图及绘画法。

窑业科之科目凡五：一、应用地质学，二、陶瓷器制作法，三、玻璃制作法，四、塞门土制作法，五、工场实习及实验。

机器科之科目凡七：一、工作法，二、铁钢论，三、应用力学，四、电气工学，五、制造用机器，六、发动机，七、工场实习及实验。

电气科之科目凡六：一、电气磁气，二、工作法，三、应用力学，四、电气工学，五、发动机，六、工场实习及实验。

电气化学科之科目凡六：一、电气磁气，二、电气工学，三、冶金学，四、特别应用化学，五、电气化学，六、工场实习及实验。

土木科之科目凡七：一、测量学，二、河海工，三、道路铁路，四、桥梁，五、施工法，六、制图，七、工场实习及实验。

矿业科之科目凡八：一、地质学，二、采矿学，三、冶金学，四、试金法，五、应用力学，六、发动机，七、测量制图及坑内演习，八、工场实习及实验。

造船科之科目凡六：一、应用力学，二、工场用具及制作法，三、造船学，四、发动机，五、造船制图，六、工场实习及实验。

漆工科之科目凡四：一、漆器制造法，二、工艺史，三、绘画，四、工场实习及实验。

图稿绘画科之科目凡七：一、图稿法，二、配景法，三、绘画，四、工艺史，五、应用解剖，六、用器画，七、工场实习及图稿实习。

以上为各学科之专门科目。此外尚有各学科之普通科目凡十五：一、人伦道德，二、算学，三、物理，四、化学，五、一切应用化学，六、应用机器学，七、图画，八、机器制图，九、理化学实验，十、工业法规，十一、工业卫生，十二、工业簿记，十三、工业建筑，十四、英语，十五、体操。当按年匀配各学科中。

以上各种学科，并非限定一学堂内全设，可斟酌地方情形，由各学科中选择合宜之数科设之。

第三节 讲堂课目、分年学级及每日教授时刻表，由学堂监督、教员临时酌定。

第四节 学生毕业之后，欲出从事各制造所或自营实业者，尚须受本学堂之监督一年，以便请业请益。

高等商业学堂立学总义章第五

第一节 设高等商业学堂，令普通中学之毕业学生入焉；以施高等商业教育，使通知本国外国之商事商情，及关于商业之学术、法律，将来可经理公私商务及会计，并可充各商业学堂之管理员、教员为宗旨；以全国商业振兴、贸易繁盛、足增国力而杜漏卮为成效；每星期三十六点钟，预科一年毕业，本科三年毕业。

高等商业学堂学科程度章第六

第一节 高等商业学堂分为预科、本科。

第二节 预科之科目凡十：一、商业道德，二、书法，三、作文，四、算学，五、簿记，六、应用物理学，七、应用化学，八、法学通论，九、外国语，十、体操。

第三节 本科之科目凡十八：一、商业道德，二、商业文，三、商业算术，四、商业地理，五、商业历史，六、簿记，七、机器工学，八、商品学，九、理财学，十、财政学，十一、统计学，十二、民法，十三、商法，十四、交涉法，十五、外国语，十六、商业学，十七、商业实践，十八、体操。

第四节 讲堂课目、分年学级及每日教授时刻表，由学堂监督、教员临时酌定。

高等商船学堂立学总义章第七

第一节 设高等商船学堂，令已习普通中学之毕业生入焉；以授高等航海机关之学术技艺，使可充高等管驾船舶之管理员，并可充各商船学堂之管理员、教员为宗旨；以轮船管驾司机各业不必借才外国为成效；每星期三十四点钟，末年钟点临时酌定；航海科五年半毕业，机轮科五年毕业。

高等商船学堂学科程度章第八

第一节 高等商船学堂分设二科：一、航海科，二、机轮科。

航海科之科目凡二十有五：

一 人伦道德，

二 中国文学，

三 外国语 英语通学，俄法德日本朝鲜语兼习，

四 算学，

五 物理学，

六 化学，

七 商船运用术，

八 商业学，

九 商业地理，

十 法学通论，

十一 商法，

十二 航海术，

十三 海上气象学，

十四 水路测量术，

十五 造船学，

十六 机轮术大意，

十七 船内卫生法，

十八 救急医术，

十九 理财学，

二十 商船法规，

二十一 海事法规，

二十二 炮术学，

二十三 兵式体操，

二十四 炮术实习，

二十五 航海实习。

机轮科之科目凡十有四：

一 人伦道德，

二 中国文学，

三 外国语 英语通学，俄法德日本朝鲜语兼习其一，

四 算学，

五 物理学，

六 力学，

七 化学，

八 汽机术，

九 汽炉术，

十 制图，

十一 电气工学，

十二 救急医术，

十三 工术实习，

十四 机轮运转实习。

第二节 讲堂课目、分年学级及每日之教授时刻表，由学堂监督、教员临时酌定。

第三节 高等商船学堂学生，其在学中或毕业后有欲为海军之将弁者，毕业后可入海军学堂学习一年。

计年入学章第九

第一节 入高等各实业学堂之学生，必其已毕业官立、公立、自立中学堂，并经该学堂监督出具保结，证明其品行端谨、学力优等、身体强健者，可不须考验而使入学。其有志愿入学自行投考者，则须年在十八岁以上、经本学堂监督考验、实系身体强健、品行端谨、学力与中学同等者，始准入学。但此时创办，难得此合格之学生，应变

通选年十八岁以上、二十二岁以下、品行端正、身体强健、文理明达者，先补习中等普通学二年，再升高等各实业学堂。

教员管理员章第十

第一节　高等各实业学堂，当按各学科目及授业时刻若干、学生级数若干设置相当之教员，使分司教授，并按《高等学堂章程》置监督及各项管理员管理学堂一切事务。

附设学科章第十一

第一节　在高等各实业学堂毕业后，尚欲专攻其已习之学业者，可特设专攻科使精究之。

第二节　专攻科之学习年数，临时视其学科酌定。

第三节　有欲就高等各实业学堂学科选修一科目或数科目者，经本学堂监督之核准，可特设选科使学习之。

第四节　选科之学习年数以一年为限。

第五节　高等各实业学堂，可酌量地方情形，附设各实业教员讲习所，或中等程度之实业学堂及各实业补习普通学堂。

屋场图书器具章第十二

第一节　高等各实业学堂，当于学堂内面或近旁设置体操场。

第二节　高等各实业学堂，当备通用讲堂、专用讲堂、各种实验室及其它必需诸室。

高等农业学堂则当另备肥料制造场、农事试验场、各种实习室、农具室。

高等工业学堂则当另备工艺品陈列所、各种实习工场。

高等商业学堂则当另备商品陈列所、商业实践室、商品样本。

高等商船学堂则当另备练船坞及实习练船;其学舍若建在陆地上,则宜于学舍内或附近设体操场,其以驻泊船舰代学舍者,则宜于近旁岸上设体操场。

第三节 凡教授用及参考用图书、器具、机器、标本、模型、实习诸机器、体操场用器具,均宜全备。

附条:凡一切施行法、管理法,均另详专章。开办之时,应即查照办理。其有未备事宜,应随时体察考验,呈本省学务处改定通行。

中等农工商实业学堂章程

要 目

中等农业学堂立学总义章第一

第一节 设中等农业学堂，令已习高等小学之毕业学生入焉；以授农业所必需之知识艺能，使将来实能从事农业为宗旨；以各地方种植畜牧日有进步为成效；每星期钟点视各学科为差；预科二年毕业，本科三年毕业。

第二节 下章所载各种学科，系就农业应备之科目分门罗列，听各处因地制宜，择其合于本地方情形者酌量设置，不必全备。

中等农业学堂学科程度章第二

第一节 中等农业学堂之学科分为预科、本科。

第二节 预科之科目凡八：一、修身，二、中国文学，三、算术，四、地理，五、历史，六、格致，七、图画，八、体操，并可加设外国语。

第三节 预科之学习年数以二年为限。

第四节 预科之授业时数，每星期三十点钟以内。

第五节 本科分为五科：一、农业科，二、蚕业科，三、林业科，四、兽医业科，五、水产业科，其各学科之科目如下：

农业科之普通科目凡八：一、修身，二、中国文学，三、算学，四、物理，五、化学，六、博物，七、农业理财大意，八、体操。但此外尚可便宜加设地理、历史、外国语、法规、簿记、图画等科目。

农业科之实习科目凡十二：一、土壤，二、肥料，三、作物，四、园艺，五、农产制造，六、养蚕，七、虫害，八、气候，九、林学大意，十、兽医学大意，十一、水产学大意，十二、实习，均可酌量地方情形，由各科目中选择，或便宜分合教之，并可于各科目外酌加其他关系农业之科目。

蚕业、林业、兽医业之普通科目凡七：一、修身，二、中国文学，三、算学，四、物理，五、博物，六、农业理财大意，七、体操。但此外尚可便宜加设地理、历史、外国语、各业章程、簿记、图画等科目；惟兽医可缺算学、物理、博物、农业理财大意数科目。

蚕业之实习科目凡八：一、蚕体解剖，二、生理及病理，三、养蚕及制种，四、制丝，五、桑树栽培，六、气候，七、农学大意，八、实习。

林业之实习科目凡八：一、造林及森林保护，二、森林利用，三、森林测量及土木，四、测树术及林价算法，五、森林经理，六、气候，七、农学大意，八、实习。

兽医业之实习科目凡十二：一、生理，二、药物及调剂法，三、蹄铁法及蹄病治法，四、内科，五、外科，六、寄生动物，七、畜产，八、卫生，九、兽疫，十、产科，十一、剖检法，十二、实习。

水产业之学科分为四类：一、渔捞类，二、制造类，三、养殖类，四、远洋渔业类。

渔捞、制造、养殖及远洋渔业等四类之普通科目凡十二：一、修身，二、中国文学，三、算学，四、地理，五、物理，六、化学，七、博物，八、图画，九、水产业法规及惯例，十、理财学大意，十一、水产学大意，十二、体操。但此普通科目，除修身、中国文学外，可便宜酌缺数科目。其渔捞、制造、养殖三学科，如有时欲合并为二学科教授，则可于下所列实业科目斟酌选择，或便宜分合定之。

渔捞类之实习科目凡九：一、渔捞法，二、水产动物，三、水产植物，四、航海术，五、渔船运用术，六、气象学，七、海洋学，八、船舶卫生及救急疗治，九、实习。

制造类之实习科目凡七：一、水产制造法，二、水产动物，三、水产植物，四、细菌学大意，五、分析，六、机器学大意，七、实习。

养殖类之实习科目凡五：一、水产养殖法，二、水产动物，三、水产植物，四、发生学大意，五、实习。

远洋渔业类之实习科目凡八：一、航海术，二、渔船运用术，三、渔捞法，四、造船学大意，五、气象学，六、海洋学，七、外国语，八、实习。但入远洋渔业科之学生，须取在本科中渔捞科已学习三年者，或其学力与之同等者。

第六节 本科之学习年数，以三年为限，但亦可酌量地方情形节缩为二年以内，或展长至五年以内。

第七节 本科之授业时数，除实习时刻外，每星期三十点钟，惟水产业为二十八点钟以内。其实习时数，须量各业之繁简，随宜酌定。

中等工业学堂立学总义章第三

第一节 设中等工业学堂，令已习高等小学之毕业学生入焉；以授工业所必需之知识技能，使将来实能从事工业为宗旨；以各地方人工制造各种器物日有进步为成效；每日讲堂钟点视学科为差；预科二年毕业，本科三年毕业。

第二节 下章所载各种学科，系就工业中应备之科目分门罗列，听各处因地制宜，择其合于本地方情形者酌量设置，不必全备。

中等工业学堂学科程度章第四

第一节 中等工业学堂之学科分为本科、预科。

第二节 预科之科目凡八：一、修身，二、中国文学，三、算术，四、地理，五、历史，六、格致，七、图画，八、体操，并可加授外国语。

第三节 预科之学习年数以二年为限。

第四节 预科之授业时刻，每星期三十点钟以内。

第五节 本科分为十科：一、土木科，二、金工科，三、造船科，四、电气科，五、木工科，六、矿业科，七、染织科，八、窑业科，九、漆工科，十、图稿绘画科，其各学科之科目如下：

各科之普通科目凡六：一、修身，二、中国文学，三、算学，四、物理化学，五、图画，六、体操。

土木科之实习科目凡八：一、测量，二、河海工，三、道路铁路，四、桥梁，五、施工法，六、应用力学，七、制图，八、实习。

金工科之实习科目凡六：一、工场用具及制作法，二、制造用诸机器大意，三、发动机大意，四、应用力学，五、制图，六、实习。

造船科之实习科目凡五：一、造船制图，二、工场用具及制造法，三、发动机大意，四、应用力学，五、实习。

电气科之实习科目凡七：一、电气及磁气，二、电气工学，三、应用力学，四、工场用具及制作法，五、发动机大意，六、制图，七、实习。

木工科之实习科目凡八：一、房屋构造，二、建筑沿革，三、施工法，四、配景法，五、制图及绘画，六、工场用具及制作法，七、应用力学，八、实习。

矿业科之实习科目凡八：一、地质学，二、采矿学，三、冶金学，四、试金术，五、应用力学，六、发动机大意，七、测量制图及坑内演习，八、实习。

染织科之实习科目凡七：一、机织法，二、染色法，三、应用化学，四、应用机器学，五、分析，六、制图及绘画，七、实习。

窑业科之实习科目凡六：一、窑业品制造，二、应用化学，三、应用机器学，四、分析，五、制图绘画，六、实习。

漆工科之实习科目凡五：一、漆器制造法，二、工艺史，三、绘画，四、应用化学大意，五、实习。

图稿绘画科之实习科目凡八：一、配景法，二、解剖大意，三、工艺史，四、建筑沿革大意，五、绘画，六、应用化学大意，七、各种工艺品图样，八、实习。各学科于现定普通科目外，尚可便宜加设地理、历史、博物、外国语、理财学、法规、簿记等科目于各学科中。

第六节　本科之学习年数以三年为限。

第七节　本科之每星期授业时刻，除实习时刻外，每星期三十点钟为限，其实习时数，可依学科之门类临时酌定。

中等商业学堂立学总义章节五

第一节　设中等商业学堂，令已习高等小学之毕业学生入焉；以授商业所必需之知识艺能，使将来实能从事商业为宗旨；以各地方人民至外县、外省贸易者日多为成效；每星期三十点钟，预科二年毕业，本科三年毕业。

中等商业学堂学科程度章第六

第一节　中等商业学堂分为本科、预科。

第二节　预科之科目凡九：一、修身，二、中国文学，三、算术，四、地理，五、历史，六、外国语，七、格致，八、图画，九、体操。

第三节　预科之学习年数，以二年为限。

第四节　预科之授业时数，每星期三十点钟以内。

第五节　本科之普通科目凡四：一、修身，二、中国文学，三、算学，四、体操。本科之实习科目凡九：一、商业地理，二、商业历史，三、外国语，四、商业理财大意，五、商事法规，六、商业簿记，七、商品学，八、商事要项，九、商业实践，但此外尚可酌加其它关系商业之科目。

第六节 本科之学习年数,以三年为限。

第七节 本科之授业时数,每星期三十四点钟以内。

中等商船学堂立学总义章第七

第一节 设中等商船学堂,令已习高等小学之毕业学生入焉;以授驾运商船之知识技术,使将来实能从事商船为宗旨;以江海行轮驾驶司机等人才日有进步为成效;预科二年毕业,本科三年毕业。

中等商船学堂学科程度章第八

第一节 中等商船学堂分为本科、预科。

第二节 预科之科目凡九:一、修身,二、中国文学,三、算术,四、地理,五、历史,六、格致,七、外国语,八、图画,九、体操。

第三节 预科之学习年数,以二年为限。

第四节 预科之授业时数,每星期三十点钟以内。

第五节 本科分为二科:一、航海科,二、机轮科,其各学科之科目如下:

各学科之普通科目凡九:一、修身,二、中国文学,三、算术,四、物理,五、化学,六、地理,七、图画,八、外国语,九、体操。

航海科之实习科目凡七:一、商船法规,二、商船运用术,三、航海术,四、机轮术大意,五、海上气象学大意,六、造船学大意,七、实习。

机轮科之实习科目凡六:一、机关术,二、机轮制图,三、力学,四、应用力学,五、电气学大意,六、实习。

以上各科目外,尚可酌加其他关系商船之科目。

第六节 本科之学习年数,以三年为限。

第七节　本科之授业时数,除实习时刻外,每星期三十点钟以内;其实习时数,可按学科之门类随时酌定。

计年入学章第九

第一节　中等各实业学堂之本科学生,须选年龄十五岁以上、其学力已修毕高等小学堂之四年课程者、经考验合格而使入学;其入预科之学生,则须选年龄在十三岁以上、其学力已修毕初等小学堂五年课程者,但此时初办,难得此合格之学生,应变通准年龄十五岁以上、十八岁以下、文理已通顺者入学预科一年,再入本科学习,俟将来出有高等小学堂毕业生时,即遵照正当办理。

附设学科章第十

第一节　中等各实业学堂,可酌设别科,以简易教法讲授该实业必需之事项。其有欲选学各实业中之一事项或数事项者,可增置选科使学习之。

第二节　若在偏僻之市镇,则各实业学堂可仅置别科或分设之。

第三节　入学别科学生之定格及入学选科学生之定格,当随时酌定。

第四节　在各实业学堂毕业后,尚欲专攻某业中之一科目或数科目者,可特设专攻科使精习之。

第五节　专攻科之学习年数,农业以一年为限,工业以二年为限。

第六节　凡曾为海员,得有长于技术之文凭,及凡在海上或工场素有经历者,如欲专修关系海事之学科,则可于商船学堂特置专修科使专修之。

教员管理员章第十一

第一节　中等各实业学堂,当按各学科目及教授时刻若干、学生级数若干设置相当教员，使专司教授，并置监督一人统理一切事务。

屋场图书器具章第十二

第一节 中等各实业学堂，当于学堂内面或近旁设置体操场。

第二节 中等商船学堂之堂舍，则当另备练船场及实习练船坞，其学舍如建在陆地者，当于其学堂内面或近旁设体操场；其以驻泊船舰代学舍者，则当于近旁岸上设体操场。

第三节 中等各实业学堂，当备通用讲堂、专用讲堂及其他必需诸室；在农业学堂，应添试验场、肥料场；在工业学堂，应添置工业实习场；在商业学堂，应添商业实践室。

第四节 凡教授用及参考用图书、器具、机器、标本、模型、实习用机器、体操用器具，均宜全备。在农业学堂，则应添农具、渔具、蚕具；在商业学堂，则宜添商品样本；在商船学堂，则当添练船。

附条 凡一切施行法、管理法，均另详专章。开办之时，应即查照办理。其有未备事宜，应随时体察考验，呈请本省学务处改订通行。

初等农商实业学堂章程

要　　目

初等商船学堂学科程度章第六

计年入学章第七

教员管理员章第八

屋场图书器具章第九

初等农业学堂立学总义章第一

第一节 设初等农业学堂，令已毕业于初等小学者入焉；以教授农业最浅近之知识技能，使毕业后实能从事简易农业为宗旨；以全国有恒产人民皆能服田力穑、可以自存为成效；每星期钟点视学科为差，三年毕业。

初等农业学堂学科程度章第二

第一节 初等农业学堂之普通科目凡五：一、修身，二、中国文理，三、算术，四、格致，五、体操。但此外尚可酌加地理、历史、农业理财大意、图画等科目。

初等农业学堂之实习科目分为四科：一、农业科，二、蚕业科，三、林业科，四、兽医科。

农业之实习科目凡八：一、土壤，二、肥料，三、作物，四、农产制造，五、家畜，六、虫害，七、气候，八、实习，可酌量地方情形，择中等农业之各科目取舍分合，以施其教。

蚕业之实习科目凡八：一、蚕体解剖，二、生理及病理，三、养蚕及制种，四、制丝，五、桑树栽培，六、气候，七、农学大意，八、实习。

林业之实习科目凡八：一、造林及森林保护，二、森林利用，三、森林测量及土木，四、测树术及林价算法，五、森林经理，六、气候，七、农学大意，八、实习。

兽医业之实习科目凡十一：一、生理，二、药物及调剂法，三、蹄铁法及蹄病治法，四、内外科，五、寄生动物，六、畜产，七、卫生，八、兽疫，九、产科，十、剖检法，十一、实习。

以上各科目外，尚可酌加其他关系蚕业、林业、兽医业之科目。

第二节 初等农业学堂之学习年数，以三年为限。

第三节 初等农业学堂之授业时数，每星期三十点钟以内。

第四节 初等农业学堂，视地方之情形可节缩其期限教授之；其减期教授之普通科目，除修身及中国文理外，余可酌缺一科目或数科目。

初等商业学堂立学总义章第三

第一节 设初等商业学堂，令已毕业于初等小学者入焉；以教授商业最浅近之知识艺能，使毕业后实能从事于简易商业为宗旨；以无恒产人民皆能以微少资本自营生计为成效；每星期三十点钟以内，三年毕业。

初等商业学堂学科程度章第四

第一节 初等商业学堂之科目凡九：一、修身，二、中国文理，三、算术，四、地理，五、簿记，六、商品学，七、商事要项，八、商业实践，九、体操，但此外尚可酌加其他关系商业之科目。

第二节 初等商业学堂之学习年数，以三年为限。

第三节 初等商业学堂之授业时数，每星期三十点钟以内。

初等商船学堂立学总义章第五

第一节 设初等商船学堂，令已习初等小学毕业者入焉；以教授商船最浅近之知识技术，使毕业后实能从事于商船之简易执务为宗旨；

以沿江沿海贫民得以充小轮船驾驶司机等执事为成效;每星期三十点钟,二年毕业。

初等商船学堂学科程度章第六

第一节 初等商船学堂之科目,亦分为航海、机轮二科。

航海科之科目凡十:一、修身,二、中国文理,三、算术,四、地理,五、航海术,六、商船运用术大意,七、航海术大意,八、海上气象学大意,九、实习,十、体操。

机轮科之科目凡八:一、修身,二、中国文理,三、算术,四、物理,五、化学,六、机轮术大意,七、机器制图实习,八、体操。

以上各科目外,尚可酌加其他关系商船之科目。

第二节 初等商船学堂之学习年数,以二年为限。

第三节 初等商船学堂之授业时数,除实习外,每星期三十点钟以内;其实习时数,可按学科之种类从宜酌定。

计年入学章第七

第一节 初等各实业学堂之学生,须选年龄十三岁以上、已毕业于初等小学堂者。此时初办,难得此等合格之学生,应变通准十三岁以上、十五岁以下、已略读经书、能执笔作文者入堂学习。

教员管理员章第八

第一节 初等各实业学堂,应附设于中等各实业学堂及普通中小学堂,如有另行专设者,当按各学科目及授业时刻若干、学生级数若干置相当之教员,使专司教务,并置堂长一员,统理一切事务。

屋场图书器具章第九

第一节 初等各实业学堂，其附设于中等各实业学堂者，所有屋场、图书、器具，自可兼用；若系另行专设者，则当仿中等各实业学堂章程办理。

附条 凡一切施行法、管理法，均另详专章。但初等学堂学生既幼，规模亦小，有未便一律绳之者。开办之时，应即查照斟酌，妥为办理。其有应遵应改事宜，应随时体察考验，呈请本省学务处改订通行。

●●实业补习普通学堂章程

要　　目

立学总义章第一

学科程度章第二

计年入学章第三

教员管理员章第四

立学总义章第一

第一节 设实业补习普通学堂，令已经从事各种实业及欲从事各种实业之儿童入焉；以简易教法授实业所必需之知识技能，并补习小学普通教育为宗旨；然较之他种专施普通教育，及专施实业教育之学堂不同，以各项实业中人其知能日有进步为成效；三年毕业。

第二节 实业补习普通学堂可附设于小学堂或中学堂及各种实业学

堂,并兼用其教员及学舍、物品、器具。但其教授时刻,必匀配在各该学堂教授时刻之前后,庶兼用教员及学舍、物品、器具,互无妨碍。

第三节 下章所载各种学科,系就实业所应备之科目分门罗列,听各该地方体察情形,择宜设置,不必全备。

第四节 实业补习普通学堂,应令贴补学费,听各地方核计本地筹款情形,随时酌定;如能免其出费,俾贫家易于就学尤善。

学科程度章第二

第一节 实业补习普通学堂之普通科目为修身、中国文理、算术、体操;其修身并可附入中国文理教授之;又如历史、地理、格致等科目,亦可斟酌地方情形,便宜加授之。

第二节 实业补习普通学堂之实业科目分为农业科、工业科、商业科、水产科四科,其各科之科目如下:

农业科之科目凡十四:

一 物理,

二 化学,

三 博物,

四 土壤,

五 肥料,

六 播种,

七 耕耘,

八 农具,

九 害虫,

十 园艺,

十一　养蚕，

十二　家畜，

十三　造林，

十四　丈量等类。

工业科之科目凡十一：

一　物理，

二　化学，

三　图画，

四　模型，

五　几何，

六　制图，

七　图稿，

八　力学，

九　材料，

十　工具，

十一　制作等类。

商业科之科目凡八：

一　商业算术，

二　商业书信，

三　商事要项，

四　商品，

五　商事地理，

六　簿记，

七　商业法令，

八　外国语等类。

水产科之科目凡八：

一　物理，

二　化学，

三　博物，

四　地文，

五　渔捞，

六　制造，

七　养殖，

八　渔船运用等类。

以上各类科目，凡实业补习普通学堂，均可斟酌地方情形，由各类中选择其切用者，便宜分合定之。

以上各类科目，系就最重要者举其大概；此外，如机器、刺绣、染色、髹漆、画绘、指物、木型、锻冶、镀金、陶画、制版、印刷、酿造、制纸、鞣革、制糖、蹄铁、养禽、养蜂、制丝、制酪、罐藏等业，均可酌量地方情形，取其合宜者分别教授。

第三节　中国文理、算术各科目，若学生平素在他学堂之学力有在本学堂所授之程度以上者，可酌缺之。惟他学堂或有以修身附入中国文理教授者，兹若停课中国文理，其修身仍须提出另授。

第四节　各项实业之科目，可依学生之志愿，使选择一科目或数科目专修之。

第五节　实业补习普通学堂，虽教授普通科目，亦须注意使合于实业，便于应用。如学堂重课农业，则其中国文读本，应多讲关于农业之事务；其算术，应授关于农家日用生计之课题，其余可以例推。

第六节　凡教授实业科目，必注意令所授之知识技能，非学生在家庭及工场或商店所能学者，始无负学堂教授科学之实力。

第七节 凡实业补习普通学堂之学生,多有已在外操作实业者,学堂教授科目,务注意切合其素所操作之事物,使能实地应用,日有进步。

第八节 凡入实业补习普通学堂之学生,多半各有本业,恒愿不妨其本业而以余暇学习科学。学堂为图学生便宜起见,可酌量以夜间及放假日授之;又或择用雪期、农隙等闲暇时节授之。其每星期之教授时刻,亦可听各学堂审度地方情形便宜定之,不必拘限一律。

第九节 实业补习普通学堂之取舍科目及学习年限,教授时刻及季节,其学堂或系乡村公立,或一人私立,均应禀申地方官转禀本省学务处查核。

计年入学章第三

第一节 入实业补习普通学堂之学生,其学力程度须已毕业于初等小学堂以上者。但非毕业初等小学堂、而其年岁已过学龄自满七岁至满十六岁为学龄、别无就学之途者,苟特经本学堂监督核准,亦得入学。若非毕业初等小学而其年岁尚未过学龄者,决不可令其入学,致以补习教育侵占义务教育之界限。

教员管理员章第四

第一节 实业补习普通学堂之教员,当察实可为实业教员者,或有小学堂教员之学问者,或其于普通教育实已受足、而又有实业上之知识及经验者充之。

第二节 凡乡村立之实业补习普通学堂,当置商议员,使商议学堂一切事宜。其商议员,可选于实业或教育素有经历者,及于该学堂之设立实有维持之力者充之。

第三节 系乡村立之实业补习普通学堂，其令贴补学费与否，可听各乡村之便。

附条 凡一切施行法、管理法，均另详专章。但实业补习普通学堂学生既幼，规模亦小，有未便一律绳之者；开办之时，应即查照斟酌，妥为办理。其有应遵应改事宜，应随时体察考验，呈请本省学务处改订通行。

●●艺徒学堂章程

要　目

立学总义章第一

学科程度章第二

计年入学章第三

教员管理员章第四

立学总义章第一

第一节 设艺徒学堂，令未入初等小学而粗知书算之十二岁以上幼童入焉；以授平等程度之工业技术，使成为良善之工匠为宗旨；以各地方粗浅工业日有进步为成效；毕业无定期，至多以四年为限。

第二节 艺徒学堂可附设于初等小学堂或高等小学堂，并可兼用该小学堂之教员及学舍、物品、器具，但其教授时刻，必须匀配在该小学堂教授时刻之前后，庶兼用教员及学舍、物品、器具互无妨碍。

第三节 艺徒学堂所教者，皆贫民子弟；宜筹公款设置，免征学费，俾贫户易于就学为最善。

学科程度章第二

第一节 艺徒学堂之普通科目凡八：一、修身，二、中国文理，三、算术，四、几何，五、物理，六、化学，七、图画，八、体操。但此等科目除修身、中国文理必学外，余可听便宜取舍选择。盖凡入学于艺徒学堂之少年，多半急谋生计，故必听其取舍选择，以图省便。

第二节 修身、中国文理，为各种教育之根本，故虽教艺徒，决不使缺。但此学宗旨重在急学职业，若欲更图简捷，其修身科可附入中国文理教授之。

第三节 艺徒学堂之工业科目，不限定习何科目，务斟酌地方情形选择其合宜者教之。但其工业虽适合本地之宜，若该学堂规模不全，于教授及实习不便者得酌缺之，断不必强扩规模，以致难于筹措。

第四节 艺徒学堂之学习年数，以六月以上四年以下为限。

第五节 凡入艺徒学堂之学生，多半各有本业，恒愿不妨本业而以余暇学习科学。学堂为图学生便宜起见，可酌量以夜间及放假日授之，又或择用雪期、农隙等凡闲暇时节授之。其每星期教授时刻，亦可听各学堂审度地方情形便宜酌定，不必拘限一律。

第六节 艺徒学堂所用之教科书，惟修身、中国文理当用学务大臣所审定之小学课本，其余科目之教科书不在此限。

第七节 艺徒学堂之取舍科目及学习年限，教授时刻并暇时节日，其学堂或系官立者，或系乡村公立，或一人私立，均应由地方官禀经本省学务处核准，转禀督抚以备考核。

计年入学章第三

第一节 入艺徒学堂之学生，以已毕业初等小学堂者为合格。今酌量变通，虽非毕业初等小学堂者，苟由本学堂堂长选取，亦得入学。

第二节 入艺徒学堂之学生，其年龄必须满十二岁以上；其未满十二岁者，恐体力不胜工作，断不可令其入学。

第三节 凡系府厅州县及乡村立之艺徒学堂，其令贴补学费与否，可听各府厅州县及乡村绅董便宜酌定。

教员管理员章第四

第一节 艺徒学堂之教员，当以可为工业教员或有小学堂教员之学问者，或其普通教育实已受足、而又于各营业又有阅历考究者充之。

第二节 府厅州县及乡村立之艺徒学堂当置商议员，使商议学堂一切事宜；其商议员，可选于实业或教育素有经历者、及于该学堂之设立实有维持之力者充之。

●●译学馆章程

要 目

立学总义章第一

学科程度章第二

入学毕业章第三

学生规则章第四

教员管理员章第五

附学章第六

编纂文典章第七

立学总义章第一

第一节 设译学馆，令学外国语文者入焉；以译外国之语文并通中国之文义为宗旨；以办交涉教译学之员均足供用，并能编纂文典，自读西书为成效；每日讲堂功课六点钟，五年毕业。

第二节 译学为今日政事要需，入此学者，皆以储备国家重要之用，自以修饬品行为先，以兼习普通学为助。向来学方言者，于中国文词多不措意，不知中国文理不深，则于外国书精深之理不能确解悉达；且中文太浅，则入仕以后成就必不能远大，故本馆现定课程，于中国文学亦为注重。

学科程度章第二

第一节 外国文分设英文一科、法文一科、俄文一科、德文一科、日本文一科，每人认习一科，务期专精，无庸兼习；但无论所习为何国文，皆须习普通学及交涉、理财、教育各专门学。

第二节 外国文教授之法，先授以缀字、读法、译解、会话、文法、作文诸法，二三年后，兼授各国历史及文学大要。

第三节 普通学之目九：曰人伦道德，曰中国文学，曰历史，曰地理，曰算学，曰博物，曰物理及化学，曰图画，曰体操；专门学之目三：曰交涉学，曰理财学，曰教育学。

第四节 普通学用大学堂简易科现用课本，其有未备，由本馆教员编定；法律、交涉学用外国学校课本。

第五节 学习年数以五年为限。

第六节 学科程度及每星期钟点表如下：

第一年

学科	程度	每星期钟点
人伦道德	摘讲宋元明国朝诸儒学案	一
中国文学	选读《古文渊鉴》及《历代名臣奏议》,兼作文	三
历史	中国史	二
地理	中国地理	二
外国文	缀字、读法、译解	十六
算学	算术	四
博物	生理、卫生、矿物	二
物理及化学	物理	二
图画	自在画、用器画	二
体操	柔软体操	二
合计		三十六

第二年

学科	程度	每星期钟点
人伦道德	同前学年	一
中国文学	同前学年	三
历史	同前学年	二
地理	亚洲各国及大洋洲地理	二
外国文	译解、会话、文法、作文	十六
算学	算术、代数	四
博物	植物、动物	二
物理及化学	化学	二
图画	自在画、用器画	二
体操	器具体操	二
合计		三十六

第三年

学科	程度	每星期钟点
人伦道德	同前学年	一
中国文学	同前学年	二
历史	亚洲各国史	二
地理	欧洲各国地理	二
外国文	译解、会话、文法、作文	十八
算学	代数、几何	三
交涉学	法学通论	三
理财学	理财通论	三
体操	器具体操	二
合计		三十六

第四年

学科	程度	每星期钟点
人伦道德	同前学年	一
中国文学	同前学年	二
历史	西洋史	二
地理	非洲及美洲地理	二
外国文	译解、会话、文法、作文，兼文学大要	十八
算学	几何、三角	三
交涉学	国事交涉暂用日本《国际公法》讲授	三
理财学	商业理财学	三
体操	器具体操	二
合计		三十六

第五年

学科	程度	每星期钟点

人伦道德	同前学年	一
中国文学	同前学年	二
历史	西洋史	二
地理	地文学	二
外国文	同前学年	十八
交涉学	民事交涉 暂用日本《国际私法》讲授	三
理财学	国家财政学 暂用日本《财政学》讲授	三
教育学	暂用日本教育诸书讲授	三
体操	器具体操	二
合计		三十六

上表内所列人伦道德一科，外国高等学堂均有人伦道德一科，其讲授之书名为《伦理学》。其书中有道德实践之篇目，宗旨亦是勉人为善，而其解说伦理与中国不尽相同。中国学堂讲此科者，必须指定一书，阐发此理，不能无所附丽，以致泛滥无归。查列朝学案等书，乃理学诸儒之言论行实，皆是宗法孔孟，纯粹谨严；讲人伦道德者，自以此书为最善。惟止宜择其切于身心日用、而其说理又明显简要、中正和平者为学生解说，兼讲本书中诸儒本传之躬行实事，以资模楷。若其中精深微渺者，可从缓讲，俟入大学堂后，其愿习理学专门者自行研究；又或有议论过高、于古人动加訾议，以及各分门户、互相攻驳者，可置不讲。讲授者尤当发明人伦道德为各种学科根本，须臾不可离之故。

上表内所列中国文学一科，教员于讲授古文时，可将历代文章名家流派详为指示。

附表说：

原奏谓：学语言文字二三年后，择其尤者授以法律、交涉专科；复奏谓于肄习普通学外分习各国语言文字。是前之说，则习专科学于学语言文字之后；后之说，则习普通学于语言文字之初。今参酌二说，前二年于语言文字外兼习普通学，后三年于语言文字外兼习交涉、理财、教育专门学，而普通学之最要者，仍并习之。

入学毕业章第三

第一节 学生应考取中学堂五年毕业者方为正格。现在创办，可暂行考取文理明通及粗解外国文者入堂，或择大学堂现设之简易科及渐次设立之进士科中略通外国文者，调取入馆，以百二十人为额。

第二节 学生入馆，外国文深浅不齐，由外国教员察验，分班肄业。

第三节 学生入馆，以五年为毕业之期。应于外国文外兼习普通学，二年之后习交涉、理财、教育各专门之学。

第四节 学生五年毕业考验后，应奖给出身、分别录用；取列最优等、优等、中等、下等、最下等者，均照奖励章程分别办理。其原系进士、举人出身而有官职者，视其所考等级，比照章程按原官优保升阶；原系举人而无官职者，视其所考等级，比照章程优保官阶。其所考等级，如奖励章程内不应给奖者，均照章程办理。嗣后出使各国大臣、各省督抚咨取译员并各处学堂延聘外国文教员，均以此项毕业学生为上选。其升入大学堂分科大学肄业者，以政法学科、文学科、商学科三科听其自择。

第五节 五年之内，有因事旷课不能及格者，应仍留馆中补习一年，若仍不及格，即行退学。

学生规则章第四

第一节 译学馆功课，以语言文字为重。课有定程，亦有定日，宜整齐画一，不便参差。凡入学诸生，毕业后既优与出身，自不必再应科举。诸生投考时，应呈明“情愿不应科举”字样。凡遇科举年分，托故告假，即作为中途废学，追缴学费。

第二节　其余一切规则，均照现定之各学堂管理通则及约束学生章程办理。

第三节　本馆开办之时，尚有详细章程以资遵守。

教员管理员章第五

第一节　本馆所设教员、管理员如下：监督，教务提调 或名为副监督，管提调事，以便京职易于相处，由学务大臣酌定，专门学教员，外国文教员，普通学教员，助教，庶务提调 或名为副监督，管提调事，以便京职易于相处，由学务大臣酌定，文案，收支官，杂务官，斋务提调 同前，监学官，检察官。

第二节　各员职任，均照现定之高等学堂章程斟酌办理。

第三节　此外一切施行法、管理法，应参照大学堂通章办理。至详细规则及各管理员办事章程，应由本馆监督分别妥订，随时呈由学务大臣酌核办理。

附学章第六

第一节　本馆为广育人才起见，特设附学一科，以待有志向学之士。

第二节　附学生以年在十二以上、二十以下、口音清利、中文通顺、无锢习、无恶疾者为及格。

第三节　附学生入馆，各人自行认习外国文一科，亦须兼习普通及专门各学。

第四节　附学生一名每年缴学费龙银一百元 内计修金三十元、火食五十元、体操衣靴费二十元，分两期缴纳，均于开学时缴齐，其在本馆住宿者，每年另纳房舍金十元。

第五节 附学生宜在本馆住宿，以便整齐画一。其年稚或家离本馆甚近、不在本馆住宿者，除假期外，每日应按时来馆，不得稍迟。

第六节 附学生宜确守本馆学生规则及一切章程，如有违犯，轻者记过；重者除籍，照本馆学生一例办理。

第七节 本馆待附学生，凡教育授课及办事人员照料学生之处，均与本馆学生一律。

第八节 愿来馆附学者，应先具附学愿结，缴足一期附学费在本馆住宿者并先缴房舍金，由该学生父兄带领来馆，经本馆监督暨教务提调察验合格，始行收入。

第九节 附学生来馆，除自备帐席被褥及寻常衣服外不住宿者毋庸备此，由本馆制备体操衣靴发给；其所需洋文课本及纸笔墨石板等项，可向收支处购取，照价取值。

第十节 附学生如有犯学生规则所载之重要事件，经本馆除籍者，所收附学费并不给还。

第十一节 附学生一学期毕，须将下期附学费缴足，始得留馆肄业，否则除籍；一年期毕，办法同此。

第十二节 附学生在馆，果能恪守学规、品行端正、勤学好问、功课日有进步者，遇正额学生有缺时，即以该学生充补，以示鼓励。

第十三节 附学生五年毕业、考验及格者，应得毕业凭照及分等奖励录用。各项章程均与正额学生一律办理，毫无歧视。若遇乡会试年分请假应试者，毕业后即不给奖。

编纂文典章第七

第一节 文典以品汇中外音名、会通中外词意、集思广益、勒成官书为宗旨。

第二节 文典应分英法俄德日本五国，每国分三种：一种以中文为目，以外国文系缀于后；一种以外国文为目，以中文系缀于后；一种编列中外专名，系以定义定音。

第三节 文典办法，以搜罗为始基。凡已译书籍、字典，及本馆外国文教科译出之字，或外来函告所及者，概行纂录。

第四节 创办文典，为中外学术会通之邮，国家文教振兴之本；海内通儒、游学志士共有斯责；研讨有获，即当函告本馆，以备纂录。

第五节 外国文字数十百倍于中国，且时有增益，中文势不敷用，应博搜古词古义以备审用；若犹不足，再议变通之法。

第六节 专科学术名词，非精其学者不能翻译，应俟学术大兴、专家奋起，始能议及。

第七节 外国文字翻成中文，有一字足当数字之用者；有求一名一义之允当而不可得者，本馆以兼收众说，戒除武断为主。

第八节 文典每成一国，送呈学务大臣鉴定之后即行刷印，颁发各处学堂及各办理交涉衙门，以备应用，并当另印多册，以备学者购取。

第九节 文典刷印，应归官书局办理，其纸张印费由本馆开销。

第十节 文典编定之后，凡翻译书籍文报者，皆当遵守文典所定名义，不得臆造；其未备及讹误之处，应即告知本馆，续修时更正；其随时审定之名词，虽未成书，可知照译书局及大学堂润色讲义处，以归画一。

第十一节 文典由监督主持，陈告学务大臣核定一切，于馆中设文典处办理。

第十二节 文典处设总纂一员，办理文典事务并参议馆中一切事宜；分纂二员，主搜罗纂辑兼理外来函告；翻译一员，协理外国文字兼翻译馆中外国文件；管理刊印书籍一员，主刊印文典及馆中一切刊印之件。

●●进士馆章程

要 目

立学总义章第一

第一节 设进士馆,令新进士用翰林部属中书者入焉,以教成初登仕版者皆有实用为宗旨;以明澈今日中外大局,并于法律、交涉、学校、理财、农、工、商、兵八项政事皆能知其大要为成效;每日讲堂功课四点钟,三年毕业。

第二节 圣人论从政之选,分果、达、艺三科。此次所定学科,史学、地理、法律、教育、理财、东文、西文诸门,达之属也;兵政、体操,果之属也;格致、算学、农学、工学、商学,艺之属也。新进士为从政之初阶,自宜讲求致用之实,以资报国之具。在学三年,不过通其要义。每日钟点不多,实非苦人所难,且于东文、西文、算学、体操四项,俱作为随意科目,习否各听其便。至精力仍有不及者,又准于农工商兵四项中止选习其一二科,不必全习,尤为曲体人情。至毕业以后,即各赴本衙门分修职守,于各门学术已具有普通知识,遇事不致茫然。若自欲更求精深,学成专门,应准其自行呈请派入大学堂肄业。

第三节　向来分部人员，于学习期内并无公事可办，翰林中书尤多清暇。此次新进士奉旨令入学堂，自当专心馆课，以期增进学识，未便仍到本署办公，致分日力，将来毕业后通达事理，兼谙时务，不患于应办公事扞格不通。且每日功课止四点钟，余暇甚多，各该员可于日课余暇之时，自将会典、则例及国朝掌故之书，择其于职务有关者自行观览考究，自属有益。

学科程度章第二

第一节　本馆学科之目分为十一门：一、史学，二、地理，三、教育，四、法学，五、理财，六、交涉，七、兵政，八、农政，九、工政，十、商政，十一、格致。其随意科目：曰西文，曰东文，曰算学，曰体操。

第二节　本馆之学习年数，以三年为限。

第三节　本馆之学科程度及每星期教授时刻表如下：

第一年

学科	程度	每星期钟点
史学	世界史	五
地理	地理总论、中国地理	五
格致	博物学大要、物理大要	二
教育	教育史、教育学原理、教授法管理法大要、教育行政法	四
法学	法学通论、各国宪法、各国民法	四
理财	理财原理、国家财政学	四
合计		二十四

以上各科目外，尚有东文、西文、算学及体操，均作为随意科目，愿习与否，均听其便。

第二年

学科	程度	每星期钟点
史学	泰西近时政治史、日本明治变法史	二
地理	外国地理	二
格致	化学大要	二
法学	商法、各国刑法、各国诉讼法、警察学、监狱学	五
交涉	国事交涉、民事交涉	三
理财	银行论、货币论、公债论、统计学	三
商政	商业理财学、商事规则、附海陆运输及邮政电信等规则	三
兵政	军制学、附海军陆军学校制度、战术学	四
合计		二十四

以上各科目外，尚有东文、西文、算学及体操，均作为随意科目，愿习与否，均听其便。

第三年

学科	程度	每星期钟点
地理	界务地理、商业地理	二
法学	各国行政法、中国法制考大要	六
商政	外国贸易论、世界商业史	二
兵政	兵器学、考求兵器用法、近世战史略	二
工政	工业理财学、工事规则	六
农政	农业理财学、农事规则附山林水产蚕业等规则	六
合计		二十四

以上各科目外，尚有东文、西文、算学及体操，均作为随意科目，愿习与否，均听其便。

第四节 按各学堂课程，每星期大率三十六点钟，本馆课程每星期止有二十四点钟，良以新进士年齿不一，精力或有难齐，故务从其简。惟所列各科学，均系当官必须通晓之学，不能再减。其有年轻质敏，自审精力有余者，务于随意科目中认习一两门，以广才识。如因精力不及，准其在于农工商兵四科中选习一科或两科，不必兼全，其余各科，则均须全习，计每日讲堂功课不得少于四点钟。

第五节 东西各国学校，有于教员外另请讲师之法。此次进士入学，类皆已成之才，尤当广其见闻，以收速效。凡有中外东西通儒，能以华文华语讲授者，应由监督呈明学务大臣延请入馆，与诸学员讲论，名为讲友，以扩学识。此项讲友不过偶然一次，一年多不过数次。无其人则勿庸议。

入学规则章第三

第一节 新进士入学，系钦奉谕旨办理，凡一甲之授职修撰编修，二、三甲之庶吉士部属中书，皆当入学肄业。惟年在三十五岁以上、自揣精力不能入馆学习者，准其呈明，改以知县分发各省补用，仍令到省后入本省仕学、课吏等馆学习。其年在三十五岁以下者，概不准呈请改外。

第二节 其遵章入馆肄业者，翰林中书每年给津贴银二百四十两；部属每年给津贴银一百六十两，以示体恤。

第三节 本学堂定于明年四月开学。

第四节 向来新进士到署后，每多告假措资，惟假期须有限制，拟自本年八月起至明年三月底止，准其告假八个月，假满即行来京，不得延误开学日期。

第五节 每年分为两学期，自开学至小暑节为第一学期，自暑假期满后至年终为第二学期。现既先行给假八个月，必当依限回京，不误开学，倘有逾限者，若在第一学期开学一月之后，则须扣至第二学期开学之日始准入学，以便分班，不得半途阑入，其余学期视此。

第六节 各学员如有沾染嗜好者，须令设法戒断，始准入馆肄业。蒙混入馆者，查出据实，奏明请旨办理。自愿勒限戒断者，可予准行；如逾限仍不能戒断，亦据实奏明，请旨办理。

第七节 监督、提调、教员、监学、检察，各有职守，均应遵照奏定章程办理，务宜诚恳和平，奉行成法，不准旷职瞻徇。各学员于教员应虚心受教，于管理各员应听受劝导，不得挠紊法规。

第八节 各学员在馆，如有不守奏定学规，不遵奏定教课者，情节轻者记过，重者记大过。记大过至三次，即随时奏明请旨办理；情节甚重者，即时奏明请旨办理。

第九节 其进士馆本科毕业人员，如有自觉学力不足，仍愿深造以底大成者，准其呈明学务大臣、监督暨本衙门堂官，留学肄业，年限由其自认，但须由学务大臣、监督体察临时情形、屋舍是否能容，酌核办理。

第十节 现在进士馆屋舍尚有余裕，经费又系由外省筹解，上一两科进士，无论翰林部属中书，如有志坚力强，自愿入馆讲求实学者，准其自行呈请本衙门堂官咨送，由学务大臣暨监督察核，可收者，均予收入，按期入馆，一体讲习。馆中规则一体遵守，毕业后考定等差，应如何分别给奖，与此次新进士一体办理，以收广造已仕人才之益。

考验毕业章第四

第一节 每学期之终，由学务大臣会同本馆监督分科考验，由教务提调将平日分数与考验分数平均计算悉照现定考试章程办理，分别造具清册三分:一存学堂,一送翰林院内阁各部属本衙门,一送政务处存案。

第二节　每学期考验及格者,除注册外,另给各该学员及格凭照一张。

第三节　自开学起,积至六学期为期满,举行毕业考验。应奏请钦派大臣,会同学务大臣秉公考验。

第四节　凡肄业未满六学期,或学期虽满而所得及格凭照不满三次者,均不得与毕业考验。

第五节　一甲修撰编修及庶吉士经毕业考验后,造具分数总册进呈御览,由学务大臣会同掌院学士带领引见,于排单内将总分数注明,恭候钦定分别录用,各按考试等级,查照奖励章程奏明办理。

第六节　部属中书考验后,造具分数总册进呈御览,由学务大臣会同该衙门堂官带领引见,于排单内将总分数注明,恭候钦定分别录用,各按考试等级,查照奖励章程奏明办理。

第七节　因事告假不得与毕业考验者,必须留学补习完全,视其假期之多少以为补习之期限,期满之后,补行毕业考验,按照所考等级照章办理。

第八节　凡进士馆毕业翰林得奖者,将来外省高等学堂毕业奏请简放试官时,应请即以此项人员开单请简;部属中书毕业得奖,虽未经补缺,一体开单请简,并准其考试科举试差,以示格外优异,为入仕勤学者劝。

第九节　凡在本馆毕业得奖者,以后无论何项引见及保送各项差缺清单,其履历内均注明“进士馆毕业”字样。

教员管理员章第五

第一节　本馆所设教员、管理员如下:

监督，教务提调 此三项提调，其职任系助监督分任各门事务者；在监督固当待以平行之礼，惟考核进退，仍由监督随时呈明学务大臣酌办，中外教员，助教，庶务提调 详见教务提调注，文案官，会计官，杂务官，斋务提调 详见教务提调注，监学官，检察官。

第二节 以上各员职任，均酌照现定之《高等学堂章程》办理。

第三节 此外一切施行法、管理法，应参照现定各章程办理。至详细规则及各职员办事章程，应由本馆监督分别妥订，随时呈由学务大臣酌核办理。

各学堂管理通则

要 目

学堂各员职分章第一

学生功课考验章第二

斋舍规条章第三

讲堂规条章第四

操场规条章第五

礼仪规条章第六

放假规条章第七

各室规条章第八

学堂禁令章第九

赏罚规条章第十

经费规条章第十一

按待外客规条章第十二

建造学堂法式章第十三

学堂各员职分章第一

第一节 凡管理学堂人员及教习人员,均各有一定职守,其分任事件,当各斟酌本学堂情形详定节目,以便遵循。

第二节 各员按照所定职务任事,其有与他职守相关联者,当协同商酌办理。

第三节 凡教员当按照各学堂科目程度切实循序教授,断不可专己自是,凌躐紊乱,致乖教育之实际。

第四节 凡教员当按照所定日时上堂讲授,毋得旷废功课,贻误学生。

第五节 凡各省中国教习人员、管理人员有不遵照定章实力任事者,应由本省学务处查明,教员辞退,管理员撤差;京城学堂由学务大臣及总监督查明,教员辞退,管理员撤差。

第六节 科学教员难得,凡同在一城有学堂数处者,一教员可兼数处,路近者,可兼三四处,路远可兼两处,但时刻各分早晚,外国学堂办法皆然。

第七节 欧美日本所以立国,国各不同。中国政教风俗亦自有所以立国之本。所有学堂教习人员,如有明倡异说,干犯国宪及与名教纲常显相违背者,查有实据,轻则斥退,重则革办。

第八节 学堂聘有外国教员者,当令按照学堂所定功课教授,监督、提调皆有得随时考察之权。其有不遵约规废懈生事者,本省学务处或学务大臣得即行辞退。此条应于订立合同时注明,听学务大臣及监督节制。

第九节 学堂与宗教本不相蒙,西教员不得在学堂中传习教规。

学生功课考验章第二

第一节 各学学生以端饬品行为第一要义，监督、监学及教员当随时稽察学生品行，并详定分数与科学分数合算。

第二节 凡学生，每月各科学分数由各门教员随时暗记登簿，俟月终汇呈教务提调及监督，通一月之总数榜示于堂。

第三节 除每月核计功课分数外，尚有三项考试以定其学业深浅次第：一曰学期考试，二曰年终考试，三曰毕业考试。此外，临时考试无定期，各教员皆可以随时出题考问。

第四节 凡学期、年终、毕业三项考试所定分数，与平日功课分数平均计算如平日得八十分，考试得九十分，则应作八十五分。

第五节 学生级数，按其功候之浅深定之。每年终考试及格者升一级，不及格者不升，留次年终再试，若仍不及格，即行退学。

第六节 评定分数以百分为满格。满八十分以上者谓之最优等；满六十分以上者谓之优等；四十分以上者为中等；二十分以上者为下等，谓之及格；二十分以下者为最下等，应即出学。若全学堂无八十分以上者，则无最优等；全学堂皆八十分以上者，则皆最优等；若全学堂皆二十分以下，则皆最下等，不限以额。

第七节 凡品行分数计算之法，譬如十三门功课加入品行分数为十四门，以十四门分数相加以十四除之，即为所得分数。

第八节 凡品行分数册，各教员及监学、检察等官皆宜人置一本，随时稽察学生品行登记。

第九节 凡监督、堂长及教务提调，均应置功课总分数册、品行总分数册，将各教员及学员所呈分数汇总，或监督、堂长及教务提调别有察出应行记入者，亦得记入总册。

斋舍规条章第三

第一节　学生在自习室、寝室，俱宜遵循本章各节规条，并受监学官、检察官约束。

第二节　学生日间除上讲堂外，俱宜在自习室静习各门功课。每自习室每星期应轮派一人为值日生，督察功课，传达条教。

第三节　除假期外，每日自晚七点钟起至八点钟，自八点半钟起至九点半钟为自习时刻。在此时刻内，学生务宜温习功课，不得擅离坐位。

第四节　学生在自习室内无论何时，不得聚谈喧笑。

第五节　每日早六点半钟齐起，七点钟早餐，晚九点半钟自习室毕课，十点钟一律息灯。

第六节　寝室中，每室每日轮派一生料理本日室中学生起眠各事，诸生均须听值日命令，其所派值日生，仍应受监督指挥。

第七节　寝室中器具、被褥皆有一定位置，每日由值日生检点外，并受检查官监学官之查验。

第八节　每星期每讲堂轮派一学生为值日生，其上讲堂、上操场等仪节，皆听值日生口号，务求整肃 讲堂与自习室皆同者，其值日生可轮派一人。

讲堂规条章第四

第一节　教习学生一律遵奉《圣谕广训》，照学政岁科试下学讲书宣讲御制训饬士子文例，每月朔由监督、教员传集学生在礼堂，敬谨宣读《圣谕广训》一条。

第二节　讲堂每日功课至多者不得过六点钟，以外少者，就本学情形酌定。

第三节　学生上堂下堂按讲堂座位名次进退，由本日值日生率领前行。

第四节　教员到堂时听值日生口号，同时起立致敬，教员归坐后同时坐下，由值日生报明本堂到几人、告假几人。

第五节　讲堂坐位皆按派定名次，无得搀越。

第六节　讲堂上不得离位偶语及带功课外一切书籍。

第七节　闻上堂号音后学生不得迟至三分钟后始上堂，教员不得迟至五分钟后始上堂。

第八节　闻下堂号音时，教员行后学生由本日值日生率领下堂，仍按名次行至自习室散；闻号音后功课有尚未了结者，亦不得迟至五分钟始下堂。

操场规条章第五

第一节　闻上操号音，即更换操衣。

第二节　更换操衣后即在操场整列，由值日生点名，检察衣服整齐与否。

第三节　凡哑铃体操、兵式体操，皆顺次自装械室取出枪械始到操场。

第四节　教员到操场时，值日生呼令敬礼后即报明本日到操几人、请假几人。

第五节　操毕，军装、枪械等皆须妥置原处，不得任意抛置。

礼仪规条章第六

第一节　行礼日期分三类：一为皇太后万寿圣节、皇上万寿圣节、至圣先师孔子诞日，春仲秋仲上丁释奠释奠礼仪至繁，祭器乐器学堂必不能全备，宜酌采释菜礼行之，二为开学、散学、毕业，三为元旦及每月朔日。

第二节　庆祝日行礼仪节如下：堂中各员整齐衣冠，学生服本堂所定服式,戴大帽至万岁牌前或圣人位前肃立,率学生行三跪九叩,礼毕,各员西向立,学生向各员行三揖,礼散。如是日备有宴会,由各员或学生恭致祝词,宣讲尊崇孔教爱戴大清国之义。

第三节 开学、散学、毕业礼节如下:堂中各员整齐衣冠,学生服本堂所定服式,戴大帽至万岁牌前及圣人位前肃立,均率学生行三跪九叩,礼毕,各员西向立,学生向监督、教员等分别行一跪三叩,礼退归大厅,由监督等施以切实训语乃散。

第四节 月朔礼节如下:堂中各员整齐衣冠,学生服本堂所定服式,戴大帽至圣人位前肃立,率学生行三跪九叩,礼毕,各员西向立,学生向各员行一揖,礼退。

第五节 学生到堂时,初见监督、提调、教员行一跪三叩礼,初见堂中各员行三揖礼。

第六节 学生随时随地遇堂中各员须正立致敬。

放假规条章第七

第一节 按房虚星昴各日为休息例假,听学生自便出入。

第二节 每日晚五点钟后七点钟前为学生游息时刻,亦可随意出入,惟必在七点钟前回斋,不得误温习功课。

第三节 学生如有私事,必须请假;至数日者,在监学处禀准,领取假票,填明缘由,交监学后始准出堂。

第四节 恭逢皇太后万寿十月初十日、皇上万寿六月二十八日、孔子诞日八月二十七日,庆祝行礼后放假一日。

第五节 端午节、中秋节各放一日假。

第六节 每年以正月二十日开学至小暑节散学为第一学期,立秋后六日开学至十二月十五日散学为第二学期,计年假暑假合七十日。

各室规条章第八

第一节　堂中各员与学生在会食堂同餐，闻号铃即至，勿得迟留，致令他人久待，食毕徐退。

第二节　会食堂不得高声笑语，致起嘈杂且于卫生有碍。

第三节　憩息室为功课暇时息游之地，谈话笑语俱无所禁，但不得喧呼戏谑，有伤学人行检。

第四节　憩息室兼为饮茶之所，吸水旱烟者，亦限在此室内；阅报章与各种参考书者，亦听其便。

第五节　盥漱室为早起或饭后盥漱之所，室中务令清洁，其后先参差者，务各顺次，不得搀越竞夺。

第六节　储藏室以藏各科参考图书、器具及学生自带箱箧等物，夜间锁固，严禁持火入内。凡学生欲入储藏室取物者，先告监学同往，或监学派人监视，不得一人私令取钥。

第七节　学生应接所专为学生接待外客之所。除上讲堂外，有学生亲友来堂探望者，由门役报知，得在厅内接见数分钟时因讲堂歇息止十五分钟，但该亲友不得擅自入内，学生不得因客出外。

第八节　浴室于学生有澡身却病之益，疏密各从其便；惟至五月以后八月以前，务须一律勤浴，以助卫生。

第九节　调养室为学生有病调养之所。堂中多人同居，小病验明后移居是室，以便调养，病重者出堂。

第十节　厕室宜与正室相距稍远，杂务员督饬人役每日涤除三次。凡学堂内上下人等，不得任意在空地作践，以免污秽生疾。

学堂禁令章第九

第一节 学生在学堂以专心学业为主,凡不干己事,一概不准预闻。

第二节 各学堂学生不准干预国家政治及本学堂事务妄上条陈。

第三节 各学堂学生不准离经畔道,妄发狂言怪论以及著书妄谈刊布报章。

第四节 学生不得私充报馆主笔及访事人。

第五节 各学堂学生不准私自购阅稗官小说,谬报逆书。凡非学科内应用之参考书,均不准携带入堂。

第六节 各学堂学生,凡有向学堂陈诉事情,应告知星期值日学生代禀本学堂应管官长,不准聚众要求、藉端挟制停课罢学等事。

第七节 各学堂学生不准联盟纠众,立会演说及潜附他人党会。

第八节 各学堂学生不准干预地方词讼及抗粮、阻捐等事。

第九节 各学堂学生不准逾闲荡检故犯有伤礼教之事。

第十节 各学堂学生遇有本学堂增添规则、新施禁令,概不准任意阻挠,抗不遵行。

第十一节 各学堂学生不准传布谣言,捏造黑白及播弄是非。

第十二节 以上各条,犯者除立行斥退外,仍分别轻重,酌加惩罚。

赏罚规条章第十

第一节 学生赏罚由教务提调或教员监学等摘出呈监督核定。

第二节 凡赏分三种:一语言奖励,二名誉奖励,三实物奖励。

第三节 语言奖励者,监督、教员各员对各学生提出以温语奖励之,或特班传见以勖勉之。其应得语言奖励者略如下:一、各门功课皆及格;二、对各员无失礼、在各处无犯规条事;三、对同学者有敬让,无猜忌、交恶诸失德；四、于例假外无多请假。

第四节 名誉奖励者，以讲堂坐位置前座，或加考语送学务处及各学堂传观，或由监督特飨该生，皆是。其应得名誉奖励者略如下：

一 各学科有一科出色者；

二 温习功课格外勤奋者；

三 能恪守堂中规条并能匡正同学者；

四 立志坚定不为外物所诱者；

五 用功勤苦骤见进境者。

第五节 实物奖励者，由堂中购图书、文具暨诸学科应用物器以奖励之。其应得实物奖励者略如下：

一 各学科中有二、三科以上能出色者；

二 能就各科研究学理者；

三 品行最优有确据为众推服者；

四 得名誉奖励数次者。

第六节 凡罚分三种：一、记过，二、禁假，三、出堂。

第七节 记过者记名于簿，以俟改悔；无改悔者，毕业时亦将所记之过书于毕业文照上。其记过之事略如下：

一 讲堂功课不勤；

二 于各处小有犯规事；

三 对各员有失礼事；

四 与同学有交恶事 犯此条者记两人过；

五 假出逾限；

六 詈骂役夫人等不顾行检。

第八节 禁假者，于数日内，无论何假，不准出堂一步，或三日、或五日、或十日，俟监督判定后监学奉行。其禁假之事略如下：

一　志气昏颓、讲堂功课潦草塞责者；

二　于各处犯规不服训诲者；

三　对各员傲惰不服训诲者；

四　詈骂同学、好勇斗很者；

五　假出后在外滋事者。

第九节　出堂者，由监督在讲堂对众学生宣其罪过，斥出本堂。其出堂之事略如下：

一　嬉玩功课、藉端侮辱教员屡戒不悛者；

二　性情骄纵、行为悖谬不堪教训者；

三　行事有伤学堂声名者；

四　犯禁假之惩罚数次不悛者。

第十节　各种赏罚，有随时用者，有一月汇记宣示者，有数月汇记宣示者；至其功过互见相抵者并宣示之，使不相掩而知惩劝。

第十一节　除以上赏罚外，汇录讲堂各科功课分数榜示，藉资比较。

经费规条章第十一

第一节　分经费为开办经费、常支经费二种。

第二节　常支经费分二种：一、额支经费，二、活支经费，须详细列表以便核计。

第三节　每月经费至月终由会计委员饬缮书缮写清册，呈庶务提调、总监督监督查核；年终在京由本学堂呈送学务大臣；外省由本学堂呈本省学务处转报督抚查核。

按待外客规条章第十二

第一节　无论何项宾客，皆不得擅入堂内各地游览。

第二节　各地官绅有来本堂观学者，应由监督及庶务提调接待。

第三节　来客仆夫人等，一概不准入二门内。

第四节　本堂除师生因学事或当节日聚会外，应酬一切外客，但备茶点，无宴会礼。

第五节　堂中人员亲友不得擅自入内，由门役通报，准见，客厅接见。

第六节　堂中人员亲友来本堂观览一切规模者，必由本员亲导一人，不得任意游览。

第七节　学生亲友，皆在学生应接所与该学生接见，不得擅入内探望。

第八节　学生亲友有欲观堂中规模者，由该学生禀准监督后，监督派员接见导览。

第九节　学生亲友来堂时，在上讲堂时限内，门役不得通报，或学生见客时闻上堂号音，厅役亦必请客暂退，不得妨碍功课。

第十节　堂中无论何人亲友，均不得在内歇宿。

建造学堂法式章第十三

第一节　学堂地址不可在工场附近，以防有毒之煤烟尘埃等类，不可在发生瘴气之池沼附近，不可与茶馆酒肆戏园狭邪地方相近。此三者，于道德卫生均有大碍，必须避之；万不得已，亦须在半里以外。

第二节　学堂地址之面积，以广阔为要，尤必向南，土地宜干燥，附近宜有沟渠以便消湿。其体操场之位置，宜在学舍之南，否则东南方、西南方均可，不宜在北方。

第三节　学堂宜择水泉清洁之地，必考究其附近之井泉河湖适用与否，严定限制，不得任意使用。凡掘井，以深为度，内周以不渗水之材料，以防污水之侵入，上必用井盖，不可与便所及渣草堆、秽水坑接近。

第四节　学堂之周围宜多植树木，惟以不碍室内光线及风向为要，万不可使室内有阴郁之气，当以落叶树与常绿树交互栽植，凡有毒之植物及果树，万不可栽。

第五节　凡学舍若有前后两栋，则两檐间之距离，最少必与其屋檐之高相等。

第六节　教员室当设于体操场之附近。

第七节　礼堂占最大之面积，大约一千余平方尺约纵横三丈以外或二千余平方尺约纵横五丈以外。

第八节　讲堂过大者，于学生视力及教员音声均有大害，其宽当以一丈八尺及二丈四尺为度，其长以二丈四尺及三丈为度。屋檐之高以一丈二尺或一丈五尺为度。凡在南方卑湿之地室内常设地板，其地板离地之高以二尺为度，下则四面设透风之穴，以透湿气。讲堂内油壁之色，以淡黄及灰色为宜。寒气最烈之地方，凡窗户必设二重，地板宜用双缝，宜设暖炉。

第九节　物理化学及博物之专用讲堂，其学生坐位宜用阶段之式，其各阶段之高以五六寸为度，并宜特设暗室。

第十节　窗之下缘，离地以二尺五寸为度；窗门之高，以五尺为度；窗之宽，以二尺五寸为度。凡窗必开设于相对之两方为宜。若限于地势或限于结构仅一方有窗者，则窗必位置于学生坐位之左方，不可设于学生坐位之前。

凡挂黑板之壁，不可有窗，万不得已，亦必在三尺以外，以使学生便于注视。

凡窗之面积，必有该室面积六分之一以上之比例。

凡窗内,必用浅色布幔以蔽日光。

凡窗扇,不可用开合式,宜用左右推移式。

第十一节 凡回廊,以三尺深为度,不可过深,使碍光线。

第十二节 凡各讲堂,必备二门,以便出入,以防意外危险。

第十三节 凡各讲堂之门,宜用一扇,以外开为度,其宽宜在三尺以上。

第十四节 凡各室中之通行巷,以六尺宽为度。

第十五节 凡楼梯之宽,以四尺为度,每步之高,宜五六寸,深宜八九寸,宜设手栏。

凡建筑楼房,至少必备四梯,余以类推。

第十六节 自习室、寝室之窗廊门巷梯,均与讲堂同。

病室宜建于别所,以便疗养,免嚣纷为主。

第十七节 凡厕室,与本室相距宜远,宜择空气流通之处,并留意夏季恒风之方向;其周围宜设屏墙,多植松杉等不雕之木,以吸收其秽气。厕室之户,以上下透气为主,若在有井之处,宜相距二丈四尺以外。

凡厕室,在讲堂、自习室附近,每百人必备大便所五、小便所五;在寝室附近,每百人必备大便所十、小便所五。人数多者,以此为比例。

第十八节 凡讲台之高,以一尺为度,宽以八尺或一丈为度,深以六尺为度。

凡讲堂学生之条桌、条凳,一人用者,长二尺;二人并坐者,长四尺;条桌之高,以二尺或二尺四寸为度;条凳之高,以一尺或一尺二寸为度。

第十九节 自习室之桌,以长二尺四寸、宽一尺四寸为度,下设二抽箱，以便储藏书籍、图器及日用文具。

自习室之坐凳，以上方八寸、下方一尺为度。

第二十节 凡寝床，高一尺四寸、宽二尺五寸、长六尺，周围以板为栏，高三寸，下设二抽箱，以便储藏履舄等物。

第二十一节 凡共同寝室，每室以能容四人为度，深宜一丈五尺、宽宜一丈，以便四床两两相对。两床之端设衣柜一座，高宜六尺、宽宜三尺，分上下两隔，以便两学生储藏衣物之用。每室必备方桌一、小凳四。

现在大学堂及进士馆、译学馆，每室住几人，可斟酌办理。

第二十二节 凡共同自习室，每室以能容五十人为度，深广以各三丈为度。

第二十三节 凡室内，必设睡壶、字纸箱。

附条 以上管理各则，止具大要，各学堂管理人员尚须体察情形，参酌增补详细规条。

以上管理各则，宜用于中等程度以上之学堂，其小学堂事务繁密，学生年龄幼稚，有未便照此通则一律绳之者，各小学堂管理员务当别按师范学堂所教之小学管理法以管理之。

●●实业学堂通则

要 目

设学要旨章第一

第一节　实业学堂所以振兴农工商各项实业,为富国裕民之本计;其学专求实际,不尚空谈,行之最为无弊,而小试则有小效,大试则有大效,尤为确实可凭。近来各国提倡实业教育,汲汲不遑,独中国农工商各业,故步自封,永无进境,则以实业教育不讲故也。今查照外国各项实业学堂章程课目,参酌变通,别加编订,听各省审择其宜,亟图兴建。

第二节　实业学堂之种类,为实业教员讲习所、农业学堂、工业学堂、商业学堂、商船学堂,其水产学堂属农业,艺徒学堂属工业。

第三节　各项实业学堂均为三等:曰高等实业学堂,曰中等实业学堂,曰初等实业学堂 统称则曰某等实业学堂,专称则曰某等某业学堂。高等实业学堂程度视高等学堂,中等实业学堂程度视中学堂 水产学堂亦系中等实业,初等实业学堂程度视高等小学堂;其实业补习普通学堂、艺徒学堂,均可于中小学堂便宜附设,不在各学堂程度之内。至实业教员讲习所,即实业之师范学堂。

第四节　各项实业学堂,各省均应酌量地方情形随时择宜兴办,而实业补习普通学堂、艺徒学堂,尤足使广众人民均有可执之业,虽薄技粗工,亦使略具科学之知识,所以厚民生而增国力,为益良非浅鲜,各处中小学堂内均可便宜附设,增筹经费无几,各省务宜及时兴办。至实业教员讲习所,为实业学堂师范所资,尤为入手要义,万不可置为缓图。

第五节　现在各省筹款不易,各项实业学堂教习亦难得其人,即力能延聘外国教师,而无通知科学曾习专门之翻译,则亦无从讲授。除实业补习普通学堂、艺徒学堂举办尚易,及本省已有出洋学习实业学生毕业回国，即可添聘外国教师开办实业学堂者不在此例外，各省大吏宜先体察本省情形，于农工商各种实业中择其最相需、最得益者为何种实业，即选派年轻体健、文理明通、有志于实业之端正子弟，前往日本或泰西各国，入此种实业学堂肄业；分为两班：一班学中等实业，一班学高等实业。一面宽筹经费，将应设之学堂，或在省城，或在繁盛地方，预为布置，至少总须成一所。

第六节 俟出洋游学中等实业学生毕业回国，即将所设学堂开办，先教浅近简易之艺术，并于学堂内附设教员讲习所，广为传授。俟高等实业学生毕业回国，再行增高学堂程度，以教精深之理法。力能聘延外国教师者，届时添聘数人充本学堂正教员，而以毕业学生充助教，则高等教法尤可及期完备。俟讲习所学生渐次毕业，即可陆续分派各府州县，为次第扩充之举。总期愈推愈广，将来各地方遍设有实业学堂，方为正当办法。

第七节 查选派毕业生出洋，如至西国，每生约需学费、旅费千数百两；如至日本，每生止需学费、旅费四百余元。选派学生一二十名，需款尚不甚多。不如此，则实业学堂永无办法。无论如何为难，各省务于一年内办妥，并将实在筹办情形先行陈奏。

第八节 现在出洋游学生，已定有奖励章程奏准通行。各省务实力劝导绅富之家，慎选子弟，自备资斧，出洋学习各项实业，将来毕业回国，既可得科名奖励，并可兴办各项实业，利国利家，确有实益。

第九节 各省官员绅富，有能慨捐巨款报充兴办实业学堂经费者，或筹集常年的款自行创设实业学堂者，或指明报充官派出洋实业学生学费旅费者，应量其捐资之多寡，分别奏请从优奖励，以为好义急公者劝。

入学资序章第二

第一节 实业教员讲习所,应附设于农工商大学及高等农工商业学堂之内,以年在二十岁以上,已毕业初级师范学堂、中学堂、中等实业学堂课程者,考选入学。

第二节 高等农工商业学堂,以年在十八岁以上、已毕业中等学堂课程者考选入学。

中等农工商等学堂,以年在十五岁以上、已毕业高等小学堂课程者考选入学。

初等农商业学堂,以年在十三岁以上、已毕业初等小学堂课程者考选入学。

实业补习普通学堂,以在高等小学修业二年以上,及年过十五岁、已在外操作实业愿增充其学力者考选入学。

艺徒学堂以年在十三岁以上、已毕业初等小学者考选入学。

第三节 各实业学堂应收学生贴补学费,听各省察酌本省筹款难易、核计本学堂常年经费,随时酌定。其实业教员讲习所,应照师范学堂例免收学费。惟教员学成后,亦应比照师范生例效力义务六年,听各省督抚指派,实力从事教育,不得有所规避。

第四节 凡从事实业学堂之学生,均须品行端谨、体质强健、其学力与各学堂程度相当者,取具妥实保人保结,始准考选入学。

第五节 各实业学堂开办时,如尚无毕业中小学堂之合格学生可资选录,应准酌量变通,考选年岁相当、文理通顺、略知算术者,取具的保,准其入学。

学堂职务章第三

第一节 各实业学堂，当按照所设学堂程度及各学科课目，与授业时刻若干、学生级数若干，选派相当之教员分司教授。中国现尚无此等合格教员，必须聘用外国教师讲授，方有实际；但仍须有通晓实业科学之翻译，始能传达讲义。如一时翻译实难其选，惟有及早选派学生出洋，最为要义。

第二节 高等实业学堂应设监督及各项职员，照《高等学堂章程》办理；中等实业学堂应设监督及各项职员，照《中学堂章程》办理；初等实业学堂应设堂长及各项职员，照《高等小学堂章程》办理。惟实业学堂另有实验场等处，事务较为繁杂，得随时体察情形，增置委员、司事，以资经理。

●●任用教员章程

大学堂分科正教员，以将来通儒院研究毕业，及游学外洋大学院毕业得有毕业文凭者充选，暂时除延访有各科学程度相当之华员充选外，余均择聘外国教师充选。副教员，以将来大学堂分科毕业考列优等，及游学外洋得有大学堂毕业优等、中等文凭者充选，暂时除延访有各科学程度相当之华员充选外，余均择聘外国教师充选。

高等学堂正教员，以将来大学堂分科毕业考列优等，及中等及游学外洋得有大学堂毕业文凭，暨大学堂选科毕业考列优等者充选，暂时除延访有各科学程度相当之华员充选外，余均择聘外国教师充选。副教员，以将来大学堂选科毕业考列优等，及中等及游学外洋得有大学堂选科毕业文凭者充选，暂时延访有各科学程度相当之华员充选。

普通中学堂正教员，以将来优级师范毕业考列最优等，及优等及游学外洋高等师范毕业考列优等、中等及得有毕业文凭者充选，暂时只可择游学外洋毕业生曾考究教育理法者充之，不必定在师范学堂毕业，或择学科程度相当之华员充之亦可。副教员，以将来优级师范毕业考列优等，及中等及游学外洋得有高等师范毕业文凭者充选，暂时只可择游学外洋毕业生曾考究教育理法者充之，不必定在师范学堂毕业，或择学科程度相当之华员充之亦可。

高等小学堂正教员，以初级师范毕业考列最优等、优等，及游学外洋寻常师范毕业得有优等、中等文凭者充选，暂时以简易师范生充选。副教员，以初级师范毕业考列中等，及游学外洋得有寻常师范毕业文凭者充选，暂时以简易师范生充选。

初等小学堂正教员，以曾入初级师范考列中等及得有毕业文凭者充选，暂时以师范传习生充选。副教员，以曾入初级师范得有修业文凭者充选，暂时以师范传习生充选。

优级师范学堂正教员，以将来大学堂分科毕业考列优等，及中等及游学外洋高等师范考列优等、中等及得有大学堂毕业文凭，暨大学堂选科毕业考列优等者充选，暂时除延访有各科学程度相当之华员充选外，余均择聘外国教师充选。副教员，以将来大学选科毕业考列中等，及游学外洋得有大学选科毕业文凭者充选，暂时延访有各科学程度相当之华员充选。

初级师范学堂正教员，以将来优级师范毕业考列最优等，及优等及游学外洋寻常师范毕业得有优等文凭及毕业文凭者充选，暂时只可择游学外洋毕业生曾考究教育理法者充之，不必定在师范学堂毕业，或择学科程度相当之华员充之亦可。副教员，以将来优级师范毕业考列中等，及游学外洋得有高等师范毕业文凭者充选，暂时只可择游学外洋毕业生曾考究教育理法者充之，不必定在师范学堂毕业，或择学科程度相当之华员之亦可。

高等实业学堂正教员，以将来大学分科毕业考列优等，及中等及游学外洋得有大学堂毕业文凭，暨大学堂选科毕业考列优等者充选，暂时除延访有各科学程度相当之华员充选外，余均择聘外国教师充选。副教员，以将来大学选科毕业考列优等，及中等及游学外洋得有大学选科毕业文凭者充选，暂时延访有各科学程度相当之华员充选。

中等实业学堂正教员，以将来大学堂实科毕业，及高等实业学堂考列优等者，及游学外洋高等实业学堂毕业得有毕业文凭者充选，暂时只可以实业传习所较优之毕业生充之。副教员，以将来高等实业学堂毕业考列中等者，及游学外洋得有高等实业毕业文凭者充选，暂时只可以实业传习所其次之毕业生充之。

初等实业学堂正教员，以曾入实业教员讲习所，及中等实业学堂得有毕业文凭者充选。副教员，以曾入实业教员讲习所及中等实业学堂得有修业文凭者充选。

●●各学堂考试章程 按此项章程后经奏改，现即据改定本录登

凡学堂考试分五种：一曰临时考试，二曰学期考试，三曰学年考试，四曰毕业考试，五曰升学考试。

临时考试者，每月一次或间月一次，由各教员主之，无定期，亦无升降赏罚。此教员自以所讲授之科学验学生学力之等差，以定其分数者也。

学期考试者每半年一次，由本学堂监督、堂长会同各教员于暑假前行之。此学堂汇全班学生而甄别之，施其沙汰者也。

学年考试者每一年一次，由本学堂监督、堂长会同各教员于年假前行之，分别升级、留级。此学堂统学生一年之成绩而考较之，以定其级数者也。

以上各项考试，皆学堂自行办理；考毕，由监督、堂长汇齐各科学分数，榜示学生。

毕业考试者，因学生毕业而授以文凭，以表明其为何等程度之学生，使将来别就职业时有所考证，其事较重。凡中学以下之学堂，除初等小学毕业由本学堂自行考试外，高等小学毕业、中学毕业，概由本学堂呈请所在地方官长，会同学务官 中学毕业会考之学务官，以各省议长、议绅暨提学使司属课长、副课长、课员、省视学为宜，遇有学部谘议官、学部视学官在该处之时，亦可会同考试；高等小学毕业会考之学务官，以县视学、劝学所总董为宜，遇有上开各项学务官在该处之时，亦可会同考试、教育会人员 教育会人员以会长、副会长为限，暨本学堂人员等行之。其不能备有各项人员之地方学务官、教育会，三项人员中得有二项人员，即可举行毕业考试。

初等小学、高等小学暨中学毕业，既经举行毕业考试之后，由本学堂汇造学生姓名、年岁、籍贯、三代、分数清册，在京师者，呈督学局备案；在各省者，呈由本管地方官转详提学使司备案。

高等学堂毕业，在京师者，呈请学部考试；在各省者，呈请提学使司转详督抚督同议长、议绅暨教育总会会长、副会长考试，遇有学部一等、二等谘议官，学部视学官在该处之时，亦可会同考试。

大学堂毕业，在京师者，由本学堂呈由学部奏请钦派大臣会同考试；在各省者，由本学堂呈请提学使司转详督抚，将毕业学生咨送学部奏请钦派大臣会同考试。凡毕业考试，先期由本学堂将毕业学生履历册、功课分数册、请假旷课册，各教员科学讲义所用教科书籍，学生笔记成绩如日记、课卷、算草、画稿、图稿之数汇具齐全，高等以上学堂呈送学部或各省提学使司，中学以下学堂呈送督学局或地方官，由所呈请之衙门会同各项人员定期考试。所定试期，至迟不得逾该学堂册籍送到后一个月之外，即就该学堂讲堂按照所有学科分日考试，每学科讲义中择其精要者发问，或笔述，或口答，及问题多少，并应体察学科情形、授课钟点酌定。其原有经史课目之学堂，就该学堂所授经史考验，其因学生肄习经史在前、未订经史课目之学堂，加试经学一题、中国史学一题。中学以上之学堂毕业考试，中国文学一科应试二题：一题就该学堂主要学科命题，观其知识能否贯通；一题就中国经义史事命题，观其根底是否深厚。其分数作两次计算，与各科学平均，每科学分数均应按照所发问题先各记分数，再汇为某学科分数 如一科学发十问，各问皆满格，则每问十分共百分；其发问或多或少，均按照所发问题就百分匀分核记，其所发问题有难易，或由考试官指定每问题记若干分者，即不匀记亦可，再将各学科分数汇齐平均，为毕业考试总平均分数，再将毕业考试总平均分数与该学生在本学堂历期历年考试各科学之总平均分数相加而平均之，为该学生毕业分数，以定等差，按分数等第，由本学堂发给文凭 初等小学由本学堂考试者同。

凡各省中学堂、高等学堂毕业，现行章程定有奖励者，既经毕业考试之后，除由本学堂发给分数等第文凭外，呈由提学使司按照毕业分数分别等第，详请督抚咨明学部，照章奏请奖励。

大学堂各分科、选科毕业 实科应比照高等学堂办理，经学部奏请钦派会考大臣会同考试之后，其应照章奖励者，由学部带领引见，奏请明降谕旨，以示优异，游学毕业考试准此；惟非在外国大学堂及高等学堂、高等专门学堂毕业者，不得与试。

通儒院毕业，以平日研究所得之各种著述呈大学堂总监督，由总监督与分科教员公同评论，定其分数，咨呈学部确加复核分别等第，将其著述进呈御览，恭候钦定奖励录用。

凡毕业考试，以通计各门分数满百分者为极则；满八十分以上者为最优等，满七十分以上者为优等，满六十分以上者为中等，不满六十分者为下等，不满五十分者为最下等。考列最优等及优等、中等者，照章分别给奖；考列下等者，加给及格文凭；考列最下等者，加给修业文凭。给修业文凭者，不得参与升学考试。

此外考试皆以百分计算，由教员将临时考试所记分数，与平日暗记之分数参互酌定，分别册记，与学期考试或学年考试平均计算。学期考试所记分数，除不满二十分者令其出学外，凡在二十分以上者，俟学年考试时以学年考试与学期考试分数平均计算，平均分数在最优等、优等、中等者均升级，下等者留原级，不满二十分者出学 此指一学年一学级之学堂言之，其一学期一学级之学堂，即以学期考试之分数等第分别升级、留级。

凡学堂考试，本学堂学生如有因事未与考者，其因父母之丧或真实重病不能与考，而所旷功课钟点按本学期所有功课点钟计之不过四分之一者，准其补考。其旷课过多，及因他项事故未与考者，不准补考，应留级归入下次补考。至现在未备级次之学堂，应将该学生平日所有分数相加，按照所有学期平均 如六学期只应五次考试，应将所有分数六除之类，其临时考试未与者，于学期考试、学年考试时照此办理。其虽经与考而平日旷课过多者，除父母之丧例准给假 给假期限各按照本学堂现行详章 无庸扣算外，每旷百小时，减本学期总平均分数五分。

凡各学堂所记学生品行分数，中学以下学堂于学期考试、学年考试时，以所记品行分数与修身科分数平均为修身科分数；高等以上学堂，于学期考试或学年考试时，以所记品行分数与人伦道德科分数平均为人伦道德科分数，不必另立一门。

凡中学以上各学堂毕业核算分数评定等第，除各就平均分数分别等差外，如所习科目毕业考试分数有两科皆不满六十分，或一科不满五十分者，均不得列最优等；有两科不满五十分，或一科不满四十分者，不得列优等。其分类教授之学堂所习选科或主课，有一科不满七十分者，不得列最优等；有一科不满六十分者，不得列优等。

凡各学堂所发文凭，两等小学但载平均分数，中学以上各学堂及与中学以上程度相当之各种学堂，均应分载各科学分数，并载平均分数。两等小学堂文凭，本学堂堂长列名签押，呈由该管官衙门盖用印信；中学以上各学堂及与中学以上程度相当之各种学堂，本学堂监督、教员暨会同考试之学务官一员签押，并呈由该管衙门盖用印信其本学堂具有成案，准用关防或钤记者自行钤用，无庸该管官衙门盖印。

升学考试者，本学堂既已毕业升入程度较高之学堂，以期循序深造；初等小学毕业升入高等小学，高等小学毕业升入中学，中学毕业升入高等学，高等学毕业升入大学，概由所升入之学堂自行考试，分别去取，以期程度齐一。其初等小学毕业不愿升入高等小学，高等小学毕业不愿升入中学，中学毕业不愿升入高等学，高等学毕业不愿升入大学者，不必与升学考试。至通儒院，所以待隽异之士笃志好学者，研求各专门之精深义蕴，愿否升入，听其自便，毋庸考试。

初等小学毕业学生，除升入高等小学外，可升入初等农工商学堂；高等小学堂毕业生，除升入中学外，可升入中等农工商学堂、初级师范学堂；中学毕业生，除入高等学外，可升入大学预备科、大学实科、高等农工商学堂、优级师范学堂、京师译学馆、外省方言学堂。

高等小学、中学暨与高等小学、中学程度相等之学堂，遇举行升学考试之时，应将所升入之学生姓名、年岁、籍贯、三代及由何处初等小学毕业，或历由何处初等小学及高等小学毕业，汇造清册，在京师者，呈由督学局备案；在各省者，呈由本管地方官申详提学使司备案，每年年终由督学局及各省提学使司汇造清册，详报学部。

高等以上各学堂及与高等以上程度相等之各种学堂，遇举行升学考试之时，应将升入之学生姓名、年岁、籍贯、三代及历由何处学堂毕业，汇造清册，在京师者，呈送学部备案；在各省者，呈送提学使司汇报学部备案。

初等小学堂收入学生，及现在各种学堂招取学生，均应于收招时造具姓名、年岁、籍贯、三代清册，各按学堂等级，比照上开升学考试应行呈报之处，呈送备案。

凡各学堂毕业生即升入本学堂高等学级者，如两等小学堂初等毕业升入高等，大学预备科毕业升入大学之类，其升学考试仍由本学堂办理。

本章程未经指明之各种学堂所有考试，各按程度比照办理。

●●各学堂奖励章程内《师范学堂奖励章程》照改定本录登，并增附《师范毕业义务章程》

要　　目

通儒院毕业奖励

大学堂分科大学毕业奖励

分科大学之选科毕业奖励

大学堂分科内之实科毕业奖励

大学堂预备科、各省高等学堂毕业奖励

高等实业学堂毕业奖励

中学堂毕业奖励

中等实业学堂毕业奖励

高等小学堂毕业奖励

优级师范学堂毕业奖励

初级师范学堂毕业奖励

优级师范选科及初级师范简易科毕业奖励

师范毕业义务章程

京师译学馆外省方言学堂毕业奖励

京师进士馆毕业奖励

京师仕学馆毕业奖励

自高等小学堂以上,或由升学考试给奖,或由毕业考试给奖,各有限制,各有取义。兹比照《奏定奖励出洋游学日本学生章程》给予出身,分别录用,已经奉旨允准之案,酌拟分别列表如下:

通儒院毕业奖励

五年毕业,计自入小学堂至此学堂毕业实在学堂二十五年,程度最高。

通儒院毕业奖励,自应遵照奏定游学日本章程大学院毕业者予以翰林升阶。惟通儒院毕业,计自小学堂起,共须二十五年,学业已深,必须格外优奖,立时任用,方足以济时艰。其间应如何分别等差,或比照翰林升阶分用较优之京官、外官,以便即时任用;抑或于奖以翰林升阶之后,并即破格任用之处,俟届通儒院设立之时,再行体察情形,详核酌拟奏明请旨办理。

大学堂分科大学毕业奖励

或四年或三年毕业,计自入小学堂至此学堂毕业,实在学堂二十年,程度甚高。

考试分最优等、优等、中等、下等、最下等五级 外国学堂考试分最优等、优等、中等、劣等、最劣等五级，今以劣字不佳，改用下字。以下各学堂考试皆同。

考列最优等者，作为进士出身，用翰林院编修检讨升入通儒院，如不愿入通儒院者，应由学务大臣查核该员才具，酌量分别委以京外要差，奏明请旨办理，以期及时自效。该员办事如有成效，再行从优奏奖最优等之第一名应否授为修撰之处，应俟大学堂毕业时察看其程度如何，临时请旨办理。

考列优等者，作为进士出身，用翰林院庶吉士升入通儒院，如不愿入通儒院者，与第一条同。

考列中等者，作为进士出身，以各部主事分部尽先补用升入通儒院，如不愿入通儒院者，与第一条同。

考列下等者，作为同进士出身，留堂补习一年，再行考试分等录用。如第二次仍考列下等者，及不愿留堂补习者，以知县分省补用。考列最下等者，但给考试分数单，不留学。

分科大学之选科毕业奖励

亦由预备科及高等学堂毕业生升入，系呈明就分科中之子目各门内又只选习一科，故名选科，如政治门或选习理财，或选习警察、监狱；法律门或选习刑法，或选习商法；医学门或选习内科，或选习外科；土木工学门或选习河海工，或选习铁路工，他均仿此，程度在大学分科之次，在高等学堂之上，考试亦分五级。

考列最优等者，作为同进士出身，以员外郎分部补用，由学务大臣查该员才具酌量分别委以京外要差，奏明请旨办理，以期及时自效。该员办事如有成效，再行从优奏奖。

考列优等者，作为同进士出身，以主事分部尽先补用，余与第一条同。

考列中等者，作为同进士出身，以知县分省尽先补用，余与第一条同。

考列下等者，留堂补习一年，再行考试分等录用；如第二次仍考下等，及不愿留堂补习者，以知县归班铨选。

考列最下等者，但给考试分数单，不留学。

大学堂分科内之实科毕业奖励

由中学堂毕业生升入，专选农工商医四科中之一门，为毕业后自营实业计者三年毕业，其学问等差与高等学堂同，故奖励举人亦与高等学堂同，但此系学成即须办事之员，故加以录用官阶，考试亦分五级。

考列最优等者，作为举人以直州同尽先前选用，准充高等农工商实业学堂正教员，愿自营实业者听。

考列优等者，作为举人以州同尽先选用，准充高等农工商实业学堂教员，愿自营实业者听。

考列中等者，作为举人以州判尽先选用，准充高等农工商实业学堂教员，愿自营实业者听。

考列下等者，留堂补习一年，再行考试，分等录用；如第二次仍考下等，及不愿留堂补习者，给以实科修业期满凭照，准充高等农工商实业学堂管理员，愿自营实业者听。

考列最下等者，但给考试分数单，听自营业。

大学堂预备科、各省高等学堂毕业奖励

三年毕业，程度与大学实科同，计自入小学堂至此学堂毕业，实在学堂十七年。

考列最优等者，作为举人咨送学务大臣复试合格，内以内阁中书尽先补用；外以知州分省尽先补用，升入大学堂分科肄业，不愿升入大学堂者听。

考列优等者，作为举人咨送学务大臣复试合格，内以中书科中书

尽先补用;外以知县分省尽先补用,升入大学堂分科肄业,不愿升入大学堂者听。

考列中等者,作为举人内以部寺司务补用;外以通判分省补用,升入大学堂分科肄业,不愿升入大学堂者听。

考列下等者,留堂补习一年再行考试,分等录用;如第二次仍考下等及不愿留堂补习者,给以修业期满凭照,听其自营生业。

考列最下等者,给以考试分数单,听其自营生业。

高等实业学堂毕业奖励

三年毕业,程度与高等学堂同。

考列最优等者,作为举人,以知州尽先选用,令充中等实业学堂教员、管理员。

考列优等者,作为举人,以知县尽先选用,令充各中等实业学堂教员、管理员。

考列中等者,作为举人,以州同尽先选用,令充各中等实业学堂教员、管理员。

考列下等者,令其留堂补习一年再行考试,分等录用;如第二次仍考下等及不愿留堂补习者,给以修业年满凭照,令充各高等实业学堂管理员。

考列最下等者,但给考试分数单。

中学堂毕业奖励

五年毕业

中学堂毕业,在省由学务处,在外由道府会同本学堂监督、堂长、教员等考试。

考列最优等、优等、中等者,均准保送升入高等学堂,优级师范学堂、高等实业学堂先行收入该堂肄业,听候督抚学政会同考选分别去留。

考列下等者,留堂补习一年再行考试,分别按等办理;如第二次仍考下等及不愿留堂补习者,只给以修业年满凭照,听其自营生业。

考列最下等者,但给以考试分数凭单,出学自营生业。

中学堂毕业应升学之学生,经道府会同监督考送入高等学堂、优级师范学堂、高等实业学堂者,经督抚学政会同复加考试,合格者,升入以上三项高等肄业。最优等作为拔贡,优等作为优贡,中等作为岁贡,分别收入所升学堂肄业,均由督抚学政填给会衔执照;下等发回原学,作为优廪生,由督抚学政会同咨明学务大臣并礼部备案,年终汇奏一次;最下等遣回原籍。

中等实业学堂毕业奖励

三年毕业,程度与普通中学堂同。

考列最优等者,作为拔贡,升入高等实业学堂肄业比照中学堂例;不愿升入者,以州判分省补用,即不能作为拔贡,给以毕业执照,听自营业。

考列优等者,作为优贡,升入高等实业学堂肄业;不愿升入者,以府经分省补用,即不能作为优贡,给以毕业执照,听自营业。

考列中等者,作为岁贡,升入高等实业学堂肄业;不愿升入者,以主簿分省补用,即不能作为岁贡,给以毕业执照,听自营业。

考列下等者,留堂补习一年再行考试,分别按等办理;如第二次仍考下等及不愿留堂补习者,只给以修业年满凭照,听自营业。

考列最下等者,但给考试分数单,均听自营生业。

高等小学堂毕业奖励

四年毕业

高等小学毕业，由道府会同本学堂堂长考试。

考列最优等、优等、中等者，均准保送升入中学堂，初级师范学堂、中等实业学堂先行收入该堂肄业，听候学政按临考试，分别去留。

考列下等者，留堂补习一年再行考试，分别按等办理；如第二次仍考下等及不愿留堂补习者，只给以修业年满凭照，听其自营生业。

考列最下等者，给以考试分数单，令其出学自营生业。

高等小学堂毕业应升学之学生，经道府会同监督考送入中学堂、初级师范学堂、中等实业学堂者，俟学政按临该府时复加考试，合格者，升入以上三项学堂肄业。最优等作为廪生，优等作为增生，中等作为附生，分别收入所升学堂肄业；下等发回原学，作为佾生，准用顶戴，均由学政填给执照，咨明学务大臣礼部备案；最下等遣回原籍。

优级师范学堂毕业奖励

考列最优等者，作为师范科举人，以内阁中书尽先补用，并加五品衔，令充中学堂、初级师范学堂及程度相当之各项学堂正教员，俟义务年满，以应升之阶，分别京外分部分省，遇缺即补。

考列优等者，作为师范科举人，以中书科中书尽先补用，令充中学堂、初级师范学堂及程度相当之各项学堂正教员，俟义务年满，以应升之阶，分别京外分部分省，遇缺即补。

考列中等者，作为师范科举人，以各部司务补用，令充中学堂、初级师范学堂及程度相当之各项学堂正教员，俟义务年满，以应升之阶分别京外分部分省尽先补用。

考列下等者，给及格文凭，令充中学堂及程度相当之各项学堂副教员，或高等小学以下各项学堂正教员，俟义务年满，作为师范科举人，奖给中书科中书衔。

考列最下等者，给修业文凭，暂时准充高等小学以下各项学堂副教员。

凡考列下等、最下等者，如在备有年级之学堂，准其留学补习一年，再行考试奖励。考列最优等、优等、中等之毕业生，原有官职不愿就毕业奖励者，准其呈明，以原官原班用，一律令充各项学堂正教员，俟义务年满，以应升之阶分别京外分部分省尽先补用。考列最优等、优等、中等之毕业生义务年满，不愿就京职者，准其呈明，以应升外职，照章办理。自费毕业生，各按所考等第比照办理。

初级师范学堂毕业奖励

考列最优等者，作为师范科贡生以教授用，加六品衔，令充小学堂及程度相当之各项学堂正教员，俟义务年满，以应升之阶尽先补用。

考列优等者，作为师范科贡生以教谕用，令充小学堂及程度相当之各项学堂正教员，俟义务年满，以应升之阶尽先补用。

考列中等者，作为师范科贡生以训导用，令充小学堂及程度相当之各项学堂正教员，俟义务年满，以应升之阶尽先补用。

考列下等者，给及格文凭，令充小学堂及程度相当之各项学堂副教员，俟义务年满，作为师范科贡生奖给训导衔。

考列最下等者，但给修业文凭。

凡考列下等、最下等者，如在备有年级之学堂，准其留堂补习一年再行考试，按等奖励。

考列最优等、优等、中等之毕业生，原有官职不愿就毕业奖励者，准其呈明，以原官原班用，一律令充各项学堂正教员，俟义务年满，以应升之阶分别京外尽先补用、选用。自费毕业生，各按所考等第，比照奖励。

优级师范选科及初级师范简易科毕业奖励

优级师范选科 此项选科，指按照学部咨行章程办理。所收学生，系曾由师范简易科毕业及在中学堂有二年以上之学力，或先入预科再入本科、二年毕业者言之，毕业考列最优等者，比照优级师范中等奖励办理；考列优等、中等者，比照优级师范下等奖励办理，均令充中学堂及程度相当之各项学堂副教员；考列下等者，给及格文凭，准充小学堂及程度相当之各项学堂副教员；考列最下等者，给修业文凭。

初级师范简易科 此项简易科指由官设立、年限在二年以上、成绩优者言之，毕业考列最优等者，比照初级师范中等奖励办理；考列优等者，比照初级师范学堂下等奖励办理，均令充小学堂及程度相当之各项学堂副教员；考列中等者，准充小学堂及程度相当之各项学堂副教员；考列下等者，给及格文凭；考列最下等者，给修业文凭。自费毕业生各按等第，照章办理。

师范毕业义务章程

优级师范生、优级选科师范生有效力全国教育职事之义务，其年限暂定为五年，此五年中，经学部或本省督抚、提学使司指派教育职事，不得规避。

初级师范生、简易科师范生有效力本省教育职事之义务，其年限暂定为四年，此四年中，经京师督学局、各省提学使司及府厅州县地方官指派教育职事，不得规避。

师范生于义务年限内各应尽心教育，不得营谋教育以外之事业，不得规避教育职事充当京外各衙门别项差使。

师范生因实有不得已事故请缓义务年期，经学部或督学局暨各省提学使司考查属实者，准其展缓，所展年期仍以二年为限。

师范生因病废不能从事教育，经学部或督学局暨各省提学使司考查属实者，准其豁免义务，所应得之奖励改为虚衔。

师范生于义务年限内不尽义务，未经允准私自迁延至二年以上者，即将所得奖励撤销。

师范生于义务年限内如因重要事故革除教员者，并将所得奖励撤销。

师范生于义务年限内充当教员，应将所编讲义及所订教授案，由该学堂监督、堂长照章分别呈送学部及督学局暨各省提学使司察核。

师范生于义务年限内充当教员，由督学局或各省提学使司随时考查，每年年终将教授成绩详细呈报学部，不得泛填笼统考语。

师范生义务年满，由督学局或各省提学使司呈报学部照章给奖，其不愿服官仍充教员者，由学部另订教员奖励章程分别办理。

师范生毕业不尽义务，入别项学堂进习高等学科者，毕业之时应照该学堂章程奖励，不得比照师范奖励章程办理。

京师译学馆外省方言学堂毕业奖励

五年毕业，程度与高等学堂略同，而所学系交涉事宜，年限亦较多。

考列最优等者，作为举人出身，内以主事分部尽先补用，外以直隶州分省尽先补用，升入大学堂分科大学或咨送出洋肄业；不愿入大学及出洋者，主事以原官分发外务部、商部分司尽先补用，直隶州派充各差，与优等同。

考列优等者，作为举人出身，内用内阁中书，外用知县，中书应专派充外务部、商部译员，并在本衙门尽先补用，知县分发各省尽先补用，充翻译委员、交涉委员并准出使各国大臣奏充翻译、领事等员；其愿充各省外国语文学堂教员者听，三年期满，比照同等各学堂教员优奖。

考列中等者，作为举人，内以七品小京官分部，外以通判分省补用，准充各处中学堂外国语文教员，三年期满，比照同等各学堂教员优奖。

考列下等者，再留堂补习一年再行考试，分等录用；如第二次仍考下等及不愿留堂补习者，给以修业期满凭照，准充外国语文学堂管理员。

考列最下等者，但给考试分数单，听自营业。

本馆本堂所习皆交涉事宜，关系至重，年限亦多，故奖励宜较高等稍优。

京师进士馆毕业奖励

三年毕业，程度与普通中学堂略同。

考列最优等者，翰林奏请留馆授职外，并保奖遇缺题奏部属、中书，均保奖以原官，遇缺即补。

考列优等者，翰林留馆授职外，保加升衔，并酌派本衙门要差。部属、中书均保归原衙门较优班次补用，并酌派本衙门要差。

考列中等者，翰林留馆授职外，并酌派馆差，部属、中书酌派本衙门主稿等差，如翰林、部属、中书有自愿外用知县者，准其呈明学务大臣，均以知县照散馆班次即选，先翰林、次部属、次中书。

考列下等者，翰林、部属、中书均留馆补习一年再行考试，分等录用；如第二次仍考下等及不愿留馆补习者，翰林以部属分部补用，部属、中书均以知县分省补用。

考列最下等者，翰林、部属、中书均以知县归班铨选。

中等以上均给毕业凭照；下等给修业凭照；最下等给考试分数单。

京师仕学馆毕业奖励

均系有职人员，三年毕业，程度比普通中学略深、比高等学堂不足。

现在仕学馆功课，其外貌似与高等学堂略同。然此项学生，非由小学、中学积年陶镕而来，所学尚无切实根柢，且三年即已毕业，为时甚暂，一切不过略涉藩篱，若奖励遽与高等学堂一律，实未平允。

至进士馆功课，虽亦止三年，然彼系已经中式，奉旨录用京秩，故三年毕业，亦可从优。仕学馆断不能与进士馆相比，特因其比中学堂程度稍深，故奖励亦未便与中学一律，今定为较中学稍优、较高等稍减如下：

考列最优等者，各就原官优保升阶，并保送引见，候旨录用；其未经中式举人者，并准作为副榜 此项学堂，其程度实际比中学堂不能远过，故比照中学堂升学奖给优拔贡之例作为副榜，因系有职人员，故于副榜外保奖升阶。

考列优等者，各就原官保奖升阶，分别京外分省分部尽先前补用，自愿候选者，就其升阶保奖尽先前选用；其未经中式举人者，并准作为副榜。

考列中等者，各就原官分别保奖，尽先补用选用班次。

以上均给本学堂馆业凭照。

考列下等者，留堂补习一年再行考试，分等录用；如第二次仍考下等及不愿留馆补习者，各就原官给予加一级，给以修业年满凭照。

考列最下等者，但给考试分数单，令其出学。

如候选京外人员及候补京员未到毕业年分即已选缺、补缺者，应仍令其毕业，视其所考等级，如应奖者保奖升阶不应奖者，饬令赴任。

仕学馆原奏章程止有三年功课，虽欲久留深学而不能，此系创设试办，尚非经久章程，应由学务大臣体察，如将来馆中学生自愿多习深造，愿将功课毕业年限展为五年，则可按照高等学堂给奖。

以上各学堂考试，皆以分数定等，均不限额。如全班中无八十分以上分数者，即不列最优等；无二十分以下分数者，即不列最下等，余可类推。

凡在各学堂肄业学年期内，均不得应科举考试，其已毕业离堂者，生员副榜仍准其一体乡试，举人仍准其一体会试。

八旗中小学堂、顺天府中学堂、五城小学堂，其考试奖励章程，均应比照各省中小学堂章程办理；惟其小学堂是否初等小学，或系高等小学，应据实咨报学务大臣查考。此外，无论京外官设何种学堂，均须咨明学务大臣查考，一切章程均按照其程度相等之学堂办理，如未经咨明者，不准给奖。

各省公设、私设学堂，曾经呈报本省学务处咨明学务大臣立案、平日受官宪考察、其教育悉遵用官学堂课目规则办理者，毕业后得一体申送，考入官设之升级学堂，应得奖励，与官学堂学生无异。

奖给出身，须按程度，所以别学业之等差。大学堂程度甚高，应奖给进士；高等学堂程度次之，高等学堂及他学堂程度相等者，均应奖给举人；中学堂程度又次之，中学堂及他学堂程度相等者，均应奖给优拔等贡生。所有各省高等学堂及程度相等之学堂应得举人奖励者，如该学生原系举人，应由学务大臣查照定章，奏请奖给官职，不得奖给进士出身。所有各省中学堂及程度相等之学堂应得拔贡、优贡、岁贡奖励者，如该学生原系优拔等贡生，应查照定章，奏请奖给官职，均不得奖给举人出身。

此次定章以前各省即经开办学堂，应于接到此次通行章程以后，先将该省已办学堂几处、所办系何种学堂、系何年何月开办、课程是否皆合学堂定法、何年月日奏咨有案，详晰咨报学务大臣查考如虽设学堂而课程阙略并不合法者，不在此例，由学务大臣查核确实复准后，届其毕业年限，应请奖者，准其照章奏请奖励；其应奖举人者，照章仍咨送学务大臣复试；如从前并未奏明有案及草创开办、课程尚未合法并无成效者，不准奏奖。

各学堂阶级程度统系图

(由上而下)

进士馆、仕学馆,非由小学、中学层累而升,其程度深于中学而浅于高等,故不在学堂统系之内。

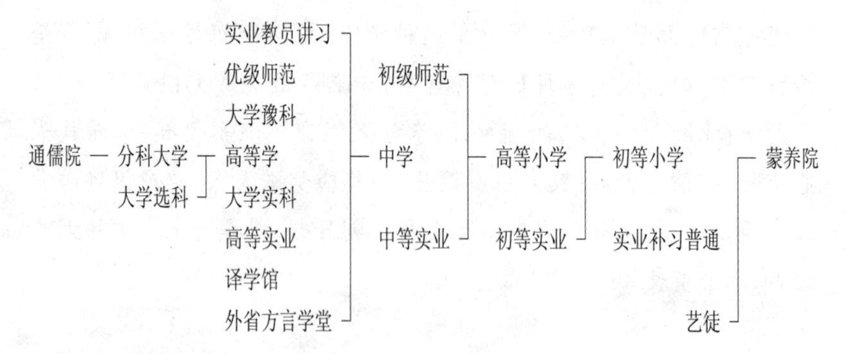

三

学堂章程

●●政务处奏更定进士馆章程折并清单

六月十三日准军机处交片，御史张元奇奏请将《进士馆章程》重为订定一片，奉旨学务大臣知道，钦此。查重订学堂章程原奏内称：所有一切章程如应行变通增损，仍当奏明办理。进士馆系奉旨特设，造就已仕人才，与各学堂不同。开办之初，正赖集思广益，斟酌尽善。臣等博采众议，酌拟章程八条，缮具清单，恭呈御览，如蒙俞允，即责成该管监督，遵照办理，期收实效，藉以仰副朝廷振兴实学、陶育通才之至意，谨奏。光绪三十年(1904 年)八月十七日奉旨依议。钦此。

谨将酌拟更定进士馆章程八条清单恭呈御览

一 新进士入学，应分为内外两班。内班住馆肄业，外班到馆听讲，学期考验、毕业考验，内外班学员均一律办理。查更定章程内开，新进士为从政初阶，自讲求致用之实，每日钟点不多，于东西文、算学、体操习否各听。又准于农、工、兵、商四项中止选习一二科等语。是每日讲堂功课四点钟外，本有余闲，翰林、中书职司清暇,自应作为内班住馆肄业。分部各员在学习期内虽无应办之事,而六曹有职掌兵、刑、农、工诸大政,皆属专门之学,并须分类考求。现当整饬部务之时,方拟各开学馆以待通才。所有分部各员除愿住馆肄业者,仍照旧办理外,其愿仍在本衙门当差者,此项人员即作为分班到馆听讲,应得津贴及毕业录用,均与内班一律。其已得要差,经本部咨明留署之员,即可无庸听讲。设翰林、中书有因精力不及、愿归外班听讲者,亦听其便。

一 延聘教员宜酌量变通。张元奇原奏内称:进士馆教员多在洋毕业之留学生,年轻望浅,不能镇服各等语。查新进士之入学堂,原欲使明澈中外大局,并于法律、交涉、学校、理财、农、工、兵、商诸政,皆能知其大要,故奏定学科皆以有实用为宗旨,非曾经在外洋卒业者不易精通。至该御史意在借宿望以式新进,不为无见,应由学务大臣监督留心访察,京外如有资深望重精晓科学之员,自应先行延聘,以资表率。其东西洋留学生内科学卒业者,不乏品行端正之人,亦应一体延聘,以重专门而宏教育。

一 新进士有在学堂充当教习及总理学务事宜,应由该省督抚先行奏咨立案,三年期满实能称职,再奏明该员在堂实在劳绩,准其与本馆毕学员一律办理,至应得学堂保奖,另案汇办。如有先在学堂肄业,后经中式、自愿仍在该学堂毕学者,应准俟该学堂毕业后,与本馆毕业学员一律办理。

一 原定奖励章程内开考列最优等者,翰林奏请留馆授职外,保奖遇缺题奏等语。查此项保奖系专就本衙门升阶,但为学致用,不限肆途,该员等未得升缺以前,遇有愿考御史及保送知府各项,均准一体保送,以收内外得人之效。

一 学员自备资斧呈请出洋游学,应俟三年期满,得有毕业文凭,回国照本馆毕业学员一律办理。至未出洋前，在馆肄业日期应准并算。

一　丁忧人员例须回籍守制。惟入学与服官不同，除本员自愿回籍外，应准其百日后到馆应课。服阕，毕业考验，仍一律办理，惟于序资补缺时，应扣足守制日期。

一　给假期限宜酌量改定。原奏章程内开新进士自本年八月起至明年三月底止，准其告假八个月。查进士馆初开，系定于次年四月开学，此后每年分为两学期，正月开学至小暑节为第一学期；七月开学至年终为第二学期。各学员如照例给假八个月，则第一学期已成虚设，且该员等籍贯既分远近，家境亦殊优绌，假期似难强齐，拟请嗣后新进士均准正假五个月，续假五个月，既于人情称便，亦与学期相符。

一　严杜冒滥以励实学。查奏定章程内各学卒业奖章至优极渥，其间勤奋用功究心实学者固不乏人，而滥竽充数与不守学规者，亦所不免，若不严定劝惩之条，恐相率效尤，即素称勤学者亦不知勤勉，殊非朝廷设学培才之本意。拟嗣后各学员中，除故违奏章与敢为异说有关大体者，固应另行参奏外，其有故犯学规，屡戒不改，或声名素逊，造就难期者，应由监督查明，随时咨回原衙门交该堂官察看，如尚知愧奋，非注销察看后，不得与同衙门各员一律序资补缺。

●●学部订定优级师范选科简章通行各省 光绪三十二年(1906年)六月初一日

第一节　优级师范选科之设，以养成初级师范学堂及中学堂教员为宗旨。

第二节 优级师范选科，每省设立学堂一所，其学生名额至少须满二百人。

第三节 学生入学之资格，以曾由师范简易科毕业，或在中学堂有二年以上资格者为合格。如此类学生一时难得，应即考选经学中文具有根柢、年在二十以上之纯谨学生，令先入预科，然后再入本科，以期核实，不合格者，不得滥收。

第四节 优级师范选科课目，分本科及预科，预科一年毕业，本科二年毕业。

<table>
<tr><td colspan="3">预科科目
《奏定学堂章程》于优级师范加习科及初级师范加简易科之科目，均未列经学。兹所设优级选科与加习科及简易科用意相同，至优级师范、初级师范之完全科，不得援此为例。</td></tr>
<tr><td>科目</td><td>每星期钟点</td><td></td></tr>
<tr><td>伦理</td><td>二</td><td>人伦道德要旨</td></tr>
<tr><td>国文</td><td>三</td><td>讲授及练习各体文</td></tr>
<tr><td>数学</td><td>八</td><td>算术 代数学初步</td></tr>
<tr><td>地理</td><td>三</td><td>世界地理大要</td></tr>
<tr><td>历史</td><td>三</td><td>世界史大要</td></tr>
<tr><td>理化</td><td>二</td><td>理化示教</td></tr>
<tr><td>博物</td><td>二</td><td>博物示教</td></tr>
<tr><td>体操</td><td>三</td><td>普通体操</td></tr>
<tr><td>图画</td><td>二</td><td>天然画</td></tr>
<tr><td>英文</td><td>八</td><td>读方 译解 会话 文法</td></tr>
</table>

本科通习科目

学期／学科	第一学年				第二学年			
	每星期钟点	第一	每星期钟点	第二	每星期钟点	第三	每星期钟点	第四
伦理	一	伦理学史	一	伦理学史	一	东西洋伦理学	一	东西洋伦理学
教育	三	教育学	三	教育学	三	学校制度及管理法	三	管理法教授法
心理	二	心理学	二	心理学	一	心理学	一	心理学
论理	二	论理学	二	论理学	一	论理学	一	论理学
英文	五	英　文	五	英　文	五	英　文	五	英　文
日文					二	日　文	二	日　文
体操	二	普通体操	二	普通兵式体操	二	兵式体操	二	兵式体操

历史地理本科主课科目

学期／学科	第一学年				第二学年			
	每星期钟点	第一	每星期钟点	第二	每星期钟点	第三	每星期钟点	第四
历史	一〇	中国历代史	一〇	中国近世史	一〇	亚洲各国史，西洋上(中)世史	一〇	西洋近世史，历史研究法
地理	八	地理总论中国地理	八	中国地理各洲分论	八	各洲分论	八	地质 地文人文地理
法制理财	三	法制大意理财学大意	三	法制大意、法制史、理财学大意、理财学史	三	法制史 理财学史	三	法制史 理财学史

理化本科主课科目

学期／学科	第一学年				第二学年			
	每星期钟点	第一	每星期钟点	第二	每星期钟点	第三	每星期钟点	第四
物理	六	物性论力学	六	力学 音学 热学	六	热学光学	六	磁电气学
化学	六	无机化学	六	无机化学	五	有机化学	五	化学理论
数学	五	代数及平面几何	五	代数及平面几何	五	三角及立体几何	五	解析几何及微积大意
物理实验	二		二		二		二	
化学实验	二		二		二		二	
地文					一	地文学	一	地文学

博物本科主课科目

学期／学科	第一学年				第二学年			
	每星期钟点	第一	每星期钟点	第二	每星期钟点	第三	每星期钟点	第四
动物	六	动物各论，脊椎动物分类及比较解剖实验二回	六	节足动物，软体动物，蠕形动物，实验二回	六	棘皮动物、腔肠动物、原生动物、动物发生学、实验二回	六	动物学通论比较解剖学动物进化论实验二回
植物	六	植物形态学、植物解剖学、实验二回	六	植物解剖学植物生理学实验二回	五	植物分类学实验二回	五	植物之应用及对人生之关系

地质矿物	一	矿物通论	一	矿物通论	六	矿物物理学矿物化学矿物各论	八	岩石各论岩石通论地相动力及历史
生理卫生	二	生理	二	生理	二	卫生		
图画	二	天然画	二	天然画	二	几何画	二	几何画
物理	二	物理	二	物理				
化学	二	化学	二	化学				

数学本科主课科目

学期／学科	第一学年				第二学年			
	每星期钟点	第一	每星期钟点	第二	每星期钟点	第三	每星期钟点	第四
数学	一五	代数几何三角	一六	代数几何三角微分积分初步	一六	方程式论解析几何微　分	一六	微分积分及微分方程式　数学用模型制造
理化	三	物理	三	物理	二	化学	二	化学
天文	一	天文学	一	天文学	一	天文学	一	天文学
图画	二	天然画	一	几何画	一	几何画	一	几何画
簿记					一	簿记法	一	簿记法

上表所列各科，每科学生五十名，如有不能匀配之处，应即趋重理化、博物二科，以养成现今最为缺乏之学术。

第五节　由优级师范选科毕业之学生，得称优级师范选科毕业生，有充当初级师范及中学堂教员之资格。

第六节　优级师范选科毕业生，有效力本省及全国教育之义务，其年限凡四年；如有不尽义务者，照奏定章程师范毕业效力义务章办理。

商部奏筹办艺徒学堂酌拟简明章程折[①]

窃上年七月十七日学务处会同臣部、户部具奏，议复御史王金镕奏请添设艺徒及初等、中等工业各学堂，并请赏拨经费一折，奉旨著由崇文门溢征税项拨给三成。钦此。

查原奏内声明应办事宜，拟派高等实业学堂监督臣部左丞绍英妥议章程，次第筹办。当即遵饬该员酌拟办法，旋据声称艺徒学堂应作为初等工业学堂附属高等实业学堂内办理，应在该学堂左近建筑工场，考取艺徒，聘订技师，分科教授。其中等工业学堂，拟由各处高等小学堂咨取考验合格学生，即行开办。所有各该学堂章程，尚须详细拟订等语。复经臣等于上年七月二十六日奏明，奉旨允准在案。查此项学堂，专系注重工业，以教育贫民子弟，造就良善工匠为宗旨。既蒙特颁帑项俾资次第扩充，自应妥筹兴办。现在修筑校舍，规画一切将次就绪。据左丞绍英先行酌拟《艺徒学堂简明试办章程》十五条，呈请核示前来。

臣等查阅所拟办法，如暂招艺徒三百人，分为速成、完全两科。速成科注重实习，毕业期限由半年至二年为度；完全科学理与实习并重，毕业由三年至四年为度。又教授课目，亦分通修、专修两科。通修科分修身、算法、博物、理化、历史、图画、体操、国文、唱歌、习字十门；专修科分金工、木工、漆工、染织、窑业、文具六门，分别速成、完全两科，酌定肄习课目。他如教员管理各项规则，均系遵照《奏定学堂

① 光绪三十二年六月初三日(1906 年 7 月 23 日)学部咨商部，艺徒学堂章程可试办。《学部官报》第二期文牍，第 27 页。——校者注

章程》,并参考日本工业学校规则酌订。当经咨行学部核复,嗣准复称所订简章学科程度大致周妥,可即试办等因。当经臣等转饬该左丞遵照办理,务求实效,以仰副朝廷振兴工业,嘉惠编氓之至意。谨奏。光绪三十二年(1906年)　月　日。奉旨:依议,钦此。

谨将拟定《艺徒学堂简明章程》恭呈御览

一　命名

一　本学堂为传习浅近工艺,造就良善艺徒奏准设立,故名艺徒学堂。

二　宗旨

一　本学堂以改良本国原有工艺,仿效外洋制造,使贫家子弟人人习成一艺,以减少游惰,挽回利权为宗旨。

三　办法

一　本学堂暂招艺徒三百人,分为六班,以四班为速成科,以二班为完全科。速成科之教法注重实习,毕业期限由半年至二年不等,须以艺徒之造诣及功课之难易临时酌定;完全科之教法学理与实习并重,毕业期限由三年至四年不等。

一　以上系暂时办法,待二三年后小学堂毕业生渐多,凡得有小学毕业凭照愿习工艺者,本学堂可开新班收录。彼时统以三年为毕业年限,而学课益求完备。

一　本学堂附设于高等实业学堂之旁,凡该学堂所有一切机器及教育用品,本学堂皆可借用,亦可代该学堂制造物品。

一 本学堂完全科学徒以年在十二岁以上、十五岁以下，资质聪颖，身体壮健，能讲浅文者为合格。速成科以年在十四岁以上、二十岁以下，口齿灵便，身体强健者为合格。

一 艺徒之饮馔、宿舍、操衣、工衣、医药及一切应用物件，皆由本学堂置备。

一 艺徒应习何科，须由本学堂因材酌定，不得擅请改习。惟一科已经毕业，欲再加习他科，或自费生经咨送保送之处指请者，不在此例。

一 本学堂办有成效之后，如外省有咨请本堂艺徒委以事务者，亦可派往。

一 本学堂逐日将各艺徒之成绩品登簿，俟售出后仅收料价所得，余利专备教员、工匠、艺徒等奖励之用。

四 教授课目

一 本学堂教授课目分为通修、专修两科。通修课目，完全科艺徒皆须习之，速成科艺徒只择习五六门，专修课目，每班只习一门。

通修课目：

（一）修身 授以中外古今名人言行之大义，以端其为人之始基；

（二）算法 授以加减乘除诸等数求积法，并另授以簿记法之大要；

（三）博物 授以各种动植矿物之形状性质，以助其美术思想；

（四）理化 授以理化大要，以助其制造思想；

（五）历史 授以中外历史大要，俾各艺徒于历代服装制度沿革了然于胸，以为模画雕刻之本；

（六）图画 授以铅笔、毛笔、水彩、几何等画法，以为改良各种工艺之基；

（七）体操 授以柔软体操步法、转法，以期发达体育，上下讲堂时秩序井然，便于管理；

（八）国文 授以浅近白话文理，总以能做日用笔记、信札为要；

（九）唱歌 授以各小学堂教科用之唱歌，使艺徒工作时可以乐而忘劳；

（十）习字。

专修课目：

（一）金工科 分为锻工、铸工、板金工、装修工、电镀工五门；

（二）木工科 授以制造器皿及雕刻装饰品等技；

（三）漆工科 授以各种明暗彩画、漆法、雕漆法、镶螺钿法、漆器制造法、漆器图案法；

（四）染织科 分为染色、机织二门，染色门授以精练、漂白、浸染、反染、印花等法；机织门授以织物练习、织物解剖、织物整理、捻系等法，每门任习其一；

（五）窑业科 授以烧瓷、画瓷之法；

（六）文具科 授以制造各种纸张暨粉笔、铅笔、印刷油墨、各种洋墨水、天然墨等法。

一 本学堂每一学年分为二学期。第一学期由正月开学日起，至六月暑假时止。第二学期由暑假后开学时起，至年终放假时止。所有速成、完全各科，每星期授业时间表开列于下：

速成各科每星期授业时间表

学年 / 学期 / 小时 / 科目	第一学年		第二学年	
	第一学期	第二学期	第一学期	第二学期
修身	一	一		
算术	三	三	二	一
图画	四	四	四	四
体操	二	二	一	
国文	二	二	一	一
唱歌	一	一	一	
习字	一	一	一	一
各科制造法	五	五	七	八
各科实习	二十	二十	二二	二四
总计	三九	三九	三九	三九

完全各科每星期授业时间表

学年 / 学期 / 小时 / 科目	第一学年		第二学年		第三学年		第四学年	
	第一学期	第二学期	第一学期	第二学期	第一学期	第二学期	第一学期	第二学期
修身	一	一	一					
算术	六	四	四	四	二	二		
图画	十二	十四	十四	十二	十二	六	十二	十二
国文	二	二	一					
博物	三	三	一	一				
理化	三	三	一	一				
历史	二	二	二	一				
体操	二	二	二					

唱 歌	二	二	一					
各科制造法			三	六	六	十	四	四
机械学					二	二	一	一
建筑学					二	一	一	一
各科实习	四	四	七	十二	十五	十八	二十	二十
总 计	三七	三七	三七	三七	三九	三九	三八	三八

五 职员

一 本学堂设监督一人，综理堂中教务、庶务各事宜。教务长一人，专理讲堂、工厂各教授事宜。庶务长一人，专理堂中一切庶务事宜。教务长下置中、东教员共十五人，通译四人，工匠九人。庶务长下置司事五人，此外置供事丁役各若干人，列表于下：

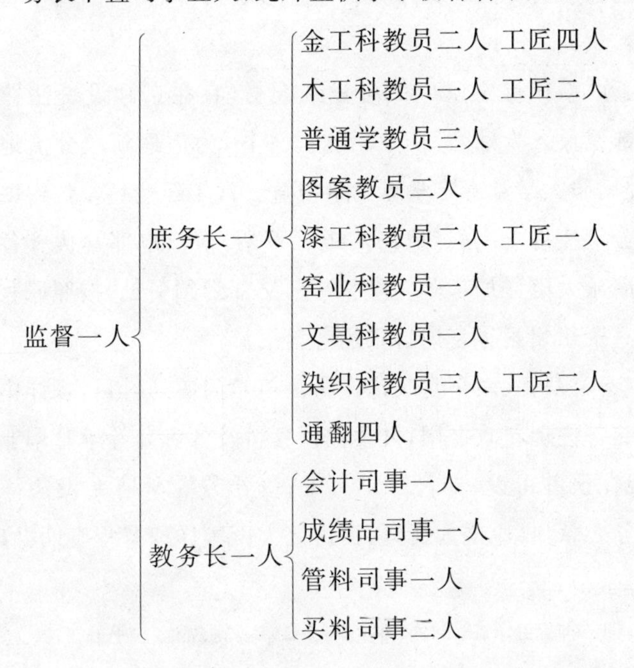

一 所有本学堂斋务事宜归教务长派中国教员轮流管理，不必另设专员。

六 管理规则

一 本学堂管理规则谨依奏定章程办理，倘有增减之处，须禀请监督核定后方可施行。

●●学务大臣议复专设法律学堂并各省课吏馆添设仕学速成科折[①]

本年三月二十日，军机处片交修订法律大臣奏请专设法律学堂一折，又奏请在各省课吏馆内添设仕学速成科讲习法律片，均奉旨学务大臣议奏，钦此。

原奏内称，新律修定亟应储备裁判人材，宜在京师设一法律学堂，考取各部属员入堂肄习，毕业后派往各省，为佐理新政分治地方之用。课程比照大学堂奏定学科酌量损益。常年经费每年约银四万两，由各省分筹拨济，开办经费约需银三万两，请归户部筹拨。各员毕业后，请简派大臣详加考验，分别等差，交部带领引见，按照原官品级，以道府直隶州州县等官请旨录用各等语。

臣等查奏定章程，大学堂政治专科法律学门所列科目，备详中西法制，原系储备佐理新政之用，惟须俟预备科及各省高等学堂毕业学生升入。现在预备甫设，专科尚未有人，伍廷芳等所请专设法律学堂，实为当务之急，自应准如所请，即由该大臣等详拟章程奏明办理。

---

① 光绪三十一年七月十五日(1905年8月15日)孙家鼐等奏。——校者注

学员就部属考取，是照仕学馆办法，多加授课钟点，缩减毕业年限，是照速成科办法，毕业后应请简派大臣会同学务大臣详加考验，列定等第，分别年限，比照《仕学馆奖励章程》酌量办理。开办及常年经费应请饬下户部及各省酌量筹拨。惟此项学员原为大学堂政法专科未备急需用人而设，将来专科毕业人才日出，届时酌议归并，以节经费而符定章。

又原片内称，请在各省已办之课吏馆内添造讲堂，专设仕学速成科，自候补道府以至佐杂，年在四十以内者，均令入学肄业，本地绅士，亦准附学听讲，课程参照大学堂法律学门所列科目及日本现设之政法速成科，以六个月为一学期，三学期毕业，每一学期后由督抚率同教习面试一次，毕业后由督抚将学员职名、考试分数，造册咨送京师政务处、学务处、吏部、刑部，以备察核各等语。

查各省课吏馆业经遍设，尚无专习法律一门，近日直隶议设政法学堂，所列科目颇为详备，与该大臣等所拟办法相合，于造就已仕人才佐理地方政治深有裨益。拟请饬下政务处通行各省，并查取《直隶政法学堂章程》，参酌地方情形认真办理，随时咨报政务处、学务大臣、吏部、刑部存案备核。谨奏。

光绪三十一年(1905年)七月初三日奉旨：依议，钦此。

●●修律大臣订定法律学堂章程光绪三十一年(1905年)[①]

设学总义章

① 光绪三十一年(1905年)外务部右侍郎伍廷芳、刑部左侍郎沈家本奏请设立法律学堂。——校者注

学科程度章

职务规条章(职务总目　职务通则　附各员规条)

学堂考试章

寄宿舍规条章(附自修室规条)

全堂通行规条章

讲堂规条章

操场规条章

会食堂规条章

礼仪规条章

放假规条章

学堂禁令章

接待外客规条章

图书馆规条章

经费规条章

稽察出入规条章

设学总义章

第一节　本学堂以造就已仕人员,研精中外法律各具政治智识足资应用为宗旨,并养成裁判人材,期收速效,所定课程,斟酌繁简,按期讲授,以冀学员循序渐进,届时毕业。

第二节　全堂事宜由修律大臣督同监督、提调各员,遵照奏定学堂章程,参酌本堂现办情形,核实办理。

第三节　应办事件均照定章办理,有为章程所未备者,应由监督随时陈明修律大臣,裁夺施行。

第四节　堂中各处办事有应在于联合之处,由监督相度情形,随时组织。

第五节 全堂办事情形除由监督随时陈明修律大臣外,每届年终各处办事员应各具说帖,指陈得失。

第六节 一切办法有应行变通损益之处,可随时改良,力求进步。

学科程度章

第一年科目:大清律例及唐明律、现行法制及历代法制沿革、法学通论、经济通论、国法学、罗马法、民法、刑法、外国文、体操。

第二年科目:宪法、刑法、民法、商法、民事诉讼法、刑事诉讼法、裁判所编制法、国际公法、行政法、监狱学、诉讼实习、外国文、体操。

第三年科目:民法、商法、大清公司律、大清破产律、民事诉讼法、刑事诉讼法、国际私法、行政法、财政通论、诉讼实习、外国文、体操。

课程表

第一学年

第一学期		第二学期	
科目	每星期时刻	科目	每星期时刻
大清律例及唐明律	四	大清律例及唐明律	三
现行法制及历代法制沿革	四	现行法制及历代法制沿革	三
法学通论	六	法学通论	四
经济通论	四	经济通论	四
国法学	四	国法学	四
罗马法	二	罗马法	二
刑法	六	民法	四
外国文	四	刑法	六
体操	二	外国文	四

		体操	二
计	三六	计	三六

第二学年

第一学期		第二学期	
科目	每星期时刻	科目	每星期时刻
宪法	三	刑法	三
刑法	四	民法	四
民法	四	商法	三
商法	三	民事诉讼法	六
民事诉讼法	四	刑事诉讼法	三
刑事诉讼法	四	国际公法	二
裁判所编制法	二	行政法	二
国际公法	二	监狱法	三
诉讼实习	四	诉讼实习	四
外国文	四	外国文	四
体操	二	体操	二
计	三六	计	三六

第三学年

第一学期		第二学期	
科目	每星期时刻	科目	每星期时刻
民法	四	民法	四
商法	二	商法	四

大清公司律	二	大清破产律	二
民事诉讼法	四	民事诉讼法	六
刑事诉讼法	二	国际私法	四
行政法	三	财政通论	四
国际私法	三	诉讼实习	六
财政通论	三	外国文	四
诉讼实习	六	体操	二
外国文	四	卒业论文	
体操	二		
计	三六	计	三六

速成科科目(共一年半):大清律例及唐明律、现行法制及历代法制沿革、法学通论、宪法大意、刑法、民法要论、商法要论大清公司律大清破产律民刑诉讼法、裁判所编制法、国际法、监狱学诉、讼实习。

速成科课程表

第一学期		第二学期		第三学期	
科目	每星期时刻	科目	每星期时刻	科目	每星期时刻
大清律例及唐明律	四	大清律例及唐明律	四	民法要论	四
现行法制及历代法制沿革	四	现行法制及历代法制沿革	四	大清公司律	二
法学通论	四	法学通论	四	大清破产律	二
宪法大意	六	刑法	六	民刑诉讼法	十
刑法	六	民法要论	四	裁判所编制法	三
民法要论	六	商法要论	六	监狱学	三
商法要论	四	民刑诉讼法	六	国际法要论	四

				诉讼实习	六
计	三四	计	三四	计	三四

职务规条章

要　　目

职务总目

第一节 本学堂应设监督一员，教务提调一员，教员八员，掌书官一员，庶务提调一员，文案官一员，会计官一员，杂务官一员，斋务提调一员，监学官一员，检查官一员。办事各员现拟酌量兼充以节经费。

第二节 监督主持全学教育事务，董理学规，稽察办事人员，裁定出入经费，凡兴革改变之事，随时陈明修律大臣核定施行。

第三节　教务提调主审量教法，修饬学规，稽察教员勤惰，考验学员优劣，有实施教育之责，约束学生之权，凡堂中应办要事，随时与监督商办。

第四节　各教员分任学科，按程讲授，有实施教育之责。掌书官掌一切图书，均受成于教务提调。

第五节　庶务提调管理修建房屋，置备器物，雇用工役一切庶务，凡堂中应办要事，随时与监督商办。

第六节　文案官专办文牍，会计官经理款项，杂务官管理雇用人役，一切堂室器物并各种杂务，均受成于庶务提调。

第七节　斋务提调专管考验学员品行及堂外寄宿舍一切事务。

第八节　监学官稽察学员出入，考察学员功课勤惰及一切起居动作。检察官照料学员，注意一切卫生事宜，均受成于教务提调及斋务提调。

职务通则

第一节　凡教员、管理员，均各有一定职务，其分任事件，各有规则，皆当遵守。

第二节　教员当按照学堂科目程度切实循序教授，不可专己自是，紊乱凌躐，致乖教育之实际。

第三节　教员当按照所定日时上堂讲授，勿得旷废功课，贻误学者。

第四节　教员、管理员如有不守定章习为敷衍者，应由修律大臣查明，教员辞退，管理员撤差。

第五节　科学教员有兼任他处讲授者，时刻各分早晚，限定时刻，不得延误。

第六节　欧美日本所以立国，国各不同。中国政教风俗，亦自有所以立国之本。所有学堂各员,如有倡为异说,干犯国宪及与名教纲常显相违背者,查有实据,轻者斥退,重则惩办。

教务提调规条

第一节 每学期与各教员商定教授功课,并撰功课时刻表。

第二节 各教员认定功课后编辑讲义,随时考查催办。

第三节 改定功课时刻及改定讲义,随时与各教员会商。

第四节 各教员交来讲义核定后送斋务提调,即付写印,以便按日按班发给。

第五节 考试总计各科分数,核定次序,由监督榜示学员。

第六节 每次考试,前列学员例应记大小功者,随时计注,随时核对记过簿抵销。

第七节 各教员告长假,或请代,或教务提调代觅替人,应告知监督商酌办理。

第八节 各教员因事请假,即知会监学检查,以便传知学员。

第九节 各教员未经请假随意旷课者,应随时告知监督,不得容隐。

第十节 每日作教员旷课表,另簿列全堂教员姓名,凡因事旷课者,即注该教员名下。如旷课逾限 限期见教员规条,应告知监督照章办理。

第十一节 与各教员随时考较学员功课勤惰,进步迟速及有无过失。每月初核对学员请假表、旷课表、记过簿,注勤学立品分数。

第十二节 教务提调因事请假,应先期告知监督请人替代,不得随意离堂。

斋务提调规条

第一节 斋务提调以维护学员起居,匡饬学员行止为专务。

第二节　斋务提调办事处须备学员履历名簿，并旷课簿、请假簿、记过簿。

第三节　凡学员非例假之日因他故请假者，斟酌准驳，给予假条，仍随时记入请假簿。

第四节　每日核对讲堂点名簿，其因请假旷课者，记入旷课簿；其不请假而旷课者，记过。

第五节　学员记过如有满三大过者，应即告知监督酌办。

第六节　每月初作前月告假表、旷课表、记过表，送监督及教务提调各一份。

第七节　学员行礼一切进退仪节，均须听命于斋务提调。

第八节　各教员讲义经教务提调核定交到后，即付写印，以便按日按班发给凡写印讲义，均须多备数十份交存各教员，以备续来之学员补领。

第九节　遇有请长假之学员，须将所发器具书籍收回。销假后按件给还，并补给讲义。

庶务提调规条

第一节　堂中司事、书记生及执役人等，庶务提调有考查斥换之权。

第二节　堂中房屋器具，应随时修葺添补，酌量情形，商同杂务官办理。

第三节　每日查察会食堂饭菜，调阅厨房帐籍，如有不合，随时整顿。

第四节　查察堂中房舍，注意卫生，凡涉妨碍卫生者，随时设法整理。

第五节　应办事宜及经费出入，随时与监督会商核定。

教员规条

第一节　教员授课勤惰及能否胜任，监督及教务提调均有稽察之权。

第二节 教员于每学期开课之前至迟在十日前，须作一学期授业预定书送教务提调审定。凡该学期内所授事宜，均循序详载，每学期后至迟十日，所有该学期内已授事宜，作一授业报告书送教务提调察核。

第三节 课程如应更改，课本书如应更换，或欲大改授业预定书内事宜及其次序者，均应与教务提调商定。

第四节 教员编纂讲义，均须于前数日编定至迟在三日以前，送教务提调审定，并须于讲义上注明月日，以免散发者紊乱次序。

第五节 堂中设立学员功课记分册，每学科一本，由教员评记，每星期送教务提调察核。

第六节 堂中设立学员记过册，每教员存一册，教员应随时察看学员行为有无过失；其有违背规则者，即记其事由于记过册，并知会教务提调牌示，其记过册每星期送教务提调核对一次。

第七节 各教员上堂时刻，概以学堂内讲堂上钟表为定，不得以私自携带之钟表为准。

第八节 各教员于每次月考、期考后至迟三日，须将阅定试卷及学员分数表并交教务提调。

第九节 各教员欲移动学员坐位次序，须星期日知会监学检察，以便改缮点名簿。

第十节 各教员请假旷课，凡每日授课三时者，每学期旷课不得过三十时每日以三时计算，每日授课二时、一时者，每学期旷课不得过二十时每日以二时及一时计算。如逾此限，由监督陈明修律大臣，按照各学章办理。

第十一节 各教员如有不得已之私事，请告长假在一星期以外者，须先一星期商知教务提调事出仓猝不在此例，应自行请人权代，或由教

务提调请人权代 自行请代者,仍由教务提调考查其人能否胜任再定。

第十二节　各教员因公远行,免扣薪水。其因私事请告长假自行请人权代者,薪水应归权代之人 或自与权代之人订明薪水仍由本教员自领,由教务提调派员权代者,本教员薪水按日扣算 代理之人即由学堂发给薪水。

第十三节　各教员或未经告假随意旷课,或有意紊乱堂中规则者,应由监督辞退。

文案官规条

第一节　设文案官一员,司事一人,专办本堂各项文牍。

第二节　应办文牍由文案官拟稿,监督、庶务提调复核后公同画押,送呈修律大臣画行,交回缮发原稿存案。

第三节　一切文件,应随时摘录事由,注明月日编号归档,不得讹漏。

第四节　设收文处轮派书记生管理所有外来文件、函电,随时挂号送呈。

第五节　所有外来文件函电,由收文处书记生送呈,监督、庶务提调及文案官阅毕,即日送呈修律大臣阅过,发回核办。

第六节　本堂关系损益兴废事件,无论巨细,均应记录存查。

第七节　文案处归档文牍,本堂各处办事人员均得查阅。

第八节　设书记生一二人,专司钞写。

会计官规条

第一节　设会计官一员,司事一人,专管收放款项等事。

第二节　各省解到常年经费,应择殷实商号存储。凡存款支款,均须监督签字,盖印图章,以昭慎重。

第三节 设立各项册簿:曰流水簿,曰四柱册,曰商号存支簿,曰收款簿,曰发款簿,曰文件号簿,曰文件稿簿。

第四节 各项帐簿均立正副二册,副册十日一结,正册一月一结,均送监督、庶务提调察阅。月终造具四柱清册二份,一存本堂,一呈修律大臣查核。年终造总册,报销亦照月册办理。

第五节 支发薪水、工资、火食概用通行龙圆及京平足银,若购物汇寄或与外国银行交易,可随时变通。

第六节 凡杂务处应领款项,或本堂特派采买员所报帐目,均有详细复核之责。

第七节 凡随时支用款项不在额支内者,须由监督、庶务提调商定核准签字,方可发给。

第八节 本堂发款均有定期,火食每十日一发,教员办事员薪水每月初十日支发,其杂役工资于月尽之日发给,均不得预领挪借。

第九节 各省解款随到随收,定三日内准给批回,不得延搁。如解现银,须同委员当面过平。

第十节 银钱出入,均应亲手经理,不得假手他人致滋弊端。

第十一节 设书记生一人,专司誊写册簿等件。

杂务官规条

第一节 设杂务官一员,司事一人,专管采买物件、发给用品等事。

第二节 采买物件及发给用品,均立正副二册,副册十日一结,正册一月一结,均送监督、庶务提调查阅。

第三节 杂务处照章发给银钱各项,如火食之类,备办器物各项,如木器、煤烛之类,均分别列为定式,按期如数发给。其式内所不载而实系办公必需之件,应由庶务提调核定盖戳,发条领取,以便备给。遇有大宗物件陈,明监督、庶务提调指派某员办理。

第四节　杂务官有约束杂役之权,凡堂中杂役派定执事,随时督率整顿,有不服调遣及违犯禁令者,应陈明庶务提调,分别重轻究办。

第五节　造具杂役名册,定期发给饭食银两。各处杂役有随时增减之处,应先知照庶务提调,汇交杂务官照办。

第六节　堂中一切器具应立收管簿册,分类详载,如有损坏遗失,随时查问,仍酌量添补,于暑假、年假时,按件查点。

第七节　发给厨房火食银两,严防杂役暗中减扣并需索饭菜等弊。督饬厨役于餐饭时刻制备齐整,不得稍有迟误,如饭菜不充不洁,分别申饬惩办。

第八节　采买日用物件如茶叶、煤烛等类,须考查时价,陈明庶务提调酌量办理,核实报销。

第九节　堂中每日应用物件,均存储杂务处核定发给,不得滥费,并严防杂役窃取。

第十节　堂中各处均宜饬杂役打扫洁净,陈设整齐,厨厕浴室尤宜注意,不得任令污秽,妨碍卫生。

第十一节　堂中预备水龙及防火器具,应督饬杂役暇时演习,以备不虞。

第十二节　设电话机器督同司事随时管理,置邮箱一具,所有各处非关公事信件,均自备印花存放箱内,早晚专差送交邮政局发递。

第十三节　办事员及学员住室内除木器煤烛照章发给外,其余概由自备。

监学官规条

第一节　监察讲堂操场,以期维持秩序,实行学规。

第二节 如讲堂操场有违乱规则之事，随时告知教务提调办理。

第三节 每日届自修时间，各学员曾否入自修室及在自修室内有无违乱规则，均应随时考查。

第四节 会食宜有秩序，应按照会食堂规章监察一切。

第五节 若学员因事互相争辩，应会同班长为之劝解，并禁止学员无论何时不得有负气哗噪之事，如有违者，应即告知监督办理。

第六节 讲堂、操场、自修室各项规章如有违乱，应告知教务提调。

第七节 考试日上堂会同教员监考。

检察官规条

第一节 堂中授课、毕课、餐饭一切各有定时，应督令杂役按时鸣钟、鸣铃，不得违异。

第二节 每星期按照教务提调所定讲堂坐位，缮写各讲堂点名簿。

第三节 每课开讲前 前十分钟，将各讲堂点名簿送各讲堂。

第四节 每日毕课后 至迟十五分钟，将各讲堂点名簿送斋务提调处。

第五节 每日按讲堂班次于开讲前十分钟送发讲义 讲义用界尺镇压，并于开讲时上堂帮同教员核盖到戳。

第六节 教员因事旷课或须停止打钟，一经提调教员知照，应即遵办。

第七节 凡本学期功课时刻表至教务提调处领取后，即交写印分贴各讲堂、各教员室、提调公事房等处。

第八节 每日课毕，即命杂役拂拭讲堂，收理讲堂内一切仪器，自修室并应随时查察，务臻整洁。

第九节 年假、暑假之期将尽，先令杂役拂拭讲堂，有须修理之处，预告庶务提调以便酌办，并预备次期开学所需器物。

班长规条

第一节 每班由学员公举班长一人，用投票法以多数为主。凡上讲堂、上操场等仪节，皆听班长宣示，务期整肃。若班长有事，副班长代理其职务。

第二节 教务提调及各教员在讲堂或不在讲堂，有应通知全班学员之事，应由班长转告。全班学员有欲陈白之事，应由班长代陈。

第三节 教务提调及各教员如有分发之件，应承领照分。有考查之事，应随时查复。

第四节 班长须以身示范为全班表率，如不胜任，查明另举。

第五节 班长及副班长每一学期由学员公举一次，如办事勤慎，即行留任，并由监督陈明修律大臣，酌予奖励。

学堂考试章

第一节 本学堂考试学员及奖励学员、管理员章程，均比照《仕学馆章程》酌量办理。

第二节 学员到堂，按其造诣之深浅分班授课，入学三个月后考试一次，及格者留学，不及格者俟一学期考试仍不及格，即行退学。其入速成科者三个月后考试，不及格者，即行退学。

第三节 凡月考、期考、年考，学员各科学分数由各教员评定，列写一册，送交教务提调汇呈监督核定名次，榜示学员。

第四节 学员功课除每月月考外，尚有三项考试以定其学级程度及出身录用之阶：一曰学期考试，二曰年终考试，三曰毕业考试。

第五节 学期考试每半年一次，由监督、教务提调会同各教员于暑假前考试，汇集全班学生详加甄别，以分数之多寡，定名次之高下，如不及二十分者，即行退学。

第六节 年终考试每一年一次，由监督、教务提调会同各教员于年假前考试，分数及格者，来岁开学升学年一级；不及格者，留原级补习，俟下届年终考试再计，不及格则退学。

第七节 毕业考试先期由修律大臣咨行学部奏请简派大臣，会同学部详加考验。由学堂汇造学员履历册、行检分数册、功课分数册、各教员学科讲义、学员日课本日记课卷、算草、画稿、图稿等，呈送考试官考核听候，择期按照所习学科分门考试。合格者照章奖给出身，分等录用。考列下等者，留堂补习一年再行考试，分别按等办理。第二次若仍考列下等，即给以修业凭照，令其出学。考列最下等者，给以修业年满凭照，令其出学。

第八节 凡考试应定分数，以百分为满格，满八十分以上者为最优等，满六十分以上者为优等，满四十分以上者为中等，至二十分止为下等，二十分以下者为最下等，列最下等者，应即出学。若全学堂无八十分以上者，则无最优等，皆八十分以上者，则皆最优等，若全学堂皆二十分以下，则皆最下等，不限以额。

第九节 每次考试除学科分数外，另加立品、勤学两项，分数由监督、教务提调、教习、监学、检察等官平时考察，另记分数，考试时并入计算。

第十节 如旷课太久者，应将勤学分数核减。记过太多者，应将立品分数核减。其一学期或一年未请假、未记过者，分别加增分数。

第十一节 凡分数计算之法，统合各门功课分数，加入品学分数，以共分数为实，再计共分若干门，即以本人所学各门之数分之为所得分数。

第十二节 品学分数册，各教员及监学检察等官各置一本，随时稽察登记。

第十三节 监督、教务提调及斋务提调均应置功课总分数册，将各教员及监学所呈分数汇总，其监督、教务提调、斋务提调别有考察应行记入者，补入总册。

第十四节 凡考试不准规避，违者记过一次。

第十五节 考试时，学员除自携笔墨外，堂中备有试卷、草稿纸，学员不得携带书籍讲义，违者记过一次。

第十六节 凡考试学员未经交卷，无论何事不准出堂，亦不准互相谈话，传递纸笔，随意走动，违者记过一次。

寄宿舍规条章

第一节 本学堂外有屋一所，备学员寄宿，须贴房膳费用，俟开学时酌定办法。

第二节 住舍学员起居饮食，皆有定时，不得参差违异。

第三节 学员在舍内无论何时，不得戏谑喧笑，致误他人自修。

第四节 凡不应看之书不得携入舍内，教务提调、斋务提调、监学官均有检察之权。

第五节 学员不得自携仆从，概由堂中预备使役，如不听命令，应陈明庶务提调办理。

第六节 舍内之器具、被褥，务须洁净整齐，以重卫生，应由检察官随时检察。

自修室规条

第一节 室内坐位排定后，每日依次就坐，不得任意迁移。

第二节 每日出入自修室鸣钟为号，未鸣钟之前愿入者听。

第三节 温习各就本位，确有疑义亦可互相就质，止许低声质问，不得高谈嬉笑，夹杂他语。

第四节 自修时刻宜肃静奋发，不得箕坐、偃卧及种种放纵行止。凡妨碍他人之自修者，皆宜禁止。

第五节 学员有因假期耽误者，应补领讲义，于自修时补习。

第六节 监学至自修室，有考察学生温习功课之权，无预备学员质疑问难之责。

第七节 凡携带应用之书籍、笔墨，安置均有定所，不得侵占同坐地位。

第八节 室内设有公共茶具以备就饮，不得将茶杯携至案上，致妨公益。

全堂通行规条章

第一节 学员进堂分春秋两期，春季年假后开学为一学期，秋季暑假后开学为一学期。

第二节 堂中春分后六点钟起，六点半早餐粥食，七点半至十一点分别授课，十二点午膳，一点至五点半分别授课，六点晚膳，十点就寝，此为全堂规则，宜共遵守，不得参差违异。

第三节 凡外客来堂教员在授课时刻，办事员在办事时刻，概不延见，如有要事，均在外厅候谈。

第四节 学员所用纸笔墨石板等项，均须自备。

第五节 堂中放假日期，办事人员仍有应办之事，不得相率外出，监督、庶务提调必须有一人在堂。

第六节 堂中章程经修律大臣鉴定之后均应遵守，不得以私意擅改，如实有窒碍之处，由堂中人员共同商改，呈由修律大臣裁定。

讲堂规条章

第一节 讲堂以内皆为教员权限所在,学员上堂后一切须遵教员命令。

第二节 讲堂功课每日六点钟,由教务提调排定,榜示学员,不得自请增减。

第三节 学员按所习学科上何项讲堂,如同班或分两堂,凡坐位在此堂者,不得任意挪至彼堂。

第四节 学员上堂下堂按坐位名次进退,不得凌乱。

第五节 开课毕课均以鸣钟为号。

第六节 凡授课时,学员非经教员许可不得自离坐位;除应用笔墨讲义外,不得携带他物及功课外一切书籍。

第七节 教员讲解务宜静听,不得交相议论,独自诵读及呼唤侍役。

第八节 学员于教员上堂下堂时均须起立致敬。

第九节 学员有质疑者,须俟教员所授功课词意完尽方许质问,不得搀夺,亦不得夹杂他语。

第十节 学员坐位皆按派定名次无得搀越。

第十一节 鸣钟后学员上堂不得迟至三分钟,教员不得迟至五分钟。

第十二节 讲堂内无论何人,不许吸食茶烟,随地吐沫,抛弃纸片。

第十三节 下堂鸣钟教员行后,学员方许下堂。学员笔记有尚未写讫者,亦不得迟至五分钟后始下堂。

第十四节 讲堂内所有图籍等类,学员不得污损,并不得于墙窗几案上任意涂抹。

第十五节 讲堂内一切执事人员,不得于授课时任意出入。有愿听讲者,由监学官报明教员,其听讲之人,无论堂内堂外,概免揖让迎送，以省繁文。

操场规条章

第一节　体操为体育之专课，临课时须整齐严肃，习于服从规律，不得视同游戏。

第二节　闻上操钟音，即更换操衣。

第三节　更换操衣后齐赴操场，按队排列，由班长点名，检察衣服整齐与否。

第四节　体操时刻视功课表所定，非真有疾病不得无故辍操。既操后，若猝有疾病，亦准向教员陈明免操。

第五节　凡哑铃体操、兵式体操，皆顺次自装械室取出枪械，始到操场。

第六节　教员到后班长呼令学员敬礼，并报明本日到操几人，请假几人。

第七节　操毕后，军装枪械等皆须妥置原处，将操衣折叠整齐并靴帽携储室内，不许私着出门。

会食堂规条章

第一节　每桌七人，首座坐教员或办事员一人，余六座为学员坐位，排定坐次，每日依次就坐，不得任意更乱。

第二节　教员、办事员与学员在会食堂同餐，闻号铃即到，勿得迟留，致令学员久待。食毕齐退。

第三节　入堂不得争先杂乱入座，不得凌竞参差谈笑纵肆，即在暑日，亦着长衫。

第四节　齐坐齐举箸，食毕齐起，依次赴盥洗处洗面。

第五节 无论教员、办事员、学员,自行添饭,不用杂役。

第六节 如饭菜不充不洁,应告知庶务提调、杂务官,实力整顿,不得登时挑剔,任意换菜。

第七节 有因疾病不上食堂者,预先告知杂役,概不等候。

礼仪规条章

第一节 行礼日期分三类:一为皇太后万寿圣节、皇上万寿圣节、至圣先师孔子诞日、春仲秋仲上丁释菜;二为开学、散学、毕业;三为元旦及每月朔日。

第二节 庆祝日行礼仪节如下:

堂中各员整齐衣冠至万寿牌前或圣人位前肃立,率学员行三跪九叩。礼毕,各员西向立,学员向各员行三揖礼,各员向学员还揖礼,毕徐退。

第三节 开学、散学、毕业礼节如下:

堂中各员整齐衣冠至万岁牌前及圣人位前肃立,率学员行三跪九叩。礼毕,各员西向立,学员向监督、教员等行礼,监督、教员答礼,退归大厅,由监督等加以勉励,乃散。

第四节 月朔礼节如下:

堂中各员整齐衣冠至圣人位前肃立,率学员行三跪九叩。礼毕,各员西向立,学员向各员行一揖,礼退。

第五节 开学、散学、毕业由监督申请修律大臣到堂,学员行礼后应由监督带领谒见,修律大臣南向立,各学员向修律大臣行三揖礼,徐退。

放假规条章

第一节 星房虚昴各日为休息日。

第二节 学员如有事故必须请假至数日者,向监学请准,领取假条,填明缘由，交监学存查。

第三节 恭逢皇太后万寿、皇上万寿、孔子诞日庆祝行礼，放假一日。

第四节 端午、中秋节，各放假一日。

第五节 每年以正月二十日开学至小暑节散学为第一学期，立秋后六日开学至十二月十五日散学为第二学期，计年假、暑假合七十日。

学堂禁令章

第一节 学员在堂以专心学业为主，凡不干己事，一概不得预闻。

第二节 学员不得购阅稗官小说、谬报、逆书，凡非学科内应用之参考书，均不得携带入室。

第三节 学员如有向学堂陈说寻常事件，应告知班长代陈管理员，如有应陈特别事件，迳达管理员，不准聚众要求，藉端挟制。

第四节 学员不得干预地方词讼等事。

第五节 学员遇有本学堂增添规则，新施禁令，不准任意阻挠。

第六节 认定学科不得随意更改。

第七节 实验裁判各学员于演习时，当整齐从事，不得嬉笑喧哗。

第八节 堂中无论何地何时，不得叫嚣扰乱及歌唱、戏曲、吸食洋烟、赌博等事。

第九节 堂中一切图籍不得污损，窗壁器用不得有意损伤。

第十节 操衣由堂中发给，如不及期遗失、破烂者，须由学员自行制备。

第十一节 学员遇有亲友来访，应至会客处会晤，不得延至他处。

第十二节 学员不得入厨房及工役人房室。

第十三节 学员如有万不得已之故欲中途退学者，须出具愿结，叙明情由，经监督及教务提调认许，方准告退，并须核计该员在堂年分所用学费，责令缴偿如有丁艰大故，不在此例。

第十四节 学员因事告假数日或数时，注入旷课册内，按照各学堂章程每年积算不得过二十日。

第十五节 学员遇有疾病，由斋务提调验明，给假若干日，逾限不愈，随时续行请假。

第十六节 教员未经讲毕，学员未经教员允许遽行告退，或不告退出堂者，均记过。

第十七节 学员在堂宜受教员之命令，在舍宜受斋务提调、监学官、检察官之考查，毋抗违漠视。

第十八节 学员在堂或在舍，均不得有秽言、怒詈、狂呼、大笑及争斗等事。

第十九节 行礼时不得喧哗、失仪或避匿不到。

第二十节 不得虐待杂役、庖丁人等。

第二十一节 学员考取后听候示期开学，开学过半个月有不到者，开除。

第二十二节 凡吸食洋烟及酗酒赌博者，开除，并追缴在堂所用学费。

第二十三节 学员在舍内或堂上作非圣无法之议论、游戏、俳优之文字及匿名揭帖者，开除，并追缴在堂所用学费。

第二十四节 学员在外品行卑污，行止不端，既败同学之群，亦隳同学之望，由堂中各员严密访查得有实据者，轻者开除，追缴在堂所用学费；重者陈明修律大臣办理。

第二十五节 凡犯以上各条，轻者记过、开除，仍追缴在堂所用学费；重者陈明修律大臣办理。

接待外客规条章

第一节 无论何项宾客,皆不得擅入堂内各地游览。

第二节 各地官绅有来本学观学者,应由监督及庶务提调接待。

第三节 来客仆夫人等,一概不准入二门内。

第四节 本堂除因学务或当节日聚会外应酬,一切外客,无宴会礼。

第五节 堂中人员亲友不得擅自入内,由门役通报,准在接待所接见。

第六节 堂中人员亲友来堂观览一切规模者,必由本员告明庶务提调,派人导引观览。

第七节 亲友来本堂时,在上讲堂时限内,门役不得通报;或学员见客时闻堂上号音,厅役亦必请客暂退,不得妨碍功课。

第八节 无论何人亲友,均不得在堂内及堂外寄宿舍借住。

图书馆规条章

第一条 图书馆设掌书官一员,司事一人,专管书籍、图报等项。

第二条 凡有应置之书籍与教习讲授所需各书,由掌书官随时陈明监督、教务提调核办。

第三条 图书馆所有书籍、图报各件,由掌书官督同司事编立总目,凡板本、纸色、卷数、本数及撰人译人姓名、朝代,均须注明,按照目录依次收藏,以便查核。

第四条 各项书籍有应行装订钞写之时,由掌书官随时办理。

第五条 书厨须编列字号,掌书官每日按号查检一次,厨门扃锁非收发及查检不开,如书籍等件无故损失,应责令典守者照价赔补。

第六条 每季及暑假、年假、放学日期前一日,均由掌书官督同司事按照目录查检一次,有无遗失损伤,注明册内。

第七条 每季择天晴日将所有书籍挨次摊晒一次。

第八条 每日书籍出入及有何人来本处取阅书报,司事均须逐一登记。

第九条 所有各种报章每日检查一次,分别收藏,如有遗失,照章赔补。

第十条 所有各种报章应行需备者,由掌书官陈明监督、教务提调核定其阅报章程均照阅书章程办理,惟不得取出观阅。

第十一条 图书馆内不可吃烟,凡至馆阅书者,均须一律遵守。

第十二条 凡堂内各员暨学员至馆阅书者,在本处阅书簿内注明月日及所阅何书及本人姓名,交办事人照簿发书。

第十三条 阅书时刻,除按照定章放假、停课日期外,每日午前八钟至午后五钟,晚饭后七钟至九钟止,遇寒燠不宜,临时再行更定。

第十四条 图书馆房舍不广,所列坐次一时尚不敷用,凡来阅书者遇有坐位不足,由阅书各员自行设法商办。

第十五条 凡阅书取书须加意珍惜,勿使污坏伤损,不得自加批点,如有污坏批点等事,须由阅书人照价赔补。

第十六条 图书馆开办伊始,各项书籍每部未能多备,凡阅书取书遇有彼此同需一部者,应以先后为定。

第十七条 凡堂内各员及学员至馆取书者,须自书凭据一纸凭纸定式由馆刊印,注明本人姓名与月日,所取何书,计若干本,按照定章所限日期,自行注明限若干日缴还,本人持至馆中或著人送至馆中,由办事人照据发书,傥有错误遗失,应责成办事人照价赔补。

第十八条 凡堂中各员及学员所取书籍,有无损失皆应登册,如有损失而无主名者,惟司事是问。

第十九条 取书带至斋舍每次不得过十本。凡取书在五本以内,限十日缴还;十本以内者,限二十日缴还,不得携出堂外。

第二十条 外国书籍字数细密,每次取书不得过一本,缴还之期不得过一月。

第二十一条 取阅各书,须在本学堂观阅,不得携出堂外。

经费规条章

第一节 经费分为开办经费、常年经费两种。

第二节 常年经费分两种:一、额支经费,二、活支经费,均详细列入册簿,以便核计。

第三节 每月经费至月终,由会计官缮写清册,呈庶务提调、监督查核;年终由本学堂汇造清册,呈送修律大臣查核。所有铺户发单,均须存查。

第四节 每年应预算次年出入款目。各省欠解款项,由庶务提调会同监督陈明修律大臣行文催解。

稽查出入规条章

第一节 凡在堂办事各员及学员出入,由监督每日轮派书记生一人详细登记,注明时刻,其学员出入簿分单双日,各置一簿,间月分送斋务提调核对。

第二节 大门每夜以十点钟上钥,黎明起钥,钥存监督处,非有紧要事,不得非时擅开。

第三节 凡外客到堂,由大门听差通报后延入会客厅,不得延入堂舍会晤。

第四节 凡使役非禀明办事员领有凭据,不得擅出二门。

●●学部奏筹设京师法政学堂酌拟章程折并章程

本年 丙午(1906年6月26日) 五月初五日政务处议复，给事中陈庆桂奏请推广游学折内称：国家造就人才，自宜统筹办法，应由学部设立法政学堂，凡各部院人员情愿肄业者，悉数报名收考，三年毕业。又七月十七日臣部具奏变通进士馆办法折内声明：原有堂舍厅即筹办别项学堂，俟拟定办法另行具奏各等语，均奉旨允准在案。现在进士馆学员年内即已毕业，臣等相度该馆房舍于改设法政学堂最为相宜，拟于明春开办，名曰“京师法政学堂”。但法政为专门之学，非普通各学夙有根柢兼研究东西各国语言文字，未易遽言深造，而各部院需才孔亟，凡已未服官之人，年力富强有志肄业，尤应广为造就，以资任使。臣等公同商酌，其课程拟分为预科、正科及别科。预科两年，毕业后升入正科，分习法律、政治二门，各以三年毕业，俾可专精。别科一项，则专为各部院候补、候选人员及举贡生监年岁较长者在堂肄习，不必由预科升入，俾可速成以应急需。以上各科，均由考取入学。至此次吏部奏案各项分部人员仍照章分发学习折内称，学部设有法政学堂，凡各部裁撤及新分司员笔帖式并准其咨送学部分门学习，俟毕业后由该部考试分别等第酌量办理各等语。此项人员概由咨送，不由考取，恐难绳以一律学科，拟于法政学堂内附设讲习科，所有咨送各员，均在讲习科肄业。其中国文学根柢太浅者，应令专力补习一年,俟其通晓后再行升入,其本科毕业者,拟即比照高等学堂给予奖励。至别科及讲习科应如何分别给奖之处,拟俟将来酌量情形请旨办理。谨缮具法政学堂章程清单,进呈御览,恭候钦定遵行。谨奏。

光绪三十二年十二月二十日奉旨:依议,钦此。

谨拟京师法政学堂章程恭呈御览

要　目

第一章　立学总义

第二章　预科、正科及别科

　第一节　学生

　第二节　课程

　第三节　入学及退学

　第四节　考试

　第五节　学费及膳费

第三章　讲习科

　第一节　学员

　第二节　课程

　第三节　入学及退学

　第四节　考试

第四章　教员、管理员

　第一节　名称及员数

　第二节　各员职务

第五章　附则

第一章　立学总义

第一条　本学堂以造就完全法政通才为宗旨，五年毕业，前两年习预科，后三年习正科。正科分两门：一、政治门，一、法律门；俟预科毕业后，再行分门肄业。

第二条　本学堂为造就从政之才以应要需起见，另设别科，三年毕业。

第三条　本学堂附设讲习一科，以备吏部新分及裁缺人员入学肄业，政法、理财各门，只须讲授大要，故年限从短，一年半毕业。

第二章　预科、正科及别科

第一节　学生

第四条　预科每年考选二百人，别科每年考选百人，著为定额。

第五条　预科学生须年在二十岁以上二十五岁以下，品行端正，体质坚实，中学具有根柢者，经考试录取后，始准入学。

第六条　别科学生须各部院人员及举贡生监年在三十五岁以下者，经考试录取后始准入学。

第七条　正科所收学生，每年以二百人为定额，须预科毕业生及有相当之学力，经本学堂考试录取者，始准入学。

第二节　课程

第八条　预科为入正科之阶梯，其应授各学科及每星期授业时刻表如下：

学科	第一学年每星期钟点	第二学年每星期钟点	
人伦道德	二	二	
中国文学	三	二	
日本语	十七	十四	
历史	三	三	
地理	二	二	
算学	四	三	
理化	二	二	
论理学		一	
法学通论		二	
理财原论		二	
体操		三	三
合计	三六	三六	

第九条 正科分政治、法律两门，由学生于入学之初自行选定。其各门学科及每星期钟点授课时刻表如下：

政治门

学科	第一学年每星期钟点	第二学年每星期钟点	第三学年每星期钟点
人伦道德	一	一	一
皇朝掌故	二	二	一
大清律例	二	二	一
政法学	二		
政法史	二	一	
宪法	二		
行政法	二	三	三
民法	三	四	四

刑法	二	三	二
商法		二	二
国际公法		三	三
国际私法		二	二
理财学	二	二	二
财政学	二	二	二
社会学	二		
外交史			二
统计学			二
日本语	三		
英语	六	六	六
体操	二	二	二
合计	三五	三五	三五

法律门

学科	第一学年每星期钟点	第二学年每星期钟点	第三学年每星期钟点
人伦道德	一	一	一
皇朝掌故	二	二	一
大清律例	三	二	二
中国法制史	二		
外国法制史	二		
宪法	二		
行政法	三	三	
民法	四	四	四
刑法	三	三	四
商法	二	三	

民事诉讼法		二	四
刑事诉讼法		二	四
国际公法		三	三
国际私法		二	二
监狱学			二
日本语	三		
体操	二	二	二
合计	三五	三五	三五

第十条 别科以政治、法律合为一门，其各学科及每星期授业时刻表如下：

学科	第一学年每星期钟点	第二学年每星期钟点	第三学年每星期钟点
人伦道德	二	二	二
皇朝掌故	二	二	
大清律例	二	二	
政治学	二		
法学通论	二		
理财原论	二	二	
宪法	二		
行政法	二	三	四
民法		三	五
刑法	二	三	四
商法		二	三
裁判所构成法		一	
国际公法		三	三
国际私法		二	二

财政学		二	三
论理学			二
世界近世史	二		
地理略说	二		
日本文	一二	六	六
体操	二	二	二
合计	三六	三五	三六

第三节　入学及退学

第十一条　预科、别科入学之期每年一次，于年假前定期招考，录取者一律于年假后入学肄业。

第十二条　正科俟第一次预科生毕业即行开办，以后仍以每年年假后为入学期。

第十三条　预科、别科学生人数不满定额时，可于第二年开学前考取程度相当者编入各班，随同肄业。

第十四条　预科毕业生升入正科人数不满定额时，在第一年开学前亦可考取程度相当者，令其一体入学。

第十五条　各科学生如中途遇有疾病或其它不得已事故必须退学者，须于所具呈内详陈实在情形，俟监督查明属实，方能照准。

第十六条　各科学生遇有以下六事者，由监督核定令其退学：

一　品行不端者，

二　荒废学业者，

三　两次学年考试不及格者，

四　两期不缴学费或膳费者，

五　不遵本学堂章程命令者，

六 身膺痼疾及沾染嗜好者。

第四节 考试

第十七条 预科、别科入学考试定于每年年假前举行。

第十八条 编入考试视各科学生不满定额时，于第一年或第二年开学之前举行。

第十九条 每学期及学年之终，应就所已习之功课分门考试各一次，凡学年考试不及格者，仍留原级补习，二次考试不及格者，应照第十六条第三项办理。

第二十条 各科评定考试分数，均按照学部改定各学堂考试章程办理。

第二十一条 各科学年考试分数既定，酌取前列数名为特待生，由监督分别奖劝如下：

一 免次学年全年或半年学膳费，

二 受领名誉褒状，

三 受相当之奖赏品。

第二十二条 各科毕业考试及格者，一律授与毕业文凭。所有正科毕业生，应按照学部奏定本学堂奖励章程，分别奏请给予奖励。

第五节 学费及膳费

第二十三条 预科、别科学生每月缴学费二圆，正科学生每月缴学费三圆，均三个月合缴一次，一年分四期，于二、五、八、十一月初五日以前缴纳。

第二十四条 各科学生务于前条所定期限内将学费缴纳清楚，倘有积欠至二期者，应照第十六条第四项办理。

第二十五条　各科学生概不住宿。如愿就本学堂午膳,每人每月应缴膳费二圆五角,按第二十四条所定期限缴纳,倘有积欠,亦照前条办理。膳费每年以十一个月计算,五月初旬只须缴两个月膳费。

第二十六条　各科学生已交学膳费而中途因事退学者,其余款概不退还。此外应用操衣书籍等费,悉照学部新订各学堂征收学费章程一律办理。

第三章　讲习科

第一节　学员

第二十七条　凡吏部新分及裁缺人员经学部咨送来堂者,均准其入本科肄业,其有愿入预科及别科者,准照各科专条一律办理。

第二十八条　本科学员无定额,均以咨送人数满二百人以上即可开办,第一班开办后三个月以内咨送者,均归入第一班一律肄业,其以后咨送者,则应俟满二百人后再开一班,但每年额数至多不得过四百人。

第二节　课程

第二十九条　各学科及每星期授业时刻表如下:

学年 学科	第一学年 每星期钟点	第二学年 每星期钟点	第三学年 每星期钟点
人伦道德	三	二	二
中国文学	十	四	四
法学通论	二	一	
宪法	二	一	

行政法	四	四	五
民法		六	六
刑法	四	四	五
裁判所构成法		一	二
国际公法		三	四
财政学	三	三	四
理财学		三	四
世界近世史	四	二	
地理略说	四	二	
合计	三六	三六	三六

第三十条 本科各学员经学部咨送来堂后,由本堂考试一次,择其应行补习国文者别为一班,另立课程,循序教授。

第三节 入学及退学

第三十一条 本科自第一班开班后,须俟人数满二百人以上再开新班,故入学期不能预定,临时由监督酌办。

第三十二条 本科学员如有疾病或其他不得已事故呈请退学者,经监督查明属实,除批准外,并呈明学部备案。

第三十三条 本科学员遇有以下五事者,由监督核定,令其退学,并呈明学部备案:

一 品行不端者,

二 旷废功课者,

三 两次学期考试不及格者,

四 不遵本学堂命令章程者,

五 身膺痼疾及沾染嗜好者。

第四节 考试

第三十四条 本科分为三学期,每学期之终就所已习之课目分门考试,凡一次考试不及格者,准其合三学期计算;二次考试不及格者,则按照第三十三条第三项办理。

第三十五条 准照第二十条考试评定分数办理。

第三十六条 本科第三学期考试后,将各学期分数平均计算,及格者即为毕业,一律授与毕业文凭,并按照学部奏定本学堂奖励章程,奏请给予奖励。

第四章 教员、管理员

第一节 名称及员数

第三十七条 本学堂应设教员、管理员如下:

监督一员,教务长一员,教员若干员,管课官二员,掌书官一员,庶务长一员,文案官一员,会计官一员,杂务官二员,讲习科办事官一员,教员因与学生人数多寡、功课繁简均有关系,应俟临时酌定。

第三十八条 以上各员,除监督由学部奏派外,其余各员均由监督量材延聘委用,遇应聘外国教习,悉由监督与订合同。

第二节 各员职务

第三十九条 监督统辖各员,主持全堂一切事务,并得妥定本堂详细规则,随时呈明学部办理。

第四十条 教务长秉承于监督管理全堂课程,稽核各教员教法及各学生学业勤惰优劣,教员、管课官、掌书官皆属之。

第四十一条 教员分任教授各种学科，无论本国人及外国人，均当随时与教务长商定教法，并一律归监督节制。

第四十二条 管课官秉承于教务长，专管关于学生入学、退学、考试及讲堂上课一切事务。

第四十三条 掌书官秉承于教务长，专管图书、仪器、标本收发存储一切事务。

第四十四条 庶务长秉承于监督，管理堂中教务外一切庶务，文案官、会计官、杂务官皆属之。

第四十五条 文案官秉承于庶务长，专掌本堂文报公牍。

第四十六条 会计官秉承于庶务长，专掌本堂银钱出纳、预算、决算。

第四十七条 杂务官秉承于庶务长，经理本堂厨务、人役、房屋、器具及文案会计职掌外一切杂务。

第四十八条 讲习科办事官秉承于监督，商承教务长管理该科功课及学员入学、退学、考试等一切教务，并兼管该科学员休憩室。

第五章 附则

第四十九条 本章程所未备载之处，悉照《奏定学堂章程》办理，其管理详细规则，由监督随时妥定。

●●学部咨各省嗣后各学堂除定章内开教员管理员外不得任意添设别项名目虚糜经费文

光绪三十三年(1907年)四月初四日

支应处案呈，查各国教育之宗旨在于普及，而欲教化之普及，首在省无用之人，裁无益之费，以养有用之才。我中国时局多艰，目前补救之方,自以兴学为最急;兴学必资款项,则又以筹款为最难。本部博稽教育未普及之由,佥曰财用不足居其一;博稽财用不足之由,佥曰冗员冗费居其二。在东南富庶各省,且因财绌而教育未普,则瘠苦省份可知;通都大邑之间,尚因财绌而教育未普,则穷乡僻壤可知。夫以有限之款养有用之才,犹虞财之不足,教之未普。若以有用之款养无用之员,供无益之费,而欲教育之普及,其势断有所不能。

查京外实力兴学,无冗员无冗费者固属不乏,而位置闲员及任情糜费者亦在所不免。嗣后各学堂除定章内开教员、管理员外,不得任意添设别项名目。即定章所有,如能兼摄,仍以减少为宜。所有一切冗员,即应立时裁汰,其听差各项人役太多,虚糜工食,亦一大漏卮,亟应分别裁留。至学堂滥支之款,以杂费为最多,应将杂费分别裁减,其应支者,逐一清查核明某处某项实数,应用若干限定数目,不准逾于定数。其滥支者,概不准行学堂经费。但非必需之款,并当力图撙节,以备推广学堂之用。凡因学堂而设之馆局仿此,均于文到一月内,务将裁减撙节情形咨报本部,以凭考察。除分咨外,相应咨行贵督,查照办理可也。

学部奏详议女子师范学堂及女子小学堂章程折并章程

窃维中国女学,本于经训。故《周南》、《召南》,首言文王后妃之德,一时诸侯夫人、大夫妻,莫不恪秉后妃之教,风化所被,普及民间。《江汉》诸篇言之尤备。孔子曰:人而不为《周南》、《召南》,其犹正墙面而立也与!盖言王化始于正家,倘使女教不立,妇德不修,则是有妻而不能相夫,有母而不能训子,家庭之教不讲,蒙养之本不端,教育所关，实非浅鲜。此先圣先王化民成俗所由，必以学为先务也。

方今朝廷锐意兴学，兼采日本欧美规则。京外臣工条奏请办女学堂者，不止一人一次。而主张缓办者，亦复有人。臣等每念中外礼俗各异，利弊务宜兼权。自钦派学务大臣以至设学部以来，历经往复筹商，亦复审慎迟回，未敢轻于一试。故前年《奏定学堂章程》将女学归入家庭教育法，以为先时之筹备。上年明定官制，将女学列入职掌，以待后日之推行。惟近日臣等详征古籍，博访通人，益知开办女学，在时政固为必要之图；在古制亦实有吻合之据。且近来京外官商士民，创立女学堂所在多有。臣等职任攸关，若不预定章程，则实事求是者既苦于无所率循，而徒骛虚名者或不免转滋流弊。臣等用是夙夜思维，悉心商酌，谨拟《女子师范学堂章程》三十九条，《女子小学堂章程》二十六条，凡东西各国成法，有合乎中国礼俗裨于教育实际者则仿之；其于礼俗实不相宜者则罢之；不能遽行者则姑缓之。现在京外各地方，如一时女教习难得不能开办者，务须遵照前章实行家庭教育之法，以资补助。其已开办各女学堂，务须遵照此次奏定章程以示准绳。倘有不守定章，渐滋流弊者，管理学务人员及地方官均当实力纠正，总以启发知识，保存礼教两不相妨为宗旨，以期仰副圣朝端本正俗之至意。如蒙俞允，即由臣部督饬京师督学局，并通行各省将军督抚一体遵照办理。谨奏。

光绪三十三年（1907年）正月二十四日奉旨：依议，钦此。

谨将酌拟《女子师范学堂章程》缮具清单，恭呈御览。

要　目

立学总义章第一

立学总义章第一

第一节 女子师范学堂以养成女子小学堂教习,并讲习保育幼儿方法,期于裨补家计,有益家庭教育为宗旨。

第二节 女子师范学堂须限定每州县必设一所。惟此时初办,可暂于省城及府城由官筹设一所,余俟随时酌量地方情形,逐渐添设。

第三节 女子师范学堂由官设立者,其经费当就各地筹款备用,女子师范生无庸缴纳学费。

第四节 女子师范学堂亦许民间设立,惟须由地方官查明确系公正绅董经理者,方许设立,并须先将详细办法禀经提学使批准,与章程符合方许开办。

第五节 开办之后,倘有劣绅地棍造谣诬蔑、藉端生事者,地方官有保护之责。如该学堂办理有未合者,地方官应随时纠正。

学科程度章第二

第一节 女子师范学堂之学科,为修身、教育、国文、历史、地理、算学、格致、图画、家事、裁缝、手艺、音乐、体操,其音乐一科,生徒中察有实在学习困难者,可不课之。

第二节 修业年限为四年。教授日数,每年四十五星期;教授时刻,每星期三十四点钟。

第三节 女子师范学堂教育总要如下：

一 中国女德，历代崇重。凡为女、为妇、为母之道，征诸经典史册，先儒著述，历历可据。今教女子师范生，首宜注重于此，务时勉以贞静、顺良、慈淑、端俭诸美德，总期不背中国向来之礼教与懿嫩之风俗。其一切放纵自由之僻说如不谨男女之辨及自行择配，或为政治上之集会演说等事，务须严切屏除，以维风化中国男子间有视女子太卑贱或待之失平允者，此亦一弊风，但须于男子教育中注意矫正改良之。至于女子之对父母夫婿，总以服从为主。

二 家国关系至为密切，故家政修明，国风自然昌盛。而修明家政，首在女子普受教育，知守礼法。又女子教育为国民教育之根基，故凡学堂教育，必有最良善之家庭教育以为补助，始臻完美。而欲家庭教育之良善，端赖贤母。欲求贤母，须有完全之女学，凡为女子师范教习者，务于此旨体认真切，教导不怠。

三 无论男女，均须各有职业，家计始裕。凡各种科学之有关日用生计及女子技艺者，务注意讲授练习，力祛坐食交谪之弊。

四 女子必身体强健，斯勉学持家，能耐劳瘁。凡司女子教育者，须常使留意卫生，勉习体操，以强固其精力。至女子缠足，尤为残害肢体，有乖体育之道，务劝令逐渐解除，一洗积习。

五 教授女师范生，须副女子小学堂教科蒙养院保育科之旨趣，使适合将来充当教习保姆之用。

六 教授各学科，当体认各学科之性质要旨，于今日世界情形之适宜者，用意教导。

七 讲堂教授，固贵解本题之事理，尤贵使学生于受业之际领会教授之次序法则。

八 言语明了正确，为教习者最宜加意，凡当教授之际，宜时使学生演述所学,以练习言语。

九 学习之法,不可但凭教授,尤当勖勉学生,使其深造学识,研精技艺。

十 各种科学,务以官定之教科书为讲授之本。

第四节 女子师范学堂各学科要旨、程度如下:

一 修身 其要旨在涵养女子之德性,期于实践躬行。其教课程度,首宜征引嘉言懿行,就生徒日用常习之故,示以道德之要领;次教以言容动作诸礼仪;次教以修己治家及对于伦类国家当尽之责任;次授以教授修身之次序法则。凡教修身之课本,务根据经训并荟萃《列女传》汉刘向撰、《女诫》汉曹大家撰、《女训》汉蔡邕撰、《女孝经》唐侯莫陈邈妻郑氏撰、《家范》宋司马光撰、《内训》明仁孝文皇后撰、《闺范》明吕坤撰、《温氏母训》明温璜录其母陆氏训语、《女教经传通纂》任启运撰、《教女遗规》陈宏谋撰、《女学》蓝鼎元撰、《妇学》章学诚撰等书,及外国女子修身书之不悖中国风教者,撷其精要,融会编成,且须分别浅深次序,附图解说,令其易于明晓。

二 教育 其要旨在使理会女子小学堂教育、蒙养院保育及家庭教育之旨趣法则,并修养为教育者之精神。其教课程度,先教以教育原理,使知心理学之大要及男性女性之别,并使明解德育智育体育之理;次教以家庭教育之法;次教以蒙养院保育之法;次教以小学堂一切教授管理训练之法,并使知家庭教育与学堂教育之关系及家庭教育与国家之关系;次使于附属女子小学堂及蒙养院实地练习教授生徒及保育幼儿之法则。

三 国文 其要旨在使能解普通之言语及文字,更能以文字自达其意,期于涵养趣味,有裨身心。其教课程度,先讲读近时平易之文，再进讲读经史子集中雅驯之文，又时使作简易而有实用之文，兼授文法之大要及习字，并授以教授国文之次序法则。

四 历史 其要旨在使知历史上重要之事迹，省悟群治之变迁，文化之由来，及强弱兴亡之故，正邪忠佞之分。其教课程度，授中国古代至本朝之大事及外国历史之大要，并授以教授历史之次序法则。

五 地理 其要旨在使知地球形状运动，并地球表面及人类生存之情状，且使理会本国及外国之国势。其教课程度，授地理总论、中国地理及与中国有重要关系之外国地理，兼授地文学大意，并授以教授地理之次序法则。

六 算学 其要旨在使习熟计算，适于日用生计，且练习其心思使进于细密精确。其教课程度，授算术兼授珠算，次授代数初步及平面几何初步，并授以教授算学之次序法则。

七 格致 其要旨在使知各种物质天然之形状、交互之关系及物质对于人生之关系，俾适于日用生计，有益于技艺职业。其教课程度，授以普通动植物之知识及生理卫生之大要，次授以普通物理化学，并授以教授格致之次序法则。

八 图画 其要旨在使精密观察物体，能肖其形象神情，兼养成其尚美之心性。其教课程度，授写生画，随加授临本画，且使时以己意画之，更进授几何画之初步，并授以教授图画之次序法则。

九 家事 其要旨在使能得整理家事之要领，兼养成其尚勤勉，务节俭，重秩序，喜周密，爱清洁之德性。其教课程度，授衣食居处、看病育儿、家计簿记及关于整理家政之一切事项，并授以教授家事之次序法则。

十 裁缝 其要旨在使习得关于裁缝之知识技能，兼使之节约利用。其教课程度，授普通衣类之裁法、缝法及修缮之法，并授以教授裁缝之次序法则。

十一 手艺 其要旨在使学习适切于女子之手艺，并使其手指习于巧致，性情习于勤勉，得补助家庭生计。其教课程度，可就编织、组丝、囊盒、刺绣、造花等项酌择其一项或数项授之。此外各种图样，凡有适切于女子之技艺者，均可酌量授之，并授以教授手艺之次序法则。

十二 音乐 其要旨在使感发其心志，涵养其德性，凡选用或编制歌词，必择其有裨风教者。其教课程度，授单音歌、复音歌及乐器之用法，并授以教授音乐之次序法则。

十三 体操 其要旨在使身体各部均齐发育，动作机敏，举止严肃，使知尚协同、守规律之有益。其教课程度，授普通体操及游戏，并授以教授体操之次序法则。

第五节 各学科四年间，每星期教授时刻如下表：

学科	第一年	第二年	第三年	第四年
	每星期钟点	每星期钟点	每星期钟点	每星期钟点
修身	二	二	二	二
教育	三	三	三	十五
国文	四	四	四	
历史	二	二	二	
地理	二	二	二	
算学	四	四	三	二
格致	二	二	二	二

图画	二	二	二	一
家事	二	二	二	二
裁缝	四	四	四	三
手艺	四	四	四	三
音乐	一	一	二	二
体操	二	二	二	二
合计	三四	三四	三四	三四

第六节 女子师范学堂可酌设预备科,使欲入师范科而学力未足之女生补习各种科学,其科目可斟酌女子高等小学堂第三四年程度定之。

考录入学章第三

第一节 学生入学,以毕业女子高等小学堂第四年级年十五岁以上者为合格。其毕业女子高等小学堂第二年级年十三岁以上者,亦可入学,惟当令其先入预备科补习一年,再升入女子师范科。至现时创办,可暂以与毕业高等小学堂学力相等者充之。

第二节 选女子师范生入学之定格,须取身家清白、品行端淑、身体健全,且有切实公正绅民及家族为之保证,方收入学。

编制设备章第四

第一节 每一班之学生以四十人为限,每学堂不得过二百人。

第二节 学堂建设之地,其位置及规模必须与学堂相称,且须择其邻近人家之风俗,于道德卫生均无妨碍者。

第三节 学堂内当按学科之门类备设诸堂室如下:

一、通用讲堂,二、格致、图画等专用讲堂,三、家事、裁缝、手艺等各实习室,四、图画室、器具室,五、礼堂,六、管理员室及其余必需诸室。

第四节　学堂内另设体操场,分为屋内外二式。

第五节　学堂内应分设学生自习室、寝室,以便于管理稽察为准。监学室、会食堂、盥所、浴所、养病所、厕所、应接所,均宜全备,惟均须注意适合于女子之应用。

第六节　学堂应备几案、椅凳、黑板,必须取深合法度者。

第七节　凡教授格致、历史、地理、算学、图画、家事、裁缝、手艺、音乐、体操等,所用图画、器具、标本、模型等,均宜全备,且须合于教授女子师范学科之程度者。

第八节　图画当备可供教科用者,兼须备可供参考用者。

第九节　女子师范学堂当设附属女子小学堂及蒙养院一所,以便师范生实地练习。

监督教习管理员章第五

第一节　女子师范学堂,应置各科教习管理员如下:

监督,教习,副教习,监学,附属小学堂堂长,蒙养院院长。

第二节　监督统辖各员主持全学内部事务。

第三节　教习掌教育学生,副教习助教习之职务。

第四节　监学以教习或副教习兼充,掌学生齐舍事务。

第五节　女子小学堂堂长、蒙养院院长,以教习兼充管理附属女子小学堂蒙养院事务。

第六节　以上各员,均以品端学优,于教育确有经验之妇人充之。

第七节　学堂教习,许聘用外国女教习充之,惟须选聘在女子高等师范毕业、品学优良者,且须明定应与中国女教习研究教法,其研究时限,由该学堂自行酌定。

第八节 学堂仆役,亦须用端正守礼之妇女,若其平日于名节有损者,不许充当。

第九节 以上各员外,可置总理一人,书记一人,庶务员一人。总理管理学堂一切规画措置及学堂外一切交涉事务,书记掌公文书件,庶务员掌收支一切庶务,均归总理统辖。

第十节 总理、书记、庶务员,均以笃行端品、究心学务、年在五十以上之男子充之,且须于学堂旁近别建公务室办理一切事务,不得与学堂混合。

第十一节 凡外客来观览学堂考察教育者,无论中外人,非由公正官绅介绍,且经总理监督认可者,不得入堂观览。

第十二节 教育管理员及学生之亲族,有因事来堂者,须先经总理监督察验属实,始准在外面客厅接见。若非亲族,一概不准在学堂接见,虽外国女教习,亦应守此规则。

第十三节 学堂既有寝室,女师范生皆须住堂,不得任意外出。其星期及因事请假者,必须家人来接,方令其行。

第十四节 学堂教员及学生,当一律布素用天青或蓝色长布褂最宜,不御纨绮,不近脂粉,尤不宜规抚西装,徒存形式,贻讥大雅,女子小学堂亦当一律遵守。

教职义务章第六

第一节 女子师范学堂毕业生,自领毕业文照之日起,三年以内,有充当女子小学堂教习或蒙养院保姆之义务。

第二节 女子师范学堂毕业生,如有不得已事故,实不能尽教职义务者,由地方官查明禀奉提学使允准,量缴学费,可豁除其教职义务。

第三节　女子师范学堂毕业生，如有不肯尽教职之义务，或因事撤销教习凭照者，当勒缴在学时所给学费，其数多少，临时酌定。

谨将酌拟《女子小学堂章程》[①]缮具清单，恭呈御览。

要　目

立学总义章第一

第一节　女子小学堂以养成女子之德操与必须之知识技能并留意使身体发育为宗旨。

第二节　女子小学堂与男子小学堂分别设立，不得混合。

第三节　女子小学堂分为女子初等小学堂、女子高等小学堂，两等并设者，名为女子两等小学堂。

第四节　女子初等小学堂，使七岁至十岁者入之；女子高等小学堂，使十一岁至十四岁者入之。

第五节　凡设立女子小学堂，须先将办法情形禀经地方官核准，方许开办。该地方官并应随时将办法情形禀申本省提学使，以备查核。

第六节　开办之后，倘有劣绅地棍造谣诬蔑藉端生事者，地方官有保护之责。如该学堂办理有未合者，地方官应随时纠正。

① 光绪三十三年一月二十四日(1907年3月8日)学部奏定《女子小学堂章程》。

学科程度章第二

第一节 女子初等小学堂之教科凡五科：曰修身、国文、算术、女红、体操外，音乐、图画二科为随意科，得斟酌加入。

第二节 女子高等小学堂之教科凡九科：曰修身、国文、算术、中国历史、地理、格致、图画、女红、体操外，音乐一科为随意科，得斟酌加入。

第三节 女子初等、高等小学堂修业年限均为四年，每星期授业钟点，在女子初等小学堂，至少以二十四点钟为率，多不得过二十八点钟；在女子高等小学堂，至少以二十八点钟为率，多不得过三十点钟，但依地方情形有只教半日者，则年限钟点可酌量变通。

第四节 女子初等高等小学堂教育总要如下：

一 中国女德，历代崇重，今教育女儿，首当注重于此，总期不悖中国懿孅之礼教，不染末俗放纵之僻习。

二 无论何种学科，苟有与道德教育、国民教育相关之事理，各教习均当留意指授之。

三 教授知识技能，须选适于日用生计者，使之反复练习，应用自如。

四 童年身体期于发达健全。凡教授各种学科，须合女子心身发达之程度，勿得逾量增课，致有耗伤。

五 女子缠足，最为残害肢体，有乖体育之道，各学堂务一律禁除，力矫弊习。

六 女子性质及将来之生计，多与男子殊异。凡教女子者，务注重辨别，施以适当之教育。

七 凡教授学科，期无误其旨趣及法则，尤务使各学科互相联络，以谋补益。

第五节 女子初等高等小学堂各教科要旨程度如下：

一 修身 其要旨在涵养女子德性，使知高其品位，固其志操。其教课程度，在女子初等小学堂，初则授以孝弟、慈爱、端敬、贞淑、信实、勤俭诸美德，并就平常切近事项，指导其实践躬行，渐进则授以对于伦类及国家之责任；在女子高等小学堂，则扩充前项之旨趣，而益加陶冶之功，使之志行更为坚实。授修身者，务援引古今名人及良媛淑女嘉言懿行，以示劝戒，常使服膺勿忘。

二 国文 其要旨在使知普通言语日用必须之文字，能行文自达其意，且启发其智慧。其教课程度，在女子初等小学堂，初则正其发音，使知字之读法、书法、缀法，渐进则及于日用必须之文字及浅易之普通文，又使之练习言语；在女子高等小学堂，其程度稍进，则宜从其程度，授以日用必须之文字及普通文之读法、书法、缀法，又使之练习言语。

读法、书法、缀法可区别时刻教授，但须注意使相联络。

读本之文章，须平易纯正，且足为国文之模范，又足令儿童之性情愉快者。其材料可取关于修身、历史、地理、理科、家事及凡生计所必须之事项富于趣味者。

缀文章之法则，使记述其读法及他种教科目所授事项与生徒平日见闻之事及处世所必须之道，且须行文平易，旨趣明了。

书法须用楷书、行书二种。

授国文之际，务当使明了其意义，且使就已学之文字，随意书写通常之人名、地名、物名等，使知文字应用之法，又使默书单语、短句、短文，或使改作，期于习熟字句之用法。授各种教科目之际，亦须注意练习言语。其书写文字时，须使正其字形，整其行数。

三 算术 其要旨在使习熟计算，适于日用生计，且练习其心思，使进于细密精确。其教课程度，在女子初等小学堂，初则授以十位以下之数法、书法及加减乘除，渐进及于百以下之数，更进授通常之加减乘除，渐次授本国货币、度量衡及时历计算之大要；在女子高等小学堂，初则扩充女子初等小学堂所授之算术，使学习之，渐进授分数及步合算，更进授比例及日用簿记之大要。

算术当用笔算并珠算。

授算术者，务使生徒理会精确，习熟运算，应用自如，尤宜使生徒确实说明运算之法则及其理由，且使习熟暗算。

算术命题，当斟酌他种教科中所授之事项及地方情形，选其适切日用者。

四 中国历史 其要旨在使知中国历代重要事实，兼养成国民之志操。其教课程度，则授历代帝王之盛业，忠良贤哲之事迹，及国民文化之由来，并本国与外国之关系。

授中国历史者，务授以图画、地图标本，使生徒易想象当时之实状，尤须使与修身所教授事项互相联络。

五 地理 其要旨在使知地球表面及人类生存之情状，并本国国势之大要，兼养成其爱国心。其教课程度，先授以本国地势、气候、区画、都府、产物、交通等，并地球形状运动等，更进使知各大洲地势、气候、区画、交通之概略，并使知各与本国有重要关系诸外国之都会、交通、产物等，且可援本国政治财用生计之大势，比较于外国所处之地位。授地理者，务本诸实地之观察，并示以地球仪、地图标本、写真等类，使得确实之知识，尤须与历史及格致所教授事项互相联络。

六 格致 其要旨在使知天然物质及自然形象之大略，并使理会其相互之关系，及对于人生之关系。其教课程度，初授以植物、动物、矿物及自然形象，就儿童所得目击者指示之，且使知重要植物、动物之名称、形状、效用及发育之大要，更进授物理、化学上之通常形象及其重要之元质与化合物，并授简易器械之构造、作用及生理卫生之大要。

凡教授格致，务切于农事、水产、工业、家事等项。如授动植物，务就人工制成之重要品说明其制法、效用。

授格致者，务本诸实地之视察，或示以标本模型图画等类，或施简易之试验，总期理会明了。

七 图画 其要旨在使观察通常形体，能确实画出，兼养成其尚美之心性。其教课程度，在女子初等小学堂，始画单形，渐及于简单形体，或令其以直线、曲线想象诸形而画之；在女子高等小学堂，先准前项教授，渐进则从其程度，使就实物临本模画，或时以己意画之，并可授以简易几何画。

授图画者，务就他教科中所授之物体及生徒日常目击之物体而画之，兼养成其好清洁、尚密致之品性。

八 女红 其要旨在使习熟通常衣类之缝法、裁法，并学习凡女子所能为之各种手艺，以期裨补家计，兼养成其节约利用好勤勉之常度。其教课程度，在女子初等小学堂，初则授以简易之缝纴，以练习其手指，使习熟运针之法，渐进授以简易衣类之缝法，通常衣类之缮法；在女子高等小学堂，则进授通常衣类之缝法、裁法、缮法，兼授编织、组丝、囊盒、刺绣、造花等各项手艺，但此等手艺，亦可依地方情形酌择一项或数项授之。

凡女红所用之材料，须取日常所用者。教授之际，宜示以用具之使用法及各种物类之图样，材料之品类、性质，并教以各种物类之保存法、洗濯法、染彩法等项。

九 体操 其要旨在使身体各部发育均齐，四肢动作机敏，咸知守规律、尚协同之公义。其教课程度，在女子初等小学堂，初则授以适宜之游戏，时或与音乐结合授之，渐进授普通体操；在女子高等小学堂，则授普通体操或游戏。凡教授游戏，虽当使之活泼愉快，但须注意使之不蹈放纵之行为，又依体操所习成之姿势，务常使之保持勿失。

十 音乐 其要旨在使学习平易雅正之乐歌，凡选用或编制歌词，必择其切于伦常日用有裨风教者，俾足感发其性情，涵养其德性。其教课程度，在女子初等小学堂，宜不用表谱，授以平易之单音乐歌；在女子高等小学堂，先准前项教授，渐进则用表谱授以单音乐歌。

第六节 女子初等小学堂各学科四年间每星期教授时刻如下表：

第一年

学科	程度	每星期钟点
修身	道德要旨	二
国文	发音 字及浅易普通文之读法、书法、缀法	十二
算术	二十以下数之数法、书法及加减乘除	六
体操	游戏	四
音乐	平易单音乐歌	
合计		二四

第二年

学科	程度	每星期钟点
修身	道德要旨	二

国文	字及日用必须之文字及浅易普通文之读法、书法、缀法	十二
算术	百以下数之数法、书法及加减乘除	六
体操	游戏、普通体操	四
图画	单形	
音乐	平易单音乐歌	
合计		二四

第三年

学科	程度	每星期钟点
修身	道德要旨	二
国文	日用必须之文字及浅易普通文之读法、书法、缀法	十四
算术	通常之加减乘除	六
女红	简易之缝纫及通常衣类之缝法	二
体操	游戏、普通体操	四
图画	简易形体	
音乐	平易单音乐歌	
合计		二八

第四年

学科	程度	每星期钟点
修身	道德要旨	二
国文	日用必须之文字及浅易普通文之读法、书法、缀法	十四
算术	通常之加减乘除及小数之称法、书法并简易加减乘除、珠算加减	六
女红	通常衣类之缝法、缮法	二
体操	游戏、普通体操	四
图画	简易形体	
音乐	平易单音乐歌	
合计		二八

第七节 女子高等小学堂各学科四年间每星期教授时刻如下表：

第一年

学科	程度	每星期钟点

修身	道德要旨	二
国文	日用必须之文字及普通之读法、书法、缀法	九
算术	整数 小数 诸等数 珠算加减	四
历史	中国历史大要	二
地理	中国地理大要	二
格致	植物、动物、矿物及自然之形象	二
图画	简单形体	一
女红	通常衣类之缝法、裁法、缮法并酌授各项手艺	五
体操	普通体操、游戏	三
音乐	单音乐	
合计		三十

第二年

学科	程度	每星期钟点
修身	道德要旨	二
国文	日用必须之文字及普通文之读法、书法、缀法	九
算术	分数 步合算 比例 珠算 加减乘除	四
历史	续前学年	二
地理	续前学年	二
格致	植物、动物、矿物及自然之形象	二
图画	简单形体	一
女红	通常衣类之缝法、裁法、缮法并酌授各项手艺	五
体操	普通体操、游戏	三
音乐	单音歌	
合计		三十

第三年

学科	程度	每星期钟点
修身	道德要旨	二
国文	日用必须之文字及普通文之读法、书法、缀法	九
算术	分数 步合算 比例 珠算 加减乘除	四
历史	补习中国历史	一
地理	外国地理大要	二

格致	通常物理化学上之形象元质及化合物　简易器械之构造作用人身生理卫生之大要	二
图画	诸般形体	一
女红	通常衣类之缝法、裁法、缮法并酌授各项手艺	六
体操	普通体操、游戏	三
音乐	单音歌	
合计		三十

第四年

学科	程度	每星期钟点
修身	道德要旨	二
国文	日用必须之文字及普通文之读法、书法、缀法	九
算术	比例 日用簿记 珠算 加减乘除	四
历史	续前学年	一
地理	实习中国地理及外国地理	二
格致	通常物理化学上之形象元质及化合物简易器械之构造作用植物、动物、矿物相互之关系及对于人生之关系人身生理卫生之大要	二
图画	诸般形体简易几何画	
女红	通常衣类之缝法、裁法、缮法并酌授各项手艺	六
体操	普通体操、游戏	三
音乐	单音歌	
合计		三十

第八节　女子初等小学堂之图画、音乐二随意科，如加课其一，可就他教科之每星期教授钟点中酌减一点或二点钟充之，如加课其二，可酌减三点或四点钟充之。女子高等小学堂之音乐随意科如加课时，可就他教科之每星期教授钟点中酌减二点钟充之。

第九节　女子小学堂可于本科外设置补习科，使已毕业女子初高等小学堂及有与之同等以上之学力者入学，以补足其学力。

第十节　女子小学堂所用教科书须经学部所检定有著作权者。如同一教科之图书受检定有数种者,可呈明提学司采用之。

编制设备章第三

第一节 女子小学堂每一学级至多以六十人为限,初等或高等小学堂,每堂学级各以六学级为限,两等小学堂以十二学级为限。

第二节 凡女子小学堂建设之地,及各种堂室体操场用具,均须适应学堂之规模,建设之地须选于道德卫生上均无妨害且便利儿童通学之所,各种堂室亦须便于教授管理,适于卫生,且须以质朴坚牢为主,不可涉于华靡。

第三节 女子小学堂本无庸设置寄宿舍,但在女子高等小学堂,暂时可听其设置。

第四节 依地方情形可酌设教习住宅。

教习管理员章第四

第一节 女子小学堂设堂长一员,统理全学教育事宜,其学生在四级以内者以正教习兼充,踰四级者,自当另置。

第二节 每学堂设立正教习、副教习若干人,均照男子小学堂章程,以学级多寡配置之。

第三节 女红、图画、音乐、体操等科,可置专科教习。

第四节 女子初等、高等学堂堂长、教习,均须以女子年岁较长、素有学识、在学堂有经验者充之。

第五节 女子小学堂可置经理一人,管理学堂一切规画措置及公文书件收支等项,并学堂外一切交涉事务,若在六学级以上之学堂,尚可酌添书记、庶务员。

第六节 经理、书记、庶务员,均以笃行端品、留心学务、年在五十以上之男子充之，且须于学堂旁近别建公务室办理事务，不得与学堂混合。

●●学部通行京外考核各学堂学生品行文光绪三十二年(1906年) 月

照得学堂之设，所以养成学生完全之学问，尤当养成高尚之品格，未有品格不完而可与言学问者也。查奏定《学务纲要》，内开造士必以品行为先，各学堂考核学生，均宜于各科学外，另立品行一门，亦用积分法，与各科学一体，同记分数。其考核之法，分言语、容止、行礼、作事、交际、出游六项，随处稽察，第其等差，规则本甚完备。但考核虽严，乃其已然之迹，而平时陶养，则教员、管理员共有斯责。而为学生者，亦当各知自爱，以身为社会之楷模。当此学风初开，小学以上、年齿较长之学生，尤为责望所归，观听所系，苟不自爱，一人足为全体之累；一事足贻学界之羞，不惟学堂章程所载，皆当确遵，即为规则所不详，亦当各知自治，毋以不遵约束为伸张自由；毋以聚众滋事为能结团体；毋以攻讦教习为程度高尚；毋以破坏道德为思想文明；毋藉口卫生而滋哄于饮食；毋吝惜脑力而腾议于学科；毋自狃于偏浅之知识而侮慢老成；毋自倚于学堂之声势而横行市井；衣饰宜俭朴，毋华服奇制以自炫；言动宜谨饬，毋朋饮冶游以自荒；宜求实学，毋怀挟应考以自欺；宜惜光阴，毋藉端请假以自误。凡此诸端，胥关品格，此学生所宜猛省者也。至于教员、管理员，身任教育，关系尤重，不惟自端表率，并当研究学术以求精进，考察规制以求改良。凡可以养成学生品格及其有妨损之处，尤宜特别注意。即如近日报章所载某处学堂有召集学生迎送官长、祝寿宴客之事，不惟有失学堂体制，亦于学生品格有关。此教员、管理员所当留意者也。本部总揽学务，所爱护、所期望者，在此多数之学生，而所赖以相助为理者，则在身任教育之教员与管理员。日本为教育新盛之国，其教育家亦斤斤以养成道德匡救青年为言。中国学堂初设，新旧相争，外输知识，内固根本，实在斯时。愿各学堂人人共喻此心，教员、管理员注意德育，随时随事开示学生，并遵照定章，于品行一门，切实考核。其实在不服约束者，亦即立予斥退，俾学生皆知束身自励，学务庶有逐渐振兴之日。

●●学部定立京外各学堂收取学费章程光绪三十三年(1907年)正月二十四日奏准

第一节 初等小学堂征收学费，每学生每月至多不得过银圆三角，并须体察地方情形，暂时酌量免收。

第二节 高等小学堂征收学费，每学生每月自银圆三角至六角，初等实业各学堂酌减。

第三节 中学堂征收学费，每学生每月自银圆一圆至二圆，中等实业各学堂准此。

第四节 高等学堂征收学费，每学生每月自银圆二圆至三圆，大学预备科、法政学堂、高等实业各学堂准此。

第五节 大学堂征收学费，每学生每月银圆四圆。

第六节 女学堂暂时免收学费，其因经费支绌必需征收学费者，听其按照程度，比照各学堂酌减征收。

第七节 师范学堂不收学费，惟考取入学时每学生征收保证金银圆十圆，俟毕业后发还。

师范学堂许设自费生，其额数视本学堂情形酌定，须经督学局或各省提学使司核准。

优级师范学堂自费生征收学费，每学生每月银圆二圆，选科减半。

初级师范学堂自费生征收学费，每学生每月银圆一圆，简易科准此。

第八节 半日学堂、艺徒学堂不收学费。

第九节 除师范学堂、小学堂、初等实业各学堂、半日学堂、艺徒学堂及女子各学堂外，凡各学堂学生考取入学时，应纳入学费银圆二圆。

第十节 学生所用书籍、笔墨、纸张、石板，及操衣、靴帽等件，由学堂代为购备，学生缴价具领，其能自行如式购办者听。学堂所用教科书籍宜预先择定，免致不时更换难于购备。操衣宜用本地土布，不得用贵重材料。

第十一节 本章程发布后，京外各学堂新招学生，除师范学堂外毋庸寄宿。其因地方情形不便必须寄宿者，应收膳宿费；不寄宿而在学堂用膳者，应收膳费。膳宿费就各地方食用贵贱及各学堂情形分别征收。师范学堂所有各费一律免收自费生不在此列，惟半途退学者，保证金概不发还，并将在学日所有费用追缴。其毕业而不尽义务者，亦将在学日所有费用追缴。师范生入学堂，应邀请保证人到堂，出具保证书，其半途退学或毕业后不尽义务者，该学生不将学费缴还，应由保证人代缴。

第十二节 本章程所载学费，或按月征收，或按学期征收，均听其便。

银圆数目系就新铸银币,未经通行之前言之,得就地方情形,以银两或制钱或铜圆照本地时价折合。

第十三节 本章程发布后,京外各学堂添招新班一律照办。关于地方情形于本章程所订学费必须增减者,由地方官绅或教育会详具理由,呈请督学局或提学使司核夺办理,并由督学局提学使司汇报本部备案。私立、公立各学堂收费与否及收费之数目,应听其自行酌定。

入学在前之学生原系征收学费者,照本学堂章程征收。未经征收学费者,暂时酌量免收。惟在堂寄宿之学生,可酌收膳宿费。

第十四节 本章程发布后,京外学堂应征收学费所余款项,均应用之增加学额,推广教育。其官立学堂原有经费,亦不得拨作别项用款。每学期将进出款项缮具清单,呈由督学局或各省提学使司汇咨本部备核。

学部奏陈医学馆学生毕业奖励办法片

再医学馆学生,毕业前,经臣部奏请给予医科贡生,作为正途出身,奉旨允准在案。查此项学生,既经作为正途出身,应准其与各项贡生一律就职。惟是贡生就职不一,其途自应指定一项,比照办理。查中学堂学生毕业,系分别等第,作为拔贡、优贡、岁贡。该馆年限视中学堂较短,二年自不能作为优贡、拔贡,以示区别。拟请一律比照中学各生中等奖励,作为岁贡,将来赴部就职,均按照岁贡就职章程,如蒙俞允,即由臣部行知吏部、度支部、礼部遵照办理。谨奏。

光绪三十三年(1907 年)六月二十二日奉旨:依议,钦此。

●●学部颁订京师初级小学画一课程表光绪三十三年(1907年) 月 日

第一年

学科	程度	每星期钟点
修身读经	读一点讲一点兼修身 字数及成诵均照章	十二
国文	正音 识字 读本 习字	九
算术	二十以下之数法、写法及加减乘除	六
体操	游戏	三
合计		三十

历史、地理、格致入国文科，第二、三、四、五年同。

第二年

学科	程度	每星期钟点
修身读经	同前学年	十二
国文	读本 造句 习字	九
算术	百以下各数之数法、写法及记数法 加减乘除	六
体操	游戏 普通体操	三
合计		三十

第三年

学科	程度	每星期钟点
修身读经	同前学年	十二
国文	读本 造句 联句 文俗互译 习字	九
算术	通常之加减乘除	六
体操	同前学年	三
合计		三十

第四年

学科	程度	每星期钟点
修身读经	同前学年	十二

国文	读本 作短文 习字	九
算术	通用之加减乘除 小数之书法、写法、记数法 珠算之加减	六
体操	普通体操	三
合计		三十

第五年

学科	程度	每星期钟点
修身读经	同前学年	十二
国文	同前学年	九
算术	通用之加减乘除 简易之小数 珠算之加减乘除	六
体操	同前学年	三
合计		三十

●●学部会同礼部遵议学堂冠服程式折并清单

窃湖广总督张之洞奏请定学堂冠服程式一折，奉朱批所奏甚是。著学部会同礼部，将所拟学堂冠服章程妥议具奏，钦此。由内阁钞出到部，并准该督将所拟湖北试办章程及制成冠服式样咨送前来。

查原奏内称服色一端，各国自有制度，岂有学校士林率臆改变之理？光绪三十年由学务大臣颁发《奏定学堂章程》，业经声明各学堂学生冠服宜归画一，自应钦遵奉行，酌定画一冠服，以昭整肃，且于各等学堂量加区别，以示等差。至于严禁奇袤服饰，尤关重要，必应定有程式，方免各学堂无所适从，意为纷更。前经臣督同湖北文武各学堂教员、管理员详加酌核，各文学堂学生应定礼服为一式，讲堂服为一式，操场及整列出行服均同一式，共分三项。至寻常随意游行之常服，惟不准短衣，余无定式。武学堂学生定礼服为一式，讲堂、操场及整列出行常服均同一式,共分两项。高等、初等小学堂学生冠服从简,只用一式,似此明定格式,绝不染近日奇袤恶习,既贵结束谨严仍复庄重不佻,且处处与外国装饰显然有别,乃是国民教育要义。相应请旨敕下军机处、学部,将湖北所拟学堂冠服章程详加核议,奏明通行,颁为定制等语。

臣等查本年三月学部会议,吕海寰奏举行新政宜防隐患折内业经奏明,各学堂学生,或系有职人员,或系举贡生童,《会典》所载,均有一定冠服,已由学部通行各学堂,每逢朝廷庆贺大典,及开学、散学、春秋、朔望一切行礼日期,均当恪遵。功令不得违异。至练习体操,意在尚武。现在各处学堂均参仿陆军部奏定服式,尚以为便。其在讲堂自习室,准著便服,但须力崇朴素,不得染纨袴习气,不得作奇异装饰,以端趋向而肃威仪等语,实与该督所称勇敢、强有力,天下无事则用之于礼义,天下有事则用之于战胜,意正相同。

兹据咨送冠服式样,并据声称在湖北业经试办,尚无窒碍。臣等公同酌核拟,即如原奏所订各节,将各等文学堂,自大学以至中学之学生,定为三项服式:

一 礼服,

一 讲堂服,

一 体操及整列出行服。

其出学堂以外随意游行之常服,惟便帽、长衫,禁止短衣,力戒华侈,不另立定式。至于高等、初等小学及与此项同等之学堂,皆系十五六岁以下之学童,原定章程所谓年尚未冠,应循童子不衣裘裳之义,实为确论。无论礼服、讲堂服、操场服、整列出队服、寻常出门服,均用一式,以归简易。至各学堂衣服材料,必用本地产出之布,取其质实而价廉,并启爱重乡土之意,实于礼教纲维及国民教育之主义,裨益非浅。

又原章内载有学堂教员、管理员、督率领队之冠服，仿照练兵处颁发陆军冠服图式一节。查操场演习及列队出行，学生既服军衣，则督率领队之学务官员，自应一律规定，概用军服，以示严整。惟原章以学务官分为五级，比照练兵处正副参领以下各官服式。查各项学务人员及各学堂教员、管理员尚未列为专官，亦未定有品秩，其本官职任互有等差，若强为比拟，殊多窒碍，应俟各项学务人员定有专官，再行分别官阶等级，奏明办理。

兹将所拟各学堂冠服章程，另缮清单，恭呈御览，如蒙俞允，即由学部通饬遵行。现在礼部奏设礼学馆正在开办，将来厘订学礼，如有应行修改之处，仍应会商妥议。除各等武学堂学生冠服咨送陆军部核议会同礼部具奏外，谨奏。

光绪三十三年(1907 年)八月初十日具奏。奉旨：依议，钦此。

谨将各文学堂冠服章程缮单恭呈御览

计　开

大学堂、高等学堂、中学堂及同等各学堂学生冠服式

礼服

冬呢檐红纬暖大帽 呢檐取其经久而价廉，有顶戴者，大帽用其应戴之顶，无顶戴者，准戴顶座。

夏纱胎红纬凉大帽 纱胎取其价廉，愿用罗胎者，亦听。

天青羽毛长外褂 学生身材长短肥瘦不同，褂内所套衣服厚薄亦异。其褂身长尺寸，应定为三号：头号，工部尺三尺八寸，合裁尺三尺四寸五分有奇；二号，工部尺三尺六寸，合裁尺三尺二寸七分有奇；三号，工部尺三尺四寸，合裁尺三尺零九分有奇。至腰身袖口，应定为两号，腰身宽者，工部尺一尺一寸，合裁尺一尺有奇；窄者，工部尺一尺，合裁尺

九寸一分,袖口宽者,工部尺一尺,合裁尺九寸一分;窄者,工部尺九寸,合裁尺八寸一分有奇,不准过窄过短,愿用青布长外褂者听。

春秋冬用浅蓝色布长衫 学生身材长短不同,其布衫身长应定为三号:头号,工部尺四尺二寸,合裁尺三尺八寸二分有奇;二号,工部尺四尺,合裁尺三尺六寸四分;三号,工部尺三尺八寸,合裁尺三尺四寸五分有奇。大约外褂比长衫短四寸,束带后长衫距靴面只可五寸,不准过窄过短。至腰身袖口,应定为两号:腰身宽者,工部尺一尺,合裁尺九寸一分;窄者,工部尺九寸,合裁尺八寸一分有奇。袖口宽者,工部尺六寸,合裁尺五寸四分有奇;窄者,工部尺五寸五分,约合裁尺五寸弱。无论内著何项衣服,或袍袄或马褂背心,或棉皮或夹单外面,统以此长衫为袍罩,罩之于一切典礼及上讲堂时长衫外,必束带,寻常出门,束带与否听便。

夏用浅蓝色夏布长衫 身材长短分三号,比布长衫均各减一寸,夏布长衫,腰身宽者,工部尺九寸五分,合裁尺八寸六分有奇;窄者,工部尺九寸,合裁尺八寸一分有奇。袖口宽者,工部尺五寸五分,约合裁尺五寸弱;窄者,工部尺五寸,合裁尺四寸五分有奇。夏令无论内著何衣,均以夏布长衫罩之于一切典礼及上讲堂时长衫外,必束带。寻常出门,束带与否听便。春秋冬裹衣较多,故布长衫须略肥略长,夏令裹衣少,故夏布长衫可略瘦略短。

袴 颜色、质料均与衣同。

束腰用蓝色棉线织成板带 专用蓝色,不准用黄红等色。学中寒士居多,棉线带较丝线带价省四分之三,然亦光洁紧密耐久,与丝带无异,带之宽窄须一律。中学以上,带宽工部尺一寸一分,约合裁尺一寸,钩宽窄酌配。高等、初等小学带宽,工部尺八分,约合裁尺七分弱,钩宽窄酌配。带钩式略如军队所用,惟上铸一楷书"学"字,高等小学、初等小学均即用铜质,"学"字之外无花纹。中学以上,铜质镀金字,两旁加双龙纹。

青羽绫靴 缎靴磨擦易破,多费而不经久,故用羽绫,如愿省费用青布靴者听。

凡言尺寸,皆按工部营造尺计,不得错误。大约工部尺一尺,合裁尺九寸一分。

以上为礼服。国家庆贺、典礼、上学及圣诞、恭谒至圣先师、春秋释奠、朔日、行香、管学大员初次临堂、开学、散学日、发给凭照日等事用之。

讲堂服

有顶草帽 近日各学堂上讲堂及体操时、自习时，皆戴瓜皮小帽，殊属轻亵不庄，若终日皆令戴大帽，亦多拘苦不便。体察众情，自以草帽为宜。兹特为定为画一之式，前后两檐俱深取其足以蔽阳光遮雨雪，右檐上钉一襻，帽顶之右钉一扣，可卷向上，取其无碍于扛枪，中屋略高，取其体操、兵操时足以容盘挽发辫而不闷，种种皆为有益于卫生，并利便于动作。帽上安顶，以别于外国装饰，兼异于工匠、水手、杂役。初等小学堂学生，帽顶用紫色线结。高等小学堂，亦用紫色线结。中学堂以上，用红线结，均如龙眼大，不得过大，以别教员、管理员。学生帽章用铜圆片，铸各学堂名目，楷书如帽花然。初等、高等小学用铜片，镀金光边，圆径工部尺一寸，约合裁尺九分强，无双边龙纹，及同等各学，亦用铜片镀金光边，径工部尺一寸二分，约合裁尺一寸强，加双龙纹。高等亦用铜片，镀金光边双龙纹，径工部尺一寸四分，约合裁尺一寸二分强，各堂学生，冬日皆于草帽上加蓝色呢罩，至朔望上讲堂则四时皆戴礼服大帽，以昭肃敬。

春秋冬用浅蓝色长衫 尺寸见前。无论内著何项衣服，或袍袄，或马褂背心，或棉皮，或单夹，外面统以此长衫为袍罩，罩之外必束带，仅止单布长衫，且有带束腰，带无沓拖不便之患。

夏用浅蓝色夏布长衫 尺寸见前。

袴 颜色、质料均与衣同。

束带用棉线板带 式与礼服带同。

青布靴

以上为讲堂服。惟每月朔望，上讲堂戴大帽，冬日用呢檐红缨大帽，夏日用纱胎红纬大帽，余日皆用有顶草帽。下讲堂后自习室、寝室，均无须罩蓝布长衫。

操场服

有顶草帽 式与讲堂帽同。

操衣 冬用蓝羽毛质，夏用蓝夏布质，均即用蓝色。羽毛、夏布镶作云形，以青色条界之，不另镶他色边，取其颜色纯净，远望易辨，领章绣各学堂名目。外国文武服式不同，故学堂亦宜加以区别。练兵处章程武员礼服用青，故学堂用蓝。

操袴 冬夏颜色质料均与操衣同。

操场束腰或用皮带或用棉线带均可 中学以上，带宽工部尺一寸一分，约合裁尺一寸，钩宽窄酌配。高等小学、初等小学，带宽工部尺八分，约合裁尺七分强，钩宽窄酌配。带钩式略如新操军队所用。惟上铸一楷书“学”字。高等小学、初等小学均即用铜质，“学”字之外无花纹。中学以上铜质镀金，“学”字两旁加双龙纹。

青布靴 近有用熟皮制靴售卖者，坚韧柔熟，步趋甚便，但价值较贵，故暂用青布靴。

整列出行操演服

整列出行操演时，冠衣靴带均照操场式。

常服

寻常出门，随意游行。戴草帽与否，束带与否，着靴与否，均听其便。惟必须罩长衫，不准短衣。

计 开

高等小学堂及初等小学堂学生冠服式

有顶草帽 式与文武各学堂同。帽顶，高等用紫棉线结；初等，用紫棉线结，略小。

操衣 冬用蓝棉布，夏用蓝夏布，均即用蓝棉布夏布，镶作云形以青色条界之，不镶他色边，取其颜色纯净，远望易辨。

袴 颜色、质料均与操衣同。

棉线板带 式与各学堂同，惟宽止工部尺八分即可。初等小学束带与否，听便。

青布快靴 初等小学着靴与否，听便。

高等、初等两项小学堂学生，论外国学校通例，皆系十六岁以下之学童；论中国学校旧章，其等差只如未进学之童生，初等小学，其分际只如在书塾未出考之学童。经典谓之幼学总之年皆未冠，应循童子不衣裘裳之义，且贫户幼童在家，亦罕有长衣，无论礼服、讲堂服、操场服、整列出队服、寻常出门服，均用一式，以归简易。至初等小学，尤多小户贫家，其不能购置带靴者听。惟衣袴草帽应归一律。

●●学部议复陈骧条陈学堂弊端折

准军机处片交都察院代递编修陈骧，条陈制造枪炮、火药、机器及学堂弊端原呈一件，奉旨该部议奏，钦此。遵即节钞原呈到部。

臣等查高等实业学堂，自商部设立以来，洎改名农工商部，皆由该衙门自行办理，不由臣部直辖。兹查该编修原呈内称，光绪三十年奏派该编修充该堂教务长。今年五月，遵照奏定章程于暑假前举行期考，乃诸生竟托辞天热来请免考，因与酌拟每日卯时入考，巳刻散场。该生等初皆遵诺。至五月初一日，仍坚请免考，再三未允。该生等退后，即纠众罢课。自此连日聚众礼堂，登台演说，喧嚣哄乱，并逼令监督撤去考试之谕。以至暑假，亦竟不考而即散学。聚众之初，同学有不愿与闻者，倡首诸人，威逼万端，且更勒令入会，其势汹动。部中诸人乃令该员暂归，以听办法。至五月初八日，会中首领印布会章，名曰研究会，而其实有报告员、纠察员、干事员、书记员等，一堂之内，严防密探，俨成敌国，其种种谬戾，皆显犯学堂禁令等语。臣等反复查阅，该学生等，先因自便私图，请停期考，不允，则聚众罢课滋闹，复假托研究会名目，又别设报告、纠察各员。是该编修所呈各节，自以此项情形为最重。查奏定章程学堂禁令章，各学堂学生，不准聚众要求停课、罢考及联盟纠众立会演说，如有犯者，除立行斥退外，仍分别轻重酌加惩罚等语。该学生等谬妄，情形实与定章违悖，既经该编修在都察院具呈，据情入奏，相应请旨饬下农工商部督同该监督教务长严切查明，照章办理。

至原呈内称严定学制，凡功课一年不及二百四十日与专科毕业无制造成绩可见者，均不得给予出身一节。臣等查学堂假期，奏章本有定限，上年复经臣部订定学堂假期表通行京外各学堂，一体遵照，并声明偏远地方气候不同，应准量为推移，惟所定假期不得意为增减，亟应申明。定章通行各学堂，凡例准假期之外，不得无故停课，并责成该监督堂长年终造送功课册，汇呈该管学务衙门，以备稽核。毕业时应计算在堂功课日期，并核算实在钟点，与定章相符，始准毕业。

至专科毕业，本应注重制造成绩。奏定章程高等工业各学科目，皆定有工厂实习及实验科目，学理技术，不容偏废。嗣后工业专科毕业，均应考验制造成绩，其无制造成绩可见者，毕业考试不得列入中等以上，以昭慎重。

又考试舞弊参照科场条例一节。查科场条例，定章綦严。或怵于立法之已重，难于奉行，转启徇隐之渐。学堂考试有临时学期、学年、毕业、升学考试之别，自应略示区别，酌量比拟应请。凡临时学期、学年考试，如有怀挟传递乱号枪替等弊，一经发觉，即时扶出，不得应考，停其升级。其毕业及升学考试关系较重，如查出以上各种弊端，应即行斥革，以示惩儆。

其有平时要求教员增加分数，尤为学堂恶习，均应责成该监督堂长严行禁止。

又纠众罢考，结党立会，照云南惩办之法一律办理一节。查云南学生滋事一案，经提学使电称，高等学堂学生因事与电报局局丁扭殴，归案审办，全体学生意图挟制，抗不上课，当即斥革十九人，并追缴学膳各费在案，即系遵照定章办理。嗣后京外各学堂，如有纠众罢考，结党立会情事，其为首滋事之学生，即行斥革，抗不遵办者，即全体解散，亦所不恤。盖道德与法律，互相维系，不能遵守法律之学生，断不能有精深之学业。而规条窳败，教科废弛，办一有名无实之学堂，滋长嚣张之习患，乃滋大此。臣部不敢稍有姑息迁就之见，并以期诸办事各员者也。如蒙俞允，即由臣部分咨该衙门及京外各学堂一体遵照，并由臣部按照奏章，随时派员考察，以端士习而儆效尤。谨奏。

光绪三十三年(1907年)十月十四日奉旨：依议，钦此。

●●学部奏各项学堂招考限制章程折附章程

窃维兴学，宜因势利导；求学，宜由浅入深。《奏定学堂章程》自初等小学以至大学毕业，升学皆有一定之资格，阶级分明，秩然不紊。惟因开办之初，及格者鲜而过时失学者多，故暂定为变通考选之法，于高等学堂考录入学章，内开学堂初开，可酌选品行端谨，中国经史文学确有根柢者，先补习普通学一年，然后升入高等学堂正科；于中学堂计年入学章，内开此时创办，应准十五岁以上十八岁以下文理明顺略知初级普通学者，亦得入学；于高等小学计年授学章，内开此时创办，凡十五岁以下略能读经而性质尚敏者，考验合格，亦可入学等语，并经逐条声明此例于学堂开办合法，五年以后即不行用。是学堂本以循序递升为正办，其变通考选，乃一时权宜之计，并非经久之规。

自奏定章程颁行以后，将及五年。臣部考查各省学务情形，大都省城则注重高等学堂而中学或犹未备，府城则注重中学堂而小学或仅数区，州县设高等小学堂而初等小学或竟未设。不揣本而齐末如崇墉之无基。学堂名目虽有等级之可分，学生程度几无高下之可别。推求其故，皆由办理学务者，但知援据变通招考之例，而不问学生程度果否如。奏章所云，迁就招收，浸失本意。而其流弊所及，则各处皆聚一方之财力，设立一二名称较崇之学堂，于小学不复措意，为学生者，亦不自揣其学力之如何，但冀考入名称较崇之学堂，以为徼幸奖励之地。遇有高等学堂招考学生，则中学堂全班学生为之掣动，循是递推，恐纷纭转徙，下级学堂永无毕业之人，越级躐升高等课程，更多迁就之处，英敏子弟无由深造，普通教育无由振兴，贻误后生，妨碍学务，非细故也。

臣等以为，欲救此弊，非立将高等以上学堂变通招考之例先行停止不可。拟请自本年六月为始，凡《奏定学堂章程》所定分科大学、大学选科、大学实科、高等学堂、高等农工商实业学堂、优级师范学堂、译学馆、方言学堂，以及未列专章之邮电、路矿暨法政学堂，正科属于高等教育者，概不得招收未经中学堂毕业之学生，以期深造。至中学以下及各项选科，尚可略宽期限，以待年长失学之人，惟须明定资格，增设预科，并由臣部体察情形，分别停止招考，以求渐加严密，庶几数年以后普通毕业者渐多，而高等学科乃有精深之望。

臣等为通筹教育办法力求实际起见，谨就《奏定学堂章程》所订各项学堂入学资格，反复讨论，酌拟各项学堂分别停止招考及考选详细办法章程，缮具清单，恭呈御览，如蒙俞允，即由臣部通行京外，自本年六月为始，凡各项学堂考选新班，一律遵照办理，概不得私自变通，致涉纷歧。谨奏。

光绪三十四年(1908 年)四月初六日奉旨:依议，钦此。

谨将酌拟各项学堂分别停止招考及考选详细办法缮具清单，恭呈御览。

分科大学、大学选科，非高等学堂大学预科毕业学生，及与高等学堂程度相等之学堂毕业学生，不得考升。

大学实科，应考选中学堂毕业学生，及与中学堂程度相等之学堂毕业学生升入肄业，自戊申年六月为始，不准招考未经各中等学堂毕业之学生。

高等学堂大学预科，应考选中学堂毕业学生，及与中学堂程度相等之学堂毕业学生升入肄业，自戊申年六月为始，不准招考未经各中等学堂毕业之学生，并不得于高等学堂再设预科，及正齐、备齐、正班、备班各项名目。

优级师范学堂，应考选中学堂毕业学生、初级师范学堂毕业学生，及与中学堂程度相等之学堂毕业学生升入肄业，自戊申年六月为始，不准招考未经各中等学堂毕业之学生。

优级师范选科，为应初级师范学堂及中学堂教员之急需而设，暂准考选曾在中学堂或与中学堂程度相等之学堂肄业满二年以上，及曾习初级师范简易科之学生，并举贡生员、经史文学确有根柢者入堂肄业，先入预科一年，再入本科。此项选科，由学部体察各省情形，于二三年内分别令其停止。

高等农工商实业学堂，应考选中学堂及与中学堂程度相等之学堂毕业学生入堂肄业，自戊申年六月为始，不准招考未经各中等学堂毕业之学生。

译学馆、方言学堂，应考选中学堂毕业学生，及与中学堂程度相等之学堂毕业学生升入肄业，自戊申年六月为始，不准招考未经各中等学堂毕业之学生。

中学堂，应尽高等小学堂毕业学生，及与高等小学堂程度相等之学堂毕业学生升入肄业。惟中学急应多设，暂准招考曾在高等小学堂及与高等小学堂程度相等之学堂肄业已满二三年之学生升入本科肄业。其考选时，应按照高等小学堂第二三年各科功课程度分科考验，不得专考一二科。其年在十五岁以上二十岁以下已读孝经四书、文理明顺者，亦可考选入学。先入预科二年，补习高等小学之课程，毕业试验及格，准其升入本科。将来各高等小学毕业学生渐多，即将此例停止。

中等农工商实业学堂，应尽高等小学堂毕业学生，及与高等小学堂程度相等之学堂毕业学生升入肄业。惟实业待兴甚急，暂准招考年在十五岁以上二十岁以下文理通顺之学生入堂肄业。先入预科二年，补习高等小学之课程，毕业试验及格，准其升入本科。将来各高等小学毕业学生渐多，即将此例停止。

初级师范学堂，应尽高等小学堂毕业学生，及与高等小学堂程度相等之学堂毕业学生升入肄业。惟现今需用小学堂教员甚急，暂准招考年在十八岁以上二十二岁以下已读四书五经、文学确有根柢者入堂肄业。先入预科二年，补习各项普通课程，准其升入本科，将来各高等小学毕业学生渐多，即将此例停止。

初级师范简易科，为应小学堂教员之急需而设，暂准招考有中学根柢、略知科学、年在十八岁以上二十二岁以下之学生入堂肄业。惟此项简易科设立已多之省分，应即停止。将所有经费合并一府或二府，开办初级完全师范学堂。其未经多设简易科之省分，应赶速筹设，由学部于二三年内体察情形，分别令其停止。

高等小学堂，应尽初等小学堂毕业学生升入肄业。惟高等小学急应多设，暂准招考曾在初等小学堂肄业已满三年之学生，及程度相当之学生升入本科肄业。其考选时，应按照初等小学第三年各科功课程度分科考验，不得专考一二科。其年在十岁以上十五岁以下已读《孝经》《论语》略解文义者，亦可考选入学。先入预科二年，补习初等小学之课程，毕业试验及格，准其升入本科，将来初等小学毕业学生渐多，即将此例停止。

初等农工商实业学堂，应尽初等小学堂之毕业学生入堂肄业。惟实业待兴甚急，暂准考选略通文义、年在十岁以上十五岁以下之学生入堂肄业。先入预科二年，补习初等小学之课程，毕业试验及格，准其升入本科，将来初等小学毕业学生渐多，即将此例停止。

初等小学堂，本定七岁入学，惟现在初等教育尚未普及，应准年至十岁者入学。

●●学部奏各省方言学堂添招学生各办法片

再查译学馆及方言学堂之设，系承同文馆及广方言馆之旧。当时因风气未开，习外国文者鲜，是以特设此项学堂，以培交涉人才及外国文教员。现在各处高等学堂无不注重外国文，而各省法政学堂，皆有交涉学功课。外务部又特设储材馆，以培交涉人才。此后外交专家不患无人。臣等拟咨行各省，凡方言学堂已奏咨有案者，准其照旧设立。惟以后添招学生，必须遵照本年四月初六日臣部奏案，考选中学堂毕业学生升入。若无中学堂毕业学生，即不必添招新班。俟现时在堂学生毕业后，应就各该省情形酌改为他项学堂。至现在未经设有方言学堂之省分，拟令其注重高等学堂及中学堂之各项课程，将来自不乏精外国文兼习普通学之人才，不必再立方言学堂，以一统系而免纷歧。谨奏请旨。

光绪三十四年(1908年)四月二十六日奉旨：依议，钦此。

●●学部奏遵议设立女子师范学堂折

三月初十日，军机处钞交御史黄瑞麒奏请设立女子师范学堂一片，奉旨学部议奏，钦此。钦遵到部。查原奏内称，女学为教育根本，亟宜明示准绳。现在各省官立女子师范学堂均未开办，而民间私立者亦寥寥无几。拟请饬下学部，先于京师由官设立女子师范学堂以为提倡，并由该部转饬各省提学使，按照定章于省城、府城从速设立女子师范学堂一所，以为振兴女学之地等语。

窃维二南圣化，首自宫庭。考之《毛诗》、《春秋》，妇女之读书明理、博学能文者，指不胜屈。下至《列女传》以及汉魏诸史名媛贤母，以学行兼备、相夫教子著闻者甚多。后世明慧女子所习，大率不过诗词小技，儒者遂视为无裨世教，于是女学遂微。迨风俗日趋浮薄，遂不免惩羹吹齑，因噎废食。方今屡奉明诏，殷殷以教育普及为务，然则欲端修齐之本，培蒙养之基，自非修明女学不可。欲求正本清源之道，尤非注重女子师范学不可。

臣部前经详订章程具奏，并声明以启发知识、保存礼教两不相妨为宗旨，是女子师范诚宜速筹举办，以树初基。现查各省女子师范学堂，除北洋早经设立，业已举行毕业一次外，其余各省设女学者，虽有数处，惟专教女师范者尚少，且教法亦未必尽善。该御史原奏所称在京师设立女子师范学堂明示准绳一节，自是要义，应即由臣部妥筹设立，以为模范。

查臣部奏定章程，女子师范学堂应设总理一人。兹查有军机处存记补用道北洋学习翰林院编修傅增湘，品端学粹，才识优长，办理北洋女子师范学堂成效昭著，众论翕然。拟即派充臣部女子师范学堂总理，一切堂舍、设备、教授、管理诸事，均责成该编修妥筹办理。其有应行斟酌变通之处，仍随时禀承臣部，以期妥协。

现派员于京城内外相度地方，惟有西安门内旃檀寺、仁寿寺废址，地界毗连，局势宽敞，最为适宜，拟请赏给该学堂应用。统计建筑、开办经费约需五万金，常年经费约需三万金，均由臣部设法筹拨。一面借地，先行开办。

拟设简易科两班，定额百名，除就近在京师招考外，并派员分赴各省招考合格学生。所招务取朴质稳重之人，不收儇巧佻薄之辈。令其住堂肄业，内外有别，严立门禁，所以必使住堂者放假有定期，不使招摇过市，沾染恶习。至学堂衣装式样，定为一律，以朴素为主，概行用布，不服罗绮。其钗珥亦须一律，不准华丽。选择重要科目分门教授，先学简易师范科，毕业年限暂定为二年，以备各省开办女子小学充当教习之用。其入学年龄，拟照臣部前订四年师范章程增加五岁，凡年在二十岁以上、三十岁以下，德性纯淑、文字清顺者，均属合格。又定章各科教习皆以妇人充当，亟应广为延访。但国文一科，尤为主要。现当创办之初，如国文程度较高之女教习，一时实难其人。应由该堂精选年在五十以上、品学俱优之男教习暂资教授。俟五年以后，妇女中深通国文者渐多，此项国文教习即一律全用妇女充当，以归画一而谨防闲。

至堂中建置，应分别内堂、外堂。外堂为各男职员所居，内堂为各女职员及女学生所居，界限谨严，力求整肃。外堂设教务长、庶务长及教授国文、年逾五十之男教习，务择老成端谨之人以充其选。内堂设斋务长、内庶务长、各科教习、正副监学，均以妇女充当，或即以女教习兼充监学，令其专任内堂考查学业并管理出入休假、起居饮食、疾病调护等事。以上各职员，均由该总理妥慎选择，务期遵照臣部奏定章程以启发知识、保存礼教两不相妨为宗旨。不但语言行事力戒新奇，即一切服饰，皆宜恪守中国旧式，不得随俗转移，并责成国文修身教习，选取经史所载列女嘉言懿行，时时与之讲授，以培根本。似此严定章程，庶几有实益而无流弊。惟此项简易科，系为女学教习缺乏暂应急需而设，嗣后仍当照章接办四年完全科，俾教育渐臻美备。至所请由臣部转饬各省提学使于省城、府城设立女子师范学堂一节，即由臣部咨明各省督抚，督同提学使体察地方情形，按照定章酌量办理，先禁流弊，再讲开通，以仰副圣朝振兴女学之至意。谨奏。

光绪三十四年(1908年)六月初六日奉旨：依议，钦此。

●●学部议复闽浙总督松奏请筹款兴办实业学堂折

上年十月十七日，军机处交出闽浙总督松寿奏请饬筹款兴办实业学堂一折。奉朱批：学部议奏，钦此。钦遵钞交到部。原折内称：今日兴学，已注意于普通教育尤贵养成实业人才。欲实业之发达，非研究工艺不可。南北洋地势适中，交通最便，可各设高等工艺学堂一所。每学堂至少须容学生千人。开办经费约需五六十万金，常年经费各学堂岁约二十万金，可以敷用。虽近时财力窘迫，而各省通筹协解，大省或三数万金，小省或一二万金，众擎易举，自可观成等语。

查实业为民人生计所关，即富强根本所系。以中国之大，土广民众，本应及时讲求，以期裕国计而阜民生。惟实业分农、工、商三项，有相需为用之势。偏举工业，亦不足以言振兴。且实业宜就各处土地之所宜，民情之所习分别办理，乃能收效。《奏定学堂章程·学务纲要》各省宜速设实业学堂一条，内开农工商各项实业学堂，宜各就地方情形，审择所宜，亟谋广设，如通商繁盛之区，宜设商业学堂；富于出产之区，宜设工业学堂；富于海错之区，宜设水产学堂，余可类推等语，并于农工商各项高等实业学堂立学总义章声明各种学科，听各省因地制宜，择其合于本地方情形者酌量设置。良以农工商各项实业，非分地办理，不能得因势利导之宜，亦即不能收同时并举之效。若如原奏所请，聚数省之财力仅设一堂，集数省之学生远赴一校，不惟办理失因地制宜之旨，学生有远道就学之艰，更恐各省藉词推诿，不复自办实业学堂，举偏遗全，窒碍滋甚，应请毋庸置议。

至原折所称日本高等商业、高等工业各学校收容中国学生，名额有限，有校外预备累积年月尚难直接入校者，求之人国，不如求之己国之较为便利各等语。查高等实业学堂学生，无论本国外国，皆应由中学堂毕业升入，始能深造。近来游学日本学生人数虽多，大都不能升入高等学校，实因程度有所不及，并非尽为名额所限。应及时筹办中等以下各项实业学堂，切实教授，将来逐渐毕业，在本国可递设高等实业学堂，即派赴外国，亦可直入高等学校，无校外预备费时糜费之虞。臣部前经通行各省筹设中等、初等各项实业学堂，俾有志实业之学生得有就学之地。现在各省已经设立此项学堂，咨报到部者尚不多见。似应明定期限，两年之内，每府应设中等实业学堂一所，每州县应设初等实业学堂一所，每所应收学生百名，由臣部严催各省督抚，督饬各府州县认真办理，毋得延宕，庶几各省实业得以逐渐振兴。如蒙俞允，即由臣部通行各省，遵照办理。谨奏。

光绪三十四年（1908 年）三月初五日奉旨：依议，钦此。

●●学部咨宪政编查馆准满蒙文高等学堂咨送章程文附章程光绪三十四年(1908年) 月 日

总务司案呈,准满蒙文高等学堂咨呈案照本学堂章程,内开于预科外附设别科一班,以八十名为额,三年毕业,考取举贡生监及职官年在三十五岁以内,中文清通,素娴满文或蒙文者入选,并免收学膳等费等语。本学堂拟遵章添考别科学生,前经呈明大部转行各省将军、副都统咨送等因在案,查京师各衙门候补候选人员内,不乏素娴满文或蒙文之人,理合呈请大部转行各部院衙门,如有合格人员年在三十五岁以内,愿入别科肄业者,造具履历名册,务于六月三十日以内径行咨送本学堂,听候示期考试,以省周折而归简易。除八旗都统衙门及内外火器营、圆明园八旗健锐营拟由本学堂咨取外,其各部院衙门,相应咨呈大部,请烦查照转行等因,并附送章程前来,相应咨行贵馆登入《政治官报》,俾众周知可也。

满蒙文高等学堂章程

要 目

立学总义第一

毕业年限及课程第二

学额及入学第三

退学及除名第四

考试及毕业奖励第五

学生规则第六

教员管理员第七

附学第八

附则第九

立学总义第一

第一章 本堂为造就满蒙文通才以保国粹而裨要政为宗旨。

第二章 本堂于设满蒙文科之外，并附设藏文科，两科学生一律同习各种科学，以备行政任使。

第三章 满蒙文科与藏文科各设预科及正科。

第四章 本堂分别以满蒙语文或藏语藏文为主课，辅以普通及法政、测绘各科学，以养成明体达用之才。

第五章 本堂附设别科，取前项应用各种学科择要教授。惟此科只招学生一次，毕业后即行停办。

毕业年限及课程第二

第六章 本堂预科二年毕业，正科三年毕业，学生习完预科后始得升入正科。

第七章 本堂附设别科，三年毕业。

第八章 各学科课程及每星期教授钟点表下：

满蒙文预科

第一年	每星期钟点	第二年	每星期钟点
人伦道德	一	人伦道德	一
满蒙语文	十二	满蒙语文	十二

中文	四	中文	四
法学通论	二	理财原论	二
历史 地理	（三）	历史 地理	（三）
算术	四	代数	三
几何	二	三角	三
理化	二	理化	二
博物	二	博物	二
图画	二	图画	二
体操	二	体操	二
合计	三十六	合计 马术	三十六 （随意科每星期三点钟）

满蒙文正科

第一年	每星期钟点	第二年	每星期钟点	第三年	每星期钟点
人伦道德	一	人伦道德	一	人伦道德	一
满蒙文	十	满蒙文	十	满蒙文	十
蒙语	八	蒙语	七	蒙语	七
中文	三	中文	三	中文	二
满蒙地理	三	财政学	二	理财政策以农业工业为主	二
满蒙近史	三	理财政策以交通商业为主	二	殖民政策	三
用器画法	二	统计学	一	制图法	二
测量学	二	制图法	二	实测	二
大清律例	二	测量学	二	刑法	二
体操	二	行政法	二	国际法	三
合计	三十六	宪法	二	体操	二
		体操	二	合计	三十六
		合计	三十六	东文俄文（随意科每星期三点钟）	

满蒙文别科

第一年	每星期钟点	第二年	每星期钟点	第三年	每星期钟点
人伦道德	一	人伦道德	一	人伦道德	一
满蒙文	十	满蒙文	十	满蒙文	十
蒙语	六	蒙语	六	蒙语	六
中文	三	中文	三	中文	三
历史	二	历史	三	满蒙地理	二
地理	二	地理	二	满蒙近史	二
算术	四	国际法	二	财政学	三
法学通论	二	理财政策	三	殖民政策	三
理财原论	二	宪法	二	统计学	一
大清律例	二	刑法	二	行政法	二
体操	二	体操	二	体操	二
合计	三十六	合计	三十六	合计	三十六

藏文预科

第一年	每星期钟点	第二年	每星期钟点
人伦道德	一	人伦道德	一
藏语藏文	十二	藏语藏文	十二
中文	四	中文	四
法学通论	二	理财原论	二
历史 地理	（三）	历史 地理	（三）
算术	四	代数	三
几何	二	三角	三
理化	二	理化	二
博物	二	博物	二
图画	二	图画	二

体操	二	体操	二
合计	三十六	合计 马术	三十六 （随意科每星期三点钟）

藏文正科

第一年	每星期钟点	第二年	每星期钟点	第三年	每星期钟点
人伦道德	一	人伦道德	一	人伦道德	一
藏文	十	藏文	十	藏文	十
藏语	八	藏语	七	藏语	七
中文	三	中文	三	中文	二
藏卫地理	三	财政学	二	理财政策以农业工业为主	二
藏卫近史	三	理财政策以交通商业为主	二	殖民政策	三
用器画法	二	统计学	一	制图法	二
测量学	二	制图法	二	实测	二
大清律例	二	测量学	二	刑法	二
体操	二	行政法	二	国际法	三
合计	三十六	宪法	二	体操	二
		体操	二	合计	三十六
		合计	三十六	英文（随意科每星期三点钟）	

藏文别科

第一年	每星期钟点	第二年	每星期钟点	第三年	每星期钟点
人伦道德	一	人伦道德	一	人伦道德	一
藏文	十	藏文	十	藏文	十
藏语	六	藏语	六	藏语	六
中文	三	中文	三	中文	三
历史	二	历史	三	藏卫地理	二

地理	二	地理	二	藏卫近史	二
算术	四	国际法	二	财政学	三
法学通论	二	理财政策	三	殖民政策	三
理财原论	二	宪法	二	统计学	一
大清律例	二	刑法	二	行政法	三
体操	二	体操	二	体操	二
合计	三十六	合计	三十六	合计	三十六

学额及入学第三

第九章 本堂预科、正科学额，暂以一百二十名为限，不分满汉，一律考取。

第十章 本堂别科学额，暂以八十名为限。

第十一章 预科、正科及别科学生，概不收取学费及膳费。

第十二章 本堂学生原应考取中学堂满蒙文毕业者入学，现当创办之初，不得不变通招考，暂以中文通顺，粗解满文或蒙文，年在二十五岁以内者为合格。倘通晓满蒙文之学生人数不敷，必须中文通顺，方可取录。

第十三章 别科学生考取举贡生监及职官，年在三十五岁以内，中文清通，素娴满文或蒙文者入选。

第十四章 本堂入学考试录取者，均于开学前五日亲自来堂填写志愿书。

退学及除名第四

第十五章 凡学生已经入堂，不得中途无故退学，违者按月罚缴本堂费用银十圆。如实有特别事故应行退学，经监督许可者，不在此限。

第十六章 凡学生有犯下开各条者，应即除名：

一 无重要之事辍课在一个月以上者；

二 分数屡列下等无卒业之可望者；

三 违背堂规屡诫不悛者；

四 身有锢疾及沾染嗜好者。

凡除名学生，所缴罚费数目，悉依第十五章之例。惟因病旷课以致无卒业之望而除名者，不在此例。

考试及毕业奖励第五

第十七章 本堂考试方法、考试分数，均依奏定章程办理。

第十八章 本堂学生毕业考试合格者给予文凭，正科毕业者应给奖励，查照《奏定译学馆章程》斟酌办理。嗣后遇有各衙门需用通晓此项学科人员，及各学堂延聘此项学科教员，均以本学堂毕业生为上选。愿升入大学堂文学科者听。

学生规则第六

第十九章 所有学生一切规则，均查照《奏定学堂章程》管理通则及《约束学生章程》办理。

教员管理员第七

第二十章 本堂所设教员，管理员如下：

监督，教务长，满蒙语文教员，藏语藏文教员，各种科学教员，俄文英文，东文教员，庶务长，文案官，收支官，杂务官，齐务官，监学官，检察官。

第二十一章 以上各员，除监督由学部奏派外，其余各员，均由监督延聘委用。

第二十二章 各员职任及施行法、管理法，均查照奏定章程及译学馆现行规则斟酌办理。

附学第八

第二十三章 本学堂为广育人才起见，特设附学一科，以待有志于此项学科之士。

第二十四章 附学生无论满汉子弟，惟经中学堂毕业、年在二十以内、略识满蒙文字、口音清利、中文通顺者为合格。

第二十五章 附学生须缴学膳各费，其数目俟招考时商呈学部酌核办理。

第二十六章 愿附学者，应先具附学愿结及保证书。

第二十七章 附学生一应课程，均与正额学生一律。

第二十八章 附学生一应规则及毕业奖励，均与正额无异。

第二十九章 附学生如能恪守学规，品端学勤，遇正额学生缺出，即以该学生充补，以示鼓励。

附则第九

第三十章 本堂于一切未尽事宜，随时酌定修改，以期周密。

学部奏酌拟各学堂毕业请奖学生执照章程折并单

窃查奏定章程，自大学堂以至高等小学堂学生毕业之后，皆按其所学之浅深，分别奖以进士举人、优拔岁贡、廪增附生有差。现在学务渐兴，各省开办学堂报部之数日见其多，将来毕业请奖之生，亦必日见其众。则就职任官诸事，既为理所恒有，而词讼诖误，亦难保其必无，若无征信之具，深恐别滋弊端。查从前科举之时，进士则须赴礼部填写亲供；举人则须赴学政衙门填写亲供；咨部优拔岁贡，则须由学政发给贡单，童生入学，亦须由该学教官出具印结，申送学政，以备考核，并酌收心红纸张之费。今拟酌仿成案，一律发给执照，凡各学堂毕业请奖得有进士、举人、贡生出身者，皆由学部发给执照。其仅得有廪增附生出身者，由学部发给执照式样，在京由督学局，在各省由提学使司衙门，照式刊印发给，酌收照费，明定数目，列入报销，务使昭然共见，严杜多取少报诸弊。凡进士、举人照费，全数存部，拨充分科大学之用。贡生照费，在京者，存督学局，在各省者，存学务公所，作为京城及各省城推广学堂之用。廪增附生照费，在京者，存督学局，在各省者，存府厅州县衙门，作为地方推广学堂之用，均不得移作他项用款。其心红纸张之费，另由该管衙门在办公经费内核实支销。谨拟章程十二条，另缮清单，恭呈御览，如蒙俞允，即由臣部遵奉办理。谨奏。

光绪三十四年(1908 年)七月三十日奉旨:依议，钦此。

谨拟发给各学堂毕业学生执照章程缮单，恭呈御览。

一 凡京外大学堂、大学预科、各省高等学堂、京外中学堂、高等小学堂、优级师范学堂、初级师范学堂、高等实业学堂、中等实业学堂、法政学堂、京师译学馆、各省方言学堂，以及凡有奖励之学堂于毕业领有文凭请给奖励后，均须发给执照，以昭信守。

一 凡各学堂毕业请奖得有进士、举人出身者，执照应由学部发给，取具同乡京官印结赴部具领。

一 凡各学堂毕业请奖得有各项贡生出身者，执照应由学部发给；在京学堂学生，赴督学局具领，各省学堂学生，赴该管提学使司衙门具领。

一 凡各学堂毕业请奖得有廪增附生出身者，应由学部发给执照式样，在京由督学局照式刊印发给，在外由各省提学使照式刊印发给。

一 出洋游学毕业学生得有进士、举人出身者，一律由学部发给执照。

一 凡请领各项执照，均须将原领文凭呈验，以便核对填写，无文凭者不发。

一 凡学堂毕业已得有各项奖励者，均须于三月内请领执照，不得延误。

一 凡进士举贡执照，均钤用学部印信；廪增附生执照，钤用督学局关防、提学使印信，以昭信守。

一 凡举贡遇有就职等事，须将学部执照呈送吏部核验。

一 凡举贡已经奏请斥革者，应由地方官追取执照，送部缴销，生员斥革衣顶，亦应将所领执照追取缴销。

一 凡请领各项执照，应随缴照费。进士应缴照费库平足银二十四两，举人应缴照费库平足银十二两，各项贡生应缴照费库平足银六两，廪增附生应缴照费库平足银二两。

一 凡各学堂毕业学生执照按照前开各条，在京由学部及督学局，在外由提学司分别给领，此外无论何项衙门，均不得代发。

一 贡生及廪增附生照费，应由督学局、提学司汇核收数，按年报部。

学部奏续拟法政学堂别科及讲习科毕业奖励章程折并章程

窃臣部于光绪三十二年奏设京师法政学堂折内声明：本科毕业，

比照高等学堂给予奖励，至别科及讲习科应如何分别给奖，俟将来酌量情形，请旨办理。奉旨允准，钦遵在案。

查法政别科系三年毕业，法政讲习科系一年半或二年毕业。现在京外多有开办此项别科及讲习科者，自应明定奖励通章，以免歧异。谨拟法政学堂别科奖励章程四条、讲习科奖励章程二条，另缮清单，恭呈御览，如蒙俞允，即由臣部咨京外各衙门，凡法政学堂暨法律学堂除本科外，年限与此相等者，将来毕业请奖，一律遵照此项章程办理。谨奏。

光绪三十四年（1908 年）八月初十日奉旨：依议，钦此。

谨将法政学堂别科及讲习科奖励章程缮具清单，恭呈御览。

计　开

三年以上别科奖励章程：

一　考列最优等、优等者，内以八品录事，二等书记官分部补用；外以直州判分省补用，最优等并加衔。

一　考列中等者，内以九品录事，三等书记官分部补用；外以道库大使按司狱县主簿分省补用。

一　考列下等者，给以修业年满凭照，听自营业。

一　如系候补、候选人员，考列最优等、优等者，各就原官分别保奖，京官奖以遇缺即补，尽先选用各班次；外官奖以尽先补用、尽先选用各班次，最优等并给予加一级，考列中等者，各就原官保奖升衔。

一年半以上讲习科奖励章程：

一　讲习科学生毕业，考试列最优等、优等、中等者，如系有职人员，京官咨明本衙门尽先派委差事；外官咨明本省督抚，照考验外官新章免其再入法政学堂，仍尽先差委。如系举人五贡，咨明本省尽先保送考职；系生员，咨明本省尽先保送考选优拔及考职；系监生，给予八品职衔。

一 凡在法政讲习科毕业学员，考列最优等、优等、中等者，均由本学堂造册，汇送各该管衙门分咨巡警审判各局所，听候委用。

●●又奏改定法政学堂别科课程片

再京师法政学堂，内设别科一项，三年毕业，专为各部院候补候选人员及举贡生监年岁较长者在堂肄习，不必由预科升入，俾可速成，以应急需。奏蒙允准在案。兹查原定别科课程，于《大清律例》授课钟点较少，历史地理尚嫌简略，算学、格致亦未完备。拟于第一、二两年酌加律例、历史、地理钟点，并加入算学一科，而于第一年别加格致一科，第三年酌加刑法、国际公法、国际私法、财政学钟点，仍加入律例一科。至日本文一项，此三年中一律定为每星期六点钟，作为随意科。似此办法，既可使学员补习普通而先后缓急之间亦较为有序，除由臣部改定课程表咨行各省凡开办法政别科者，一律查照。此次奏章办理外，谨附片陈明。谨奏。

光绪三十四年(1908年)八月初十日奉旨：依议，钦此。

●●学部通行各省举办实业学堂文光绪三十二年(1906年)五月二十一日

照得教育大旨，厥有三端：曰高等教育，所以培养人材；曰普通教育，所以陶铸国民；曰实业教育，所以振兴农工商诸实政。教养相资，富强可致。中国地利未尽，工艺未精，商业未盛，推求其故，由于无学。本年三月，钦奉上谕，明示教育宗旨以务讲求农工商各科实业，诏告海内。本部以兴学为专责，自应及时筹划，以期逐渐振兴。

查奏定章程"学务纲要"中有各省宜速设实业学堂之条。高等、中等、初等、农工商实业学堂，实业补习学堂，艺徒学堂，皆经分别订有章程，又订有实业教员讲习所章程，并于初级师范学堂章程内订有农工商各科课程，果能实力推行，自足为振兴实业之基。为此通行各省，一律遵照奏章筹设各项实业学堂，按照地方情形，先设中等、初等实业学堂及实业补习普通学堂。此外尤应多设艺徒学堂，收招贫民子弟，课以粗浅艺术，俾得有谋生之资。应转饬各府厅州县，无论城乡市镇，皆应酌量筹设。预储教员，尤关重要，应于各省城先立实业教员讲习所，渐次推行，饬各府厅州县设法分立，以广师资。至初级师范学堂农工商诸科，原系酌量加习，今拟改为必修科，令师范学生各自认习一科，亦可备将来初等实业学堂、实业补习普通学堂、艺徒学堂教员之选。要之，注重实业，实为普及教育中切要之图，其教授之法，重实习不重理论，由浅近而入精深。其教授所取材，宜就本地所有，随时采辑，遇事发明，务使全国人民知求学即所以谋生，欲谋生必先求学，庶国民不至视求学为高远难能之事，而各能自振其业，以为致富图强之基。至经费所出，纯恃官款，必有不敷。查奏定章程于实业学堂通则中特立专条，各省官员绅富，有能慨捐巨款充实业学堂经费者，或筹集常年的款自行创设实业学堂者，量其捐资之多寡分别奏请，从优奖励，自应援照办理，以资激劝。

除各省已立上开各项学堂及高等实业学堂即行查明咨部外，余均于文到之日为始，限六个月内统将筹办情形咨部立案，并请饬提学使司将办理详情、各学堂学生实习成绩、各府厅州县实业衰旺比较、缮具图说表册，按照学期详报本部查核。除分咨外，相应咨行查照办理见复可也。

学部札各省提学使年暑假期表照印转发各学堂遵办文光绪三十二年(1906年)十一月初二日

前准大学堂总监督咨开定章，每年以正月二十日开学，至小暑节散学为第一学期；立秋后六日开学，至十二月十五日散学为第二学期，计年假、暑假合七十日，惟入夏以后，天气炎热，教员、学生上课，往往引为不便，以至临时告假辍课者颇多，似应酌量变通。年假减为二十日，暑假增为五十日，仍与定章合计七十日之数相符，咨呈核夺等因前来，当经本部核准并酌定：每年正月十六日开学，至夏至后六日散学为第一学期；处暑前五日开学，至十二月二十五日散学为第二学期，咨行京师各学堂在案，各省学堂暨海外华人所立学堂，皆应一律办理。兹经本部编定光绪三十三年学堂假期表，除偏远地方气候不同应准量为推移外，所定假期，不得意为增减，为此札行该提学使司照印多纸，转发各学堂遵办可也。

学部通札各学堂学生如有久假不归半途退学应照章严罚文光绪三十三年(1907年)正月二十五日

查奏定《学务纲要》，学生未毕业不准另就他事条，内载各学堂未毕业学生，概不准无故自行退学，及由他处调充别项差使，如有故犯禁令、希图退学及于放假期内潜往他省就事者，查出后，除咨照该省立即撤退押送回籍外，并应追缴在学堂一切费用，惟保人是问。

又本部通行章程师范学堂所有学费一律免收，惟半途退学者，将在学日所有费用追缴等因通行在案。兹查官私各学堂学生，常有久假不归、无故退学者，或营充差使潜往他处，或急于求仕分发到省，此等学生辍业中途，妨碍学务者实大，亟须申明定章以示限制。自丁未年正月起，官私各学堂学生，如再有久假不归、半途退学情事，应即照章严加罚处，并通行各学堂不许再行收录。其未经纳费之学生，由该堂监督核算在堂用费，按名计需若干，责成保证官绅切实追缴，以重学业，除分行外合亟札饬，仰即遵照办理。

●●学部咨各省督抚选送京师法政学堂预科学生简章文并简章 光绪三十三年(1907年)八月初九日

准京师法政学堂咨开本学堂，按照定章每岁须增招别科一班一百人；预科两班二百人，招考别科学生，仍照向章办理，于前一年十月在京考取举贡生员、年在三十五岁以下、国文确有根柢者，俟次年正月入学肄业；至预科学生二百，仓卒招集，未易足额，势必多所迁就，殊非办法，拟请大部札行各省提学使，饬令每年冬间，挑选合格之中学学生申送来京，由本学堂复试，录取者准令入学，庶于选取学生易得美材，且各省均送学生，较之本年尚缺甘肃、云南两省者更为普及，兹拟定选送简章六条，相应咨呈大部查核施行等因前来。

查各省选送合格学生来京学习法政，意在使法政教育普及。各省办法甚善，应令该提学使认真选送，无任滥竽充数，致干驳斥，除分咨各省外，相应钞录选送简章咨行查照办理可也。

计 开

各省选送京师法政学堂预科学生简章

一 每岁招考预科学生，由各省提学使司在本省挑选合格之中学学生申送来京，听候本学堂复试，经录取后，准其入学肄业。

一 中学学生具有下列之资格者，方可选送，应由提学使切实甄录，如有不合资格者，本学堂决不录取：

在中学堂肄业三年以上者，须有确切修业毕业文凭为据；

国文必须肄业有素，确系明通雅正者；

品行端正，不涉奇衺者；

体质坚实者；年在二十岁以上、二十五岁以下者。

一 每省选送人数，大省十二名，中省十名，小省八名，其距京较远者，至少亦须送四名。

一 选送各生复试录取后，按照本学堂定章，每名纳入学费二元，只此一次。入学后每名每月纳学费二元，其住寄宿馆者，膳费、房费每月共纳七元，如有就近附学不住寄宿馆者，只纳膳费二元五角。

一 本学堂各种章程，学生到堂，一律遵守。

一 各省学生经选定之后，预将名册报明学部。该生等限于本年十二月内一律到京，亲到本学堂报到，听候复试，不得迟误。

●●学部通咨各省法政学堂增入监狱一科文光绪三十三年(1907年)八月十三日

准法部咨开本部议复修律大臣沈奏请实行改良监狱一折，于光绪三十三年七月初二日奉旨:依议,钦此。相应刷印原奏,咨行遵照等因前来。查原奏内称:请敕下学部于京外法政学堂,一律增设监狱学专科,选法政高等学生,派入专门研究,年半毕业,考给文凭,专备臣部及各省提法司谘议改良及调查管守之需等语,系为造就改良监狱官吏起见。

查奏定章程,法政科大学原有警察监狱学一门,又京师法政学堂课程亦有监狱学,与法部此奏用意相同,应由各该学堂遵照定章,将监狱一科切实讲授,其未设此科者,应遵照此次法部奏案一律增入。除分咨外,相应咨行查照办理可也。

●●学部通咨各省各项学堂皆归提学使管辖考核文光绪三十四年(1908年) 月

查照前后奏定学堂各项章程,凡各项学堂,皆应归提学使管辖考核,历经奉旨允准,钦遵在案,前此本部因分科大学将次设立,亟应调取各高等学堂、法政学堂、高等实业学堂以及各项高等专门学堂各本科历期历年各学科讲义,由各提学司汇齐送部察核,以立分科大学之基等因,通行各省在案。

兹据奉天提学司呈称案奉学部札开前因,遵查奉省现时尚未设有高等学堂,其方言学堂开办,仅一学期课程,系遵照奏定章程于外国文外兼习普通,须俟二年以后始兼习专门各科,届时再按高等办理。至法政学堂,系由督抚宪派参赞为监督,并另派专员为副监督,不归本司管辖,讲义向未录送。此外,森林、农业各校,均经延有东西洋专门教员教授各课,虽名目较高,均隶于劝业道管辖,其中一切课程讲义,本司亦无从深悉。兹奉前因,除咨左参赞劝业道请遵饬办理外，理合呈复查核等因到部。

查法政学堂，亦属专门学堂之一种。光绪三十二年四月二十日本部奏准学务官制并办事权限章程，内开专门课掌理本省高等学堂及各种专门学堂教课规程、设备规则及关于管理员、教员、学生等一切事务等语。是法政学堂之教课设备及用人管理诸事，皆在提学司权限之内，不应另派参赞或藩臬司专管，致违定章。

至森林、农业各校，亦统括于实业学堂之内。上年十二月十八日，本部会同农工商部议奏贵州开办农工商总局以兴实业一折，内开该省拟设之农林学堂试验场、艺徒学堂，应由农工商局随时督饬考求，表列成绩，遵章呈报农工商部，以符职掌。至所有教课规程、设备规则，关乎管理员、教员、学生等一切事务及将来毕业考试事宜，自应由承办各员禀承提学使司酌核办理，并由该提学司随时认真督察，详报学部，以符定章等因，奉旨依议在案。是森林、农业各校管理员、教员、学生等一切规则，本为提学司职守所关，断难置之不问。

兹据奉天提学司来呈所称，实与迭次奏章不符，除咨行东三省总督并札行该提学使司遵照奏定章程办理外，亟应重申定章，通咨各省并札饬各提学使司：凡关于专门教育、实业教育之学堂事务，皆当责成提学使司管理，不得因设立学堂之经费筹自他处，或学生毕业后应归他处任用，遂将该学堂管理之权划归他处，庶与定章相符，以收教育统一之效。相应通行各省，查照办理可也。

●●学部通咨各省高等以上学堂续收学生应照章造册报部文光绪三十四年(1908年)七月初九日

各省高等以上学堂前因开办伊始，招考学生多所迁就，且有随时添招插班学生之弊，以致毕业之际，学年程度均不画一。现在入学程度已经本部奏定，必须曾在中学堂毕业者，方准升入。惟插班之弊，若不及早限制，则学年学级仍不齐一。

查本部于光绪三十二年十二月奏准各学堂考试章程，内开高等以上各学堂，及与高等以上程度相等之各种学堂，遇举行升学考试之时，应将所升入之学生姓名、年岁、籍贯三代及历由何处学堂毕业，汇造清册，在京师者，呈送学部备案；在各省者，呈送提学使汇报学部备案等语。是所以严杜插班取巧之弊，已至严密。惟此项章程通行已一年有余，而各省之以高等学堂新收学生名册报部者，仅有数处，且于前已入堂而未经报部之学生，亦多未补报，皆俟毕业请奖之际，始以学生名册咨部，以致年限是否符合，本部无从考核。亟应声明定章：嗣后凡高等以上各学堂，及与高等以上程度相等之各种学堂，如续收新生，限于所收学生入堂后一月以内，将该生姓名、年岁、籍贯三代，及由何处中学堂毕业，造册迳行送部，以备毕业请奖时核对年限。其前已在堂而未经报部之学生，限于接到此文后一月以内，将各生之姓名、年岁、籍贯、三代、入堂年月及入堂以来所习功课，造册径行报部，毋得迟延。经此次声明定章之后，如各学堂再有玩延，不依照定章将学生姓名迅速报部立案者，毕业之际，即以不满年限论，相应咨行查照，迅饬各高等以上学堂遵办可也。

●●学部通咨各项中小学堂学生初级师范学堂自费生转学章程文附章程 光绪三十四年（1908年）　月

照得学生就学，自以始终毕业一堂为最善。然有因不得已事故而必须转入他学堂者，一概禁止，势所不能。但转学办法，不先订定，则插班入学，殊不一致，将来办理毕业，亦必多所窒碍。除高等以上各学堂为研究专门学问，无庸拟议转学外，中学以下各学堂，各处多已设立，学问之深浅略同，教授之法亦无大异，学生因有事故而不得不转学者，又视高等专门学堂为多，亟应宽其转学，以广造就之途，仍严其考试，以杜躐等之弊，俾学生得以随处就学，不至因有事故而废弃于半途，在办理学务者，亦得有所依据，不至意为迁就，将来毕业奖励，亦可渐归画一。兹由本部订定各项中小学堂学生、初级师范学堂自费生转学章程，应即通行京外，一律照办。除分别行知外，相应刷印章程，咨行查照办理可也。

附：各项中小学堂学生初级师范学堂自费生转学章程

一 本章程为初等小学、高等小学、中学学生，初等、中等实业学生及初级师范之自费生而设，此外不得援用。

一 各项学生必实有不得已之事故、不能始终在一学堂肄业者，方准转学。

一 学生转学，应在同等、同类之学堂，初等小学不得转入高等；高等小学不得转入中学；中学不得转入初级师范及中等实业学堂，余可类推。

一 转学时，应将原先肄业之学堂所给修业文凭，呈请所转入之学堂查验。

一 各项学生转学分班，以原得文凭为定。如得有第一学期修业文凭之学生，转学后应入第二学期，以上类推。惟现在各学堂课本、教法多未齐一，应由所转入之学堂按其学级复加考试，如与所转入之学堂同学级之程度参差，应令补习一学期（如得第二学期修业文凭之学生仍令入第二学期之类惟不能仍令入第一学期,亦不得令入第三学期,余可类推),其所得修业文凭应留级者,转学后仍照定章办理。

一 学生转学,须在每学期开学之前,向所欲转入之学堂陈请转学。如或因事迁延,陈请已在开学之后,总计该学堂本学期所有功课钟点尚未逾四分之一者,经考试之后,准其就学,将来得给本学期修业文凭;其已逾该学堂本学期所有功课钟点四分之一者,不得中途插班,应俟下一学期按其学级考试收录。

一 所有列入本章程之各项学堂遇有转学之学生,应即遵照办理,俟期满毕业,得照定章奖励。

●●学部通咨订定各学堂修业文凭条例文附条例光绪三十四年(1908年) 月

照得学堂发给文凭,系为证明学生成绩优劣之据。本部奏准各学堂考试章程,曾详及发给毕业文凭办法。至于学期、学年考试所得分数等第,亦应发给修业文凭,以备稽考。前本部颁行中等以下各学堂转学章程,以所得修业文凭为据,亟应订定办法,庶各有所遵守。兹由本部刊发中等以上各学堂,及高等小学以下各学堂修业文凭式样及修业文凭存根簿式样各二种,由京师督学局暨各省提学使司迅速刊印,颁发各处,再由各学堂照式刊印备用。此项文凭,以戊申年下学期为实行之始,各学堂自本年下学期考试完毕之后,一律分别按期发给学生。惟必须按照条例分别填注,不得缩短期限,捏报分数,并由督学局暨各省提学使司随时认真考查,以昭核实。此后学生期满毕业,必须戊申年下学期以后之学期、学年修业文凭齐全,始可照章给奖。其从前未经发过此项文凭者,无庸补发。除各学堂毕业文凭由部另行订定颁行外,相应先将修业文凭及存根簿式样通行遵照办理可也。

附:订定各学堂修业文凭条例

第一条 修业文凭分中等以上各学堂,及高等小学以下各学堂两种。

第二条 修业文凭及存根簿,京师由学部及督学局、各省由提学使司,按照所定两种式样分别刊印,颁发各处,再由各学堂照式刊印,编定号数,按每学期或学年发给学生,不得收费。

第三条 修业文凭,各学堂于学期考试或学年考试后,除学生所得总平均分数不满二十分者无庸发给外,其在二十分以上者,一律发给。

学期考试应考半年内所授之功课;学年考试应考一年内所授之功课。

第四条 修业文凭开首一行,凡在京师之八旗学堂,应填写"京师某旗官立或公立、私立某某学堂"字样;各省在京师设立之学堂,应填写"京师某省官立或公立、私立某某学堂"字样;各省驻防学堂,应填写"某省驻防官立或公立、私立某某学堂"字样;外省学堂,应填写"某省某府某厅州县官立或公立、私立某某学堂"字样。

第五条 学堂立有名目或著有第一、第二等识别者,应将名目及识别字样系于官立或公立、私立之下。若为某学堂所附设之学堂,应填写"某某学堂附设某某学堂"字样。

第六条 修业文凭所载"现届"及"考试"字样之间,应注明"第某班暨第某学期"或"第某学年"字样,其在设有本科或预科、公共加习科之学堂,并应于"第某班"之上分别注明"本科"或"预科"、"分类科"、"公共科加习科"等字样。

现每年学堂开班尚无定时。凡新开班次,半年届满为第一学期,一年届满为第二学期,即第一学年;一年半届满为第三学期,二年届满为第四学期,即第二学年,以下类推。

第七条 高等小学以下各学堂修业文凭,但填写总平均分数。中等以上各学堂修业文凭,并应填写各学科每科分数、各科总计分数、平均分数,及临时考试平均分数。凡记各项分数,计至二位小数为止,其畸零不尽之数,不满五者不计,满五者以十计。

第八条 修学文凭应填写学生年岁、籍贯。本省学生籍贯,但填写"系某县人";非本省者填写"系某省某县人";旗籍填写"系某旗某佐领下人"。

第九条 修业文凭应填写学生三代,其有承继兼祧者,并填写本生或兼祧三代。

第十条 修业文凭所载"右给学生"字样之下,如系师范自费生,并应注明。

第十一条 中等以上各学堂修业文凭,监督应列名签押;高等小学以下各学堂修业文凭,堂长应列名签押。

第十二条 修业文凭及存根簿"年月"之上,均应盖用关防或钤记。

第十三条 修业文凭应填写骑缝号数,将文凭开首之纸边上下适中之处,凑合于存根簿骑缝线之左,于线之中断处,按照文凭所编填之号数分别填写,并于此处盖用关防或钤记。

第十四条 修业文凭存根簿填写事项,应与文凭一律,不得歧异。

高等小学以下各学堂学期学年修业文凭存根式样

学生现届
考试完毕学生 本
学 总平均数 列入 等
业经填给修业文凭为此缮具存根备查
本学生现年 岁系 人
曾祖 祖 父
宣统 年 月 日存

第 号

骑缝线 骑缝线

高等小学以下各学堂学期学年修业文凭式样

学堂为
给发修业文凭事照得本学堂现届
考试完毕学生 本学
总平均分数 列入
等相应给发修业文凭须至文凭者
本学生现年 岁系 人
曾祖 祖 父
右给学生
堂长
宣统 年 月 日给

第 号

中等以上各学堂学期学年修业文凭存根式样

学堂现届
考试完毕学生　　　　本学　总平均分数　　　　列入　　　　等
业经填给修业文凭为此缮具存根备查
学科　　分数　　学科　　分数　　学科　　分数

总计分数　　分　　平均分数　　分
临时考试平均分数　　　分
总平均分数　　分
本学生现年　　岁系　　　　人
曾祖　　祖　　父
宣统　　年　　月　　　　　　　　　　日存

第　　号

骑缝线　　　　　　　　　　　　　　　　　骑缝线

中等以上各学堂学期学年修业文凭式样

学堂　　　　为
给发修业文凭事照得本学堂现届
考试完毕学生　　　　本学　　总平均分数
列入　　等相应给发修业文凭须至文凭者
学科　　分数　　学科　　分数　　学科　　分数

总计分数　　分　　平均分数　　分
临时考试平均分数　　　分
总平均分数　　分
本学生现年　　岁系　　　　人
曾祖　　祖　　父
上给学生
监督
宣统　　年　　月　　　　　　　　　　日给

第　　号

●●学部通咨改订各学堂考试章程文附章程光绪三十四年(1908年) 月

普通司案呈,照得各学堂修业文凭,现经本部订定条例,并刊发文凭及存根簿式样,颁行各处。查此项文凭,与各学堂考试章程互有关系。三十二年十二月,本部奏改各学堂考试章程,此外考试一条,尚有应行变通之处。兹将此条酌加改订,以便与修业文凭相辅而行,相应刷印改订各学堂考试章程一条,咨行查照办理可也。

附:改订各学堂考试章程一条

三十二年十二月学部奏改各学堂考试章程。此外考试一条所详核算分数之法,体察情形,有应行变通之处,兹将条文及注语酌改如下:

此外考试,皆以百分计算。各学堂学期考试或学年考试时,将临时考试分数与学期考试分数或学年考试分数二除之,为本学期或本学年总平均分数(中等以下各学堂临时考试分数,并应加入教员平日所记分数,平均计算)。除不满二十分者令其出学外,凡在六十分以上者升级,六十分以下者留原级(其在一年一学级之学堂,应以学年所得总平均分数分别升级、留级)。

●●学部通咨颁行中学堂学生履历分数表格文附表光绪三十四年(1908年) 月

普通司案呈,照得学务初兴,固在提倡,而办理不循定章,则始基不立，纷纭淆乱，整理尤属为难。定章高等小学以上学生毕业皆有奖励，如果年限程度悉合定章，本部断无不核准之理。乃近来各处毕业请奖之案，多有与定章不相符合者，或列等不照定章分数，或分数不照定章计算，或毕业人数及学堂开学年月、学生到堂年月、与提学司汇详之表册暨学堂迳寄本部之表册不符，诸如此类，不胜枚举。本部照章指驳，自未便迁就通融，但各处员绅学生未悉其详，或疑为有意从刻。盖毕业之案，既经提学司详部，则核准给奖已在意中。追经部驳不免嗒然失望，员绅之得力者，或顿减其热诚；学生之向学者，亦因之而沮丧。迁流所及，阻碍滋多，亟应认真整理，俾归画一。应由京师督学局暨各省提学司平时于各项学堂学科程度，学生人数、资格、到堂年月，教员、管理员资格，以及任事之勤惰，悉心考察，遇有学生毕业之时，即确切查明该生等年限、程度、考试分数是否悉合定章。不合者，应即指驳；合则详部请奖，不得轻率，详请致干指驳，或遇实在为难及应行变通之处，准其随时详请核示。其详部请奖之案，应造清册，原无一定格式。惟现时各处报部表册太不一律，殊难考核。若各项学堂表册式样，概由本部颁发，既嫌繁复，亦恐不尽适用。兹由本部订定中学堂学生履历、分数表式样一种，颁行各处，应由督学局暨各省提学司照式刊印，颁发各中学堂，令其照刊备用。其它各项学堂此项表格，即由督学局暨各省提学司仿照此次所颁式样，并查照定章，各学堂学科学期分别另编表格，一律颁行。各学堂历年、历期考试，亦可用此项表格填注分数。至学生毕业之时，即用此项表册详报，如果逐年预备接续填注，平时既便考核，亦免毕业时编造为难。报部之册，并应由该管官衙门盖用印信，或本学堂盖用关防钤记，以昭慎重。如此办理，庶可免缺略歧误之弊，亦可省复查之繁，于学务不无禆益。相应刷印中学堂学生履历分数表格，通行查照办理可也。

某省　　某中学堂学生履历分数表

<table>
<tr><td colspan="3">等</td><td>学期
分数
学科</td><td>第一学期</td><td>第二学期</td><td>第三学期</td><td>第四学期</td><td>第五学期</td><td>第六学期</td><td>第七学期</td><td>第八学期</td><td>第九学期</td><td>第十学期</td><td>毕业</td><td rowspan="18">历期历年考试总平均分数　分
毕业考试总平均分数　分
平均得毕业分数　分</td></tr>
<tr><td colspan="3" rowspan="3"></td><td>修身</td><td></td><td></td><td></td><td></td><td></td><td></td><td></td><td></td><td></td><td></td><td></td></tr>
<tr><td>读经讲经</td><td></td><td></td><td></td><td></td><td></td><td></td><td></td><td></td><td></td><td></td><td></td></tr>
<tr><td>中国文学</td><td></td><td></td><td></td><td></td><td></td><td></td><td></td><td></td><td></td><td></td><td></td></tr>
<tr><td rowspan="14">系　省　人　光绪　年　月入堂年　岁于</td><td rowspan="7">年　月毕业　年　岁</td><td rowspan="7">曾祖　祖　父</td><td>外国语</td><td></td><td></td><td></td><td></td><td></td><td></td><td></td><td></td><td></td><td></td><td></td></tr>
<tr><td>历史</td><td></td><td></td><td></td><td></td><td></td><td></td><td></td><td></td><td></td><td></td><td></td></tr>
<tr><td>地理</td><td></td><td></td><td></td><td></td><td></td><td></td><td></td><td></td><td></td><td></td><td></td></tr>
<tr><td>算学</td><td></td><td></td><td></td><td></td><td></td><td></td><td></td><td></td><td></td><td></td><td></td></tr>
<tr><td>博物</td><td></td><td></td><td></td><td></td><td></td><td></td><td></td><td></td><td></td><td></td><td></td></tr>
<tr><td>物理及化学</td><td></td><td></td><td></td><td></td><td></td><td></td><td></td><td></td><td></td><td></td><td></td></tr>
<tr><td>法制及理财</td><td></td><td></td><td></td><td></td><td></td><td></td><td></td><td></td><td></td><td></td><td></td></tr>
<tr><td colspan="2" rowspan="7">如有转学情事于此下注明</td><td>图画</td><td></td><td></td><td></td><td></td><td></td><td></td><td></td><td></td><td></td><td></td><td></td></tr>
<tr><td>体操</td><td></td><td></td><td></td><td></td><td></td><td></td><td></td><td></td><td></td><td></td><td></td></tr>
<tr><td>毕业考试中国文学第二题</td><td></td><td></td><td></td><td></td><td></td><td></td><td></td><td></td><td></td><td></td><td></td></tr>
<tr><td>总计</td><td></td><td></td><td></td><td></td><td></td><td></td><td></td><td></td><td></td><td></td><td></td></tr>
<tr><td>平均</td><td></td><td></td><td></td><td></td><td></td><td></td><td></td><td></td><td></td><td></td><td></td></tr>
<tr><td rowspan="2">十学期总计平均</td><td colspan="11">十学期总计　　分</td></tr>
<tr><td colspan="11">十学期平均　　分</td></tr>
</table>

教 科 书

●●学部第一次审定初等小学教科书凡例附书目表光绪三十二年(1906年) 月

第一条 本部为全国教育今始萌芽,学制不可不一,宗旨不可不正故,注重于教科书。凡本部所编教科书未出以前,均采用各家著述,先行审定,以备各学堂之用。

第二条 本部因初等小学尤为急用故,先审定初等小学教科书,高等以后续出。

第三条 审定之图书,悉依奏定章程初等小学之科目为准。

第四条 审定之图书,依奏定章程初等小学之学期约计配合,列为一表。

第五条 奏定章程于初等小学正科之外另定有简易科,为乡民贫瘠师儒稀少者而设,今兼审定初等小学简易科之图书,其科目、学期,皆依奏定章程。

第六条 审定之图书各有提要一篇,略示审定之旨趣。

第七条 教科书有应改之处另有校勘表,各发行处须一律照改,如已印成者,将校勘记附于原书之后,并呈一部于本部存查。

第八条 审定之图书,皆须有著者姓名、出版年月、价值、印刷所、发行所,方加审定。既审定者,别附有表以便购用。

第九条 审定之图书,皆须自行呈请。惟此次因学生急需,虽有未经呈请者,本部亦购之坊间,如有可用,即加审定。此乃一时变通办法,后不为例。

第十条 审定之图书，准其于五年内通用。若五年之后著书者再加改良，仍可呈本部再加审定。

第十一条 审定之图书，如五年之内有自行修正之处，随时呈明本部再加审定，否则以未审定论。

第十二条 审定之图书，准著书者于书中标明“学部审定”字样，如未经本部审定而伪托名者，应行查办。

第十三条 审定之图书凡已定有价值者，由各发行所自行酌减，报部查核，不准格外增加，致碍教育普及。

第十四条 审定之图书有挂图者，兼审挂图；有教授法者，兼审教授法。

第十五条 凡教员于此次审定图书之外，皆应有参考书；前已有大学堂审定暂用书目，可以照购。

第十六条 各国通例：呈请审定图书者，皆有审定费。本部为提倡教育起见，此次暂不收费。

第十七条 各国通例：凡经审定之图书，纸质、字形均有一定程式。此次审定图书为急需起见，间有未合程式者，概未细加吹求。惟印刷发行之人重印各书时，纸质须再求坚韧；字形须再求清朗，以期适于教科之用。

第十八条 本部审定各书，以书精价廉者为合格。就此次所审定学生用书合五年计之，多者价至六圆，少者价至四圆，以教育贵乎普及，若书价过昂，必至阻教育之进步也。嗣后凡关于教科用图书之编辑者、发行者，须识本部审定宗旨之所在。

第十九条 此次书目既发之后，如有佳本续出，竞争进步，当次第续行，审定随时发布。惟已用此次审定之本者，虽有第二次以下审定之本，亦不必半途改用，以免纷歧。

第二十条 此次书目未发之前，各学堂所用教科书，有不在本部审定书目之内者,应报明该地方官转达本部,并将所用之书呈本部一份,以凭审定。如所用者为善本,即准通用,亦不必半途改用此次审定之书。

第二十一条　此次审定之图书,以光绪三十二年三月三十日为止。四月以后有呈请审定者,归入下次办理。

第二十二条　此次为学堂急需起见,仅审定暂用之本,故名曰第一次审定初等小学暂用教科书。

审定初等小学暂用教科书列表于下

书名	册数	用者	印刷	发行	板权	价值
最新初等小学修身教科书	十	生徒	商务馆	商务馆	有	一元
最新初等小学修身教科书教授法	十	教员	同上	同上	有	一元
初级蒙学修身书	一	生徒	文明局	文明局	有	一角五分
蒙学修身书	一	生徒			有	
蒙学经训修身书	一	生徒	文明局	文明局	有	一角五分
初等小学国文教科书	十	生徒	商务馆	商务馆	有	一元九角五分
初等小学国文教科书教授法	四	教员	同上	同上	有	一元四角
初等小学读本	三	生徒	文明局	南洋公学	有	五角
初等小学笔算教科书	五	生徒	商务馆	商务馆	有	九角
初等小学笔算教科书教授法	五	教员	同上	同上	有	一元六角
蒙学珠算教科书	一	教员	文明局	文明局	有	二角五分
最新初等小学珠算入门	二	教员	商务馆	商务馆	有	四角五分
心算教授法	一	教员	直隶学务处	直隶学务处	有	
蒙学中国历史教科书	二	生徒	文明局	文明局	有	三角
蒙学中国地理教科书	一	生徒	同上	同上	有	二角
蒙学简明中国地图	一	生徒	同上	同上	有	
蒙学外国地理教科书	一	生徒	同上	同上	有	二角

蒙学简明世界地图	一	生徒	同上	同上	有	
最新初等小学地理教科书	四	生徒	商务馆	商务馆	有	五角
初等地理教科书	一	教员		南洋公学	有	
小学地理教授法	一	教员	文宝局	同上	有	
初等小学格致教科书	一	生徒	直隶学务处	直隶学务处	有	
初等小学格致教科书教授法	一	教员	同上	同上	有	与前书共五角
初等博物教科书	一	生徒	文明局	文明局	有	
初等生理卫生教科书	一	生徒	同上	同上	有	
幼学体操法	一	教员	天津官报局	直隶学务处	有	
毛笔习画帖	三	生徒	文明局	文明局	有	四角
毛笔新习画帖	四	生徒	同上	同上	有	
毛笔新习画帖	一	教员	同上	同上	有	与前书共五角
初等铅笔习画帖	四	生徒	同上	同上	有	四角
画学教授规则	一	教员	同上	同上	有	二角
小学分类简单画	一	教员	同上	同上	有	三角五分
画学教科书	一	教员	商务馆	化固小学校	有	七角
图画临本	一	教员	同文印刷社	武昌图书馆	有	三角
工学	一	教员	天津官报局	直隶学务处	有	
教育统论	一	教员	直隶学务处	同上	有	
小学实验教育学	三	教员	同上	同上	有	
教授法原理	一	教员	商务馆	商务馆	有	二角
普通各科教授法	一	教员	时中书局	时中书局	有	三角五分
小学各科教授法	二	教员	文明局	文明局	有	六角
小学统合新教授法	一	教员	同上	同上	有	三角五分
学校管理法	一	教员	商务馆	商务馆	有	二角
最新学校管理法	一	教员	文明局	文明局	有	二角

单级小学教授管理法	一	教员	同上	同上	有	四角
初等小学教育讲习所汇记	一	教员	直隶学务处	直隶学务处		非卖品
初级师范教科书教育史	一	教员	商务馆	商务馆	有	二角五分

●●学部通行第一次审定初等小学暂用书目文

光绪三十二年(1906年)六月初三日

现在兴办小学,教科书籍最关紧要。本部现将初等小学教科书先行审定,刊列书目,通咨各省,以便各学堂采用。所有第一次审定初等小学暂用书目,相应咨行查照,并希转饬学务公所,将此项书目照式翻印,札发各属,一体遵用可也。

●●学部第一次审定初等小学教科书改正示

光绪三十二年(1906年)六月初四日

照得本部,现将初等小学暂用教科书先行审定,所采各书内有应行改正之处,详见本部所刊提要及校勘表,各发行所应一律照改,另将样本寄呈本部,复核无异,方作为审定之本,否则以未审定论。合行出示,晓谕为此示。仰各发行所迅即到部,具领各教科书提要、校勘表,以便一律遵照改正,毋得自误,切切。

●●附学部通行各省宣讲所应讲各书文

光绪三十二年(1906年)七月二十九日

本部《奏定劝学所章程》内附宣讲所办法,于光绪三十二年四月二十日具奏,奉旨:依议,钦此。当经通行各省,钦遵在案。查宣讲所之设,所以开通民智,启导通俗,收效甚捷,亟应一律速设。惟开办伊始,或宣讲不得其人,或有其人而所讲非纯正浅显之书,易滋流弊。现由本部悉心选择,另单开列。除《圣谕广训》已经奏明,应由各处敬谨宣讲外,其余各书,亦均于通俗教育深有裨益。嗣后,各省宣讲所应就单开各书设法搜集,次第演讲,总以首定宗旨以端心术;次启知识以振精神;用收实效而杜歧趋。除分咨外,相应咨行查照,转饬所属一体遵行可也。

本部采择宣讲所应用书目表列下

书目	册数	编译者	印刷	发行	板权	价值	体裁	提要
圣谕广训								
光绪三十二年二月初一日宣示教育宗旨一道								
光绪三十二年七月十三日宣示预备立宪上谕一道								
本部奏请宣示教育宗旨折								
本部奏定各省劝学所章程								
奏定学堂章程								可专讲两等小学堂章程及管理通则

奏定巡警官制章程	一册							宣讲时以详述巡警章程为要
人谱类记		明刘忠介公	安徽节本					宣讲其关于伦常日用者而阙其文蕴精深者
养正遗规		陈文恭公						
训俗遗规		陈文恭公						
劝学篇								书内教忠去毒非攻教等篇最切实用
国民必读	三册	高步瀛陈宝泉	直隶学务处				白话体	是书专在国民教育及道德教育，正合宣讲之用，惟一册第七课及三册第八课有误处。
民教相安	一册	高步瀛陈宝泉	直隶学务处				白话体	各处教案为我国之大患，讲此可期消弭于无形。
警察白话	一册						白话体	
警察手眼	一册		浙江参谋处				白话体	上二书虽为训练巡警而作，择要宣讲可使国民知己身与巡警之关系。
欧美教育观	一册	大学堂译书局	同上	同上	有			书为日本人策励己国而作，多可为我国所借镜。
儿童教育鉴	一册	徐傅霖陆　基	文明书局	同上	有	三角	小说体	此书纯用反言指点使为人父母者警惕最易
儿童修身之感情	一册		文明书局	同上	有	二角五分	小说体	记马克寻亲之事叙述恳至感人最易
蒙师箴言	一册	方浏生			有	五分		宣讲此书可以感动为父兄者，使其子弟去私塾而入学堂。

鲁滨逊漂流记	二册	林纾 曾宗巩	商务馆	同上	有	七角	小说体	振冒险之精神，祛依赖之习惯，惟语涉宗教处可以删节。
纳耳逊传	一册	日本译书汇编社	东京并木活版所	日本译书汇编社	有	四角		可略见英国当日海军情形，惜书多讹字。
克莱武传	一册	商务馆	同上	同上	有			克莱武为英人之殖民伟人，此书叙述最详。
澳洲历险记	一册	金石 褚嘉猷	商务馆	同上	有	二角	小说体	此书述英人显理殖民事，颇可增进取冒险之精神。
万里寻亲记	一册	林纾 曾宗巩	商务馆	同上	有	三角	小说体	可以知东西洋伦理之相似
世界读本	一册	文明书局	同上	同上	有	一角八分		详述欧洲之风俗习惯，足以增长闻见。
普通新知识读本	二册	朱树人	文明书局	同上	有	六角		格致及实业知识略具一斑。
普通理化问答	一册	吴聿怀	文明书局	同上	有	三角		说理明畅颇合宣讲之用，惟说气球上升及水不引热等义，间有误处。
富国学问答	一册	陈乾生	商务馆	同上	有	五角		虽未合科学统系，而其切合时事处，颇可以感悟通俗。
农话	一册	陈启谦	商务馆	同上	有	一角		重实用不重理论，宣讲之善本。
普通农学浅说	一册	盐城劝农局	翰墨林书局		有		白话体	此书述农业之大要，颇多切实可行者。
穑者传	一册	朱树人	文明书局	同上	有	五角	小说体	伯尔以一农人勤于畎亩，事事改良，终致富厚，足为惰民劝至慈孝友恭处，尤足为国民矜式。

蚕桑浅要	一册	林志恂		云南蚕桑学堂				述种桑养蚕之法,参酌东西而集其要,内饲育标准表及制种法尤详备洵有益蚕业之书。
蚕桑简明图说	一册	通州蚕学馆						述种桑养蚕之法,多经验有得之言于蚕业未盛之处,广为宣讲,俾知仿行可为兴利之一助。
冶工轶事	一册	朱树人	文明书局	同上	有	三角五分	小说体	法国地方自治制度及法国尚公之精神,略示一斑,而宗旨和平,尤毫无流弊。
致富锦囊	一册	王立才	开明书局	同上	有	二角		此书可养自治之能力,诱起实业上之兴味。
普通商业问答	一册	公之鲁	文明书局	同上	有	三角		是书虽专述英国商业,然简易明了,颇有益于普通商业之知识。
蒙学卫生实在易	一册	许家惺	彪蒙书室	彪蒙书室	有	一角五分	白话体	宣讲此书,可以使流俗群知养生祛病之法。
黑奴吁天录	一册	林纾 魏易	文明书局	同上	有	八角	小说体	述美人蓄奴之残酷,可以动人道感,增爱国之心。
启蒙画报		启蒙画报馆	同上	同上	有		白话体	于浅近普通知识略备,惟间有误错,宜择要宣讲。
劝不裹足浅说	一册		翰墨林书局				白话体	言缠足之害颇为痛切。

附说

一 本部奏设宣讲所,为实行通俗教育起见,此次书目颁行之后,各宣讲所应令即时设立。

一 各处宣讲所不必俟各书购齐始行开讲,有若干种,即可先讲若干种。

一 宣讲用书,重在启发通俗,但系合于宣讲之用者,虽小有舛误,亦酌量采取，惟此类书皆低写一格，并于提要注明，庶讲时知所别择。

一 体裁行仅列白话小说，因此二体尤便于宣讲之用也，余皆从略。

一 杂记、小说宗旨不尽纯正者，用以宣讲有害无益。嗣后凡与宣讲章程宗旨不合之书，概不得用。

一 各省如有新出宣讲善本，应令随时呈送本部，以备采择。

学部第一次审定高等小学暂用书目凡例附书目表

第一条 本部此次审定高等小学各图书，其科目悉依奏定章程为断。

第二条 此次审定各图书应准通用四年。

第三条 依奏定章程，高等小学可加手工、农业、商业三科中之一科，故兼审此三科之教科书。

第四条 依奏定章程，高等小学可加洋文科，故兼审英文教科书。

第五条 此次审定各图书，有书目表附表附说，提要如初等小学书目之例。

第六条 此次审定之图书，凡教员用、学生用，著作者、印行者皆照初等小学书目凡例办理。

第七条 此次审定各图书，系第一次审定高等小学暂用之本，故名曰学部第一次审定高等小学暂用教科书。

第八条 《奏定学堂章程》高等小学科目有中国历史，此次审定各图书，惟中国历史一科尚无适宜之本，故暂从缺如，俟选有佳构，再以本部官报公布之。

学部第一次审定高等小学暂用书目表

教科	学期	种类	学生用书	教员用书
修身	一		中学修身教科书 蒋智由本卷一	
	二		中学修身教科书 蒋智由本卷一	
	三		中学修身教科书 蒋智由本卷二	
	四		中学修身教科书 蒋智由本卷二	
	五		国民读本 文明局本一册	
	六		国民读本 文明局本一册	
	七		国民读本 文明局本二册	
	八		国民读本 文明局本二册	
讲经读经	一至八同		书目具奏定章程	
中国文字	一		蒙学读本全书 文明局本五编	
	二		蒙学读本全书 文明局本五编	
	三		蒙学读本全书 文明局本七编	
	四		蒙学读本全书 文明局本七编	
	五		高等小学国文读本 文明局本三册	
	六		高等小学国文读本 文明局本三册	
	七		高等小学国文读本 文明局本四册	
	八		高等小学国文读本 文明局本四册	
算术	一	甲	最新高等小学笔算教科书 商务馆本一册	
		乙	小学笔算新教科书 文明局本一册	
	二	甲	最新高等小学笔算教科书 商务馆本一册	
		乙	小学笔算新教科书 文明局本一册	
	三	甲	最新高等小学笔算教科书 商务馆本二册	
		乙	小学笔算新教科书 文明局本二册	
	四	甲	最新高等小学笔算教科书 商务馆本二册	
		乙	小学笔算新教科书 文明局本二册	
	五	甲	最新高等小学笔算教科书 商务馆本三册	
		乙	小学笔算新教科书 文明局本三册	
	六	甲	最新高等小学笔算教科书 商务馆本三册	
		乙	小学笔算新教科书 文明局本三册	

	七	甲	最新高等小学笔算教科书 商务馆本四册	
		乙	小学笔算新教科书 文明局本四册	
	八	甲	最新高等小学笔算教科书 商务馆本四册	
		乙	小学笔算新教科书 文明局本四册	
	通用			最新初等小学珠算教科书教授法 商务馆本一二册
历史	一		中国历史 现尚无审定本	
	二		中国历史 现尚无审定本	
	三		中国历史 现尚无审定本	
	四		中国历史 现尚无审定本	
	五		中国历史 现尚无审定本	
	六		中国历史 现尚无审定本	
	七		蒙学西洋历史教科书 文明局本一册	
	八		蒙学西洋历史教科书 文明局本二册	
地理	一		最新高等小学地理教科书 商务馆本一册	
			高等小学万国舆图 商务馆本	
	二		最新高等小学地理教科书 商务馆本一册	
			高等小学万国舆图 商务馆本	
	三		最新高等小学地理教科书 商务馆本二册	
			高等小学万国舆图 商务馆本	
	四		最新高等小学地理教科书 商务馆本二册	
			高等小学万国舆图 商务馆本	
	五		最新高等小学地理教科书 商务馆本三册	
			高等小学万国舆图 商务馆本	
	六		最新高等小学地理教科书 商务馆本三册	
			高等小学万国舆图 商务馆本	
	七		最新高等小学地理教科书 商务馆本四册	
			高等小学万国舆图 商务馆本	
	八		最新高等小学地理教科书 商务馆本四册	
			高等小学万国舆图 商务馆本	

格致	一	甲	高等小学理科教科书 文明局本一册	
		乙	小学新理科书 生徒用 由宗龙等译本一册	小学新理科书 教师用 由宗龙等译本一册
	二	甲	高等小学理科教科书 文明局本一册	
		乙	小学新理科书 生徒用 由宗龙等译本一册	小学新理科书 教师用 由宗龙等译本一册
	三	甲	高等小学理科教科书 文明局本二册	
		乙	小学新理科书 生徒用 由宗龙等译本二册	小学新理科书 教师用 由宗龙等译本二册
	四	甲	高等小学理科教科书 文明局本二册	
		乙	小学新理科书 生徒用 由宗龙等译本二册	小学新理科书 教师用 由宗龙等译本二册
	五	甲	高等小学理科教科书 文明局本三册	
		乙	小学新理科书 生徒用 由宗龙等译本三册	小学新理科书 教师用 由宗龙等译本三册
	六	甲	高等小学理科教科书 文明局本三册	
		乙	小学新理科书 生徒用 由宗龙等译本三册	小学新理科书 教师用 由宗龙等译本三册
	七	甲	高等小学理科教科书 文明局本四册	
		乙	小学新理科书 生徒用 由宗龙等译本四册	小学新理科书 教师用 由宗龙等译本四册
	八	甲	高等小学理科教科书 文明局本四册	
		乙	小学新理科书 生徒用 由宗龙等译本四册	小学新理科书 教师用 由宗龙等译本四册
	一	甲	高等小学毛笔习画帖 商务馆本一册	
			高等小学堂用铅笔习画帖 商务馆本一册	
		乙	图画临本 生徒用 湖北官书局本一册	图画临本 教员用 武昌图书馆本
			高等小学堂铅笔习画帖 学生用 文明局本一册	

图画	二	甲	高等小学毛笔习画帖 商务馆本二册	
			高等小学堂铅笔习画帖 商务馆本二册	
		乙	图画临本 生徒用 湖北官书局本二册	图画临本 教员用 武昌图书馆本
			高等小学堂铅笔习画帖 学生用 文明局本一册	
	三	甲	高等小学毛笔习画帖 商务馆本三册	
			高等小学堂铅笔习画帖 商务馆本三册	
		乙	图画临本 生徒用 湖北官书局本三册	图画临本 教员用 武昌图书馆本
			高等小学堂铅笔习画帖 学生用 文明局本一二册	
	四	甲	高等小学毛笔习画帖 商务馆本四册	
			高等小学堂用铅笔习画帖 商务馆本四册	
		乙	图画临本 生徒用 湖北官书局本四册	图画临本 教员用 武昌图书馆本
			高等小学堂铅笔习画帖 学生用 文明局本二册	
	五	甲	高等小学毛笔习画帖 商务馆本五册	
			高等小学堂用铅笔习画帖 商务馆本五册	
		乙	图画临本 生徒用 湖北官书局木五册	图画临本 教员用 武昌图书馆本
			高等小学堂用铅笔习画帖 学生用 文明局本二册	
	六	甲	高等小学毛笔习画帖 商务馆本六册	
			高等小学堂铅笔习画帖 商务馆本六册	
		乙	图画临本 生徒用 湖北官书局本六册	图画临本 教员用 武昌图书馆本
			高等小学堂铅笔习画帖 学生用 文明局本二三册	

	七	甲	高等小学毛笔习画帖 商务馆本七册	
			高等小学堂铅笔习画帖 商务馆本七册	
		乙	图画临本 生徒用 湖北官书局本七册	图画临本 教员用 武昌图书馆本
			高等小学堂铅笔习画帖 学生用 文明局本三册	
	八	甲	高等小学毛笔习画帖 商务馆本八册	
			高等小学堂铅笔习画帖 商务馆本八册	
		乙	图画临本 生徒用 湖北官书局本八册	图画临本 教员用 武昌图书馆本
			高等小学堂铅笔习画帖 学生用 文明局本三册	
	通用			高等小学几何画教科书 文明书局
体操	一至八同			高等小学游戏法教科书 文明书局
				普通体操法 作新社本
				教育必需瑞典式体操初步 云南同乡会事务所本
				新撰小学校体操法 清国留学生会馆本
手工				
农业			农学 直隶学务处本	
			农话 商务馆本	
			农学阶梯 直隶学务处本	
商业			高等小学商业教科书 南洋官书局本	
英文			帝国英文读本 商务馆本一二三册	
			原本英文初范 商务馆本	
			华英初学二集 一新书局本	

附表

书名	册数	用者	印刷	发行	板权	价值
中学修身教科书	二	学生				
国民读本	二	学生	文明局	文明局	有	三角五分
蒙学读本全书	二	学生	文明局	文明局	有	四角五分
高等小学国文读本 卷三卷四	二	学生	文明局	文明局	有	四角
最新高等小学笔算教科书	四	学生	商务馆	商务馆	有	八角
小学笔算新教科书	四	学生	文明局	文明局	有	一元
最新初等小学珠算教科书教授法	二	教员	商务馆	商务馆	有	一元
蒙学西洋历史教科书	二	学生	文明局	文明局	有	三角
最新高等小学地理教科书	四	学生	商务馆	商务馆	有	八角五分
高等小学堂万国舆图	一	学生	商务馆	商务馆	有	三角五分
高等小学理科教科书	四	学生	文明局	文明局	有	一元二角
小学新理科书	四	学生	由宗龙等	由宗龙等	有	九角二分
小学新理科书	四	教员	由宗龙等	由宗龙等	有	一元六角
高等小学毛笔习画帖	八	学生	商务馆	商务馆	有	一元四角
高等小学堂用铅笔习画帖	八	学生	商务馆	商务馆	有	八角
图画临本	八	学生		湖北官书局	有	一元
图画临本	一	教员		武昌图书馆	有	三角
高等小学堂铅笔习画帖	三	学生	文明局	文明局	有	四角
高等小学几何画教科书	一	教员	文明局	文明局	有	六角
高等小学游戏法教科书	一	教员	文明局	文明局	有	四角
普通体操法教科书	一	教员	作新社	作新社	有	一元
教育必需瑞典式体操初步	一	教员	云南同乡会事务所	文明局	有	六角
新撰小学校体操法	一	教员	清国留学生会馆	文明局	有	九角
农学	一	学生	直隶学务处	直隶学务处	有	
农话	一	学生	商务馆	商务馆	有	一角
农学阶梯	一	学生	直隶学务处	直隶学务处	有	二角五分
高等小学商业教科书	一	学生	南洋官书局	南洋官书局	有	三角

帝国英文读本	三	学生	商务馆	商务馆	有	
原本英文初范	一	学生	商务馆	商务馆	有	
华英初学二集	一	学生				

附说

一 表中行列记号用书各法一仍初等小学书目表之例。

一 高等小学教科共十三门,每门分为八学期,四年毕业。

一 手工科重在实习,不重在讲授文字,应暂由教授者自行酌定。俟本部妥定该科教授细目后再行颁发。

一 英文一科所列读本固为诵读之用,但英文法必须随时讲明。至于习话习字,尤当勤为练习,以期学生适于应用乃符教授英文之旨。

一 高等小学教员之通用书、参考书,仍以大学堂暂定书目,及初等小学书表中所列者为准,教员宜多购阅。

学部审定中学暂用书目表

书名	册数	用者	印刷	发行	板权	价值
马氏文通	二	教员	商务馆	商务馆	有	一元五角
中等国文典	一	学生		多文社		
历代史略	八	学生	中新书局	中新书局		
中国历史	六	学生				
本朝史	二	学生				
东洋历史		学生	商务馆			
万国历史	一	学生	作新社	作新社	有	一元
西洋史要	三	学生		金粟斋	有	一元
西史课程	三	学生		山西大学堂	有	
万国史纲	一	学生	商务馆	同上	有	
中国地理教科书	一	学生	商务馆	商务馆	有	一元五角
世界地理志	三	学生		金粟斋	有	一元

最近统合外国地理教科书	一	学生	并木活板所	河北译书社	有	一元六角
经心书院舆地课程	八	学生				
大地讲授图	一		舆地学会	舆地学会	有	
中外舆地全图	一	学生	同上	同上	有	
列国暗射图	四十一	学生	同上	同上	有	
直省暗射图	二十五	学生	同上	同上	有	
五洲暗射图	八	学生	同上	同上	有	
普通教育算术教科书	一	学生	并木活板所	普及书局	有	九角
新译算术教科书	二	学生				
中学适用算术教科书	一	学生	秀英舍	上海科学会	有	一元五角
中等算术教科书	二	学生				
算学自修书	二	学生	中国图书馆公司	中国图书馆公司	有	
直方大斋数学	六	学生				
最新代数教科书	一	学生	并木活板所	昌明公司	有	一元
新体中学代数学教科书	三	学生			有	六角
小代数学教科书	一	学生	秀英社	上海科学会	有	一元五角
立体平面几何学教科书	二	学生	秀英社	昌明公司	有	七角
新译几何学教科书	二	学生	图书公司	图书公司	有	
最新中学教科书几何学立体平面	二	学生	商务馆	商务馆	有	一元五角
最新中学教科书三角术	一		商务馆	商务馆	有	元三角
天生术演代	二	教员				
新撰博物学教科书 附图	二	学生	文明局	文明局	有	五角
博物学大意	一	学生	商务馆	商务馆	有	二角五分
植物学教科书	一	学生	文明局	文明局	有	八角
最新中学教科书植物学	一	学生	商务馆	商务馆		
最新中学教科书动物学	一		同上	同上		
中学生理卫生教科书	一		文明局	文明局		
中学生理教科书	一	教员	同文印刷社	教科书译辑社	有	八角

新式矿物学	一		启文社	启文社	有	
最新中学教科书矿物学	一	学生	商务馆	商务馆		
最新中学教科书地质学	一		同上	同上		
地质学教科书	一		昌明公司	同上		
最新理化示教	一		文明局	文明局	有	
理化示教	一		商务馆	商务馆	有	
理化教科书	一	学生	秀英社	科学仪器馆	有	三角五分
近世物理学教科书	二	教员	学部编译图书局	学部编译图书局	有	七角
近世物理学教科书	一	教员	翔鸾社	普及书局	有	一元二角
普通应用物理学教科书	二	学生		同文书舍	有	一元
中学化学教科书	一	学生	文明局	文明局	有	一元
最新化学教科书	三	学生	文明局	文明局	有	一元
最新化学理论	一	学生		科学仪器馆	有	三角
最新化学教科书	一	学生	上海中西书局	科学仪器馆	有	三角
最新化学理论解说	一	学生	图书公司	图书公司	有	
普通教育化学讲义实验书	一	学生	日本东京并木活板所	普及书局		
经济学讲义	一			直隶学务处		
普通经济学教科书	一			开明书局		
中学铅笔习画帖	六	学生	商务馆	商务馆	有	
中学铅笔画范本	七	学生	同上	同上	有	一元四角
中学钢笔画范本	一	学生	同上	同上	有	二角
中学水彩画范本	二	学生	同上	同上	有	八角
黑板图画教科书	一	教员	同上	同上	有	一元
帝国英文读本	三	学生	同上	同上	有	
应用东文法教科书	一	学生	湖北译书官局	湖北官书处	有	六角

劝学所教育会

●●学部奏定劝学所章程光绪三十二年(1906年)四月二十日奏准

一 总纲 各厅州县,应各于本城择地特设公所一处,为全境学务之总汇,即名曰“某处劝学所”,每星期研究教育即附属其中。凡本所一切事宜由地方官监督之。

一 分定学区 各属应就所辖境内划分学区,以本治城关附近为中区,以次推至所属村坊市镇,约三四千家以上,即划为一区,少则二三村,多则十余村,均无不可。在本治东,即名东几区;在本治西,即名西几区。推之南北皆然,由第一区至数十区,可因所辖地之广袤酌定。

一 选举职员 劝学所以本地方官为监督,设总董一员,综核各区之事务。每区设劝学员一人,任一学区内劝学之责。总董由县视学兼充劝学员,由总董选择本区土著之绅衿,品行端正、夙能留心学务者,禀请地方官札派,其薪水公费多寡,各就本地情形酌定。

一 统合办法 劝学员于管区内调查筹款兴学事项,商承总董拟定办法,劝令各村董事切实举办。此项学堂经费,皆责成村董就地筹款,官不经手。劝学员但随时稽查报告,于劝学所每年两学期之末,由劝学所造具表册,汇报本地方官,一面榜示各区,以昭核实。若提学司派遣省视学查验时,应由劝学所总董,将各区学堂情形详述，以便省视学酌赴各区调查。

一 讲习教育 各区劝学员应先于本城劝学所会齐，开一教育讲习科，研究学校管理法、教育学、奏定小学章程、管理通则等类，限两个月毕业，再赴本区任事。以后每月赴本城劝学所会集一次（须预定日期，如每月第一星期，为东乡各区劝学员会集之期；第二星期即西乡各区；第三星期即南乡各区；第四星期即北乡各区，以此类推），呈交劝学日记，由总董汇核。有商订改良各事，即于是日研究条记，携归本区实行。凡会集之期，地方官及总董必须亲到。

一 推广学务 劝学员既系本区居住之人，自于本地情形熟悉，平时宜联合各家及本村学董，查有学龄儿童已届入学年岁之子弟，随时册记，挨户劝导，并任介绍送入学堂之责，使学务日见推广。每岁两学期，以劝募学生多寡定劝学员成绩之优劣，其办法有五：

（一）劝学。婉言劝导不可强迫，一次劝之不听无妨，至再至三；说明学堂为培养学童之道德，并不得误认新奇，自生疑阻；宣讲停科举、兴学堂之谕旨，使知舍此则无进身之阶；说入学于谋生治家大有裨益；说入学之儿童可以强健身体；遇贫寒之家，可劝其子弟入半日学堂；遇私塾塾师课程较善者，劝其改为私立小学，并代为禀报；遇绅商之家，劝其捐助兴学裨益地方；对所劝之家，劝其复向亲友处辗转相劝，并于开学时引导各乡父老参观，以上为劝学员之责。

（二）兴学。计算学龄儿童之数，须立若干初等小学；计各村人家远近，学堂须立于适中之地，查明某地不在祀典之庙宇乡社，可租赁为学堂之用；定明某地学童须入某学堂；筹划某地学堂屋宇多寡，可容若干人为定分班之数，颁行课程、延聘教员、选用司事；稽查功课及款项；设立半日学堂；每学期制学堂一览表，以上为本村学堂董事之责，惟须与劝学员会议。

（三）筹款。考查迎神赛会演戏之存款；绅富出资建学为禀请地方官奖励；酌量各地情形令学生交纳学费，以上为劝学所总董之责，惟须据劝学员之报告联合村董办理。

（四）开风气。访有急公好义品行端方之绅耆，请其襄助学务。择本区适中之地组织小学师范讲习所或冬夏期讲习所。组织宣讲所、阅报所。有好学之士，可介绍于本府初级师范学堂或本城传习所，使肄业科学。以上由劝学员随时报知本城劝学所总董办理。

（五）去阻力。各地劣绅地棍之阻挠学务者，各地愚民之造谣生事者，顽陋塾师禁阻学生入学堂者，娼寮烟馆等所之附近学堂有妨管理者，以上由劝学员查出，通知本城劝学所禀明地方官分别办理。

一 实行宣讲 各属地方一律设立宣讲所，遵照从前宣讲《圣谕广训》章程，延聘专员，随时宣讲。其村镇地方，亦应按集市日期，派员宣讲一切章程、规则，统归劝学所总董经理，而受地方官及巡警之监督。

宣讲应首重《圣谕广训》，凡遇宣讲《圣谕》之时，应肃立起敬，不得懈怠。

忠君、尊孔、尚公、尚武、尚实五条，谕旨为教育宗旨所在，宣讲时应反复推阐，按条讲说。其学部颁行宣讲各书，及国民教育、修身、历史、地理、格致等浅近事理，以迄白话、新闻，概在应行宣讲之列，惟不得涉及政治，演说一切偏激之谈。

宣讲员由劝学所总董延访，呈请地方官札派，以师范毕业生及与师范生有同等之学力、确系品行端方者为合格。如一时难得其人，各地方小学堂教员，亦可分任宣讲之责。其不合以上资格者，概不派充。

宣讲时，无论何人，均准听讲，即衣冠褴褛者，亦不宜拒绝惟暂不准妇女听讲，以防弊端。

宣讲时限日期，得由劝学所总董随时酌定。

宣讲员每期宣讲事项，应备簿存记目录，以备地方官及劝学所总董随时稽查。

宣讲附在劝学所，或借用儒学明伦堂及城乡地方公地，或赁用庙宇，或在通衢。

凡宣讲时，巡警官得派明白事理之巡警员旁听，遇有妨碍治安之演说，可使之立时停讲。

一 详绘图表 劝学员应商同本区各村董事，就所辖地方，遵照学部颁行格式绘成总分各图，注明某地有学堂几处，每学堂若干斋室，随时报明本城劝学所存查。其学生班次、人数、课程及出入款项，分别造具表册，分期报明本城劝学所。劝学所汇齐另造表册，交由地方官申报提学司衙门，每半年一次。

一 定权限 各属劝学所总董与劝学员及各村学堂董事，均为推广学务而设，不准于学务以外干涉他事；如有包揽词讼，倚势凌人者，经地方官查实，轻则立时斥退，重则禀明提学司究办。

一 明功过 劝学所各员如办理合法著有成效，应随时记功，其有特别劳勩者记大功。年终按记功之多寡，由地方官禀明提学司予以奖励。其固陋怠惰，或办理不善者，随时禀撤另举。

●●学部奏拟教育会章程折

窃维教育之道，普及为先。中国疆域广远，人民繁庶，仅恃地方官吏董率督催，以谋教育普及，戛戛乎其难之也，势必上下相维，官绅相通，藉绅之力，以辅官之不足，地方学务乃能发达。现在学堂教育方见萌芽，深明教育理法之人殆不数觏，是非互相切磋、互相研究，不足尽劝导之责，备顾问之选。自科举停止以来，各省地方绅士热心教育，开会研究者不乏其人。章程不一，窒碍实多。有完善周密毫无流弊者，亦有权限义务尚欠分明者。臣部职司所寄，亟须明定章程，整齐而画一之权限。既明义务自尽似于振兴教育，不无裨益。臣等公同商酌，谨拟《教育会章程》十五条，缮具清单，恭呈御览。俟奉旨后，即由臣部通行各省，一体遵照办理。其已经开办者，应令改照臣部章程，以归画一。谨奏。

光绪三十二年(1906年)六月初八日奉旨：依议，钦此。

谨拟教育会章程缮具清单恭呈御览

要　　目

第一节　宗旨

第二节　设立及名称

第三节　总会与各会之关系

第四节　会员

第五节　会务

第六节　簿册文件

第一节　宗旨

第一条　教育会设立之宗旨，期于补助教育行政，图教育之普及，应与学务公所及劝学所联络一气。

第二节　设立及名称

第二条　教育会之设立，在省会，则议绅、省视学、各学堂监督、堂长及学界素有声誉者，均有发起总会之责；在府州县，则学务总董、县视学、劝学员、各学堂监督、堂长及学界素有声誉者，均有发起分会之责。

第三条　各地方绅民发起教育会者，应化除私见，集合同志，遵守本章程之宗旨，斟酌该地情形，拟定详细会规，禀经该省提学司批准后，并陈明地方官立案，方为成立。

第四条　教育会为全省所公立而设在学务公所所在之地者，称“某省教育总会”；为府厅州县所公设而设在本地方者（府有专辖之境地如贵阳安顺之类，得于州县教育会之外另立府教育会，其无专辖之境地者，不必复设），称“某府厅州县教育会”。凡一处地方，只许设教育会一所，但如省会之地，既设总会，复设同城某府某县之会者，不在此例。

第五条　总会许用钤记，须呈明提学司，并由提学司详报督抚咨学部存案；府县教育会许用图章，须报明地方官，详提学司存案。

第三节 总会与各会之关系

第六条 各省教育总会为统筹全省教育而设，各地方教育会为筹一地方教育而设，其范围之广狭虽异，而宗旨则无不同。各地方教育会自应互相维系。凡分会之于总会，不为隶属，惟须联络统合以图扩充整理。至如何联络统合之处，应由总会与各分会商订详细办法，呈请提学司核准。

第四节 会员

第七条 会员之名目：一、会长一员，二、副会长一员，三、会员无定员，四、书记与会计无定员，五、名誉会员无定员。

第八条 会员之资格：

一 会长、副会长须品学兼优，声誉素著，或于本地教育有功者，由会中公举，禀请提学司审察确能胜任，方可允准选充，各以三年为一期，期满复被推举，经提学司审察成绩优者，准其接充。如期未满而自请告退者听，但须将事由报明提学司。

二 书记与会计即由会长、副会长于会员中择人委派，视事之繁简酌定人数。

三 会员须品行端正、有志教育者，呈具入会愿书，由确实之介绍人加保证书，请会长审察允许。若会员属本会发起人，则无庸另具愿书及保证书。会员因有事故自行请退，应将事由报明会长，而后出会。

四 名誉会员以品学素优，或以财力赞助该会而誉望素无亏损者充之。

五 外籍旅居该地之绅民，依本条第三项办法得为会员。

六 现为学堂之学生者不得为会员。

七 凡学堂曾经黜退之学生,及游学外国因事开除之学生,均不得为会员,尤不得自与发起之列。

第九条 会员之职务:

一 会长有采决众议,综理会务之权;

一 副会长襄助会长办理会务,会长不能到会之时则为之代;

一 书记司理文件,会计经管帐目,须常川在会,分执各事;

一 会员应听会长及副会长之指挥,同心协力,图本会之发达;

一 名誉会员虽不能常川到会,亦应随时留心教育,共助该会之发达。

第十条 会员应岁出六元以上之会金。

第五节 会务

第十一条 会中应举之事务列下:

一 立教育研究会以求增进学识。选聘讲师定期讲演(教育史、教育原理、教授法、管理法、教育制度及他种学科),会员一律听讲。

二 立师范讲习所。选聘讲师至短以一年为期,传授师范学科。以地方举贡生员之年在二十五以上、四十五以下不能入各学堂肄业者充传习生。卒业时,应禀请提学司派员检定,就其所学出题考试,合格者即予以凭照,得任小学堂副教员。设立时,先须将教员姓名及课程表呈请提学司查核,若所聘教员及一切课程不合,须饬令更定,方准设立。

三 研究会传习所讲毕之后应否接续办理,届时由会长体察地方情形酌定。

四 调查境内官立、私立各种学堂后开事项：

一 管理教授之实况；

一 教科用之图书器具其种类程度是否完备合式；

一 校地及卫生之合否；

一 学生之行检如何。

地方各学堂管理教授一切课程，如有不合之处，于私立学堂，应直接规劝，助其改正；于官立学堂，则条陈于本管官吏或本省提学司，听候酌办。

五 作境内教育统计报告当详记下开事项：

一 地方户口与学龄儿童之数（此条应与劝学所会商办理）；

一 官私立小学堂若干所及建立年月；

一 各种学堂若干所及建立年月；

一 各学堂管理员、教员之籍里姓名；

一 各学堂学生人数；

一 各学堂学科及教授时间；

一 各学堂经费数目及所自出。

每年于四月、十月编成表册呈报提学司，以备稽查。

六 参考他处兴学之法，详查本地风土所宜，得随时条陈于提学司，并时应提学司及地方官之咨询，但止宜听候采择，不得有要求之事。

七 择地开宣讲所宣讲《圣谕广训》，并明定教育宗旨之上谕及原奏，以正人心而厚风俗，他如破迷信、重卫生、改正猥鄙之词曲歌谣等事，均应随时注意，设法劝戒，并可采用影灯、油画之法，以资观感。

八 筹设图书馆、教育品陈列馆及教育品制造所，并搜集教育标本、刊行有关教育之书报等，以益学界。

第六节 簿册文件

第十二条 会中应备下开各项之簿册文件：

一 会籍，列记会员之姓名、籍贯、年龄、职业及现在住所，到会年月；

二 入会愿书及保证书；

三 纪录，凡会员全体或一人关于会务有所设施建议，皆详纪之。又会中日行事件，须有日记；

四 讲稿，凡讲义宣讲等类，皆须存稿并录呈提学司；

五 函牍，凡内外往来私函、公函，均应依次检存；

六 帐簿，详记各项收支帐目及现存财产目录，每年呈报提学司及地方官，每四个月将帐目登报并榜示一次。

第七节 解散及奖励

第十三条 各学会应由提学司稽查，若有犯下开各条者，即令解散：

一 徒袭用教育会之名并不设研究所以求学问；

二 干涉教育范围以外之事如（关于政治之演说等）；

三 勒索捐款取图私利；

四 会员时起争端不能融和；

五 挟私聚众阻碍行政机关。

第十四条 各学会每届三年，由提学司考核一次，成绩优良者，得详请督抚酌给奖励。其会员中品学修明，任事笃实者，则选任本省学务议绅，并择其相宜之事，酌予委任。

第八节 附则

第十五条 此次章程凡以后各省及各地方设立教育会时一切遵行，其章程未颁行以前所立之教育会，亦当一律遵用，不得歧异。

●●学部札各省提学使分定学区文附调查事项

光绪三十二年(1906年)十一月初六日

照得教育之兴，贵于普及。而兴办之责，系于地方。东西各国兴学成规，莫不分析学区，俾各地方自筹经费，自行举办。事以分而易举，故能逐渐普及教育盛兴。本部《奏定劝学所章程》分定学区办法，即系仿照办理。各省州县辖境辽阔，而其境内之区划如都团营图等名目，各有不同，自应暂就原有区划定为学区，以期按照户口疏密酌量建学。惟各处风土民情与夫财力之赢绌至不一律，地方一切事宜与教育有关系者，亦自不少，急应切实调查，以资筹划。除照本部《奏定劝学所章程》分定学区办法及时举办外，应即按照后开各，条督饬各府厅州县限期陈报，各就陈报情形，陆续咨部，以便稽核，为此札行该提学使司，遵照迅办可也。

调查事项

一　地方区域大别凡六：曰府自治之地 所辖州县不与焉，曰直隶州自治之地 所辖州县不与焉，曰直隶厅自治之地 所辖州县不与焉，曰厅，曰州，曰县，所治之境，计方里若干，与何州县接界。

一　境内有无阻碍交通之山，能通舟航之水。

一　境内户口最近调查之总数若干，旗户若干，民户若干。

一　境内有回番苗猺打牲土司等民族杂居者，其人数若干，生计情形如何,有无特别关系。

一 各处人民有聚村而居者,有聚族而居者,有错落散居者,境内居民情形如何。

一 境内人民风俗如何。

一 每年征收钱粮数目若干,杂税数目若干。

一 境内有无驿道、铁路已修及已经勘定路线者、电线经过,及有无矿山指已发见者言之、森林、盐场、海口、商埠。

一 境内所有植物、动物、天然产以何项为多,人工制造品以何项为多,有无出口货物。

一 境内人民所操执业以何者为多。

一 境内人民如喇嘛、黄教、红教、回教、天主教、耶稣教等约有人数若干。

一 境内有无备荒、恤贫、育婴、保节等善举公费,分别官办、民办。

一 境内人民有无相沿迎神赛会诸事。

一 境内原有区划如分都、分团、分营、分图、分镇、分堡、分乡、分铺、分庄、分屯、分路、分村、分甲、分里等,名目不一,已否就原有区划照章分定学区及其办法如何。

一 境内原有都团营图等区划,有无都总团、正营长、团长等乡职,选派资格如何,所任事务如何。

一 境内已否设立小学堂,其已经设立者,官立几所,民立几所,设于城市抑设于乡村,系何年开办,共有学生若干,教育经费如何,筹措计有的款若干。

一 境内已否设立劝学所、教育会,并其办理情形如何。

一 地方官于振兴普通教育如有所见,应并条列。

一 上列各条应分条据实陈报,缮册二份,禀报提学使司一份;存提学使司衙门一份,由提学使司报部。

留学生 游历官绅附

●●学部新定京内外官绅出洋游历简章光绪二十九年(1903年)

一 各省选派员绅出洋游历,及京外员绅自请出洋游历,均应由各衙门及各将军督抚详加考察,确系性行端谨,学有根柢,年富力强,不染嗜好,平日于各项政治、学术、实业留心考察者,始予给咨。

一 游历为考察政治、学术、实业起见,自请游历者,应将所欲游历之国暨所欲考察之事项预先呈明,其茫无宗旨者,概不给咨。

一 游历必久于其国,乃能确有心得。凡自请游历者,游历东洋期限不满三个月、游历西洋期限不满六个月,概不给咨。

一 出洋游历无论官派、自请,应亲具愿书,将姓名、年岁、籍贯、本身履历、曾入何处何项学堂、曾否毕业、现拟前往何国游历、考察何项政治、何项学术、何项实业、游历若干年月等情详细开明。此项愿书应具三份:一存给咨衙门,一由给咨衙门咨本部备案,一由给咨衙门咨行所游历国本国出使大臣。

一 京外衙门选派员绅出洋游历,及自请出洋游历核准给咨者,应将核准情形暨该员绅愿书汇咨本部备案,其应免扣资俸者,由给咨衙门咨明吏部备查。

一 自请游历员绅外官及在籍绅士具呈将军、督抚、京官,具呈本衙门听候给咨。其在京候选人员暨分省候补试用人员在京给咨者,均应具呈吏部核办。

一 学堂教员、毕业学生自请出洋游历，在外，具呈提学使转详将军督抚核办；在京，取具同乡京官印结具呈本部核办。

一 游历人员既经给咨后因疾病及他项事故不能出洋，或中途折回者，应呈明缘由，将原领咨文缴呈给咨衙门，由给咨衙门咨明本部销案。

一 游历人员由此国再往彼国，应呈请先到之国本国出使大臣给咨前往。

一 游历人员应将游历情形、考察事项逐日笔记，归国时呈请出使大臣给予咨文，咨明原咨衙门。

一 游历人员回国，应将所领出使大臣给予咨文并日记投交原咨衙门，由原咨衙门将归国日期并日记咨明本部备核。

一 游历人员如在外国品行不端，玷损名誉，或干预非游历人员所应与闻之事者，应由游历国之本国出使大臣查明，撤回并咨明本部暨原咨衙门办理。

一 出使各国大臣应将驻扎国所有本国领有咨文游历人员到洋回国人数、日期及在游历国情形，按季汇咨本部。

●●外务部札日本游学生监督自备资斧学生不准入士官学校文光绪二十九年（1906年）

查各省前赴日本游学生，应由总监督分送各学校肄业。士官学校，系讲求武备之所，必须人品端正、根柢清白，方可送入。嗣后，凡自备资斧学生未经各督抚学政咨送者，概不准入士官学校。相应札行该总监督查照，即与日本参谋部订明办理为要。

●●学部通行京外议定游学欧美学费数目文 光绪三十二年（1906年）十月

照得京外各处派遣欧美各国游学生，学费数目，颇不一律。本部迭据出使各国大臣函称学费参差，不便经理，亟应筹定划一章程，以免歧出。兹经本部采访游学欧美毕业生，调查各国学校费用情形议定数目，其派遣在前之学生，原发学费不足现定数目者，自本月始，可照现定数目发给，以前不必补足；其原发学费多于现定数目者，自本月始，亦照现定数目发给，以前不必扣还。嗣后各省选派游学欧美各国学生，除考验程度应即援照本部迭次电咨筹定选派日本游学生成案从严考验以免滥费外，所需学费，均按此次所定数目发给，其衣服、医药及在外旅行等费，概不另发，亦不得别立名目增给费用。相应咨行查照施行可也。

计　开

各国学费数目

英	每月十六镑	一年一百九十二镑
法	每月四百佛郎	一年四千八百佛郎
德	每月三百二十马克	一年三千八百四十马克
俄	每月一百三十五卢布	一年一千六百二十卢布
比	每月四百佛郎	一年四千八百佛郎
美	每月八十圆美金	一年九百六十圆美金

每年学费均照西历计算，不必计闰。

此系按照入大学专门之学费计算，若新派学生，尚在学习预备者，每月可减去五分之一。

京外各处汇寄学费，应将中国银两按数合成金镑、佛郎、马克、卢布等，由外国银行汇寄。

●●学部奏酌改管理日本游学生监督处章程折并单

窃臣部于光绪三十二年十月十七日奏游学日本人数众多酌拟章程一折，折内声明如有未尽事宜，随时体察增补，前经奉旨允准在案。查游学一途，今昔情形既有不同，所有管理章程，自应随时酌改，务臻完备。本年值出使日本大臣胡惟德在京时，经臣等与之再四筹商，据该大臣面称：向来出使日本大臣，兼有管理游学生总监督名目。管理游学生事宜，本在使臣职任之内，似无庸再兼总监督名目，拟将原设总副监督一律裁去。惟游学生事宜较繁，拟另设专员，禀承出使大臣办理等因。臣等悉心酌度，尚系实在情形。拟请将原设总副监督裁撤，另设游学生监督一员，禀承出使大臣，管理游学生诸事宜，仍由出使大臣总董其成，并体察现在情形，将原订章程详细厘定，增改章程四十二条，务求宽严得中，期于切实施行，以昭画一而免流弊。谨将酌改《管理日本游学生监督处章程》缮具清单，恭呈御览，如蒙俞允，即由臣部咨行出使日本大臣钦遵办理，谨奏。

光绪三十四年(1908 年)九月二十一日奉旨：依议，钦此。

谨将酌改《管理日本游学生监督处章程》缮具清单，恭呈御览。

要　目

第一节　总纲

第一节 总纲

一 于驻扎日本出使大臣署内设游学生监督处，为管理游学生治事之所。

一 管理日本游学生监督处，由出使大臣总持一切，督率办理。

一 设监督一员，由学部会商出使大臣，于使馆参赞内遴选奏派。

第二节 权限

一 监督禀承出使大臣办理所有游学生事务。

一 凡游学生事项有关于外交者，由监督禀请出使大臣主持。

一 凡关于各学校及游学生事项监督，得自行办理。

一 监督处办事各员有不得力者，监督得随时禀请出使大臣撤退。

第三节 责任

一 管理日本游学生监督处应将学生成绩高下、功课勤惰、旷课月日、品行优劣，据实咨报学部及各省督抚。

一 凡游学生调护、指导、纠正扶持诸事，应由监督处妥为经理。

第四节 管理条规

一 凡游学日本学生，无论官费自费，非经日本文部省选定及出使大臣指定者，监督处概不送学，将来毕业亦不给证明书。

一　凡游学日本毕业生，均须有监督处证明书。其速成毕业、普通毕业无证明书者，不得充各省官立学堂教习。专门高等大学毕业无证明书者，不得赴部投考，并不得充各省官立学堂教习。

一　证明书须编定号数，截留存根，并将咨送省份经过、学校送学、毕业年月一一开列，每遇考试之时，先将存根送部备查。

一　凡请领普通证明书之时，须将所在学校毕业文凭呈请查验，果系完全普通毕业，方予发给。请领专门大学证明书之时，须将前领普通毕业文凭、普通毕业证明书、并此次专门毕业文凭呈请查验，相符，方予发给。

一　此次章程颁布之后，凡有转学、改学情事者，虽经领有毕业文凭，概不得给发证明书。

一　凡游学日本学生入学、请假等事，均须本处允准，其未经允准而擅行者，将来毕业，概不给证明书。

一　凡游学生如有品行不修、学业不进者，经本处查明，即行勒令退学，咨回原省（并将事实咨部备核）。

一　凡游学生非在本国中学堂毕业，或在日本各普通学校毕业者，不送入官立高等及专门学校；非高等学校毕业者，不送入官立大学肄业。

一　监督处应于每年正二月间，查明日本普通各学校年内所有游学生毕业者若干人，毕业以后愿学何科，愿入何校，先期与日本文部省商定办理。

以上系普通管理条规

一　凡官费生所习学科，虽由本生自择，监督处亦得斟酌情形，谕令学习何科。

一 凡官费生寄宿舍,除在学校外,其在旅馆下宿屋或自租房屋者,如本处查有不合之处,限令迁移。

一 凡官费生学费,概照本章程所定数目,由监督处按照人数先期核算清楚,每人发给支领凭单一纸,由学生持凭赴监督处请领支发,日期由监督处酌定。

一 凡官费生患病非入医院不可者,应入监督择定之医院。医费一切宜从节约,由监督派员与医院清算,毋庸学生经手,其可不必入医院者,概不给费。

一 凡官费生既入医院,学费即行停止,俟其出院入学,再行发给。

以上系管理官费生条规

一 凡自费生先有名籍在使馆,而又能遵约束、切实用功者,如资斧不继,经监督处查明属实,得在该生本省经费项下拨借至多不得过五十圆,限两月清还。如逾期不还者,不得再借。

一 凡自费生借贷官款未经还清者,将来补入官费,即向该生应领官费内先扣所借之数,以清款目。

一 凡自费生先有名籍在使馆,而又能遵约束、切实用功者,如有疾病入医院已逾三月之久,资斧不继自愿回国者,监督得在该生本省经费项下酌给川资五十圆,但以一次为限。

一 凡自费生有死亡者,由监督分别路途远近,于该生本省经费项下拨给棺敛运柩费,惟至多不过三百圆。

以上系管理自费生条规

第五节 设员办事条规

一 管理日本游学生监督处设庶务、会计、文牍、通译四科,分理游学生事务。另设编报所编纂监督处《官报》。所有各员,均归出使大臣监督统属，并附设咨议员以备采访。

一　庶务科设科长一员，科员二三员，由监督禀商出使大臣酌派。其应办之事如下：

联络学校；接见学生；办理监督处不属于他科之一切事务。

一　会计科设科长一员，科员二三员，由监督禀商出使大臣酌派。其应办之事如下：

核定应发应扣款项；造报实发实收表册。

一　文牍科设科长一员，科员二三员，由监督禀商出使大臣酌派。其应办之事如下：

撰拟公文信函；缮校公文信函并收发典守；编造表册并收发典守。

一　通译科设科长一员，科员二员，由监督禀商出使大臣酌派。其应办之事如下：

与日本各官厅、各学校办理交涉；撰译日本各官厅、各学校往来文牍；翻译日本各学校章程及各报。

一　编报所由监督派理事一员，经理编报事件，每月出报一次。其应行编辑事项如下：

日本学校情形；游学生往来人数；游学生成绩品行；官费生有无开除及自费之改官费者；每月各省学费等项收支数目；游学生之有疾病事故者；关系学务一切应行登载之事。

一　咨议员以十员为额，由监督禀商出使大臣酌派。遇有重要事件，随时咨商议员。如有所见，亦可陈明出使大臣监督核办。

一　监督以次各员，如任事已满三年实在得力者，准比照出使章程，择尤酌保数员。

第六节 经费

一 监督处常年经费仍援照成案，由外务部每年拨银一万二千两，学部拨银八千两，其余各省原有监督经费，仍照奏章汇寄驻日使署，以资本处办公之用。

一 监督以次各员薪水，视事之繁简，由出使大臣酌定数目，按月发给，并咨明学部备案。

一 官费生学习普通学科，及肄业私立高等专门学校与私立大学者，每人每年学费日金四百圆整。

一 官费生肄业官立高等专门学校者，每人每年学费日金四百五十圆整。

一 官费生有由官立高等学校毕业升入官立大学者，每人每年学费五百圆整，其入官立大学只习选科者，每人每年学费四百五十圆整。

一 由官立高等学校毕业升入官立大学之学生，除支给学费外，所需实验、旅行等费，得由监督酌核支给。

一 官费生所有学费，由各省按照所派学生、所入学校名数按期汇交监督处发给，其应发实验、旅行等费，经本章程载明者，除在该省游学经费项下随时指拨外，仍由该省按数补汇监督处，每学期造报各省学费、实验、旅行等费表册，刊登报端。

一 各省应解学费暨监督处经费，均仍按照叠次奏章按期预汇日本，交出使大臣照章办理，不得短少缺欠，致碍要公。

●●学部奏官费游学生回国后皆令充当专门教员五年片

再此次大学堂优级师范毕业生，除照章分拨各处学堂充当教员以尽义务外，由大学堂总监督详加考校，择其性行端谨、外国文根柢较优者，发给官费，咨送欧美各国分习专科，以备将来高等专门教员之选。惟近来出洋毕业学生回国之后，每由京外各衙门调用，以致专门师范转多缺乏。臣等现拟咨行京外各衙门，凡此次所选派之出洋游学生，及以前学务大臣暨臣部先后所派之官费出洋游学生，将来毕业归国，皆令充当专门教员五年以尽义务，其义务年限未满之前，不得调用派充他项差使，庶几本国之专门教育可渐振兴，亦无用违其长之虑。谨奏。

光绪三十三年（1907 年）三月二十五日奉旨：依议，钦此。

●●政务处议复鄂督端请奖毕业学生折

本年三月十二日，准军机处抄交前署湖广总督端方奏派赴日本毕业回国学生照章请奖一折，奉朱批政务处议奏：钦此。据原奏称：湖北各学堂学生，自光绪二十四年选赴日本游学，历年续派已逾百人，比年陆续回国，领有卒业文凭，再三察核，与新章应给奖励之案相符，谨缮单请奖等语。

臣等伏查光绪二十七年八月初四日钦奉谕旨，选派学生出洋游学，学成领有凭照回华，即由该督抚、学政考验，如实相符，出具切实考语咨送外务部复加考验，择尤奏请奖励；自备资斧游学者，得有优等凭照回华，准一体考验奖励，均候旨分别赏给进士、举人各项出身等因，钦此。又二十九年八月十六日湖广总督张之洞奏鼓励游学章程，内开在日本各学堂毕业学生，由出使大臣出具切实考语，咨送回国。钦派大臣照所学科目详细考验，果与所得文凭相符，再行奏奖，分别予以进士、举人各项出身，学问全备者，从优给以翰林出身，原有出身者，给以相当官职，并声称定章以前毕业学生，由该督抚考验，即照新章给奖等因。

今据该署督单开学生刘邦骥等二十一人所请官阶出身，核与定章尚属相符。惟查前奉谕旨出洋毕业学生，须由该督抚等出考，送部复加考验。上年张之洞所奏章程，亦请由钦派大臣考验，再行奏奖。该学生等毕业虽在定章以前办理，究未便两歧，此项毕业学生自应遵旨，复加考验，以昭慎重。拟请嗣后各省出洋学生毕业回国，该督抚学政考验相符，均令出具切实考语，咨送来京。各项专门之学，由学务大臣考验，其武备一门，由练兵处王大臣考验。如果确有心得，再行拟定等第，交部带领引见，请旨录用。此次该署督请奖之刘邦骥等，据称均在日本士官学校卒业，间有入联队学习者，应令出具切实考语，备文咨送学务大臣、练兵处王大臣，查明毕业年限是否与定章相符，分别考验，遵照此次奏案办理。如蒙俞允，由臣等咨行湖北，并通咨各省一体遵行。谨奏。

光绪三十年(1904年)三月二十八日奉旨:依议，钦此。

学务大臣奏准考验出洋毕业学生章程

一 毕业文凭应由该督先期调取咨送，以凭详核。至在本国学堂肄业年份及当差劳绩年份，既据该督查明声叙，应俟考验后酌量并计。

一 俟奏准后，由臣等咨行该督转饬保送各生，于明年三月间到京候考。届时奏请钦派大臣会同考验，以昭慎重。

一 分两场考试:第一场，按照所学科目分门发问，理化等学并须实验，以文凭相符、确有心得为合格;第二场，以经史命题，作论说两篇，觇其学识，以宗旨纯正、文笔明畅为合格。各记分数，两场合计。

一 在日本大学医科、工科、理科、农科毕业学生及各项实业学校毕业者，如科学合格而素不能文，二场之愿考与否，准其自行呈明。惟止考一场及二场与考未能合格者，均于引见时在排单内注明奖给出身应如何量示区别之处，恭候钦定。

一 考试等第分一二三。三等不必全备，如所学均优，即统列一等。学业稍次，即统列二三等。总以学生之程度为断，不必强分高下，致有幸获抑置等弊。

一 考试后拟定等第，带领引见，请旨录用。其毕业年份应得何项奖励，均查照定章于排单内分别注明，恭候钦定。

一 与考学生如平日素有著作，以及在校记述，准其于考试前自行呈送学务大臣，以备参核。

一 古人选举，首重德行。各国教法，均尚德育。使趣向偏谬，议论嚣张，即有异等之才，亦万不可用。保送出洋毕业学生，应责成原保大臣查察其品行心术实系端谨无过，方予送考，毋稍迁就。毕业年份、学业程度，均以所得文凭为据。未得优等文凭者，不得以空言保奖，滥予送考。至在本国学堂肄业年份及当差劳绩年份，既准并计，均应确实查明，力杜冒滥。

●●外务部学务大臣奏准游学西洋简明章程

一 英美德法于武备制造农工商诸学，各有专门，一时推重。比利时路矿工艺，素所擅长。学者必通西文，乃有门径，否则授受无从浃洽。宜择年自十五至二十五已通西文者出洋，期以三年五年学成致用。此项学生径入专门学堂,可由使臣派参随兼察,以省专派监督之费。

一 不通西文,则宜选实年十四五、心地明白、文理晓畅者出洋。从语文入手,勿以年长充数。盖二十以后,舌本倔强,学语不易,一也;年长好生横议,迫胁幼者,二也;跅弛不羈,难于约束,三也。至中文毫无根柢,则无以造就通才,尤当择之于始。

一 游比学生,间有曾涉猎英文、东文者,一入比国,语文不同,前功尽弃。查直隶、江苏、广东、福建等省,久设方言学堂,且有西士设馆其中,以英法文为多,德俄较少,若出示招考,当有应选者,以向习某国语文遣游某国必收事半功倍之效。惟美通行英文,比通行法文,游学美比,即选习英法文者可也。

一 边省腹省,风气晚开。欲遣游学,势难绳以必通西文。宜照第二条年格选派,拟往某国,先择熟谙某文一员导之出洋,赁屋延师,居中翻译,名曰"帮教习",并监其起居,达其谣俗,俟普通毕业,再入专门。若各省续派学生,仍令接办。盖熟谙西文得众学生难,得一译员易,惟必系品端学粹,不得用市井通事一知半解者,以致自误误人。薪水奖叙,均照出使章程随员例,再各国语文有兼尚者,如游美译员宜用英文、游比译员宜用法文,游德与俄能得通其国文者固善,否则德以英文,俄以法文,亦可勉强通用。

一 学生出洋如无监督,应由使臣随时约束考察,毋得沾染习气,不求实学,买椟还珠,为世诟病。其有顽梗不率教、玩愒不力学、荡轶闲检、有损颜面者,屡戒不悛,即当饬送回华,由该省追缴学费,以示征儆。

一 学费务贵得中。近年游欧诸生,学费悬殊,少者亦七八百金;多者至二千金,即同一鄂生在德、在法、在比,多寡亦复无定,非所以示大公也。查出使大臣所带学生，旅费、学费月七八十金，多至百金而止，斟酌颇当，总之每人岁以千二百金为率，稍有出入，不越范围，则处俭国有余，处奢国亦无不足，可免畸重畸轻之弊，条目详下：

（一）留支 各生半系单寒，须谋薪水，现游比鄂生于学费外，各给养赡十金，由家属就近支领，以示体恤，各省派生，亦宜仿办；其家道较丰、愿将此款由外洋并领者听。

（二）住学堂 各学堂情形不同，或留住或不留住。其留住者，由使臣询明该堂脩金馆餐每生若干，按人数每月一缴，或每季一缴，以免参差。查南洋公学游英学生，月给零用英金一镑。鄂省游比学生，月给十金。今既入学堂，自当稍示优异，除脩金馆餐由使署总缴外，每月给三十金，以资添置衣履及浣沐之费。

（三）不住学堂 凡学堂仅授功课、例不留住者，除脩金由使署总缴外，该生朝往暮归就近赁屋，月给馆餐零用八十金，令其善自料理。

以上二条，既有定数，亦可仿江南游德学生新章，将学费预汇外国银行，每生若干，令该行径交学堂总办分给，尤为简捷。

（四）补习普通 出洋略知西文而程度未能径入专门仍须补习普通者，如入普通学堂，应照上两条分别办理；如寄寓人家，从师授课，除馆餐零用八十金外，应加师脩二十金，每月共给百金，妥为布置。

（五）帮教习带生出洋 帮教习虽通西文而所至情形未悉，势必借住使署。赁房不必近市，则租赁费省而向学专，年限不可多订，则迁居便而撤换易，且群居举火较廉，华餐尤省。除照鄂生各给零用十金外，脩金馆餐一切每月人以七八十金为限。帮教习当蠲除滥费，核实开报，使臣可就近稽查。至延师，须请文部择有高等文凭者，照例致送脩金。

（六）分居 帮教习所带学生，期以二年径入专门，此为上策。如以人数过多，惧其一傅众咻。俟稍解语文便听分居。其入学堂者，照第二、三条；共寄寓人家者，照第四条，分别办理。

（七）游历 游历之费，暂可缓筹。欧洲诸名厂及一切艺术，粲然可观。然初学视之莫悉其用、了无会心。须俟专门毕业，每生给四五百金，资之游历，就所学而参考之，为益非浅。

以上就各国统言之也。查比国官办学堂暨绅富所设学堂，虽住堂者少，然亦有为各生料理馆餐者，计此项师脩馆餐费，每生岁约五六百金已足敷用，但必由该堂一手经理，以迄卒业各生不得率行己意，致背堂规。大约泰西学堂师脩略等，惟分居馆餐，丰啬无定。倘游比学生各自分居，每名岁费，亦非千金左右不办。

学部咨各省饬属遵照游学生请假规则文 光绪三十三年(1907年)八月初九日

准出使日本大臣咨开，窃本大臣遵照贵部奏定章程设立管理游学生监督处，开办以来，逐事就绪，各学生已能曲就范围，不致漫无约束。惟查各生往往遇事请假回国，实易废学。该生等负笈海外，宜如何爱惜分阴，若因细小事务即准请假回国，不但荒废学业，并且糜费川资。本大臣为整顿学界起见，早经限定凡非亲病或大故者，不准给假。但学生等仍有不谅本大臣之用心，或藉口接有家属电信，促令归国，非托亲病，即言大故，合诸情理，系在准假之例。查其事实，则多假借之词，自非严定规程不足以示限制。因拟定游学生请假规则十条，拟自本年八月初一日施行，除分咨各省通告外，应将所有拟定章程缮呈，核准立案，并咨行各省一律照办等因前来，相应咨行转饬各属，遵照办理可也。

附留学生请假规则八条

第一条 请假分两种：于学堂暑假期内而请假回国，为通常请假；遇有父母死亡或病重时而请假回国者，为特别请假。

第二条 凡学生于暑假期内得请假回国，各以其学堂之假期为限，但海陆军学生不在此例。

前项之请假，不得先期起程并逾限至东。

第三条 凡学生遇有父母死亡或病重时得请假回国，其期限以路之远近，临时由本处酌定。期限未满而即到东者听之。

前项之期限中，如确有未了之事，得呈请本籍地方官，或办理学务官员用印文或电报通知本处，展缓以三十日为限；其寄居他县者，即呈请所在之官员行之。

第四条 凡学生遇有前条之请假事项，得由家属呈请本籍地方官，或办理学务官员，用印文或电报通知本处请假；但非有本籍地方官或办理学务官员之印文或电报者，本处不能允准。

其寄居他县者，亦同前项。

第五条 凡请假回国于限满到东之日，均须向本处销假。

第六条 凡通常请假回国，于限满之日起十日以内不到东者，本处即为退学，并开除官费。

第七条 凡特别请假回国，于限满之日起十日以内不到东者，本处即为退学，并开除官费。

第八条 凡不属特别请假之事项，又非在通常请假期内并不请假而自回国者，于回国之日起，本处即为退学；如系官费学生，并即开除官费。

第九条 此规则由本处咨呈学部、陆军部，并分咨各省提学使司转饬各属通告之。

第十条 此规则于光绪三十三年八月初一日施行。

●●学部咨各省嗣后派遣出洋游学生应遵章切实考验文光绪三十三年(1907年)十月初七日

准出使日本大臣函开：查上年七月初七日大部奏准，嗣后京外派遣游学生，无论官费、私费，必能直入高等专门学堂者，始予给咨，其非由各部暨各省将军督抚给有咨文者，出使大臣概不送学等因，业经通行在案。

本年各省给咨出洋之学生，其有不合定章，经大部追撤咨文者，殆已数起。乃到东受事以来，查得自费学生其未有咨文而赴监督处领取送学介绍书者甚多，询诸前任，始知此项章程并未实行。推原其故，盖以此项学生先已到东预备，当部章通行之时，尚未送学，故通融仍旧办理，而积习相沿以至今日，视部章为具文，或领送学介绍书多日而并不入学，或本人并未到东而他人代为请领，流弊滋多，莫可究诘，亟应设法停止。拟请准部复后，由本处传知现在日本预备入校之学生，限于一个月内一律到监督处报名注册，再由本处派员，详察各该生是否实已在东，是否实在预备入校，其品行学力若何，然后分别送学，仍限至本年十一月二十七日，即西历本年底为止。此后，无论何项学生，非有各部及各省督抚咨文者，决不给书送学等因前来。

查本部于上年七月奏准，嗣后京外派遣游学生，无论官费、私费，皆应切实考验。具有中学堂毕业程度、通晓外国文字、能直入高等专门学堂者，始予给咨；非由各部暨各省将军督抚给咨者，出使大臣概不送学。此项章程无论何省及游学何国，皆应切实遵行。乃奏章通行已及一年，而游学日本者尚未遵守，亟应申明奏章，凡各省咨送游学生，皆应按中学堂毕业程度考验，并将试卷送部，然后给咨。无咨而出洋者，出使大臣概不得送学，并由各省地方官将此项章程出示晓谕，俾众周知，庶免内地生徒空劳往返，除咨复出使日本大臣及通咨各省暨出使各国大臣外，相应咨行查照办理可也。

●●学部奏请派欧洲游学生监督并陈开办要端折

窃出洋游学一途，为学术人才所系。臣部于上年十月奏定《管理游学日本学生章程》并设总副监督，奉旨允准在案。惟各省派往欧洲英法德俄比各国游学者，亦日渐增益，而江鄂两省厥数尤多。本年五月，两江总督臣端方屡次电鄂会商臣之洞，奏请将江苏淮扬海道蒯光典开缺，前往欧洲充江鄂两省游学生监督，亦经奉旨允准在案。臣等查旅欧学生，除江鄂两省外，籍隶各直省者，亦复不少，应责成该监督一律管理。查此项学生，散处各国，如欲实行管理，动关外交。其开办要端，约有三条，敬为我皇太后、皇上陈之：

一 责任宜定也。此次派遣监督，以考察学生学行详实报告为主。凡官费、自费各生所入之学堂，系官立抑系私立，学规或良或否，功课孰优孰劣，曾否转学转科，有无旷课犯规，均须详确登记，每一学期报告臣部及各省督抚，刊册宣布，使官民咸知。其课本讲义及参考书籍一并开送，在今日为考核约束之资，在异日即为学业高下之证。

一 权限宜明也。考察须亲到学堂,方能确实。此次派遣监督之意,应由出使各国大臣预向该国外部剀切声明,请其转商文部所有各项学堂。该监督得随时阅看,并可向校长及各教员询问一切。其它局厂等处,有与学生之学科相联者,亦可由驻使介绍监督前往考察。其游学各事,有关交涉者,应由驻使任之。学生中有违背规则者,如在校内,照该校章程办理。遇有特别事故,或在校外有损伤名誉逾荡行检者,应由监督分别情节,或会商驻使酌办,或电请臣部及本省督抚办理。

一 执法宜严也。学生必须敦崇道德,而后知爱国家;必须恪守法律,而后能专心学问。今旅欧学生,沉潜力学者固不乏人,而见异思迁嚣张生事者,亦时有之,或托词在外预备而日久尚不知所学何事,或专于干预他务而自荒学业,旷日糜费不以为意,甚至邪说诐行,沉迷不返,著书刊报,沦斁纲常。此等学生亟宜随时考察,严予汰除,以免败群,俾坚忍耐苦、潜心求学之士益知感奋,将来成就,庶几稍多。当此财政支绌、人才消乏之秋,不及是时切实整理、徒致虚耗帑项、败坏人才为患,良非浅鲜。

臣等日夜筹思,必须得学术淹通识力沉毅之大员,责以专任此事,方有实益。臣部与两江总督臣端方往返电商,拟请即派开缺淮扬海道蒯光典充当欧洲游学生监督,各省旅欧学生,概归管理,以昭划一。其监督办事详细章程,欧洲各国情形与日本迥异,应俟该监督抵欧后会商驻使详加体察,电呈臣部,斟酌厘订,再行奏明办理。至用人一节,拟酌设视学官数员,即以通晓该国语言文字者,由臣部委充。其余翻译、书记各员,该监督自行酌用。经费一节,据两江总督臣端方电称,江鄂各任筹经费一万两,直隶川粤各任筹五千两,合五省所出之数,共三万五千两。其它各省,容臣部分别咨商酌量认定,由该监督撙节开支，将来各省经费，应汇由两江总督汇寄欧洲，以免参差不齐之弊。俟该监督到欧以后，如经费实有不敷，准其电商臣部及两江总督斟酌办理。如蒙俞允，即由臣部分别行知，钦遵办理。谨奏。

光绪三十三年(1907年)十一月初五日奉旨：依议，钦此。

●●外务部奏准贵胄游学章程十二条 光绪三十三年(1907年)十一月初一日奉旨依议

第一条 贵胄游学生系，由王公子弟及贵胄学堂高材生中选取，使之游学英美德三国，研究专门学科。

第二条 应习之学科分为二种：一政法，一陆军。

第三条 贵胄游学生游学年期均定以三年。

第四条 贵胄游学生每人给川资七百两，月给经费三百两，整装费五百两。

第五条 每班派通洋文者一人充译员，精汉文者一人充经史教员，均与贵胄游学生同时前往。

第六条 译员每人月给薪水三百两，教员每人月给薪水二百两，整装费均三百两，川资均五百两。

第七条 贵胄游学生如带仆役，只准以一人为限。

第八条 贵胄游学生应听本国出使大臣选定学堂，上课肄习，平日由本国出使大臣稽查，每届学期按其功课品行造册报告外务部，其译员、教员统归本国出使大臣节制。

第九条 贵胄游学生如有品行不端、学业无望者，由本国出使大臣随时报告外务部调回，其尤甚者，并请从严惩戒。

第十条 贵胄游学生如能始终勤奋，学业有成期满回国时，即予擢用,其尤为优异者,破格超擢。

第十一条 译员、教员如能克尽厥职,三年期满,由外务部照异常劳绩保奖一次。其有不能称职者,随时由本国出使大臣电告外务部撤回,另行派员前往接替。

第十二条 本章程如有未尽之处,随时斟酌损益,电告本国出使大臣办理。

学部会奏议复御史俾寿奏请派子弟出洋学习工艺折

本年七月初七日,军机处片交御史俾寿奏请饬选派子弟分送各国学习工艺一片,奉旨学部、农工商部、邮传部议奏,钦此。原奏内称:工艺为富强之要图。近来各省创办学堂者,颇不乏人,惟工艺一科,仍多未能讲求。机器、军械、船政、电报各局委员多系未经学习,即或涉猎,亦难洞达。拟请饬下学部、农工商部、邮传部及各省督抚,选送满汉子弟,择其学问优长、资性颖悟者,分送东西各国学习制器、驾船、枪炮、商务、矿务、农政,各专一艺,庶可较有把握等语。

臣等窃维造就人才,必因乎时势。欲救贫弱,在图富强。欲图富强,在重实业。从前臣之洞会同前学务大臣奏陈重订学堂章程折内,即声明国民生计,莫要于农工商实业,兴办实业学堂有百利而无一弊,最宜注重等语。频年以来,农工商部于京师设立高等实业学堂,邮传部于上海设立高等实业学堂,唐山设立路矿学堂,盖冀人才之日出而图实业之振兴。臣等夙夜孜孜已非一日,惟此种专门之学,皆以普通学为始基,非先于普通之算学、理化、博物、图画等已具根柢者,不能得门而入。近来各省派往东西洋之游学生,为数亦已不少,然以未经中学堂毕业、普通学不完备、出洋以后见夫法政等科可不必习普通学而躐等以进,于是避难就易,纷纷请习法政,以致实业人才愈见其少。

今该御史所奏工艺为富强之要,图选派子弟分送东西洋使各专一艺,洵为扼要之论。拟如所请,自本年为始,嗣后京师及各省中学堂以上毕业之学生,择其普通完备、外国语能直接听讲者,酌送出洋学习实业,并令此后凡官费出洋学生,概学习农工格致各项专科,不得改习他科。又以前自费出洋之学生,非入高等以上学堂学习农工格致三科者,不得改给官费,其认习实业已给官费之学生,亦不准中途改习他科。如此量为限制,庶几实业人才可以日出而富强之效可睹矣。如蒙俞允,即由学部通咨京外各衙门钦遵办理。再此折系学部主稿,会同农工商部、邮传部具奏,合并声明。谨奏。

光绪三十四年(1908年)九月二十一日奉旨:依议,钦此。

●●学部咨使日大臣限制留日私立各大学学生入学程度与送京考验文

光绪三十四年(1908年)七月初二日

准咨开据留日学生总会干事褚嘉猷等联名禀称:拟请分别限制私立大学学生入学程度与送京考验资格,恳代转禀以维学风而杜幸进等情,据此查该生等所称各节,颇得实情,应即咨请查核,严定学生毕业后考试资格,以杜躐等取巧之弊;再各种实业学生应有如何资格方准送考,亦请分别规定,俾资遵守等因前来。

查历届考验东西洋游学毕业学生,必以在外国大学堂、高等专门学堂毕业者为限，其肄业速成或中学堂、寻常专门学堂毕业者，概不准与考，迭经奏准钦遵办理，故上年本部考试，凡凭证少有未符，即经严加核驳各在案。

兹查阅该生等所陈限制办法三项，与部章均属符合，切实可行，亟应由监督处先行详细调查，凡送京考验之私立大学毕业生，必须先由普通毕业入各大学预科或专门部，自一年级起，已满三年者，始为合格。其有在本国已具中学毕业程度、仅在东预备语言后再入高等专门学校或私立大学之专门部者，则以留学已及四年以上者为合格。如系由速成各科毕业升入大学之学生，亦须从预科或专门部第一年习起者，方准送考，将来证明书内于各校修业年限，务须分别详注，以凭查核。至中等程度之实业学校毕业者，均不得比照高等送考，庶于奖励人才之中仍寓慎重名器之意。至留东学费一项，前定数目，本系折中酌给，虽非宽裕，亦无不足，所请增加之处应无庸议，相应咨复查照，请烦转饬遵办可也。

●●学部奏酌定自费游学生考入官立高等以上实业学校补给官费办法折

本年九月二十一日，臣部会同农工商部、邮传部议复御史俾寿奏请选派子弟分送各国学习工艺折内声明：此后凡官费出洋学生，概令学习农工格致各项专科，不得改习他科，又以前自费出洋之学生，非入高等以上学堂习农工格致三科者，不得改给官费，奉旨允准在案。臣部近据管理游学日本学生监督田吴炤电称：自费生考入官立高等专门学校及大学者，旧章有改给官费之条，系为鼓励学生起见，于培植人才不无补益，新章未载此条，可否照旧办理等语。

臣等查近日游学日本入官立高等以上学校者，渐次增多。各省每因限于财力，未能尽给官费，惟农工格致有关富强要图，不可不亟事提倡。况近日留学诸生，大都趋重法政，愿习实业者少，尤应特示鼓励。拟由臣部咨行日本游学生监督处，除官立五校系与日本定有特约，仍应照旧办理外，其余各省官费学生，查明现有人数作为定额，嗣后自费学生考入官立高等以上学校习农工格致三科者，遇有官费缺出，准其挨补。又医科一项，学理精奥，游学生习之者更鲜，而斯学为民命所关，亦应亟予提倡。此项学生拟准其照农工格致三科学生办理。谨奏。

光绪三十四年(1908年)十二月十二日奉旨:依议，钦此。

●●学部通咨京外各衙门嗣后如派员赴东游历限定到东之期以便入法政大学特设部听讲文光绪三十四年(1908年)七月十一日

准使日大臣函开:各省所派游历官属，于考察政治者居多，凡官署、学校、警察、银行、铁道、会社，以及工厂、农场、水道、陆军，几于无项不往参观，而本无专门之学，于方言复多隔阂，求其实有所得者，殊不多觏。积年以来，在彼邦既惮招待之烦，在本人亦几奉行故事，有名无实。

查日本法政大学专攻科附有特设部一班，讲解期间，可以三四月为限，最便游历官之听讲。拟仿直隶省遣派自治员听讲之法，请贵部通咨各省，此后如派员游历，每年须分二三九十四个月为到东之期，本署总核人数，如在三十人以上，即请该校开班讲解，讲毕，再往参观，似较有裨实际等因。准此。

查近来给咨赴日游历官绅，日见其多，参差东渡，殊欠整齐。兹准使日大臣拟请仿照直隶遣派自治员听讲办法，每年分二三九十四个月为到东之期，由使日大臣总核人数，如在三十人以上，即请法政大学特设部开班讲解，讲毕，再往参观各节，意在使游历各员先明学理，再从事于考察，庶几各员于游历时，较得实际，自应一体照办。除咨复使日本大臣外，相应咨行，请烦查照施行。

杂 类

●●学部通行奖励制造教育用品章程文附章程

光绪三十二年(1906年)八月初八日

照得教育日兴,所需教育用品甚众。若不自行制造,则一切仰给他国,非所以保利源而兴艺术。虽精巧之器未能遽言自制,而通常用品,近来各省颇有自行仿制者,亟应提倡,以期振兴,并晓谕各学堂,遇有需用教育用品之时,宜就本国所有者购用,虽价值稍昂,物质稍逊,不足为病。务使学生皆有土物是爱之心,而制造教育用品者,亦可资藉鼓励、推广改良,并不至因销路阻滞不能持久。本部现定《奖励制造教育用品章程》,通行各省,深望各地方随时提倡,各处学堂相与维持。除分咨外,相应咨行查照办理可也。

附《奖励制造教育用品章程》七条

第一条 本部为学堂逐渐设立,所需教育用品日多,特定制造教育用品奖章,以资提倡。

第二条 教育用品范围甚广,今就现时急需奖励者略举于下:

铅笔、钢笔、粉笔、石笔、万年笔、象皮拭纸器、杂色墨水、石板、纸制石板、油墨、钢笔誊写板、毛笔誊写板、水彩画器具、各种图画器具、体操器具、体操衣帽靴及其原料如织呢、编草、帽辫之类、音乐器具、石膏模型、印刷用纸张、学堂用书籍图画等印刷品、理化学器具、化学药品、博物用器具、博物标本、博物模型、学堂用挂图学堂用书籍。

此外,如有确系教育用品、足备学堂之用者,经提学使司验明属实,亦得准照上列各品一律奖励。

第三条 制造教育用品分为三等:每月所出之品,值二千元以上者为甲等;千元以上者为乙等;五百元以上者为丙等。

第四条 凡制造教育用品者,所有呈验商标,得禀请本省提学使司咨明商部注册。

第五条 自章程颁布之日始,所有各项教育用品制造业,均准将所制教育用品呈送二份,向本省提学使司禀请奖励,由提学使司考查属实,按其等级给予头、二、三等奖牌,传知各学堂一律购用,一年之后,确系办有成效者,再由提学使司报明本部酌核,或咨明税务处免税,或另筹奖励之法。

第六条 凡禀请奖励之教育用品,由本省提学使司转送一份到部,以备考察。

第七条 此项奖励章程专为提倡本国教育用品制造业起见,其一切贩卖外国教育用品者,概不奖励。

●●学部通咨各省聘用外国教员合同式样文附合同式样 光绪三十四年(1908年)七月

现在各省中学堂以上学堂,多有聘用外国教员讲授者。惟与外人交涉,以合同为主。合同既定,之后彼此办事,即应按照合同办理。

前由本部调取各省聘用外国教员合同,宽严不同,未能一律。现由本部酌定《聘用外国教员合同》十九条,通行各省。嗣后遇有延聘外国教员、订立合同及外国教员期满续行延订者,均应按照部颁式样,以归一律而便遵守。除分行外,相应咨行贵督查照可也。计合同式样一件。

附:学部酌定聘用外国教员合同式样

京师
大清国 学堂监督 聘订
某省

大 国(学位或官阶) 为

京师
学堂 正教员 教员
某省

所有合同开列于下

第一条 该教员应受监督节制。凡关涉授课事宜,随时与教务 提调、长 妥商办理。如别有条议,应由教务 提调、长 转达,经监督采择施行。

第二条 该教员所任功课应如何分期分类教授,务按本堂所定学期,详分子目,每学期预编授课表,先与教务 提调、长 商订妥善后,再呈监督核准,按表遵办。至每学期毕,照所授功课子目编报告书,亦交教务 提调、长 转呈备核。

第三条 教授学生须尽心,指授不厌烦琐,务期学者明白晓畅而后止。如讲堂授课毕,学生尚有未尽明晓之处,得赴教员室质问,以求详尽。

第四条 凡学部颁行学堂章程,及本学堂现行续订各项章程,该教员到堂后应一律遵守,不得歧异。

第五条 该教员专任教授课程,凡学堂内外一切他事,不得干预。

第六条 该教员到堂后,以年为限,限满之时,如彼此愿留,再行续订。

第七条 该教员每星期授课时刻,以点钟为度,每日出堂入堂,悉依本学堂钟点,不得短少时刻。

第八条　该教员薪水自到堂之第二日起,按照中国月份,每月支给中国银　两,所有住屋、火食、佣工、养马及其他费用,一切在内。

第九条　该教员由本国来华至抵学堂所在地应支川资中国银币　圆,限满回国时亦如之。如续订合同,则回国川资应俟续订期满再行支给。

第十条　该教员如由学堂派往他处考察各项事宜,所需旅费,由本学堂酌照适中数目随时支给。

第十一条　该教员除因患病告退外,如系因事告退,必须于三个月前通知,以便另延他人接替。

第十二条　该教员如有不遵合同暨违背章程、条规等事,或才力不及、行检不饬,监督得即行辞退。

第十三条　该教员如因疾病不能教课、尽合同内所载之职务,过十五日以上者,须自请人代理,其代理之人是否胜任,由本堂监督及教务提调、长考查允准,其代理人之薪水,由该教员自与订给。如该教员不能自请代理,则从第十六日起,扣除薪水二分之一,以为本学堂代为延聘之费。若过三个月该教员仍不能教课,即将此合同作废。

第十四条　该教员如无过失,若于合同限内或将该教员辞退,则除应支回国川资外,另给三个月薪水。

第十五条　该教员如实系患病,自请告退,经监督允准,照第九条支给川资,其因别项事故告退,或因不遵守合同暨违背章程、条规辞退者,则不支川资。

第十六条　该教员如有因公受伤,致成残废,或病故等事,可酌看情形,加给二个月以上、四个月以下薪水,以示体恤。

第十七条 该教员在合同限内，不经本堂监督允许，不得营利别图他业，并不得私自授课他处学生，致荒本学堂正课。

第十八条 该教员无论是否教士出身，凡在学堂教授功课，不得藉词宣讲涉及宗教之语。

第十九条 此次所订合同，缮汉文、 文两份，各执一份，如有疑义，应以汉文为准。

●●学部咨各省中小学堂学生应严禁吸食烟卷文并办法光绪三十四年(1908年)十月初三日

普通司案呈，据京师督学局呈称：案查光绪三十二年十一月二十四日奉部文通饬，严禁各处中小学堂学生吸食各种烟草，责成各学堂管理员、教员认真稽查，以期杜绝弊害，并由各处劝学所随时劝导等因，行局查照转行各学堂及劝学所，并出示晓谕在案。兹由京师内外城巡警总厅会商本局，限制中学小学各学生一律禁止吸食烟草，由总厅拟定办法会局办理，亟行通行，以期实力禁绝，除由局通行外，理合钞录原拟办法，呈请札饬各省提学司通行各中小学堂，一体遵照办理，并咨会该管巡警道或巡警局，互相查察，以期实行禁止等因，并钞录原拟办法到部。查该总厅所拟办法，核与前年本部通饬，用意相同，洵于幼年体育裨益良多，应由该提学使司通饬各中小学堂管理员、教员，实力奉行，并由各劝学所剀切劝导，该管巡警道暨巡警局应并认真查察，以期杜绝弊害，相应咨行贵督，查照分别饬遵可也。

钞录原拟办法

查烟卷为近今消耗大宗，不特利权外溢，且于卫生有碍。至若年龄幼稚，身体发育尚未完全，伤损脑筋，阻塞智慧，为害尤甚，故东西各国，于烟卷一项，甚为注意，或由官专卖，禁止私造；或关税重征，隐存限制。而其对于未成年者，莫不严行禁止，违售者，施以处分；吸食者，罪其父兄。法至良意至善也。当今之时，欲求挽回利权，自以请求制造、加重关税为正办，然工艺萌芽，骤虽进步，税关征纳载在约章，欲求达其目的，必有旷日持久之虑。现拟以禁止童年吸食为入手办法，由总厅申部批准出示严禁，并会商督学局限制中学堂以下之学生，一律禁止吸食。其办法约略如下：

一 年未满十六岁者，不得吸食各项烟卷。

一 售卖烟卷之棚摊店铺，对于年未满十六岁之幼童购买烟卷，不得售与。

一 各小学堂学生不准吸食。

一 中学堂学生虽年龄不等，然正当研究学业、力求精进之时，最贵脑力，亟宜保证，以免妨碍，似宜不论年龄，一律禁止。

一 违禁吸食者，没收其烟卷及使用器具，告诫其父兄管束；学堂学生，由学堂监督、堂长、教员管束。

一 违禁售卖者，照《违警律》三十八条违背一切官定卫生章程者处罚。

补 遗

●●学部奏增订初等工业学堂课程并增订初等实业学堂毕业奖励折

窃查《奏定学堂章程》农业、商业均订有高等、中等、初等三级学堂，循序递升，渐资精进。惟工业一项，但订有高等、中等两级，而初等未经列入。至所有艺徒学堂虽为教授平等程度之工业技术而设，而学堂阶级统系图，以之列在初等实业学堂之下，不与中等工业学堂相衔接。

现在民人生计艰难，农工商各项实业皆待振兴，似应增订初等工业学堂课程，以为递升中等工业之预备。查奏定初等农业、商业学堂课程，其普通科目及实习科目均与中等农业、商业学堂无异，惟听各处因地制宜，酌量设置，不必全备。今拟初等工业学堂课程，自应仿照办理。普通科目拟参照中等工业学堂之普通科目，定为修身、国文、数学、物理、化学、图画、体操七科，并可酌加地理、历史、博物、乐歌等科目。实习科目拟参照中等工业学堂之实习科目，分为土木科、金工科、造船科、电气科、木工科、矿业科、染织科、窑业科、漆工科、图稿绘画科，听各处因地制宜，酌量设置，不必全备。其各实习科之应习科目，应即按照中等工业学堂所定实习科目教授，惟将程度减浅，以期适与初等程度相合。各处开办此项工业学堂之时，应将拟设科目、分年课程、每星期授课钟点及拟用课本，先行呈由督学局或提学使司申送臣部审定。此项初等工业学堂修业年限定为三年，以初等小学毕业学生升入为合格。现在难得此项合格学生，暂准变通考选曾在初等小学堂肄业一二年以上、年过十二岁、文理通顺兼谙图算之学生，先入预科二年，补习初等小学功课，毕业再行升入本科。一俟初等小学毕业生足敷考选之时，即不准变通考选，其未入初等小学而粗知书算者，仍照章准入艺徒学堂。似此分别办理，庶未入初等小学、年过学龄之学生得以肄习粗浅工业，以为谋生之资而已；在初等小学毕业之学生，亦得迁习工业，以为递升中等、高等之预备。

抑臣等更有请者，《奏定学堂章程》凡在高等小学堂以上之学堂学生毕业，莫不订有奖励章程以资策励，惟初等实业学堂毕业应如何奖励之处，尚属阙如。现在各处地方渐知讲求实业，设立学堂自非比照各项学堂给予奖励，不足以资提倡。查初等实业学堂阶级程度与高等小学相同，其毕业奖励，似应比照高等小学堂毕业奖励章程办理。最优等作为廪生，优等作为增生，中等作为附生，下等作为佾生，准用顶戴。

臣等为提倡实业起见，谨拟具初等工业学堂课程暨初等实业学堂毕业奖励办法。如蒙俞允，即由臣部通行各省遵照办理。谨奏。

光绪三十四年(1908年)十二月十二日奉旨：依议，钦此。

学部奏酌定各省戊申六月以前所设之高等学堂预科学生升学年限折

本年四月初六日臣部奏准各项学堂停止招考及考选详细办法章程，内开高等学堂大学预科自本年六月为始，不准招考未经各中等学堂毕业之学生，并不得于高等学堂再设预科及正斋、备斋、正班、备班各项名目等语，当经臣部行知各省，钦遵办理在案，各省高等学堂自本年六月以后，自不得再行招考未经中等学堂毕业之学生入堂肄业，亦不得再设预科各项名目。惟原在高等预科未毕业之学生，似宜明定办法，庶各有所遵守。查从前高等学堂办法，大概遵照高等学堂考录入学章程设立预科，招取中学有根柢之学生入堂补习，其毕业期限或一年，或二三年不等。现时高等学堂既非中等学堂毕业生不能升入，此项未毕业之学生应否仍旧办理，尚无定议。臣等以为，各省所设高等预科，原系遵章办理，自不得以新章之年限相绳，致令年长诸生延期太久。惟现时高等学堂升学程度既经限制，其原定预科修业仅一二年者，学力太觉参差，亦非实事求是之道。臣等公同商酌各省高等学堂，在本年六月以前所设高等预科现在尚未毕业之学生曾经报部有案者，如原定修业期限不满三年，应一律展至三年准其升学，不给奖励，其有改为中学按照中学堂课程教授者，肄业时期准其接续计算，五年届满照章考试分别给奖，如此酌中定议，庶各省原办预科可免解散之虞，高等学堂办法亦可渐归于画一。如蒙俞允，即由臣部通行各省遵照办理。谨奏。

光绪三十四年(1908年)十二月二十八日奉旨:依议，钦此。

●●学部奏各省中学堂毕业请奖均应扣满五年片

再《奏定学堂章程》中学堂系五年毕业，现在各省所设中学堂，或援光绪二十七年山东巡抚奏定成案四年毕业，或援各省督抚奏定专案酌减年限毕业，请奖迄不一致。在创办学务之时，原可酌量变通。臣部核议福建、河南、广东等省高等学堂预科，比照中学堂毕业奖案，因其学生入堂年月，在《奏定学堂章程》未经颁行之前，亦即分别议准。现在奏章颁布已及五年，所有京外中学堂，无论官立、公立、私立,并无论学生何时入堂,截至本年年终为止,均应恪遵定章,扣满五年课程,一律完全始准毕业请奖,不得复援各省变通办理之案,以期画一。经此次奏明之后,各省均应遵章多设中学堂,认真办理。其各省所设中等实业学堂、初级师范学堂及他项比照中学堂办理之学堂,亦应各遵定章所载课程教授,满足年限,始准毕业请奖。臣等为整齐学务起见,谨奏。

光绪三十四年(1908 年)十二月二十八日奉旨:依议,钦此。

军　　政

教　育

●●练兵处新定陆军学堂办法二十条光绪三十年（1904年）　月

一　筹办陆军学堂，以广储武备人材、举国画一为准则，凡学堂等级、课程次第、学生额数、学期年分均须预为筹定，循序办理，方足以收实效。兹酌采列邦学制分为四等：曰陆军小学堂，教以普通课及军事初级学，并养成其忠爱武勇、机敏驯扰之性质，以植军人之根本；曰陆军中学堂，教以高级普通课及紧要军事学，并作成其立志节、守纪律、勤服习之实际，以扩军人之知能；曰陆军兵官学堂，教以实行兵学，分讲堂、校场、野外教授演习，为造就初级武官之所；曰陆军大学堂，教以高等兵学，统滙各科，淹通融贯，具指挥调度之能，为造就参谋及要职武官之所。以上四等为正课学堂，应次第设立，综以七年四个月至十年毕业。惟正课学堂层累递进，取效较迟，应别设速成陆军学堂及速成师范学堂，以备目前各军武官各堂教习之选，俟各正课学堂办有成效，速成学堂即行停办。

二　各省现有学堂，法非不善，惟各省财力不齐，学生额数不一，章程功课亦復不同，程度既殊，功效斯异，应统筹全局，画一办理，使各省如一省，各堂如一堂，收效方易。现在需才孔急，拟从速造就小学堂，三年毕业，挑入中学堂；中学堂二年毕业，分入步马炮工辎重各队，历服正兵弁目诸务，期以四个月，名曰陆军入伍生；

再挑入兵官学堂，一年六个月毕业，仍入原队半年，名曰学习官，练习官弁职司；期满后由该管官出具考语，回堂覆试，具有武官资格者补各军队官排长等职，其在营二年以上，核其最优者拔入大学堂，二年毕业，备充参谋等官。学习官补职及入大学堂规则，容随时查看情形，另案奏定。

三 此次开办学堂，务在不使间断，学生逐班递进，每年必考选一次，第一班毕业，第二班继之，其中学堂、兵官学堂、大学堂皆由是递推，则人才辈出，庶无穷尽。

四 陆军小学堂为武备之根本，京师行省并各驻防均当设立，已设立者就原有之学堂改办，未设立者迅速筹款创办，各省驻防有不能筹办者，即附入本省小学堂，与汉[①]学生一律考选看待，至各省考取学生格式及功课名目，毕业时应臻之程度，均由练兵处、兵部发给规则。

五 查各国陆军学生，肯按全国军队应需武官若干以为定数，中国常备兵额约需三十六镇，按新定军制，每镇官长四百二十二员始足分布，陆军学生每年毕业额数亦暂按三十六镇官长十分之一之数以为定衡，京师及各大省学生定额三百名，小省学生定额二百一十名，各驻防学生定额九十名，全国小学堂约额定学生六千名，每年选入二千名，均分三年陆续考选，每省每年计选一班，由三十人至一百人，又以三十人至四十人为一排，同一讲堂计三年之后，按九成折计，每年全国约得小学堂毕业生一千八百名，升入中学堂，五年之后递入各队，继入兵官学堂，按九成折计，七年之后每年约得毕业生一千五百余名。

① 原文为“漠”，疑为错字。

六 京师小学堂专收考京旗、顺天各高等小学堂毕业学生，及满汉官员子弟有相当体格、学力者，各省小学堂专考收各属高等小学堂学生及良家子弟有相当体格、学力者，各驻防小学堂专考收各驻防官兵子弟。另在京师设立蒙古小学堂一所，专考收蒙古子弟肄业，俟学堂造就人多，再于蒙古、青海、西藏各部落扼要分设。

七 由练兵处兵部会同直隶、陕西、湖北、江苏分设由第一至第四陆军中学堂四所：第一中学堂，收京师、直隶、山东、山西、河南、安徽及东三省并察哈尔驻防各小学堂毕业生；第二中学堂，收陕西、甘肃、四川、新疆各小学堂毕业生；第三中学堂，收湖北、湖南、云南、贵州、广西并荆州驻防各小学堂毕业生；第四中学堂，收江苏、江西、浙江、福建、广东暨驻防各小学堂毕业生。又在京师设立陆军兵官学堂、陆军大学堂各一所，兵官学堂收四中学堂毕业入伍生，大学堂收各队任事二年以上、材具优长、志学纯粹之队官长。开办之初，暂准收期满学习官，如各省本有中学堂，仍准照旧设立，但须由练兵处、兵部会同委员考查程度是否与中学堂功课相符，再酌核办理。

八 拟先在近畿开办速成陆军学堂，暂以八百名为定额。就各省之武备学生，除本省留用外，年在二十岁以上、二十八岁以下，体质强壮、有志兵学、负武官期望者，咨送练兵处、兵部按格考选。如远路省分咨送不能及额，即由附近京畿各省招足。其毕业以二年为期，毕业后分入京畿附近军队充学习官六个月，由该管协标统营官出具切实考语，再由本堂考试，优者发还各省，以队官排长备补，次者予限学习。如将来筹饷渐多，足以大张武备，而陆军兵官学堂人才尚未造就有成，仍可将此项学堂人员酌量扩充。

九 各省现在之武备学生除各省委用及送入速成陆军学堂外，其余学生在二十岁以内者收为陆军小学堂学生，额有不敷，按格选足。

十　学生入堂后食用各项均由学堂发给，另给津贴银两，每年递增，各堂亦有等差。中学堂则优于小学堂，兵官学堂则优于中学堂，大学堂则优于兵官学堂，以次递进，既以赡其身家，亦即藉以鼓励，至速成学堂所给津贴银，则酌乎中学堂、兵官学堂之间。

十一　由练兵处、兵部先在直隶武备学堂内挑选优等学生一百名为陆军速成师范生，从速加习师范课程，以为教授陆军小学堂之用，一年以后即可任，届时赴日本学生亦期满回国，即以此两项学生备充教习，如各省陆军小学堂教习不敷，听其随时调用。

十二　学生班次最忌参差，各省毕生均须按定期限切实考选，不堪造就者，尤须随时剔退，以免虚糜巨款，毕业后不堪任使。

十三　各省应于省垣设立讲武堂一处，为现带兵者研究武学之所，内分上级下级两等讲堂，上级自营官以上至统将，下级自营佐以下至官长，全省带队各官均须分班轮流到堂讲习武备各学，此为带兵官实验之地，其课程参照直隶、湖北将弁学堂办法，一切闲散武员均不得入。

十四　管带以上多系久在行伍，阅历自深，惟于新法新理未能洞达，上级讲堂日所讲习皆兵事之大纲，备指挥操纵之用，外场操演但须稔知，其利弊所在，无庸入操亲习。下级讲堂，则内堂、外场均宜演习。

十五　各省讲武堂应由各省将军督抚督率办理，奏委大员总其事，优予事权，以资约束。其教习，均用学堂出身熟谙武备之员，亦可另聘外国教习一员，以资各员研习讲贯。

十六　各省在营将弁，除有军务时不能遽行离差外，其平时各处营官将弁，均须讲学，每一年为一轮，一年中分为三期，每一期计四月，除歇伏度岁及往返程期，资在讲堂学习，必满三月，至第三期届满，一营官弁轮转已周，次年为第二轮，仍入讲武堂如前学习，其原有之差，不必开去。如统将离差由裨将或营官兼理，如营官离差则督队官兼理，其余以此类推。

十七 各省应于全省队伍中择其操练最精者，调步队一二营，马炮工程队各一二哨，久住省垣，专备讲武堂各将弁考求操法、演习调度之用。

十八 讲武堂所授课目及所习操法，统由练兵处、兵部发给规则，并派员随时抽查。

十九 各营头目亦须粗知学术，应由各省各军在营队内考选聪颖识字兵丁，聚集一处，作为学兵营，专派教员授以浅近兵学，暨训练新兵各法，专备拔升头目之选，其头目优异资深者，递升司务长。

二十 俟新练军队办有头绪，由练兵处、兵部择地分设步、马、炮队专门学堂各一所，立订期限，抽调各军队官以下之员入堂研究新学、新理及实在用法，期满回营转教本队，使全国军队进境程度均归一律。

练兵处奏定《选派陆军学生游学章程》光绪三十年(1904年) 月

一 选派学生须分年派往，拟以四班为一轮，每年选送一班，每班一百名，至第四年四班送齐后，如须变通办理，届时另行核议。

二 选派学生，各省须有定额，京旗、直隶、江苏、湖北、四川、广东各六名，奉天、山东、河南、安徽、江西、浙江、福建、湖南、云南各四名，山西、陕西、甘肃、广西、贵州各三名，江宁、杭州、福州、荆州、西安、宁夏、成都、广州、绥远城、热河、察哈尔、密云、青州十三处驻防各一名，计共一百名为第一班，以后三年均照第一年办理，如各省旗有愿多派者，亦可。但不得倍于原派之数，以示限制而免纷歧。

三　凡已设武备学堂各省旗，其学生应在该学堂内选派，若未设学堂之处，则于文武世家子弟内选派，但须合以下所订之格方准派往，如选不及额，即由练兵处就近选派补足，以符定数。

四　所选学生必须身家清白，体质强壮，聪明谨厚，志趣向上，并无暗疾嗜好，于中学已有根抵，武备各学已得门径，年在十八岁以上、二十二岁以下者为合格。其未设武备学堂之处，于武事本未谙习而经史时务之学必须优裕，选定后由各省旗开具该生姓名、年籍、三代、履历、学诣品格，与已习武备之生一拼咨送练兵处考验，合格者由练兵处汇送驻日大臣，转送学校肄业，不合格者遣回。

五　选学生须有定期，各省旗均应预计程途远近，咨送务于每年七月初旬，齐集练兵处，以便考验派往，于八月间到日，庶免暑假中虚耗时日之弊。

六　咨送各生应由练兵处选派一监督专司考查约束，即作为驻日使署武随员，归本国驻日大臣节制。

七　第一轮学生共计四百名，其往返川资每名约需银二百两，常年经费每名每年约需银三百两，开办第一年，学生仅百名，以后额数逐年递加，款亦递增，计第一年共需银四万两，第二年七万两，第三年十万两，第四年十三万两，第五年又减为十万两，以后每班毕业生逐渐回国，费即递减，如有资质超异，学业精进，能考入陆军大学校及各专门学校者，尚须加给经费，应需若干，临时筹济。

八 学生川费学费出练兵处筹五成，余五成由各该省旗筹备，须指定专款，以免贻误。其款定于每年七月前解交练兵处，由练兵处汇付驻日大臣，转交各学校及陆续支付各生。

九 学生用费，各省旗选派若干名者，第一年即按若干名额应摊之费解交，以后第二、三、四、五等年按数递为增减，其留入大学校及各专门学校者另计。至各旗中如有实在款项支绌。万无可筹者。则统由练兵处发给。惟各生治装费、来京川费及不合格者遣回川费，均由本省本旗发给。

十 各生除学费外，每名月给杂费银五元，按月亲赴练兵处所派之驻日监督寓所支领，其有考入大学校及各专门学校者，由练兵处酌量加增，如随队习旅行野操及秋后大操一切费用，则由驻日大臣督同监督，临时酌定，咨明练兵处发给。

十一 学习兵事专为国家振武之用，自应由官遣派，不得私自往学，其有现时业经在习武之自费生，应驻日大臣及监督察其志趣向上、学业精勤、年限未满者，随时咨明练兵处，贴给旅费，改为官费生，以资造就，自此次定章后，凡赴日学习武备之自费生，即行禁止，以归一律。

十二 驻日大臣有督察学生之权，须随时悉心考校各学生之品行学业，按年督同监督造册咨送练兵处以备查核。

十三 此次咨送学生及以前公私费各学生，倘有隳行废学者由驻日大臣随时儆斥。如仍不知改即声叙该生行径，咨回练兵处惩办，并追缴官发历年经费。其有实系才力不及、难望有成者，亦随时咨由练兵处遣回原籍，免其缴费。

十四 查日本振武学校专为中国学生而设，其间规模教育如有未尽美备事,官厅由驻日大臣商同日本在事各官酌量修改,如有应需零星款项,亦由驻日大臣咨由练兵处筹给,并由驻日大臣商订。中国学生充见习士官后,入大学校及各专门学校章程。

十五 振武学校教习应由中国筹给津贴,其余各学校教习,应于每班学生毕业后,由中国给予优奖,其津贴数目及奖励规条,应由驻日大臣与日本在事各官商酌办理。

十六 学生在日本士官学校毕业,充见习士官期满,除考入大学校及各专门学校外,其余回国,由练兵处就其历年所学一一考试,最优者奏请授职守备,次者授千总,次者授把总,此项武职即作为该学生等出身,开写履历,均按授职之年,系以某某年守备千把出身字样,俾与保奖武职示有区别。如该学生本有官阶,即照其原有之官晋一秩,若系文职,亦照原品晋一秩,入营带队,以相当之武职借补其出身,仍均系以守备千把等职。其由大学校及各专门学校毕业回国者,则比照此例,分别加升,其应考各员授职后,即分别咨回各本省,以营队官及陆军学堂教习,酌量录用。

兵部奏遵旨筹议变通武备章程折

本年六月十九日奉上谕:"近来兵法日变,器械日新,嗣后八旗王公均当保求兵学,修明武备,所有引见人员,例应持弓者着毋庸持弓,其出入扈从宫禁守卫官兵所备军械尤应变通尽善,至挑取各项侍卫拔补内外官员,挑选满汉兵丁应如何验其学识,试其膂力,考其艺能之处均着御前大臣会同兵部妥定章程奏明办理等因,钦此。"仰见朝廷振武图强,实事求是之至意,钦服莫名。伏维政因时而制宜,法以通而可久。我朝经武之规超越前古,自禁卫以及旗绿营制一切典章法度备极详明，只以日久相沿，寖忘精意，风会递变，莫守良规，此皆官不知学、兵失其教之所致也。比年迭奉诏书，敦饬各省练兵、典学，兹復特降明纶，剀切宣示，俾知精研兵学。自王公大臣始修明武备，自宫禁守卫始而亲卫右职，以至士伍亦必各求实际慎选于初。大哉皇言，立自强之根本，振尚武之精神，胥在是矣。臣等紬绎圣训，悉心参考。先为目前整顿之计，并及将来经久之方，旧制之宜酌者不敢拘牵迁就，稍涉模棱；新法之宜兴者，务求通变化裁，以期允当。谨拟办法分条开列，恭候圣明采择施行。

一 东西各国自贵族以至国民，皆有当兵年限，今王公大臣子弟肄习兵学，业经练兵处奏准开办贵胄学堂，并于章程内声明其年长不合定格与充当差使之王公世爵，虽碍难入堂受学而情殷尚武者，俟开学后另订专章，奏请入堂听讲，以示优遇等语，应即照章于学堂内设一贵胄讲习所，以便王公世爵随时到堂研究兵学，所有详细章程仍由练兵处续拟具奏。

一 绿营引见人员前经兵部奏准一律改习枪炮，赴部时分期考验。惟京外各旗及东三省旗员，王公门上护卫各项仍考验骑射，随时带领。今奉明谕所有引见人员着毋庸持弓，拟请嗣后京外各旗及东三省旗员赴引，均照绿营成案一律办理。倘考验时施放不能，如法发回原处，勒限一年学习，限满仍不如法者，革职至王公门上护卫等项，即由各王公拣选合例人员径行咨送。该旗带领引见，毋庸考验，其各旗营此较箭技挑补官兵等事，应即停罢。又定例点验旗员及兵丁军械久成具文，亦请一併停止。

一 恭遇圣驾出入，扈从各官厅佩弓矢阕橐鞬者，一律改为佩刀。前引之先后扈之次，请以宿卫禁廷之陆军各执新式枪械，由统领统带等官恭率翼卫。京城以内应酌派步队两队分列前后护卫，京城以外应酌派步队一营,马队两队分列前后左右请卫。遇有谒陵行围差使,届时奏派队数,此外一切仪制仍照旧章敬谨预备。其旧设之十五善射等员与各处弓箭匠役,以采取弓干矢箭,置备画角海螺等项均即裁撤。

一 守卫宫禁为亲军营、前锋营、护军营专责,乃历年既久,积习太深,非改弦更张,窃恐窳惰废弛,断无起色。恭溯国初定制,上三旗皆天子所自将,出任征讨,入供宿卫,勋勚特隆。汉之羽林佽飞,唐龙武神策,未能比拟万一。今欲名称其实,宜按新军章程另行设立扈卫军于京外。各旗及各省已编成镇诸军内,慎择品学兼优之官长,操法纯熟之兵丁,调取编练,出则扈从,入则守卫,归御前大臣管辖。此制既行,天下材武之士皆知得与荣选,益将争自濯磨,于军队观感尤有稗益。其一切编制应由练兵处会同臣等详细筹议,续行具奏。

一 亲军前锋护军等营官兵,拟请特派大臣分别考验,其年力富强之官员拨入陆军学堂肄习,仍给原俸;体质精壮之兵丁分送各镇陆军挑选教练,仍给原饷三年后,或拨归扈卫军,或回旗,以应补缺分钱粮。升补、改补,届时核其程度,分别办理。此外不合格者,官员对品以旗员改补,兵丁拨旗以马甲坐补,分年递裁,期以十年裁尽。逐年腾出底饷由户部节存,以备编练扈卫军之需。旧设之撒袋弓箭应即裁撤。

一 亲军前锋护军等递裁以后,扈卫军未经编设以前,凡例载守卫、禁门、传筹、啟闭、稽察出入各差使,应酌调现经编练之陆军官兵与未经裁撤之亲军等营官兵一并输值,分定章程,各专其责,俾资遵守,以免互相诿卸之弊,仍由该管大臣随时认真稽察,以昭慎密。惟此项兵丁宿卫禁廷,关系綦重,现仍用北洋留驻之陆军，一俟京旗陆军调拨来京，如何分派更换，届时再行奏明请旨。

一 侍卫为近御差使，品秩清严。自开国以来，以宿卫材官出为名将者，指不胜屈。现值振兴武备，尤宜特重其选。拟请嗣后挑取侍卫，择陆军各镇着有成绩之军官，及至陆军学堂优等毕业之满汉世爵世职人员，一体与选。由各该管大臣出具切实考语，咨送御前大臣、领侍卫内大臣公同考验，相符者带领引见，请旨补放仍仿古者番上宿卫之意，以二年为一班。班满之日，军官发回本镇，以应升之缺补用；世爵世职发往练兵处，以应升应补之军职酌量补用。头班期满，咨取二班，以次更代。如有才猷出众，劳绩卓著者，准由御前大臣等奏留，恭候特恩擢用，升禁卫峻秩，俾昭激劝。现在当差之侍卫，除贵胄已另设学堂应照章分别入堂及随时讲习外，其余均由该管大臣择年力富强、资质聪敏者咨送陆军学堂肄习。凡侍卫及亲军等营课程，应由学堂将会典所载宿卫事宜及日本等国卫兵诸制，择要编辑，作为一科与各项科学并授肄习。三年期满，回京当差升等补用。其年齿已长，不能受学之员，仍令照旧供职，惟不得挑升等第，以示限制。

一 挑选旗兵，拟一律改用枪枝，并试以文字。惟快枪系属利器，初习者稍有不慎，恐致失误，且平日演习子弹所费尤属不赀。近来中国工匠类能仿造洋式气枪，瞄准命中与各式枪枝无异，拟暂令各旗营就近购备，在原设箭场演习。遇挑补缺分时，兵丁以发枪中数及识字多少为比较，均责成该管大臣秉公校阅，按格挑补。自奉旨之日起，即将所出缺分扣留。凡例应挑补各兵丁，勒限三个月演习气枪，限满即行考验。各省驻防一律办理，嗣后拟由臣部参仿各国教练新兵及体育操快枪章程，另定简易妥善办法，咨令各旗营驻防遵行，以收实效。至各项汉兵拟暂照现行章制按格挑选,惟募补系权宜之计,往往有籍贯不清及逃亡之弊,应请饬下练兵处妥议征兵办法,奏明施行,于军事方有裨益。

一 定制:旗员拣选月缺,每年扣副将一缺,参将二缺,游击一缺,都司三缺,为大拣补缺。此外,直隶、山西、陕西、甘肃、四川、松潘一镇遇有副、参、游、都守应用旗员缺,出亦扣,归拣补为小拣。补缺均由部行文八旗、侍卫处及銮仪卫、内务府、步军营等处,咨取合例人员,于次年二月内奏请简派大臣会同兵部公同拣选,取其骑射优娴,读例明晰者带领引见,请旨补授。今既一律改习枪枝,若仍旧举行,殊非画一戎备之道。拟请嗣后小拣补缺即行停止,将直隶等省向归旗员拣补各缺,均改为题补之缺。其大拣补事例,臣部无庸先期扣缺,暂归外补,其例应咨取人员,由部发给执照,送陆军学堂肄习三年期,由学堂将该员功课分数造具清册,分别等第咨回。其程度合格者,由部注册。遇有各省部推缺出,届时当釐定输缺章程,将此项人员拟选带领引见,请旨补授。惟各处咨取人员,向以五十五岁为限,今拟改为四十岁为限。倘所学程度未能合格,任缺勿滥,此系暂行办法,俟绿营递裁官缺,递减后即分别停止。

一 各项满汉世爵世职奏准承袭后,无论已否赴部带引,均应入陆军学堂肄习。其学课仿照侍卫及亲军等营咨送学堂章程办理。三年期满,择其列入优等、堪膺宿卫之选者咨送考验。倘学课精进,能与陆军学堂同班毕业,即照学员授职章程另行办理。凡来入学堂者,虽已袭职,只以减半给俸,不准补官,以示区别。如系世职佐领,应于出缺时,由本旗拣员暂署,仍将应袭之员送学堂肄习,年满回旗,再行请袭。

以上各条,系就暂行之法及经久之规,统计兼筹,约举纲要。惟政关沿革，事巨且繁，必须逐细研求，庶可推行尽善。应俟命下之日，由臣部通咨各该管大臣遵照办理。如有未尽事宜，仍由臣等分别妥议，随时具奏，以期详妥，谨奏请旨。光绪三十一年(1905年)十一月二十日奉旨：依议，钦此。

●●练兵处奏筹拟陆军小学堂章程规则折

窃臣等前以各省武备学堂向无画一章程，难收实效，筹拟陆军学堂办法二十条，于上年八月初三日会奏奉旨："依议，钦此"。仰见圣朝经武培才之至意，钦服莫名。臣等查东西各国人无不学，士亦知兵。吾国文武分途相沿已久，非专设陆军务学，层累递升，不足以树风声而储材武。况时艰孔亟，外侮迭乘，蓄艾三年，刻不容缓。陆军小学堂所以备升中学以上之资，亦即为讲求陆军之本，宜多定选格。以端其始；优予奖励，以示之荣。庶几风气一开，士气渐奋，本原既正，人才日多，而一切章制则以陆军制律行之。臣等详细考求，参酌各国学制，筹拟陆军小学堂章程一册，教授规则一册，学长规则一册，学生规则一册，分条编纂，务求规模完备，纪律精严，将以明耻教战之心，渐收有勇知方之效。谨另缮清单恭呈御鉴，如蒙俞允，再由臣等咨行各直省暨驻防一律举办，并将中学堂以上各章程分别续拟，谨奏。光绪三十一年(1905年)正月二十四日奉旨：依议，钦此。

谨将拟定陆军小学堂试办章程，敬缮清单，恭呈御览。

学堂总则

一　陆军小学堂为养成陆军将官之初阶，专教普通课及军事初级学，三年毕业。各省照章举办,由练兵处、兵部随时考查。一切教育以忠君爱国为本原,智育、体育为作用,振尚武之精神,植军人之资格。

二 陆军小学堂自京师及各省暨各驻防均须迅速筹办,已设立者就原有学堂按照新章改办。各驻防额兵较少、暂不设立者,即附各省小学堂内,与汉学生一律考选,俟各行省陆军学堂著有成效,陆军人员并教员足敷分布,再于蒙古、青海、西藏各部落扼要分设。

三 查全国兵额约需三十六镇,按新定军制,每镇官长四百二十二员,始足分布。学生额数即按三十六镇官长十分之一以为定衡,约自开办三年之后,每年小学堂毕业学生须一千八百名方敷升补中学堂之用,嗣后倘须增减,再随时酌改。

四 京师设立陆军小学堂一所,由练兵处直辖,学生定额三百名,其选收之法如下:

一 选收宗室满蒙汉八旗子弟,专就八旗高等小学堂挑取,由练兵处会同兵部,咨行宗人府、学务大臣、八旗都统,饬各佐领会同各该学堂监督,按格出具图片印结,并取具甘结、保结,径行申送练兵处选验。现在京师八旗普通小学堂、高等小学堂均已设立,非外省各州县小学堂未普设者可比,故本学堂选八旗学生,各应就高等小学堂挑送。如高等小学堂限于人数,暂由八旗小学堂挑送,俟高等小学堂人数敷用,应即截止,以归一律。

一 选收须顺天本籍学生,由练兵处咨行顺天府,通饬各州县会同该邑高等小学堂监督,按格挑选,并出具印结,取具甘结、保结,申送练兵处报考。

一 八旗、顺天学生,如收不足额,其各省京官子弟亦可续行招考，以足原定额数。额满后，有愿附学者，每年认缴学费银四十八两，并准按格考收，均取具同乡官印结及甘结、保结，呈明报考。

一 八旗高等小学堂，顺天府属各州县暨各省京官子弟送报既齐，由练兵处军学司派员会同本学堂总办，按格考选，照章收入。甘结、保结、印结、考验各等格式具后。

五 直隶、江苏、湖北、福建、广东、云南、四川、甘肃等省，各于总督驻城设立陆军小学堂一所，各堂学生均定额三百名，由本堂总办禀承总督，按格考收。本省各州县高等小学堂生，由各州县官会同高等小学堂监督，按格考送。其有驻防省分，除湖北、福建两省外，其余各省悉咨由将军、都统饬行佐领，会同驻防小学堂监督，按格考送。

六 奉天、吉林、黑龙江等省各于将军驻城，山东、河南、山西、安徽、江西、浙江、广西、贵州、湖南、陕西、新疆等省各于巡抚驻城设陆军小学堂一所，学生均定额二百一十名。如愿展至三百名者，听由本堂总办禀承将军、巡抚，按格考收，如前第五条办法。

七 荆州、福州、察哈尔三处驻防各于将军都统驻城设立陆军小学堂一所，归该驻防将军都统筹办。各堂学生均定额九十名，由本堂监督，禀承将军都统，按格考收，如前第五条办法。

八 除荆州、福州、察哈尔三处驻防专设学堂不附入各省学堂外，其余各省驻防均如前第五条按格保送，学生赴本省陆军小学堂考选。

九 全堂学生均分三年收足，每年照定额限收三分之一，以第一年所收为头班，第二年所收为二班，第三年所收为三班。三年期满，头班学生升入陆军中学堂，逐班递升。其本年新收者即为三班，嗣后以次推升至头班毕业为止。

十 京师及各省陆军小学堂只论考验合格,不拘旗汉额数。

十一 各地方学堂现未遍立,考收高等小学堂学生或不及额,暂准各州县按格挑选良家子弟有相当体格学力者送考。倘送考不能及额,准本堂总办禀明该管督抚将军,暂行不拘籍贯,通融招考。

十二 官幕商人流寓子弟负陆军志愿者,准每年认缴膳食及学费银四十八两,武官子第减半缴费,备具甘结、保结,取具同乡官印结,报名听候考验,合格者附入现住省分陆军小学堂,以资学习。

十三 本籍良家子弟负陆军志愿而考验合格、限于额满不能入学者,得如前第十二条外籍缴费附学办法,每年缴银三十六两,武官子弟减半缴费,准其附学。凡缴学费均于入学时先缴,初次缴半年,嗣后每三个月缴一次。

十四 定限:每年正月下旬招考学生,于三个月前出示晓谕,京师由练兵处会同兵部,咨行宗人府、学务处、京旗各都统、顺天府通行。各佐领、各州县及各高等小学堂、外省各督抚、将军、都统行知所属各佐领及各州县暨各高等小学堂,并发给考试格式,均于考取五日前一律造册,并取具印结、甘结、保结送考,单丁独子无庸送考。

十五 考收学生按各堂原定额数内以一成为备额,除不能毕业随时剔退外,毕业人数大致以及原额九成之谱为宜。考取时,应责成选验官认真挑汰,以免将来程度不足及剔退过多之弊。

十六 考验学生,除甘结、保结外,由地方官会同高等小学堂监督,按所发格式分别加具印结。如有顶冒朦混、程度悬远等弊,责成高等小学堂监督,由招考入堂者责成原保之人。如有半途出堂,应行缴还学费等事责成地方大官。

十七 考选学生须随到随验，体质入格者候到齐汇考，不入格者随即遣回。考试去留，应克期出榜，免稽时日，致诸生虚糜旅费。期以每年开印后考选，二月初必选定开堂。

十八 学生入堂后，由本堂总办监督教员学长随时考查，中有行止不端，及疾病愚鲁、不堪造就者，随时剔退。

十九 学生入堂后不准无故请退。倘有重大事故、理合退学者，须由其家属及具保人据情禀请保送之员，转申本堂总办详明该管督抚、将军、都统批准，方准退学。除原系缴费附学生外，均照缴所领津贴并膳食等费。

二十 学生不遵堂规、不服约束、故生事端、希图出堂者，即由本堂总办移会驻防、佐领，行知地方官勒令该家属赔缴学费。如佐领及地方官追究不力，则详由督抚或咨行将军、都统勒赔。原系缴费附学生不在此例。如学生私自逃逸，则径详督抚或咨行将军、都统，勒令佐领及地方官拘办。

二十一 学生膳食及应用书籍课本、笔墨纸张暨操场所用之军衣、靴帽等项，统由学堂备给。

二十二 学生入堂三个月后甄别等差，照章发给津贴，期考黜陟，其津贴亦随以升降。如因考不及格、剔退出堂，除学费酌核应否缴还外，须将原领书籍、军衣、靴帽等件缴回。

二十三 每班学生收足后，只准随时剔退，不准陆续收补，以致新旧参差，纵有空额，任缺勿滥。

二十四 各学堂开办后，由本管督抚、将军、都统将该管学堂执事各员简明履历，并每年所收学生姓名年籍造具清册，咨送练兵处兵部存案。

二十五 陆军小学堂每届年满，按其成效由督抚将军都统择该堂尤为出力之员,咨明练兵处、兵部照章请奖。俟陆军各项学堂全设后,另行详订请奖章程。

二十六　学堂内应有礼堂一所,为庆祝行礼之用,其余应设讲堂、室内外操场、饭厅、会议厅、藏书楼、总办以下各员司及学生之会客厅、库房、教员值日房、学长值日房、总办以及各员司住室、学生住室、自习室、养病室、厨房、浴室、厕所,皆须完备,另绘图式,通行各直省,照式建造,以昭一律。

二十七　此次章程既经奏订后,应通咨各直省照章办理,不得歧异,惟是章原系试办,每年须改一次,力求允当。各省于试行之际,有何利弊、应须损益之事,各该省督抚、将军、都统可随时函致练兵处,勿庸公文。每年十月,本处堂官将各省函陈各件发交三司会同条议,分别定拟,呈堂核定,奏明修改,即通咨各省一律更易,其各省未奉奏咨之先,仍须照旧办理,以免纷歧。

学堂编制

一　学堂设总办一员,监督一员,提调一员,学生定额三百名者,延国文、外国文、历史、算学、地理、图画、格致、兵学等正副助教员,限二十六员以内,学长九员,医官兼卫生学教员一员,文案一员,收支委员一员,支应司事管库司事各一员,司书三名,差弁三名,号兵二名,夫役四十名。

二　学生分年加收,教员、学长及其余人员亦分年增设。如学生定额三百名者,第一年只选一百名,设教员十员以内,学长三员。第二年添选学生一百名,增设教员八员以内,学长三员,其余人员亦以次递增。第三年学生选收足额教员、学长及各员司增加定数。

三 学生定额二百一十名者,每年考收七十名,其教员、学长及其余人员均按第二条办法比例减成,分年递设。学生定额九十名者,每年只收三十名,即不设总办提调,由监督管理全堂收支委员兼理提调事务,教员、学长及其余人员仍按第二条办法比例减成,分年递设。

四 学生额数,无谕多寡,均以三十至四十名为一排。同一讲堂归一学长管辖。

选验格式

一 年岁限十五以上,十八以下,由各省原有武备学堂内挑选者在二十岁内皆准考收。

二 品行须性情诚朴,素无过犯。

三 出身须确系良家子弟。

四 志趣须诚心向学,别无嗜好。

五 学业须曾经读书,能作浅近论说。普通学堂徧立后再按高等小学堂功课另订考章。

六 身长:十五岁者,限一密达四十六生的以上;十六岁者,限一密达五十生的以上;十七岁者,限一密达五十四生的以上;十八岁者,限一密达五十八生的以上。一密达准工部尺三尺一寸五分,因各处尺度不同,故以密达取准。

七 胸围须有身长之四成二以上,如身长一密达五十生的,胸围须六十三生的以上。量时用皮带尺或缩涨较小之绳绕胸之周围,以齐乳下前后适平为度。

八 体重:十五岁者,限三十二启罗以上;十八岁者,四十启罗以上;十六、十七岁者,酌在三十二至四十启罗之间。每启罗准湘平二十八两，因各处衡法不同故以启罗取准。

九　肺量：十五岁者，一千六百立方生的以上；十八岁者，二千二百立方生的以上；十六、十七岁者，酌在一千六百至二千二百之间。照日本所制之肺量器试验，如暂无此器，则以胸围涨缩差二十分之一有余者为合格，如气平时量胸围六十生的，使之吸气满胸，再量得六十三生的以上即属合格，其余依此类推。

十　手力：十五岁者，十四度以上；十八岁者，二十度以上；十六、十七岁者，酌在十四度二十度之间。照日本所制之手力器试验，如暂无此器，以左右手各能提三十至五十斤齐胯为合格。

十一　目力：须能辨二十号以下之表，照日本所制之目力表，在有光处相距二丈考验，或相距二丈余辨识七分之楷书字。

十二　相貌须魁伟，五官须端正，四肢须灵活，言语须清楚，声音须宏亮，耳聪须灵捷。

各员职任

一　总办总理全堂一切事宜。凡章程因革，学课程度，督同监督办理；薪费盈绌，员役进退，督同提调办理，并随时禀明该管督抚、将军、都统核夺。

二　监督有主持全学教育之责。凡稽查教员，考核功课，约束学生及申明一切条教，皆其职务。俾诸生恪守学规，咸知军纪，启发其忠爱、武勇、礼义廉耻之心。

三　提调有总司堂内一切杂务之责。凡制办衣物，考核收支，点收物料，稽查库储，指挥夫役及堂内一切庶务，皆其职事。动用款项在百金以上者，须禀明总办方得开支。

四　教员有督率学生之责。凡编纂教程，指授功课，考察品行，评定分数，画一程度皆其职务。各生优劣须立册记录，每月汇呈监督，转呈总办查核并将每日所授课程签名功课簿内以备考查。

五 学长为直接本班学生之员，有联合同堂，劝善规过之责，务须恳挚和平，勿稍疏慢。凡学生举止行为，寝兴出入，疾病事故及斋室器具衣履等项均归考查，上下讲堂亦归，带领操场则帮同兵学教员分教操法，并立功过薄随时纪录学生之勤惰，功过按月呈报监督以定品格、分数，倘学生有所争竞至不服劝谕，即禀知监督主持办理。

六 医官专司医治各员生疾病兼教卫生功课，并查考病室管理药料，预防疫疠。学生如告病假，按病情酌定假期，勿致虚旷功课或只给操假，均添注病表存验，并给病单呈由监督核准。倘无学长带领入诊，概不准假。

七 文案专司往来文牍，凡关教育之事，商承监督具稿；凡涉杂务之事，商承提调具稿，所拟稿件商定后，再呈总办署判。堂中会议诸事，就笔记录其表簿、榜册、课单、学规等件司书缮写后，随时核对清理。

八 收支委员专司出纳款项。凡额支各款，照章按时领发；活支各款，商承提调开单呈总办酌核判行。凡款项按月、按年详细造报堂内，员生、夫役人等不得预支、挪借，悬动公项，如该员自有营私、作弊等事，一经觉察，轻则撤差，重则参办。

九 支应司事专任储备、膳食、购置器物等事，每七日预造菜单及所购米色呈由提调查阅。

十 管库司事专管库存、器械、书籍、军衣、靴帽等项，凡有收发，造册登记，每月送呈提调查验，库中存件随时查察、保护，免致损坏。

如有应修、应购之件，随时禀知提调核夺施行。

十一　司书专任钞录，听文案指挥。

学堂规条

一　学堂执事各员，须选熟谙学务，明悉军事，堪为诸生表率之人。如有离经叛道，败坏秩序，淆惑诸生观听者，立予黜退。

二　总办由各督抚、将军、都统就本省、本旗官绅中不拘资格、官阶遴选。熟悉武备之员，咨明练兵处、兵部委派并由练兵处兵部及本管督抚、将军、都统随时考查，如不胜任及有别项事故，即由练兵处兵部与该管督抚、将军、都统咨商遴员任替。

三　自监督以下人员均由本堂总办遴选，禀明该管督抚、将军、都统，委派监督由陆军出洋学生内遴选普通教员，由京师各省高等师范学堂优等学生，或别项专门学生内遴选兵学教员，由陆军优等学生内遴选；学长由各省毕业武备学生内遴选。

四　自监督以下各员皆归总办考察，如不胜任，即禀明该管督抚、将军、都统遴员充补，并由督抚、将军、都统咨练兵处兵部存案。

五　总办于每年冬季将堂内各员动情及学生程度造具清册，呈请该管督抚、将军、都统，转咨练兵处兵部存案。

六　总办堂谕凡关于功课条规者，交监督举办；凡涉于杂项事务者，交提调举办，再由监督提调转发文案存档，并书于堂谕簿内，即以堂谕簿传示承办之员盖戳书遵，从速办理。

七　提调以下各员，职司虽分，责成则一，均宜互相匡助，倘有贻误专任者，固责无旁贷，同事者亦咎属难辞。

八　总办因公远出，堂内诸事归监督管理。倘总办、监督俱出，则由提调管理。以上三员俱出，则归值日教员管理。

九 堂内设会议厅一所，自总办以至执事人员每星期第六日均集此厅，会议应行增删改革等事。平日有特别应议之事，则由总办监督随时传集。

十 堂内设教员值日房一所，各教员轮流管理全堂本日事宜。每斋院内设学长值日房一所，由各学长轮流管理本斋诸生本日事宜。当值者责任綦重，刻不容离，即因公他往，须预托堂内人员暂代。星期并不放假。

十一 学堂各员，非星期日不能无故请假，教员亦不能无故停课。

十二 各员告假，须据情缮单呈请总办核准，乃能他往。

十三 各员如有重大事故或重病久病，准其托付同事员司兼代请假回籍，期限不得过四个月。倘逾限不归，开缺另补。

十四 各员不得在堂饮酒燕客，并不得与学生有馈送、燕会等事。

十五 各员至堂内只准各带随丁一人，仍须给腰牌一面，以凭考查。倘违犯堂规，照杂役一律惩办。

十六 堂内设总办学生及各执事人员会客厅各一所，除总办随时见客外，其访学生及各员者，先由门役引入客厅，再为通报。如学生在听受功课之时，各员在办理要公之际，不得辍业，见客均应告知暂候。如各员欲引外客入堂观览，须先禀监督，如在功课时刻欲入堂听讲，并须告知当时授课教员，然后引入。学生则概不准引客入堂。

十七 堂门按时启闭，查号以后，大门扃锁，夫役起更，钥锓交值日之员收管。翌晨吹起床号前半点钟，再由司阍领钥启门。各员晚出，凡在十二点钟以前回者，尚可领钥放入，过限一律禁止。

十八 堂内自总办以下，各员平时均着常服，上操场则全着军服。学生则无论何时均着军服。

十九　学堂为陆军之基址，自总办以至学生无论堂内外，相见均按现时职分行陆军礼节。

二十　学生须养其体面，除重大过犯由总办临时裁处外，其可原、可改之过，以罚站、罚休息、罚津贴、记过诸章示罚，许以自新，重则革除。其旧日军营棍责、插耳箭等刑一概禁止，以养成诸生自重之风，渐化重文轻武之习。

二十一　恭逢皇太后万寿、皇上万寿及至圣先师孔子诞日、端午、中秋各节，堂内员生放假一日，星期日上午考课，下午放假，年节放假二十日，暑假日期由总办监督临时酌定，以一个月上下为率。

二十二　年假、暑假期内，除司书外其余各员在堂者，均须轮流值日，以十二点钟为度。

二十三　堂内设立饭厅，自总办以下均赴饭厅与学生同食，不得自食于私室，亦不得同席异餐。

二十四　堂内按学生多寡设自习室数所，每所以能容两讲堂学生为率，俾各温习功课，自习之时，除总监督、提调及各教员学长外，不得擅入。

二十五　堂内设藏书楼一座，楼下为阅报所，许各生于歇息时阅书阅报。

二十六　堂内设立学长、学生栉沐、薙发、盥漱室数所，每日晨起，俱赴此室理发洗面，不得在堂院斋室随意栉薙、盥漱，以期整洁。

二十七　堂内设立浴室，各员司学生按时轮流澡浴。

二十八　堂内设养病室一所，非员生不得入此室养病。

二十九　各斋院住室按数编号，门首各置木牌一面，其各斋院门牌载明某号某班某排及学长姓名，各住室门牌载明某号某班某排及各生姓名。

三十　每年恭逢皇太后万寿、皇上万寿、至圣先师孔子诞及元旦，由总办率领各员生衣冠诣礼堂行三跪九叩礼。元旦礼毕后，全堂行团拜礼。

三十一　每年开学日，总办及各员生衣冠诣礼堂谒圣，行三跪九叩礼毕，学生向总办监督教员行三叩礼，向各员行请安礼，总办策励员司告诫学生以勤职守分，讲毕退班开课。

三十二　学生犯以下所开各条即应黜退：一、内外场功课永无进益；二、紊乱军纪屡戒弗悛；三、品行不端，有失本分；四、伤夷疾病，不耐劳苦；五、修业考试分数不足。以上各条，届时俱由总办专集监督教员等会议分别裁定。

三十三　本条规内未尽事宜，统按学务处奏定学堂章程内管理通则办理。

学堂课程

一　幼年学生年力未强，知识初开，所拟内堂、外场功课以易于领悟、开其心思、长其筋力、启发其良知为主。

二　学生在堂三年毕业，每年自开学后至暑假前为前期，自暑假后至年假前为后期，每七日为一星期，酌各项功课之缓急难易，轮留若干次，是为一周。

三　每日功课连自习以六次为限，每次在讲堂以一点钟为限，在操场以一点半钟为限，在自习室以两点钟为限，每次课毕暂憩息十分钟，接习他课。

四　功课界限既经画定，授何项功课之时，即应专心研究此项功课，不得参杂纷歧，既入住宿室后，则宜静摄勿再研究以期蓄养心力。

五　四季日晷长短不同，功课时刻亦难一律，春季早七点前后上课，夏季早五点前后上课，秋季早六点前后上课，冬季早八点前后上课，夏秋季操演在早晨凉爽之时，春冬季操演在午前后和暖之时，早午晚三餐，每次连憩息至少一点半钟。

六　每年除年假、暑假节假考期外，约修业四十星期，前后学期各二十星期，三年连闰月计算，约一百二十四星期，内除各星期并考课休业外，实在修业约七百四十余日。

七　每日功课除自习外，按五次计算，则每星期共三十次，约习修身、历史、地理、图画、格致、兵学各二次，每年约各习八十次，国文、外国文各五次，每年约各习二百次，算学、操练各四次，每年约各习一百六十次，共计三年，连闰核算，约修身、历史、地理、图画、格物、兵学，得二百四十余次，国文、外国文得六百余次，算学、操练得五百次，训诫一门由监督兵学教员、学长随时指示，因事告戒，不入课次，其前后学期之编课及每星期教授之细目，统由总办监督各教员随时议定列表。

八　各科课程由本科教员编纂拟定总纲，呈总办监督核订，其每星期课程须前一星期纂就，呈监督转呈总办鉴夺，每一学期各科课程须汇呈练兵处查核，京师呈由军学司转呈，外省申呈督抚、将军、都统咨送。

教授课目

年分 课目	第一年	第二年	第三年
一 修身学	讲授四书及先哲嘉言懿行宜于军人者	选授《春秋左传》及先哲嘉言懿行宜于军人者	同第二年
二 国文	读散体文　习楷书　作散体文	同第一年	同第二年　略示军用文格式
三 外国文(日、英、俄、德、法之一)	拼音　习字　单字　默书　问答　文法	同第一年	文法　国文　外国文互译
四 历史	历代统系及兴衰大要	同第一年　国朝掌故	各国兴衰大要
五 地理	地理大要　本国疆域　山川形势　户口　风俗　物产	亚洲各国山川形势　人种　风俗　物产大概	欧美非澳各洲山川　人种　物产大概
六 算学	整数　分数　小数　各项加减乘除开方及解浅近算题法	比例　平面几何　代数　加减乘除开方及一次式	平三角　八线　对数　代数　多次式
七 格致	物理大要　生理大要	动物生理　卫生大要	植物生理　地质大要
八 图画	学用器具　练习手法　军图记号	比例尺　仿画成图　缩放成图	实地测绘　形相画法

训练课目

一　训诫	军人职分　军纪　军礼	军人志操　军人威仪	同第二年
二　操练	空手体操　步操初级	器械体操　步枪用法　成排步操	各式体操　成排步操　刺枪劈刀法
三　兵学	本堂规则　军纪　军礼　海陆军官制　军服　军队内务大要	军队内务大要　步枪理法	本国军制
游泳法于暑假时练习，辨号音于第二、三年抽暇听习			

学堂考试

一　考试共分四等(除教员平时授课积分外),一曰月考,二曰期考,三曰年终考,四曰毕业考。平时各教员按所授各科学,随时命题考问,命笔答、口答或作文引伸其说,按诸生一月学业成绩各定分数,是为学业分数;每至月终各教员统汇一月所授功课命题考试,以判各生之等差,是为月考;由教员列表上呈监督,转呈总办上半年于暑假前由监督会同各教员考试,是为期考;每届年终于放年假前由总办督同监督考试,是为年终考;三年毕业,由总办禀请督抚、将军、都统亲临考试,或派专员会同总办考试,是为毕业考。俟陆军各中学堂设立后,此毕业考应由中学堂派员会考,以便考查各生当否升入中学堂之程度。

二　考法分三种:

一　问答;

二　笔答或命题作文国文、外国文皆须作文;

三　技术问答者,任择一人考问,令其即席应对。笔答者,全班同题缮卷条答,作文准此。技术即操场之演习。

三　考核功课按北宋国学积分法,每题以二十分为最,每项功课若干题,即以若干题分数相加,以若干除之为均分数,各项均分数相加为总分数,再按总分数多寡以定名次。

四　分数有三种:

一　功课分数;

二　技术分数;

三　品行分数。

功课及技术分数,为历次考试各员所定;品行分数由监督与教员学长参合所定。每至月考、期考、年终考、毕业考,必合临场功课技术,平日功课技术,品行各项分数通同核计,惟平日分数不得多于临场分数,务使酌订适宜。

五 考试等第共分五等:

均平计算每课目得十七分至二十分者,为优等;

十三分至十六者,为上等;

九分至十二分者,为中等;

五分至八分者,为下等;

一分至四分者,为劣等。其考下等者,应分别留堂察看,劣等者即令退学。

六 凡教员于平时考问,所问之甲生如不能答,或所答不详,则将原题另试乙生,倘历试数人皆不能答,则教授时或有未明,须再详细讲解,各令笔记。

七 每届月考核定分数后,将诸生本月学业分数取十分之一及本月品行分数通计加入,为月考总分数。除去请假、记过,扣罚分数,按其余分数多寡列名榜示,除因重大事故、疾病不计外,其请假、旷课一次扣一分,记过一次扣二分。

八 每届期考核定分数后,须将前若干次月考总分数取十分之一通计加入,为期考总分数,分别等第,列名榜示。除下、劣等者,分别予限剔退外,其余优、上、中等者,照现考等第发给津贴。

九 每届年终考由总办定期通一年所习功课逐项考试,核定分数后,将本年前次期考及期考后若干次月考各总分数取十分之一,通计加入,为年终考总分数,以次列名榜示。除考下、劣等者,分别予限剔退外,余照现考等第升班。

十 每届毕业考,须前十日牌示讲堂,俾为准备期,前七日一律停课,惟应仍旧按时到堂，由教员监视温习。考毕核定分数后，将前三次年终考各总分数取若干分之一通计加入，为毕业考总分数，以次列名榜示。考优上中等者，发给文凭，照章升入中学堂，并由该管督抚、将军、都统咨明练兵处兵部存案。

十一　每届考期如有因病及他故不能与试者，由学长查明实无规避情节；月考则禀明教员；期考则禀明监督；年终考则由监督禀明总办；毕业考则由总办禀明督抚、将军、都统准其补考。

十二　凡毕业考列下等者，不给文凭，或留堂学习，或即予黜退。如该生材具可期造就，实因病及他故耽误学期以致程度不符者，准由本堂总办禀明督抚、将军、都统予限留学一年，咨明练兵处、兵部存案，倘下届毕业考仍列下等，立即黜退。

十三　凡期考、年终考、毕业考，均须于放假一星期前考毕，俾有余日评定试卷，出榜后即行放假。

学堂经费

一　学堂经费由各省、各旗筹定的款，咨明练兵处、兵部存案。

二　学堂经费分额支、活支两项：堂内薪工、火食杂费等项为额支，初开堂时由本堂总办禀明督抚、将军、都统批准，嗣后按季具领，遇闰照加；建造房屋，购办器物、书籍等项为活支，随时估价禀请批发。

三　学堂如聘优等教员及外国教员，其薪水不能预定限制，应由本堂总办禀请督抚、将军、都统酌夺。

四　堂内教员、学长果其学业优长，教法出众，准由本堂总办禀请督抚、将军、都统于额支项外酌加薪水，以示旌异。

五　各科教员均分正、副、助三等。初到堂时，其学问深浅，教法高下,未能周知,应先予以副、助两等名目,俟经久确验,择其尤者以次推升,副者正之,助者副之。总办视学生之学业为教员之考成,以资旌奖,而免陵躐。

六 各省物价不同,火食、杂费等项亦难一律,兹酌定适中数目,各学堂查照办理,如有应行增减之处,由学堂总办随时禀明督抚、将军、都统转咨练兵、处兵部立案。

七 购置军衣、鞋帽、书籍、仪器、报章、药料、器皿、笔墨、纸张、油烛、薪炭、修理房屋,由学堂总办督饬各员随时撙节,不得稍涉虚糜。

八 无论额支、活支,每届年终,收支委员须将收发款目于封印前分造四柱清册,先将各项凭单、领据、发票、收条核对明晰,连原簿呈总办查核,由总办呈报督抚、将军、都统核销,并咨练兵处、兵部存案。

九 学堂人员支领薪水以每月二十日为定期,由收支委员查照定数,缮册备齐,请提调查阅;总办及各员司薪水派支应司事按名送交;学生津贴由学长按名分发,均以签押盖章为据;夫役工食由收支委员点名分发,发毕将各册簿送呈提调查阅。

谨将拟定陆军小学堂教授规则敬缮清单,恭呈御览。

一 陆军小学堂学生为陆军将校初基,凡军队之强弱,国势之盛衰,皆系乎此,故特标明教授之法,以期宗旨画一,法律精严。其陆军中学堂兵官学堂、大学堂及各项专门学堂,课目虽异而教育之精意则同。

二 教授之道,功课虽分,实则互相维系,本科功课须与各科功课融会贯通,彼此联络,竞求进步,如修身、国文、历史三科一气相承,倘教授各执门户,学说纷歧,反阻学生进步。至如学图画者必通图绘、应用之算学,学地理者先明图上之地形,以此类推。凡各科学皆以互相联属为主,不得专己自是。

三 欲如上项所言互相联属,须于每期开学之初,凡有关教育各员悉心会议,作本期课程大纲表,于每星期第六日由各科正教员会同本科副助教员议定下星期课程细目表,再由监督汇总考核列为一表。各教员阅表即知各科教授范围及其程度,互相参照,旁推交通。如博物学内值有卫生功课,国文及外国文教员随选有关卫生文题以资讲习;又如图画功课须用算法,算学教员随选图画应用算法命题试课,准此类推,则脉注绮交,各科学方轨并进,获益更多。

四 教育二字并行不悖,陆军虽为严重教育,然必使心有余味、身有余力,兴致勃然,方能优游餍饫,不致强人所难。倘求效太速,致各生过伤脑力,或流于疲弱沈滞,即学业优长亦难致用,反失育材本意。

五 各教员须将本科功课合全学期预算时日,按其难易分配均匀,俾始末归于一致,不得畸重畸轻,致失教授秩序。

六 各种功课于教科本书之外,教员旁征曲引,最易浚瀹灵明,诚不可少,但不宜过于繁冗,致令学者迷罔。

七 教员授课时须立于适当地位,使目力能视全堂学生,以便察阅各生领受情形。倘有怠惰而神不属者,应饬其振作精神,教员尤宜志气发扬,举止端正,为诸生法。

八 修身学为尽人立身之桢干,亦为全国立国之精神,教授宗旨必使知有国乃能有家,有家乃能有身,必能修身乃能卫国,而卫国即以卫家,知是则忠孝之心油然自生,而军纪、军秩及军人之职分、志趣皆得其本原,而言之易入矣。修身非可空言,自以经义为主。四书皆圣贤微言大义，尤为伦理之宗，故陆军小学堂修身一科从讲解四书始。特经义渊深，恐非幼生所能领会，是在教员善以浅语演深理，以近事证圣言，令其罕譬而喻其性理。政治精微博大之处，幼生猝难领会，如《大学》、《中庸》、《孟子》第六、第七两卷，余类推，不妨暂行提出，俟入陆军中学堂再行补讲，高等小学堂普设后此条再另拟订。《春秋》、《左传》中多兵家言，晋之杜预、宋之狄青皆通习《左传》而立大功，择要选授，须按当时国情、地理、兵机、邦交详尽指授，将来所用甚远。说经主讲解，不主背诵，讲解之时，教员务为诸生设身处地，知其识解所及，迎机以导，毋得模糊艰涩，令幼生无从了解，尤不得偏重背诵徒伤脑力，国文科准此。说经之时，须将经传中圣贤列为小传，将其时代、邑里、氏族、言行撮要编入并绘像，俾便瞻仰，以动其向慕之心，是条宜与历史教员参酌。古今名将行谊、道德有与经传中相合者，于解授经文时，尤宜反复引证，或绘像以俾瞻仰，尤为精神教育，是条宜与历史教员参酌。

九 国文一科与伦理、历史、地理相为表里，与各科亦均有关系，汉文不通，则各科无从指授，仅通外国文，而不能通译国文亦属无用，且非爱戴本国之心，故国文教员尤宜注重。选读之文，须分别种类：一为诰诫之文，一为论事之文，一为记事之文，一为记事兼论事之文，此用处最多。数者皆足为日后军中各项文牍论议之根底，须精择善本，分类选授历朝古文约十之三，国朝文约十之七，而国朝文又于道光朝以前者选十之三，近六十年者选十之七。盖时局所关、文格所在，愈近则愈裨实用，原非令作古文专家也。胡文忠读史兵略一书，亦可别择选读，俾知古人叙述兵事之法。讲授之法：每讲一文，先将作者所处时代暨其所值境地并生平、行谊陈说大概，再将本文宗旨所在，指出主脑，令该生等笔记以为纲领；次乃就文论文，画分段落，无论篇幅长短皆有段落于其衔接转折处须加意指点，以明文法；次将文内字句中稍生者提出解释；末将全文起处、转处、直叙处、反言处、立议处、提挈处、补叙处，归纳指示，则学者知识易于会通。试验之法：势难每日每人考问，不如文俗互演以所授文言，令其演作；俗语或编俗语一道，令其易以文言，此于学者国文程度最易洞澈。作文以简而能达为主，乃合军人文格。有时于所习各科学及游览所得自有感触，任令作文呈教员评阅，以广其趣。至教员试课亦宜取其所已习之经义、历史、地理、博物中采择命题，以与各科学联络国文所以为各科学枢纽，而以议论记、叙等体分别轮课，以区门径而立应用文之基。

十 历史、地理两科讲授得宜，最动幼年生之情感。讲授历史时，指授本国古今圣贤豪杰，志士仁人开物成务之功乃有今日，则该生必生爱同国种类之思。讲授地理时，指示本国幅员之广大，山河之雄伟，出产之丰腴，人民之栖托，当日开辟之艰难，今日保存之不易，则该生必生爱本国土地之思。此全赖教员于授课时淋漓痛切，慷慨发明，非笔墨所能及，是谓精神教育之第一义。次则将四千余年来历朝统绪分出段落，使知时代递嬗及治乱兴衰之大概，务期简括明了。本国地理则以山岭枝干，江河流域为经；城邑方向，户口物产，关津阨塞，省界、府界为纬，间说沿革以资读史，旁及轮船、铁道、商埠、侵地以明时局。其外国历史，各国舆地亦准此指授。历史、舆地自非博文强记不明，然究须于大节目处着意，其过涉繁琐无当实用者，不得苛责记诵，致伤该生等脑力。

十一 外国文一科，以目前学堂功课论，与国文、算学、外国历史、外国地理皆有关系，以日后军队致用论，实为研究各国军政、军略及分驻各国，考求陆军之根底，故国文以外，则外国文一科实为各科枢纽。教授外国文，初步拼音习字，后教单字单语，即应参教文法，并以国文参互比照，三面兼营，得收事半功倍之效。此在教员不惮烦劳，尤必国文、外国文通莹透澈，热心教育，乃胜此任。

查本国所教英文，多袭用英人教印度课本，程度最下，宗旨亦殊，往往教授数年而不能致用，谬种相传，最误初学。今须力祛此弊，别编课本，不得已或取日本陆军学校外国文课本变通酌用，或调取上海震旦学院课本参用，犹为此善于彼，是为外国文科第一义。外国文一科，意在吸收外国之英华，补益国人之知识，非有所偏重而别树一帜也。教员授外国文时，其中人名、地名及一切名目、名词须示学生，以此种名目、名词即中国文中之某种名目、名词；外国之时代、年月即本国之某时代年月；外国之学问、宗派与中国之某学问、宗派最近，以及典章文物，俗谚单词，凡可以中外对勘者，均分别同异、互证参观，乃能翕纳外腴，交融内美，否则食而不化，转滋中满之病。陆军外国文应以日文、德文为主，英文、法文、俄文为辅，俟开堂分课届时酌定。

十二 算学、格致、图画书三科，算数之加、减、乘、除，有形各物之模型标本，图画之几何比例，三者盖相为表里。中以算学、图画最关军用，而格致次之，然于军事、卫生、工程、马政及军中应用理化皆有关系，故三者均为陆军必要之学科。

算学分理、法两种，几何以明其理，算数以阐其法。几何非绘图立说不明，算数诸法非演草不熟。二者互相为用，几何之理明则角度光线诸蕴迎刃而解,图画之法亦思过半矣。至行军图,比例之法,军用记号诸名目,均宜随时指示,能通加减乘除诸生皆可演习。算学、图画两科,与地理科内地形一门关系尤重,是三科教员宜将授课程途互商参订。格致条目最繁,宜取与陆军有关系者,择要指授。其中植物、动物两门,于卫生、工程有益,且于形相画,亦得体物浏亮之乐,以永其天趣,并足为几何图活泼之资。

十三 以上言各科教授之法规矩、程途已得概略,神而明之,存乎其人。总之,教员能尽一分之精神,学生自得一分之进益,而学堂、学业之高下,尤视教员学问之浅深为断,陶之有模,金之出冶,不可强也,切望各教员深体此意。

十四 各教员授课之时,须念本学堂所教者系属幼生,且属储备陆军将校之幼生,尤为我中国储备陆军将校之幼生,如此三者斯宗旨不移。今日学堂内教育之精神,即异日军队中陆军之精神,切望本学堂各教员深体此意,尤望陆军各等学堂教员共体此意。

谨将拟定陆军小学堂学长规则敬缮清单,恭呈御览。

一 学长为学生领袖,应督率诸生遵守章程规则,传达命令,学生有过,应随时劝戒,如屡戒不改,则据情禀知上官酌夺。

二 每日闻晨起号后,应督令所管学生即时兴起,按所定时刻查验斋室曾否打扫洁净整齐。

三 值日官赴斋室点名时,学长预令本斋学生齐集院内,站队自立排前,俟点名员到先发立正之令,次报实在人数及有病请假者若干,然后随同查视。

四 每赴讲堂操场、自习室、饭厅时,学长须令学生齐集院内,站队查看，军装衣服等件一律整齐，然后带领前往。有请假者，上讲堂则通知教员上操场，则通知值日官长。倘有无故不到者，即行禀知上官裁酌惩罚。

五 凡不值日，学长须带同所管学生一律入堂，默查各生兼体会教导法以增阅历，不时巡视自习室。其请假有病，各生并宜分别详报。

六 自习室内书籍、器具，责成学长监视，令各生加意爱惜。

七 擦拭军械，修理物件原有定地，责成该管学长查看，各生不得随意移易，致增污秽。

八 考试时责成学长各带本斋学生整队前往，听点领卷并宜预备纸张，以候发给。

九 颁发物件，学长代本斋学生领取分发，如有应换等件，即时查明情由，列单送呈，提调核夺办理。

十 本斋学生因事请假，或欲有所陈说，须查明情由，转达值日教员。

十一 本斋学生因病或因事请假出堂，学长须代收其军装、物件，逾十日则代交库房暂存。

十二 本斋学生赴医官处验病时，须带同前往，如学生在室猝然患病，应亲往询明情由，知会医官诊视。

十三 晚间自习室点名，须先往料理至学生入寝室时就寝止灯，亦宜按时巡察。

十四 本斋学生遇星期出外者，须令在院站队查看衣履，均宜一律整洁，否则再令整理，并将出外人数知会值日教员。

十五 在假期之内住堂学生拟外出者，须带领该生赴值日教员处领取出外名牌，归时收其名牌转交值日教员。

十六 本斋学生有应予惩罚者，须带往监督处听候罚令。罚期已满，仍带赴监督处禀陈悔词。

十七　值日学长除带全堂学生赴操场外，宜常在值日房内，其本日事件须遵值日教员及各上官命令切实奉行。上官有命应传达者，即时传与不值日各学长，俾示各生周知。

十八　教员将到操场距队伍二十步内外时，值日学长须令各生立正，然后趋前报明原有人数、有病及请假不到人数并现在人数，敬候命令。

十九　每届点验官发各物时，学长须先行查视各物陈设如式，候点验官至，先令学生立正，再报告原有及假病现在人数，随同查视。

谨将拟定陆军小学堂学生规则敬缮清单，恭呈御览。

训　言

一　诸生应知今日世界竞存之世界也，强者存、弱者亡，其理至明，其势至亟欲转弱而为强，惟有尚武一策，盖非武无以立国，非武无以立家，非武无以立身，但武而不学无以增智识而变气质，诸生各宜潜心肄习，以为立国、立家、立身之基，扬光荣于世界。

二　诸生他日之将校也，将校实国家之屏藩，军队之桢干，军队强弱即国家盛衰所系，责任极重，名誉极新，尊诸生以藐焉之，躬何幸得于此选，则必精心向学，使己身实足膺此重任，方为称职。学业虽美，倘无精神，不足以发挥之精神者，何忠节、礼度、信义、武勇、朴诚之所发现者也？诸生今日悬此为的，期于身体力行，则他日之成就远矣。

三　服从军纪之根本也，玩忽号令兵家最忌，故长上命令非惟实力奉行，且须领会意旨。至于横生议论，紊乱秩序，是为犯上乃军纪之罪人,法律所决不容者也,即己心以为不合,亦必奉行,后方许婉陈候夺。

四 该管上官应知尊敬也,朝廷设官层层节制,有职任即有等差,有等差即有秩序,秩序所在,名分存焉。名分者,朝廷所以别尊卑定上下者也。记曰在官,言官凡为上官者,无论其人何如,但使分居吾上则皆当致其恭顺之心,尊崇之意,盖敬上官即所以重名分而尊朝廷。侮上官即所以斁彝伦而违制度一念。敬肆之分,即人品邪正所判,故孔子大圣其在朝与上大夫言犹訚訚然而致其敬,至圣之躬行如此,况在寻常之人乎!彼倡为平等自由,诸邪说者皆坏法乱纪之流为名教所不容,圣贤所必斥者也,诸生志学伊始务于此正其闲焉。

五 一人名誉,全堂之名誉也。诸生今日同学,他日同袍,其情至亲,其谊至重,故必互相劝戒,以全公德。倘有动乖礼法者,当以温和婉曲之词达其直谅忠款之意,若百喻不改,则立时陈告上官,无容代讳,俾小惩大戒无负忠告初心。倘或意图倾轧,诬道陷人,此市井无赖之所为,非所望于诸生矣。

轨　范

一 学生无论何时闻有号音或师长传呼,即须振刷精神,整理衣冠,携取应带杂物,迅往斋院站队,听候续发命令。

二 学长有传布上令,转达下情之责,于学生亦有师长名分,各生务宜听其约束,不可违拗。

三 旧生当为新生模范,须互相砥砺,以端学风。如有过失,婉转开喻,俟其悔悟。如终不听,则申告学长,不得徇私包庇,亦不得肆意凌侮,有失劝善之道。

四　学生妄议时政，私著邪说，结党聚会，赌博酗酒及其余违犯学规，妨害军纪者，一概严禁。

五　由堂发给或借给之物件，不准转借他人。倘有故意遗失、毁损者，应责令本人赔偿。

六　新闻报纸，闲书杂志及所用等物，非学堂例所允准者，概不准携带入室。

七　学生禁止吃烟、酒及借贷财物等事。

八　学生虽休息时，不得于奉禁勿入之处任意行走，非蒙允许亦不得至他人自习室行走。

九　学生有犯下开等项者令其退学：

一　内外场功课永无进益；

二　紊乱军纪，屡戒弗悛；

三　品行不端，造言生事；

四　伤夷疾病，不耐劳苦；

五　毕业考试分数不足。

以上等项，俱由总办临时传聚监督教员等会议责令退学。

讲　堂

一　凡上讲堂，须按一定时刻，坐位不可紊乱。

二　上讲堂时，除笔墨纸张，非经教员特许之物，不得携入。

三　教员上下讲堂，各生均遵学长口令立正。

四　在讲堂均面向教员，端坐默听，不得与同坐交谈，隔坐偶语，及一切倦怠之状，其饮茶、吸烟等事尤所必禁。

五　在堂欲有进问之事，应起立面向教员致声请益，俟教员问及乃敬抒所见，虚心质问，言词须简明，声音须洪亮不，可稍有惰慢之形。若教员无暇顾及或论说未毕,不得遽行儳言,教员有问则起立以对。

六 在堂内各生不得擅自离坐,如有实不得已之事,必先禀明教员。

七 除正课本外,每人另给手簿一本,将功课名目、自己姓名、在堂年月、开用月日,按照定式逐行载明,此簿不得损失及减少篇数。

八 讲堂宜肃静,惟国文、外国文功课不能默诵者由教员指许,方准高声诵读。

九 学生出入讲堂必将应用杂物携带整齐,按次鱼贯而行,不准争前落后,致乖秩序。

十 教员不在讲堂,不得私取白粉在黑板任意涂写。

操 场

一 操场宜遵军律,敬听教员号令,不得笑语喧哗,参差乱队。

二 课暇之时,如有自赴器械体操场演习者,至少亦须三人同往以便更番习练,互相保持,以防不虞,严禁戏侮,恐吓诸习。

三 体操为陆军初步,非有伤病实据不准托故规避。

自 习

一 自习室理应肃静,除国文、外国文功课外,有时浏览诸书只宜默诵,尤不得狂谈笑谑聚语喧哗。

二 在自习限内,不得擅往他处。

三 自习室内不准携带食物及游戏之具,至应用对象,非上官允准亦不得任意持入。

四 自习室内所备图画不准移至坐侧。

五 离自习室时,桌上器具、书籍等项安置原所,不得杂乱。

考 试

一 考试分数每题以二十分为最优，每项功课均平分数亦以二十分为度，各项功课总分数照章计算。如有不及全分五分之一者，例应斥退。

二 平日有记过者，照章减分；记功者，加分。每记过一次减二分，记功一次，加二分。除重大事故、疾病外，其余请假、旷课一次减一分。

三 考试时如有偷看邻卷及私行怀挟者，查出扣分。

礼 节

一 每逢元旦及恭逢皇太后万寿、皇上万寿、至先师孔子诞日，均宜随同总办衣冠赴礼堂，行三跪九叩礼。

二 每届新正〔生〕开学、岁终散学，均宜随同总办衣冠诣先师孔子位前行三跪九叩礼。

三 每届元旦及初次开学，均宜对总办、监督、提调、教员、学长于礼堂，公同行三叩礼。其余等员行请安礼，平常开学、散学及端午、中秋节，则概行请安礼。

四 凡寻常礼仪均仿陆军体制。

五 凡在讲堂及自习室长官来往，各生须听教员、学长号令行礼，如有问答，则不论何处，均宜自行起立致敬。

六 在操场如遇长官来时，应听教员之令行礼。

七 长官如赴斋室内学生先望见者，应传立正令，在室各生均行立正礼，途遇本堂官长，不问编队与否，均按军规行礼。

斋　　室

一　每日闻晨起号，速离卧榻，着定服装，听候点名。有病者，申告学长。

二　点名后即收拾卧具，开窗透风。

三　斋室每日由斋夫洒扫，如污秽不净，可随时报告学长。堂内各处不得涂抹毁损，草木不得攀折，楼窗内外不得晒衣弃物。

四　睡床及一切器具、衣物，皆有一定安放之处，不得擅行移置。

五　擦拭军械，修理物件，盥漱沐浴，薙发辫发，晒晾衣被，皆有定所，不得失次。

六　休息时不准喧呼嚣杂，就寝后应一律肃静，不得闲谈。

饭　　厅

一　闻饭号须随同学长整队前往，入座以后不得高声谈笑，有妨纪律。

二　不得自备碗箸，私添肴馔，装饭一切均须自行动作。

三　食品不洁及失调等事，应即刻告知值日学长，或同座官长查看，惩办不得肆意谩骂，及有碎碗掷菜等事致失名誉，犯者应分别惩处。

四　有疾不能赴饭厅者，由医官饬令厨役择相宜膳菜送至斋室。

请　　假

一　有事请假应先知会本斋学长，转请监督核夺。因事请假出堂者，须有确实凭据方能核准。

二　除治丧、完婚、父母病笃及放假期内，不准请假回籍。准假者量予期限，令依限回堂。逾限五分之一，即退黜追缴学费。实因道路阻滞，疾病耽延，逾限退黜者免缴学费。其因亲病请假者，如届期不愈，准酌展期限。

三　有病则由本斋学长带赴医官处诊视，应给假者予以病单，呈请监督批准。病重避风者，须将情由报知医官赴该生斋室就诊，随即妥送病院。

四　凡假满回斋之后，须询问同学有无新发命令。

病　院

一　在病院内应听医官指示，禁条切不可犯。

二　如系传染重大等症，须另室调养。距家较近，或有至近亲友欲出堂调养者，由其家属亲友呈递状单，亦准出堂调养。

三　有病者虽能行动，非由医官允准不许外出。

四　同学有病，准各生禀明学长入院探视。惟同行不得邀合多人，如有患传染病者，则禁止探视。

五　堂外亲朋亦准入院探视，惟须禀明值日教员，然后带入。如系传染之病，即当告知免视，其必欲探视者听。

客　厅

一　凡在讲堂、操场时刻内，不准会客。

二　不得违章在斋室会客及擅引来客入他处游览。

三　客厅不准留客用饭。

四　客厅派役预备茶水，如有怠慢，准禀值日教员究办。

五　客厅张挂功课时刻单，俾来客一望即知有无闲暇。

六　凡有客到门役须问明姓名、住处，登入会客簿内，索取名片，随时通报，学生如不在室告知该号斋夫询问所在，非在功课时间听其出会,其会客簿逐日呈监督检阅。

服　物

一　服物以整洁为主,衣裤鞋帽等件均禁污垢,解纽袒胸及一切放荡形状,尤军规所严禁。

二　便服以整洁为主,不准华丽以昭诚朴。

三　平素操演及堂内受业,均着前一次所发之旧衣。

四　考试及出外时不得有违学堂制定之服。

五　服装损破应随时修缀,如敞坏过甚,可呈交学长发工修缀。

六　凡晒服物傍晚即收,不可怠忽。

七　每星期早饭后,应将各项军器及一切服装整理完毕,以备查验。

八　所发服物原有额数应加意整理,如有损失,酌令赔偿。

九　凡养病各生不能整理自己服物者,同房生须代为料理,以尽朋友之义。如为日过久,则代为点交学长收存。请假生须将公家服物点交学长,回时再领。

书　籍

一　学生借阅书籍,须将所借书名、本数及本生姓名、借书月日开单呈请,值日学长代领,每月终前一日交还,下月朔日再借。

二　所借书籍不得转借,亦不得擅加批注。

三　所借书籍如原有损缺,须检记篇数,远行申告。

出　入

一　学生除年假、暑假及有故请假外,每星期日及端午、中秋并恭逢皇太后万寿、皇上万寿,圣节均可于朝食后外出,夕食前回堂,不得违误。

二 学生有过，或考下等，由教员令其补习功课者，虽值星期，亦不得出堂。

三 每出外应知会学长赴值日教员处领取名牌。星期外出，除停止出堂者，所有各生名牌均由本斋学长领出，检查分发。

四 暑假年假之内，准各生回籍，惟开学三日以前均须回堂。

五 课余、晚饭之后，准各生于指定处所随意游览，惟自习一刻钟以前均须回堂。

●●练兵大臣奏拟订贵胄学堂章程折

上年十二月间出使大臣梁诚片奏："请选王公子弟入陆军学堂肄习，当经臣等议覆，以现在更新军制讲求肄习，允宜始自贵近，拟设立贵胄学堂一所，专为王公大臣子弟肄武之区。其开办章程俟拟定再行具奏"等因，奏蒙俞允在案。臣等谨悉心拟订，约分六大纲：曰总则，曰职掌，曰规条，曰课程，曰考试，曰经费，各依门类系以子目附列课程表作为《试办章程暂》，拟就神机营旧署改建讲堂学舍，俾得克期举办，并恳恩赏宏敞官所以为逐渐扩充之地，现拟各条内如有应行变通修改之处，开办后察看情形，随时酌核具奏。抑臣等更有请者，讲求兵学乃图强本务，四方观听视贵族之趋向为转移。溯维开国之初，底定寰宇，总征讨领禁卫者皆诸王贝勒及勋戚大臣，伟烈丰功光昭史册。现在朝廷振兴武备，特设贵胄学堂，此次筹议举行必须名实相符，方足以收明效。该王公大臣等近抚时艰，远怀先绩，亟应各遣子弟投考入学，勿怀观望，并宜父诏兄勉，使其刻厉奋发，以绍砺山带河之勋，而备折冲御侮之资。拟请特降明纶诫谕宣示，俾知劝励，且令天下咸知。勋华贵胄尚皆身入学堂亲习，士伍则风声所播，薄流景从振尚武之精神，储干城之材俊胥在是矣。谨将所拟章程缮单呈览，恭候钦定奉旨后，即由臣等咨行宗人府、神机营及各部院衙门一体遵照，谨奏，请旨。光绪三十一年九月二十一日奉旨：依议，钦此。

谨将拟定陆军贵胄学堂试办章程敬缮清单，恭呈御览。

学堂总则

一 陆军贵胄学堂设于京师，隶于练兵处，专考收王公世爵暨四品以上宗室，现任二品以上京外满汉文武大员之聪颖子弟，教以普通学术及陆军初级军事学，并入军队观览学习统计，学期以五年为毕业。

二 王公世爵等各将子弟于奉谕旨三个月期限内，王公世爵用汉文，现任满员用旗文，汉员用咨，并开具简明履历，送呈练兵处注册，听候订期遴选。

三 王公世爵等呈送子弟，如逾三个月期限或延至开学以后者，概不录取。

四 遴选学生以体质强健，文理通顺，并无暗疾嗜好，年岁在十八岁以上、二十五岁以下者为合格。其王公世爵子弟中间有文理不能及格而体质尚与军人格式相符，可酌量从宽录取，令其补习汉文一年，然后随班肄业。如资质过钝与全无补习汉文之望者，临时剔退。

五 学生额数遴选时权取一百六十名，俟入学三个月后严行甄别一次，酌留一百二十名为定额。

六 权取之一百六十名学生，须遵照练兵处临时颁订之入学章程同时会齐入学，不得参差到堂，致与教法有碍。

七 定额学生分为三班，每班四十名，各设讲堂，一律讲授功课。如名数不及定额，或须逾额溢收，俟临时酌量再行核议。

八 学生在堂内无论何项官职，均须恪遵学堂随时奏定堂规、礼节，如有违背堂规及乖错礼节等情，当按所犯重轻照章核办。

九 年长不合定格，与充当差使之王公世爵虽碍难入堂受学而情殷尚武、志切从戎者，自应俟开学后，体察情形，随时另订专章，奏请入堂听讲，以示优遇之意。

十 学生入堂后，应用笔墨、纸张、课本、军衣、饮食等项经费，均由学堂一体支发。

十一 学生五年毕业大考，考例优、上、中三等者，应分别发往新军学习。初级军官职务四个月期满后，由所隶新军统将出具切实考语，送交练兵处考验，分别等次，发给执照，并由练兵处开单奏请带领引见。原有世爵官阶者听候录用，无官阶者分别优予出身，以示鼓励。其有考列下等者，应选择尚堪造就之员酌留再习一年，余均退学，酌留再习者，如来岁复考下等，亦即退学。

十二 在学堂肄业已及二年，暨屡考优等，并大考毕业，各学生如有愿赴外洋学习陆军与入陆军别项专门学堂研究高等学问者，应由练兵处分别考验遴选合格，奏明咨送。

十三 学堂开办五年期满后，如确办有成效，凡在事出力人员，应由练兵处择尤请奖。

十四 此项试办章程系按照现在情形变通酌定，俟将来各等陆军学堂一律开设完备后，应由练兵处随时修改增定，奏明办理。

官员职掌

一 此堂关系綦重，在事各员必须熟谙学务，明悉时事，忠诚练达者方可派充堂内。应设总办一员，监督一员，提调一员，普通学正副教员，共六员；兵学教员三员第三学期内临时聘请正医官一员，副医官二员，教员兼翻译三员，汉文正副教员各二员，斋长六员，学生一百二十名，文案一员，收支委员一员，支应司事二员，司书兼刷印五名，医兵四名，号兵二名，差役三名，门丁夫役约四十名。如考收学生不及一百二十名，则教员以下人等均须酌减。

二 全堂事宜均归练兵处王大臣督理，设总办一员，专司其事。凡经理学务，奖劝学生，管辖在堂人员皆其责任，俟现拟章程奉旨后，即由练兵处开列素谙武学大员衔名，奏请简派，以昭郑重，仍由练兵处王大臣随时考核。其章程内遇有应行变通之处，并督同总办筹议奏明办理。

三 监督用资深学粹，确有阅历之陆军学生中选派，专司核定功课，考查学生及挂号请假等事，并教授功课以补教员之不足。

四 提调由通晓兵学教育人员内选派，经理全堂庶务及约束夫役，修造、购办等事。凡用款较多者，须估价开单，禀请总办核夺办理。

五 教员专司教授功课，考查学生。普通学教员由优等师范学堂毕业生，或有专门学业人员中选派；兵学教员暂时聘用外国品端学粹之员；正副医官由北洋军医学堂精通中西医学人员中选派；教员兼翻译由出洋毕业生中选派。

六 斋长择宗室及旗汉人员老成练达、明白教育者派充。每员管学生二十名。除讲堂、操场外，凡学生在自习室、斋舍及疾病、事故并请假、出门，皆由该员监察，随时呈报监督。如遇紧要事件，禀承监督办理。

七 文案专司往来文牍及会议时记录等事。

八 收支委员专管出入帐目，及堂内人员薪公饷项一切帐目，均须按月、按年呈堂考核，不准有借支拖欠等事。

九 支应司事专管购买物件，备办伙食，并收发器具及操衣靴帽等件。

十 司书归文案管辖，专司抄录等事。印刷归监督管辖，掌誊写印刷之事。

学堂条规

一 学生到堂后应归堂内各员管辖，在讲堂、操场听教员教授，在自习室、斋舍听斋长监察，在饭厅随同食各员出入。

二 学生均应住堂，每遇星期准其回府、回宅一日，此外不得率行请假，惟兼有差使者，临时察看情形，酌量办理。

三 堂内各生均宜以正大恂谨互相勉励。如有听信异说，邪僻乖张，有违礼法圣教者，立予退学。

四 学内办事各员及中外教员皆应遵守总办命令。如有违背章程或学不胜任者，随时撤退。

五 总办命令凡有关于功课者，交监督办理；凡涉于杂项者，交提调办理。均由文案书于堂谕簿内，传知该管等员盖章佥押，遵即办理。倘有贻误，即惟该管员是问。

六 凡堂内员生，均着军服，其便服等项一概不准携用。

七 入堂、出操均依号令，届时各生携带应用之书籍、课本、器械等件，依限前往，不得有逾定刻。

八 学生除星期例假外，不得无故请假。如有必须请假事故，禀呈总办临时查照定例变通办理。

九 各员生不得在堂内饮酒、宴会并不得私相馈遗。

十 堂内设讲堂两所,专备教授功课;操场一所,专备教授操法;自习室两所;专备温习功课;斋舍数所,备各生住宿;总办办公房一所,各员办公房各一所,医室一所,养病室一所。

十一 堂内设会议厅一所,每届星期第六、日,各员遵照临时酌定时刻到厅会议堂内应办各事。如有临时会议,应由总办核定随时传集。

十二 堂内设值日厅一所,自提调以下除司事司书外,各员均须轮流值日,管理堂内一切事宜,当值者以二十四点钟为定限。

十三 堂内设会客厅三所,总办以下员生,凡值办公授课时,均不得会见宾客。有欲入堂观览者,勿论中外何项人等,均须于前日知会值日员,以便从优接待。凡临时申请者概不准行。

十四 堂内设饭厅一所,总办以下各员生除因操或因公外出不计外,余均同到饭厅共餐膳食。

十五 早午晚三餐俱有定时,各员生除因操或因公外出不计外,余均按时赴餐,不得擅逾晷刻。

十六 堂内设行礼厅一所,每届元旦、开学、放学、皇太后万寿、皇上万寿、孔子诞日,由总办带领各员生诣厅行礼,以明尊君、尊师之义。

十七 堂内斋室依次编号,每斋门首钉木牌一方,载明本斋诸生姓名。

十八 堂内各屋所用器具,按数编号登记册内,每屋贴单注明器具数目,每月由提调督同收支委员查验一次。

十九 堂内夫役按地派定,各执其事,发给号衣以凭识别。每星期第六、日,由提调派并点验一次,以免紊乱。

二十　办事各员在堂只准带跟丁一名，各发腰牌一面以便查考。倘有过犯，即照堂内夫役惩办。学生备有斋夫伺候周到，不得自带跟仆入堂。

二十一　每年各学生起居饮食等项，由学堂随时酌订时刻，饬令在堂各生一律遵守。

二十二　堂门启闭宜有定时，查齐之后大门上锁，钥匙交值日员收管，非因公事不得启门。

二十三　管理员均宜随时、随处饬夫役扫除房屋、院宇以避疫疠。

二十四　每逢星期日及端午、中秋、冬至各节，皇太后万寿、皇上万寿、孔子诞日，各放假一日，年假约二十一日以内，暑假约二十一日以内。

二十五　学生有病，应由学堂所设医官诊验分别留堂疗治。如时久不能应课、应操者酌送回府、回宅以资调养。

二十六　藏书楼、军械库、马厩等项，补办之初暂不建设，嗣后察酌情形次第创举。惟教育人员应用参考中西图书典籍与授课相关之器械品物，择要购备。

二十七　学生记功条目，略举如下：

一　恪守堂规始终如一者，记大功。

二　服从命令，诚实不欺者，记大功。

三　学业优异、品行端正者，记大功。

四　见理真确，不惑异说者，记大功。

五　束身自好，屏绝浮嚣者，记大功。

六　劝善规过，协和同学者，记大功。

七　勤谨向学，精进不已者，记功。

八　缄默寡言，实心任事者，记功。

九 趋向正大,不偏不倚者,记功。

十 愿惜身名,率履谨饬者,记功。

如有与以上各条相反者,应酌量分别记过。其屡记大过,与记过多次,而学业无精进之望者,立即退学。

二十八 其余管理细目,应照学务处奏定《堂章程内管理通则》,变通办理。

功课程限

一 本堂功课程限总计五年,汇分四期。

习普通学三年,为第一期;

入军队历练专科两个月,为第二期;

习军事学一年半,为第三期;

入军队历练各科军官职责,为第四期。

第一、第三两期内,功课程限分别列表罗记概要,按期授课以培其体;第二、第四两期入队历练,所有功课程限临时另订专章,颁给施行,以致其用。

二 每年自开学后至暑假前,为前期;自暑假后至年假前,为后期;每七日为一星期。按课目之缓急,订授受之先后。普通学第一年每日平均授课五点钟,第二年每日平均授课六点钟,第三年每日平均授课七点钟。是虽逐年递加,亦可随时酌改,以臻美备。

三 第一、第三两期功课表内所订钟次,均指在讲堂暨操场而言,其余均在自习室复习。在讲堂所授功课、自习钟次,随时厘定,颁示遵行。

四 各项功课每学期所授项数及每期所习次数,原可彼此增减,前后挪移,惟至毕业时须符所限程度为准。

普通学课程限概定表

第一期第一年课目	每日授课次数	每星期平均授课次数	每年平均总计授课次数
伦理	一次	一次	四十次
汉文	一次或二次	三次	一百次
中外历史	一次	三次	八十次
地舆	一次	二次	八十次
算学	一次或二次	四次	一百次
外国文	随时酌定	五次	二百零五次
格物	一次	一次	四十次
中外政治摘要	一次	二次	六十次
画图	一次	一次	四十次
兵学	随时酌定	四次	一百六十次
操练	随时酌定	四次	一百六十次

总计 每日平均授课五次,即授课五点钟。每星期平均授课三十次,即授课三十点钟。每年平均授课一千零六十五次,即授课一千零六十五点钟。

观览科目	时季	概定日数
观览工厂	春季	约五日
观览各等文学堂	夏季	约五日
观览军队	秋季	约十日
随观秋操	冬季	约十日

附 记

一 每年三百六十日,本表所订授课日数除月考不计时日外,期考约十日;年终考约十日;皇太后、皇上万寿圣节、孔子诞日、冬至、端午、中秋,各放假一日,计六日;暑假二十一日,年假二十一日,全年星期休学假共五十一日,总计九十七日;观览科目概定日数三十日,统计一百四十九日,在堂授课日数实得二百一十一日。

二 每日授课次数,每一次约一点计算,第一年每日平均授课五次,即每日平均授课五点钟。

三 训诫一门不列入课目之内,应由监督教员随时讲解。

四 闰年按照点次核加。

五 本表所定各课目授课次数可随时增减。

第一期第二年课目	每日平均授课次数	每星期平均授课次数	每年平均总计授课次数
伦理	一次	二次	六十次
汉文	二次	四次	一百五十次
中外历史	一次	三次	六十次
地舆	一次	二次	六十次
算学	一次	四次	一百六十次
外国文	一次	六次	二百四十次
格物	一次	一次	五十次
中外政治摘要	一次	一次	六十八次
画图	一次	一次	四十次
兵学	随时酌定	六次	一百九十次
操练	随时酌定	六次	二百次

总计 每日平均授课六次,即授课六点钟 每星期平均授课三十六次,即三十六点钟。每年平均授课一千二百七十八次,即授课一千二百七十八点钟。

观览科目	时季	概定日数
观览警务学堂	春季	约五日
观览陆军各等学堂	夏季	约五日
观览军队	秋季	约十日
随观秋操	冬季	约十日

附　记

一　与第一年程限定表第一条同。

二　每日授课次数，每一次约一钟计算，第二年每日平均授课六次，即每日平均授课六点钟。

三　三、四、五与第一年程限概定表第三、第四、第五各条同。

第一期第三年课目	每日平均授课次数	每星期平均授课次数	每年平均总计授课次数
伦理	一次	一次	六十次
汉文	二次	四次	一百六十次
中外历史	一次	二次	八十次
地舆	一次	三次	九十五次
算学	二次	六次	一百五十次
外国文	二次	八次	二百五十次
格物	一次	一次	六十次
中外政治摘要	一次	一次	七十五次
画图	一次	一次	六十次
兵学	随时酌定	七次	二百五十次
操练	随时酌定	八次	二百五十次

总计　每日平均授课七次即授课七点钟，每星期平均授课四十二次，即授课四十二点钟。每年平均授课一千四百九十次，即授课一千四百九十点钟。

观览科目	时季	概定日数
观览炮台	春季	约五日
观览兵舰	夏季	约五日
随军旅行	秋季	约十日
随观大操	冬季	约十日

附 记

一 与第一年程限概定表第一条同。

二 每日授课次数每一次约一钟计算，第三年每日平均授课七次即每日平均授课七点钟。

三 三、四、五与第一年程限概定表第三、第四、第五各条同。

军事学课程概定表

第三期课目	全期授课次数约计
战术	二百次
军制	五十次
军器	一百五十次
工程	一百五十次
地形	七十次
马学	三十五次
卫生	三十五次
外国文	二百五十次
操练	三百次
总计	一千二百四十次
春季测图	二十一日
秋季测图	二十一日
战术旅行	二十一日
总计	六十三日

附 记

一 本表功课次数系按一年半五百四十日厘定，内除三次期考共三十日，年终考十日，毕业大考准备十五日，大考十五日，暑假廿一日，年假廿一日，皇太后、皇上万寿圣节，孔子诞日，冬至、端午两次，中秋一次，放共七日，全期星期休学假七十八日；测图、战术、旅行共六十三日，总计二百六十日，实得二百八十日为授课日数。

二　各兵科典令教范不另定钟次，随时由监督酌量讲授。

三　本表概定钟次可随时增减修改。

四　每星期所授各课目次数，统由总办临时先期核定。

第一期教授课程表

课目	第一年	第二年	第三年
一 伦理	讲授经传及中西先哲嘉言懿行之有益军人者	同上	同上
二 汉文	讲文、读文、作文、满文、蒙文，随时酌定	同上	同上及军用文告
三 历史	本朝掌故，武功一类，东西各国历史概略	同上	同上
四 地舆	世界大势，本国山川形势，省界，府界	本国要塞，航路，商埠，电线， 铁路，户口，物产，历代沿革大略	亚欧美各国山川、形势、航 路、钱道、电线并其各属地
五 算学	整数 小数 分数各项加减乘除几何初步	比例 开方 代数 平面 几何	代数 三角分线 各体形
六 外国文日德之一	拼音、习字、单字、单语、文法	文法、会话、作文、读书互译	同上
七 格物	动物、植物、生理卫生	同上及声光电磁学	无机化学、地质矿物
八 画图	画图、器具用法 各种图号、比例尺	做画成图、缩放成图、仪器用法	实地测绘、形相画法

第一期训练课程表

一	训诫	本堂规则、军人职分、军纪、军礼	军人志操、军人威仪	同上
二	兵学	讲授练兵上谕,军制大要,军队内务摘要,步兵练法	补习第一年课陆军各学堂编制大概,野操要务,射系教范摘要	补习第二年课陆军刑法及惩罚令摘要,红十字会条约大意
三	操练	单人操练,实操军礼,空手体操,成排步操	器械体操,步枪用法,成队步操,练习打靶,练习口令	补习第二年年课,各式体操,卫兵勤务,步兵工程,系刺法,估量距离

第三期军事学课程表

	课目	前期	中期	后期
				前中两期约各二十星期,后期约十星期。
一	战术	战术大义,各种队应用战术,各种队联合战术,战术沿革史	行军、驻军、警戒、侦查战斗各要法,区地战述,近世战史,兵棋	补习中期功课 军食、军服、刍秣之储备
二	军制	本国军制沿革,军用文牍,平时、战时编制之异同	各国海陆军编制,各国征兵制略,各国补充法	各国军需大概,各国动员筹策
三	军器	军器大义,新旧军械比较,军用化学,军械制造大概	弹药制造大概,弹药性质,枪炮弹各种飞路,随械各件	补习中期功课,各种军器保存要义
四	工程	军事工程大义,各沟垒筑造法	要塞工程大义,因地防御工程,桥梁道路工程	各项破坏法
五	地形	地形大义,各种队便利地形	大军应用地形,各种急用测绘法	补习中期功课
六	马学	马体各部名目,马体各部构结原理	刍秣、厩牧、蹄铁,调驭大要,马病识别大要	马种改良大要

七	卫生	平时卫生,战时卫生	抬妆包扎法大概	平时战时病院规则大概
八	外国文	文法,作文,讲陆军书,外国陆军用各名目名词	同上及外国兵学报	同上

第三期教练课程表

	科目	前中两期	后期
一	步兵科	军人教练,成排教练,成队教练,练习打靶,服务大要,成营教练,野外演习,标协教练,军刀用法,手枪用法	乘马法用炮法
二	马兵科	徒步单人教练,徒步成排教练,练习打靶,服务大要,乘马单人教练,乘马成排教练,乘马队营教练,野外演习	辎重兵科教练大要,用炮法
三	炮兵科	徒步教练,用炮法, 乘马教练,演习打靶,服务大要,威队教练,成营教练,野外演习, 手枪用法	工兵科教练大要

考试规则

一 考试共分四等:

一曰月考;

二曰期考;

三曰年终考;

四曰毕业考。

每月由各教员自行考试所授功课,为月考;每届暑假前由监督历试所学功课,为期考;每届年假前由总办历试所学功课,为年终考;每届毕业由总办禀请练兵处奏明派员考试为毕业考。

二 考法分为三种:

一问答;

二笔述并作文；

三操作问答，评其口述、笔述，评其试卷、操作，评其演习。

三　评定功课按北宋国学积分法，每题以二十分为度，汇其总分数取平均分数以定等第。

四　分数共分三种：

一功课分数；

二技术分数；

三品格分数。

功课及技术分数为承考；各员历次所定品格分数为监督督同各教员斋长；平日所定每届期考、年终考、毕业考必合临场及平日各项分数一并核算以定高下。惟平日分数不得多于临场分数，以酌度适宜为要。

五　各项分数平均计算，每课目得十七至二十分为优等；十三至十六分为上等；九至十二分为中等；五至八分为下等；一至四分为不及等。

六　月考核定分数后，须将本月内品格分数一同加入为总分数，由各教员呈送监督订定等第榜示。

七　每届期考核定分数后，须将前届期考分数或年终考分数及本期内若干次月考分数各取十分之一，并本月品格分数一同加入，为总分数，汇呈总办订定等第榜示。

八　每届年终考核定分数后，须将前次期考分数及本期各月考分数各取十分之一，并本月品格分数一同加入，为年终考。总分数订定等第，凡列优上中等者酌给奖犒。

九　每届毕业考，先期牌示停课十五日温习旧课，及考竣核定分数后，须将前次期考分数、本期各月考分数，各取十分之一，并本月品格分数一同加入，为毕业考总分数，并由总办督同堂内有关教育之员公同会议各生品学、才识、志趣及平日功过，列为详表，与总分数参合酌定等第，由练兵处奏明照章办理。

十　每届考期，如实因疾病及重要事故不能与试者，准于半月内补考。

经费约计

一　经费分额支、活支两项：薪公、饷项、伙食、杂费等项为额支；修造房屋，购办器皿，增加薪水，置备图书、仪器，制办操衣、靴帽、储备药品等项为活支，均由练兵处商同户部筹定的款。

二　额支、活支各项，开学后占定岁用大数，由练兵处奏咨立案，由总办按季支领，遇闰照加。

三　额支、活支各项，每届年终由总办督同提调、收支各员造具清册，呈请练兵处奏咨核销。

四　堂内各员支领薪水，以每月二十日为定期，由收支委员照数分送。

五　兹将开办、额支、活支三宗经费，约已估、未估各项单如下开：

开办经费项下：

建造堂舍经费，购置木器并一应家具经费，购备应用书籍、图画及一切学用品经费，购办学生军衣靴帽经费，购备体操场全分器具经费，以上均须随时另行按款估核。

常年额支项下：

总办一员	每月薪公银四百两
监督一员	每月薪公银二百两
提调一员	每月薪公银一百五十两

普通学正教员三员　每月第员薪水银一百五十两

普通学副教员三员　每月每员薪水银一百两

正医官一员　每月薪水银一百两

副医官二员　每月每员薪水银六十两

汉文正教员二员　每月每员薪水银一百二十两

汉文副教员二员　每月每员薪水银八十两

斋长六员　每月每员薪水银二十两

文案一员　每月薪水银三十两

收支委员一员　每月薪水银三十两

支应司事二员　每月每员薪水银二十两

学生一百二十名　每月每名伙食茶水银约八两，笔墨、纸张、灯油银约四两

司书兼刷印共五名　每月每名薪水银十二两

差弁三名　每月每名饷银八两

医兵四名　每月每名饷银四两五钱

号兵二名　每月每名饷银四两五钱

夫役四十名　每月每名饷银三两六钱

杂费银　每月约一百两

以上系第一期每年常支经费，每月约用银四千零八十七两，每年约用银四万九千零四十四两，遇闰照加。

其第二、三、四等期所用经费，应俟临时由总办督同堂内各员详晰核算，呈请练兵处办理。

常年活支项下：

拟暂聘用外国武官充兵学教员及翻译薪水、房租各经费，修理堂舍经费，添置图书、仪器、形模、标本经费，购用格物理化销耗物

品经费，换置操衣、靴帽经费，购买外国兵学报经费，储备药品等费，添置器具经费，冬夏煤火凉棚经费。

以上各项皆系活支，无从预算，应俟开学后由总办督同提调支应委员核实估计，以定常年活支概数。

●●陆军部拟订《陆军贵胄学堂学生毕业出身暂行章程》光绪三十四年(1908年)二月初五日奏准

一　陆军贵胄学堂毕业学生，发镇见习后考试平均分数在十五分以上者列为上等，十一分以上者列为中等。

一　陆军贵胄学堂毕业原有世爵、世职各员考列上等者，由臣部带领引见，听候录用；中等者按其品级、官阶由臣部开单奏请，赏给相当之陆军官衔。

一　原有各项官阶各员考列上等者，无论实缺、候补，均以应升之阶尽先升用、补用；中等者，实缺人员给予应升之缺，记名候补人员以原官尽先酌补。

一　无官阶各生考列上等者，以副军校补用；中等者，以协军校补用。其不愿就军官或体质与军官不合者，准该生呈明核准后，应由臣部带领引见，照荫生例分别内用、外用恭候。钦定考列上等者，内用；以主事分部学习，外用。以通判分省候补中等者，内用；以七品笔帖式小京官分别分部学习，外用；以知县归部铨选。

一　原有荫生尚未经引见授职，各生考列上等者，按原荫授官加一级补用；中等者，以原荫所授官阶尽先补用。均俟引见奉旨录用后，遵照办理。

●●练兵处新定《陆军参谋大学堂章程》光绪三十一年(1905年) 月

办法总纲

一 本堂之设,以教授将兵卫国学术、足备参谋处任使为本旨,各省不得另设本堂名目,致有歧出之弊。

二 学生额数暂设四十名,嗣后各军立有规模,再拟续年增入若干,或另拟新章办理。开堂满三个月,甄别分为一、二、三,三等,即按等次给以薪水,并随时升降,以示限制而资鼓励。若始终惰慢,不受裁成,应即由监督禀请降退。

三 考选学生以二十岁至二十七岁,曾由武备学堂毕业蒙考列优等、志趋远大、长于韬略者为合格。

四 各省毕业生前奏定章程内开由练兵处考验,此次选拔参谋学堂学生,应即于考验时擢其合格者留堂,以免周折。

五 前经毕业诸生,倘已派留差使在管带以下、情愿入堂者,如能合格,准由该管将军、督抚咨送练兵处考验。果堪送派,除遵考验毕业章程奖劝外,即准入学以昭激劝。

六 学生薪水随时照等次支给,至原有差委之生由本省派人代理,予以半薪,归代理人办公,其余之半则给该生赡家,以示体恤。

七 学生毕业优劣应由练兵处详细考验,至其品行高下断难一时觉察,俟取定后,应由各省将军、督抚饬赴该管总办,或统将出具切实考语保结。倘该生行止不端,或有隐疾,即详请撤换,如有徇情朦保,咎有攸归。

八 应考诸生,无论相距远近,限于某月某日前由该管将军、督抚咨送到京,听候考验,逾期不得附学。

九 学期以三年为满,届时派员考试,按等次由王大臣亲临发给毕业文凭,兼赏给勋章外,仍奏请带领引见请旨破格录用,以示优异。

职守章程

一 监督综理堂内一切事宜,有选聘教习、检查学生、督率各员之责。凡章程因革、学课程度、薪费盈绌、员役进退等事均应随时规划,禀请练兵处核办。

二 总教习总司授课各事宜,改订讲授课程及通筹切要之学术,随时编译成书以便教授,且有奖罚学生之责。然其应办事宜须先由监督核准,然后施行。

三 正教习商同总教习教授各课事宜,兼有稽查学生之责。

四 兵学教习兼翻译官,专授兵学与野外实行战法,及约束学生并协同洋教习、翻译各事。

五 马术教习兼翻译官,专授马术与野外实行之术,并约束学生调驯马匹,及协同洋教习、翻译各事。

六 普通教习兼翻译官,专授普通学术,并约束学生及协同洋教习、翻译各事。

七 汉文主讲兼编纂官讲解忠孝大义与各国历史,并商同翻译官编纂各项功课事宜。

八 文案兼编纂官经理本科文牍,并商同翻译官编纂各项功课事宜。

九 杂务委员管理堂中庶务以及银钱出入、购置对象各事。凡应办各件,由监督派办。额活各款尤应详细造报,归监督随时稽查,以杜侵亏等弊。

十 医官管理堂中卫生各事，凡在堂人员遇有病症统应调治。

十一 司事帮同杂务委员料理各事。

十二 清书缮写各项文牍、报册等事。

十三 书识誊钞各项功课及名册，兼照料刷印等事。

十四 马弁督率各夫照料饲秣，保育疗治马匹等事。

十五 马目帮同马弁料理各事。

十六 差目司理传递公文，并考查各夫役得失等事。

十七 刷印匠专印堂中功课、训条等事。

十八 夫役伺候讲堂、操场、卧室，并司理阍厨、喂马等事。

功课表式

一 本堂教育诸生讲求高等用兵术研究原理，务使深造，以期精益求精。

二 授诸生课以军事学为主，并旁及普通学。

三 每年轮定月课以天气适宜，学不躐等为主表如下：

年期 轮课	第一年	第二年	第三年
正至六月	堂课	堂课	堂课
七至八月	步 马 炮 工 马 步 步 马	马 步 炮 工 炮 炮 马 炮	步 炮 马 工 工 工 工 步
九月	堂课	堂课	堂课
十月至十二月	一 野外战术 二 野外测量	一 野外战术 二 演习队务 三 炮兵射击	一 炮兵射击 二 参谋旅行

上表第三行所载第一行步马炮工,系指该生原学之专科而言;其第二行马步炮工,系言原学彼科今调入此科,如第一年之步队此年调入马队学其实务,余可类推,俟三年毕业则将各科实务阅历周到矣。又所载月分不能尽行,上学期间尚有休暇日期,详在学规内。

四 内堂课业,专修明各学原理原则,以适宜为主。

五 外场课业,专以队中实务及野战,并要隘炮兵射击、野外测量、野外实行战术、参谋旅行等学,练习于实地为主。

六 关于军事之工厂、炮台、铁道、军舰等实行要术,及兼学野外演习。

七 各科学业如下:

一 战术学。从各兵初基战术起,至统率指挥应行等事,及海军战术大要。

二 战史学。近世战史。

三 参谋实务学。参谋之设,戎政攸资,陆海军将领号令指挥,须其赞佐。凡军队演习之法,屯戍之事,输送之宜,平日随方运筹,战时临机计划,皆应研究。

四 地理用兵学。研究用兵时本国并邻国之陆海地理,及对垒交锋利害关系所在。

五 兵器学。从武器构造之要略至其用法,效验利害得失,并火药制造。

六 筑城学。临时布置以随方抵拒,因地营缮为主;久守布置以严设沟垒择要隘为主,海岸要隘尤应注意编制。

七 要隘战法。陆地要隘、攻守,及海岸要隘各事。

八 交通学。军路铁路、桥梁、电信等军事交通关要各项。

九 马学。以知相马及保育疗治法之大略为度。

十 陆军经理学。平时、战时经理之法则。

十一 陆军卫生学。军人须知卫生之法。

十二 法学。中国法制考之大要,及军制本末。

十三 万国公法。平时、战时国际法之崖略。

十四 参谋。旅行野外大部作战。

十五 野外实行战术。于野外为战术根本及枝队用法。

十六 队中实务。各兵勤习初务及战术。

十七 野外测量。野外演习测量学。

十八 野战及要隘。炮兵射击:野战及要隘,炮兵射击并战术。

十九 马术。以巧技练习,俾控纵驰骤纯任自然。

二十 洋文语言。兵文普通译读。

二十一 历史学。中古、太古之大略,及现今世界史。

二十二 地学。环球各国地势之要略,及本国与邻国山川扼塞之细致。

二十三 算学。至初等重学止。

二十四 格致择要。

二十五 博物择要。

以上所定各课,系指参谋生应学而论,倘各生尚有小中两学课程未经普通学者,应随时体察,择要增补。

额支经费

一 监督一员田各科监督兼理,不另支薪。

一 总教习一员,月支薪水银四百两,洋员充。

一 正洋教习两员,每月各支薪水银二百五十两。

一 兵学教习兼翻译官一员,月支薪水银八十两。

一 马术教习兼翻译官一员,月支薪水银八十两。

一 普通教习兼翻译官一员,月支薪水银八十两。

一 汉文主讲兼修纂官一员,月支薪水银四十两。

一 文案兼修纂官一员,月支薪水银三十两。

一 学生四十名,每名月支薪水银十六两,共六百四十两。三月前每名月给十两,嗣后按每次考试等第发给薪水,一等每月二十两,二等十六两,三等十二两,余款存归活款动支。

一 杂务委员一员,月支薪水银二十五两。

一 医官一员,月支薪水银二十两。

一 司事一名,月支薪水银十六两。

一 清书一名,月支薪水银十二两。

一 书识二名,各月支薪水银十两。

一 马弁一名,月支口粮银十二两。

一 马目一名,月支口粮银六两。

一 差目一名,月支口粮银六两。

一 印刷匠二名,各月支口粮银六两。

一 夫役三十四名,内分马夫十名,差夫二十四名,每名各月支口粮银三两五钱。

一 油烛、纸张及各生应用笔墨、纸本公费,每月用银一百五十两。

一 马二十匹,每匹马干银六两,蹄铁、药费、修理物件在活款支销。

以上每月共享银二千三百六十八两,按十二个月合算,每年用银二万八千四百十六两。

●●练兵处订陆军学生游学欧美暂行办法光绪三十二年(1906年) 月

一 各省、旗拟派学生赴某国学习陆军,须先将人数及就学年限咨商练兵处核定,送处考验合格,方准派往。

二 选择学生应按左列之格式:

一 身家清白,品行纯正,志趣远大,情性朴诚,素无嗜好过犯者。

二 中学必须文理晓畅,能解识经史大义者。

三 所派往某国之语文必须通晓以有三年以上之程度为合格。

四 年岁限十五以上,二十四以下。

五 相貌须魁伟,五官须端正,四肢须灵活,言语须清楚,声音须宏亮,耳力须聪达。

六 身长:十五岁至十八岁者,限一密达四十六生的以上;十九岁至二十四岁者,限一密达六十生的以上。一密达准工部尺三尺一寸五分。

七 胸围:须有身长之四成以上。如身长一密达五十生的,胸围须六十三生的以上。量时用皮带尺或缩涨较小之绳,绕胸之周围以齐乳下之前后适平为度。

八 体重:十五岁至十八岁者,限三十二启罗以上;十九岁至二十四岁者,限四十启罗以上。每启罗准湘平二十八两。

九 肺量:十五岁至十八岁者,限一千六百立方生的以上;十九岁至二十四岁者,限二千二百立方生的以上。照日本所制之肺量器试验,如暂无此器,则以肺围涨缩差二十分之一有余者为合格。气平时量胸围六十生的,使之吸气满胸再量得六十三生的以上即属合格,其余依此类推。

十 手力:以左右手各能提三十至五十斤以齐胯为合格。

十一 目力:须能辨二十号以下之表。照日本所制之目力表,在有光处相距二丈余辨识之七分之楷书字。

三 各省旗选定后,将该生姓名、年籍、三代履历、胚学诣品格,并非独子及承重出具,确实考语咨送练兵处以便汇齐。考验如不合格,仍行遣回,由原送省旗酌送相当学堂肄习。

四 学费川资均由各省旗自行筹备,汇寄①出使该国大臣兑收。惟为数若干,须于派送学生以前将预算节略,呈报练兵处核定。

五 学生每月杂费,及考入专门学堂陆军大学堂,或随队习旅行野操或秋后大操等一切必应加增等费,则由出使该国大臣督同监学或管理员,临时酌定并咨练兵处,以备察核。

六 所派学生如人数众多,应由本处遴选明遥廉介之员前往。该国监学如所派学生人数较少,仍由出使该国大臣管理,另于使馆随员内慎选一员经理学费。惟人数之多少,事前未能预计,应俟各省派定学生名额后,咨由本处临时酌量办理。

七 本处所派监学,专司照料游学一切事宜,并有考察约束之责,凡过重要事件应随时禀承出使大臣办理。

八 出使该国大臣有督察学生之权,须随时悉心考核各学生之品行、学业,按年终督同监督造册,咨送练兵处及原派之各省旗将军、督抚,以备察核。

九 查第三条内业经声明孤子承重不与挑选,则毕生入学后即不准

---

① 原文为"奇",疑为"寄"。

请假回籍。倘遇亲丧大故应援，饮定中枢政考武职亲丧，参将以下官员军务调遣不准给假。治丧成例一律办理，容俟毕业回国考核分数，颁给执照后，酌给假期补行守制。

十 学生如有瘝行废学者，由出使大臣儆斥。如仍不知改，即咨明本处斥革，并令原送省旗追缴历年经费。其有实系资质驽下，难望成材者，亦应随时咨退，酌饬免缴学费。

十一 凡从前已经各省旗派往各国学习陆军学生，亦均照此章程办理。

十二 学生在各国毕业回国，由练兵处就其历年所学一一考试，分别等第，照章授职，仍分发原派省分按职，酌量录用。

●●兵部奏筹拟陆军速成学堂试办章程折

窃臣部前于上年十一月间奏筹办陆军各项学堂，请饬拨款项折内声明“储备初级军官则有速成学堂”等语，诚以各省新军，现方以次编练而所用官长尚未能一律合格，非于二三年内造成，多数初级官长无以供任使之。资查近年来各省拟设速成学堂者纷纷奏请立案，然核其办法彼此未免参差。当兹时事日艰，需材孔亟，自非由臣部统筹全局，从速开办不可。惟建造学堂动稽时日，查保定原有北洋陆军学堂一所，房舍尚为宽展，拟即就该处学堂先行开办。臣等悉心筹议，以为此项学堂虽属一时之计，然合通国立制，规模务贵完全，分兵科以储材，学术当求精要。查三十年八月间练兵处奏定，原拟办法人数系以八百名为额，毕业系以二年为期。现为各省旗多植人材，教育完善起见，拟每年考收学生一千一百四十名，共二年半毕业。所有堂内一应办法，务使条理详备，规制谨严，以广裁成而资遵守。至各省原派出洋学生往往因所习仅系浅近普通之学，根柢未深，且于各国语言文字向未预习，迨出洋后再加讲肄，未免多废学时。臣等并拟于此项学堂内，择各省旗所送学生其资质尤为聪颖者，于应习功课外兼授各国语言文字，以备出洋游学之选。将来各省旗应派出洋学生均即由此项毕业学生会入各镇试充军职期满者选派，均不得另自选送。庶中学既有规模，再令出洋阅历，事半功倍，深造堪期。谨拟订《陆军速成学堂试办章程》，另缮清单恭呈御览，如蒙俞允，即由臣部咨行各省旗考送学生，照章开办。至此项开办及常年经费，现经度支部议准，拨给臣部即随时咨领应用。谨奏。光绪三十一年（1905 年）　月。

谨将拟订陆军速成学堂试办章程敬缮清单，恭呈御览。

学堂总则

一　按照练兵处奏定《陆军学堂办法》第八条“陆军部应设陆军速成学堂一所，造就初级军官备各省军队之用”。

二　陆军速成学堂隶于陆军部，专收各省旗未毕业武备学生，及按选验格式考取文理清通良家子弟，教以普通学并军事专科学术，以速成为主，使各省旗武学兵制操战各法均归一律，如有各省旗举贡生监愿入学堂肄业者，亦可按格考收。

三　本堂学生分为两班。凡考选各生如有普通学程度者，归第一班，习军事专科一年半毕业；如普通学未全及全未肄习者，归第二班，先习普通学一年，再习军事专科一年半，共二年半毕业。两班毕业均入队充学习官三个月。原奏《速成学堂办法》系二年毕业再入队充学习官六个月，今为教育完善起见，故稍事变通。如各省需用不急，充学习官期满后，准其回堂加习功课半年。

四 各省旗所送学生，择其资质尤为聪颖者，于应习军事专科或习普通学时，兼授各国语言文字为预备科，俟毕业入队充学习官期满后，将来各省旗凡遇应送出洋游学之学生，即于此项学生内选派，不得另自选送，以昭画一。

五 学生照章定额八百名。今为各省旗多植人材，以资应用起见，每年考收学生，照奏定选派陆军游学生名数酌增十倍以一千一百四十名为定额：计京旗八十名；直隶、江苏、湖北、四川、广东各六十名；顺天、奉天、山东、河南、安徽、江西、浙江、福建、湖南、云南各四十名；山西、陕西、甘肃、广西、贵州、新疆、吉林、黑龙江各三十名；江宁、杭州、福州、荆州、成都、广州、绥远城、热河、察哈尔九处驻防务十名；密云、青州、西安三处驻防各八名；宁夏驻防六名，共合一千一百四十名。

六 本堂亟须举办不及另建房舍，拟就保定陆军学堂开办。

七 各省旗选送学生不得滥取充数，如有不及额或边远省旗碍难选送者，须预先咨明陆军部，于附近省分学堂及京旗学堂按格考选，以足其额。毕业后仍遣回原省任用。

八 各省旗选送学生，须取具各生简明履历清册，并印甘保结及所历学堂肄业程度表随文咨送。如各省旗有选不及额，应由陆军部临时考选者，须声明汉文及别项学业臻何程度，均于开学前一月一律送到，以便考试，逾期者不收。

九 本堂常年经费照奏定《选派陆军学生游学章程》办理，由各学生原省旗认解五成，由陆军部筹给五成。计学生每名每年约需学费银二百六十两，各省旗按照定额每名每年解交银一百三十两。各旗内如有实系无力筹给五成者，由陆军部设法筹备。

十 本堂开办经费及建造堂舍，购办图书、器械、马匹等费，均由陆军部筹备。

十一　咨送学生川资由各省旗自行筹给。其有不合格式，碍难留堂者，回籍川资亦由各该省旗自给。

十二　本堂开办之前六个月，由陆军部咨行各省旗并刊发考选格式，各该省旗必须按格认真选取咨送，并于部文到后能送学生若干名，先行电复。

十三　新生入堂后，应由本堂总办、监督、教员、队官长等随时考查，如有行止不端，及不堪造就者，随时剔退。倘有质地稍逊而向学甚殷者，仍酌宽限期学习。

十四　学生倘有故生事端，希图出堂及私自逃逸者，即由本堂总办禀报陆军部，咨行该生原省旗，由各该督抚、将军、都统行知各该州县佐领，勒令该生家属、保人赔偿所费公款，并按军律治以应得之罪。

十五　学生膳食及应用书籍、课本、笔墨、纸张、军衣、靴帽、被褥等项，统由学堂备给。

十六　学生入堂后，每名按月给月费银二两，俟三个月季考后分别等第，再行照章发给月费。剔退出堂者，由总办禀请陆军部酌量垫发川资，任其回籍。已发之书籍令其带去，惟将所发军衣、靴帽、被褥等件缴回。

十七　学生最忌随时增收，新旧参差，难于施教。考齐入堂之后只准随时剔退，不准续补。各省旗均须依限送到，迟则不收。

十八　学生毕业时由陆军部派员莅堂考试。凡程度及格者，派送入京畿附近军队充学习官，历练官长识司三个月后，由该管协标营官出具切实考语，拟定分数列表，呈该镇统制申送陆军部复核给与执照。上等、中等照章补授军官，次等不补，官阶均咨回原省原旗酌量委用。凡考试程度不足者，展限六个月在堂补习，补习期满后仍派入军队充学习官三个月，均照前一律办理。

十九 学生毕业入军队服官后，在本堂列入上中等者，凡年力富强，有志上进，愿入兵官学堂之生，无论有何差使，均准报名覆考，合格者仍就本科入堂肄业。

二十 本堂设立后，保定所设之直隶陆军速成学堂当即停办，所有该堂执事人员均本堂酌量委用。

二十一 速成办法原为权宜应急之举，俟各正课学堂即小中兵官等学堂办有成效，此堂即行停办。停时所有在堂人员由陆军部查考，办事勤慎、教导合法者，拨入中学堂或兵官学堂供差。

二十二 本堂每届二年半，办有成效即由陆军部查明。学堂办事尤为出力之员，援案请奖。

学堂编制

一 本堂学生额数既多又期速成，军官资格即应参照军队编制设队官排官以资教练。

二 第一年学生一千一百四十名，按各生所考程度，普通学较优者定为军事学专科班，其余均归普通学班。教员并管理各员亦按第一年应用人数拟定，至第二年学生额数仍按一千一百四十名考收。教员人等临时按科添派，是以此项编制先就第一年罗列。

三 全堂设总办一员，正副监督各一员，正副提调各一员。洋教习临时酌定。就第一年学生一千一百四十名约计，应设国文正教员二员，副教员八员；历史、地理、图画等科正教员各一员，副教员各五员；算学正教员一员，副教员七员；英、法、德、俄等洋文教员各一员，日文正副教员各一员；击刺、体操、马术正副教员各一员，助教员各十员;五科科长各一员,十队队官各一员,十队排官各三员,十队正学长各一员,副学长各二员;医官兼卫生学正副教员各一员,医生四员;马医官兼马学正副教员各一员;一等书记官一员,二等书记官三员;收支正委员一员,副委员三员;管马正委员一员,副委员三员;支应管库司事六员;管药司事二员;司书生十六名;差役十六名;号目正副各一名,号兵十名;医目一名,医兵八名;修械兵四名;刷印匠六名;差夫二百名;马夫目十名,马夫一百二十名;辎重车二十辆,驾车兵二十名;各队骡马五百匹。

四 速成学生以一百二十名为一队,每队分三排,上讲堂时每排为一班,归队官排官学长管辖。

五 预备科学生习英、法、德、俄等文者,以一排为限;习东文者,以三排为限。每排五十名,至少亦须在三十名以上。

员司职守

一 总办节制全堂员司,综理一切事宜。凡得失利弊,悉心考查,遇有应行损益改革事件,随时禀承陆军部办理。

二 正副监督总司全堂教育。凡核定功课,考资员生及申明约束,传发号令,并准驳假期等事皆其专责。

三 正副提调总司全堂庶务。凡清厘帐目,约束夫役,购办器具,查验库储等事皆其专责。

四 科长听监督指挥,督率本科教员、队官、排官整理内堂、外场,各教务分教兵学,并应训育兼施以尽责成。

五 教员专司教授功课,务在有以振作其精神,激发其志气,使诸生乐而忘倦。凡学生优劣立册记录,每月汇呈监督,转呈总办查核。其每日所授课程签明功课簿内,以备考查。

六 队官督率本队排官学长,使之各尽职守,并随时激励各生以坚其向学之志。讲堂功课亦应分教兵学一二项以补教员之不足,至操练各法皆共专责。遇有应行损益改革事件,商承监督办理,步马炮工辎重各专科队官应商承各科长办理。

七 排官辅助队官,管辖教导本排学生,使各守纪律。遇事商承队官办理,并将各生品格随时记录,以便拟订分数。

八 学长帮同排官专司稽查本排学生举止、动作、寝兴、疾病、衣履被服,并带领进堂上操、请假等事。斋室内外亦归稽查,有联合同学劝善规过之责,务须恳挚和平,不可侮慢迫胁。倘各生有争执怙过情事不能开导者,随时报知值日排官办理。

九 医官专司医治各员生疾病,兼授卫生功课,考查医院药料并食物等事。学生因病请假须诊明真伪,不得一味宽纵,致旷功课,或量给假期,或只给操假,均须按病情酌定,填注病表存验。病单由队官核准转报监督,倘无学长带领赴诊,概不准假。

十 马医查验马匹,疗治病马兼教马学功课。

十一 管马委员经管夫马草料及厩内一切事宜。凡关于军马卫生诸务,须曾商马医妥善料理。在厩马匹应编立号簿分定,马步炮工辎重相宜匹数以别种类。如有重要事件,须请监督核定办理。

十二 书记官专司堂内往来文牍及会议时记录等事。

十三 收支委员专司出纳款项。凡额支各项,呈明提调,照章颁发;活支各项,禀请提调详细筹议呈总办核定,方准动支。各项帐目须按月、按年造报四柱清册。堂内员生、夫役人等薪工等项,均不准徇情借支,如有私自预借,经提调查出,即责成该员照数赔补。

十四　支应司事专管厨房、膳食、购办物件等事，应购诸物豫具清单由委员呈请提调核夺办理。

十五　管库司事专司收存一切新旧器械、书籍、军衣、靴帽等件，收发日期、新旧件数均须造册登记，每季送呈提调查验一次，并宜随时饬令夫役晾晒、擦拭，以免损伤、污朽，如有应修理之件，禀知提调酌核办理。

十六　管药司事专管药房、病院及药料器具事宜，并帮助医官调和药剂。所有药料造册登记，按月呈报一次。如有应行添购之件，禀请提调酌核办理。

十七　司书生归书记官管辖，专任抄录等事。

选验格式

一　年岁限十八以上，二十五以内。

二　品格须性情端朴，素无过犯。

三　出身须有切实保结，除举贡生监外确系良家子弟。

四　志趣须诚心向学，别无嗜好。

五　学业须国文清通，能作浅近论说。

六　身长须五尺以上。此按工部尺计算合外国尺一百六十生的密达

七　胸围须在身长四成五以上。如身长五尺者，胸围须二尺二寸余，量时用皮带尺或涨缩较小之绳，绕胸之周围以齐乳下前后适平为度。

八　体重须一千二百六十两以上。此按湘平计算，合外国平四十五启罗

九　肺量须按胸围涨缩差二十分之一以上。如气平时量胸围三尺，使之吸气满胸，再量须过三尺一寸五分方为合格。倘用日本所制之肺量器试验，则须在二千五百立方生的密达以上。

十　手力须左右手各能提五十斤齐胯者。如用日本所制之手力器试验,须二十五度以下;未习武者,二十度以上亦合。

十一　目力须相距二丈能辨识七分之楷书字。如用日本所制之目力表,在有光处试验须二十号以下。

十二　五官须端正,四肢须灵活,体质须强健,器宇须轩昂,言语须清楚,喉音须宏亮,耳力须灵捷。

学堂条规

一　堂内任教育各员必须通晓武备、志趣纯正、能为诸生表率者,方可派充。其余各员,必须敦品励行、勤慎耐劳,方与斯选。如有才不胜任之员,随时黜退。

二　总办由陆军部遴选熟悉武备之员委充。学堂开办后,由部派员随时考查,倘有失当之处及犯别项条规,由陆军部分别轻重核夺办理。如其自行请退,须于两月以前呈请部示,听候准驳。

三　自监督以下人员,均由本堂总办遴选,呈请陆军部考验委派;监督应由陆军出洋学生内遴选;教员应由陆军出洋学生及各专门学生内遴选,或延聘外国专门之员充当;队官、排官、学长等应遴选毕业武备学生在营曾充当官长,或未充官长而阅历较深者分别委派。

四　自监督以下均应遵守总办命令,如有才不胜任及犯大过者,由本堂总办查核办理。除监督、提调须禀明陆军部撤差外,以下人员准其一面禀明,一面撤换,俾一事权。

五　学堂开办三月后,应由总办造具员司简明履历,学生年籍清册,呈送陆军部存案。

六　每届年终由总办出具各员司切实考语,并核定考绩分数表,及学生功课程度清册，呈送陆军部备核。

七 总办命令，凡关系于功课条规者，交监督举行；凡涉于杂项事宜者，交提调举行，均由书记官书于命令簿内知会承办之员，书押盖章，遵即照办，倘有违误，惟承办人员是问。

八 提调以下各员职事虽分，均有维持学务之责，务须互相匡助，倘有贻误专任者，固责无旁贷，同事者亦咎有难辞。

九 总办因公远出，堂内诸事归正监督兼理，倘总办正监督俱出，归副监督及提调兼理。

十 堂内立会议厅一所，自总办以下按每星期第六日均聚集会议，并拟定下星期详细课程。如平时有应议之事，由总办随时传集。

十一 堂内设全堂值日房一所，各队官排官轮流值日，管理全堂事宜。各队各科亦设学长值日房一所，各学长轮流值日，管理本队各生事宜。当值者均以一星期为限，刻不容离，即因公他往，亦须倩员暂代。凡值日各员，星期均不放假。

十二 各员非星期日不准无故请假，教员亦不准无故停课。

十三 各员告假须据情缮单，呈请总办批准，方准他往。

十四 各员如患重病或有婚丧大故，准其请假回籍。惟至多不得逾三个月，倘逾限不归，即行开缺。

十五 各员不准在堂内饮酒燕客，并不准与学生私自馈赠燕会等事。

十六 各员在堂办公只准用堂内夫役，如在宿舍准带跟丁一名，应与夫役号衣，一律并给腰牌，以凭考查，倘犯堂规，亦照堂役惩办。

十七 堂内设员司、学生会客厅各一所，除总办随时会客外，如有访见各员及学生者，先由门役引入客厅，再行通报。如值办公习业之时均不得会客，应告知暂候。倘各员欲引外客入堂观览，须先禀知监督，若在授课之时，并须告知当时授课教员，然后引入学生，则概不准引客入堂。

十八　堂门按时启闭，查号以后大门扃锁，夫役起更，钥匙交提调收管，次晨吹兴起号前半点钟，由司阍领钥启门。各员晚出凡在十二点钟以前回堂者，尚可领钥放入，过限一概禁止。

十九　各官长学生均须常着军服，便服等项一概不准携用。

二十　恭逢皇太后、皇上万寿圣节，孔子诞日及元旦，由总办率领各员生衣冠诣礼，应行三跪九叩礼，元旦礼毕后全堂行团拜礼。

二十一　每年开学之日，总办带领各员生衣冠诣礼厅谒圣，行三跪九叩礼，礼毕以后学生向总办、监督、教员以及执事各员行军礼，总办策励员司、训谕学生，于各人应办之事应尽之任曲为讲说，讲毕退班开课。

二十二　堂内各员司学生平日相见均按奏定陆军礼节。

二十三　学生犯有寻常过失，本队官长分别罚站或罚休息；稍重，则禀请监督罚津贴，或记过；犯过再重者，由监督禀明总办核夺，罚禁思过室；如所犯过重，则革除追缴在堂经费。倘有聚众胁制官长及横起风潮等事，应按军律治以应得之罪。其旧日军营棍责等刑一概禁用。

二十四　恭逢皇太后、皇上万寿圣节、孔子诞日及端午、中秋各节，堂内员生放假一日，星期亦放假一日，年节放假二十日，暑假日期由总办、监督临时酌定，以三星期为限。

二十五　年假、暑假期内，除司事司书生外，其余各员在堂者均轮流值日，以十二点钟为限。

二十六　堂内设立饭厅数所，自总办以下均分赴各厅与学生同食，不得自食于私室，亦不得同席异餐。

二十七　堂内设自习室数所，自习之时除总办、监督、提调及各官长外不得擅入。

二十八　堂内设沐浴室两所，各员司学生按所定时刻轮流沐浴，并设立学生栉沐薙发盥漱室数所，每日晨起俱赴此室理发洗面，不得在堂院斋室，以期整洁。

二十九　堂内设养病室一所，除员司学生外，不得入此养病。

三十　外堂设马厩一所，厩内马匹日有专差，除官马须预禀监督传知备用外，余者不准随意乘骑。

学堂功课

一　速成学生年限迫促，应将所拟功课预定若干次教完。届时如无故不完，即为教习之咎。每次功课虽能如期教完，而学生领悟记忆必须有一半能过六成者，否则亦为该管学各员是咎。

二　堂内功课由陆军部拟定课目表以为规则。其前期后期分课细目、学术时限及各队官教员轮迭教授之时刻，均由总办监督商订。至所教各项功课均于两月前呈由陆军部核定，再行讲授。凡季考、大考，并应将每季教育实施之细目，并所考学绩表呈陆军部汇核。

三　步、马、炮、工程、辎重各专门责任不同，各项功课亦应分别轻重。第二年开学之先，总办须传集监督、教员、队官公同会议斟酌妥善，以备施行。

四　两班学生毕业后加习半年者，教以实施勤务即军队内务各勤务，野外各勤务；应用学业即兵棋野外战法实施，就地讲演，应用画图等并温习功课或补习功课，由总办、监督拟订课程表呈陆军部核定。

学堂考试

一　考试除各教员平时课试以外，尚有月考、期考、年终考、毕业考、录用考。平日各教员于授课时节次考问，按诸生所学各定分数，是为学业分数；每至月终各教员统汇一月所授功课，分科命题以判诸生之等差，是为月考；由教员列表上呈监督转呈总办，每上半年于暑假前由监督会同教员临场考试，是为期考；每届年终于年假前由总办督同各员考试，是为年终考；毕业时由总办禀请陆军部派员考试，是为毕业考；在军队充学习官三个月后，由该镇列表呈请陆军部覆核，是为录用考。

二　考法共分三种：

　一　问答；

　二　笔述并作文；

　三　实行问答。

听其口述、笔述、作文，评其试卷，实行验其操作，并指挥军队之能力。

三　评定功课按北宋国学积分之法，每题以二十分为最，每项功课按题取平均分数，并汇为总分数以定名次。

四　分数有三种：

　一　功课分数；

　二　技术分数；

　三　品格分数。

功课及技术分数为历次考试各员所定品格分数，由监督与科长、教员、队官、排长、学长参合所定。每至月考、期考、年终考、毕业考，必合临场功课技术、平日功课技术、品格各项分数一并核计。

惟平日分数不得多于临场分数,务须酌订适宜。

五 各项分数平均计算,每课目得十七分至二十分为优等;十四分至十六分九为上等;九分至十三分九为中等;五分至八分九为下等;四分九以下者为劣等。考列下等者,分别予限学习;劣等者,酌令退学。凡在堂考试均分优、上、中、下、劣各等,惟毕业后由镇见习来京考验时只分上、中、次三等。

六 凡平日课试考问,如不能答或所答不能详尽,则将原题另试他生,倘历试数人皆不能答,教员须再详细讲解,各命笔记。

七 每届月考核定分数后,须取本月学习分数十分之一及本月品格分数一同加入,为月考总分数。

八 每届期考核定分数后,须将以前各月考总分数取十分之一加入为期考总分数,以次列名榜示。考优、上、中等者,按现考等第领月费,其余按第五条办理。

九 每届年终考由总办预订日期,总一年所习功课逐项考试,核定分数后,须将本年前次期考及期考后各月考总分数取十分之一一同加入,为年终考。总分数以次列名榜示,考优、上、中等者按等升班,分习各专门功课,其余按第五条办理。

十 每届毕业考,须先期十日牌示讲堂,俾令准备期。前七日一律停课,仍按时到堂,由教员、队官监视温习功课。考毕核定分数后,将前次年终考及本年前次期考,并期考后各月考总分数取十分之一一同加入,为毕业考总分数,以次列名榜示,考优、上、中等者,由陆军部发给毕业文凭,造册存案,分派军队充学习官,余按第五条办理。

十一 每届毕业考后,宜列表呈报陆军部存案。

十二 每届录用考,由所在协标统营官评定各毕业生在军队阅历深浅、学问高下、才识短长，分等编表，按名出具切实考语，呈由统制申送陆军部复核，是为录用考。据其等第分数，列上、中、次者发给毕业执照，并照定章奏补军官，发回各省旗以队官、排长等缺备补。

十三 每届考期如有因病及因他故不能与试者，由学长查明实无规避情节，禀明本队队官；月考则知会教员；期考则禀明监督；年终考则禀明总办；毕业考则由总办禀明陆军部始准补考。

学堂经费

一 经费分额支、活支两项。额支按季由学堂总办出具印领，呈送陆军部批发；活支则随时酌量请领，惟银数在五百两以上者，须呈陆军部核定。

二 薪工伙食杂费等项为额支，按年查照定数支用，如有应须增减之处，呈明陆军部核定。

三 修造房屋，购置军衣、鞋帽、图书、仪器、器具、药料等项为活支，总办须督饬各员随时撙节，不得稍涉虚糜。

四 无论额支、活支，每届年终，支应委员须将收发款目于封印前分造四柱清册，并将各项凭单、领据、发票、收条核对明晰，并同原簿呈送总办、提调查核，具报陆军部核销。

五 无论额支、活支等项，均由陆军部筹定的款，由总办具领照发。

六 自总办以下各员司支领薪水以每月十五日为定期，由支应委员照定数缮册，派支应司事按名送交，以签押盖章为据，发毕送呈提调查阅。

七 每月下旬支应委员应将学长、学生、夫役人等花名分造清册，呈总办提调查阅后，即将应发饷项工食分别秤足各包，书明数目、姓名，学长、学生由监督点名发给，余由提调支应委员点名发给。

八　兹将开办额支、活支三项经费约估、未估各项详列如下。三项经费清单略

营制饷章

●●练兵处奏拟定营制饷章折

窃准军机大臣字寄本年四月十六日奉上谕:"现在时事多艰,练兵实为急务。所有京外练兵事宜,一切营制饷章、操法、军械应如何整齐画一,及各省绿营官缺兵额如何裁并,着练兵处王大臣会同兵部悉心统筹妥议具奏等因,钦此。"仰见圣朝经武图强、实事求是之至意,钦服莫名。臣等伏维"兵者,国之大政也",古之时兵民合一,有事则调发,事毕复归农,然犹以时简车徒、讨军实,立伍两卒旅之制,行搜苗狝狩之典,习坐作进退击刺战阵之法,其重之也如此。后世兵民既分,用兵愈繁,养兵亦愈多。自汉以下,凡内而京师,外而郡国,莫不设兵镇之。近世东西诸名邦,豢兵之费率占其国财额最多之数,岂皆乐掷无量之金钱以养赳桓之众哉?盖非兵无以卫国,非兵无以庇民。是以宋向戌欲弭兵而乐喜非之,秦始皇销天下兵不久而遂亡,晋武帝罢州郡兵未几而致乱,故司马法曰"天下虽平,忘战必危",而泰西人尤重均势齐力,谓备战方能止战,足兵正以息兵。虽以美之向持保守主义,近亦汲汲扩张军备,诚知兵之不容已也。顾国不可无兵,兵尤不可无制,制尤不可不一。圣谕以练兵为急务,并殷殷以整齐画一相责问,洵为探源之道,握要之图。伏考国初以来,八旗劲旅向称精整,即绿营经制之兵,亦皆各省一律,天下同风。迨积久法隳,发捻继扰,绿营刓敝,争募勇营,各军互有异同,各省自为风气,此实不能整齐画一之原因,至于今日勇营亦渐窳废,兵事日益艰难。臣等请约略言之：从前募勇不问来历，今宜按格精选，不得倖进滥充；从前当兵不定年限，今宜番练递休，不至疲众费饷。从前将不必知学，奋勇敢斗便可立功，今则战法日新，平时教导，临时指挥，卤莽者必不能任；从前兵不必久练，袒臂持矛便可赴敌，今则军装繁重，身所负荷、手所运用生疏者必不能胜。况乎火器日精，枪炮猛烈，军械有利钝，即操法因之有巧拙，操法有巧拙即营制因之有疏密，营制有疏密即饷章因之有厚薄。以上种种，胥待通筹，今昔异宜，既未可仍率其旧。中外异势，亦不必尽同乎人。臣仰体宵旰之焦劳，深维军事之得失，参仿各国之成法，默察各省之情形，详审折衷，厘为章制：一曰各项制略，删繁举要，规模为之粗具焉；一曰营制部分，层束编配，期于适宜焉；一曰饷章计费，制用丰俭，求其得中焉。惟是有治法，尤贵有治人，要赖各疆臣协力同心，公忠体国，认真举办，切实施行，庶几不出数年，而通国兵队可以化散为整，转弱为强。如其各便私图，别存成见，虽有良法视等具文，安望相与有成，艰难共济？此又能否整齐画一之关键，惟在圣明主持督策，董劝责成而已。至于新定章制，需饷较多，原期事事核实，人人得用，必须将佐谙兵法而精教练，士卒娴技艺而勤操演，始能逐渐进步，日起有功。固非一经改章，徒饰观听，便可以食厚饩、号雄师也。倘各军并无实效可征，则新章适启虚糜之渐，应由臣处臣部随时派员考查。凡各省新练之军，确系如法训练，方准照章开销。若但更立新名，仍蹈故习，毫无实际，坐糜巨赀，即断不准援此造报。一面仍请旨督饬，按照新法切实筹办，庶足振武备而严戎政。除操法、军械及裁并绿营改订官缺各事宜，续行筹议覆奏外，谨先将拟定《营制饷章》缮单恭折，具陈谨奏。光绪三十年八月初三日奉旨："依议，钦此。"

谨将拟定陆军营制饷章缮具清单,恭呈御览。

营制饷章总义

自古无久而不敝之法,而兵制尤与时会变迁,故一代有一代之兵制,一时又有一时之兵制,未可泥古剂以疗新病,居夏日而御冬裘也。是以晋荀吴舍车用卒,赵武灵改习骑射,汉晁错请师长技,皆因时制宜之妙用。方今各国兵制日新月异,考究綦精,参合而比较之,弃短从长,亦乌容已。顾兵事为专门之学,制度章程至为繁重,举其纲领厥有二端:曰营制,曰饷章。夫编订营制,非徒以盛威容,壮观瞻也,平时之强弱、临事之利钝,悉基于此。其要在本战法以立操规,又本操规以定营制,观其上下相承、大小相维、多寡相配、奇偶相生,务如身之使臂、臂之使指,诚有增于其数则或嫌其冗,减于其数则或虑其疏者矣。至于饷章,必使丰约得宜,储运有法,驻军无缺乏之虑,赴敌无牵顾之忧,典兵者无所藉以侵牟,箦依者不敢恣为中饱,恩既洽,民义斯兴,或曰兵事谋略为主,制度次之,故孔子言好谋而成,《汉书》兵家以权谋居首,不知谋略用也,制度体也,未有体不立而用能行,即未有制度不善而谋略足恃者也。中国戎政久弛,兵制日隳,不得不取法于人,相观而善,第我之地势、人情、财政、物力,又有不能与人强同之处,参观夫彼己,斟酌夫时宜,庶几乎变通尽利焉。兹将所订各项制章分款列后:

立军制略

古者天子六军,大国三军,但别以上下左右而已,无繁称也。今各国军队人数众多,除海军外统称陆军,其编列名号莫不由第一以至于十百，通国一贯，脉络相联。盖以兵为国家之兵，非一人所能私，一隅所能限，故将帅不得擅立主名，军队亦不得自为风气。其编立号数，大抵视辖境之遐迩，因其区域划分次第，而章制操法统归一律。遇有征调，无论何处兵队，均可编配成军，协力攻守；无论何军将领，均可统率节制，如法指挥。中国军政甫经整顿，各省改练新军，尚多有名无实，骤难划区编定。拟先就各省已练之新军，由练兵处、兵部会同奏请简派大员前往考验，择其章制、操法一律合格者，奏请钦定军镇协标号数。其尚未举办暨虽举办而未能合格者，由该将军、督抚预先奏明，姑缓考验，一面悉心筹画，蒐讨军实，督饬各将领遵照练兵处、兵部奏定章制操法认真筹办。俟续练有成，即奏请考验，依次编号，以昭核实编次之先后，视练成之迟速为定。

分军制略

军分三等：一曰常备军，选土著之有身家者充之，屯聚操练，发给全饷，三年出伍，退归原籍；一曰续备军，以常备军三年出伍之兵充之，分期调操，减成给饷，三年递退；一曰后备军，以续备军三年递退之兵充之，仍分期应操，饷又递减，四年退为平民。

常备军制略

平时编制以两镇为一军。每镇步队二协，每协二标，每标三营，每营四队；马炮队各一标，每标均三营，每营马四队，炮三队；工程队一营，每营四队；辎重队一营，每营四队；步炮工每队皆三排，每排三棚；马队二排，每排二棚；辎重队二排，每排三棚。各种队伍每棚目兵十四名，计全镇官长及司书人等七百四十八员名，弁目兵丁一万零四百三十六名，夫役一千三百二十八名，共一万二千五百十二员名。至战时征调，应按地势、敌情，或以三镇为一军，或合数军为一大军，或只派一镇分往一路，不受军之节制，皆因事制宜，无庸拘泥。征调之际，各镇兵丁、器械皆可酌量增加，其率如下步队每排增三棚，其兵丁由续备军调充，其正副目由常备兵选拔，炮队每队仍备炮六尊，数无增。惟运送弹药物料，暨一切零件各物、应需人员须额外加增，亦由续备军调用，不敷则由后备军添补。至马队、工程队训练稍难，平时仍宜准备，战时额数不须临战添调。辎重队应按道路之远近，随时酌加。未便预限均由续备、后备两军内调用，如有不敷，亦可雇用夫役。

续备军制略

常备兵训练三年期满，发给凭照资遣回籍，列为续备军，月给减饷银一两。每州县有续备兵百名以外即派一弁常驻管辖，兵多则弁增，弁多酌设官以领之。其不及百名之处，即两处派一弁兼管。每月会同牧令发饷一次，并兼司常备兵家书、留饷及新募兵各事续备。各兵仍听自谋生业，每年十月由该军统将遴员，前往各府州治督率操练。先期由该驻弁调集各兵带往听候会操，操期以一月为度。调操之月，各兵发给全饷。如常备兵之数头目照加，各府州治应按各属兵数预先请领枪械及号衣等件，临操分发，操竣收回，建库妥存，由驻弁管理。平时如有缉捕弹压要事，准各牧令会同该驻弁酌量调用，予以津贴，事竣即遣，不得常留。该兵丁既准出外谋生，如所在省分练有新军，情愿与客省续备军会操者，于每年六月内报明本籍牧令，于八月内转禀客游省分督抚，始准于客地会操，无庸回籍。倘远游不及千里，仍须回籍会操。其临操报病及有事故者，均应确实查验，捏报者严惩。如有征战，无论在籍、在外，均按册征调。规避者，立置军法。

后备军制略

续备军回籍三年，改给凭照，列为后备军，月饷照续备减半发给。每州县有后备兵二百名左右，则派一弁管辖之；如兵数不及一百五十名，则附隶于续备军驻弁，其发饷及听自谋生业与续备同。列后备之第二年、每四年均须会操，其章程与续备同。第一年、第三年则免调操。四年期满退作平民，停止月饷，不与征调，仍改给执照。嗣后遇有战事，其年在四十五以内愿应募者，准持照投营录用。其当兵十年始终勤奋结实可用者，分别考验拔升千把外委官职备充。驻扎各州县员弁管辖续备后备之任次，则酌赏奖札功牌。

督练制略

各省将军督抚本有督练营伍之责，惟地方事务繁杂，势难一意专注。凡各省新军业经练及一协以上者，应于省会设督练公所一处，慎选兵学谙练、事理精详各人员分任，兵备参谋教练暨考校本省旧日勇营，妥筹变革各事，以资辅佐，仍由各将军、督抚督率筹办，以期纲举目张，画一不紊。尝考各国，不论军之大小，苟能独力作战者，必有军政总汇之处，提纲挈领，章制整齐，此亦略师其意也。

设官制略

将领之责在乎运筹帷幄，极远大亦极精微，宜专心考查敌情，布置攻守，最忌分心庶务，妨误机宜，又宜各专责成，层层节制，平时无相侵越，临事免生诿误。查各国军制，将弁以外仍设庶务专员，分任佐理，其员司名目未免冗多。我宜仿其制而择其必不可少者，分别设立，以专责成。至兵学日新，本无止境，在营官弁最忌自封。故各国又设立各种专门学校,派官弁轮流入学,研究新理、新法。每队最少须排长一员,应派定制每队排长二三员,平时留营教兵者只余一二员,实属无可再少。况近日军器猛烈,最易伤亡,必须多设官弁以备随时替补。诚以官弁非可仓猝造就,各国皆不惜费用,预为宽储于平日,必不使或缺于临时。且今之战事利用散队,由少及多,逐段增加,而散队阵线占地绵长,一队之线阔逾数百步,往往声气难于联络,非多设官弁,又不足以督率约束。我国旧制官弁不能敷用,即为战力微弱之原,宜鉴于各国成例,酌添官弁以厚战力。即以步队而论,每队应设队官一员,排长三员,司务长一员,司务长专理本队庶务。排长三员,每长领一排。接战之时,由队官审势发令先散一排,该排长督率探攻,既得敌情,再依次分散数排。迨全队散后,队官领于前查看敌情地势,排长督于后防范退缩逃逸。遇有队官疾病、伤亡,即以一排长代之该队,战力不至大减,以此类推,则官弁之数均须加增始可以言战事。

补官制略

各国兵学皆本专门,军中自排长以上大率由学堂出身。中国兵学甫经创办,人才缺乏,势难尽仿各国。然不可不立定限制,以防滥竽,除另拟《武备学堂章程》请旨饬下各省赶速推广筹办外,此后创练新军,所有军中委用人员,应先尽曾习武备暨曾带新军者选择委用。其旧有官弁,必须切实甄别以能粗识文字,虚心向学者为上格。迨成军以后,遇有官弁出缺,仍先尽学堂毕业之员选充。余按原委之官弁考其才,具优异教练动能,或积功较多,或劳资较深者分别擢补,概不得在学堂新军以外随意任用。俟营员改定官缺后,所有新军人员均由该管官出具切实考语,暨平时记注功过之多寡,在营年限之久暂,请咨练兵处兵部立档以资考覈官缺,分别准驳。

募兵制略

自召募盛行而国家兵制一变,迨召募积久生弊,则又须因时立法,以救其失而制其宜,应参仿泰西各国征兵章程及汉唐调兵、府兵之制,由各督抚察度该省各州县民户之多寡、幅员之广狭、道路之远近、往来之通塞,酌订开招日期,并先设选验处所,预期示谕,附列募兵格式。届期派员会同各府、直隶州,督同各州县按格选募。所谓格式者:一、年纪限二十岁至二十五岁;二、身体限官裁尺四尺八寸以上,南方人躯干较小酌减二寸。其五官不全,体质软弱及有目疾暗疾者不收;三、膂力限平举一百斤以上;四、来历必须土著,均有家属。应募时报明三代家口住址,箕斗数目;五、品行。曾吸食洋烟及素不安分、犯有事案者不收。由各该村庄庄长、首事、地保等各举合格乡民,开具名册,偕赴该选验处所听候点验,毋许滥保游民溃勇,亦不得将应募合格之人瞻徇隐匿,并严禁吏胥、庄长、地保等藉端勒案摊派,违者重惩。督抚所派委员如期分往该处按格验收,分别去取其合格者注册编伍,并照钞一册移交地方官存案,即由该委员按名每日发给小口粮。开差赴防之时,按名酌加津贴,足敷食费为度,并各给该家属执据一纸盖用兵备处关防。成营三个月后,头目兵丁分别饷银多寡每月酌扣存饷,由饷局按六个月一次派员会同原籍地方官牌示,定期饬该家属持据亲领,该委员当面发给,于执据注明某年某次领讫字样。倘将执据遗失,必于发饷前一二日由庄长人等向地方官及发饷委员报明缘由,查明实系遗失,再补发饷银,并补给执据。如承发委员有克扣短少情弊,准由该家属函知各兵在营呈诉。其到营逾三个月,查明堪胜操练者,即行文该州县照绿营马兵例每名准免差徭三十亩。倘该兵丁代人包揽，查出重惩。其无差徭省分，准照生监例具报优免。兵丁家属由原籍地方官妥为爱护，毋任土豪痞棍欺凌。该家属遇有涉讼案件，准其援照生监一律遣抱，离营后仍以平民论。其请长假或被革退者，由该营管带按月呈报兵备处行知该管地方官注册。如有永革字样者，以后不准回营再补。即续有招募庄长人等，亦不得再行举送。凡永革及请长假兵丁，差徭仍照旧征派，优免则立予扣除，领饷执据由地方官追缴。其有在营拔升官长者，由兵备处知会该原籍地方官填注原册，以便稽考。

入伍制略

各国头目兵丁向分等级，按其才品优劣，操作勤惰，由该管营队官协同考查，随时升降，藉示劝惩，立法甚善，今应略师其意。凡招募新军，应按全营五分之一，先募粗通文字壮丁若干名，给正兵饷，照章训练五月后，择尤拔升副目，次者仍充正兵。即按全营额数募足新兵，分棚编伍，责成该副目、正兵分任教操三月后，副目胜任者升正目，遗缺以正兵选升。其入伍新兵均先充副兵五月后，择尤选升正兵，训练渐久，其优异者均可递升正目。募兵之始，入伍之时日既有参差，故兵丁之等级间有分别，迨十月以后悉照新章定额配补齐足，伊随时由该管官考查勤惰功过，互调黜陟，俾士卒时有观感，争自濯磨。至黜陟之权，宜有专属，副兵升正兵应由队官主之，正兵升副目、副目升正目，应由管带主之。

军令制略

军令者，所以定趋向、达意旨、齐耳目、一心志者也。《易》曰："涣汗其大号"，《书》曰："令出惟行，弗惟反"。夫欲令之惟行而无反汗，则必积诚信于平日,审事势于临时。其积诚信于平日者,一嚬笑之微不敢涉于率意,一语言之细不敢出以任情。赏以待功,不容轻诺,诺则必有以偿之;罚以蔽罪,不得虚悬,悬则必有以坐之。约束坚明,章程画一。其行政如四时之不忒,其持法如山岳之不摇。于是其下奉上,皆知长上之令之足恃也,自能切实循行,恪恭遵守,不敢有趋避揣测之见,瞻顾延玩之心。其审事势于临时者,当军令未发之先,必须虚衷博访,酌理准情,计时之所宜与情之所安,并量受令者之才具、能力以为部署,轻重缓急,条理秩然,得失利钝,明辨以晰。毋作深奥繁琐之文,毋涉游移两可之语,毋傲慢而侵下权,毋迁就而徇众意。斟酌既定,毅然出之,既出之后,期在必行,无旁挠,无中止,无隔阂,无窒碍。其于发号施令之道,思过半矣。按军令约分二类:一曰详令,授所部以详晰办法,使受令者逐条遵守也;一曰简令,授所部以扼要大意,使受令者相机筹办也,或刷印,或缮写,或面谕,或转告,随宜应付均无不可。东西各国皆以传令受令为军中紧要之学,传令有定法,有定时,高级兵官均有专司。传令之人凡令一出,则全军随之,如机动而器移,如风行而草偃,以故三军齐力,万众一心,战胜攻取基于此矣。

训练制略

治军之道首重训兵,其次练兵。训以开其智识,固其心性;练以精其技艺,增其材力。凡兵丁入伍之初,必须择忠义要旨编辑歌诀,由将弁等分授讲解,时常考问,并由各将弁各据所见随时诲勉,务令人人通晓大义,立志报国。至应习操法分门教授,由浅及深,均以实用易学为主,不可徒饰外观,枉劳兵力。各将弁有指挥之责,战之胜负,兵之存亡,胥依赖之。倘徒勇无谋,习故自封,败之道也,故必按期聚集讨论方略，演习战法。迨至将能用兵，兵知用械，功已过半矣，各国将弁皆躬亲训练，平日由将弁教之，临敌即由将弁用之，是以指麾如意，操纵随心，无隔阂之情，无游移之虑，赴机应变，攸往咸宜。我国旧部将弁每多不学训练，资之教习，调度任之，将弁习非所用，用非所习。猝当大敌，鲜不败挫，然值此武备草创、将才缺乏，恐不能全兼教练之任，故每标内暂设教练官一员，体奉统将所定教育宗旨，指授下级校弁以教练调度之法，上以佐统将之不及而稍分其劳，下以启校弁之心思而使达于用，俟将来学堂大兴、人才辈出，各将弁均能自任教练，即将此员裁去。

校阅制略

《周礼·大司马》:“仲春教振旅，仲夏教茇舍，仲秋教治兵，仲冬教大阅。”自是以降，历代皆有讲武阅兵之礼，所以简车徒、蒐器械、习战阵、饬戎备也，于以课其殿最，程其能否，行赏施罚，典至隆矣。我朝以神武开基，自太宗文皇帝天聪年间，即躬率大贝勒等演习行阵，是为大阅之始，厥后列圣相承，循行弗替。凡塞外行围，南苑校猎，西厂观兵之举，史不绝书，居安思危、习劳训武，意至深远。其著为常典者，内而京营校阅，外而直省校阅，莫不以时举行。东西各国兹事弥重，或分部按阅，或合军较试，或特举大操。有车驾亲临者，有由临军部奉诏视师者，《校阅章程》至为详备。中国戎政日弛，三年阅兵之典，各省大吏类多视为具文，迩来防务綦严，筹饷则已竭精华，练技则初仿新法，若不勤加校阅，何以御外侮而靖内讧？今酌拟其制，约分为三：一、钦派校阅，每三年由练兵处、兵部随时奏请，派知兵大员数人轮赴各省认真校阅。凡军容、军技、军阵、军学、军器、军垒、军情、军律靡不分别考查，按程度高下据实覆奏。二、本省校阅，每年由各将军、督抚亲阅该省军队,视其程度以定各镇、各协、各标之考成,并咨明练兵处、兵部备案。三、本军校阅,各镇、各协、各标统将按期校阅所部,将其程度造具详表,上诸本省将军、督抚,转咨练兵处、兵部备核。至校阅详细章程另行专案奏定。

征调制略

各省训练新军将来统编名号,军制画一,自可声气相通、情谊浃洽。遇有边疆重大军务,先由练兵处、兵部奏请,简派督兵大臣,由该大臣会商练兵处、兵、户部,审察敌军情形、战地形势,筹备饷需,考查各省兵数,酌量派拨,请旨饬下各省按期遣到。所有各省新军悉由督兵大臣节制,随时调遣,以一事权而专责成。如各省有土匪啸聚滋事,应由各将军、督抚先尽本省新军调用,如有不敷,可咨商练兵处、兵部在邻近省分酌拨兵队,请旨派往协剿,事平后仍回原省。

奖励制略

创练新军备极繁难,俟其编制已成、训练渐熟可任征战,由各将军督抚奏请简员,照校阅详章认真校阅。如训练不精,展期再练。果能一切如法、著有成效,准按照异常劳绩请奖一次,限营队每百人奏奖二人,咨奖三人,并将该员弁所充职任由练兵处、兵部注册。遇有应升充之职任,先尽此项人员升擢,此后每届三年请阅一次,择其优者照寻常劳绩请奖,限亦如之。惟此项系指新军创练时而言,至数届后风气大开,将材辈出,训练易熟,兵学日精,操演各事本系该员弁等应尽职务,所有请奖章程再行另核办理。其平时操练将弁之勤奋卓著者,应由各将督抚详叙劳绩,年终奏请,饬下练兵处、兵部制发五等勋章,分别赏给。其兵丁技艺娴熟,暨打靶较优者,由练兵处、兵部酌定银牌、功牌式样，颁发各省自制，随时由各将军、督抚考阅赏发，以资鼓励。

惩罚制略

军营贵尚气节，将士宜养廉耻。除官兵犯法系属私罪、应按军律惩办外，至无心过误或偶失检察，凡涉公罪，应酌量案情轻重，由该管官分别罚扣薪饷充赏，官则随时禀明立案，弁目以下则按月榜示，营内仍申报统将，其情节甚轻者，官弁按次数分记大过、小过；兵丁限时刻罚令充当苦工，概免其按军律治罪，庶于薄惩之中仍寓曲体之意，则人知自爱而法不轻尝矣。

缉逃制略

选募之兵招徕非易，训练既久，技术日娴，一旦中道脱逃，则枉耗日力，虚縻饷糈，至为可惜，遇征战时尤足偾事，故不得不严缉捕之责。凡逃兵除由各该营认真查拿外，并由兵备处行知该原籍地方官督饬各庄长、地保暨家属人等严密查拿。如已逃回原籍，该庄及地保等隐匿不报，查明一体惩责。如未逃回原籍，即由该庄长等出具切结，俟回籍后再行交出。倘该地方官查缉不力，即照军政缉拿，逃兵则照参处例，以接到军营咨文之日起，勒限一年缉拿，限满不获，该督抚按其咨到之先后、名数之多寡分案咨参。一二名以上不获，州县官罚俸九个月；五六名以上罚俸一年；十名以上罚俸二年，均再限一年缉拿。限满不获，一二名以上，州县官降一级留任；五六名以上，降一级调用；十名以上，降二级调用，俱公罪，余依原例办理。至于正本清源之道，尤在驭兵者平时善于拊循，约束训勉，有以激励士气、固结兵心，人乐服从，逃亡自少。其犹打乘间窃逸者，或规避操防，或犯法畏罪,此其咎固由自取而其数必不能多,故观于逃兵之众寡,亦足以察知驭兵之善否,如逃兵之数过多,应将该队官长分别记过惩罚。

恤赏制略

谨按我朝定制及乾隆二年、嘉庆六年、嘉庆十一年迭奉谕旨或经奏准,凡官与兵之阵亡者,兵则给银,官则按其职之高下给银赐荫。阵伤者按伤之轻重分作五等,重者给阵亡一半恤银,轻者递减。其曾经立功,积劳以老病残废退休者,官则或给全俸或给半俸,兵则或给步粮或给守粮。既殁,而官荫其子,兵廪其家,甚盛典也。时至今日承平日久,良法寖失,东西各国此义绝重。官兵因战因公暨平时殁亡者均有扶助金,伤废者均给养资,官弁头目在营十一年以上退休者,均给恩俸,其养资恩俸及其终身,扶助金及其妻之终身,子则及冠。用意周浃,尤无遗憾,以故士气振奋,赴汤蹈火,视死如归有由然也。今中国整顿戎政,亟宜申明定章以励军心而作士气。凡阵殁者为上,因战伤废者次之,因公死事者次之,在营日久积劳病故者次之,年岁及限、予告退休者又次之,均分别等差,优给赏恤,由各省筹提的款以备支放。虽库帑万分支绌,此项必须发给。倘经手官吏有尅减留难情事,准本身及家属据实呈控,或由旧隶协标代控,在外由各将军、督抚查办,在内由练兵处、户部查办。廉得其实,即将经手官吏严参治罪,仍将尅减之数追提补发,以昭大信。其恤赏详细章程当查照成例,参考新法,另行专案奏定。

退休制略

军营最贵朝气,最忌暮气,是以兵丁更番训练,及年退伍,而武员亦有年老退休之制。我朝定例自副将以下,年六十者概予罢斥。东西各国将领，其秩视我提督者年无定限；秩视我总兵者以六十五岁为限；秩视我副将者以六十岁为限；秩视参将者以五十四岁为限；秩视游击者以五十一岁为限；秩视都司、守备者以四十八岁为限；秩视千总、把总者以四十五岁为限。盖官秩愈小则职务愈劳，至于都守千把上承命令，下赖指挥，按日督操，更非精力稍衰者所能胜任。我国自副将以下一律限以六十岁，似觉过宽，今拟改定年限，不必尽仿外国，应参酌人情，权衡时势，定为提镇不限年岁，副将限六十五岁，参将、游击限六十岁，都司、守备限五十五岁，千总以下限五十岁，皆令退休。俟将来兵学推广，将才渐多，再将年限分别酌减。其游击以上如有身体强健，才略优异，为军中必不可少者，虽年已及限，亦准该管将军、督抚出具切实考语，奏明展限，留营五年，限满不得再留。

卫生制略

国势之盛衰系于军队，军队之优劣系于士卒，士卒之强弱系于卫生。卫生者，诚养兵之要务也。我圣朝爱惜兵士，每届溽暑颁赏丹药遍及将士。近复钦奉懿旨饬设红十字会以恤伤病，所以为军士卫生者周且备矣。东西各国军制，此义尤重，特设军医一科专司军队卫生各事。诚以壮夫聚处，疫疠易滋，军行劳苦，疾病常作，倘不防微杜渐，则平时之损害恒甚于战时之伤亡。尝有赴敌之军未至战地而兵力已什减二三，皆不讲卫生之害也。今创练新军，亟须考求各国卫生之术，仿而行之，综其大要，约有三端：一曰平时之卫生，操练必时，起居必察，屋宇必敞，服食必洁，盥沐必勤，灾疫必防，治病有特室，验病有专员，每营均设养病室，每镇均设养病院，如一事失宜，一夫失所，皆为有军事者之责。一曰行军之卫生，劳与逸殊，动与静异，风日所暴，雨露所侵，一或不防，摧折必甚。是故缓赴急赴厥有定程，舍营露营必遵成法，又军人奔走致病之故，多由于靴伤、鞍伤、冻伤、晒伤，更宜留心防此四弊。一曰战地之卫生。枪炮交轰，血肉相搏，不有恤者，荼毒何堪？应在阵地派卫生队携带兜具，舁送受伤军人，又于阵地之后设裹伤所若干，以弥缝伤口，又其后有随营医院若干，以疗治伤病。倘该院员役随军前行，更调备分医员接续办理，即变为前站医院。遇有伤病者除疗治外，并须随时解送后路，以免前路拥挤。再其后有后站医院，此院附设于前敌输运总局，收疗前站解送之人，全军军人资以休养伤病。倘伤病愈后确不能复任战事，应随时资遣回籍，或改委他项差使。如此多方保护，彼伤病者必不至委弃道路，而勇于効命者众矣。其详细制章，另行奏明办理。至军中马匹，关系綦重，各国皆设兽医学堂以疗病马，中国亦应次第筹设，俾储马医之选。

薪饷制略

旧制营员薪资无多，而额外所入辄至倍蓰。兹值整饬营伍，必须从优厘定，以资养廉而昭覈实。现定薪水公费虽较旧制为优，然薪公之外毋许有丝毫侵蚀，实较旧军之漫无限制，恣意中饱者所得尚有不及。至兵丁月饷，各国章制大率放钱甚少，而衣食日用各件皆由公家供给，名目繁多，需费浩巨，而在营官兵专心操战，无他顾虑，立法甚善。惟经理供给，中国尚无此项专门人员，而时会所趋，习于贪诈，清白可信者固属无多，能知缓急者尤难其选，稍有不慎，流弊丛生，愈难究诘，且恐与营员易生龃龉，遗误军需。现惟有暂由各将军、督抚体察各省情形，参仿各国规制，按该省银值之低昂，物价之贵贱，酌中审定。每月在正饷内量为提扣若干，遴委妥员督率试办，准由营员随时纠查，务期实惠及兵，杜绝浮冒，并将详细办法咨明练兵处、兵部查考。倘该省情形不宜，或无此项谙练人员，断不可强为仿办，致滋弊窦，即由该将军、督抚督饬各将领另拟周妥办法，咨明练兵处、兵部查核备案。各省军队每届发饷之期，由饷局接包秤准，禀请委员掣签赍批，分往各营。俟操练后会同营员覆加秤验，在操场按名点发，由营员在批内注明毫无短少字样，加用关防。其兵丁中有操演生疏情节可疑者，由发饷之员查明是否顶替缺额，病假者验看是否属实。倘有弊混，立即扣发，禀究该饷员。所发饷银如有克扣短平诸弊端，查出严惩，并准营员指控参罚，以昭慎重。

营舍制略

今日军营非无舍也，虽有官兵舍库厩厨厕，大都卑陋，湫溢甚，或晦暗污浊，其一切杂役则聚于二三矮屋之间，此外惟操场而已。无上下讲习之地，则学术易歧；无起居适宜之地，则疾病易生；无储藏工作之地，则蠹朽堪虞，取给不便。查东西各国所谓营舍者，院宇皆宽宏，房屋皆高敞，造屋之式或长或方或十字形，以空气易于流通为主，恒以一标驻扎一处。各项房屋均极齐备，兵丁住室约以每名占五十方尺为准。其在内者有官房、目房、兵房、卫兵房、军医房、书记房、号兵房、匠役房，又有讲堂、饭厅、办事房、集议房、会客房、电话房、图书房、药房养、病房、沐浴房、衣粮饷械各库房、裁判房、轻重惩禁房；其在外者有炊爨场、盥漱场、浣濯场、登眺场、操场、打靶场、剑场、抛球场、体操场、修械场，铁工、木工、靴工、缝工、皮匠、掌匠各治作场，以及汲房、厕房、厩房；其在炮队则另有炮房；其在马队则另有马厂，名目繁多，几难缕计。现值中国整顿军队营舍，亟宜讲求，而物力维艰，库款方绌，求如各国之闳敞巨丽、规模美备，诚属不易。惟各项房屋多于军事关系甚重，又未可因陋就简，一概视为缓图，应由各省将军督抚饬各军将领体察情形，择要办理。

选马制略

军马选补最为陆军要务。古者别群以色,齐力以足,罔不订为成规,颁行马政。我朝考牧綦重,自天闲内厩以逮口外牧场,下及八省旗营马,各营马皆因时立制,明定科条,方策昭垂,班班可考。近东西各国,其陆军省率隶有军马补充部,选择之法约分骨相、躯干、四肢、口齿、性质、肥瘠诸项以为区别。现在马兵功用尤以侦探、接应、包抄、冲锋为专长,次则炮车之柂驾,辎重之载运,亦莫不为军事最要之关键。兹订选马之式,首以性质驯良,无踶啮惊逸之病,体力强健有负重致远之能方为上选。其它则额欲其广而耸,背欲其阔而平,眼欲其明而不躁,腰欲其柔而不靡,蹄欲其坚而不脆,筋肉欲其舒长而丰实,胫节欲其壮大而有力,四肢欲其正立而不倚,行步欲其轻迅而中节,口齿则取其方盛壮而能久用者。太稚则患弱,近老则易衰,以五六岁为适宜,毛色则取其易蔽藏而难瞭见者,黑与紫为善,红与黄次之,以青白灰为最忌。身干则取其修伟雄岸而合程度者,北口之马高自四尺五寸以下至三尺九寸以上,西口之马约比北口高三寸。余以官裁尺较之,及此格者均堪备战乘之选。至于炮车用马,不妨稍高;辎重用马,不妨略低;骑乘之马,宜于身长而体均;驮负之马,宜于幅宽而背短,分别配置,功效斯彰。惟是产地各殊,种类亦异,按图索骥,未免拘墟,然诚能如其格式精于审择,其于汰驽留良之道,亦可以思过半矣。

变通制略

新定章制原宜各省一体通行,然各省情势不无异同,有必须量为变通者,即如该省地多平陆,宜多练陆路炮队,转运利用大车,马队之数亦应酌增，或每镇设置二标，编为马队一协；该省地多山麓，宜多练过山炮队，转运利用驮马暨人力小车；水泽之区则利用船只，暨招夫负荷。又如过山炮配定驮马，或有时不便马行者，可亦以人力分扛。至兵丁、粮口、马匹、养干、衣履、军需各价值亦按地方物价低昂酌定，要以敷用覈实为度。如该省饷项支绌，不能一时照章编立成军、成镇，其开办第一年，一镇中先设步队甲协两标，马炮队各一甲，营工程辎重各一队；第二年续成步队乙协之丙标，马炮队各乙营，工程辎重各两队；第三年续成步队乙协之丁标，马炮队各丙营，工程一营辎重一营，递年陆续加增，自可逐渐成镇。如三年后饷仍不敷，不能照定额编足，只可将平时营数队数酌减三分之一或四分之一，以此为限，不得再减。统由各省将军、督抚查看情形，随时咨商练兵处、兵部覈定请旨办理。

军服制略

近日操法起伏，分合进退转旋，均贵迅捷，临敌接仗隐藏居多，贵不可测，故军服必须窄小适体，灵便合宜，尤忌颜色华丽，易招敌目。寒时尚黑色，暖时尚土色，使人不能远望瞄击。又须分色缘边，肩头列号，自官长以至兵目，各按等级次第分设记号，务使截然不紊，本国将士易为辨认，操战号帽亦应分别等差记号，前簷稍宽，取蔽风日，以便瞄准命中。其详细式样另行专案奏定，官长冠服均依式自制，兵目冠服由公家发给。

标旗制略

步马各队每标应有标旗一面，平时设专弁奉持之，藉以振励军心，遇征战时标统拥以偕行，进退攻守视为标准。奉持之弁宜精其选，此项标旗关乎国体、军声，在军中最为郑重，标队之存殁与此旗共之，标旗失去即无异全标覆没，该管标统应予严处。各国标旗向由国主颁发，将士见之仪如谒君，示以虽在军中不忘君上之意。我亦宜略仿其意，由练兵处拟定式样，请旨颁发。旗到军中，统将以下列队虔迎，敬谨供奉。凡遇圣节暨元旦、冬至各期，将士排班对旗行礼，或路过标旗，皆应立正致敬，亦教忠之一道也。

军器制略

各国军器愈出愈新，愈新愈利，我国现值整顿军政，厘定枪炮式样，应择其最新、最利者以资战备。盖军器不徒取其灵巧，尤贵机件简少、质地坚牢，既能适用，并可耐久。近来详加考校，快枪口径宜用七密里以下，出口速率须六百密达以上，取准击远须二千密达以上；行营炮口径宜用七生特半以上；陆路炮出口速率须五百密达以上，取准击远须四千密达以上；过山炮出口速率须三百密达以上，取准击远须三千密达以上；至攻守炮或十生特、十二生特、十五生特不等。各因利用，分别铸造，长短大小不拘一格，所有枪炮均应用无烟药。惟各省军营器械糅杂，骤难画一，兹拟先订归并之法。如各省步队或使一标归成一律，马炮工程辎重各队或使一营归成一律。其可以归并不止此数者，固属多多益善，但不准一标一营之中杂有两式之械。俟各省筹有的款，由该将军、督抚咨商练兵处、兵部核定式样，逐渐备换，概以新军编成后五年为限，其旧有军械或收藏该省武库，以备不时演习之需，或发交巡防各队，以供地方弹压之用。迨本国推广制造以后，所出之械实能与各国相埒，专向制造局源源购取，即不须仰给于人矣。

输运制略

兴师动众,需物至繁,就地采购,十不获一,若非厚峙军储、预筹饷道、调发便利、转运流通,士马既行,挽输不继,虽精劲之旅难免溃奔,节制之师亦将掳掠,故兵法有之曰:"军无辎重则亡,无粮食则亡,无委积则亡。"强弱所分,胜负所判,皆由于此。东西各国慎重军事,输运一事尤善经营,往往以数十百万之众悬军深入,而资用无虞缺乏,盖其预为调度布置者,固不知几殚心力矣!亟宜参考其制,仿而行之。按输运之纲领有二:一曰随军输运,一曰后路輸运。随军之输运有三:其随于马步队每营或炮工程每队之后者曰小接济,供给前队应补之枪炮、子弹及工程器具、伤兜药材等件,所以备战时之需也;其随于每标协或全镇或每支队之后,与之俱进退者曰大接济,供给每日应用之薪粮、炊具,及将校被具等件,所以备宿营之需也;其随于全军之后者曰辎重队,输运供给全军应补若干次之枪炮子弹,应用若干日之粮食及随营医院、卫生队、桥梁队、电信队应用之器具,所以备两层接济之领取暨战前战后之需也。后路之输运有二:其一系随我战地挪移者,于战队交通之地择沿途铁路、水路、陆路最扼要之区设一前敌转运总局,军需各品储蓄惟备,附设后站医院、电报局、邮信局、修械厂等类,均隶属于该局自此,而前直接于战队所在之后,按道路之远近酌设分局若干,以便辎重队之领取是为军需接济之所;其一系不随战地挪移者,于调遣战队之省分或其它便于往来易于采办之后路地方设一总军需处,附设各项积储仓库,凡前敌转运总局有不能备办之物皆供应之。其规模视前稍大,一切物品或向战地输送,或自战地运回,或应从某省征调,或应由何路解往,均归该处经理擘画,是为军需后备之所。夫其繁重完密至于如此,以故缓急足恃,饱腾有资,士气常雄,军心日固,进战退守,皆绰绰然有余裕矣。

服役制略

兵丁平时操练,临敌战守是其专责,此外杂役概非所任。旧营习气或以兵供巡缉之资,或以兵执土木之役,甚至营员之侍从、阍仆、庖丁、牧圉皆得驱使正兵,最足妨碍操防,玷损军政。此次定章,所有营员均另设护勇,专供营中杂务,且各员薪俸公费甚优,不难自觅佣工以资服役,概不准以私事役使正兵。其分拨巡缉、修办工程等事除与战备有所关涉外,亦不准以兵丁充役,违者严惩。

营 制

督练处制凡省会之地,均设督练处一所,以统辖全省军营,计分兵备、参谋、教练三处;督办东三省既驻防旗军由将军兼摄,各行省由督抚兼摄,管理三处,整饬本管营伍;参议官禀承督办管理庶务、文牍;文案随同参议,经理文牍;随员以文职充当,听候随时差遣;先锋官以武职充当,听候随时差遣;清书专司誊录;马弁,护兵,长伙夫,分当各差。以上员弁兵夫均按事之繁简,由督办酌定人数,奏咨立案。兵备处总办一员禀承督办考核章制暨各功过赏罚、筹备粮饷、军械、医务等事;参谋处总办一员禀承督办赞佐调度、策画,并考查中外与图形胜等事;教练处总办一员禀承督办考查训练兵队,暨审定学堂课程等事;三处帮办、提调、委员、文案、清书等禀承三处总办分司各事,亦按事之繁简,酌定人数。

一军之制由第一军至若干军每军两镇至三四镇不等,现在镇数无多,平时暂不编军,遇有军务再酌量情形奏请编设,姑按两镇编军拟制如下:总统官一员统辖全军;总参谋官一员赞佐号令,参画机宜;一等参谋官二员随同总参谋官分任计划诸务;二等参谋官二员随同总参谋官分任计划诸务;炮队协领官一员参佐全军炮队事务,遇炮队聚战之时由该员指挥督率;工程队参领官一员参佐全军工队事务,遇工队聚用之时该员指挥督率；护军官一员经理庶务，管辖制内弁目、兵役；执事官一员随同护军官分办庶务；一等书记官四员；总执法官一员考查全军法律；总军需官一员筹计全军粮饷装服等事；总军械官一员筹计全军战具、军火等事；总军医官一员筹计全军卫生医药等事；总马医官一员筹计全军马匹，卫生医药等事；书记长五员经理文牍；护军官，军需官，总参谋官，军械官，军医官各用一员；司事生三名承办杂务，护军官，军需官，马医官各用一名；司书生十五名总统用六名，参谋官、军需官各用二名，炮队协领官、工队参领官、护军官、军医官、马医官各用一名。稽查一员管带马弁、护兵；弁目三名；马弁三十名；护目六名；护兵六十名，弁兵两项由总统酌量派隶各员差遣；伙夫九名分拨弁兵遣用至杂项长夫，战时酌量募用无定额；骑马三十三匹弁目、马弁各一匹。此制系按两镇酌设人员，倘加至三镇或四镇，则执法、军需、军械、军医、马医等官应增设副员，其参谋、执事、文案、随员、书记、司事、清书、弁兵、伙夫等亦按事之繁简酌量增加。

一镇之制由第一镇至若干镇，每镇步队两协，马队、炮队各一标，工程、辎重各一营，军乐一队：统制官一员统辖全镇；正参谋官一员职掌与总参谋同，如一镇独当一路，则此项人员应加二员；二等参谋官一员；三等参谋官一员职掌与二等参谋同；中军官一员经理庶务；执事官一员；一等书记官三员；正执法官一员核定全镇狱案；正军需官一员考查全镇粮饷装服等事；正军械官一员考查全镇战具、军火等事；正军医官一员考查全镇卫生医药等事；正马医官一员考查全镇马匹卫生医药等事；司号官一员考查全镇号兵；书记长七员正参谋官、中军官、军需官、军械官、军医官各用一员；执法官用二员；司事生五名执法官、军需官、军械官、军医官、马医官各用一名；司书生十五名统制官用四名，执法官用二名，参谋官、军需官各用二名，中军官、军械官、军医官、马医官各用一名；弁目一名；马弁十六名统制官用八名，执法官用四名，军需官、军械官、军医官、马医官各用一名；护目三名统制官用二名，执法官用一名；护兵三十名统制官用十八名，执法官用五名，参谋官用三名，军需官、军械官、军医官、马医官各用一名；伙夫五名各目弁兵分用；骑马十七匹弁目、马弁各一匹。

一协之制由第一协至若干协，每协步队两标：统领官一员统辖全协；参军官一员赞佐营务，参画机宜；执事官一员经理庶务；二等书记官二员；司书生二名；司号长一名；弁目一名；马弁六名；护目一名；护兵十名；伙夫二名；骑马七匹弁目、马弁各一匹。

一标之制由第一标至若干标，每标三营，步、马、炮队同：统带官一员统辖全标；教练官一员平时督理本标教练，遇有战事参画戎机，嗣后官弁均出自学堂，即将此员随时裁去；执事官一员；掌旗官一员奉持步马队，标旗炮队不设；副军需官一员督理本标粮饷、装服等事，步马标兼管军械；副军械官一员督理炮标战具、军火等事，步马标不设；副军医官一员督理本标卫生医药等事；副马医官一员督理本标马匹卫生医药等事，步标不设；司号长一员；二等书记官二员；司书生二名；弁目一名；马弁四名；护目一名；护兵八名；伙夫二名；骑马四十匹步队标骑马五匹，弁目、马弁各一匹；马队标骑马十七匹，执事、掌旗、司号、弁目、马弁、护目、护兵各一匹；炮队标骑马七匹，执事、司号、弁目、马弁各一匹。

步队营制每标由第一营至第三营，每营分前、左、右、后四队，每队三排，每排三棚，每棚目兵十四名：管带官一员管辖全营；督队官一员帮同教练管理庶务；队官四员每队一员；排长十二员每排一员；司务长四员每队一员，料理本队庶务；正目三十六名每棚一名；副目三十六名每棚一名；正兵一百四十四名每棚四名；副兵二百八十八名每棚八名；军需长一员办理本营饷械装服各事；军医长一员疗治病伤；医生一名帮佐医官；书记长一员；司书生六名管带官用二名，每队官各用一名；号目一名；号兵八名每队二名；护目一名；护兵十八名管带官用六名，每队官各用三名；匠目一名修理枪械，约束各匠；枪匠四名；皮匠四名；医兵四名照料病伤；备补兵三十六名每棚一名，平时随同操练，遇有兵缺提补。行军时照料帐棚及行李各件；伙夫三十八名管带项下，兵匠用二名，每棚目兵各用一名，或一棚同炊，或全队同炊，由统将酌量情形办理，但不得一军两歧；驾车兵四名专管驾驭,随带车辆行军时加两倍;喂养夫四名专司煮料、铡草、扫除等事,行军时加两倍;随营车四辆专供运载本营随带军需,行军时加两倍;驾车骡十二匹每车三匹,行车时随车加两倍。

马队营制每标由第一营至第三营,每营分前、左、右、后四队,每队二排,每排二棚,每棚目兵十四名:管带官一员;督队官一员;队官四员每队一员;排长八员每排一员;司务长一员经理各队庶务;正目十六名每棚一名;副目十六名每棚一名;正兵六十四名每棚八名;副兵一百二十八名每棚八名;军需长一员;军医长一员;查马长一员管理马匹喂养,考查马匹强弱;马医长一员疗治马疾;书记长一员;司书生六名管带官用二名,每队各用一名;号目一名;号兵八名每队二名;护目一名;护兵十二名管带官用四名,每队官各用二名;匠目一名;枪匠二名;掌匠四名;皮匠二名;医兵四名;备补后十六名每棚一名;伙夫十八名管带官项下兵匠用二名,每棚用一名;驾车兵四名行军时加一倍;喂养夫四名行军时加一倍;马夫目四名每队一名,分带马夫办理铡草、煮料、扫除等事;马夫三十二名每队八名;战马二百六十匹督队官、队官、排长、司务长、正副目兵号、护目兵各一匹,行军时加马十四匹;军需长、军医长、查马长、马医长、书记长、匠目掌匠、医兵每名各一匹;随营车四辆行军时加一倍;驾车骡十二匹行军时加一倍

陆军炮队营制每标第一、第二两营,每营中、左、右三队,每队三排,每排三棚,每棚目兵十四名;管带官一员;督队官一员;队官三员每队一员;排长九员每排一员;司务长三员每队一员;正目二十七名每棚一名;副目二十七名每棚一名;正兵一百零八名每棚四名;副兵二百十六名每棚八名;军需长一员办理本营粮饷装服各事;军械长一员平时经理炮械,教授炮学,战时管理军火;军医长一员;医生一名;查马长一员;马医一员;马医生一名;书记长一员;司书生五名管带官用二名,每队各用一名;号目一名;号兵六名每队二名;护目一名;护兵十八名管带官用六名,每队队官用四名;匠目一名;铁匠三名;炮匠

三名；掌匠六名；木匠三名；皮匠三名；医兵三名；备补兵二十七名每棚一名；伙夫三十一名管带官项下兵匠用四名，每棚目兵各用一名；驾车兵六名行军时加一倍；喂养夫六名行军时加一倍；马夫目三名每队一名，行军时每队加一名；马夫三十九名每队十三名，行军时马数添足，每队加九名；炮十八尊每队六尊；弹药车十八辆每队六辆；铁炉车三辆；零件车三辆；备用弹药车九辆平时储备；随营车六辆行军时加一倍；驾炮驾弹药车共用马二百十六匹每炮每车六匹；驾铁炉车零件车共享马三十六匹平时不养，行军时添足；驾备用弹药车共用马五十四匹平时不养，行军时添足；骑马五十匹督队官、队官、排长、司务长、正目、号目、号兵各一匹，行军时加马四十六匹；军械长、军需长、军医长、医生、查马长、马医长、马医生、书记长、副目、护目、匠目、掌匠、医兵各一匹；驾随营车骡十八匹行军时随车加一倍；预备马三十六匹平时不养，行军添足。

过山炮队营制每标一营列第三，每营中、左、右三队，每队三排，每排三棚，每棚目兵十四名：管带官一员；督队官一员；队官三员每队一员；排长九员每排一员；司务长三员每队一员；正目二十七名每棚一名；副目二十七名每棚一名；正兵一百零八名每棚四名；副兵二百十六名每棚八名；军需长一员；军械长一员；军医长一员；医生一名；查马长一员；马医长一员；马医生一名；书记长一名；司书生五名管带官用二名，每队各用一名；号目一名；号兵六名每队二名；护目一名；护兵十八名管带官用六名，每队各用四名；匠目一名；铁匠三名；炮匠三名；掌匠六名；木匠三名；皮匠三名；医兵三名；备补兵二十七名每棚一名；伙夫三十一名管带官项下兵匠用四名，每棚目兵各用一名；管驮兵十八名管押随营驮马，行军时加一倍；喂养夫十八名喂养随营驮马，行军时加一倍；马夫目三名每队一名，行军时各加一名；马夫三十九名每队十三名，行军时每队加五名；炮十八尊每队六尊；炮位弹药驮马一百四十四匹每炮八匹；备用弹药驮马九十每炮五匹，行军时加一倍）；铁炉零件驮马十八匹每队六匹，平时不养；骑马十六匹督队官、队官、排长、司务长各一匹，行军时加八匹；军需长、军械长、军医长、医生、查马长、马医长、马医生、书记长每员各一匹；随营驮马三十六匹专供驮运本营随带军需，行军时加一倍；预备马三十六匹平时不养，行军添足。

工程队营制每镇一营，随本镇号数编立营名，每营前、左、右、后四队，分办行军、桥梁、沟垒、电器、雷具各事，每队三排，每排三棚，每棚目兵十四名：管带官一员；督队官一员；队官四员每队一员；排长十二员每排一员；司务长四员每队一员；正目三十六名每棚一名；副目三十六名每棚一名；正兵一百四十四名每棚四名；副兵二百八十八名每棚八名；军需长一员；军医长一员；医生一名；书记长一员；司书生六名管带官用二名，每队各用一名；号目一名；号兵八名每队二名；护目一名；护兵十八名管带官用六名，每队各用三名；匠目一名；枪匠四名；铁匠四名；木匠四名；皮匠二名；医兵四名；备补兵三十六名每棚一名；伙夫四十名管带官项下兵匠用四名，每棚目兵各用一名；驾车兵四名行军时加两倍；喂养夫四名行军时加两倍；随营军辆四辆行军时加两倍；驾车骡十二匹行军时加两倍。

辎重队营制每镇一营，随本镇号数编立营名，每营前、左、右、后四队，分办输运枪弹、炮弹、粮秣、桥梁、工具等项，每队三排，每排三棚，每棚目兵十四名：管带官一员；督队官一员；队官四员每队一员；排长十二员每队一员；司务长四员每队一员；正目三十六名每棚一名；副目三十六名每棚一名；正兵一百四十四名每棚四名；副兵二百八十八名每棚八名；军需长一员；军医长一员；医生一名；查马长二员；马医长一员；马医生一名；书记长一员；司书生六名管带官用二名，每队各用一名；号目一名；号兵八名；每队二名；护目一名；护兵十八名管带官用六名，每队各用三名；匠目一名；枪匠四名；铁匠四名；掌匠八名；木匠四名；皮匠四名；医兵四名；备补兵三十六名每棚一名；伙夫四十一名管带官项下兵匠用五名，每棚目兵各用一名；马夫目八名每队二名，行军时各加四倍；马夫七十二名每队十八名，行军时加四倍；辎重车七十二辆每队十八辆，行军时加四倍；骑马一百零六匹督队官、队官、排长、司务长、正副目各一匹，行军时加八匹；军需长、医长、医生、查马长、马医长、马医生、书记长每员各一匹；驾车骡二百十六匹行军时加四倍。

军乐队制每镇一队：队官一员；排长一员；一等乐兵二名；二等乐兵六名；三等乐兵十二名；学习乐兵二十四名；伙夫五名。

粮饷局制局内员司承办粮饷各事，系按一军两镇拟定人数，如镇数增减，则此项员司亦递照增减。行军时事务繁多，亦须酌增，要以敷用为度：总办官一员总理粮饷事务，各项军需官悉归节制考查；制造官四员管理采买、制造军需事务；司粮官四员管理粮食、马料事务；司饷官四员管理出入饷银，核记帐目；三等书记官二员；司事生四名；司书生四名；护目一名；护兵十二名；伙夫一名。该局为平时经理粮饷而设，遇行军时或一军一镇独当一路，应由局添派员司随同军镇前往，作为行军粮饷分局。遇事听总统统制指示办理。

军械局制局内员司承办军械各事，系按一军两镇拟定人数，如镇数增减，则此项员司亦递照减增。行军时事务繁多亦须酌增，要以敷用为度：总办官一员总理军械兼管武库，各项军械官均归节制考查；查械官二员考查军械，督饬修理；司库官三员管理武库，收发军械；三等书记官一员；司事生二名；司书生二名；护目一名；护兵八名；匠目二名；修械匠十八名；守库兵目二名；守库兵十八名；伙夫五名。该局为平时经理军械而设，遇行军时或一军或一镇独当一路，应由局添派员司随同军镇前往，作为行军军械分局，就近听候总统統制指示办理。

军医局制局内员司承办军医各事，系按一军两镇拟定人数，如镇数增减则此项员司亦递照增减，行军时事务繁多亦须酌增，要以敷用为度：总办官一员总理卫生事务，兼理军营各医院，各项医员均归节制考查；正军医官二员分管卫生等事，兼理医务；军医长二员佐医官分管各事；医生十名试办医务；正马医官一员管理马匹卫生事务；医兵目四名专管医院调护各事；司药官二员；三等书记官一员；司书生三名；护目一名；护兵六名；医兵四十名随医兵目分任各事；伙夫五名。

该局为平时经理医务而设，遇行军时或一军一镇一协独当一路，应由局添派员司照卫生章制分设医院，其在前敌者遇事听候总统、统制、统领指示办理

饷　章

正支额款按两镇人数以一月计，官弁不扣建，兵匠夫扣建。

督练处员司薪水、公费由各省将军、督抚按军队之多寡，事务之繁简，酌量拟定奏咨办理；总统官一员薪水银六百两，公费银一千两，共银一千六百；统制官二员每员薪水银四百两，公费银六百两，共银二千；统领官四员每员薪水银二百两，公费银三百两，共银二千；统带官十二员每员薪水银二百两，公费银二百两，共银两四千八百两；炮队协领官一员薪水银二百五十两；工程队参领官一员薪水银二百两；教练士官十二员每员薪水银一百两，共银一千二百两；步工辎管带官二十八员每员薪水银一百两，公费银一百四十两，共银六千七百二十两；马队管带官六员每员薪水银一百两，公费银八十两，共银一千零八十；炮队管带官六员每员薪水银一百两，公费银一百六十两，共银一千五百六十两；督队官四十员每员薪水银五十两，共银二千两；步工辎队官一百十二员每员薪水银五十两，公费银十两，共银六千七百二十两）；马队队官二十四员每员薪水银五十两，公费银八两，共银一千三百九十二两；炮队队官十八员每员薪水银五十两，公费银十四两，共银一千一百五十二两；乐队队官二员每员薪水银五十两，共银一百两；总参谋官一员薪水银二百五十两；正参谋官二员每员薪水银二百两，共银四百两；一等参谋官二员每员薪水银一百五十两，共银三百两；二等参谋官四员每员薪水银一百两，共银四百两；三等参谋官二员每员薪水银五十两，共银一百两；护军官一员薪水银一百二十两；中军官二员每员薪水银一百两，共银二百两；参军官四员每员薪水银八十两，共银三百二十两；执事官十九员每员薪水五十两，共银九百五十两；稽查官一员薪水银五十两；各局总办官三员每员薪水银一百六十两，公费银八十两，共银七百二十两；总执法官一员薪水一百六十两；总军需官一员薪水一百六十两；总军械官

一员薪水一百六十两；总军医官一员薪水一百六十两；总马医官一员薪水银一百二十两；正执法官二员每员薪水一百两，共银二百两；正军需官二员每员薪水一百两，共银二百两；正军械官二员每员薪水一百两，共银二百两；正军医官四员每员薪水一百两，共银四百两；正马医官三员每员薪水八十两，共银二百四十两；副军需官十二员每员薪水银六十两，共银七百二十两；副军械官二员每员薪水银六十两，共银一百二十两；副军医官十二员每员薪水银六十两，共银七百二十两；副马医官四员每员薪水银四十两，共银一百六十两；掌旗官十员每员薪水银三十两，共银三百两；司号官二员每员薪水银廿①四两，共银四十八两；制造官四员每员薪水银五十两，共银二百两；司粮官四员每员薪水银五十两，共银二百两；司饷官四员每员薪水银五十两，共银二百两；查械官二员每员薪水银五十两，共银一百两；司库官三员每员薪水银四十两，共银一百二十两；司药官二员每员薪水银三十两，共银六十两；一等书记官十员每员薪水银六十两，共银六百两；二等书记官三十二员每员薪水银四十两，共银一千二百八十两；三等书记官四员每员薪水银三十两，共银一百二十两；排长四百四十员每员薪水银廿五两，共银一万一千两；司务长一百三十六员每员薪水银廿两，共银二千七百二十两；军需长四十员每员薪水三十两，共银一千二百两；军械长六员每员薪水三十两，共银一百八十两；军医长四十二员每员薪水四十两，共银一千六百八十两；马医长十四员每员薪水三十两，共银四百二十两；查马长十六员每员薪水三十两，共银四百八十两；司号长十六员每员薪水十六两，共银二百五十六两；书记长五十九员每员薪水二十四两，共银一千四百十六两；医生四十四名每名薪水二十四两，共银一千零五十六两；马医生八名每名薪水二十两，共银一百六十两；司事生十九名每名薪水十六两，共银三百零四两；司书生三百二十名每名薪水十二两，共银三千八百四十两；弁目二十一名每名饷银十两五钱，共银二百二十两零五钱；正目一千二百六十六名每名饷银五两一钱，共银

① 原文为“念”，应系排版错误。

六千四百五十六两六钱;副目一千二百六十六名每名饷银四两八钱,共银六千零七十六两八钱;护目七十一名每名饷银六两,共银四百二十六两;号目四十名每名饷银六两,共银二百四十两;医兵目四名每名饷银十二两,共银四十八两;匠目四十二名每名饷银九两,共银三百七十八两;守库兵目二名每名饷银四两五钱,共银九两;马夫目五十八名每名饷银四两五钱,共银二百六十一两;马弁一百三十四名每名饷银八两四钱,共银一千一百二十五两六钱;正兵五千零六十四名每名饷银四两五钱,共银二万二千七百八十八两;副兵一万零一百二十八名每名饷银四两二钱,共银四万二千五百三十七两六钱;备补兵一千二百六十六名每名饷银三两三钱,共银四千一百七十七两八钱;护兵九百六十六名每名饷银四两五钱,共银四千三百四十七两;号兵三百零八名每名饷银四两五钱,共银一千三百八十六两;医兵一百九十四名每名饷银四两二钱,共银八百十四两八钱;一等乐兵四名每名饷银十两五钱,共银四十二两;二等乐兵十二名 每名饷银八两四钱,共银一百两零八钱;三等乐兵二十四名每名饷银六两,共银一百四十四两;学习乐兵四十八名每名饷银四两五钱,共银二百十六两;守库兵十八名每名饷银三两九钱,共银七十两零二钱;驾车兵一百五十二名每名饷银四两五钱,共银六百八十四两;管驮兵三十六名每名饷银四两五钱,共银一百六十二两;枪匠一百二十名每名饷银六两六钱,共银七百九十二两;炮匠十八名每名饷银六两六钱,共银一百十八两八钱;铁匠三十四名每名饷银六两六钱,共银二百二十四两四钱;掌匠七十六名每名饷银四两五钱,共银三百四十二两;木匠三十四名每名饷银四两五钱,共银一百五十三两;皮匠一百三十八名每名饷银四两五钱,共银六百二十一两;修械匠十八名每名饷银六两六钱,共银一百十八两八钱;伙夫一千四百四十名(每名饷银三两三钱,共银四千七百五十二两;马夫五百七十名每名饷银三两三钱,共银一千八百八十一两);喂养夫一百八十八名每名饷银三两三钱,共银六百二十两四钱;马骡四千四百六十九匹每匹干银四两八钱,掌铁、缰绳银二钱四分,共银二万二千五百二十三两七钱六分;炮一百零八尊费银五两,共银五百四十两。以上全军官长自总统官至司书生一千五百九十五员名，均支薪水；目兵、匠夫二万三千七百六十名均支饷银；骡马四千四百六十九匹，炮一百零八尊，薪公饷干炮费每月共需银十九万三千六百四十二两八钱六分；总统项下各员平时不设除去薪饷五千一百五十三两五钱二分外，每月实支银十八万八千四百八十九两三钱四分。

杂支额款此系常年必需之款，照目前北方时价约略估计仍须随时随地酌量增减，按全军两镇营数计算如下：

一　柴草价每军步、工、辎共二十八营，每营月发银一百四十两；炮队六营，每营月发银一百二十两；马队六营，每营月发银九十两。每年共应支银六万二千一百六十两，遇闰照加。

二　帐棚价全军帐棚防营按八个月更换一次，每届约需银四万余两，每年以一届半计算，约需支银六万余两。行军时按六个月更换一次需价照增。

三　衣履价全军正副目兵、号护目兵、乐兵共一万九千一百九十七名，每名每年须发号衣、皮衣各一件，单衣、二套夹衣、棉衣各一套，号帽、草帽各一顶，头巾一条，布靴二双，皮靴一双，每届两年。造雨帽、雨衣各一套，每年约需支银二十九万六千四百零一两六钱八分。

四　医药费全军购置中外药料，每年共需支银二万四千两。

五　倒补价全军骡马共四千四百六十九匹，每年例准倒毙三成，骡每匹估价五十两，马每匹估价三十两，每年共需支银四万五千五百四十九两。

六　奖赏费全军月课、看操、考试、打靶，每月赏号约需银二千两，每年共需支银二万四千两。

七　随营及辎重车挑键车油每辆每月约需银五钱，全军车每年约共需银一千七百四十两，行军时按车数照加。

八　随营及辎重车鞍套过山炮隧随营驮鞍每年按三成修换，约需银二千五百两，行军时按车数照加。以上每年共需银十一万六千三百五十两六钱八分。

杂支活款 此非每年必需之款数难预定，须随时核计，奏咨办理。

一 全军应置枪炮、军火、腰刀、手枪等件；

二 全军应购骡马，骡每匹估价约银五十两上下，马每匹估价约银三十两上下；

三 全军应建步、马、炮、工、辎各队营房，军镇、协标、公所、械库、衣库、医院、随营讲堂；

四 全军应置骑马、鞍毯、秋辔、陆路炮鞍套、过山炮马驮鞍等件；

五 每营应置随营车及辎重车；

六 工程、辎重两营应用器具材料等件；

七 军镇协医院应用器具材料等件；

八 每营应置鼓号、号镫、德律风电机、枪靶、炮靶、修枪炮器具材料等件；

九 每队应置双筒视远镜、指南针等件；

十 每棚应置吹哨、手镫，暨锹斧、锯锛等件；

十一 每兵应置随枪子盒、皮带、刀插、背包、绒毯、皮袋、粮袋、饭盒、水壶、油壶、拆枪器具、短锹等件；

十二 官弁在营病故，每员给薪水三个月，兵夫每名给银十两，其余另有恤赏专章；

十三 全军出防应需转运等费；

十四 目兵出防加津贴等费查兵丁用费行止相殊，各国军队备战时其饷项大率较平时加倍。中国兵目正饷本属无多而银贱物贵，近年尤甚。除去粮价赡家暨自备鞋袜、裹衣各件外所，余无几平时尚可敷衍设。遇开拔备战则鞋袜增多，旅费尤巨，既责其效命疆场，自不便令其饷项不给现定。各兵目开拔备战时每名月加津贴银一两，差竣撤防即行停止；

十五　各营出防时粮草价昂，应酌加喂养银两；

十六　行军时应筹侦探用费；

十七　独立协标另加公费等项凡不能练全镇者，协标独立统领统带等员费用较繁，统领应另加公费银二百两，统带应另加公费银一百两，以资办公。

以上制章按现时情形分别拟定，嗣后如有应行损益暨未尽事宜，仍随时会同妥酌奏明办理。

●●练兵处咨南洋奏定北洋军镇协标号数文光绪三十一年(1905 年)六月初四日

案照本处奏定陆军营制内立军制略载有“先就各省已练之新军由练兵处、兵部会同奏请简派大员考验，择其章制操法一律合格者，奏请钦定军镇、协标号数”各等语，前据北洋大臣咨称：北洋常备军第一、二、三，三镇均于光绪三十年(1904 年)十月初一日遵照新章一律改编，谨请奏明考验等因前来，嗣经奏奉简派兵部尚书长口、署兵部左侍郎徐口口前往考验，本年(1905 年)三月十九日准军机处钞交兵部尚书长口，署兵部左侍郎徐口口奏《考验北洋陆军情形》一折，奉旨：“着练兵处议奏，钦此”。据原奏内称：迁安一镇成军最早，程度亦最优，马厂、保定两镇同时成军，各有所长，而目兵程度保定较胜，其章制操法均一律合格，镇协标号数当如何编列，应由练兵处复核具奏，恭侯钦定等因。查北洋三镇业经考验，章制、操法一律合格，自应照章编列号数，以符定章。惟陆军编制之始，自京旗以及各省须通国一气相联，保定所驻之京旗陆军为京师禁旅，开练最早，已具有全镇规模，编列号数宜居各镇之先。陆军第一镇应编步队第一、第二协，第一、第二、第三、第四标；马队、炮队标数，工程、辎重营数，留俟京旗陆军奏请考验再行编列外，此次应编北洋各镇即自第二镇起，依次递推，所有现驻迁安之陆军应编为第二镇，驻保定之陆军应编为第三镇，驻马厂之陆军应编为第四镇。第二镇所统步队应编为第三、第四协，第五、第六、第七、第八标，马队、炮队各编为第二标。第三镇所统步队应编为第五、第六协，第九、第十、第十一、第十二标，马队、炮队各编为第三标。第四镇所统步队应编为第七、第八协，第十三、第十四、第十五、第十六标，马队、炮队各编为第四标。三镇工程、辎重营数各随本镇号数编立，业由本处于五月十三日具奏，奉旨："依议，钦此。"钦遵，除行知遵照办理外，相应咨行贵督查照。

●●练兵处户部奏遵议变通旗营旧制折

窃光绪三十一年（1905 年）十一月二十二日准军机处抄交侍讲学士达寿奏请《变通旗营旧制》一折，又片二件，奉旨：练兵处、户部议奏，钦此。臣等查旗营积弊之深，生计之窘至今已极。该学士所请变通各节，或以挽回积习，或以开拓利源，用意亦均可采。惟参之事理，衡之定章，证之时势，有亟应施行者，有尚多窒碍者，有应另筹办法者，谨按原奏折片逐细议覆。

如第一条为除积弊，查所称户口隐匿及各佐领不谙公事、莫吉格把持等弊，各旗诚所不免。所拟裁革莫吉格一节，不为无见。历来官署管案牍、供奔走之人，积久无不滋弊。莫吉格之为蠹，正与各部书吏相同，各佐领之才守稍次者，非坐听指挥，即缘为奸利，若仍迁就存留，旗务必无振兴之日。应请饬下各旗，照原奏将莫吉格一律裁革，如有阳奉阴违，名去实留者，该管官一并从严参处。嗣后，各旗佐钱粮、户口均责成该牛录详查造册，不得假手于人。从前虚名空额，事非一任，但使和盘托出，概免追究。所有现任之参佐领等，亦请由该旗都统严行甄别。倘实系不谙文牍，难于料理旗务，暨有别项劣迹者，亦均即奏令开缺，分别降革，拣员另补，不准瞻徇。至拟由臣部榜示通衢，固为力除欺隐，但各旗名粮盈千累万，势难尽由臣部一一胪列，应令各该旗都统等按月饬将所属户口自亲军、护军、马甲下逮养育兵四孤，并无饷之各丁口，由各该佐领报由该都统等认真稽核，并造具总册，咨送臣部备查。如所列名粮不符，一经查实，即将承办之员从重惩处。

第二条为改兵制。查亲军等营裁并，业经兵部于《筹议变通武备章程》内奏定，出征年老兵丁退休给饷，例有专条，应照定例办理。所称“旗营各兵统归练兵处、巡警部挑选年三十岁以内，归常备军训练；三十岁以外，归警部训练”等语，意在食饷者必须入营，使底饷口分化而为一。查现在京旗新练陆军，系专挑二十五岁以下合格之旗兵，内外城巡捕系专挑各旗无论食饷与否之丁壮，多与原奏用意相符。惟陆军之选极其严重，年岁必须合格，内外城巡捕亦须随时挑选。拟请将各旗兵丁年在二十五岁以内者酌挑，陆军年在二十六岁以外者酌挑，巡捕惟须按格遴挑，毋任滥竽。又查巡警官长，职司行政、保安及教练一切事务，自非年老未谙警务之旗员所能胜任，惟巡警学堂原为教练警务人才之地，旗员内之年力精壮堪资造就者，亦不乏人，拟请饬下巡警部，多选京旗人员在三十五岁以内者入堂肄习，并酌将充当年满之旗丁巡长择优挑为警官，以广甄育而供任使。至拟以年壮旗员挑入武备学堂一节，应由各旗都统查照定章挑选文理通顺、体质精强者，备文咨送，以便酌核办理。

第三条为谋生计。查东三省等处向办垦务，成案原有划拨旗屯之例，拟请饬下垦务大臣及各将军、都统等于未收荒价之可垦地段酌留余地，作为将来备拨旗屯之用。现热河围场亦经臣处奏准开办屯垦，为将来京旗陆军退伍屯扎之区，业由臣世凯遵旨筹办，特事属草创，观成需时，一俟办有端绪，再将资遣安插等事妥为经画，次第举行。至学习工艺，实为谋生本计，现拟在京师创建工艺厂，已由军机处及各部堂官等先行捐款，并联衔出具公启，分致京外各官，广为募集，容各款取齐后即当举办，俟库储稍裕，再续请公款，以图扩充。

第四条为筹经费。查近年各省因摊筹赔款，罗掘几穷，财政窘迫，日甚一日。即如练兵经费计授所关，屡奉严旨，催促尚多欠解，岂能以军屯工艺等事增筹巨款？所請应从缓议。又原片请加副都统等养廉一节，查重禄为制治之原，各旗都统至佐领等廉俸过少，自应量从优厚，方足以示体恤而期整饬。惟官缺较多，库款正绌，自未可以艰难之饷加之冗滥之员，似应将参领以下各员严加甄核，酌拟归并，再议加俸，以免虚縻。拟请饬下兵部会同各该旗都统，核拟具奏，请旨施行。至查旗御史，当时设立原有深意，近年沿袭，徒成具文，拟请查照裁撤，查仓巡城御史成案，将查旗御史即行裁撤，旗务由都统等认真经理，以重责成。其各旗都统，请于常备军大操时前往校阅一节，系因原奏改兵制一条，兵皆拨入陆军巡警，各旗无兵可挑，欲令都统仍亲兵事起见，惟原条内所请旗兵全数改拨之处，事多窒碍，现经议驳，且校阅陆军事繁责重，须请特简知兵大员，各旗都统等未能尽膺斯选，有愿随同阅操以资阅历者，应准届时另行酌核办理。又原片内称各项世职，均令先入武备学堂，查兵部奏定《变通武备章程》内业经详载此条，应即无庸再议。谨奏。光绪三十二年(1906 年)闰四月十五日奉旨：依议，钦此。

●●陆军部奏拟订《巡防队试办章程折》并清单

窃查各省所练新军自奏定《陆军营制》后逐渐改编，规模粗备，应仍由臣部按照定章，随时悉心考核，以期画一整齐。惟旧有之防练各营以及杂项队伍原定规制，彼此纷歧，积习相沿，殆非一日，而各该省防务紧要，原设营队大都分扎已久，一时未便议裁。前经练兵处奏明，统改为巡防队，使其名实相副，与新军有所区别。此项营队果能认真整饬，则无事之时可以缉获盗贼，为地方捍卫；有事之时可以协力守御，为陆军声援，于军事、防务两有裨益，臣等悉心筹议，酌量各省情形，参仿新军办法，拟定规制，名曰《巡防队试办章程》。凡步队、马队之编制，兵丁之选练，官长之充补，巡缉之分区，驻扎之定所，以及出防、会操、军械、军服，均分条详载，俾资遵守。至各该营队原定饷项，本不一律，应令各该省督抚等酌照原有饷数，分别议定，报部查核。谨将现拟章程及服制图说另缮清单，恭呈御览，如蒙俞允，即由臣部通行各省，一体钦遵办理。再，此项章程原系为整一规制起见，惟各省情形各有不同，除衣制一项应一律遵照外，其余各条内如有尚须变通之处，应由各该省督抚随时咨商臣部，酌核办理。谨奏。光绪三十三年(1907年)五月十九日奉旨:依议，钦此。

谨将拟订《巡防队试办章程》敬缮清单，恭呈御览。

要　目

第一节 总则

第一条 各省巡防队应遵照陆军部此次奏定章程办理，以昭整齐画一之制。

第二节 编制

第二条 各省旧有各军除已遵章改编新军外，其余防军、练军并杂项队伍，均遵照前次练兵处奏案统改名为巡防队，以归一律。

第三条 各省巡防队应分为步、马二项，步队全营额设官弁兵夫三百零一员，名马队全营额设官弁兵夫一百八十九员，名马一百三十五匹。其水师章程应另行编列，奏明办理。

第四条 马步各营额设之兵夫、马匹，该统领以及管带等官如有再蹈故习违章减扣者，应由该省督抚查明分别参办，陆军部亦当随时派员考查。

第五条 各省编制情形及一切办法，应按季详细列表报部备核。

第六条 挑补兵丁该官长应严行选择身体强壮，年在二十岁以上，三十五岁以下者为合格。

第三节　分路

第七条　各省厅将所有巡防队区分为若干路，每路设统领一员，以资管辖。其区分之名应以前、后、中、左、右等字为识别。

第八条　各省区分办法应权衡其地势，察酌其营数，以定规则。

第九条　各省地形如有因限定区分五路，不能合宜者应准酌减，俾有实济。惟区分之最多者不得过五路，以免畸零不整之弊。

第四节　驻扎

第十条　驻扎之处或为水陆通衢及形势险要，与各省界犬牙交错之地均无不可，总以呼应灵通，易于联络为宜。

第十一条　驻扎之处或有情势变迁，与原定办法偶有未合者，亦可由该省督抚体察情形，酌量改驻。惟应先商由陆军部核准，再行办理。至各路之营哨调拨、迁徙，亦应随时报部备案。

第五节　官长

第十二条　该队之官长应以曾带勇营立有战功者酌量委充。其绿营裁缺各员，资望较深，或年力富强者，亦准酌量借充斯职。

第十三条　各路统领帮统之充补、更调，应由各该省督抚分别奏咨办理。

第六节　责任

第十四条　遇有陆军攻守之事，当协力辅助以为声援。

第十五条　遇有有巡警缉捕盗贼、逃犯，当协同缉拏。

第十六条　遇有地方人民作奸犯禁，妨害治安，或聚众械斗暨盗贼滋扰，土匪潜伏，当随时随地分别弹压、解散、捕剿、拘拏。

第七节　会防

第十七条　寻常会防，如分防处所或偏僻寥阔，或四运要冲，素为盗贼出没之地，应与附近营哨每月会防一次，以资镇慑。

第十八条　军事会防例如追捕盗贼踊缉伏匪，在防营哨兵力或有不足，应禀请上司调拨他处营哨会同防缉，以资协助。

第八节　会操

第十九条　各营哨分驻防所，操法易疏，每届一年由该路统领集合所辖各营自行会操一次，每届二年由该省督抚调集各路营队会操一次。

第二十条　每年会操情形应由该统领呈报督抚汇咨陆军部存案，每届二年之会操，或由该省督抚自阅，或派员代阅，均应先期奏报并咨明陆军部，以昭慎重。其各路会操或数路同操，或一路自为会操，应由阅操之员查看地方情形办理。

第二十一条　每届二年阅操事竣，应由阅操之员第其技艺之高下，以为赏罚之差等，俾知劝戒。

第九节　器械

第二十二条　枪械为军队命脉，恃以卫身歼敌，不可听其糅杂，致误事机，应由各队官长督饬兵丁勤加整拭，细心保存。如有锈坏不堪复用者，即呈明该上官验明更换，以重军实，并不得于一营一哨杂有两式之枪械，俾昭一律而免贻误。

第十节 服色

第二十三条 军服一项,等威之际最宜明辨,应自统领、帮统以至管带、哨官、哨长各以军服、袖章分别等级,什长正兵等均于军服之上分别记号,以示区别,庶秩序昭明,军容整肃,所有依制章号,另详图说清单。

第十一节 饷项

第二十四条 各省巡防队多系就原有旧军改编,其饷章应暂由各该省照原有饷数酌量改订,报部查核。

营 制

各路统辖之制:其营制先按该省各路编列号数,再按每路各营编列号数。统领官一员,督率各营操防及稽察该管各防情形,筹画调度等事。帮统官一员,帮同统领督率操防及稽察该管各防情形,筹画调度等事,事简者可以缓设。书记官一员,经理本路往来各项文牍。会计官一员,经理本路各营饷项。执事官一员,管理本路各营庶务。司书生二名,专司缮写文牍。马弁二名,护兵十四名,火夫二名,步队一营之制每营三哨,分为中、左、右,每哨八棚,每棚正兵九名。管带一员,有管理全营事务之责任。哨官三员,每哨一员,有管理一哨之责任。哨长三员,每哨一员,有帮同哨官管理一哨及其庶务之责任。什长二十四名,每棚一名。正兵二百一十六名,每棚九名。书记长一员,经理一营往来文牍。司书生五名,专司缮写文牍。鼓号目一名,鼓号兵六名,护目一名,护兵十六名,管带用四名,哨官、哨长各用二名。火夫二十四名,每棚一名。以上全营官弁、兵夫共三百零一员名。

马队一营之制:每营三哨,分为中、左、右,每哨四棚,每棚正兵九名。管带官一员，有管理全营事务之责任。哨长三员，每哨一员，有帮同哨官管理一哨及其庶务之责任。什长十二名，每棚一名。正兵一百零八名，每棚九名。书记长一员，经理一营往来文牍马弁二名，护兵十四名，火夫二名。

步队一营之制：每营三哨，分为中、左、右，每哨八棚，每棚正兵九名。管带官一员，有管理全营事务之责任。哨官三员，每哨一员，有管理一哨之责任。哨长三员，每哨一员，有帮同哨官管理一哨及其庶务之责任。什长二十四名，每棚一名。正兵二百一十六名，每棚九名。书记长一员，经理一营往来文牍。司书生五名，专司缮写文牍。鼓号目一名，鼓号兵六名，护目一名，护兵十六名，管带用四名，哨官、哨长各用二名。火夫二十四名。每棚一名。以上全营官弁、兵夫共三百零一员名。

马队一营之制：每营三哨，分为中、左、右，每哨四棚，每棚正兵九名。管带官一员，有管理全营事务之责任。哨官三员，每哨一员，有管理一哨之责任。哨长三员，每哨一员，有帮同哨官营理一哨及其庶务之责任。什长十二名，每棚一名。正兵一百零八名，每棚九名。书记长一员，经理一营往来文牍。司书生五名，专司缮写文牍。鼓号目一名，鼓号兵六名，护目一名，护兵十六名，管带用四名，哨官、哨长各用二名。火夫十二名，每棚一名。马夫十二名，每棚一名。马一百三十五匹。管带、帮带、正副哨官、什长、正兵、鼓号目兵、护目兵各一匹。以上官弁、兵夫共一百八十九员名，马一百三十五匹。

谨将巡防队衣制绘具图说，恭呈御览。

一 官长礼服：凡恭遇朝觐，遵照例定公服公谒大礼，仍照军营向例穿用行装。其平时军服袖章，缘以金辫，约宽二分，即以金辫道数区分等级。统领五道，帮统、管带、哨官、哨长以次递减，至一道为止。其金辫每道相距约二分，管带、哨官、哨长袖章另缘窄条一道，约宽一分。步队用红，马队用白。以上军服，夏用素宁绸,冬用哈喇,均天青色,裤与衣同。

一 步马队什长、正兵服式:袖缘线辫一道,步兵用红,马兵用白,肩缘线辫,色亦如之。什长二道,正兵一道。冬服用蓝粗布,夏服用紫花布,均于胸前以线双行制字,冬用红色,夏用黑色,俱标明某省某路巡防队第几营某一哨字样。

一 马弁、护目、鼓号目:肩记、袖记同于什长,护兵、鼓号兵肩记袖记同于正兵,马夫、火夫仅于胸前用红线双行制字,标明某省某路某营马夫火夫字样,护目、护兵、鼓号目兵制字亦同,属于某路之马弁、护兵、火夫只标明某省某路马弁、护兵、火夫字样以示区别。

一 官长帽式:凡应穿公服或行装时仍用翎顶大帽。其军服之帽,夏用藤草,冬用绉纱头巾。惟身穿军服而适遇公谒,或应差之时亦得以军服戴用翎项大帽。什长、正兵夏用麦编草帽,冬用青布头巾。鼓号目、鼓号兵均与正兵同。

一 书记、会计、执事等官均不核定服式,应用之礼服、常服,悉照常式。司书生亦同。

●●陆军部奏拟订全国陆军应编镇数按省分配立定年限折并清单

窃查光绪三十年(1904 年)八月初三日练兵处会同兵部奏定《陆军营制饷章》,又同日具奏《陆军学堂办法》折内声明常备兵额约需三十六镇等因,奏准通行,各在案。两年以来,内由练兵处王大臣,外由各省督抚等分别筹饷,次第编练。其业经成镇考验奉旨编定者为近畿第三镇,直隶第二、第四镇现已具报成镇者为近畿第一、第五、第六镇，湖北第七镇。此外各省或甫成一镇，或先成两协及一协、一标，并有未经编练者，亟应分配兵区，立定年限，依期如数编足。

夫军队之扩充，以储才筹饷为先务，现在陆军人材江已编一协据奏，拟编一镇；福建已成步队一协，拟编步队一协，炮队一营，工程二队，应均限二年，各编足一镇，以符定额。

广东二镇，广西一镇。查该两省当海陆边要，须通力合作以固南服藩。维现在广东已编混成一协，广西已编步队三营，炮队一营，均应限以五年一律编练足额。

云南两镇。查该省控制西南边徼，亟宜厚集兵势以资防守。现在已编步队一协，炮队二营，应限五年筹饷添练，于限内编练足额。

贵州一镇。查该省尚属腹地，编设一镇足资分布。现在已编步队一标，应限五年编练足额。

四川三镇。查该省为长江上游与滇、藏接壤，且物产富实，较诸他省款尚易筹。现在已编步队一协，应限三年编足两镇，其余一镇另由度支陆军两部商筹协拨，统于限内编练足额。

山西一镇，陕西一镇。查该两省虽近西北诸边，尚据山川形胜，各编一镇可以扼要分驻。现在山西拟编混成一协，已成步队一协；陕西已编步队一协，炮队一队，均应限以三年一律编练足额。

甘肃两镇，新疆一镇。查该省为西北门户，必须关内外联络一气，以控边陲。现在甘肃已编步队一协，马队二营，炮队各一营，应限五年编足两镇。新疆已编步队一标，马队二营，炮队一营，应限三年编足一镇。

热河一镇。查该处为京畿外辅，控引蒙旗，须专设一镇以资扼守。惟创始非易，应令该都统妥为策画，限四年编练足额。

奉天一镇，吉林一镇，黑龙江一镇。查东三省地方辽阔，亟须各编一镇,俾资分布。现在该省除奏调近畿一镇及混成二协外,其自行编练者惟吉林步队一协,其余均未编设,应责成该督抚等速行筹画,统限二年一律编练足额。

以上应编练陆军自近畿以至各省共设三十六镇,所有应需饷项,除由部筹设之镇另行办理外,其余均责成该省将军、督抚就地筹款,悉心经画,均自奉旨之日起,按照奏定年限画分次第,分年依次编练,扣至限满一律编练足额。其在定章以前奏报编成及声明拟编各兵队,并应遵照章制切实编设,如有缺少,即行补足,不得稍涉参差,仍将分年筹定办法随时奏报,以凭考核。俟限满之日,由臣部将各该省编练情形据实奏闻。凡督练各疆臣于该省应设之镇,依限编足、悉合章制者应请特加奖擢,倘逾限不能练足,查与章制不符,并请量予惩处,俾昭激劝。再,此次所拟章程系按通国大势,按省分配镇数,纲维粗具,条目尚繁,一切未尽事宜仍由臣部随时拟订,陆续具奏。

●●陆军部奏定陆军警察队试办章程折并章程

窃维治军之要,纪律宜严,而先事之防稽查宜密。考之欧西各国于军队驻扎处所皆设有军事警察,兼为地方警察之辅助。日本仿行其制,名为宪兵,海陆军人悉归监视,法良意美,收效无形。中国自光绪三十年(1904年)年奏定营制后,各省遵章编练,率已蔚成镇协,粗具规模,将来三十六镇依限编成,兵数自较前益众,若不将如何防护、如何稽察各办法及时筹定,深恐军队日增,军纪渐弛,于戎备殊有关系。臣等公同商酌,拟于臣部管辖之宪兵学堂内挑选毕业学生编成陆军警察队一营,驻扎京师,监察近畿各镇。但各镇有分扎直隶、山东等处,亦应稽查,因再添编两队酌量派往,皆任以实行防护稽察各事,俾为推行之基础。俟办有成效,即由臣部遴派陆军警察员弁前往各省,于镇协驻扎处所照章分设,责令查照管区,监察军队。其应设营队数目,当权衡镇协情形,分别酌定,以足敷分布为度。嗣后营多事繁,再于京师设立陆军警察处一所,隶属臣部,以为各省陆军警察队总汇之区,现时暂勿设立,以节糜费。该队应办事宜,由臣部饬司办理其办法规则以及营制饷章,经臣等详细酌核分别拟定,敬缮清单,恭呈御览。如蒙俞允,臣部即钦遵办理。其余未尽事宜,容随时续拟具奏。谨奏。光绪三十四(1908 年)年四月初七日奉旨:"依议,钦此。"谨将拟订《陆军警察队试办章程》清单恭呈御览。

陆军警察队规则

一 陆军警察队为军事之警察,专司稽察海陆各军官长目兵应守纪律及一应规则等事宜,兼为地方行政司法警察之辅助。

二 各镇官长、弁目、兵丁暨水陆巡防各队及炮台军港舰队官兵,如有紊乱军纪,败坏名誉及一切事故,均应由陆军警察队随时弹压禁止,或报明该管官长惩办。若事关重要,应报由该营申报陆军部及督练公所酌核办理。其有关于地方行政司法事项,并应移知该处巡警局或地方官办理。

三 陆军警察队应于所管区内分段巡察,务期绵密周到。

四 陆军警察队如侦知地方将有非常事变或事关紧要,须通知该处驻扎军队及地方官巡警局者,应即刻通报,毋误事机。

五 遇有海陆军官长商请办理军事警察事宜,应即照应尽之职办理。

六 遇有该处地方官因事商请协助,如系陆军警察队应尽之职务即当照办。

七 陆军警察队当驻扎要塞军港时,须遵该处定章保护巡视。

八 陆军警察队当执行任务时遇有强暴举动、持兵抵抗,或以保守土地、人命、财产等事必须持械弹压者，方准使用军械，否则禁用。

九　陆军警察队如遇紧急事件，或奉令密查，均准便服前往。

十　陆军警察队之于带队官兵，其责在劝善规过，维持军纪，所办事件除报明该管各官外，不得滥告他人，以全名誉而昭慎密。

陆军警察队营制

管带官一员；执事官一员；队官三员；排长六员；司务长三员；正目十二名；副目十二名；正兵九十六名；军需长一员；书记长一员；军医长一员；马医长一员；司书生五名；医兵八名内马医兵四名；护兵五名；马夫目三名；喂养夫二十四名；伙夫十二名；马八十二匹管带官自备，执事官、队官、排长、正副目各一匹，正兵二人一匹。

陆军警察队队制

队官一员；排长二员；司务长一员；正目四名；副目四名；正兵三十二名；司书生一名；医兵二名；护兵一名；马夫目一名；喂养夫八名；伙夫四名；马二十七匹。

陆军警察队饷章

管带官一员，月支薪水银一百五十两，公费银一百两，共银二百五十两。

执事官一员，月支薪水银四十两，公费银二十两，共银六十两。

队官三员，　每员月支薪水银五十两，公费银二十两，共银二百一十两。

排长六员，　每员月支薪水银二十五两，公费银六两，共银一百八十六两。

司务长三员，每员月支薪水银二十两，共银六十两。

正目十二名，每名月支饷银七两二钱，共银八十六两四钱。

副目十二名，每名月支饷银六两六钱，共银七十九两二钱。

正兵九十六名，每名月支饷银六两，共银五百七十六两。

军需长一员，月支薪水银二十四两，共银二十四两。

书记长一员，月支薪水银二十四两，共银二十四两。

军医长一员，月支薪水银四十两，共银四十两。

马医长一员，月支薪水银三十两，共银三十两。

司书生五名，每名月支薪水银十二两，共银六十两。

医兵八名，每名月支饷银四两二钱，共银三十三两六钱。

护兵五名，每名月支饷银五两，共银二十五两。

马夫目三名，每名月支饷银四两五钱，共银十三两五钱。

喂养夫二十四名，每名月支饷银三两三钱，共银七十九两二钱。

伙夫十二名，每名月支饷银三两三钱，共银三十九两六钱。

马八十二匹，每匹月支掌干银五两五钱，共银四百五十一两。

以上全营官长自管带至司书生二十三员名，均支薪水；目兵、夫役一百七十二名，均支饷银；马八十二匹，薪公饷干每月共需银二千三百二十七两五钱。

开办经费：

一　建造兵房费

一　置械讲马费

杂支经费：

一　目兵衣履费

一　修理军械费

一　柴草医药费

一　出差川资及电费

一　添补马匹费

以上开办及杂支各项应随时分别核销。

校 阅

●●兵部奏绿营武职改习枪炮请自本年军政为始旗营应否照办请旨遵行折并片

前据两江总督刘坤一片奏，拟请嗣后绿营实缺、候补将弁、随营武进士、武举、世职等官，概令改习枪炮。凡遇堂考、大阅军政考劾各事，即以考验枪炮为准，以收实效，而储将才等语。光绪二十七年(1901年)十月初六日，钦奉硃批："着照所请，该部知道。钦此。"查臣部曾于上年九月间，以军政届期，请照例举行，奏准通行在案。今该督所奏系为因时制宜起见，业经奉旨允准，自应一律举办。请自本年军政起，凡京外绿营弁兵，悉令考验枪炮。惟事关创始，必须认真校阅。倘为期太促，未能谙熟，准由该督抚等体察情形，奏请展限。务祈实事求是，无庸拘泥例定日期，致蹈敷衍迁就之弊。其本年轮应阅伍省份，亦令照此办理。至各省绿营、水师员弁定例考验枪炮，其陆路奏补、调补、升补、俸满、卓异、一等、预保、捐输、世职、月选、拣补将备各官，并千总俸满甄别等项应行引见人员，最应一律考验枪炮。臣部堂考亦应酌定章程，拟请嗣后凡绿营引见人员，无论实缺、候补，均于该员请咨赴部时，由该督抚等认真考验，必枪炮娴熟始准给咨，并出具切实考语，令其赴部，由臣部择定日期，照考验枪炮向章，奏请钦派大臣一二员会同臣部堂官，仍在得胜门外褡裢坡地方复行考验。果系技艺优娴，于该员履历内注明"枪炮有准"字样，带领引见。其枪炮生疏者，即行咨回，并将出咨大臣照例奏请议处。再，该督此奏专指绿营，至八旗武职以骑射为本，而方今营伍以枪炮为先，应否一律予限改习之处，臣等未敢擅拟，恭候钦定。谨奏。

再，现在应行引见人员陆续到部，及臣部月选各官、拣补官缺人员，应即举办堂考。惟京师自经兵燹，各营炮位无存，一时购办维艰，演放亦多未便。臣等公同商酌，拟请暂行考验枪枝，如果略有命中准式，即请准其带领引见，此系一时权宜之计。臣部通行各省改习，诚恐文到较迟，相应请旨电饬各省，一律予限改习娴熟，然后咨送，是否有当，伏乞圣鉴。谨奏。光绪二十八年(1902年)正月十八日，军机大臣面奉谕旨：兵部奏绿营武职改习枪炮，旗营应否照办，暨引见人员改习枪枝各折片。所有八旗武职，着仍考骑射，兼习枪炮。余依议。钦此。

兵部奏酌定考验水陆营员画一章程折

窃查绿营应行引见人员，于赴部时先行考验。凡系陆路者，由臣部随时考验马、步、箭；系水师者，于二、五、八、十一等月奏请钦派御前侍卫、乾清门侍卫一二员，会同臣部考验枪炮。原以一系弓马，一系枪炮，办法应有区别。自上年变通旧制，因马、步、箭习非所用，奏明陆路人员赴部，由臣部一律改试枪炮。同一枪炮，陆路则专由臣部考验，水师则由侍卫会同臣部考验，已觉未能画一，且陆路之免骑射者，亦附入水师考验，是同一陆路，而办理又复两歧。再查水师人员陆续到部，每年只考验四次，本拟加月奏派，缘章程究属歧异，迄未定议。举行各员在京久候，固无以示体恤，各省员缺久悬，亦无以重营伍。同一演放之地方，同一考试之枪炮，同一赴引之人员，陆路则随时赴试，水师则弥月稽留。办法既难免参差，叠奏又邻于繁渎。拟请嗣后无论水师、陆路赴部人员，均由臣部随时考验，毋庸奏请钦派，亦不必拘定月分,以归简易而昭画一。至各旗炮位无存,前经奏明暂行考验枪枝,俟炮位备齐,再行照章办理。谨奏。光绪三十年(1904年)五月初六日,具奏奉旨:依议。钦此。

●●陆军部奏请变通旗营军政考验事宜折

窃本年系武职官员军政年份,前经臣部将变通旗绿各营军政办法先后具奏,奉旨允准,钦遵行知在案。查京旗各营军政考验,向归臣部承办,现当整顿武备之际,必须认真校阅,方足以示劝惩。且旧例考验弓马,现在改演枪枝,尤须妥定章程俾资遵守。臣等公同商酌,谨将应行变通各事缮具清单,恭呈御览。如蒙俞允,臣部即应通行京外各营一体钦遵办理,并纂入则例,永远遵行。谨奏。光绪三十二年(1906年) 月 日,奉旨:知道了。钦此。

谨将变通军政考验事宜清单恭呈御览。

一 填注考语:

一 曰操守,或廉、或平、或贪;

一 曰才能,或长、或平、或短;

一 曰枪炮,或有准、或合式、或平常;

一 曰文理,或通晓、或粗通、或不谙;

一 曰年岁,或壮、或中、或老。

一 定例:军政考试,步射三箭,马射一箭。现既改演枪枝,步枪即以三枪为断,马枪演放一枪。马、步二项中,逾三枪者,为有准,记双圈;但有一枪中靶者,为合式,记单圈;全不能中者,为平常,记单直;其演放不如法及失慎者,记双直。记双圈者,仍照旧章纪录一次;记双直者,仍照旧章,先行罚俸六个月,饬回该营,勒限习练。

一 旧例:前锋校、鸟枪护军校、护军校、骁骑校等官,年已逾岁,不射马箭。嗣后请改为不演马枪。

一 堪膺荐举官员,必行止端方,兼枪枝娴熟,文理粗通,管辖严肃,当差勤慎,不扰害该属,给饷无虚,并历俸已满三年。任内降罚之案系因公罣误者,俱准其荐举卓异。

一 在京各旗营官员,年逾六十以上不能演习枪炮者,不准保列卓异。此内如有年齿虽老,精力尚健,枪枝娴熟,或曾经出兵着有劳绩,或于营务实心经理者,仍由该管大臣出具切实考语保荐,另造一册送部,派出王大臣查验属实,准其列入卓异。其余年至六十五岁以上之八旗参领、副参领、佐领、印务章京、步军营翼尉、协尉、副尉、城门领步军校、委步军校,与逾岁不演马枪之前锋校、鸟枪护军校、护军校、骁骑校等官,均由各该管大臣详加考验,出具能否演习枪炮考语,另造一册送部,由王大臣考验,分别去留。如实系衰迈,即据实参奏,勒令休致,归入计典内,交陆军部带领引见。其年齿虽老,精神未衰者,另为一疏,奏请留任供职。

一 外省驻防旗员军政,有年逾六十以上不能演习枪炮者,不准保列卓异。此内如有精力尚健,枪炮娴熟,或曾经出兵着有劳绩,或实心经理营务,仍由该管大臣出具切实考语保荐,具奏声明,另行造册送部,由陆军部会同都察院京畿道,查核具奏,于奉旨后行令给咨,赴部引见,准其列入卓异。

一 军政之年,钦派王大臣等于考试旗员枪炮,仍请试问清语,但能对答履历。其余清语不能对答者,初次注册,交该管大臣等督令学习,至下届军政时,仍不能娴熟者,奏参革退。

一 外省驻防官员军政各册,定限于本年十月内奏报到部,陆军部会同都察院京畿道察核具奏。定例向应会同兵科，现在兵科已裁，应毋庸议。

一 考验大臣届期，由陆军部将管旗王贝勒等满洲、蒙古副都统、陆军部尚书、侍郎职名开列，请旨派出考验。

以上各条系参酌旧例，量为变通。其余未经变通各条，仍照旧例办理。

●●陆军部奏旗营武职军政请旨变通办理折

查定例，内外旗员五年一次举行军政。在京八旗大臣及内务府三旗护军统领，并各省将军、都统、副都统等俱令开列事实妥册。在京，于次年九月内送部。在外，于次年十月内送部，汇齐缮具履历、清单，进呈至在京旗营武职官员，由各该管大臣详核，填注考语，应去、应留、应劾造册，定限于次年三月十五日以前送部。兵部奏请钦派王大臣考验完毕，兵部即将卓异人员及年逾六十五岁人员分别带领引见。各省驻防官员俱照在京官员之例。该将军、都统、副都统等考察河南、太原二处驻防官员，该巡抚考察造册，定限于次年十月内题报到部，兵部会同都察院兵科、京畿道察核具题。又查，臣部会奏《变通武备章程》内开“绿营人员，前经奏准，一律改习枪炮。嗣后旗营赴引人员考验，均照绿营成案办理各等”语。计自光绪二十八年(1902年)军政以后，至光绪三十三年，又届举行军政之期。查旗营军政旧例向系考验弓箭，令赴引人员既已比照绿营考验枪炮，所有旗营军政亦应比照绿营改验枪炮，以归画一。臣部前奏请变通绿营军政折内并声明旗营业已片查，能否按照新章办理军政，俟咨覆汇齐再行奏办。业经奉旨允准，通行各省在案。兹据各旗营陆续咨覆，除景运门外火器营、圆明圆健锐营、八旗骁骑营等处声称均能演习枪枝，照例举办，届时应由臣部备给枪枝考验外，至步军统领衙门既据覆称，演练枪枝未熟，拟请展限，应请准其展限至下届举行。其余各处覆称，有平昔能演枪枝，因庚子之乱，枪枝无存，改演汽枪者；有向无枪炮，只演汽枪者。查举行军政典礼攸关各该旗，演练汽枪，系为暂时变通之用，军政大典自应一律考验快枪。且究竟能否依限举行，抑或拟请展限，覆文内并未明白声叙，臣部无从悬断。相应请旨饬下各该旗详查所属，其技艺娴熟者，准于本届一律考验；其演放枪枝未能娴熟者，应请展缓一届，与步军营一律办理之处，均着自行查明，具奏后行文臣部，以凭照办，庶于酌量变通之中，仍寓实事求是之意。至奏请展限后，各该旗营应如何筹备枪枝，督饬演练，仍由各该管大臣妥议章程，自行筹办。其各省驻防旗营能否依限举行军政，应由各将军、都统体察情形，奏明办理，以期仰副朝廷整军经武之至意。恭候命下。臣部将八旗武职官员军政定例通行京外各旗营遵照分别举办，谨奏请旨。光绪三十二年(1906 年)十二月二十日，奉旨：依议。钦此。

●●陆军部奏定校阅陆军军队章程 光绪三十四年(1908年)三月十二日

校阅总则

第一条 各省旗陆军编练成镇满三年，及嗣后历届三年之期，应由陆军部查照定制，奏请简派知兵大员莅军，认真校阅，以肃戎行。

第二条 校阅为整军大典，应查照奏定章程，将该军队内军容、军技、军学、军器、军阵、军律、军垒各项逐一详加校阅，核其程度，课其善否，严定奖罚以重考成。

第三条 校阅大臣奉旨简派后，即会商陆军部，查照考验该军奏案及历届校阅该军奏案，选调随员，协议办法，会折具奏。俟奉旨允准，由陆军部先期咨行各将军、督抚或专管大员，转饬各军队一体遵章准备。

第四条 校阅大臣选调随员，应专就陆军部或京外人员为部中稔知得力者，方准调往，均候会商后奏明办理。其与应阅军镇有干涉者，不得调派。

第五条 各省旗将军、督抚及专管大员，于咨报陆军部奏请校阅之时，应先将各该将军、督抚历年亲阅该省旗军队程度，及所定各镇、协、标、营考成，暨亲阅办法，并一切记载文件汇为报告，先期咨送陆军部以供参考。

第六条 各省旗将军、督抚及专管大员，如尚未遵照奏定营制饷章内载校阅制略所开第二项每年亲阅办法办理者，应于咨报陆军部奏请校阅之先，遵照此次定章从速举行，准备校阅一次，将其实在情形分别记载，详报陆军部，备案存查。

第七条 各省旗军队于应行校阅之年，该军将领务须遵照奏定营制饷章内载校阅制略所开第三项镇、协、标按期校阅所部办法，将历年校阅报告及程度详表，分别镇、协、标、营一并呈由该将军、督抚或专管大员咨送陆军部，汇案存查。

第八条 各省旗将军、督抚及专管大员，除遵照第五、第六、第七各条办理外，尤应预行饬知应行校阅各军队，按照本章细则内开各项册卷图表先期筹备，妥协呈部，备案查核。

第九条 校阅大臣奉旨简派后，由陆军部将考验该军奏案，及历届校阅该军奏案并一切折件公文，咨送该大臣查考。此外，凡各省旗将军、督抚或专管大员历年亲阅该省旗军之报告，该省旗转咨该军镇、协、标、营按期分校所部历年之详报、各该军队所呈之册卷图表,均应由部查明汇送,备认真校阅参考之用。

第十条 校阅大臣奉旨简派后,由陆军部将阅兵大臣旗咨送该大臣,只领行用。一俟差竣,仍由该大臣缴还陆军部收藏,以慎名器。

第十一条 校阅大臣与陆军部会商妥协后,聚集随员等,按照陆军部移交各项奏案、卷宗,会议校阅一切事宜,详定办法,并将各员职任分别照章派定,俾有专责。

第十二条 各校阅随员于奉到该大臣委定职任后,即遵章于三星期内详查各项奏报、卷宗,准备一切详细办法,呈校阅大臣核定后,会商陆军部,先期咨照各省旗将军、督抚或专管大员,转饬各军队遵照办理。

第十三条 校阅大臣查照第二条应行校阅事宜至为繁重,该军队成军已久,尤在严核战备成绩,所需时日自较考验倍蓰,应由该大臣随时体察情形,酌量办理,务以确悉该军真实内容为主。

第十四条 校阅为三年军政大典,所有该省旗军队应奖、应罚人员,由校阅大臣详加考核覆命之后,会同陆军部具奏,请旨遵行,其奖罚等项专章,由陆军部分别另案奏定。

第十五条 校阅大臣莅军之时,应由该军将领请示校阅日期,并一切训示。

第十六条 每日校阅实在情形,应由各随员逐日核实记载,交参议员总司编定,并随时转呈该大臣核阅。

第十七条 校阁期内,每日事毕后,该军统制应率同正参谋官诣校阅处领取翌日校阅计划,并述筹备情形,由参议员禀陈校阅大臣,奉准后,立即知会各随员及各军队,以期接洽。

第十八条 如遇天候不佳或别项事故不能校阅之时,应由校阅大臣临时改定日期,饬遵办理。

第十九条 校阅日期既多,各随员及各军队,应由校阅大臣随时体察情形,量予休息一日,再行续校,以示慰劳而昭详密。

第二十条 校阅大臣定期传集各官佐等将逐日成绩谕令各随员分别讲示,亟应整顿修改之处,由校阅大臣面饬该官长等实力奉行。

第二十一条 校阅事竣,由校阅大臣给假该军休息三日,以示体恤。

第二十二条 校阅款项由该大臣预算概数,咨由陆军部筹拨,俟事竣报部核销。

第二十三条 校阅大臣复命之时,除应奖罚人员应会同陆军部协议办理外,将校阅一切实在情形专折具奏,并咨陆军部存查。

第二十四条 此次所订校阅陆军军队章程原系试办,如将来有应行修改及增损之处,应由陆军部体察情形,随时具奏,请旨遵行。

校阅编制

第一条 校阅随员分为二项:一任实施,一任内务,各专责成。

第二条 实施各随员职任如下:

一 参议一员:赞助校阅大臣筹谋、计划,经理一切重要文牍、训令,统辖庶务。

二 步、马、炮、工、辎各兵科校阅员各若干员:分任务该队校阅战备成绩事宜,精核教育,详编报告,以凭奖罚。

三 军需校阅员若干员:校阅军需一切收支事宜,精核销册,惩隐戒糜。

四 军械校阅员若干员:校阅军械一切存储保用事宜,精核良窳,以课殿最。

五 军医校阅员若干员:校阅各军医一切治疗及卫生事宜,精核疏密,以辨优劣。

六 军法校阅员若干员:校阅各执法惩罚事宜,精核枉纵,以区功过。

七 承发员一员:经理庶务,传达命令各事宜。

第三条 内务各随员职任如下:

一 书记员若干员:掌管折奏,办理文牍。

二 收发员一员:收发电报,料理信札。

三 日记员若干员:专司记载,兼辖内务。

四 绘图司书员各若干员:管理绘图,缮写文件,兼司印刷,帮办庶务。

五 收支员一员:收支银钱,出纳物品。

第四条 各随员额数,除已经定有员数外,其余均由校阅大臣与陆军部会商,临时斟酌事之繁简,增减员数,至其专司一事或兼任数事,统由校阅大臣临时酌派。

校阅细则

第一条 实行之际,所有关校阅各项文案、卷宗、图册、表籍分别开列如下:

甲 陆军部应行移交之件:

一 考验奏案报告及历届校阅该军奏案并一切折件公文。

二 该省旗将军督抚或专管大员历年亲阅该军已经呈送陆军部之报告,或临时先期准备校阅之报告。

三 该军镇、协、标、营历年遵章按期分校所部考成,由该省旗将军督抚或专管大员转咨陆军部,存案详报。

四 该军平日呈报陆军部之文件及预定实施各项表册。

乙 各省旗军队,至应行校阅年限,于奉到本省旗将军督抚或专管大员饬知准备校阅之时,即应造具下开各项图表、册籍,呈由该管将军、督抚或专管大员,于奏请校阅之前报部,转咨校阅大臣存查:

一 编制一览表并官长配属表。

二 全镇官佐详细履历及服务年限清册。

三 历年统制、统领、统带、管带、队官等，甄别所部官佐学识、材能、勤务、教育、品行、性情、功过详细清册。

四 全镇目兵名籍清册。

五 全镇之教育宗旨。

六 官佐学术科教育预定及实施表。

七 目兵学术科教育预定及实施表。

八 镇、协、标、营、队历年赏罚官佐、目兵详册并一览表。

九 出师计画及所关一切规定书类。

十 该镇自行规定之各项条规。

十一 会计经理兵器、被服、装具、粮秣等项之各簿记。

十二 炮队、工程队官长、目兵研究科学汇集课卷图本。

十三 人马卫生历年报告及比较表。

十四 各营房附近位置之掌图并该镇驻扎地方左近之军用地图。

第二条 除前开各件外，校阅大臣莅军之时，无论何项机密文件、簿记，一经训示，该军长官即应遵呈，以备考核之用。

第三条 校阅款目以精详审慎为主，各随员奉令计划时，如细则所开各项尚有未尽之处，务须斟酌尽善，以昭完密。

第四条 校阅实施之际，各随员应行注意条件，俟校阅大臣会商陆军部派定随员后，再行议拟校阅办法。

一 校阅前准备事宜

第一条 校阅大臣查照总则各条，于未经奏明办法之前，饬令随员遵章开具校阅事项，呈请酌核，会同陆军部议定施行。其节略应行厘订事件如下：

一 校阅大臣起程及莅军校阅军队期限并回京日期之概算法，查照附表办理。

校阅陆军军队日期预算表式

课目 区别	日数	天候	月	日	校阅军队	校阅课目	校阅大臣及随员旅行纪程	特志
由京赴镇日期	第一日	晴 阴	月	日			午前 点钟由北京车站起程 午后 点钟至何处住	
	第二日		月	日			同上	
	第三日		月	日			同上	
	第四日		月	日			午前 点钟由何处起程午后 点钟到何省	
	第五日		月	日			校阅大臣驻扎处所	午后 点钟开设校阅处，准备校阅实施所各项训示，镇统制率同正参谋到处请示
	第六日		月	日	陆军第 镇	训示官佐	同上	校阅大臣酌留随员若干员，训示全镇官长，校阅课目，并检阅全镇人员、马匹、器械清册。询问该镇出师准备校阅计划概要。参议同随员若干员赴该镇附近侦察地形，布置一切
	第七日		月	日		点名阅兵	同上	
	第八日		月	日		车辆马匹	同上	受校之镇所有车辆马匹同时全数整列分别编号烙印以昭确实。其未经校阅各军队马匹车辆由校阅大臣同日派员查阅
	第九日		月	日		步队 标器械	步队 标附近	校阅大臣既将出师准备及教育计划询问该镇将领，即将教育宗旨令该统制宣示部下分别新兵旧兵、教官按照宗旨计划预定表限于校阅器械完竣之前一日呈出
	第十日		月	日		步队 标器械		出师准备既经该镇统制略陈概要，即由校阅大臣饬分该镇完全准备，随时候令开拔，以觇战备整饬之程度

校阅实施日期	第十一日		月	日		步队　标器械		校阅器械、每日各兵武器，学课试问附
	第十二日		月	日		步队　标器械	步队　标附近	
	第十三日		月	日		马队　标器械	马队　标附近	
	第十四日		月	日		炮队　标器械	炮队　标附近	
	第十五日		月	日		工程 营器械 辎重	处附近	
	第十六日		月	日		步队（新/旧）兵教育实施 目兵学课试间及体操附	村附近	校阅大臣酌派随员若干员检查步队　标营房仓库
	第十七日		月	日		同上 同上		同上
	第十八日		月	日		同上 同上		同上
	第十九日		月	日		同上 同上	村附近	同上
	第二十日		月	日		马队（新/旧）兵教育实施 目兵学课试间及体操附		校阅大臣酌派随员若干员检查马队　标营房仓库及马厩
	第二十一日		月	日		炮队（新/旧）兵教育实施 目兵学课试间及体操附		校阅大臣酌派随员若干员检查炮队　标营房仓库及炮房马厩
	第二十二日		月	日		工/辎队（新/旧）兵教育实施 目兵学课试间及体操附	村附近	校阅大臣酌派随员若干员检查工/辎营营房仓库及材料房车房马厩
	第二十三日		月	日		步、马、炮、工、辎、联合夜间勤务		
	第二十四日		月	日		步、马、炮、工、辎，联合实弹战术射击		
	第二十五日		月	日		军官兵棋战术		
	第二十六日		月	日		军佐学课		
	第二十七日		月	日		野　操		临时计划
	第二十八日		月	日		野　操		
	第二十九日		月	日		野　操		
	第三十日		月	日		总讲评		

<table>
<tr><td rowspan="4">由镇回京日期</td><td>第三十一日</td><td></td><td>月</td><td>日</td><td></td><td></td><td>地暂驻</td><td>编订报告</td></tr>
<tr><td>第三十二日</td><td></td><td>月</td><td>日</td><td></td><td></td><td>地暂驻</td><td>编订报告</td></tr>
<tr><td>第三十三日</td><td></td><td>月</td><td>日</td><td></td><td></td><td>由　处起程
于　时至地</td><td></td></tr>
<tr><td>第三十四日</td><td></td><td>月</td><td>日</td><td></td><td></td><td>由　处起程
于　时归京</td><td></td></tr>
<tr><td>备考</td><td colspan="8">一　步、马、炮、工、辎联合夜间勤务，如一并计划于野操期内，则可减少一日。
二　表中日数，除往返旅行日期外，校阅实在日数不过二十余日，比较各国校阅全镇日数，约少二分之一，已属减无可减之办法。
三　校阅期内，由校阅大臣酌给每随员休息日期，并统算在内。
四　校阅军队内务，由校阅大臣酌量施行。</td></tr>
</table>

二　校阅军官、军佐及目兵各军事问题及野操并战斗、射击计划之准备。

三　校阅各项应行注意之款目。

第二条　附表所定时日，系约略拟议，校阅为三年军政大典，该军队之堪用与否，全以校阅大臣覆奏为定衡。凡官佐才具、军实储蓄、出师准备、教育经理及应阅各项，均须考究详确，方能奏请劝惩，断未容过涉急遽。各校阅随员奉令计划日期，只准量为增加，不得任意核减，以期周密而免草率。

第三条　校阅既以各项奏报为根据，所有一切办法，各随员务须遵照考验办法各条所开，益加精详确实，拟定施行。

第四条　校阅大臣每日训示各随员分任事项，并将细则所开各项报告、卷宗分配查阅，以预考该军平素之教育及其勤惰，并平日实施之能力，俟各随员计划概定，然后开始校阅。

第五条　校阅大臣每日于校阅之先，训令各随员应行注重条件。各随员受令之后，务须遵章，妥为计划，严密精核，并将见闻各事逐细笔记，汇编报告，随时撮要面禀。各随员临时如有见到之处，亦即迅速筹计，请示遵行。

第六条 凡部发条教号令及一切章制，各随员尤宜详加校阅，以验该军实力奉行之程度。

第七条 凡本军所定规则表件，勿论已否呈部，各随员于校阅期内均须随时查核，以验该军所部是否奉令维谨。

第八条 校阅大典赏罚攸关，各随员触物遇事，均宜细密公平，核实办理以昭慎重。

二 校阅时实施事宜

第九条 校阅军纪张弛事宜，须利用全校阅时期随时体察各种机会，筹议各项方法，以究原因而分举劾。

第十条 校阅服务勤惰事宜及各员能否应就校阅各项，统核计划之精粗、准备之疏密、实施之程度与成绩之多寡，详慎将事以定宗旨。

第十一条 校阅教育事宜，应就场操、野操技艺及官长、目兵学科分别细查，以校阅实行之法验该军队等平日报告之合否为最要，汇开如下：

甲学科

一 官长学科：各兵科军官学科以图上战术、兵棋及野外战术实施为主，务须检阅各军官运用战术之能力，研究兵学之知识，办理军事之效验，各项勤务能否认真，分别阶级逐一严校，以备赏罚之参考。

二 军佐学科：军佐各员照所习专门学问课以问题，令其答解，务得该军平日军佐服务实际，余与校阅军官略同。

三 目兵学科：正副目课，以图上或现地单简战术实施题目及军中正副目必不可少之勤务兵丁一项，以定章所载各项学科及精神教育并普通军事知识，分别实地施行，以觇目兵临阵独立之实力。

乙术科

当校阅术科之际,各随员务须按照部定各兵科操法及勤务书并其余典范,核其形式是否合格,精神能否应用,各官长指挥部下能否适合操纵如意之机,各目兵遵奉官长命令能否各具独断专行之妙,在在均宜详校为要。

一　场操:无论单人及部队教练之动作,均宜令该军官长按照附表所开自行计划,由各随员指定实在地形,授以单简战况,以观察各官长、目兵之动作及队形之应用。

二　技艺:各项技艺,如打靶、体操、刺枪、工作估计、马术、劈刀术、手枪、电信术、筑垒、架桥、毁造军路等法,逐一实验详校。各官长有无根据之理解及实施之要领以教育目兵,其目兵能否有领会之知识及练习之热心以精其技艺,此为最近战事紧要条件,各随员尤须严重校阅,以觇军队战斗之能力。

三　野操:临时计划务合于实战为主。

第十二条　校阅保育良否事宜,凡人马卫生及疗治设备,并实施方法,病人、瘏马员数、匹数,暨营房、厩舍、被服、装具、粮秣事项,各就专门见地,查其适否,以为改良参考之用。

三　校阅后整理事宜

第十三条　校阅大臣于每日校阅告竣之后,派员纂集各随员报告要旨,加以己见,汇成讲评草议,以为总讲评之准备。

第十四条　总讲评由校阅大臣述其大纲,余命随员请示遵行。

第十五条　凡镇、协、标、营、队各项成绩,逐一分别记载,汇次成编,比较列表,俾一览之下立判优劣。

第十六条 校阅详报,由校阅大臣训示各随员,于事竣之后限若干日呈缴。

第十七条 随员除编纂报告酌留需用各员外,其余均于事竣后咨回原差,以重职守。

第十八条 校阅报告编成之后,校阅大臣咨由陆军部另录一分,转咨军机处存查,以昭郑重。

第十九条 校阅各随员于事竣之后,由校阅大臣酌择办事异常勤奋人员,咨商陆军部,酌予奖叙,以资鼓励。

●●附练兵处咨南洋拟定派往各国观操规则文

光绪三十三年(1907 年)闰四月初六日

查东西各国兵学日新,所有演练大操自应酌派知兵人员往观,藉资考究。惟从前所派观操之员未能遴选精当,往返重洋,徒耗巨款,毫无实得,殊失考求戎备本意,亟须妥订规则分行各省,以资慎择而便遵行。兹由军令司拟定派往各国观操人员简明规则,禀请刷印通行前来,相应将规则刷印咨行贵督,查照办理可也。

计　开

拟订派往各国观操人员简明规则:

一　各国大操派员往观,均须听候本处电咨,各省不得自行派往。

一　选派各员,各该省于接到本处电咨后,应妥为选择,如非晓畅兵学,熟习洋文,暨任职新军品级较崇之武员,均不得滥竽充数。选定以后,先将该员衔名电报本处,听候核准汇齐,咨由外务部照会该国公使转告该国。

一 观操各员均有考查之责，务须加意考求，期有实获，不得敷衍塞责，致徒劳往返，虚糜公款。

一 考查各件须详载日记，并可附以己意以资考证。设该国军队有缺略之处，倘非真知灼见，概不准妄加訾议，致启夸大之弊。

一 该员日记，于归国后，呈由该省督练大臣转咨本处，以备考核。

一 观操各员川资经费，均由本省自行筹备。

军礼军服

练兵处奏定陆军行营礼节光绪三十一年(1905年) 月

总　纲

陆军行营礼节,总其大纲有四:曰官兵相见,曰官兵相遇,曰军队相遇,曰军队操演。四纲之中,其目为五:曰注目,曰立正,曰举手,曰举刀,曰举枪。凡陆军官弁,除握手礼专待外人及请安、叩拜定制仍用于文武公谒,暨在庭堂相见外,其余身着军服之官长、目兵,均不准外此四纲五目别有异同。

陆军官兵相见礼节

一　凡下级官入室谒见长官,宜在距离五六步间行注目立正礼,长官均颔顾答之,如室无余地,则于进门时即行礼。

二　凡下级官入室行礼,佩刀者须将刀柄向后手,握鞘上两环中间。

三　凡下级官入室接受长官公牍、命令、书籍等件,或将公牍等件呈递长官,行礼后,即向前用右手接受呈递,接递已毕,仍回至应行礼处,行礼毕,肃退。如系应阅之件,阅毕后,礼同。若持枪时,则用左手接受应阅之件,将枪贴身扶以右臂,然后两手披阅。有应领回信、收条者,须回至行礼处肃候,或行礼后退出门外,待之屋外接递公件,礼同。

四　凡下级官入室向长官禀白公件,宜先行礼,然后前进,禀毕,回至应行礼处，行礼毕，肃退。

五　凡长官进官弁、目兵屋内，员兵均起，行立正礼。应听命令者肃静谨听，长官命坐则坐。如有办公者，行礼后照旧办公。长官出屋时，礼同。如在讲堂，须听教员口令，然后行礼。

六　凡下级官因同席宴会与长官相见，须先行礼，然后下刀。若因事离席，须挂刀禀知，然后肃退。

七　凡目兵见官长，兵夫见弁目，均与下级官见长官礼同。

陆军官兵相遇礼节

一　凡下级官路遇长官，停止时，行注目立正礼；行走时，除让路外，行注目举手礼。长官均举手答之，倘长官品级不同，一时并遇，则先尊后卑，除举手外，次第行注目礼。

二　凡下级官遇素识之长官，无论何项服色，均应行礼。遇着军服之长官，无论素识与否，均应行礼。虽长官距离稍远，不得疏略。

三　凡下级官平时乘车，值长官乘骑车马相值，须停车让道，军队中乘军器车者不在此例。驰马时，须勒马立身行礼。若传递命令，事机紧迫，不妨陈明前驰，无庸勒马行礼。

四　凡下级官平时骑马路遇步行长官，即应下马行礼，候长官已过，然后复上。若传递命令或带领军队，则无须下马，在马上行礼。

五　凡下级官遇长官查街令箭，与遇长官礼同。

六　凡下级官与长官同行，只可追随右后或护从两侧。有时前导，不拘此例。

七　凡目兵路遇长官或经过长官之旁，宜在相距六步内站路旁行礼。兵夫遇弁目，礼同，但勿庸让道立定。

八　凡目兵遇外营着军服官长，与遇本营官长礼同。遇海军官长，亦然。

九 凡目兵遇官长时,如手携公物,勿庸举手,只换正步,行注目礼;如肩担公物,勿庸换正步,只行注目礼。

陆军军队相遇礼节

一 凡军人路遇军队或经过军队之旁,如带队官位尊于我,应行注目举手礼。

二 凡军队相遇,秩卑之带队官应向秩尊者行举刀礼,秩尊者举手答之。倘卑者鸣鼓号,尊者亦鸣鼓号答之。

三 凡军队相遇,持标旗时,无论官级大小,无标旗者应向标旗行礼。

四 凡平行官带队相遇,宜互相让路,旁行道右。如停止时,步工兵行举枪礼,台炮兵同。马炮兵行举刀礼。辎重兵骑马时,同炮兵,坐车时,不拘此例。行进时,带队官行举刀礼,发向右看或向左看口令,目兵照口令行礼,鼓号兵鸣鼓号行礼。如队伍在一营以上者,则每一队各自行礼。倘带军装之军队遇不带军装之军队,礼同,惟不带军装者只行整排及注目礼。

五 凡军队行进时遇各长官,勿庸停止。惟带队官行举刀礼,马兵、陆路炮兵右抱刀;步兵、台炮兵、工兵、辎重兵则先于六步前换正步,发向左看或向右看口令,目兵行注目礼,号兵鸣鼓号一次。受礼官举手答礼。若系一营以上之队,即每一队各自行礼。如遇本军或他军中等以上各官,除军队静肃外,不行他项礼节,惟官长互行举手注目礼。

六 凡马队、陆路炮队、辎重队如歇息时遇各长官,但须行礼,勿庸整排列队。

七　凡军队乘船时指帆船及舢板炮船而言,不得越过长官之船及由长官船前横过。如有急务,由船长陈明,不拘此例。倘遇上等官及本营长官,帆船下帆缓行,橹船照旧,船长起立行礼,俟长官船过乃止。如有升炮致敬者,应待敬炮升毕,然后开行。其余平行各官,仅互行注目礼,勿庸下帆起立。

陆军操演礼节

一　凡分布队伍时,遇长官及标旗目兵,只须整肃,勿庸行礼,官长行举手礼。如值散闲歇息时,长官、标旗所到之处,官兵均各自行礼,勿庸整排队伍。

二　凡军队迎送简阅大员时,应整排队伍。官长暨马兵、辎重兵行举刀礼;步兵台、炮兵、工兵上刀头,行举枪礼;炮兵在炮后整列两排为礼;号兵鸣鼓号三番亲王四番;辎重兵乘车驾车或牵驮马时,均当于车旁、马旁肃立致敬。

三　凡统制、统领及与统制、统领同级各官简阅军队时,带队官行举刀礼,马兵、陆路炮兵右抱刀,步兵、工兵、辎重兵注目致敬,凡军队停止,行礼以距受礼官十五步为始,以受礼官过去五步为止。号兵鸣鼓号统制鸣二番,统领鸣一番。至于本管标、营、队各官简阅时,与镇、协礼同,但不鸣鼓号。余官参用军队相遇礼。

四　凡军队操演时,倘督抚、总统将至操场,须令号兵鸣号,暂时止操,行军队停止礼。统制、统领将至操场,须令吹号统带以下吹哨子,暂时止操,行立正礼。总指挥官上前面禀所操各事宜,若无特令,礼毕仍旧开操。长官来时,如尚在演炮场、工作场,虽值歇息,亦鸣立定号,官长向前行礼,并禀明所练各事宜,禀毕仍旧演练。

五　凡军队在野外操演,战斗队伍已经展开,或在炮台内操炮演炮时,不论与军队长官相遇,均不行礼。即本营长官至,亦只①禀陈操法,不行礼。

六 凡值班冈兵,对长官上等官至统制止,本管长官至管带止暨佩上等宝星,以及带队前来之官,持枪者行举枪礼,持刀者行举刀礼。对无官长带领与不带军装小排队,并本管及外营下级各等官,均行立正礼。行军宿营时,冈兵行礼亦同。另有专章。

七 凡守望兵,对军队行立正礼,其带队前来之官答以举手礼。

八 凡守望兵应站立之处,倘有长官及带队前来之官已至六步内者,行注目立正礼,持刀枪者仍行举刀枪礼。至于守望兵对弁目,只须立正,对兵丁只须注目,勿庸举刀、举枪。

九 凡军队排立仪式,于举行祭典之处,除祭典应行礼仪外,概不行他项敬礼。

注目礼节

凡官兵见长官,无论向前、向左、向右看,均须振奋精神,以两目切注长官视线,不准稍有斜睨及俯视、仰视等弊。

立正礼节

凡官兵无论行走与站立时,皆以右足为主,立正时将左足收回,两足跟靠拢,足尖向外如八字式,相距之度须在一直角线内,两骽挺直,两膝盖后挺,肚腹后缩,胸向前挺,两肩宜平,两臂从容下垂,两肘微弯,两手微向外张,无名指、小指平贴胯下,不可太紧,挺直头,端正下颏,向后收,切不准摇动偏倚,必须正而且稳,斯为合格。

---

① 原书为"只亦",应系排版之误。

举手礼节

凡官兵举手行礼，右手诸指靠拢，将食指、中指加于帽之右边，手掌向前，举肘齐眉，注目敬礼之人。又有握手礼节与举手相类者，其法以右肘稍张，从容伸开，把握相见者之手，并与其目正相注视。设相见者着手套，行礼者亦可着手套相握。惟遇领袖官及长官，须俟其伸手，然后伸接，勿得先作握手势。

举刀礼节

凡官弁由右抱刀式行举刀礼，须先用右手将刀直向上举，刀身平面对准鼻端，护手齐肩，肘贴己身，然后刀向下，伸手与刀斜向外撇，刀尖下指，手掌向上，右手腕离右股少许，向长官注目直视，俟长官行过，任举刀向上，再行下落归右抱刀式。至于目兵行举刀礼，由抱刀式易举刀式，行至让手齐肩止，以示区别。

举枪礼节

凡目兵双手举枪，用右手将枪携至胸前，枪正向后，同时用左手握表尺下，食指齐表尺座下端，拇指伸直靠表尺旁，左上臂夹紧，下臂向前右横平，右臂向下左斜伸，中箍与嘴齐，枪筒对准鼻端，上下竖直，不偏不倚，乃为人彀。

●●练兵处奏申明军礼片

再准军机处钞交御史王振声奏，请申明军礼，力除轻侮弁兵积习一折，奉旨："练兵处知道。钦此。"据原奏内称"京外官员一与军事，率多役使弁兵,私宅门外每派守兵站街,女眷车前亦令武弁引马,甚至官绅庆吊、市肆开张,亦借兵丁列队前驱,分班立守以壮观瞻;外省则督抚司道堂参,将弁跪而谒见,长官学使过境,弁兵跪而送迎;至于亲军、戈什,鞭镫追随奔走,趋承相沿成习,应请旨饬下练兵处,申明军礼,整饬营规”等语。臣等窃维国家之设兵也,将以保民卫国,御侮折卫,必使之爱惜声名[①],激扬志气,乃能忠义奋发,蔚为节制之师,自世俗重文轻武,往往视若弁髦,役如奴隶,颐指气使,驱策从心,不特妨碍操防,亦且玷损军政。是以臣处上年奏定《编练新军章程》,于服役制略内载:所有营员均另设护勇,专供营中杂务,概不准以私事役使正兵。又本年奏定军礼及奏定兵队不准违例迎送各节,先后奉旨通饬遵行,皆系为革除积习、鼓舞军心起见。今该御史所陈各节,有为臣处前奏所已及者,亦有前奏所未及者,自宜一体整顿,以作士气而饬戎行。拟请嗣后除衙署公所外,凡官绅私宅市肆开张,概不准借用军人守门,其红白等事或经地方官派巡警、兵勇在场弹压者,不在斯例。营中员弁非本营大员,不准随带差遣,并不得令与仆役为伍,私宅女眷出行,不得以武弁引马,一切功牌、奖札、翎顶,概不准滥赏家丁,以重名器。似此明定限制,俾人知重武,兵气日扬,庶于整军图强之举较有裨益。如蒙俞允,即由臣处通咨京外各衙门一体遵照。谨奏。光绪三十一年(1905年)七月二十九日,奉旨:依议。钦此。

●●练兵处奏各省军营大员过境不准迎送片

再近来各省军营,每遇大员过境,上司赴任,该管官带兵队迎送,

① 原书为“明”,应系排版之误。

几于相习成风。恭查雍正十二年十一月二十三日谕旨，于提镇各官赴任弁兵远迎等弊训诫周详，并饬部将如何迎接之处斟酌定议，违者严定处分在案。按兵部定例，属员多带兵丁越境迎送，及上司必欲属员远迎，均有议处专条。只境内经遇者，许在本营汛地经过处所迎送。又各大员经过，弁兵披执迎送，将该管官察议各等语，旧章具在。繁文陋习，亟宜概予革除。拟请嗣后各省军营，凡遇大员过境，不准迎送，该管上司赴任，非经过该营屯扎处所，亦不准送迎，违者照例分别议处。至钦派阅兵大员及本管将军督抚经临，事关简阅，自应列队迎送，然亦须示以限制，其迎送军队不得过一营，去屯扎处所不得过五里。如此申明定例，严立章程，庶足以整肃戎行，培养军志。俟奉旨后即由臣等通咨各省一体遵照。谨奏。光绪三十一年(1905年)五月十三日，具奏奉旨：依议，钦此。

●●陆军部咨南洋军营不准滥役弁兵文光绪三十四年(1907年)四月初八日

查军营滥役弁兵，有损军威，莫此为甚。前练兵处奏定陆军新章服役制略内载：所有营员均另设护勇，专供营中杂务。又奏定军营礼节及奏定兵队不得违例送迎，并议覆御史王振声奏申明军礼力除轻侮弁兵各节，均经奉旨允准，钦遵咨行在案。各省旗镇、协、标、营，自当恪守定章，勿蹈夙习。第恐积久玩生，或仍有滥役之事，杜渐防微，是宜随时申儆，以免弊生。希即札饬该镇协官长，转饬所属各标营，于所属弁兵不得违章滥役，如以司号长充差役，马弁、护兵充稽查之类，尤宜切戒。倘仍不遵定章，一经查明，即予严惩，勿稍宽假。庶几军礼既明，军气日振，于经武图强之方，不无裨益。相应咨行贵督，查照饬遵可也。

●●练兵处奏定陆军服制折

窃臣等于上年八月初三日具奏陆军营制饷章一折，并于军服制略内声明详细式样，另折专奏，仰蒙允准在案，亟应钦遵拟订，以副朝廷经武振军、力图自强之至意。查东西各国军衣制度大致相同，惟章采、符号各有区别。昔者闭关自治，原可无事更张，现值门户洞辟，中外往来，我常派员出洋阅操，各国亦来华观我军队，而我国军服糅杂参差，习为宽博之容，颇乏严整之象，自为风气，时贻笑柄，不特无以资利便，抑且不足适交通。从前长江水师官弁、北洋海军将弁，均经奏请改用短服，一洗旧观，因时通变，咸具深心。且各国通例，兵丁见员弁有礼，员弁见上官有礼，示以敬事长上之心，即寓辑睦邦交之意。乃京畿内外各军，华兵见洋官照例行礼，洋兵见华官则以服章不辨，不相敬礼，若不亟定新制昭示外人，殊非尊隆国体之道也？臣等公同商酌，非订详明之制，不足以判别等威；非厘画一之章，不足以耸人观视。爰参酌成规，体察时势，谨按奏定新军官制，厘订衣章、帽章。除朝觐公谒大礼服仍遵旧制，军礼服仍戴翎顶貂纬帽外，余分军礼服、军常服、操帽各项，区以三等，析为九级：一，礼服袖章。其章以盘花金辫分上、中、下三等，以横道金辫分第一、二、三三级。上等官盘花辫三道，中下等各递减一道，各等第一级横辫三道，第二、三递减；自中等以下各官，又按步、马、炮、工、辎分缀红、白、黄、蓝、紫五色横道。惟参谋官袖章之上另加金、银、红三色套环，以示特别，此礼服袖章之式也。二，体服肩章。其章以编牌金辫、红丝辫分上、中、下三等，以金色团蟒分第一、二、三三级。上等官编牌金辫三道，中等金辫二道、红丝辫一道，下等金辫一道、红丝辫二道，各等第一级金色团蟒三个，第二、三各递减一个，此礼服肩章之式也。三，礼服领章。其章以飞蟒珠色分上、中、下三等，以横道金辫分第一、二、三三级。上等蟒珠红色，中蓝色，下白色，各等第一级缀横金辫三道，第二、三递减，此礼服领章之式也。四，常服袖章。其章以金团蟒分上、中、下三等，以横青辫分第一、二、三三级。上等官缀金蟒三个，中、下递减，各等第一级缀青辫三道，第二、三递减，其中等以下应缀分队各色者，与礼服同，此常服袖章之式也。五，操帽式章。其章以帽正蟒珠分上、中、下三等，以横金线分第一、二、三三级。上等双蟒抱红珠，中蓝珠，下白珠，各等第一级缀金线辫三道，第二、三递减，帽色用黑，此操帽定章之式也。至军裤记号，与上服同重，上等缀金辫三道，中等各就本队颜色缀丝辫二道，下等一道，以期相应。军服颜色：礼服四时全用天青；常服寒暑分用深蓝、土黄，惟不加肩章、领章，用归简易。各军佐官等级与军官相当者，章式亦与军官同，惟金色易为银色，青辫易为蓝辫。庶几同中见异，正副分明，以上各章，品式既明，识别较易。臣等窃维治军全体，缜密精严，表见之端，厥为章服。外容既整，气象自新，军威可以振肃，号令可以齐一，操战可以便利，交际可以适宜，湔洗从前纷杂阘茸之积习，其裨益军政殊非浅鲜？如蒙俞允，拟请即定为《中国陆军官弁服章》，颁行练兵各省一体遵行。嗣后无论在营、出征或游历外洋，均须依此定式，不得稍有参差。倘非新定官职暨管练新操人员，仍不准仿用，以示限制而免混杂。除尺寸制法暨兵丁冠服式样，再由臣等分别详细拟定咨行办理外，谨将陆军官弁服帽章记绘具图式清单，进呈御览。谨奏。光绪三十一年(1905 年) 月，奉旨：依议。钦此。

●●陆军目兵衣帽图说光绪三十一年(1905年) 月

礼服袖章 目兵礼服均用红线辫作袖章,马弁、护号目、正目、医目、一等乐兵,均缀红线辫三道;副目、匠目、护号兵、二等乐兵,均缀红线辫二道;正副兵、医兵、三等乐兵、马夫目,均缀红线辫一道;工匠、学习乐兵、驾车兵、管驮兵、备補兵、喂养夫、伙夫、马夫,以及另雇之差马夫、厨夫均不缀道。

礼服肩章 目兵礼服均带肩牌,用上圆下方式,长四寸三分,宽一寸八分,以为章识。步队用黄色,工程队用蓝色,辎重队用紫色。紫、红肩牌均刺白字,白、黄、蓝肩牌均刺红字。左肩牌刺镇或协或标之号数,右肩牌刺营队棚之号数或本人之差名。镇属马弁、护目、护兵之肩牌,均用红色,周围沿黄边,宽一分半,左刺"第某镇"字样,右上刺"马弁"或"护目"或"护兵"、"乐兵"字样,下刺本人号数,由某号至若干号。协、标所属之马弁、护目、护兵肩牌,左刺"第某协"或"第某标"字样,右刺字与镇属同,惟护目字下不刺号数。营、队所属之护号、目兵肩牌,步、马、炮等队,左刺"第某标"字样,右上刺本营号数,下刺本人差名;护号兵之肩牌,"兵"字下刺本人号数;工、辎等队,左刺"第某营"字样,右刺差名及本人号数。各营护兵均依次排号,除营属从一至若干外,下余者按次序分归各队号兵,排次序法亦同。正副目兵之肩牌,步、马、炮等队,左刺"第某标"字样,右刺营队棚之号数;工、辎等队,左刺"第某营"字样,右刺队棚之号数。各正副兵之肩牌棚数,下再刺本人号数,正兵由一至四,副弁由五至十四。

常服章识 弁目、兵夫常服,均不用肩牌,单夹衣及棉皮之外罩,均于胸前第二、三钮扣之间刺字或印字,以作识别。蓝衣刺白字,土、灰、白等衣刺红字。弁、护、号、正副等目兵所刺字样与肩牌同，惟于第二扣系之上横列刺“某种队”字样。匠夫所刺字样，如有“补兵”、“伙夫”、“马夫”、“目马夫”等。均全营依次编号，按序排归各队。

目兵操帽 弁目、兵丁操帽样式与军官同，惟帽正团蟒不抱珠金辫，改为青线辫，道数与袖章同。其余之工匠、驾车兵、管驮兵、备补兵、伙夫、马夫、喂养夫等帽式同，惟冬用青布缝制黑皮遮阳，夏用草帽，均不缀帽正。

以上目兵礼服，均用天青色。夏用细布，冬用口呢。常服分冬、夏用蓝、土两色，物料均用坚固细布，袖口均用本色材料，沿三寸宽边一道，袖章缀于宽边以上。马弁、护号、正副、医乐目兵等，礼服、常服均备。其余之目兵夫等，只备常服，不备礼服。一切衣服均当开襟结扣，衣领与服同色同料，礼服用凸面黄铜素扣，圆径五分，常服用线绳结扣，绳径一分，与衣料同色，扣系长三寸，袖上红线辫宽及每道相距均二分。各官长另僱之差夫、厨夫、马夫等衣帽式样与兵同，惟冬帽不带遮阳，衣袖口只用本色，缘边不缀章识，上衣均按各种队限定之色缘窄边。凡制造各衣裤，必须舒展合体于操作运动，务求利便。裁做宜酌采西式，缝纫务求坚实，无论冬夏，上衣长以齐两胯圆轴骨为度，腰身周围以宽余寸半为度，袖长垂手时以齐大指尖为度，袖口宽以手作拳能以出入为度，裤裆以伏贴腿根为度，两裤腿筒以随人体质不松不紧恰合为宜。以上官弁、目兵靴鞋，均用皮制，取其坚固耐久，不虑泥泞式样，均照靴式，取其底大，夜行无碰足之虞。官及骑马兵均用皮靴，步行兵均用宽帮皮鞋，以麻布裹腿。

军器旗式

●●练兵处奏拟订陆军枪炮口径等项程序折并清单

窃查上年四月间,臣处会同政务处议覆。臣铁良查明江南制造局厂应否移建情形折内声明“枪学、炮学理极精微,应由练兵处详为讨论,俟斟酌尽善,拟定程式,再行具奏”等语。奏奉谕旨允准,并准军机处钞交两广总督岑春萱。附奏新枪口径请饬详细会议一片,奉硃批:“练兵处议奏,钦此”各在案。伏维善事利器,古有明训,况枪炮为杀敌致果之用,当两军相见之际,一器之利钝,即一军之存亡,一国之荣辱系焉,自非详审利弊,研究精确,不足以垂为定式,当经饬司详加考订。兹据查明各国枪炮制度,开具表册,呈报前来。臣等公同履核,查各国近十年来所出新枪,其口径大小自六密里五以至七密里九五不等。论其得失,大概口径过大者,其飞路必宽,恐取准较难,且子重,则多携不便;口径太小者,其击力固猛,惟弹质过细,倘非中致命之处,则毙敌难期。参考各国诸制,以酌中定议,其口径拟用六密里八。至炮位种类名目尤繁,撮其大纲,约分野战、城隘、海岸、海军四项。当兹编练陆军之际,应先就行营所需之野战炮分别制备,以资利用。其炮位拟用陆路、过山二种,陆路炮为驶行平地而设,过山炮为跋涉险阻便于拆卸驮载而设,此二项口径均拟用七生的五。他如子弹之速率,快放之速数,与夫炮身之轻重,炮架之高低,轮辙之宽窄,其应行厘订者,亦经多方考校,期于因应适宜。至城隘、海岸、海军三项炮位造法，至为精密，非急切所敢率定，拟姑从缓。谨将此次所订枪炮口径等项程式另缮清单，恭呈御览，伏候钦定。俟命下后，臣处即分别札饬各局厂遵照此次新定式样购机遵制，其旧造各式，悉令停止，并饬各该局承办诸员遴选工匠，精炼钢料，研究造法，以期一律精利，缓急堪资，冀仰副朝廷讲求戎备、慎重军储之至意。谨奏。光绪三十一年(1905年)　月，奉旨：依议。钦此。

谨将《拟定陆军枪炮口径等项程式》缮具清单，恭呈御览。

一　快枪：枪枝口径拟用六密里八；枪筒长一百十五倍口径；子弹初出枪口速率，须六百五十密达以上；用无烟药，其烧化之速，以子弹将出枪口药始化尽为度。

一　陆路炮：炮口径拟用七生的五；身长二十八倍口径；炮身连闩三百六十启罗；炮架高一密达；两轮相距一密达三；架重连护甲共六百启罗；子弹用开花、子母、葡萄三种，子弹、引火共重七启罗；炮身、炮架、前车、子弹、零件配齐，共重以一千七百启罗为率；子弹初速率，须五百密达以上，击远须五千密达以上；炮昂度以十六度为限，俯度以六度为限；快放速数每分钟须十五出以上。

一　过山炮：炮口径拟用七生的五；身长十五倍口径；炮身连闩重一百一十启罗；炮架高六十四生的；两轮相距八十生的；架重连护甲共三百启罗；炮架最重之件不得过一百一十启罗；子弹用开花、子母、葡萄三种，子弹、引火共重六启罗；子弹初速率须三百密达以上，击远须三千五百密达以上；炮昂度以二十度为限，俯度以十度为限；快放速数每分钟须十五出以上。

以上炮位二种，其炮身均拟用钢质，炮闩均拟用螺形，炮药均拟用无烟，药之重量应按所造之药力试定。

●●练兵处奏拟标旗及阅兵旗式折

窃臣等上年奏定《新军章制》标旗制略内载“步、马各队每标应有标旗一面，平时设专弁奉持之，战时标统拥以偕行，进退攻守视为标准。各国标旗向由国主颁发，将士见之，仪如谒君。我亦宜略仿其意，由练兵处拟定式样，请旨颁发旗到军中，统将以下列队虔迎，敬谨供奉”等语。现在各省军队已按照奏定新章，以次改编所有此项，步、马队标旗，自应由臣处拟就式样，恭候钦定，以备颁发。又臣等恭阅《大清会典》内所载武备各图，如八旗自都统以至护军校，绿营自督抚以至什长，莫不定有旗纛之制，绘列简编，凡所以肃观瞻而别等威者，巨典鸿规，至为详备。方今各省所练新军一经编定，均应奏请简员校阅，所有派出之大臣，体制较崇，责任较重，亦应请旨颁发旗纛，如古者大臣假节之例，方足以振军气而壮国威。臣等谨查照《皇朝礼器图式》内所载旗、绿各营纛制，参互考订，分别拟就陆军标旗及阅兵大臣旗等项旗式，绘具图说，恭呈御览。如蒙俞允，即由臣处恭照制备，敬谨存储。其标旗一项，俟各省步、马标考验合格，编定号数后，随时请旨颁发。一面札知该镇，派令各标掌旗官前来恭迓，俟命下之日，由练兵处堂官将该标标旗亲授该员，并授以军中训诫各辞令，为传述旗到军中，该镇应如何领受，及平时应如何保存各事宜，并由臣处按照奏定章程另拟详细节目，札饬遵照办理。至此项标旗系属绸质，将来行用年久，如须更换，即由该镇申报臣处，随时奏明请旨，从新换给该镇，不得擅自更制，以昭郑重。又标旗内空白之处，系留备记载将来该标所得战功，惟无论何项战功，均应由臣等考核详实，奏明注册，行知该镇，方准于旗面注载。其阅兵大臣旗，俟每届钦派大员阅兵时，再由臣处咨送该大臣只领行用，一经差竣，仍缴由臣处收藏，以慎名器。至各镇标所隶各营，其旗式亦应分别厘定，俾各省不致纷歧，容由臣酌拟定式，咨行各该督抚查照办理。再此折系练兵处主稿会同兵部办理，合并声明。谨奏。光绪三十一年(1905 年)　月，奉旨：依议。钦此。

●●练兵大臣札发陆军各镇赛枪章程光绪三十一年(1905 年)　月

一　每年春季预订时日，各镇官长开演赛枪一次，选其优者保送到津比赛，其宗旨在实验技术之改良，使各镇进步划一，并默勖军官争胜尚武之精神。

二　凡属军官，自中等第三级至下等第三级，概须入赛，军佐入否，听其自便。

三　直接兵丁之官，教育管束等事尤关紧要，如官长全数赴赛，必至失其统属。应订班次，每镇分作两班：第一班单数营管带、双数督队官，各队官偕排长一员；第二班各教练官并双数营管带、单数营督队官，各司务长偕排长二员；至参谋、参军、执事、军械等官，则分随人员较少之班比赛，其次数由统制酌定。

四　班次既定，每员须造表册两分，以便记载圈数，评定优劣。事竣之后，一分留督练处，一分留本镇存案。

五　凡属军官，须各按薪水预行纳款。统制纳十分之一，统带及同级官三十分一；教练官管带及同级官四十分之一；督队官、队官及同级官五十分之一；排长、司务长及同级官六十分之一；军佐与赛者照相当品级减半纳款，均交正军需官暂存。

六 凡应赛枪各员，均须届期赴赛，倘有出差、病假及要公等不能如期赴赛，则须先期呈明，免其纳款。但临时急病或有要公，亦宜酌准免输，否则加倍输款。

七 凡赛场一切事务，由正参谋预备、管理并书记。画靶，保险等，悉依弹击教范办理。

八 此种赛枪原为细密研究，故宜于用环靶，距远暂离一百五十米达。每员五子，站一发，跪、卧各二发，以环数最多者为优。

九 各员中目力差者，亦准用眼镜或瞄准亦可，但不得绌短距离。

十 凡中靶环最多者为胜，择尤十人得彩，再按环数多少、中靶位置，评定名次。第一名拟得百分之三十彩物，第二名拟得百分之二十彩物，第三名拟得百分之十二彩物，第四名拟得百分之十彩物，第五名拟得百分之八彩物，第六名拟得百分之六彩物，第七名拟得百分之五彩物，第八名拟得百分之四彩物，第九名拟得百分之三彩物，第十名拟得百分之二彩物，余者俱无彩物。

十一 凡赛枪人员，另将姓名书于竹签之上，置于筒内，届时由统制或派协标当众制签，以为击放之次序。

十二 凡射手之最优者中靶之环数相等，而以站放之子着环多寡订定名次。如站、跪、卧三势之子着环之数皆等，则各另给子弹比较而定之。

十三 赛枪之日即将存银按照第十条所定分数分作十包，购置彩品十份。一俟评定甲乙，即行领彩，并于前三名领彩时鼓奏军乐，以彰荣誉。

十四 凡各镇得彩之员及平时射击最优者，须将名次保送督练处，以便订期调津比赛，一切赛枪规则与在本镇无异，惟不纳款置彩。其制签、监视、画靶等，由督练处派员办理。比赛第一者，由督宪奖赏军官礼服全料一套，第二者八倍光千里镜一，第三者金表一，第四至第十名各奖银表一，又自第一名至第二十名均赏奖牌一块。

十五　各员赴津来往川资、火食等费，拟请准作会议例开支。

●●附税务处新定枪枝子弹进口章程十条光绪三十三年(1907年)　月

一　凡中国军营以及官局购运枪枝、子弹，须由各该管将军、督抚先将定购名色、件数、由某处入口运抵某处电知陆军部，由陆军部核准后，一面电复该将军、督抚发给护照，一面知照本处，分别札知各该关监督及转饬总税务司，札知各该关税务司验明护照及所运件数，相符，方准起岸。仍将进口日期申复本处，转咨陆军部查照。

一　凡洋商欲运营中作样枪枝、子弹，须由定购枪枝之中国军营或官家局所先行知照该关监督，请给准运护照，俟货到日，凭照报关后，方能起货。每次只准报运样枪一枝，子弹一千颗。

一　凡外洋商人附船来华，行李内如带有防身手枪，每人只准携带一枝，其子弹不得逾一百颗，于进口时应报明关差，查明放行，倘漏报，查出即行扣留入官。其向在中国居住者，欲购置打猎及防身枪枝、子弹，须于进口之前，先请本国领事照会监督，请发准运护照，俟货到日，凭照报关后，方准起货。每人只准报运一次，猎枪一枝，子弹不得逾五百颗，手枪一枝，子弹不得逾二百颗。

一　凡各国体面官员附船来华，行李内所带之枪枝、子弹并驻华洋官报运入口专为防身打猎之用者，其报关请照一切，应照商人办法办理。惟所带所报之数目较商人限制数目如果有逾限,应由各国领事将实在确数照会监督,由监督核准,亦可通融办理。

一 凡领事照会监督请发准运护照,如监督查明有不便发照之处,可照复领事不允发给。

一 凡外洋官商所运防身、打猎枪弹,系专指散子鸟枪并怀身短式手枪而言,其余他项营用枪枝、子弹,必须为中国军营官局作样或购置,有确实凭照,经关道认可者方准进口。其洋人运来自用者,不得以此影射。

一 各口每次运进枪枝、子弹,应由监督及税务司将报运人姓名、国籍及进口日期、枪枝件数详细登册,并所收税项若干,逐一注明。其有中国军营或官局购运者,亦应将某营某局所购之货及由某省将军、督抚发给护照次数、件数登明册内,年底呈送本处查核。各口税务司所造之册,仍由总税务司转申。

一 凡营用枪枝、子弹非为军营官局定购者,仍须照约,一概不准入口。

一 凡准运进口如第二、第三、第四条之枪枝、子弹,均按值百抽五征税。

一 凡外洋官商购运防身、打猎枪枝、子弹,其货如须在沪转船寄至购主所住之口岸者,须由驻沪领事照会海关,声明购主姓名并所运件数,方准转船。俟货转运到口,仍由购主请该口领事向关道请发进口护照,呈关查验完税放行。

按:此章程系因前次津海关道议定《进口枪枝子弹办法条款》其第二、第三两条,长沙关指称碍难照办,故由税务处将津海关道前拟办法条款作废,另定此新章十条,通行各关遵照办理。

●●附税务处改订军火进口章程九条光绪三十四年(1908年) 月 日

要 目

第一款 营用枪弹

文与原章同。

第二款 样枪样弹

洋商欲运营中作样枪枝、子弹,须由各该领事向监督请领准运护照,俟货到口,凭照报关后,方能起货。每次所报,每项样枪以四支、样弹共二千颗为额。该商须向关呈具保结,言明不将样枪、样弹另卖

① 原书第四款无标题。

他人。海关如欲查看枪弹,须可随时呈验监督,如有涉疑之处,即可函告领事不允发照。

第三款 防身枪弹

甲 凡体面洋人附船或附车来华,行李内只准携带防身枪一枝,手枪一枝,枪弹共五百颗,于进口时应报关,查验放行。倘漏报,查出即行扣留入官。

乙 向在中国居住之体面洋人欲置防身枪枝、子弹,须于进口前先请本国领事照会监督请发准运护照,俟货到口,凭照报关后,方准起货。每人每年只准报运一次,即防身枪一枝,手枪一枝,枪弹五百颗。海关监督如有涉疑之处,即可函告领事不允发照。

丙 倘洋人领执照前赴内地或西藏、蒙古、新疆等处游历查考,其所携防身枪械如逾限额,亦准报明携带,以备需用。惟所携之数,不得逾两倍之多。

丁 凡外洋官商所运防身枪枝,系专指手枪西名皮士特儿并短式怀身旋转手枪而言,其余他项营用枪枝、子弹,必须系为作样,领有护照,方准报运。其代中国军营官局购置者,须有确实凭照,经关道认可者,方准进口。洋人运来自用者,不得以营用枪枝子弹影射。

第四款

甲 凡体面洋人附船或附车来华,行李内只准携带猎枪三枝,猎弹共不得逾三千颗,于进口时应报关,查验完税放行。如系旧枪带有新弹,可准免税。倘漏报,查出即行扣留入官。

乙　向在中国居住之体面洋人欲置猎枪、猎弹，须于进口之前先请本国领事照会监督请发准运护照，俟货到口，凭照报关后，方[1]准起货。每人每年只准报运一次，即猎枪三枝，猎弹共不得逾三千颗。海关监督如有涉疑之处，即可函告领事不允发照。

丙　体面洋行只准购运散子猎枪、猎弹，仍须一律由领事向监督请领护照，入口时亦须向关呈具保结，注明不将枪弹辗转卖与匪人。每次报运枪枝之数，如有购主预定者，只以六枝为限，且于报关时，须注明单上系代某人居住某处者购运，方准进口。傥未有购主先定，不过预存，以便随时发卖者，每行只准购存备卖猎枪四枝，发卖时仍须将枪枝、子弹数目及买主姓名、住址、发货日期均须详细注明底簿，以便海关随时查验，每次所运各项猎弹共不得逾一万颗。

丁　凡外洋官商所运打猎枪弹，系专指散子猎枪、猎弹而言，不得以营用枪弹影射进口。

第五款　枪弹注册

各口每次运进枪枝、子弹，应由监督及税务司将报运人姓名、国籍及进口日期、枪弹件数详细登册，并所收税项若干逐一注明。其有中国军营或官局购运者，亦应将某营某局所购之货，及由某省将军、督抚发给护照次数、件数登明册内，年底呈送本处查核，各处税务司所造之册，仍由总税务司转申。

---

① 原书为“方后”，应系排版之误。

第六款 营枪禁例

凡营用枪枝、子弹非为军营官局定购者，仍须照约，一概不准入口。

第七款 枪弹征税

凡准运进口如第二、第三、第四条之枪枝、子弹，按值百抽五征税。

第八款 枪弹转运

凡外洋官商购运防身、打猎枪枝、子弹，其货须在沪转船寄至购主所住之口岸者，须由驻沪领事照会海关，声明购主姓名并所运件数，方准转船。俟货转运到口，仍由购主请该口领事向关道请发进口护照，货照呈关，查验完税放行。

第九款 预防流弊

以上所列各款，以本处前定章程为根本，酌将驻京各使所指为不便者从宽改定。应自光绪三十四年(1908 年)六月初三日第一百九十二结起作为此次改定各款实行日期。其未实行以前，所有军火进口，仍概照前定章程办理。惟此次改定各款，倘将来实行后或有流弊，自应随时酌改。

惩 罚

●●陆军部奏酌拟陆军惩治漏泄机密等项章程折并章程

窃维整军之用,必先惩劝,而尤以法立不犯者为维持军纪之原。现在振兴军政,一切关涉军事律例,本拟详为厘订,以资遵守,惟条目繁重,讨论推求,猝难完备。自应先择陆军最要各项酌拟章程,俾资军用。查律例于军情漏泄、官兵逃亡,皆有专条,多列重辟。诚以军谋之宜秘,军心之宜固,皆于用兵得失,关系至为重大。当经体察现在情形,旁参各国法律,本之中国律意,将惩治漏泄军事机密及官兵逃亡各罪名分别重轻,务求详密适用,期于绝玩法之萌,收申儆之效。此外,如目兵逃亡惩劝官长、惩罚陆军过失、陆军监狱,或为近畿及江南、湖北等军队已经试行,或正在创办,亦宜厘定规条,于单简者,使之完密,参差者,使之画一,以利推行。臣等督饬员司再四研求,悉心酌核,拟仿原设刑部奏定通行章程办法,各为厘订专章:曰惩治漏泄军事机密,曰惩治陆军逃亡,曰陆军逃亡惩劝官长,曰陆军惩罚过失,曰陆军监狱,共分五项,分别缮具清单,恭呈御览。如蒙俞允,拟即通行遵照办理。至臣部应行修订各项军律,现业饬员司,参考中外,调查军队情形,妥为拟订,再行奏明办理。谨奏。光绪三十四年(1908年)九月初二日,奉旨:依议。钦此。

谨将《陆军惩治漏泄军事机密章程》恭呈御览

第一条 此项章程为惩治漏泄军事机密而设，通行全国水陆军民人等，凡有违犯所载各条者，均照章办理。

第二条 凡惩治漏泄军事机密罪名之轻重等次如下：

一 死刑

二 永远监禁刑

三 二十年未满十年以上监禁刑

四 十年未满五年以上监禁刑

五 五年未满三年以上监禁刑

六 三年未满一年以上监禁刑

七 一年未满一月以上监禁刑

第三条 凡办理死刑时，即行处斩。其监禁刑，均服法定劳役。有官阶者，先行奏请革职。

第四条 明知为军事上秘密图画、文书等，未经派令经管而私自探知，或擅行收集者，分别情节轻重，科以十年未满五年以上监禁刑。在戒严时，科以二十年未满十年以上监禁刑；在战时，科以永远监禁刑或死刑。

第五条 军事上秘密图画、文书等偶然得知，而擅自表示公众，或泄告或交付于一人以上者，分别情节轻重，科以五年未满三年以上监禁刑。在戒严时，科以十年未满五年以上监禁刑；在战时，科以二十年未满十年以上监禁刑或永远监禁刑。

第六条 将职任上所掌管或承办之军事秘密、图画、文书等，或泄告或交付于一人以上者，分别情节轻重，处以二十年未满十年以上之监禁刑。其受人请托或受人贿赂，在戒严时及战时，均科以死刑，所受贿赂追缴入官。

第七条　凡军事港湾、要塞，水旱雷敷设所在，及制造军火船械各厂，或其他各种防御建筑物件，未经该管长官允准而擅自测量、摹写、撮影或记录其情形者，分别情节轻重，依第四条所载科罪。

第八条　凡要塞及水旱雷敷设所在、制造军火船械各厂，或其它防御建筑物件，未经该管长官允准擅入窥伺者，分别情节轻重，依第五条所载科罪。

第九条　凡未经公布军事图画、文书等，遽行泄告或交付于一人以上者，分别情节轻重，科以三年未满一年以上监禁刑。其在战时或戒严时，加一等科罪。

第十条　凡图犯以上各条未成者，依本章程所定各条减一等科罪。

第十一条　凡违犯以上各条所载，举发时审得所犯不止一次者，除死罪外，应照各条所载加一等科罪。

第十二条　凡二人以上共同实行，违犯者皆以正犯论。教唆人实行，违犯者同正犯。常人与军人共犯者，亦同。

第十三条　凡科罪时，如犯者系水陆军人员，由承审官拟判后，将全案呈请本管长官，申送陆军部核定办理。在戒严时或战时，由承审官呈由所在地之军事长官核定办理，仍将全案申送陆军部备核。此外，未充军职之官民人等，由京外问刑衙门按此项章程拟判后，在京由各衙门，在外由各督抚，将全案咨由陆军部、法部会核办理。

第十四条　此项章程颁到之日，所有业已举发尚未判决案件，即按此项章程办理。

第十五条　此项章程于奏奉谕旨后，由陆军部通饬陆军各军队，并咨行京外各衙门切实施行。

谨将《陆军惩治逃亡章程》恭呈御览

第一条 凡惩治陆军逃亡罪名之轻重等次如下：

一 死刑

二 永远监禁刑

三 二十年未满十年以上监禁刑

四 十年未满五年以上监禁刑

五 五年未满三年以上监禁刑

六 三年未满一年以上监禁刑

七 一年未满一月以上监禁刑

八 一月以内之重禁闭参观《陆军惩罚过失章程》

第二条 凡办理死刑时，即行处斩。其监禁刑，均服法定劳役。有官阶者，先行奏请革职。倘承审官于判定监禁刑时察得犯罪人员尚堪造就者，即将判定之监禁刑期改为重禁闭，参观《陆军惩罚过失章程》俾同时得充兵役如故。

第三条 军人擅离职守或军队所在过五日者，以逃亡论，处一月以上一年未满监禁刑。如将官给服装同时携去者，处三年以上五年未满监禁刑。若将官给器械、马匹携去者，处十年以上二十年未满监禁刑。如入营未满三月之新兵，减一等处治。

第四条 军人于戒严时擅离职守或军队所在过二日者，以逃亡论，处五年以上十年未满监禁刑。如将官给服装同时携去者，处十年以上二十年未满监禁刑。若将官给器械、马匹携去者，处永远监禁刑。

第五条 军人于前敌攻守时擅离职守、所在者，以逃亡论，不论已未携去官给服装、器械、马匹等，均处死刑。

第六条 军人三人以上共犯逃亡之罪者,首魁处永远监禁刑。其于戒严时,首魁处死刑,各从犯依第一、第二、第三三条处治。其于前敌攻守时,不论首从,均处死刑。

第七条 不论平时、戒严时及前敌攻守时,军人三人以上共犯逃亡罪而将官给服装、器械、马匹等同时携去者,不分首从,均处死刑。

第八条 凡犯逃亡之后,于十日之内自行投首者,减一等治罪。

第九条 凡再犯非死罪者,加一等处治,又三犯以上者,加二等处治。

第十条 凡科罪时,如犯者系弁目、兵夫等,即由承审官拟判后,将全案呈由本管长官核定办理,并按月汇报陆军部备核。其犯者如系官长,应由承审官拟判后,将全案呈由本管长官,申送陆军部核定办理。

第十一条 此项章程于奏奉谕旨后,由陆军部通饬陆军各军队切实施行,并将奉文日期报明陆军部备查。

谨将《陆军目兵逃亡惩劝官长章程》恭呈御览

第一条 凡陆军正副目逃亡后,本队队官及本排排长不于三十日之内追获者,均各罚月薪十分之一。

第二条 凡陆军正副兵及备补兵逃亡后,本排排长及正副目不于三十日之内追获者,排长罚月薪十分之一,本棚正副目各罚月饷十分之一。

第三条 凡陆军一排之内,每月有逃亡正副目兵及备补兵三名以内者,本排排长除照数按第一、第二两条罚月薪外,并记过一次;五名以内者,除照数按第一、第二两条罚月薪外,并记大过一次;五名以上七名以内者,除照数按第一、第二两条罚月薪外,并记大过二次。

第四条 凡陆军一队之内,每月有排长二员因本章程记过者,本队队官罚月薪十分之一，并记过一次。

第五条 凡陆军一营之内，每月有队官二员因本章程记过者，罚本营管带官月薪十分之一；其每月有队官三员因本章程记过者，罚月薪十分之一，并记大过一次。

第六条 凡陆军目兵逃亡时携去服装不于三十日之内追获原物者，除按照第一、第二两条惩罚外，并按原价罚本营管带官赔偿五成，本队队官赔偿三成，本排排长赔偿二成，并各记过一次；其目兵逃亡时携去器械、马匹不于三十日之内追获原物者，除按照第一、第二两条惩罚外，并按原价罚本营管带官赔偿五成，本队队官赔偿三成，本排排长赔偿二成，各记大过一次。

第七条 凡陆军目兵有犯逃亡者，本管官长须于二十四点钟之内报告本管统带官、统领官、统制官，如有匿报及顶补情事，一经该管官长查实，即将任情匿报官长先行撤任，听候本管官长审办，即依逃亡目兵应得之罪加一等处治。

第八条 凡到管未满三月之新兵犯逃亡者，本管官长及正副目均减等惩罚。

第九条 凡三个月之内全营目兵无犯逃亡者，管带官记功一次；二个月之内全队目兵无犯逃亡者，本队队官排长各记功一次；六个月之内全营目兵无犯逃亡者，全营军官均各记大功一次。

第十条 凡得记功之员，均准其遇案抵过。

第十一条 此项章程于奏奉谕旨后，由陆军部通饬陆军各军队切实施行，每月并将照章惩劝情形详细报明陆军部备查。

谨将《陆军惩罚过失章程》恭呈御览

第一条 凡陆军所属官长、学生、弁目、兵匠、夫役等，除情节较重，干犯军律者，照定律办理外，如遇有过失，各该管长官察核所犯情节，尚非显违军律，而无重大关系者，应即按照下开各专条分别惩罚。

第二条 陆军各官长，无论实任、署任、代理，凡惩罚所属过失之权限，依下揭各项施行：

一 统带官惩罚所属，有一日以上三十日以下看管禁闭之权。

二 管带官惩罚所属，有看管官长一日以上十日以下禁闭，弁目一日以上二十日以下，兵匠、夫役等一日以上三十日以下之权。若独立或分扎之管带官，可行本条第一项所载之权。

三 队官有禁闭所属目兵、匠夫一日以上十五日以下之权。若独立或分扎之支队队官或排长、司务长充当支队长时，均可行本条第二项所载之权。

第三条 除前条所列各官外，下揭各官亦有惩罚所属之权：

一 上等官及在独立职务之中等官，可行本章程第二条第一项之权。

二 不在独立职务之中等官及在独立职务之下等官或陆军各学堂之总办，可行本章程第二条第二项之权。

三 不在独立职务之下等官及陆军各学堂之监督，可行本章程第二条第三项之权。

四 中等官摄上等官时，即行上等官之权限，其余以此类推。

五 凡有司令权者，无论任事久暂，遇有应行惩罚之事，即可照章程施行。

第四条 凡中等官、下等各官惩罚所属过失，于照章办理后，随时将其情节详细申报本管长官备核。其有情节较重，为权位所限不能尽法惩办者，除先照应行惩罚办理外，一面禀请本管长官核示。

第五条 在甲处犯有过失未及惩罚转至乙处者，由甲处官长知照乙处官长，即在乙处惩罚。

第六条 如在惩罚期内适届退伍之时，应俟惩罚期满后，方准退伍。傥期内续有所犯，仍应照章按罚后，再行退伍。

第七条 照本章程所载惩罚条目有两项同时并犯者，应一并惩罚，其有一项两犯者，加重惩罚。

第八条 战时、戒严时或行军时，遇有违犯此项章程所载之过失应受惩罚之人，各该管长官可酌量情节，饬令戴罪从公，另候补罚。

第九条 凡戴罪从公获有功绩者，各该管长官可将其应受惩罚随时注销或从末减。

第十条 惩罚以日数计，不论钟点早晚。概从本日起算，注销惩罚之日不得算入受罚日内。

第十一条 军官、军佐及隶于陆军之文官遇有过失，应受惩罚款目：

一 轻看管；

二 重看管。

第十二条 陆军各学生、弁目遇有过失，应受惩罚款目：

一 轻禁闭；

二 重禁闭。

第十三条 兵匠夫役等遇有过失，应受惩罚款目：

一 轻禁闭；

二 重禁闭；

三 重禁闭兼充苦役。

第十四条 罚轻看管者，除操演外，不得外出，并按看管日数罚薪水十分之三。薪水银两按其一月实得之数匀扯，每月均以三十日计算，下同。

第十五条 罚重看管者，除操演外，不得外出及与人接见或与人通信，并按看管日数罚薪水十分之六。

第十六条 罚轻禁闭者，除操演外，其余一切差使概行停止，即入禁闭室受卫兵长及其所属管束。只给饭食、开水、食盐三项，应睡时给与被褥，并于禁闭期内按日扣罚饷银十分之一。饷银按其一月实领之数匀扯，每月以三十日计算，下同。

第十七条 罚重禁闭者，应睡时之被褥，间一日给一次，并于禁闭期内按日扣罚饷银十分之二，余与第十六条所载同。

第十八条 罚重禁闭兼充苦役者，每日由卫兵长及其所属督率执营内杂役若干时，余与第十七条所载同。

第十九条 在看管禁闭期内遇有疾病，应由所管官长知照军医诊治。如须移赴医院调理或自行延医诊治及有意外之事，均由所管官长随时酌核办理。

第二十条 凡弁目以至正兵遇有过失，屡罚不悛，即降一等用。傥能改过自新，从降等之日起六个月后，由该管官长将其改过实据禀由统制，核其原犯情节，酌量开复。惟陆军警察队之目兵降级后，不准开复。

第二十一条 凡陆军各学生及学兵等应受轻禁闭或重禁闭之罚者，除讲堂、操场、自习室照常应课外，余与第十六条、第十七条所载同。

第二十二条 凡弁目、兵丁惩罚满期后，如该管官长核其所罚尚不足以蔽辜，可酌予一月以内之放假日不得出营或一月以内不得挂所得奖牌之薄惩。

第二十三条 凡应受惩罚之过失如下：

一 公家马骡调护失宜者。

二 公家物件于不应用之时而擅用者。

三 公家物件收藏及移运时不谨慎者。

四 偷窥他人囊箧者。

五 不专心操演者。

六 习尚不洁者。

七 办事疏忽者。

八 言语动作有失军人体统者。

九 误用各项法律规则者。

十 误解命令或传递有误者。

十一 私事使役兵夫者。

十二 污秽居室有碍卫生者。

十三 妄遣平民以供奔走者。

十四 服装不照定章者。

十五 迟误操期或临场不到者。

十六 见海陆军官长及订有条约各国之海陆军官长不照奏定行营礼节行敬礼者。

十七 文牍缮字算数有错误者。

十八 应行文件延缓迟误者。

十九 训导有违定式者。

二十 不照定章经理军械服装者。

二十一 同队中互相讪谤者。

二十二 私债拖欠轇轕不清者。

二十三 嘲骂戏侮未行持械争闹斗殴者。

二十四 不应阅看之书籍而私自阅看者。

二十五 语言失实者。

二十六 妄言人过者。

二十七 于长官前抗言倨傲者。

二十八 袒庇所属过犯者。

二十九 奉差外出有误限期者。

三十 迹近招摇者。

三十一 营中不应有物件携存营内者。

三十二 请假逾限不归在五日以内者。

第二十四条 所犯情节有出于第二十三条所载各项之外者,应核其轻重,比照科办,总期无枉无纵,以昭平允。

第二十五条 此项章程于奏奉谕旨后,由陆军部通饬陆军各军队告诫所属,切实施行,每月并将照章办理惩罚情形详细报明陆军部备查。

谨将《陆军监狱章程》恭呈御览

第一条 陆军监狱分为二等:

一 部监隶陆军部军法司,监禁各项军事罪犯。

二 镇监隶陆军各镇司令处,监禁犯一月以上十年未满监禁罪之军事罪犯,如有应监禁至十年以上者,应解送部监收禁。其镇监之在边远省分者,可援上项部监例,由本管长官呈由陆军部核定饬遵。

第二条 凡驻扎京师附近各镇及编制尚未成镇或独立协、混成协、要塞队、陆军出征地,均不设陆军监狱。如有应行监禁人犯,即解送部监或附近镇监监禁,以节经费。

第三条 监狱人员编制:

专设员:监长一员,监副一员,司书生二名。

一等监卒、二等监卒、伙夫、监卒人等由监长禀承该管长官随时酌定。

酌派员:卫兵长、卫兵目、卫兵。

卫兵人数应由监长禀承该管长官随时酌定,并由各监附近军队内轮流选派。

第四条 各监专设员阶级、服装如下:

监长:以同协参领或同正军校充。

监副:以同正军校或同副军校充。

司书生:以同协军校充。

一等监卒:同护目。

二等监卒:同护兵。

以上各员礼、常服均应遵奏定陆军衣制制备。惟各服袖章上须加二分宽驼色线辫一道,以为识别。监长、监副、司书生均佩带军刀。一、二等监卒均佩带枪刺。

第五条 各监官员职守如下:

一 监长禀承本管长官,督同所属,掌管监狱一应事务。

二 监副禀承监长,经理监狱庶务,并随同检查所属应办事宜。

三 司书生禀承监长、监副,经理记载文牍各事。

四 监卒司监狱启闭及一切服役之事。

五 卫兵长督率目兵,掌监狱之警卫,仍遇事会商监长办理。

第六条 监长、监副须由明悉法律并谙练军事人员内派充。

第七条 选充监卒程序如下:

一 年岁须在二十五岁以上五十岁以下。

二 须识字能书写。

三 须通晓命令。

四 无痼疾无嗜好。

五 无曾经犯法情事。

第八条　凡各监专设员薪饷,均照下开银数支给。此外一切杂支款项,如备给犯人衣食、器用等及酌派员所用之灯火、茶水、煤炭等,均由　各监监长禀承本管长官核定,并准作正开销,汇案造报。

监长:每员每月薪水银三十两,公费银三十两。

监副:每员每月薪水银二十四两。

司书生:每名每月薪水银十二两。

一等监卒:每名每月饷银六两。

二等监卒:每名每月饷银四两五钱。

伙夫:每名每月饷银三两三钱。

第九条　各监监长、卫兵长所属人员如犯过失,由该监长、卫兵长查照《陆军惩罚章程》办理。

第十条　凡监长以次人员,应给休息日期及因事给假期限:

一　当差至六个月,始终勤慎者,准休息十五日。

二　有因亲丧、疾病、完姻各事请假者,应由监长查明,酌给假期。

三　除以上载明各条外,无论何事何时,均不得放假。

四　凡各员假期,无论时日久暂,所遗职守均应由监长派员代理并报明本管长官备核。倘监长遇有事故请假,禀由本管长官派员代理或由本管官即饬监副护理。

第十一条　各监卫生事务,由附近军队军医员兼理,每十日监长会同军医员检察清洁一次人犯。有病者,随时移入本监病室,立召附近军队军医员医治,其有应送医院医治者,由监长会同军医员临时酌核办理。

第十二条　凡镇监监禁人犯,除照第一条所载办理外,如有犯陆军军律死罪及他项罪犯,一经呈由陆军部允准后,亦得寄禁,但未经定罪之人均不得寄禁。

第十三条 人犯入监时，监长督同所属各员查照来文，检验犯人身体，饬令更换囚服，由监副率同监卒带领入监，所有该犯编禁监房字号并姓名、籍贯、年貌、声音、住址、职业、犯罪情由、由某处判定罪名及其家属人数、戚族住址，逐一询明，一面饬司书生登记册籍，一面将收到人犯月、日、时刻及所禁监房字号缮写复文，交原来押解员役。赍回该犯原着之衣服与所有物件，由监副眼同该犯点明，注册收存，俟监禁期满释放时，照数发还。倘该犯入监时求将原着之衣服、物件等交其家属领回，或戚族友人领出收存，亦可照准。

第十四条 在监人犯应守规则，依下揭各条，榜示监房：

一 在监人犯须谨守法令，彼此和睦，并服法定劳役。

二 被褥衣袴等件，均由监发。

三 饮食等物，均由监备。

四 如用药饵，由军医给发。

五 一切器具，由监制备。

六 每五日沐浴一次，每十日剃发一次。

七 不得污损窗壁及一切器具，并不得滥用存储清水。

八 不准歌唱、喧噪或高声诵读及与邻房之人叫呼言语。

九 夜间不准与同房之人讲话及一切惊扰人睡之事。

十 一切物件未经禀准监长，不得擅自携入；禀准携入后，如欲借给同人，仍须禀明监长核定。

十一 有患病者，如经军医允准在原监房养病，则同房之人应互为扶持，以补监卒之不及。

十二 无论昼夜，监房有水火及他项灾变时，不拘何项人犯，均可立即口报监卒或卫兵，以便该管人员速行援救。

十三　除监长特许外，不准与监外人接谈。

十四　除以上所载各条外，一切动作均应遵守监长及该管人员随时命令。

第十五条　凡在监人犯，如有谋为不法及越狱等事，应由监长及卫兵长查明办理。傥遇急迫之时，准格杀勿论。

第十六条　如遇水火及他项灾变，或将人犯暂移监墙之外，或设法寄禁他处，均由监长、卫兵长临时妥商办理。

第十七条　在监人犯如欲阅看陆军现行法律书，应声请监长酌核，或由外借入，或由监借给。其余一切书籍、报章，未经禀由监长允许者，均不准阅看。

第十八条　凡在监人犯有亲族、戚友赠与食物及其他有益卫生之物无碍定章者，须禀由监长允许，方准领受。惟不准接受钱财或钞票。

第十九条　在监人犯如有与外人往来信函，均先由监长检阅。函中如有涉及不应为之事，应不准收发。

第二十条　在监人犯期满释放之日，监长传知本犯查照册籍，询问明确，饬令更去囚服，如有存储物件，即查册点验发还，并发给在监情形书及沿途护照，然后释放出监，一面由监长报明本管长官呈部查照。

第二十一条　凡在监死罪人犯应处决时，先一日监长率同所属人员点验明确，移禁应用之监房，并严加警卫。

第二十二条　处决人犯章程由部另订。

第二十三条　在监人犯如有死亡，监长应即通知附近军队之军医员到监检验，并传知该犯家属或其亲族朋友，限三十六点钟领尸收殓，如有该犯临终时之遗嘱，亦即同时录送。军医检验情形，并报明本管长官，查核该犯在监名册，并即注销。倘该犯家属人等逾限不至，即由监备棺收殓葬于附近之军用葬地，葬后一年以内，如有家属人等情愿领棺迁葬，应取具领保各结，方准领回。

第二十四条 凡建造监狱，应查照后附略图及下开各项分别办理：

甲 在监人犯房室应依下开次序建筑，分编字号：各监房所用钥匙应同一式样，以便彼此通用。

一 有定期官犯监房。

二 无定期官犯监房。

三 陆军各学生及弁目以下有定期人犯监房。

四 陆军各学生及弁目以下无定期人犯监房。

五 死罪人犯处决前一日应用之监房。

六 宣讲圣谕广训及其他善行事项室。

七 监犯服法定劳役之工作室。

八 监犯病室。

九 监犯剃发室、沐浴室、厕所。

十 监犯接见外人室。

十一 存储监犯物件室。

十二 惩治监犯之暗室。

乙 监狱人员房室依下开次序建筑：

一 办公室。

二 存储文书及救急各种药物室。

三 住室。

四 存储法定劳役应用之材料室。

五 暂时养病室。

六 剃发及沐浴室。

七　厨房。

八　厕所。

九　水井。

丙　警卫兵站立之小木房。

丁　收救火器具房。

戊　官员惩罚所属之禁闭室。

第二十五条　在监人犯如谨守章制及一切命令,有悔过自新之确证,应由监长给与自新小铜牌,令佩于衣襟,以资观感。

第二十六条　人犯所用被褥、衣裤定式:

一　被褥用蓝色棉布制,并装棉若干斤。

二　枕蒲草制。

三　席夏令给以代褥。

四　单夹棉衣裤,人各一套。衣裤均用红、蓝两色布做成。衣左半红,右半蓝;裤左半蓝,右半红。

五　鞋、袜、帽均用红、蓝两色布做成。鞋、袜除底外每只均用左红右蓝。

六　被褥、枕席、衣裤、鞋、袜、帽等件均另于容易识认处加白布一小方,以记号数。

第二十七条　人犯应给饮食定数:

一　米,每人每日给米二十两,分作三餐。

二　盐、菜,每人每日约制银二十文。

三　监长每月领到官发囚米,除照章发给人犯外,如有盈余,应即变价购肉,给与各犯分食。

四　开水,由监长、监副会同军医酌量天时,定每日给饮次数。

第二十八条　监犯用器具:

一 板床，每人一架。

二 小桌，每监房各一具。

三 其他应用物件，由监长随时禀明该管长官核定置备。

第二十九条 监长于允许监犯接见外人时，须察看有无通谋不法情事，并将所接见者姓名、籍贯、住址、职业、欲见缘由及见时时候之久暂详细登册备查。

第三十条 监犯有违犯章制及一切命令者，应由监长酌核情节轻重，禁闭于通空气之间室内，自五时至五日止。在暗室时，但给饭食、盐汤、开水，不给菜蔬，每日由军医员察视一次，如有疾病，即移入病室，停止处罚。傥应入暗室之犯系有自新铜牌者，即褫去其牌，免入暗室。

第三十一条 监长以下各员，如不遵照定章办理及有虐待人犯情事，巡察监狱长官到监时，准人犯控诉。

第三十二条 除以上所载各条外，所有关于法定劳役及其余细则，由各监本管长官督同监长察酌拟订，呈由陆军部核定施行。

陆军部奏惩治逃亡章程第六条字句应删并添注片

再本年九月间，臣部奏定《陆军惩治逃亡章程》，第一条首列罪名轻重，是为总纲。第二条以下详叙办法及所犯情由，分别科断，是为细目。惟第六条内开"军人三人以上共犯逃亡之罪者，首魁处永远监禁刑，其于戒严时，首魁处死刑，各从犯依第一、第二、第三条处治"等语。臣等复加推勘所叙，从犯依第一等条处治，系综举纲目，依次言之，语意究未尽明晰。拟请将本条内"各从犯"以下等字删去，而于

"首魁处永远监禁刑"句下添注"从犯依第三条第一项处治"数字,"首魁处死刑"句下添注"从犯依第四条第一项处治"数字,以期条列详明,援用允协。如蒙俞允,再由臣部通咨各处一体遵行。谨奏。光绪三十四年(1908 年)十一月二十二日,奉旨:依议。钦此。

退 伍

●●练兵处议定第一次陆军退伍章程光绪三十一年(1905年)

一 各营目兵已届三年期满者,由统制汇报督练处,俟发交兵备处核与底册相符,始准退伍。

二 各营退伍兵人数不同,均按成递退,由三月初一起,每月递退二成,由兵备处筹定补充新兵,以便分拨。

三 各营正副目按次分退,先副后正。

四 各营退伍兵,由统制在兵备处汇领退伍凭照,转发各营,由官长带送原籍,会同驻弁地方官傅集原保,另注续备兵册。

五 各兵退伍期满,皆令回籍,如有籍无家或有籍有家实在不愿回籍者,仍旧留营三年,应由该目兵函知本籍保人,声叙缘由。

六 目兵退伍时,如应领赡饷不及六个月者,未便再派委员至原籍散放,即由营验发,自将执据收回。如系家属收执者,俟回籍后,呈由地方官转缴;如扣存赡饷已届六个月者,即由带送之官长于到籍时,会同地方官散放,将执据收回,均缴兵备处查销。

七 各兵退伍到籍后,如愿仍回原营再充伍三年者,由驻弁会同地方官问明保人,会衔给予文凭,令其回营,一面将退伍凭照申缴兵备处。

八 凡在营三年期满不愿退伍回籍及到籍后仍愿回营者,仍再留营三年,期满即退为后备兵。

九 各营退入续备兵者，领饷、调操及平时办法，另订详章。

十 各兵回籍后，该县应另立军籍户口册，以便调查。

●●北洋常备兵第一次退伍改为续备兵条例光绪三十一年(1905年)

带送条例

一 常备目兵退伍时，由官长带送回籍，途中休息、饮食及住宿处所，皆由官长主持，各兵不得自专。

二 各兵退伍，通发本月正饷，下一月即照续备兵饷章给发。回里时，由带送之员请领川资，每兵每日给银一钱。

三 沿途有患病不能行动者，由该地方官备车载送归，带送之员付价。

四 在途有滋扰情事，照军法分别严惩。

五 护送至本籍，交该驻弁及地方官点验。

六 目兵退伍时，将现穿官发军衣及自制军衣，由本营验明，均于裹面打盖戳记，以便考查。

驻弁条例

一 各处驻弁，名为队官，现无常备兵，退职之员充当。拟先在排长、司务长内挑选年齿稍长，或身体稍弱，或兵学略逊者，酌量委用，每队官五员，即选派管带一员节制一切。

二 队官驻各州县，管带驻各府、直隶州，治及适中大县地方，以期有事调遣，易于联络。至各官薪公及书识、护勇、伙夫，悉照常备军制减成开支，另有详章。

三 每州县官兵百名以上，即派一队官管辖。有二百名以上者，即加派一员。不及一百名者，酌量并管。若并管县分过多，即酌添排长一员，适中分驻，帮同队官料理。

四 各府、直隶州统计属内所有续备兵区，即按县依次编为第一、第二等队，以次递推。

五 官兵月饷由饷局筹发，每月初一发饷一次，由队官会同地方官按名点给。若谋业远出或有故不能亲到者，须先行禀明，准其父母、伯叔、兄弟、妻子持执据代领。

六 各兵所需军装、枪械，由各府州县会同兵官，按所属兵数禀请汇存。州县各库归地方官保存，归队官经理检查。

七 每年操法，由教练处议定，颁发通知各队官督率操练。合操时，另行派员教导。

八 地方有弹压缉匪等事，若该处兵力不足，准由地方官会同队官调遣续备兵。其有执业难离或住址稍远者，队官须详察情形，慎为调集。至各兵调差津贴，每日发银一钱，由地方官筹给。

九 各县招募常备兵及发每届赡饷，各队官帮同地方官照料，并递寄常备兵家书等事。

十 常备军遇有缉匪，该队官应帮同查办。若续备兵有先未禀明查无下落者，准队官及地方官禀咨管带，转禀兵备处，照常备逃兵成案查缉。

十一 目兵退伍回籍后，均系散处，头目无约束之责，一律关领减饷银一两。惟调操时，仍司头目之事，临时如有事故，由队官在正兵中选拔暂充。

十二 每年调充令九月宣布，至十月初一领饷时，调集如有临时不到者，由队官知会地方官传集罚办。

十三　会操各兵皆住帐棚，每哨柴草价照步队定章发给一月，各棚伙夫就近佣僱。

续备兵条例

一　各兵所谋何业，及寄居何处，或由某处迁徙至某处，皆须于十四日内禀明队官，分别转禀注册。傥距原籍较远，至千里以外，调操之时，情愿在客游地方与续备兵会操者，于每年六月内禀报本籍队官，申报兵备处分别知会，始准在彼会操，并发给应加整饷。若所在地方尚无续备兵者，仍回原籍，不得规避。

二　调操之月，每兵身有重病或有婚丧事故者，应先禀明，查实豁免。

三　各兵谋生不得投入他营兵籍，若聘为学堂外场教习及他营官长者，须禀明核准，方可往就，但仍供续备之役。将来遇有战役，仍归常备兵调用。

四　各兵在籍实业及长年旅行或有残废病故等事由，管带按季分报本镇统制及兵备处，转报督练处存案。

五　目兵在籍，凡有免徭倩抱各项优待，一如在营时，地方官格外保护。

六　各兵与居民因细事涉讼，由地方官会同队官审办，其情节重大者，由队官革交地方官按律拟办，分别禀报。

七　各兵所犯有涉军规者，悉按军律办理。

八　续备兵如回籍之后，仍愿回充常备兵者，即照《常备退伍法》第八条办理。

九　续备兵在籍，如有结党、立会、罢市、抗粮、窝娼、局赌、包揽词讼、武断乡曲等各过犯，均照平民惩办。

附各州县退伍目兵如下：

开州八十八名；曲周县六十五名；深州六十四名；大县五十六名；元城县五十一名；安平县四十七名；饶阳、长垣两县各四十二名；正定、获鹿两县各四十一名；清丰、东明两县各三十八名；广平县三十七名；邯郸县三十三名；栢乡县三十二名；武强县三十一名；宁晋、南乐两县各二十九名；鸡泽县二十八名；赵州二十五名；成安县二十三名；磁州、高邑各十六名；永年、临城两县各十三名；平山、元氏两县各十二名；栾城县十一名；隆平、赞皇两县各九名；井陉县八名；冀州二名；晋州、河间、武邑三处各一名。以上共三十五州县，退伍目兵一千名，内副目九十五名，正兵二百三十五名，副兵六百七十名。

陆军部奏第三镇退伍兵丁酌照定章变通办理折

窃专司训练近畿陆军各镇副都统凤山咨呈："陆军第三镇自光绪三十年二月成军扣至本年二月，已满三年，照章应令退伍，惟其中兵丁多由山左、两淮、豫皖等省招募而来，而退伍后归入续备军一节，各该省均未办理，无从安插，应由部酌定办法"等语。臣等伏查练兵处奏定《营制续备军制略》内载"常备军三年期满，发给凭照资遣回籍，列为续备军，月给减饷一两，听其自谋生业，按年调操"等语。是各镇退伍兵丁，自均应遵照定章办理。惟查此项办法系指土著兵丁退伍而言，陆军第三镇兵丁，系于光绪三十年间当局外中立之时，仓卒成军，无暇招募土著，因于直隶省而外，在山东、河南、安徽等省选募，是当时招募之初未能悉照定章办理。现当退伍之际，若必于资遣回籍后一律编为续备兵丁，深恐安置较难办理，殊多窒碍。臣等公同商酌,拟酌照定章稍事变通,所有该镇应行退伍之外籍兵丁,除自愿留营者,仍准再留三年外。其余均自离营之日起,每名加发两个月正饷,并给予退伍凭照,黏附照片,派员分送回籍,毋庸再给续备月饷。将来各兵丁如愿入本省各军队再行充兵者,均准届时持照片应募入伍。其愿充本省各州县巡警者,亦准持照应选,以示体恤,惟自充巡警后,即行另遵巡警规律办理。至第三镇全镇现已奏明拨归东三省总督调赴奉天,其退伍兵额,拟先由第六镇内调拨充补,所有此次加给退伍兵两个月饷银,自应作正开销,由度支部另行发给,第当此库储支绌,于正饷外复加此项恩饷,深恐筹措维艰。兹拟俟六镇补募时,暂行缓募两月,俾腾出两月饷数籍资弥补,庶饷力得以稍纾。再臣等正在筹办间,适据直隶督臣袁世凯咨称,陆军第四镇现亦有应行退伍之外籍兵一千余名,请由臣部核办前来。查该镇退伍兵丁籍隶山东、河南、安徽等省,与第三镇情事相同,应俟奉旨后,由臣部咨明该督即按此次办法遵照办理,俾归一律。惟此项办法系因原募时并非土著,故退伍时不得不于定章量为变通。此后各省招募新兵,均应于土著中选充,其退伍时自应查照续备定章,以免纷歧,而符奏案。谨奏。光绪三十三年(1907 年)四月二十二日,奉旨:依议。钦此。

测　　绘

●●练兵处咨取省图并筹防诸务并章程光绪三十一年十月初三日

查行军之要，首重地形，守土所司，必知方域。历来洞明将略、讲贯兵谋者，往往于山川之险，如在目中，岭海之遥，运之掌上，是不外藉舆图为实地，乃能决胜算于几先。查从前各省历绘舆图，于方隅险要多系侧面绘法，真正道里既不能显，原来形势亦莫由知，且有止就外来方志所有照录。咨送并未测绘者，倘竟视为真本，凭以用兵，贻误之处，必所不免。今东西各国均置有军用地图，于山水之高深，幅员之广狭，道途之险易，区町之冲僻，无不一一得其真数，使披览者如履其境，考求者如出其途，用能指挥合宜、运筹有术。中国幅员辽阔，道里盘纡，若由本处派员四出分绘，微论人力、财力均有不及，亦且累月穷年缓难济急。兹拟就图例图略通行各省，应请遴派妥员遵照周历履勘，绘制略图一分，以资考究，而济实用。至筹防诸务，本处所宜预闻，军备详情，各省亦应咨报。现并详开办法，希即逐细一并造送，幸勿稍稽，相应咨行贵督查照办理，并希速复。

计　　开

一　派员查明该省疆域、险要及全省交通路，迅速绘具略图，咨送本处查核，其要领如下：

一　测绘宜用平面水准测法，其梯尺即比例尺等均以米达数。

二　略图分为二种：一为总图，梯尺二万分之一，其宗旨在计划行军方略，估算道路远近；一为分图，梯尺二万分之一，其宗旨在考察攻守地势，研究军务交通。

三　两种图均用细密皮纸誊清，每张方面纵横皆五十生的米达。

四　图名、梯尺、方向、经纬度、绘成年月日、测手姓名、四方并列图名，均宜记载明晰。

五　地图记载法，须参照附载图例。谓各种记号均有附图。

二　各省筹防及剿匪调遣军队之配置，如遇有兴师，其军情缓急、攻守利钝，须一一详报本处：

一　各省近日新练陆军，及原有防营驻扎处所，制为略图，咨报本处。

二　各省所练新军受任他往时，无论由内调遣或由外自派，必须将其派往责任官兵清册、军械种类、饷项接济等制为表册而总记，以该队教育军纪谓范围军队之规则，成绩详报本处。他如撤回、更调之期，亦宜详报。

三　该省陆军各镇，如该有参谋官务，宜咨报下开各项：

一　参谋官须将该镇属各官年籍、出身、升调、撤退并学识优劣、任事勤惰，按季具为清册，详报本处。

二　该军队平时内务谓关于军队内必要事件、军需、军械、教育、战时接济规则，该地方交通机关分别详报本处。

●●陆军部新定测绘章程光绪三十四年(1908年)

第一条　速成三角测量及水准测量，以测定各地点之位置真高而供绘制军用地图之用为宗旨。

第二条 速成三角测量及水准测量，除顺天府属及内外蒙古由陆军部担任外，各省应由本省自行筹办，其彼此地界相连处，应互相商酌，将三角点及水准点妥为安设，以资联络。

第三条 速成三角测量分为第一、第二、第三三种；速成水准测量分为第一、第二两种。

第四条 第一种三角测量各点距离，平均以十五吉罗密达为度；第二种三角测量各点距离，平均约以六吉罗密达为度；第三种三角测量各点距离，平均约以二吉罗密达为度。

第五条 三角点应于周围约四百吉罗密达之地沿边设立，形如环状，谓之三角锁。由一三角锁渐次向外推广，以掩覆全测量地面。籍此第一种之角点为准，于其所包地域内设置第三种三角点。如果地形测量之技术已极精巧，地势合宜，纵然不设第三种三角点，亦于测绘并无妨碍时，可以从省不设第三种三角点。

第六条 第一种三角点位置，应用三角锁平均法算定；第二种三角点位置，应用似真式直角纵横线之平均法算定；惟第三种三角点位置，不用平均法算定。

第七条 无论何种三角点，其位置统以经纬度指示。

第八条 京师及各省首府应设经纬度原点一处，其经纬及指角应用大体测量法测定。至于各省设置该项原点时，可先咨会陆军部，饬军谘处测地司会商举办。

第九条 各省应否设置纵横线之原点以便测量，须先咨陆军部查看是省所居地位如何，面积之大小，酌定处所，饬军谘处测地司协商办法。

第十条 第一种水准测量线路，应循各省会互相联络之大道而设，首尾相联成为环状，渐次扩充，以成纲形，谓之水准纲。其各点互距，以二吉罗密达为度，每一水准环状周围，约以四百吉罗密达为度。

第十一条 第二种水准测之线路，应循第一种水准测量纲内之要道设置。其各点互距以二吉罗密达为度，但其始终二点应与第一种水准点或已测定之第二种水准点相连。

第十二条 第一种水准点真高，应用水准纲平均法算定。惟第二种水准点真高，不用平均法算定。

第十三条 所有测量上各点之真高，统由中等海水面起算。

第十四条 第一、第二两种三角点及第一种水准点，应一律埋置石点，以为标识，并须永远保存。

第十五条 第三种三角点及第二种水准点测量时，设备以为标识，毋须永远保存。

第十六条 各种三角点之真高，恒用三角术上高程测量法决定。惟其中应酌定若干点，用第二种水准测量法直接测定，以为三角术上高程测量之基准。

第十七条 三角术上高程测量，应与第二种三角测量同时并行。

第十八条 各省施行三角测量及水准测量购用仪器，应与陆军部商定式样，以免扞格，而利实行。

海　　军

●●陆军部会奏遵议海军人员充补实官并派军舰巡历南洋各办法折

三月十八日，准军机处钞交侍郎杨士琦奏海军得力人员请照陆军部奏定暂行海军章程充补实官折，又每年派军舰巡历南洋片，奉旨："陆军部会同南、北洋大臣具奏。钦此。"原奏内称："我国海军员弁均系随时差委，并无实官，资劳已著，升补无阶。万国通例，舰队相遇，官员应互相通谒官阶，尤为观听所系。拟仍暂循旧章，分别按兵舰差缺，援照绿营武职实官，分班序补，按资劳迁转。此次海圻、海容两舰出巡员弁，材学优胜，劳绩卓著，应如何按照上年奏定办法之处，恳饬下陆军部咨商南、北洋大臣核议具奏"等语。查现在时事方殷，海军实为立国根本，而奖励人才，修明海备，尤必以设立实官为要图。该侍郎以海圻等舰员弁资劳显著，宜补实官，而又以章制未定，请照绿营升转，权衡审度，具见维持国体、激劝人才之用心。该两舰员弁，此次历经南洋，冒尝艰险，量予奖励，亦未始不可藉策将来。特是官制、军制相为表裹，近年囿于经费，船械购制有限，就中国之洋面，衡各邦之海军，固非亟图扩张，未足以广陶成而孚观听。臣部前奏海军拟照陆军三等九级设置官缺，即见内振士气，外固邦交，皆须官制更新，乃可渐图进步，原奏用意实已櫽括于中，业饬海军处将详细官制拟订章程。惟臣部于去年八月具奏筹设巡练等船一折，奉旨："军机大臣会同度支部、陆军部妥议具奏。钦此。"现正会同遵议，一俟海军编制议有端绪,即由臣部将拟定海军官制,奏请遵行。以前在事得力人员,亦即分别奏咨补用,以资任使。至海军既议创设新官,自未便再补旧职,所请两舰得力人员补官之处,拟俟官制奏定,再行核办。又片奏称"每年酌派军舰巡历南洋,并由农工商部遴员随同前往"各节。查遣派军舰,上宣威德,下慰商侨,海军人员亦藉资练习,军政、商政洵属两有裨益,拟请照准亦应,俟奉旨后咨照农工商部妥商办理。谨奏。光绪三十四年(1908 年)四月二十七日,奉旨:依议。钦此。

补　　遗

●●陆军部发给就学日本陆军学生训谕文并章程光绪三十四年(1908年)　月

本爵部堂谕:方今时局艰难,无学不能立身,无学不能报国,无学不能保存种类,且无学并不能自食其力。而有志向学之士,延师就傅,费用浩繁,父兄百计图维,学业始能成就。尔诸生蒙国家设立学堂,选师授餐,培养教诲,既已历有年所。兹复宽备川费,遣令出洋游学,增长见识,开拓心胸,更不惜重资多方造就。所以如此厚待者,惟期生等砥砺学问,研究韬钤,蔚为成材,用备任使,上以报効君国,下以奋志功名。本爵部堂于生等属望甚殷,生等宜如何激发天良,努力自爱,敦品励学,力图上进。若能坚苦勤劳,精进不已,学成返国本爵部堂必当奖励拔擢,任以干城。生等亦得各展所学,宣劳王事,荣尔身家。傥或玩愒因循,不知奋勉,沾染习气,功废半途,不特贻笑邻邦,辜负国恩,且徒劳往返,何以对己,何以为人?本爵部堂于生等濒行,除派监督随时勖勉外,爰颁训谕十则,章程三十八条,附列谕后,该生等各宜懔遵毋违。特谕。

训谕十则

一　牢记尊君亲上,毋得误听邪说。

一　恪遵监督约束,毋得阳奉阴违。

一　居心朴诚为主,毋得稍涉浮夸。

一　谨遵堂队规则，毋得违犯礼法。

一　程功必须循序，毋得喜新躐等。

一　为学务求心得，毋得徒袭皮毛。

一　勤学尤贵好问，毋得师心自用。

一　起居务宜节俭，毋得沾染浮华。

一　待人须极谦和，毋得稍形傲慢。

一　同班务相敬爱，毋得自相龃龉。

章程三十八条

总　　则

第一条　前练兵处奏定：自光绪三十年起，考选陆军学生送赴日本就学，专派监督一员常驻日本，管理全国陆军学生留学日本事务。

第二条　陆军留学生监督遇重要事件，商承本国公使，考察陆军留学生品行、精神及学业程度，汇呈陆军部，以为归国任用之标准。

第三条　陆军留学生在校、在队受各校长及队长指挥；在校外、队外诸事，均归陆军留学生监督管辖。

第四条　监督处置躬行簿、精神簿、学程簿三种。躬行簿专记各生行为，而注以考语；精神簿专记各生性质，而参以意见；学程簿专收各校、各队成绩表，分类存记，每届毕业归国，经本国公使校定后，迳报陆军部。

第五条　学生入学及毕业时，监督均到堂与会，以表郑重之意。

第六条　凡陆军学生赴日本时，由陆军部派员率领前往。毕业归国时，亦由监督禀请陆军部派员率领回国，送交陆军部，听候考验，分发录用。其起程以前，监督应将该生等躬行、精神、学程等簿以及起程日期，预先详报陆军部，以便安置一切。

在 校

第七条 学生无论在振武或士官学校，所有课程规矩均宜遵守该校定章，不得向监督禀请增减功课及他项事故。

第八条 振武或士官学校暑假中，除该校率领诸生避暑外，学生不得无故请假他往。

第九条 学生在振武及士官学校，每日皆有值日学生一二名。另置记事簿一册，依本校值日次序轮流记事，届星期日持呈监督校阅，盖印后，再交下次值日学生。

在 队

第十条 学生在队充士官候补生，分步、马、炮、工程、辎重、要塞炮六种兵科监督，须预先规定学习各种之额数，告知参谋本部。俟振武学校学生希望书送到后，即请参谋本部依成绩表酌令改习。

第十一条 在振武学校毕业时，各生所呈希望书，虽为该生志愿，终不能以为定凭。分遣时，有与本愿不符之处，不准任请更改。

第十二条 学生在队服装，原为本国自备，监督应与参谋本部商定转达各队，共发冬夏衣若干。及入士官学校时，再补发若干，不准学生临时请求，以免参差。

第十三条 学生未毕业以前，无论在校、在队，均不得请假回国及呈请退学。

第十四条 学生留学中，凡有禀呈陆军部及公使事件，均应由监督转呈，不得越次进禀。

疾 病

第十五条 学生疾病，须随时禀报监督，无论在校、在队，均由本校、本队军医诊视或送入陆军卫戍病院治疗，无庸监督延医诊治。傥病势沉重，应由同校、同队之生迅速代禀，陈其病形，以便监督抽暇往视。凡私立病院，非由日本校长、队长许可，概不许入。

第十六条 学生病时，不准向监督预支月费及借款等事。如病势甚重或延期过久，由监督与病院军医商酌安置，学生不得妄自请求。

第十七条 学生患病有必须转地疗养者，由监督与该校或该队长及军医商定转地处所，即就该处病院、疗养病院费用，由该院向参谋本部开销。分往各队距东京远者，由该生自与该队长商议，并禀知监督。

第十八条 学生病愈或退院时，宜详禀或面禀监督，以便登记号簿。

退 学

第十九条 凡干预政治、妄发议论、不受禁令或不端品行、有干罪名以致退学者，由监督即饬回国，不准逗遛。

第二十条 疾病过久不能合班受教者，由监督商诸参谋本部，在士官则退回原队，在队则退回振武学校，使同下期学生补习课业，后一期再令入学。

第二十一条 考试时，分数不足、军事学上无前途之望致令退学者，由该生自行量力，能自备资斧入别项学堂者，听；否则饬令回国。

第二十二条 退学回国者，由监督酌予川资，以能回原籍为度，此外不准多给。

第二十三条 凡学生退学回国者，由监督定期送至横滨，监守上船，不得任其它往。

聚　会

第二十四条　陆军学校功课綦严，各生不准在外随意聚会及充当会馆内各项执事，以致耽误课程。若有不遵，经监督察出，分别轻重究治。

第二十五条　监督于自己寓处预备房屋数间，为陆军留学生星假中会晤之所。有事他往者，亦不必限定必到。

第二十六条　会晤所内备有中外新闻纸及茶烟等，不备饭食，准各生自购点心作餐，不得购生物炊爨。

第二十七条　监督于星期日，除有公务外，与各生聚谈，有应规正之事，随时劝导。

第二十八条　各省同乡中只准各亲其亲，不能格外联和，以免费时耗财，毫无补益。同乡会亦当谢绝，平时自寻亲友，则不在禁令之内。

第二十九条　每届中国年节，除距公使馆远者不计外，距公使馆近者，均随同监督至公使馆随班行礼。

第三十条　各生肄业，照现行章程，应在振武学校三年，在队充士官候补生一年；在士官学校一年半，在队充见习士官半年。俟后有应增减，再由监督商承公使，与参谋本部会商。

第三十一条　充见习士官至五个月时，监督即定出队日期，请参谋本部转达各队。

第三十二条　充见习士官出队之日，即为赴横滨上船之日，所有购办对象等事，须于出队前料理清楚，不得有误定期。仍留日本入别项学校者，不在此例。

第三十三条　各生毕业后，有愿留队及愿入他项学堂者，须于期满三个月前禀明监督，由监督汇总，商请公使，再行咨行陆军部核定后，由公使与参谋本部会议酌定。但各生中不堪留者,不得强请;堪留者,亦不得强辞。

费　用

第三十四条　学生月费,除各校、各队月给日币三元外,仍由监督处月给五元。每届月初,由本人亲持图章往领。分入各队距东京远者,由监督汇兑该队转给。

第三十五条　各生出外测绘及野外演习添补衬衣等项,每年每名另给三十元,均分三次由监督处请领外,其余一切,不准另立名目,肆意请求。

第三十六条　学生毕业回国时,一星期前,每人给制装费一百二十元。以八十元按监督指定名目购办公用图书等件,四十元购私用对象,车费、船费由监督经理,此外不准多支。

第三十七条　以上各费均按日金支用,时限均按阳历计算,以免参差。

第三十八条　领费之时,各生均按定期赴监督处请领,不准有先借预支等事。

●●总司稽察守卫事宜处奏稽察守卫酌拟办法折并清单

光绪三十四年(1908 年)十一月二十日,内阁奉上谕:"陆军部奏宫禁重地守卫宜严稽查宜密一折。近来门禁日渐懈弛,亟应详定章程,严申诰诫。嗣后稽察守卫宫禁事宜,务须恪守旧规,认真办理。着即派贝勒载涛、毓朗、尚书铁良总司稽察守卫,以重宫禁,而肃典章。余依议。钦此。”钦遵并准陆军部恭录谕旨，抄奏咨行前来，奴才等只奉之下，仰见朝廷慎重禁军，巩固根本之至计，钦服莫名。窃维宫庭肃穆，系天下之观瞻，禁旅修明，实戎政所首重。国朝定制：凡禁城、禁门、宫门、殿阁，悉以亲军、前锋护军人等环守拱卫，无异周庐千列，执戟百重，且番直有期，训习有道，传筹启闭，规制綦详。近年复以陆军入扎外庭，藉供宿卫，尤足辅禁兵之力所不逮。但承事之人，勤则日新，惰则生玩，傥无人激励而悚惕之，鲜有不渐流于窳败者。此次奴才等奉命总司稽察，深恐智虑短浅，烛照难周，第事权所系，敢不任劳任怨，夙夜兢兢，惟有敬稽祖制，严考定章。于前锋护军等营，查其是否悉合成规；于宿卫营，查其是否恪遵军律。法虽不同，理实一贯。随时随事，无分昼夜，派令章京、委员严密周巡，奴才等仍不时抽查或驻内督饬，倘各营官兵有放弃责任，疏懈废弛情事，轻则咨令撤革，重则严行参办，决不意存见好、稍事姑容。庶几人知儆畏，历久不疲，以仰副圣主固本圆强，实事求是之至意。除详细稽察章程容奴才等参照会典及新军条规妥慎拟订另行奏明外，谨先酌拟暂行办法，缮具清单，恭呈御览。伏候命下，即由奴才等遵照办理。再奴才等拟自十二月初一日起，派员常川进内稽察，合并声明。谨奏。光绪三十四年(1908年)十一月二十六日，奉旨：依议。钦此。

谨将《总司稽察守卫事宜酌拟暂行办法》敬缮清单，恭呈御览。

一　进内稽察，拟暂借用三所东墙外房间办公，并在东华门外附近地方另设办公处所，名曰稽察守卫事宜处。

一　承办各事需员经理，拟于稽察守卫事宜处设“总帮办”各一员，奏明派充，并咨调文案、清书以资缮写。

一　稽察事宜，须有专员差遣，拟设“稽察章京”四员，奏明派充，“稽察委员”十数员，暂供遣派。

一　稽察拟分昼、夜两项办法：昼，则严查各营官兵是否认真稽察出入；夜，则酌派章京带领委员，严密巡查有无空误及容留闲人等事。仍由奴才等酌量情形，不时亲往巡视或派员抽查，以昭慎重。

一　各营值班官兵权限，宜专各门守卫。稽查出入，乃前锋护军等营之专责；备御非常，系宿卫营之任务。奴才等即按其责任，认真稽查，倘查有疏懈情事，轻则咨由该营惩办，重则径予参处。

一　凡进内人员，自必遵守定章，倘有不服约束及冒充人员，一经查出，即知照该管大臣，奏明办理。

一　开办之始，诸事草创，常年用款若干，尚难悬定。拟先由陆军部借拨应用，俟有的款，再行拨还。

以上七条系就目前情形暂行酌拟，其详细稽查章程及人员职掌薪津数目，应续行拟订，奏明办理。

●●陆军部奏酌拟绿营补缺汇奏办法折并清单

窃查各省新军逐渐成立，应行筹备事宜头绪日繁，奏件日多。而绿营武职请补员缺，由臣部核覆者，综计此项奏牍，每月多至数十件，似不足以昭简易。臣等公同商酌，嗣后此项奉旨交议折件，拟请按月核覆，分别准驳，缮单具奏，并此照月选官缺，成案以每月二十日为截止日期，自二十一日以后，即归入下月核办，庶于简明之中，仍寓限制之意。谨拟办法七条，另缮清单，恭呈御览。如蒙俞允，拟自宣统元年正月为始，遵奉施行。其有奉特旨交议之件，仍遵照定例，随时专折议覆，勿庸归入汇奏办理。谨奏。光绪三十四年(1908 年)十二月二十六日，奉旨：依议。钦此。

谨将《酌拟绿营武职补缺汇奏办法》缮具清单，恭呈御览。

计　开

一　拟自宣统元年正月起实行办理汇奏，如以前尚有未结之件，拟仍另折办理，不在本月汇奏之内，俾免前后混淆。

一　每月由初一日至二十日，所有接到阁钞，拟作一案汇奏。自廿一日起，接到阁钞，或候履历，或查核保案，即归于下月办理。以每月三十日为办结期限，以便易于稽核。

一　每月汇奏一次，无论件数多寡，拟分两折办理，核准之员为一折，核驳之员为一折，均随折缮单，以清眉目。

一　各省奏补员缺，往往并不随折咨送履历，除实缺升补及曾经送到履历之员均可随时核议外，其有必须候履历者，即并入汇奏议驳稿内催取。

一　补官之员，如该省漏叙考语、名次或年岁、名字不符等项，拟仍随时行查。

一　奏催履历之员，该省于某月咨到履历，即并入某月汇案办理，如系二十一日以后咨到，尚须查核，则并入下月办理。

一　水师补缺折件，亦拟照此办理。仍分别各项，水师随时核覆，汇案具奏。

●●稽察守卫事宜大臣奏遵拟详细稽察章程折并清单

窃奴才等奉命总司稽察守卫，当经酌拟暂行办法，奏蒙俯允，遵照办理在案。原奏声明:“详细稽察章程及人员执掌薪津数目,续行拟订,奏明办理。”连日以来,督饬章京、委员等分班进内,昼夜周巡,凡各营守卫处所承值官兵,渐皆知所儆畏,较前略觉改观。出入门禁,渐形整肃。各该管大臣等,亦皆能仰体朝廷慎重宫禁之意,董诫所属。旋有东华门、大清门等处拿获闯门人犯之案,尚属办事认真。独是为治之道,不惟其暂,惟其久,不惟其貌,惟其心。禁兵承累年积习之余,整顿维持,形式固贵整齐,精神尤宜贯注。务令人人知责任所在,必期齐一心志,日起有功,入供翊卫之班,出司警跸之职,所谓环拱宸极、上应勾陈者,胥恃乎此。查各营之执掌虽异,撮其大要不外守卫、扈从两端,奴才等谨案《会典》所载,详加参考,拟订《稽察章程》三十条,均系申明旧制,未敢率议更张,事必求其可行,法贵严而不扰,随时随事,实力稽察。奴才等渥荷圣恩,万不敢故邀宽厚之名,稍涉疏纵。谨将所拟章程并人员执掌薪费数目,分缮清单,恭呈御览。如蒙俞允,遵即行文各该衙门暨督饬各员遵照办理。谨奏。光绪三十四年(1908 年)十二月十八日,奉旨:依议。钦此。

谨将《酌拟稽察守卫详细章程》缮具清单,恭呈御览。

一 亲军、前锋护军、内务府三旗护军、骁骑宿卫等营,凡应在禁城内值班当差关系守卫者,均应遵照例章所定执掌,恪守旧规,统由总司稽察认真考核,以重翊卫。

一 禁城内外围及紫禁城马道,以上凡有值班处所,皆在应行稽察之列。

一 亲军、前锋护军、内务府三旗护军、骁骑等营,应将所辖地段划清界址,并于该管界内注明管理处所若干,咨报总司稽察,以免遇事互相推诿。

一 定制：每日景运门统领一人，隆宗门协理统领事务参领一人，顺贞门内务府护军统领一人。嗣后每日何人值班，应将衔名开报总司稽察，由驻内章京接收。

一 定制：阙左门司钥长，日则隶于景运门值日统领，夜则以前一日下班之统领稽查此项，稽查统领应每日将衔名开报稽察守卫事宜处。

一 景运门、阙左门司钥长及各门处各堆汛值班参领、弁兵，应每日将职名花名开报公所，倘有迟延遗漏，当日查究。

一 各项他坦人类不齐，应由内务府查问明确，将人数开报，以备抽查。

一 稽察出入，门籍最关紧要。凡应设门籍之处，例派识字护军专司其事，如不认真检阅登记，查出究办。

一 定制：每门设红杖二，以护军二人更番轮执，坐于门下，亲王以下经过皆不起立，有不报名擅入者，挞之。此项红杖各门如有残缺者，应由该管赶紧设备，派兵轮执。

一 传筹之制：紫禁城内五筹，紫禁城外八筹，应按例定汛段，络绎递传。倘有积压迟误，查出参办。

一 启闭禁门，各门值班参领有每夕验视扃鐍之责，验毕纳钥于司钥长，司钥长受钥，汇存于箧，复加扃鐍，诘朝各门领钥启门。嗣后如有参领不实行验视扃钥及司钥长不扃鐍钥箧或纳钥领钥不以时者，查出参办。

一 景运等门各执，有例定阴文合符。此次特制双龙阴文合符，俟只领后，如遇夜间启门，值日统领次日具奏后，应知照总司稽察。

一 定制：紫禁城内外各门堆拨排列之军器，应随时磨砺，有应修整者，行文武备院修整。现在各处所设长枪间有攲斜，应由该管行文武备院办理，并饬官兵妥为留心看守，防备风雨，交班时互相查验交代，如查有弃掷伤损，严行参办。

一 值班官兵交替时刻、员数、名数均有一定，如查有不当面交接或缺少人数者，严行参革。

一 进内当差之人，皆应执有门照腰牌。惟日久弊生，难保无通融借用情事，应由内务府景运门通咨各衙门，凡系进内当差之人，各于门照腰牌黏贴本人相片一页，嗣后如无门照腰牌及有门照腰牌而未黏贴相片并相片与本人不符者，不准擅行出入，违者查究。拟自明年三月初一日起实行此项，相片每届一年更换一次。

一 抬负物件出入各门，须由承管之处预行知照到门后，仍详细检验，倘夹有违禁之物，立即追究。如未经知照而各门擅许出入者，查出究办。

一 官兵值班处所及各他坦，如有赌博、酗酒、放纵、喧哗情事，查出交该管治罪。

一 东华门、西华门、神武门、阙左右门、东西长安门，为当差人员往来经行之地，应由该值班官兵随时稽查登记，次日开报公所，不得遗漏。

一 除值日稽察章京、委员外，仍不时派员密查此项，密查人员均发有钤盖关防执照，经过各门验照放行。

一 值班官兵遇有章京、委员往查，均须立正致敬，宿卫营兵仍行军礼，均不得传呼下段，并免去请安，以省繁文。

一 夜间自二更以后天明以前，如遇章京、委员往查，除值更之人照常排班外，其睡歇者勿庸起立，以示体恤。倘缺人数，朦称睡歇，查出究办。

一 内廷重地，理宜肃静，值班官兵所辖段落内，应随时扫除洁净。

如有污秽不堪、任意作践者，查出究办。

一 前锋护军、宿卫等营兵丁，均有官发一色服装；三旗护军、骁骑营，亦有应穿官服。倘有衣帽不整或便服站班者，查出究办。

一 每日应由前锋护军、三旗护军轮拨强壮兵十名，赴公所跟随稽察，以资协助。

一 驻内之章京、委员等，每日掩门后，不克出外巡查，拟酌派下班之委员赴外围抽查，以期周密。

一 前锋护军官兵，由学堂学兵营毕业者，应每日照常操练。宿卫营兵常川驻扎，亦应照常操练。如不按时出操，查出究办。

一 守卫重要处所繁多，似须权限分明，又能联络一气，方无散漫隔阂等弊。应由总司稽察随时会商该管大臣统领等妥筹整饬，有必须重订章程者，奏明请旨办理。

一 各处守卫官兵，除查有旷误、疏懈情事随时奏咨惩办外，至各该营成绩，应按平日稽察情形，随时登记，统为计算，比较优次，按年奏报。最优者核请奖叙，中等者免议，次者请旨量予惩儆。

一 恭值大行皇帝暂安观德殿，所有景山周围之护军、宿卫等营官兵，拟不时派员抽查，以昭严肃。

一 凡遇坛庙祭祀及升殿之日并圣驾巡幸谒陵，各差、各营官兵均有例定执掌，规制甚详，届时应照《会典》所载严行稽察。倘查有疏懈及不能尽职情事，即予参办。

以上各条谨举大概，其余随时咨明办理。如有应行变通之处，另行奏明更订。